國家出版基金項目
NATIONAL PUBLICATION FOUNDATION

明清戲曲序跋纂箋

七

郭英德
李志遠 纂箋

人民文学出版社

卷八　戲曲劇本

明清雜劇傳奇六（清嘉慶、道光）

玄圭記（瞿頡）

瞿頡（一七四四—一八一八），本名顒，避清仁宗諱，改名頡，字孚若，號菊亭，别署琴川居士、琴川蒼山子、秋水閣主人，常熟（今屬江蘇）人。清乾隆三十三年戊子（一七六八）舉人，十一試禮部，均不售。嘉慶十一年（一八〇六），任酆都知縣。二十二年掌教蘇州平江書院。著有《四書質疑》、《酆都縣志》、《巴蜀見聞錄》、《蓉城隨筆》、《秋水閣古文》、《秋水吟》、《倉山詩鈔》等。撰傳奇七種：《玄圭記》、《鶴歸來》、《雁門秋》、《桐涇月》四種，今存；《紫雲迴》、《玄書記》、《錦衣樹》三種，已佚。參見鄧長風《瞿頡和他的〈鶴歸來〉傳奇——美國國會圖書館讀書札記之十》（《明清戲曲家考略》）、《關於〈明清戲曲家考略〉及其〈續編〉的若干補正·瞿頡》（《明清戲曲家考略三編》）。

《玄圭記》傳奇，《古典戲曲存目彙考》著錄，現存烏絲欄鈔本，上海圖書館藏。

（玄圭記）自敍

瞿頡

余從未製曲，又不善歌，聲律非所習也。然古今傳奇之工拙，以及梨園子弟之優劣，輒能辨之。今春，有名部自姑蘇來，演友人所製新劇，觀之，意頗弗愜。值余足疾杜門，雨窗無事，旬日而成《玄圭記》一部。

蓋嘗論之，夷羿篡夏，寒浞殺羿，實爲人倫第一大變。而少康以一旅中興，祀夏配天，不失舊物，亦屬三代第一英主。且其事散見於《左傳》、《離騷》，非盡無徵，而《史記》僅以兩言畢之，宜乎孟堅有疏略之譏也〔一〕。余爲此記，實欲爲龍門補其闕略。記成，質之余友少霞氏〔二〕。少霞固今之顧曲周郎也，猥蒙見賞，錫以題詞，獎借過情。嗟乎！『其次致曲』，雖昔人之戲言，然慘澹經營，匠心獨運，欲使娱目騁懷，雅俗共賞，不亦難乎！此記雖無足觀，然於世俗所演盲詞習氣，則庶乎一洗而空之矣。

戊午嘉平〔三〕，秋水閣主人自序。

（上海圖書館藏烏絲欄鈔本《玄圭記》卷首）

【箋】

〔一〕孟堅：班固，字孟堅，撰《漢書》。

〔二〕少霞氏：即周昂（一七三二—一八〇一），字千若，號少霞。

〔三〕戊午：嘉慶三年（一七九八）。

題玄圭記傳奇

周昂等

昆湖才子老名場，玉茗輪他翰墨香。尚論忽思明德遠，笑他做史枉三長。

江湖寂歷夜窗虛，擊節高歌興有餘。看到羣兇都授首，欲浮大白一軒渠。

兌弓和矢盡稱珍，國寶全憑呵護神。嘆息姮娥能竊藥，不如辛苦竇中人。

小說稗官半駕虛，鼎彝直擬溯皇初。玄圭固是非常瑞，此記如披宛委書。周昂

姦回刑戮豈能逃，妙手傳奇法鑒昭。不信但看演羿浞，恢恢天網不曾饒。

使筆同於射者奇，弦如霹靂箭如鴟。補塡夏后前人闕，不是風雲月露詞。言朝楫〔一〕

高懷明德溯中興，博采羣書信有徵。夏室少康恢舊業，周宣光武紹師承。

權力終須蹈滅亡，彎弧徒自負穿楊。蕩舟莫詡平沙穩，試看風波起鹿場。

長卿長調重今時，餘緒猶傳幼婦詞。唱到授圭聲咽處，心游皇古手支頤。言尚鑅〔二〕

一編捧讀比琅玕，著手生春脫手丸。大雅聲容今尚在，古人面目見非難。曲終饒有詞仙顧，韻險知非俗客安。談笑揮成風雨集，泠泠清響筆都寒。邵廣鈐

高談三代製雄詞，酣暢淋漓筆一枝。補得龍門闕略處，何如束皙補亡詩？

傳奇半是寫閨情，誰爲傳奇別寫生？一自讀書能得間，宫商譜處即新聲。佺浩〔三〕

（上海圖書館藏烏絲欄鈔本《元玄記》卷首）

【箋】

〔一〕言朝楫（一七三九—一八一六）：字耐偲，常熟（今屬江蘇）人。乾隆二十七年壬午（一七六二）舉人，授婺源知縣。三十九年，調貴池。仕至浙江浦江知縣，旋乞歸。工書，歸田後，惟以古帖自娛。傳見孫原湘《天眞閣集》卷四八《墓表》、《皇清書史》卷九、光緒《常昭合志稿》卷二七、光緒《貴池縣志》卷一七等。

〔二〕言尚鑅：與以下邵廣鈐，字號、生平均未詳。當亦常熟（今屬江蘇）人。

〔三〕瞿浩：常熟（今屬江蘇）人。道光二十九年（一八四九），任湖南永綏廳同知。

鶴歸來（瞿頡）

《鶴歸來》傳奇，《今樂考證》著錄，現存嘉慶間秋水閣原刻本（《傅惜華藏古典戲曲珍本叢刊》第五九册據以影印）、清湖北官書處重刻本。

（鶴歸來）自序

闕　名〔一〕

《鶴歸來》者，爲族祖留守稼軒公、檢討壽明公祖孫二人作也。留守殉節粵西，檢討負骸歸里，一門忠孝，古今罕覯。婁東王懌民先生曾作傳奇以演其事，而其本不傳。先兄廣平嘗於賣餳擔頭，買得斷爛曲文一本，題曰《浩氣吟》。其中更姓改名，以瞿爲虞，以焦爲姚，以張爲江，如此類者，不一而足。前後俱已殘缺，未知即婁東舊本否也？

洪惟我太上皇帝，聖度如天，於勝國殉節諸臣，概予易名之典。留守公久邀異數，專謚『忠宣』。此時復何所嫌疑，而必諱其名姓耶？如以爲優孟衣冠，恐多褻越，則古來忠臣孝子，何嘗不粉墨登場耶？

余乃爲之更正姓名，其中情事，悉按《明史》及《粤行紀事》所載，以歸核實。庶使觀者知祖孫二人，扶綱植常，爲不朽盛事，初非稗官小説子虚烏有之比。而聖朝賜謚褒忠，過於式閭封墓，於世道人心，亦未始不大有裨益也。且《浩氣吟》者，乃留守公羈囚時，與張忠烈公唱和之作，不當以爲院本之名。而檢討負骸歸里時，曾有兩大鶴翔集於會元坊上。其事載諸邑乘，彰彰可考，因更其名曰《鶴歸來》。

又嘗聞諸故老，留守公歿後，示夢於郡人，爲蘇郡城隍，郡人至虞迎神。曇谷公以事屬不經拒之。嗚呼！公之浩氣，生而爲英，死而爲靈，其爲正神也固宜，此《封神》一折之所自來也。至於舊曲僅有存者，余必表而出之云。

【箋】

〔一〕此文當爲瞿頡撰。

（鶴歸來）題詞

言朝楫　等

和菊亭自題鶴歸來韻有序

瞿忠宣爲有明忠臣之後勁，爲吾虞數百年中之一人。其族孫菊亭，掇其故事，演爲傳奇，名曰《鶴歸來》，激楚悲涼，聲聲入破，可直接趙秋谷、洪昉思諸手，而事之正大過之。又其事皆核實，並可作逸史讀。因即菊亭原題之韻，率和二首，附於卷末。

卻將劇本寫名賢，要令前朝忠節宣。從此兒童傳口耳，永教故實寄絲絃。孤臣足壯千秋史，隻手空撐半壁天。筆墨通靈眞可怪，悲涼使我淚如泉。

深更萬籟寂無聲，讀罷推窗北斗横。諸葛有知應亦歎，文山相見定須驚。昔年《浩氣吟》曾讀，今日『遺經』額尚明。（四十年前，余借窗於忠宣舊宅，宅尚有忠宣故友宋比玉書『耕石齋』、『遺經堂』各扁。）大鼓洪鐘成此調，非同林杪囀新鶯。

言朝楫耐偲

讀《鶴歸來》傳奇感賦瞿忠宣事

一角山河剩，西南半壁天。幕中有俠客（楊碩甫），方外契神仙（玉松子）。血染千峯雪（臨刑日，雪大如掌），魂飄萬里烟。遺編吟浩氣，雒誦爲潸然。靖逆先戡定，威名振百蠻。三藩憐桂邸（明季餘孽，桂邸較勝福、唐），大節繼文山。白首惟拚擲，黄冠豈必還？地尋仙鶴嶺，碧血土花斑（仙鶴巖，忠宣畢命處）。

困獸誰能鬬？王師未合圍。將軍先辦走，（師未至，桂林諸鎮俱逃。）窮徼竟安歸？（永歷走緬甸，爲吳三桂所縊。）故土魂應戀，新詞涕尚揮。昆湖傳一脈，忠藎景遺徽。

地故遺銅馬，軍難用火牛。孤城安足恃？王氣已全收。犬爲堯非主，狐還首正丘。投荒甘效死，可是覓封侯（桂王封公爲臨桂伯）？

相與從容死（指張別山），幽囚肯自裁？老臣惟剩髮，（定南諷公爲僧，公曰：『爲僧者，薙髮之漸也。』不允。）冬月乍驚雷。（臨刑，雷大震。）仗節無生理，褒忠已死灰。當年華表鶴，翔舞百千回。

題鶴歸來傳奇

躍馬橫戈殺氣昏，蠻烟瘴雨杜鵑魂。兩間大節惟忠孝，一代名賢是祖孫。殘局西南雲作陣，新詞宮羽墨添痕。鄉閭尚記遼東鶴，何況騷壇屬後昆。

和菊亭自題韻二首

後生景仰在前賢，大義慙無大筆宣。忠悃何曾思鶴唳？哀音只合寄鵾絃。蟲沙當日同遭劫，箕尾千秋自在天。樂府編來述祖德，羨他文思涌如泉。

移宮換羽唱新聲，變徵悲涼涕淚橫。國破家亡天地閉，雷轟電閃鬼神驚。固知螳禦微難濟，喜荷鸞封晦用明。愧我小巫早氣索，風雲月露比流鶯。

疊前韻次和

少日才名數汝賢，老成義問更昭宣。卅年友誼推同譜，一片騷場悵獨絃。弔古人文未墜地，表忠帝治正光天。當年莫怪無成事，阨運方丁是下泉。

唱和無非求友聲，披吟那禁淚交横？猶餘浩氣歸魂壯，未泯丹心破膽驚（謂殮時目忽開也）。骸骨首丘仍得正，精靈終古未忘明。攜將劇本同咨賞，敢附嚶鳴出谷鶯。

再疊前韻

慕義成仁重昔賢，一腔熱血口能宣。招魂調叶楚人些，寫怨聲傳蜀國絃。弟子同心糜踵頂，幕僚高誼薄雲天。降臣多少貪新寵，此日何顔遇九泉！

啼遍空山杜宇聲，勝朝公亦一田横。遺骸自有靈蛇護，舉槥都因大鳥驚。黨附東林原卓犖，節留西粵最光明。繁絃急管尤淒絶，不用紅牙囀似鶯。　周昂少霞

再和菊亭自題鶴歸來韻

菊亭著《鶴歸來》傳奇，余已和其自題之韻矣。尋見周少霞屢疊原韻，余興至，再和之，蓋余於松仙有不能釋然者。又菊亭富文才，弱冠舉於鄉，今將謁選，更欲其再赴禮部試也。

自古難分姦與賢，蓋棺論定品斯宣。三藩事去灰如燼，一個臣亡聲絶絃。臨死寸心依北闕，成仁大節壯南天。松仙何竟窮無術？静坐深山聽澗泉。

當年浩氣有遺聲，名裔傳奇筆陣横。殘局有棋難下著，破巢護子不教驚。增光吾邑千秋乘，好殿前朝一代明。大製更當成《雅》、《頌》，緣何懶和上林鶯。　言朝楫耐偲

和菊亭自題鶴歸來韻

北斗而南此一賢，孤忠好藉弱毫宣。鼓鼙空整三千騎，破瑟休彈廿五絃。志節從容甘負地，

精魂亙古自擎天。成仁取義知前定,大海端歸法耨泉。

山隅豈漫振天聲,要卜庚庚應大横。自昔鯨騎紛鬼哭,即今鶴唳尚神驚。千秋浩氣奔雷殷,萬代恩光慰雪明。我拜忠宣歌仰止,敢將渴驥贊繁鶯!　陸在元藕房〔一〕

題鶴歸來和菊亭原韻

桂邸諸臣孰最賢?粤西留守效旬宣。身投萬里膏斧鉞,事隔百年流管絃。談往鶴歸虞嶺樹,觀場人識桂林天。試聽辛木悲風起,淒咽聲如拂水泉(公墓在拂水岩)。

特將舊事播新聲,忠孝流傳意氣横。莫道當場空目眩,何人聽曲不心驚?大綱共仰興朝紀,軼事全憑後裔明(菊亭爲公六世從孫)。絕勝少陵蜀相咏,好音隔葉衹黄鶯。　周杏芳藹林〔二〕

【箋】

〔一〕陸在元:　字主調,一字主藹,號藕房,錢塘(今浙江杭州)人。乾隆五十五年(一七九〇),任蘇州府同知。五十八年,署蘇州府管糧通判。嘉慶二年(一七九七),調常熟知縣。工詩善畫。輯《慎守編》。傳見《墨林今話》卷八、《清代畫史增編》等。

〔二〕周杏芳:　字乾一,號藹林,常熟(今屬江蘇)人。清諸生。殫心經史,遇祕鈔本,必手自繕錄。曾參與張海鵬《學津討源》校讎。著有《春秋左傳分國》、《禮記輯注》等。傳見黄廷鑒《第六絃溪文鈔》卷四《外舅靄林周先生傳略》、光緒《常昭合志稿》卷三二、民國《重修常昭合志》卷二〇等。

（鶴歸來）題詞

蔣攸銛 等

天設名場困此人，文章磊落性情眞。游經關塞詩兼史，曲譜忠徽妙入神。一片宮商含鐵石，半生琴酒雜風塵。詞壇久擅扶輪手，富貴何須早致身！蔣攸銛礪堂〔一〕

舊德清芬劇可傳，家聲磊落溯忠宣。如椽筆寫文山節，無敵詩成供奉篇。經濟自饒理縣譜，風流雅稱孝廉船。他時五袴聞歌後，定見龔、黄奏最先。鎮洋李錫恭蘅塘〔二〕

慷慨赴死易，死得其所難。古語傳至今，念之每長歎。有明瞿留守，力欲迴狂瀾。虞淵日已薄，喑喑家國殘。自甘飛碧血，不學戴黄冠。騎箕歸何處？大節壯河山。菊亭其從孫，胷羅萬卷寬。一門萃忠孝，述德託毫端。清詞付優孟，榜樣萬古看。今豈無作家，世豈無稗官！徒令談不根，篇帙空浩漫。乍聽老鶴鳴，衆鳥聲已闌。西林書雲望亭〔三〕

一聲清唳鶴歸來，絃管聲中見史才。著意教忠還教孝，天驚石破瘴雲開。

一聲清唳鶴歸來，破碎河山化劫灰。到得殘棋無著處，相公血染杜鵑哀。

一聲清唳鶴歸來，萬里孤孫負骨回。拂水岩頭高冢在，溪毛曾擷拜蒿萊。

一聲清唳鶴歸來，白髪諸孫譜曲哀。錫白粥香同旅泊，旗亭和我醉金臺。長洲韓是升旭亭〔四〕

【金縷曲】老淚眞堪惜。悔年來花前燭底，無端偷滴。力掃風華標至性，寫出一腔熱血①。方不負、才人之筆。難得忠魂邀曠典，許白頭孫子傳奇節②。千載下，皎如日。　軟紅塵裏持鞭揖。譜新聲行間密字，穿雲裂石。見③說雁門秋色老，吹向關山長笛。看④到處、旗亭畫壁。（先生著《雁門秋》傳奇，甫脱稿，已流傳日下矣⑤。）此曲雙鬟休付與，怕臨風飛去。寥天一鶴，能和也嗚咽⑥。長洲詹應甲湘亭〔五〕

【金縷曲】建業降幡豎。問誰將桂林殘局，隻身搘⑦拄。留守原知難獨守，成敗付之天數。好接踵、揚州閣部。況有睢陽能共死⑧，看從容柴市同歸去。天亦感，降雷雨。　汗青歷久丹心著，喜忠宣易名異代，特邀恩⑨許。精衛空留填海恨，且化鶴還故土。卻贏得、文孫述祖。鐵板銅琶才一唱，惹當場⑩客淚青衫注。人與曲，共⑪千古。武進趙懷玉味辛〔六〕

國步多艱始用賢，高牙嶺嶠賴蕃宣。孤忠名已垂方策，《浩氣吟》先被管絃。碧血一腔眞入地，黄門幾疏屢回天。草堂抛卻忘家久，憑弔空懷百頃泉。（吳梅村《東皋草堂歌》『百頃流泉浸花竹』。）

輶軒曾到想英聲（甲午使粤〔七〕，公宴風洞），洞口遥瞻玉笋横。西粤鵑啼軍早潰，東皋鶴唳里方驚。易名已荷奎章煥，植節原同皎日明。譜出宮商爭擊節，皇州那復聽春鶯。烏程戴璐菔塘〔八〕

新詞讀罷識英賢，大節常教奕世宣。樂府教忠傳信史，杜鵑啼血託哀絃。偏隅已竭孤臣力，空手難扶一線天。純孝文孫眞不忝，汗青相繼耀黄泉。

曉烏聲裏鬼車聲，風影淒涼月影横。洪相歸來骸骨冷，蘇卿別去夢魂驚。兩間浩氣留西粤，一寸丹心報故明。阿鵲鹽翻華表鶴，寧同攜酒聽黄鶯。震澤蒯嘉珍聘堂〔九〕

化鶴歸從瘴海濱，興亡如夢愴前塵。河山戰敗無餘地，文武逃空剩隻身。青史一編留押卷

（《明史》以公爲列傳終卷），朱衣雙引去成神。（公死後，爲蘇州城隍神，見錢遵王詩注。）覆巢之下猶完卵，想見興朝祝網仁。（公在桂林拒戰時，江南久入我朝，其家在常熟，眷屬俱無恙，足見是時法網之疎闊。）

江陵孫子亦英風，來共殘棋一局終。不死則降無兩法，倡予和汝有雙忠。青山何處呼皋復？白首同歸作鬼雄。楊震自能招大鳥，豈須鎩羽比遼東！

風洞山前土尚香，從容就義耿剛腸。久拚白刃爲歸路，肯乞黃冠返故鄉？宗澤心期河速渡，福興身殉國垂亡。（宗汝霖守汴，完顏福興守燕，皆留守事。）易名貞荷如天度，偏爲殷頑特表彰。陽湖趙翼雲崧〔一〇〕

（以上均《傳惜華藏古典戲曲珍本叢刊》第五九冊影印清嘉慶間秋水閣原刻本《鶴歸來》卷首）

【校】

①熱血，詹應甲《賜綺堂集》卷二五《題瞿菊亭孝廉鶴歸來傳奇》作『血赤』。
②節，《題瞿菊亭孝廉鶴歸來傳奇》作『迹』。
③見，《題瞿菊亭孝廉鶴歸來傳奇》作『聽』。
④看，《題瞿菊亭孝廉鶴歸來傳奇》作『想』。
⑤小注，《題瞿菊亭孝廉鶴歸來傳奇》作『菊亭新製《雁門秋》，尚未脱稿』。
⑥能和也嗚咽，《題瞿菊亭孝廉鶴歸來傳奇》作『能語也悽悒』。
⑦揞，趙懷玉《亦有生齋詞集》卷三作『撐』。

⑧死，趙懷玉《亦有生齋詞集》卷三作『命』，並有小注云：『謂張別山司馬。』

⑨恩，趙懷玉《亦有生齋詞集》卷三作『褒』。

⑩惹當場，趙懷玉《亦有生齋詞集》卷三作『早滿堂』。

⑪共，趙懷玉《亦有生齋詞集》卷三作『並』。

【箋】

〔一〕蔣攸銛（一七六六—一八三〇）：字穎芳，號礪堂，鑲藍旗漢軍人。乾隆四十九年甲辰（一七八四）進士，選庶吉士，散館授編修。嘉慶初，遷御史。五年，出爲江西吉南贛道，署按察使。累官至軍機大臣、文淵閣大學士、兩江總督，加太子太傅。左遷兵部右侍郎。謚文勤。著有《繩枻齋詩稿》、《黔軺紀行集》等。傳見《清史稿》卷三六六、《清史列傳》卷三四、《續碑傳集》卷二、《國朝耆舊類徵初編》卷三八、《詞林輯略》卷四、《八旗文經》卷五九、《昭代名人尺牘續集小傳》卷三、《清代河臣傳》卷三、《清代七百名人傳》、民國《奉天通志》卷一五四等。參見蔣攸銛撰、蔣霨遠補續《繩枻齋年譜》（道光十五年家刻本）。

〔二〕李錫恭（？—一八一四）：字協襄，號蘅塘，太倉（今屬江蘇）人。乾隆六十年乙卯（一七九五）舉人，嘉慶元年丙辰（一七九六）進士，散館授編修。歷官至侍講學士，引疾歸。工書畫。傳見民國《寶山縣續志》卷一四。

〔三〕書雲：號望亭，西林（今屬廣西）人。生平未詳。

〔四〕韓是升（一七三五—一八一六）：字東生，號旭亭，又號樂餘，元和（今江蘇蘇州）人。韓騏子。乾隆二十二年丁丑（一七五七）貢生。爲禮親王昭槤師。歷主金臺、陽羨、當湖諸書院。以子崶貴，封光祿大夫。著有《聽鐘樓自訂初稿》、《聽鐘樓自訂續稿》、《聽鐘樓詩稿》、《治隱園文鈔》。傳見《清史稿》卷三五二《韓崶傳》附、《國朝耆獻類徵初編》卷一〇三、《湖海詩人小傳》卷三四、民國《吳縣志》卷七一等。

〔五〕詹應甲（一七六〇—一八四〇後）：字鱗飛，號湘亭，祖籍婺源，落籍吳縣（今江蘇蘇州）。乾隆庚子（一七八〇）、甲辰（一七八四），高宗南巡，兩次獻詩賦，蒙召試賜錦。五十三年戊申（一七八八），順天鄉試舉人，七上春官，未第。歷任湖北天門、恩施、漢陽諸縣知縣。官至宜昌府通判、直隸州知州。晚年退居，寓鶴園。年八十餘卒。著有《賜錦堂集》、《桐蔭小錄》等。傳見民國《重修婺源縣志》卷二四。詹應甲《賜綺堂集》卷二五有《題瞿菊亭孝廉鶴歸來傳奇》（清嘉慶間刻本），應是原稿。

〔六〕趙懷玉（一七四七—一八二三）：字億孫，號味辛，又號映川，別署琬亭、涒皋、牧庵、牧庵居士、賸人繩男子，陽湖（今江蘇常州）人。乾隆四十五年庚子（一七八〇）南巡，召試，賜舉人，以內閣中書通籍。嘉慶五年庚申（一八〇〇），外選山東青州府同知。七年，署登州、兗州二府。明年丁父憂歸，遂不復出。晚年主講通州文正書院、陝西關中書院、湖州愛山書院。校刻《韓詩外傳》，世稱善本。著有《亦有生齋詩鈔》、《亦有生齋文集》、《亦有生齋集樂府》、《亦有生齋詞集》等。傳見《清史稿》卷四八五、《清史列傳》卷七二、《碑傳集》卷一一〇陸繼輅《墓志銘》、《國朝耆獻類徵初編》卷二五七、《國朝先正事略》卷三五、《清儒學案小傳》卷一二、《國朝詩人徵略初編》卷四七、《湖海詩人小傳》卷三七、《昭代名人尺牘小傳》卷二〇、《清代毗陵名人小傳》卷五、《皇清書史》卷二五、《清朝書畫家筆錄》卷二等。參見趙懷玉《牧庵居士自敍年譜略》（道光間刻《亦有生齋續集》附本）。趙懷玉《亦有生齋詞集》卷三有此詞。

〔七〕甲午：乾隆三十九年（一七七四）。

〔八〕戴璐（一七三九—一八〇六）：字敏夫，號菔塘，別署吟梅居士，烏程（今浙江湖州）人。乾隆二十八年癸未（一七六三）進士，自工部主事，歷太僕寺卿，居京都四十年。著有《藤陰雜記》、《石鼓齋雜識》、《吳興詩話》、《秋樹山房詩稿》等。傳見姚鼐《惜抱軒文後集》卷七《墓志銘》、光緒《烏程縣志》卷一八、光緒《歸安縣志》卷三六等。

〔九〕蒯嘉珍： 字蔭雛，號聘堂，又號鐵厓，震澤（今屬江蘇蘇州市吳江區）人。由副貢生，遵例授內閣中書，選大理寺寺丞。改就外府通判，署山東曹州府同知。官至廣西太平同知，調知寧明州，年未四十，以病乞休。工書善畫。著有《樹滋堂詩集》、《粵遊詩鈔》、《銅鼓齋詩集》、《鐵厓詩集》等。傳見《墨林今話》卷一〇、趙蘭佩輯《江震人物續志》、《清代畫史增編》卷三一、《清代畫史補錄》卷四、光緒《黎里續志》卷八、光緒《吳江縣續志》卷二三等。妻錢與齡（一七六三—一八二七），爲嘉興錢陳羣（一六八六—一七七四）孫女。

〔一〇〕趙翼（一七二七—一八一四）： 字雲崧，一作耘松，號甌北，別署三半老人，陽湖（今江蘇常州）人。乾隆二十六年辛巳（一七六一）進士，歷任編修、廣西鎮安府知府、貴西兵備道等。三十八年，歸籍著述，曾主講揚州安定書院。著有《廿二史劄記》、《陔餘叢考》、《甌北全集》等。傳見《清史稿》卷四八五、《清史列傳》卷七二、《碑傳集》卷八六、《國朝耆獻類徵初編》卷二二一、《國朝先正事略》卷四三、《文獻徵存錄》卷六、《湖海詩人小傳》卷二四、《清儒學案小傳》卷九、《清代樸學大師列傳》卷一五、《清代七百名人傳》、《清代毗陵名人小傳》卷四等。參見闕名《甌北先生年譜》（光緒三年四川官印刷局刻本《趙甌北全集》附）。

（鶴歸來）總評

周昂

首齣發端，末齣收場，從來院本所無，菊亭特創爲之。其意匠似仿《桃花扇》，而義較正大。其發端敍友朋，收場敍子姓，又一番結構苦心。不知視丘瓊山《五倫全備》傳奇，優劣何如也？

《賜謚》一節，何等嚴重，寫來卻自灑落。名手之筆墨遊戲，我直欲鑄金事之。少霞。

鶴歸來題詞〔一〕

闕　名〔二〕

世德衰微孰象賢，慚無椽筆述忠宣。貫穿史乘題歌扇，點綴家門播管弦。勝國老臣能抗節，聖皇大度直如天。獨憐孝行猶湮沒，未沐恩波到九泉。（檢討公猶待旌。）哀怨應多變徵聲，觀場莫惜淚縱橫。寫來至孝千秋獨，演出雙忠四座驚。耕石齋空秋月冷，春暉園廢野花明。阿誰攜得新翻曲，斗酒雙柑當聽鶯。

次和周少霞讀鶴歸來傳奇感賦韻

一木難支廈，孤臣漫補天。宣威憑虎將，（謂焦宣國。）授策賴松仙。魂化雙棲鶴，心傷萬戶烟。表忠逢聖代，大節自昭然。

半壁西南地，眞成角上蠻。師生雙信國，出處兩虞山。（公生於虞山，而桂林亦有虞山，故以『虞山』自名其集。）浩氣遺詩在，孤孫負骨還。至今岩石上，狼藉血痕斑。

臥榻難容睡，鷹揚式九圍。成仁先授命，視死只如歸。異矣雷聲殷，哀哉雪刃揮。招魂吟楚些，悽愴咽琴徽。

將帥驅銅馬，（李赤心、郝永忠，皆闖賊餘黨，故以銅馬賊爲比。）儲胥運木牛。（公轉餉，從未缺乏。）老臣力已竭，養士報全收。（《明史》公傳贊云：『明代二百七十餘年，養士之報，其在斯乎？』）效死眞留守，偷生恥比丘。（定南勸公爲僧，不從。）望風誰早遁？廝養盡通侯。

度曲翻新譜，多君費剪裁。悲歌慚郢雪，正氣激霆雷。共訝雲中鶴，誰憐劫後灰？易名光萬古，銀漢並昭回。

次和周少霞題鶴歸來傳奇韻

滄海橫流白日昏，數聲鶴唳認忠魂。別山殉國並無子，臨桂歸骸剩有孫。聲調雍門今古淚，衣冠優孟雪泥痕。自慚門第偏衰落，不敢仍誇虞魏昆。（《吳都賦》：『虞魏之昆』。）

【箋】

〔一〕底本無題名，附於周昂總評之後。

〔二〕此題詞當爲瞿頡撰。

（鶴歸來）跋

胡鳴謙〔一〕

粤稽遏雲振木，薛譚反轍於荒郊；裂石穨山，李謩泛舟於寒渚。臨易水而歌變徵，揮涕千秋；過雝門而發清商，繞梁三日。聲爲之感，聞者欷歔；情有所鍾，形諸咏歎。而況事關忠孝，補國史之遺文；志篤君親，編家書之實錄乎？

菊亭夫子，懷鏤玉雕瓊之思，抒驅濤駕浪之才。弱冠飛鵬，遊來月窟；振衣題雁，滯向雲衢。乃因蕭散之餘閒，借此筆牀硯匣；爰吐激昂之奇氣，寄將象管鵾弦。天際眞人，謝仁祖情移捍撥；府中文士，王摩詰曲製琵琶。哭借長歌，藏魚何處？名從紀實，化鶴歸來。不無慷慨之詞，惟以性情爲主。快先覩也，竊有感焉。

原夫鼎沸中原，海飛山走；戈揮上闕，火激飆馳。鳳閣鸞臺，玉碎徒傷袁粲；熊旗虎帳，金輪早謁劉淵。晉獻之子九人，誰爲重耳？齊桓之存三國，須有夷吾。時則神器無歸，北悵燕京之宗社；爾乃王師既下，南收建業之版圖。馬貴陽棄主於金陵，許定國快讐於睢水；史閣部隕身於江滸，左南寧絶命於坂磯。爰徇江淮，直臨漢沔。拋戈棄甲，驚風鶴以張皇；獻土開城，附雲龍而踴躍。難舉擎天之手，孰懷捧日之心？太息久之，大事去矣。偉人繼起，一個臣迺有忠宣；遺緒苟延，三百祀僅存永曆。少康之一成一旅，刻意中興；墨翟之九距九攻，鞠躬外禦。始也靖藩構亂，消蜃市於須臾；繼之王弁懷姦，掃蜮沙於倉猝。横戈躍馬，焦宣國之英鋒；草檄籌糧，楊儀曹之祕計。非無哲嗣，承親命以居鄉；爰有孝孫，覲祖顔而航海。秋屋文華之義士，同涉波濤；寺僧舶賈之高情，並資囊橐。神明庇佑，颶風頓息於東瀛；卦策占推，指日相逢於西粤。喜一朝之乍見，聽孫兒細訴行蹤；傷半月之遲來，痛祖母早經即世。綸音下賁，特邀賜奠之榮；懿旨傳宣，更荷降婚之典。異數兼優於存没，孤忠願任此安危。事尚可爲，身何足惜？

無何將軍跋扈，遽操同室之戈；士卒跳梁，盡釋公徒之甲。寶臣玩寇，魏博營開；王翊犒師，涇原兵噪。登壇宣誓，三軍聞慟哭之聲；問道投降，四境見分崩之局。歎臥龍之拜表，利鈍難知；勞召虎之專征，經營不就。人心已去，蒼黃壞萬里長城；臣志靡他，清白思一隅淨土。點點中宵之雨，血淚偕零；淒淒昧旦之風，哨聲忽至。蒙我友相依不舍，或起或泣從之；計此時何待多言，吾戴吾頭來矣。

嗟乎！四十日之餘生，到頭不變；百千年之定案，立腳原牢。風洞山前，雪飛掌大；鶴岩嶺上，雷轉心搖。嚼指題詩，碧血沁磋硪之石；叩頭謝主，丹心攖銛鍔之刀。迨乎視殮寒林，目猶含怒；自此歸魂故里，骨亦留香。斯固天地鑒誠，鬼神欽烈者也。至今恩戴天朝，不替褒忠之祀；名光人紀，用頒錫謚之文。追信國以齊芳，公何恨也；託梨園而演劇，世共知之。於是樂府編成，才調久推玉茗；傳奇譜就，豔詞不數烟花。揚先世之清芬，應羞圓海；作他年之勝本，還遇云亭。劌目嘔心，暫假伶工之笑貌；徵聲選色，詎同優孟之衣冠。定知價重雞林，一時紙貴；若使奏諧鶯院，四座聲消。白太傅淚濕青衫，應當燈灺酒闌之會；馬季常經傳絳帳，曾侍琴調笛韻之旁。

受業胡鳴謙謹跋。

（以上均《傅惜華藏古典戲曲珍本叢刊》第五九冊影印清嘉慶間秋水閣原刻本《鶴歸來》卷末）

【箋】

〔一〕胡鳴謙：字吉山，常熟（今屬江蘇）人。乾隆五十三年戊申（一七八八）舉人。從吴蔚光、瞿頡遊。經義有根柢，古文亦淵雅。晚年主講河南書院。傳見光緒《常昭合志稿》卷三〇、民國《重修常昭合志》卷二〇等。

雁門秋（瞿頡）

《雁門秋》傳奇，《今樂考證》著錄，現存烏絲欄鈔本，上海圖書館藏。

題雁門秋傳奇

邵葆祺　等

當年橫劍嚮蓊塞，曾倚斜陽吊古祠。今日挑燈看法曲，淒涼恍憶踏歌時。（予乙巳年在代州〔一〕，曾訪公祠。）

重起祠堂對暮雲，招魂何處故將軍。爭如江外梅花嶺，秋草茫茫閣部墳。

讀罷殘碑感未休，幾人心爲古人留？遙知剔蘚捫蘿際，側帽橫驚一雁秋。

潰圍事本異哥舒，百口同傷歷劫餘。燐血模糊環珮冷，邊人淒煞老尚書。

誰遣潼關四扇開，陣雲渺渺雨聲哀。書生成敗休輕論，從古衰朝哭將才。

詔獄曾拘百戰身，銀鐺影裏賚勞臣。九重欲喜中樞怒，閫外誰容著此人。

柿園一戰恨漫漫，修到沙場死最難。馬革不歸心史在，全家鬼影自團圞。

驚天更說周忠武，不許妖龍近墓飛。卻笑無人築堤堰，平明陡見一山圍。

瞿曇老去善悲歌，《敕勒》聲中感慨多。譜出泉臺無限淚，歸魂依舊晉山河。

靈旗遥捲雁來天，冠佩應知望儼然。他日青山重載酒，墓門先貫打碑錢。邵葆祺〔二〕

短衣匹馬到雲中，拂薜題詩特表忠。欲與梅村爲後勁，毫端颯颯起悲風。

荒祠頓覺焕然新，劍佩弁珈像逼眞。難得使君能好事，瓣香人盡識忠臣。

《鶴歸來》已譜忠宣，盛事還將白谷傳。慣寫國殤眞面目，不曾豔曲學臨川。

周將軍昔守孤城，力屈全家盡殞生。寧武關前遺壘在，願君更與譜新聲。張燮〔三〕

朔風勁捲代雲愁，匹馬衝寒絶塞遊。負此才華凌百氏，揭將忠義焕千秋。時逢祲歲心先痛，詩咏荒祠淚並流。今日雁門崇廟在，表揚應共記依劉。

纔脱銀鐺赴戰場，黄巾氣焰正猖狂。甲申數盡中原沸，庚癸呼窮大將亡。憶昔沉淪悲雁塞，於今忼慨賦鴻章。忠臣才子心心印，報國全憑有熱腸。

豪情憑吊柿園邊，且託梨園曲譜填。自入燕京先快覩，大司馬廟遂爭傳。將軍歿矣抛戈甲，詞客存之播管絃。豈獨梅村佳製在，烏絲今更寫新箋。

往來恭跋《鶴歸來》，雒誦循環已數回。不道雁門秋色冷，更看螭匣夜光開。忠宣艱苦同忠靖，逸事稱揚仗逸才。若使徵聲齊入唱，半空風雨暗歌臺。胡銑〔四〕

《代雲》一卷渉艱儔，十二年前塞上遊。今日蒼涼壞舊迹，新詞譜出《雁門秋》。（《代雲集》，先生游代時所著詩也。）

舉廢全憑一紙詩，如椽大筆信淋漓。也虧好義當官在，不枉先生吊古祠。

我亦當時幕裏人，端應自味誦斯文。傷心秋嶽風流盡，唱徹悲歌不忍聞。（先外舅嘗以先生爲竹垞，而自比於秋岳。）　景爕〔五〕

（上海圖書館藏烏絲欄鈔本《雁門秋》卷首）

【箋】

〔一〕乙巳：乾隆五十年（一七八五）。

〔二〕邵葆祺（一七七一—一八二七）：字壽民，號嶼春，别署情禪，直隸大興（今北京）人。嘉慶元年丙辰（一七九六）進士，歷官吏部稽勳司員外郎。工詩詞。著有《橘東詩草》、《司勳存稿》、《情禪詞》等。傳見同治《畿輔通志》。

〔三〕張爕（一七五三—一八〇八）：字子和，號蕘友，又號理齋，常熟（今屬江蘇）人。孫原湘（一七六〇—一八二九）姐夫。乾隆四十三年戊戌（一七七八）、四十五年庚子（一七八〇），兩次獻賦行在，召試二等。五十三年戊申（一七八八）舉人，五十八年癸丑（一七九三）進士，選庶吉士。改刑部主事，歷員外郎。外擢浙江寧紹台道，卒於官。工駢文。著有《味經書屋詩稿》、《養方寸齋課本》等。傳見孫原湘《天眞閣集》卷四七《墓志銘》、《詞林輯略》卷四、《清代畫史增編》卷二五、民國《重修常昭合志》卷二〇、邵松年《虞山畫志續編》等。

〔四〕胡銑（一七二九—一七八二後）：字律鐘，號笠峯，别署爾櫟翁，上虞（今浙江紹興市上虞區）人。諸生。官教諭。善畫山水。著有《有獲堂詩集》。傳見《越畫見聞》卷下。

〔五〕景爕（一七六五—一八二五後）：字畫山，號閬仙，常熟（今屬江蘇）人。清嘉慶三年戊午（一七九八）舉人，以謄録授知縣，歷任安徽繁昌，福建海澄、建安等縣。因失察，左遷崇安縣丞，卒於官。著有《漱霞閣詩文集》、《漱霞閣試帖》。傳見錢祿泰輯《虞山七家試律鈔》、光緒《常昭合志稿》卷二七等。

紫霞巾（陳烺）

陳烺（一七四三—一八二七），字士輝，號東村，別署榕西逸客，閩縣（今福建福州）人。乾隆四十二年丁酉（一七七七）舉人。五十八年，官福建德化訓導。歸鄉後，授徒自給。著有《莊子注》、《杜詩注》、《垂老詩集》等。撰傳奇《紫霞巾》、《花月痕》，皆存。傳見民國《福建通志·藝文志·别集·清二》、民國《德化縣志·職官·訓導》、民國《閩侯縣志·藝文上》等。參見林慶熙《福建戲史録》『福州陳烺作傳奇劇本』條、鄧長風《五位清代福建戲曲家暨林昌彝生平考略·陳烺》（《明清戲曲家考略續編》）。

《紫霞巾》傳奇，《國立北平圖書館戲曲音樂展覽會目録》、《齊氏百舍齋戲曲存書目》著録；《古典戲曲存目彙考》著録，誤署『陳棟』作。現存嘉慶六年（一八〇一）自刻本，《傅惜華藏古典戲曲珍本叢刊》第六八册、《鄭振鐸藏珍本戲曲文獻叢刊》第四二册據以影印。參見王漢民輯校《福建文人戲曲集·元明清卷》（二〇一二）。

紫霞巾序〔一〕

吴斯勃〔二〕

漢魏樂府，六朝豔歌，皆古詩之流。唐、宋人古近體之外，别有詩餘，是謂填詞。有詞即有調，如正宮、中呂、清商、大石之屬，按譜填詞，即抗聲合調。元人又別爲曲，有雜劇、院本，則傳奇之事興焉。元曲百家，實甫、東嘉而外，絶豔驚才罕有。明季暨國初，諸老宿閒情遣興，各有傳奇，然名本亦不能數數覯矣。

同鄉東村先生，篤學清脩，以名孝廉選邑令，改授德化學博士，旋告病歸。向嘗授徒講學，多所成就，幾若文中子之在河汾矣。丹鉛暇日，娛東山之絲竹，譜南部之烟花，製《紫霞巾》傳奇三十折。受而讀之，大旨名士必悦傾城，美人當爲情死，情之至者，死可復生。其杼軸，則湯若士之《牡丹亭》、洪昉思之《長生殿》也；其藻采清新，則《北西廂》之王實甫也；其性情眞摯，則《琵琶記》之高東嘉也；其洪音亮節，則徐文長之《四聲猿》、尤展成之《鈞天樂》，兼有之。『是眞名士自風流』，於兹益信。或云：閩語不諧中州韻，難被管絃，僅填詞而已。余嘗以質諸善謳者，亦謂按譜填詞，自能抗聲合調。今即以填詞論此本，不但無愧元明好手，等而上之，辛、蘇、秦、柳，太白、飛卿，《蘭畹》、《金荃》，亦無不具焉。非阿好也，指日剞劂告成，請即以管蠡之談爲嚆矢。

嘉慶辛酉夏五，同學愚弟吳斯勃拜稿〔二〕。

（《傅惜華藏古典戲曲珍本叢刊》第六八冊影印清嘉慶六年自刻本《紫霞巾傳奇》卷首）

【箋】

〔一〕底本無題名，據版心題。

〔二〕吳斯勃：字光治，號秋士，閩縣（今福建福州）人。乾隆二十七年壬午（一七六二）舉人，授興化府教授。

四十四年，署福建寧德教諭（見乾隆《寧德縣志》卷三）。五十三年，任臺灣府嘉義縣教諭（見民國《福建通志·臺灣府五》）。嘉慶八年（一八〇三），任福建仙遊訓導。

〔三〕題署之後有陽文方章二枚：『斯勃』、『秋士』。

紫霞巾序〔一〕

鄭振圖〔二〕

僕嘗貰酒長安，畫遍旗亭之壁；徵歌吳會，纏殘菊部之頭。結交名士，劇笑冬烘；厭棄時文，殆同宿唾。竊謂六詩三筆，文詞以我法爲工；累牘連編，杼柚以余懷入妙。言泉萬斛，奚八比以規規；文派百家，詎半山之齗齗。慨白雪之久襲，覺俳諧以猶眞。三疊《陽關》，天際之雲忽遏；一聲《河滿》，簾前之淚交並。知笑罵別有文章，豈風騷遂非詞曲？

曩者浪迹吳趨，戲成院本。當風衣帶，操絃則玉指三千；啣雨歌脣，泛櫂亦紅闌四百。渴思鄉味，扮陳紫作佳人；忝附才名，借青蓮爲粉本。《鬱輪袍》吾知免矣〔三〕，《荔枝香》我且爲之〔四〕。嗟夫！青天莫問，誰添柳宿之星；碧海無邊，空下蓬山之石。年年報捷，潮撼錢唐；咄咄書空，騎歸太末。汲長孺積薪頭上，嘆閲人多；顔平原乞米人間，行將身隱。無何莽莽深山，攜來杖屨；團團朝日，照見鹽虀。一身較曼倩而長，平分飢飽；終歲鼓昭文之曲，不見成虧。先生久居此乎？弟子惑滋甚也。

乃者三鱓連翩，忽墜槐堂之硯；萬花飛舞，紛飄芸閣之籤。端龜振筴，卜是何祥？剖鯉傳書，得來名作。蓋吾友陳東村，以《紫霞巾》傳奇至矣。咄哉！才非沈約，何由示及雕龍；文是揚雄，奚慮世無吐鳳。《三都賦》自然紙貴，玄晏何爲？《戰場文》不待思精，張衡奚贅？

僕與東村，生如蛩蟨，借文字作因緣；古有莊、施，外形骸成莫逆。雖東魯萬人之海，不行者惟此兩生；而南豐一瓣之香，同志也尤推獨步。蓋東村天上歲星，生前明月。靈珠手握，偏記事以纍纍；智鏡胷羅，妙擇言之雅雅。況乃踸踔百家，牢籠萬態。讀《離騷》而不飲，竟得時名；焚腹稿以如遺，獨傳家誡。爰有賢郎，殆無儔匹。豫章之材，甫茁勢已輪囷；飛黃之齒，猶駒步逾尋丈。縛袴作萬言之賦，立地淩雲；瑣闈擢五字之才，一朝破壁。羨如斯之瓜葛，誠不滅乎楂梨。

顧東村月中桂樹，昔曾一斫吳剛；陌上桃花，偏怯重逢夢得。襴衫席帽，何如荷芰仙衣；冷炙殘杯，豈勝醍醐書味。而且逆辭五斗，較彭澤以尤高；遄避四門，比昌黎而更達。低頭東野，吾愧爲雲；學步邯鄲，誓將何日？既論心而至此，思咋指以徒然。欲從夢裏追歡，至竟川塗間闊；聊藉酒酣讀曲，猶賢杵臼流連。獨異者，媚曆高權，宋玉則三年未許；殘山剩水，南唐則一晌貪歡。

東村曳履蓬頭，俗幾疑爲傖父；褒衣博帶，世或號爲『書癡』。貴異謝安，常執蒲葵對客；貧如坡老，愛攜笠屐觀場。設帳談經，絶少後堂女樂；論金諛墓，並無潤筆妖鬟。胡爲託興於香奩？抑且寄情於蘭畹。大抵維摩示病，聊散空花；法喜無妻，感懷遺桂。借他兒女，繪鴻泥雪爪之痕；攄我襟懷，譜《燕子》、《春燈》之調。陶靖節願爲絲履，不關白璧微瑕；宋廣平偶賦梅花，仍舊剛腸似鐵。

僕眞知己，世復幾人？惟是文壇久闕，樂府長封。韓、柳、歐、曾，僅作《童蒙》、《香草》；辛、蘇、周、柳，概云藝苑卮言。奉帖括爲金科，畸士則千人俱廢；按詞章之玉尺，鯫生必七聖皆迷。緊描頭畫角之各詡專家，而繡口錦心者率兼二妙。天邊井水，人歌柳七之詞；市上弓衣，戶繡龍標之句。章縫可老，咥其笑宦稿房書；蓬蓽而行，慨以慷酒旗歌板。遙識綠榕深處，大開魚里之場；《紅豆》歌終，新得鴛針之譜。客勿驚於四座，請齋心鑄賈島黃金；僕立就以千言，蓋先手畫放翁團扇云爾。

嘉慶辛酉端午日，涵山鄭振圖〔五〕。

【箋】

〔一〕底本無題名，據版心題。

〔二〕鄭振圖（一七五六—？）：字紹俠，號咸山，一號涵山，別署韓門弟子，侯官（今福建福州）人。乾隆四十四年己亥（一七七九）舉人，以大挑任教諭，官福建德化訓導。嘉慶元年（一七九六），調漳平訓導。十六年，任河北臨城知縣。著有《觀瀾堂詩鈔》、《涵山文集》等。撰傳奇《荔枝香》，已佚。傳見民國《閩侯縣志》卷七二。《觀瀾堂詩鈔》卷一〇有《題東村紫霞巾傳奇》絕句二首。其一：『銅瓶過雨研生冰，白晝關門課法興。甚底閒情編菊部，絕勝詩謎鬭春燈。』其二：『遺挂虛存法喜妻，禪心大似絮沾泥。如何綺語難銷盡？會嚮箜篌覓舊題。』（清嘉慶十八年刻本）

〔三〕《鬱輪袍》：明王元壽有《鬱輪袍》傳奇，《遠山堂曲品》著錄，已佚。明張琦有《鬱輪袍》傳奇，現存明崇禎間刻《白雪樓五種曲》本。

〔四〕《荔枝香》：未見著錄，已佚。《觀瀾堂詩鈔》卷六有《去歲在吳門制荔支香傳奇至京邸失去》絕句三首，《復得荔支香疊前韻》絕句三首。諸詩紀年『己酉』，即乾隆五十四年（一七八九），則是劇作於乾隆五十三年。

〔五〕題署之後有印章二枚：陰文方章『振圖私印』，陽文方章『涵山』。

紫霞巾傳奇題詞

林　熑　等

秉鐸兼推顧曲長，新聲一片叶宫商。池頭無數遊魚聽，不獨三鱣集講堂。

兩才相感逗情波，梅友同心是玉娥。死死生生緣始合，人間好事信多磨。

許多離合與悲歡，兒女心情有百端。誰把良緣牽縛定，紫巾應作赤繩看。

中年綺夢絮沾泥，法部翻來意轉迷。尚擬我歌君按拍，春風秋月畫樓西。崑石林熑〔一〕

詞人胷次本多奇，幻出波瀾信復疑。離合悲歡渾是夢，更從夢裏覓相思。

翻雲覆雨思偏曲，戛玉敲金句更工。雖復玉蛾入雙燕，青樓不墜舊家風。東崻林兆泰〔二〕

君眞覓句陳無己，我愧談詩葉石林。忽聽江南斷腸曲，也教幽恨起瑶琴。

忍看白壁掩塵埃，好事多磨信可哀。究竟情深磨不斷，紫巾還是舊良媒。

休將舊調按旗亭，且把新聲奏後庭。寄語彭宣諸弟子，一編風雅是傳經。

闌干苜蓿冷於秋，數闋清歌自解愁。唱到完巾聲入破，三鱣堂外月如鈎。書巖葉文超〔三〕
秋風何處哭文章，棄擲猶操翰墨香。妙手風騷推絕代，不徒顧曲屬周郎。
空中樓閣幻奇觀，無數烟雲簇簇團。窠臼別翻新樣本，靈心慧舌佐文瀾。
偶寄情懷可以興，何曾綺語筆端矜。陸郎妙品崔娘操，世道人心此勸懲。
干卿何事獨神傷，離合陰陽觸緒長。慷慨悲歌聲淚迸，阿誰敢復擅詞場。
《春燈謎》續《牡丹亭》，曾掐檀痕教小伶。不讓風流湯若士，更何人數阮懷寧。
秦雲楚雨豈無因，飽啖虀鹽几研親。莫笑冷官閒事業，千秋傳唱《紫霞巾》。畹滋謝春蘭〔四〕
苜蓿秋開冷署花，官閒才調較清華。瑶池阿母擎杯問，果否塡詞亦紫霞？
情海茫茫百感增，淮揚烟月隔簾燈。玉人吹斷簫聲後，夢在紅樓第幾層？孺庭林志仁〔五〕
遙遙水驛與山程，似聽鸞簫下玉清。誰道先生官獨冷，兩行菊部列齋楹。（東村在龍潯學舍寄示。）
齋頭無事譜清歌，卻訝青樓有玉娥。便是維摩爲說法，不教花片著身多。
許多詩筆笑都刊，只把傳奇仔細看。莫怪和凝稱『曲子』，曲高衹恐和偏難。
『曉風殘月』調應同，人道屯田曲最工。三十餘年齋筆硯，笑予衹唱『大江東』。蘇林邱如衡〔六〕
桃李春風植滿庭，共君隔院夜談經。（君掌鐸南安時，余主豐州書院講席。）絳紗獨奏宮商譜，肯許同人入座聽？
『秋波臨去』悟禪因，人訝華嚴法界身。色色空空難著相，幻情記取《紫霞巾》。

梅花詞賦久蜚聲，鐵石依然說廣平。祇解呼爲『好才子』，那知道學屬先生。

一唱芳辭四座驚，阿戎況復擅才名。《三山樂府》多風雅，雛鳳何如老鳳聲。（賢郎登瀛，著有《三山樂府》一卷。）　述言官崇〔七〕

文章吏部詩工部，大筆先生一手持。又把閒情托風月，焚香塡就宋元詞。

鶯花終古滿揚州，譜入新詞付部頭。從此二分明月夜，簫聲低按小紅樓。

士能節義女能貞，鴆鳥何因間舊盟。情海烟波原不斷，春風綠鬢可憐生。

絃管春深奏絳紗，霏霏白雪豔才華。內廷他日宣供奉，一曲昇平進《紫霞》。　心香劉士棻〔八〕

不染緇塵早閉關，久將賦虎擅三山。誰知尚有《金荃》譜，寄在『臨川四夢』間。

曲奏山香舞未停，天花散落滿空庭。好將貝葉親裁剪，細寫《維摩》一部經。（傳奇係余手書付梓。）　片山陳玉崑〔九〕

一幅丹青女士該，雲間陸與博陵崔。吾家小杜鶯花夢，又伴揚州月色來。

大蘇學士柳郎中，綺麗雄渾兩不同。何似焚香讀此曲，曉風殘月大江東。　莣汀杜洲〔一〇〕

瓊枝爲佩露爲餐，脈脈芳心正未闌。自是多情皆似此，不應但作戲場看。

《金荃》格調自天然，句酌詞斟字字妍。豈爲陸、崔傳舊事，三生應自憶前緣。　暖郵俞藍瑛〔一一〕

《花間》弁冕頌《西崑》，雙髻香紅最斷魂。今日瓣香論派別，風流此事合推袁。（溫庭筠詞『雙髻隔香紅』。）

閒來顧曲灑雲箋，拍按紅牙付管絃。擬唱柳屯田好句，曉風殘月綠楊天。

秦淮河畔逐芳津，珍重桃源洞口春。北里胭脂翻小譜，鴛鴦原是姓崔人。

慧業文心託《紫霞》，春風一曲舊琵琶。他時畫壁旗亭畔，『梅子江南』屬賀家。　笏耕馮縉〔一二〕

一肩行李到吾廬，異寶驚將引賈胡。苜蓿滿囊猶有此，可知薏苡是眞珠。（先生自德化回，即寓寒齋，因先得見此。）

誅茅斜傍半軒梅，（寒居近移梅枝里。）細蕊何當羯鼓催？　忽聽《紫霞》歌一曲，滿枝香雪一時開。

受業邱瑞雲〔一三〕

巧將月鏤與雲裁，雅擅西京樂府才。遙隔絳紗歌一曲，可容重到後堂來。

《紫霞》新調奏旗亭，檀板金尊醉後聽。聽到六么花十八，一時低首遍諸伶。　受業丁椿年〔一四〕

瓣香本自奉南豐，誰道還兼玉茗工。今日大江唱東去，低頭慚愧小江東。　受業羅希含〔一五〕

閩南賦虎久傳薪，詞曲誰知又絕倫。從此樂工停院本，旗亭爭唱《紫霞巾》。

扶風雖獲近堂帷，調譜宮商尚未窺。願誦唐人舊詩句，乞留殘錦與丘遲。　受業邱音越〔一六〕

元人詞曲最稱工，滴粉搓酥《百種》中。慚愧雁門舊子弟，未能衣鉢嗣宗風。

忽見吾師絕妙辭，如將全豹一斑窺。季長以後眞風雅，不屬先生更屬誰。

五年杖履尚追陪，遊戲還勝大導師。會得濂溪風月趣，宛然與點暮春時。

而今也擬學長吟，花樣新裁著意尋。日把鴛鴦看數遍，究從何處覓金針。　受業薩廷沛〔一七〕

（以上均《傳惜華藏古典戲曲珍本叢刊》第六八冊影印清嘉慶六年自刻本《紫霞巾傳奇》卷首）

【箋】

〔一〕林熯：字崑石，別署崑石山人，閩侯（今屬福建福州）人。乾隆四十二年丁酉（一七七七）舉人。官南平縣學訓導。工填詞，有《蚓吹詞》行世。傳見民國《閩侯縣志》卷七二、謝章鋌《賭棋山莊詞話續編》卷二『林熯蚓吹詞』條等。

〔二〕林兆泰（一七四四—一八三〇）：字東峙，閩縣（今福建福州）人。乾隆四十四年己亥（一七七九）舉人，以授徒爲生。善醫。著有《禹貢河道考》、《占易一得》、《竹柏山房詩文鈔》等。參見《中國歷代人物年譜考録》正編卷九引林春溥《林東峙先生年譜》。

〔三〕葉文超：字書巖，籍里、生平均未詳。

〔四〕謝春蘭：字畹滋，別署五十三石齋，閩縣（今福建福州）人。嘉慶二年（一七九七）、十三年，兩任光澤縣學訓導。曾評《林雨化詩文集·古文初集》。

〔五〕林志仁：字首端，號孺庭，閩縣（今福建福州）人。乾隆五十一年丙午（一七八六）舉人，未仕。著有《寫意齋詩草》、《賦草》、《試帖》等。傳見民國《閩侯縣志》卷七七。

〔六〕邱如衡：字賓上，又字鴻南，晚自號蘇林，閩縣（今福建福州）人。乾隆四十五年庚子（一七八〇）舉人。著有《分碧齋詩鈔》。傳見民國《閩侯縣志》卷七二。

〔七〕官崇（一七四八—一七九六）：字述言，號志齋，別署志齋居士，侯官（今福建福州）人。乾隆四十四年己亥（一七七九）舉人。曾主豐州書院講席。嘉慶元年丙辰（一七九六），舉孝廉方正，以親意强就徵，行至吳中，病卒。著有《公車草》、《豐州草》、《永陽草》、《常惺齋草》、《志齋居士文鈔》等。傳見謝金鑾《行實》（嘉慶十三年謝氏刻本《志齋居士文鈔》附）、《文獻徵存録》卷五、民國《閩侯縣志》卷七二、《桐城文學淵源考》卷一二等。

〔八〕劉士棻：字周有，一字蕙田，號心香，侯官（今福建福州）人。嘉慶六年辛酉（一八〇一）進士，選庶吉士，改鎮平知縣。歷調歸善、香山。罷歸，一貧如洗。主講玉屏書院。工詩。著有《自怡悅草堂詩鈔》（一名《綠滿齋詩鈔》）。傳見《詞林輯略》卷五、民國《閩侯縣志》卷七二、鄭祖庚《侯官縣鄉土志》卷三等。此組詩又見清道光間劉氏自怡悅草堂刻本《自怡悅草堂詩鈔》卷八，題《陳丈東村（烺）紫霞巾傳奇題詞》。

〔九〕陳玉崑：字片山，籍里、生平均未詳。

〔一〇〕杜洲：字莅汀，閩縣（今福建福州）人。乾隆五十一年丙午（一七八六）舉人，官嘉義教諭。

〔一一〕俞藍瑛：字暖邨，籍里、生平均未詳。

〔一二〕馮縉：字光敦，號笏畊，室名蘭話堂，侯官（今福建福州）人。嘉慶三年戊午（一七九八）舉人。一赴禮闈，即不復出，日以書籍自娛。工詩。嘉慶二十一年丙子（一八一六），刻林桐《來齋金石刻考略》。著有《蘭話堂後金石存》、《唐昭陵陪葬名氏考》、《甑甀稊米集》、《陶舫東窗拾慧》等。傳見民國《閩侯縣志》卷七二。參見王長英、黃兆鄲編著《福建藏書家傳略》（福建教育出版社，二〇〇七）。

〔一三〕邱瑞雲：字雨巖，長樂（今屬福建）人。嘉慶九年甲子（一八〇四）舉人。以孫璋贈朝議大夫、刑部廣西司員外郎。傳見民國《長樂縣志》卷一四。

〔一四〕丁椿年：字楸巖，侯官（今福建福州）人。乾隆五十七年壬子（一七九二）舉人，援例捐員外郎，分刑部。傳見民國《閩侯縣志》卷八七。

〔一五〕羅希含：字號、籍里、生平均未詳。

〔一六〕邱音越：字號未詳，侯官（今福建福州）人。嘉慶三年戊午（一七九八）舉人，四年己未（一七九九）進士。二十二年，官武定府惠民知縣。後調青州府高苑知縣。善書。見民國《閩侯縣志》卷四二。

〔一七〕薩廷沛： 改名侍楓，號香三，侯官（今福建福州）人。嘉慶九年甲子（一八〇四）舉人，官工部員外郎。

附 紫霞巾跋〔一〕

吴梅

情節關目，亦復可人，惜尚少過脈小劇。又作者不能按歌，卻喜摹仿玉茗。須知玉茗《四夢》，捩嗓處至多，不善學之，往往句讀多誤。作者正坐此病耳。

丁巳九月三十日，得此於廠肆。因竭一夜讀盡之，略加評語於每曲下，然不能多也。

長洲吴梅識。

（中國國家圖書館藏清嘉慶六年自刻本《紫霞巾》卷末墨筆書）

【箋】

〔一〕底本無題名。

〔二〕丁巳： 民國六年（一九一七）。

花月痕（陳烺）

《花月痕》傳奇，《國立北平圖書館戲曲音樂展覽會目錄》著錄；《古典戲曲存目彙考》著錄，誤署『陳棟』。現存道光七年丁亥（一八二七）家刻本、清刻本（《傅惜華藏古典戲曲珍本叢刊》第六八冊據以影印）。

花月痕傳奇序〔一〕

林賓日〔二〕

古德誦『臨去秋波』句，頓悟禪機。余謂《西廂》一書，實西來第一義諦，若『影裏兒郎』、『畫中愛寵』等語，知其解者，往往遇之。而末折『草橋一夢』，尤爲大解脱之禪。兹吾友東邨《花月痕傳奇》，其踵《西廂》而超者乎？

東邨以靈山老宿，現文人身。其粲花之舌，指月之手，蓋自三生石上，已種淨根矣。所爲詩古文詞，出非非想天，入無無名地，信所謂天花亂墜，明月前身者。間以其餘，爲元人樂府，言情説性，玉茗風流。前刻《紫霞巾》，久已膾炙人口。而《花月痕》三十折，則尤入不二法門者也。夫花者，月之魄；月者，花之魂。月不與花期，而花自浸月；花不與月期，而月自移花。此不獨蕭、霍二人，隨緣起滅，凡古今一切有情眷屬，都作如是觀矣。

余與東邨結香洛之社，歡若弟昆。每月夕花晨，見東邨據胡牀，撫髀影，自製詞，抑揚抗墜，旁若無人，彷彿若昨日事。今則海山兜率，頓隔平生，把玩遺篇，不勝月缺花殘之愴焉。

東邨已逝，其子壻丁君學海暨諸及門〔三〕，謀以是編，付之剞劂，而問序於余。屬余將有金陵之行，總總未暇，聊出此編以遺之。嗚呼！花月因緣，非空非色；雪泥鴻爪，亦幻亦眞。知東邨者，可相見於語言文字外，彼實甫之《西廂》，猶未免拖泥帶水也夫。

道光彊梧大淵獻孟秋〔四〕，愚弟林賓日拜稿。

（清道光七年丁亥家刻本《花月痕傳奇》卷首）

【箋】

〔一〕底本無題名。

〔二〕林賓日（一七四九—一八二七）：原名天翰，字孟養，號暘谷，福清（今屬福建）人。林則徐（一七八五—一八五〇）父。嘉慶二年丁巳（一七九七），以邑廩生貢成均。晚主將樂正學書院講席，歷十年。著有《小鳴集》、《暘谷日記》等。傳見陳壽祺《左海文集》卷一〇《墓志銘》、林則徐《顯考暘谷府君行狀》（道光七年寫刻本）、民國《閩侯縣志》卷七八等。

〔三〕丁君學海：卽丁鉽，字學海，籍里未詳。陳烺壻。著有《因話錄》。

〔四〕道光彊梧大淵獻：道光丁亥（七年，一八二七）。

花月痕傳奇序〔一〕

陳登龍〔二〕

《花月痕傳奇》者，家東村大兄之所作也。思夫秋風漢苑，覩蘭秀而懷佳人；春水江南，見柳色而思夫壻。名花傾國，豔供奉之才華；金縷提鞋，翻重光之藻調。高唱則銅絃鐵板，亂石驚濤；淺斟則玉管銀箏，曉風殘月。莫不畫從郵壁，歌出雙鬟；譜向羅裙，吹諧兩部。倚聲度處，探原都付《風》詩；品令裁來，濫觴即成院本。

蓋樂府之傳已失，而梨園之幟方張。元人則雜劇先軀，近世亦羣才接踵。引商刻羽，人握靈虵之珠；鏤玉雕金，代吐夢花之筆。描忠寫孝，歌泣淋漓；激濁揚清，情容婞直。隕貞夫之涕，鼓操漁陽；驚庶女之魂，琴鳴漆室。望關山而極目，箜篌與箏築交宣；坐閨闥以談心，《捉搦》合《懊儂》並奏。是皆托左徒之香草，抒彼離憂；仿靖節之《閒情》，伸其鬱結者也。然而文緣義起，聲以心生。惟其敦厚溫柔，庶可感頑驚魅。若乃西廂月下，曲摹濮上桑間；長板橋頭，粧點倡條冶葉。撰《荊釵》以洩私怨，誣至人倫；託《琵琶》以罵傖夫，波及蓋士。縱擅千秋之絕唱，豈能無憾於輿評？

茲則文筆清新，天情開朗。蘸麝煤於筠管，揮去行行；灑鮫淚於濤箋，拈來串串。是以聞孤桐於海上，每至情移；擫短笛於牆邊，都由神悟。爰出減字偷聲之巧，爲傳子虛烏有之奇。命意則水月鏡花，塡詞則《金荃》、《蘭畹》。紅芙鏡畔，搓膩粉以鑄麗人；白玉樓前，買新絲而繡才子。羨彥先之贈婦，容色及時；擬徐淑之荅夫，光儀未奉。始期兩美之必合，無如好事之多磨。地老天荒，上界乏銀潢之渡；花殘月缺，九原嗟金盌之埋。顧霜草之未封，亦胡香之可返。枝交連理，豈同韓冢鴛鴦？影對姮娥，仍合徐家寶鏡。惟是夫夫婦婦，已欣攜手同歸；何以死死生生，乃至遊魂爲變？木接花而花接木，儼如桃李代僵；男成女而女成男，卻笑雌雄難辨。變丈夫爲巾幗，壻可呼妃；化兒女爲塗泥，汝中有我。恍兮惚兮，是耶非耶？

嗟夫！天青海碧，行雲之斷夢難尋；鶴別鴻離，換骨之遺方誰授？而乃煉媧皇之石，補缺憾於蒼穹；移愚公之山，劚幽憂於黃壤。《桃花扇》底，枝枝都作並頭；《燕子箋》中，對對皆成比翼。豈不使如花美眷，聯眷屬者盡是有情；巧剪合歡，入歡場者同歸無恨也哉？然而借香草以言懷，豈眞求女？盼秋波而悟道，正可參禪。結習全空，花散維摩之室；横陳無欲，魂登變化之天。斯又爲醒睡金鐘，警聾木鐸者矣。

僕夙負多情，今尤善怨。嘆坐身適纏磨蝎，致半生常作鰥魚。玉葬珠埋，泉下已歌《三婦豔》；冰清繩直，人間誰寄《白頭吟》？碧落空懸，難望玉簫再世；紅塵徒絆，惟求倩女離魂。桓子野輒喚奈何，情懷黯若；王右軍恐傷遲暮，興致蕭然。況逢驚心動魄之文，偏作痛腹迴腸之語。挑燈細咏，不覺白髮霜加；擊案長歌，遂至青衫淚濕。安得仗君軟語，撥我迷途；藉此眞詮，歸於覺路？用是摘駢言以資識疏，豈徒拈紅杏而寫烏絲。雖復賞心，何知顧曲？識《陽春》之難和，敢希驥尾之蠅；期月旦之可評，擬作佛頭之鴿。

嘉慶戊辰中秋，秋坪宗弟登龍。

【箋】

〔一〕底本無題名。

〔二〕陳登龍（一七四二—一八一五）：字壽朋，號秋坪，閩縣（今福建福州）人。乾隆三十九年甲午（一七七四）舉人，累上公車未第。以大挑知縣，署四川天全州。移江西廬山訓導，陞里塘、安陸、建昌同知。後以憂歸，授徒自給。著有《出塞錄》、《里塘志略》、《蜀水考》、《天全州聞見記》、《讀禮餘篇》、《四時對雪樓雜錄》、《秋坪詩存》

等。甘澍輯《陳秋坪先生遺墨題詠》十卷（道光二十六年福州甘氏刻本）。傳見《碑傳集》卷一〇九、《國朝耆獻類徵初編》卷二五六、《國朝臣工言行記》卷二四、陳壽祺《東越文苑後傳》卷一、民國《閩侯縣志》卷七一、民國《福建通志·文苑傳》卷八等。

（花月痕傳奇）題辭

林　芳等

一瞬龍華燭影搖，藺因絮果會冰消。翻嫌我佛先多事，不斷情根種恨苗。
名士傾城本夙因，鏡光花影畫中身。有情世界無情劫，孰是當機解脱人①？
驚夢離魂顛倒緣，愛河前路即西天。生生死死癡兒女，莫待桃花始悟禪。
腸斷清歌喚奈何，春風痕迹幾消磨。露華泡影儂都曉，公案三生畢竟多。竹佃林芳（一）
燭光閃處結根荄，一杵旋教色界晱。寄語人天諸眷屬，都從鏡裏覓空花。
萬有由來是劫灰，誰將妙諦掃塵埃？看君不但蒙莊筆，親自華嚴法界來。樗翁謝春蘭（二）
悲歡無限夢中緣，一旦相逢便是仙。畢竟霍、蕭情未至，情深何忍更生天？
無端幻境染柔情，濡筆冰甌一洗清。我是癡人難説夢，翻教愁恨一時生。石農沈又田
誰言夢寐竟荒唐，句句含春字字香。安得寫生皆似此？前身君合是蕭郎。
細把濤箋取次裁，宵深幾度落殘煤。紗窗風起紅燈亂，定有散花天女來。若洲杜子蘭
蒼顔白髮寫烏絲，跌宕春風筆一枝。此曲莫傳江外去，誤他兒女費相思。香沙崔渾

高吟聲欲起棲鴉，片片天風落彩霞。認取先生一枝筆，水中月色鏡中花。蓼溪蘇紫臣

死死生生夢亦靈，何人不慕《牡丹亭》？憑君撥轉空中影，多少春眠尚未醒。

吟餘賸欲細評論，標額猶非解脫門。若見虛空皆粉碎，應知花月了無痕。鶴汀卞玉懷

憑空幻寫影樓臺，繡作心腸玉作胎。何處生花傳此筆？知君亦是夢中來。

靜聽寒更鼓漸敲，空庭落月上梅梢。由來不作春風夢，恐是前生影未交。松心盧再植

鏡裏人原影裏人，畫中身即夢中身。休言諸相皆非相，參透虛空便是真。

聖果由來屬佛家，無端脈脈長情芽。根株總向蓮臺種，莫問曇花與杏花。

男偏化女女成男，消息誰從簡裏參。多謝慈悲指真性，還他面目見瞿曇。

法曲應同梵唄宣，不將空色落言詮。何須更倩周郎顧？持向深山問老禪。崑石林煐

人間天上兩迷離〔三〕，後影前身那得窺。畢竟談空空不得，一輪明月萬花枝。春林蕭爆〔四〕

妙手空空思入奇，幾回歡喜幾回悲。曲終底用周郎顧，月滿青天花滿枝。楚麓林材〔五〕

楚些江頭不可招，涕洟何忍唱紅幺？一編遺稿傷收拾，合付旗亭度曲簫。

化身彈指兩相疑，翻盡才人種種思。猶記月明秋院裏，三更紅燭寫烏絲。受業姚懷祥〔六〕

花開易老月難圓，歡喜回頭離恨天。悟得虛空成粉碎，風流何必慕神仙。

心腸鐵石賦梅花，又構新詞配《紫霞》。猶記絳帷檀板響，一聲聲唱月輪斜。

有情眷屬兩魂銷，離合因緣總自招。忽得吾師翻一曲，千秋佳話霍同蕭。

分明筆墨供游戲，棒喝相思苦惱流。獨悵遺編誰顧曲，花枝月色不勝愁。門壻丁鈺

【校】

①孰是當機解脫人，清刻本林芳《竹佃閒話錄》卷下《友人陳東村花月痕傳奇題詞》作『隨色隨空妥認眞』。

【箋】

〔一〕林芳（一七四五—一八一九）： 字挹華，號竹佃，別署淡茹子、竹佃老人，室名蒹葭館，閩縣（今福建福州）人。乾隆三十五年庚寅（一七七〇）舉人，官福建建安教諭。晚年居建陽。善詩文。著有《竹佃詩略》、《竹佃閒話錄》等。傳見徐經《雅歌堂文集》卷一九《小傳》、民國《閩侯縣志》卷七一等。

〔二〕謝春蘭： 與以下沈又田、杜子蘭、崔渾、蘇紫臣、卞玉懷、盧再植，籍里、生平均未詳。

〔三〕此首以下四首，中國國家圖書館藏清道光七年家刻本無，似爲後補。故姚懷祥詩云『一編遺稿傷收拾』，丁鈺詩云『獨悵遺編誰顧曲』。

〔四〕蕭熀： 號春林，籍里、生平均未詳。

〔五〕林材： 號楚麓，閩縣（今福建福州）人。嘉慶間貢生。妻鄭瑤圃，有《繡餘吟草》。福州烏石山鱗次臺，有林材嘉慶三年戊午（一七九八）摩崖題詩，及摩崖榜書『第一山房』。

〔六〕姚懷祥（一七八三—一八四〇）： 字斯徵，號履堂，侯官（今福建福州）人。嘉慶二十三年戊寅（一八一八）舉人，六赴禮闈，不第。道光十五年（一八三五），大挑知縣，歷署浙江象山、龍游、新昌、嵊縣。二十年，調署定海，死難。工詩，善書法。著有《羣經諸解》、《履堂遺稿》。傳見《清史稿》卷四九四、光緒《定海縣志》、民國《閩侯縣志》卷八六、民國《象山縣志》卷二一、民國《龍游縣志》卷一〇、郭柏蒼《葭柎草堂集·定海縣令姚履堂傳》、謝蘭生《詠梅軒思忠錄》卷一（道光二十九年刻本）等。謝蘭生曾輯姚懷祥手迹及同人題詠，爲《姚公遺迹詩鈔》。

(花月痕)評辭

闕 名〔一〕

傳奇雖小道，要是作者有許多文法，借此發洩。不理會他文法，但作詞曲看，便是買櫝還珠。今略舉數則，可窺意匠處。

作文先要認題。題是《花月痕》，痕者，有影無形之謂也。男曰步月，女曰映花，明男女之緣，全是鏡花水月，認眞不得。故開手著一『影』字，影卽痕也。中間照水窺鏡〔二〕，皆影邊事；夢遇畫會，皆影中緣。甚至離魂魂會，『影』字迷離極矣。到末則曰：『影在何處？』連『影』字亦掃去，更爲超無上乘。試看洋洋三十二折，有一字不是『痕』否？

因說是『痕』，故男女二人，始終不令見面，此是作者立定主意處。於水中見，鏡中見，夢中見，畫中見，宴會中見，鏡中自照見，見亦屢矣，究竟不曾覿面相見。到杵擊後，實實相見一面，然已解脫，不是蕭、霍色身矣。一部男女傳奇，卻始終不曾見面，煞是奇絕。說見面，卻不曾見面，說不見面，又不曾不見面，妙絕。

男女之歡，至《重夢》、《畫會》兩折，爛漫極矣。然《重夢》折，是夢中事，又是夢中聽出，又是聽不見，憑空想出。《畫會》折，是畫中事，又是畫中夢見事，又是醒後追想出來。眞虛之又虛，幻之又幻，文心直在縹緲峯頭矣。始終無一毫沾染，亦是作者主意處。不如此，便完不得『痕』字。

恐多嚼口臭也。

《魂會》折可以暢敍幽歡，卻一執手便撒開，此是避俗處。且《重夢》、《畫會》折已寫，此若又寫，便

事是鏡花水月，文亦純是鏡花水月。或從縫中窺出，或從背後聽出，或用追思，或用逆探，或用遙想，或用淩空揣度，總無一筆呆寫。蓋古來文章妙處，全不是呆寫得也。惟《試奩》折，總束上文，用大排調，似乎詁實，然意在反激下文，句句實處，正是句句虛處。

羊腸九折，武彝九曲，大而黄河，小而蟻珠，無不以曲勝者，文心亦然。曲故妙曲，絕故妙絕也。一部三十二折，折折關生，折折兜鎖，合來是大曲折。一折一折，又各有無限迴環處，分開又各具小曲折。卽一闋中，亦必三回四轉，絕無一句直致處。眞旋磨轉輪，不足爲喻也。要曲折，莫妙於轉，愈轉則愈靈，故篇中有轉必勝。

文字要有大頭腦，以慧觀色界，喚醒迷途，此是作者立身分處。

文莫妙於本地風光。李卓吾云：『凡人爲文，皆從外邊攻進裏去。我爲文章，只就裏面攻打出來。』只自各人自有個人之事，各人題目不同，各人只就題目裏滚出去，無不妙者。作者深得此法，故替一个人說話，卽用他本色語，無一字可以移掇，又前後回環入妙。

文字有小處生波法，此正得《史記》妙處。閒中拈一杏花，生出無數波折。須知不是寫杏花，正是寫人。蓋寫人須寫不盡，寫得杏花出色，則人自加倍出色。所謂冷處傳神也。

文字有整齊處，有變化處，不整齊則散，不變化則板。然整齊易，變化難。傳中《重夢》與《畫

會》對，《畫夢》與《題畫》對，《試奩》與《誑娶》對，《牆怨》與《憶霍》對，二『離』二『錯』，更顯然相對，皆一彼一此，相準而立，整齊極矣。然命意製局，脫換殆盡，求一毫相犯不可得，其變化又復何似？閱者須兩兩對勘，方識其妙。

文妙在絕處逢生，令人猜測不出。傳中離而合，合而又離。至《釋鸞》折，則前此葛藤盡斷，只須生旦一會，便完局矣，忽轉出《男離》、《女離》。舟行若窮，忽又無際，此豈復意想所及？

作文託之魂夢鬼神，是力量不濟處，虛幻無憑，易於遮掩也。乃不善寫者，即實寫人事，全無眞意。此則繪水欲波，畫風有聲，令人欲泣欲歌，其精實轉無以過。蓋筆不入，則眞處亦幻；筆入，則幻處皆眞耳。文不能動情，便是死文字；能動情，方是活文字。傳中悲痛淋漓處，不知是筆，是墨，是血，是淚。

作文有專攻一路法。全部有全部題目，一折有一折題目，一闋又有一闋題目。當其寫此折，不復知有下折；寫此闋，不復知有下闋。所以章無累句，句無累字，可謂精能之至。若可分而不可合，可合而不可分，皆非好文字。

文最難是起結，起須疾雷驟雨，結須流水桃花。傳中起處尚工拙半，結則皆峯青江上矣。線索是傳奇筋節，須要逼清，一處逗漏，全局皆散矣。傳中千奇百變，不可端倪，而線索一一分明。蓋將三十二折，打算周疊，然後下筆，非隨時鬬湊得來。

傳奇最怕中間弄不來，忽生个人來扭合，令看者驀然眼生。傳於下半應用的人，早於起手伏下一筆，到應用時，便令看者皆廝熟了。至乞婆、蘇氏二人，前半借作波折，到下半卻是得力的人。不知是因下半方有前半，因前半方有下半，但覺迴環入妙。

《梅洩》、《釋鸞》二折，另是一種筆意。他折如江如河，如花如繡，此則如繁絃急管，輕脆絕倫。

《男錯》折多用本色語，雅近元人。

傳奇最易是末折，亦最難是末折。到此波浪已平，無可播弄，即收拾兜裹得好，亦令人可想而知。此則翻空出奇，臨了又生出峯巒無數，末著更出人意外矣。只男女互換處，舌本瀾翻，抽出無窮妙緒。虧得題目好，方有此好文字；然無此好文字，亦辜負了好題目也。

末折一合即離，閱者謂是脫胎《桃花扇》，誠然。但《桃花扇》原無定要離的根原，只是一時看破。此則與《談因》折相應，不離不完，故題曰《圓影》。非圓蕭、霍二人，乃圓龍華會上二人之影也。因離得合，與《桃花扇》同牀異夢。

眞意子曰〔三〕：　傳奇全部可讀者，惟《西廂》。《琵琶》僅得半，《牡丹亭》僅數折，餘則聚精會神，不過一二折而已，率多耐看不耐讀也。此傳可全讀者，竟有十餘折，誠洋洋大觀矣。

林補山曰：　愈看愈妙，余連看五遍，不能釋手。蓋文之深者，自足耐人尋味也。

淡茹子曰：　氣味穠郁。

林長川曰：　是我輩文人筆墨。

林希五曰：　文貴切題，此當得一『切』字。

吴秋士曰：芊麗纏綿，截截皆到。
倪名端曰：思路深曲，不可究極。
林穉庭曰：空中樓閣，結構獨奇。
謝樗翁曰：中有數篇，竟是絶好大字。
董慶標曰：何處得來！凡大排調處尤好。
陳召亭曰：才氣極大，筆力極透，末數折更出神入化。
陳丕猷曰：明知是筆墨游戲，讀到悲切處，幾欲淚淋。

（以上均《傅惜華藏古典戲曲珍本叢刊》第六八册影印清刻本《花月痕傳奇》卷首）

【箋】

〔一〕該劇正文首頁署『陳村氏評閲』，故此文當爲陳烺撰。

〔二〕此處眉批：『水中見步月，鏡中見映花，所謂鏡花水月。』

〔三〕眞意子：與下文諸人，籍里、生平均未詳。

槎合記（劉可培）

劉可培（一七四三—一八一〇），字元贊，號阮山，室名筠心閣、蜷桂山房，武進（今江蘇常州）

人。增貢生，官候選訓導。嘗客閩、皖、豫、滇。著有《蜷桂山房詩》（道光元年刻本李兆洛輯《舊言集》）、《石帆詞鈔》、《風懷偶錄》。爲王慶瀾（一七八〇—一八二七後）《菱江集》撰序（嘉慶十四年恕堂刻本）。撰傳奇《槎合記》、《繡旗記》、《耆英會》、《繡圖緣》等。前二種現存，合稱《筠心閣二種》。傳見清孫兆淮《片玉山房詞話》、《清代毗陵名人小傳稿》卷七等。

《槎合記》，全名《七夕圓槎合記》，《明清傳奇綜錄》著錄，現存乾隆間鈔本，中國國家圖書館藏。

槎合記序

劉可培

凡雜劇曰傳奇，非傳奇人奇事也，亦傳夫性情之至正者而已。有不可磨之性，遂有不可解之情。自人立性不堅，斯用情不至，見夫忠臣孝子、義夫節婦，其行事足以動天地、格鬼神者，遂駭以爲奇，聖人視之，皆中庸之道也。

然用情之弊有二：不及情則嫌於忍，過情則流於慾。每見有女懷春，才人慕色，以桑間濮上爲韻事，窺穴踰牆爲鍾情。而二三迂腐之儒，則又矯枉過正，幾以男女居室之倫爲可廢焉。抑知天地間情與理同源，慾與情異派。傳有之：『《國風》好色而不淫。』倘所謂以理制情，別情於慾者，非耶？

丙午歲〔一〕，余硯食莆城。於閏七月初七夜，偶閱彭羨門《閏七夕詞》，覺二十年來，別恨離愁，茫茫交集。因思發抒胷臆，托興塡詞，以憑空結撰之人，作本傳寔敍之事。又博采史遷所記《封禪》、《平準》、《河渠》三書，及《司馬相如》、《張騫》、《外戚》、《滑稽》、《酷吏》、《大宛》、《南越》諸列傳，爲曲中之波瀾。三閱月而成三十四齣。其大旨以守禮別慾，爲情場豎狂瀾之砥，以用情於男女者，推廣於父子君臣、兄弟朋友之間，斯又『引而不發』之微意也。若夫篇中摭拾，多漢武以後事，知不免爲識者所譏。然玉茗堂《還魂記》，亦有『宋書生看不見大明律』語，則又當以諒臨川者諒余也已。

孟冬既望，蘭陵劉阮山書於螺江之帶星草堂。

【箋】

〔一〕丙午歲：乾隆五十一年（一七八六）。

七夕圓槎合記序〔一〕

董達章〔二〕

粲花詞客，恆托興以夷猶；浪迹騷人，每寄情於杳渺。是以羈懷感慨，不免平子工愁；彩筆風流，亦復士龍善笑。鍾情正在我輩，暫假諸優孟衣冠；悅意衹是空花，要付與歌聲金石。心光結撰，偶到瑤池；天上恩情，儘堪絲繡。拈來紅豆，記碧落之相思；散去文禽，借仙槎而得偶。窮極變幻，無乖倫理之常；寫盡荒唐，不改性情之正。吾讀劉子阮山《槎合記傳奇》一種，殆遠勝於風月塡詞者矣。

則有臨邛故令，嬌女如仙；司馬遺孤，髫年似璧。喜故人有子，願結絲蘿；惟女聟也才，先矜雛鳳。於時比肩花萼，兩小無猜；攜手庭階，三生何幸！恰逢七夕，同拜雙星。孰憶花嶼蓮塘，王母曾憐名字；偶際金風玉露，銀河宛照前生。雁行而私計齊眉，翼並而翻增愁思。方登福界，小膽頻驚；未到歡場，幽懷竊探。閨中絮絮，星在戶而憐詠薪芻；天外迢迢，仙未學而思遊蓬島。

既乃吟成別賦，彈出離弦，狹路逢仇，調琴賈禍。值文成之欺妄，效徐福以遨游。童子何知，竟作訪仙之使；女兒薄命，恐成啼血之花。同心之結纔分，嚴親獲譴；請室之囚甫脫，讕語虛傳。焉知郎遇成□，引拜黃姑星府；遽使妾邀河伯，言尋碧海波臣。可憐溺籍僉名，聲同一哭；儘許豐碑著烈，讀更堪哀。從教恨水都乾，解道愁根已斷。

不意感天孫之救，來訪支磯；祭仙會之期，還逢舊侶。偷相攜手，辭通銀漢之波；拜欲陳情，語隔天鷄之唱。匆匆小別，一葦難杭；脈脈此衷，半輪獨照。差喜新秋說閏，桐葉旁添；巧夕云雙，鵲橋再駕。借今宵之侍從，各訴悲懷；亙長夜以綢繆，甘爲情死。斯時也，豐容盛鬋，勝是前番；明燭蘭膏，信非涉夢。憶遭逢之險，猶覺魂飛；達死節之貞，難禁淚灑。天上之恩情未滿，人間之魔劫檢生。弱比輕絲，寧堪風剪；罪還疑赦，竟伏星牢。一則附博望之槎，入主家而逼充媵妾；一則趁郵良之馭，墮絕域而深拒館甥。以致屈抑粉侯，等蘇卿之仗節；摧殘玉女，作箕子之佯狂。雪窖冰天，鍊成義骨；金枷玉鎖，總矢堅操。

卒之攜漢士入關，賴有歲星之婦；挈貞姬歸邸，長依天子之姑。由是獻策成名，貴家選壻。再世之緣隱合，兩姓之好終聯。無如好事多磨，積疑成幻。試問烏孫何在，夢中呼薄倖之名；誰知紫玉未埋，錯裹哭迴文之錦。然而事關罔上，藉尺素以釋疑；緣合由天，讀遺書而頓悟。萱草有忘憂之日，冰消得快意之時。劇演朱門，補郯子鳥官之論；源尋翠水，擴東方客難之嘲。

嗟乎！塵世茫茫，未識前身何物；海天淼淼，莫教游跖都湮。更番乞巧之餘，香焚篤耨；兩度曝衣之外，書曬嫏嬛。欲反牢愁，先編豔異。綠窗烏几，伴來並蔕之蓮；檀板金尊，譜出雙飛之翼。情愈深而語涉，雜以解頤；調欲轉而音留，難其入破。極寫風流香豔，隱立坊閑；玩此筆墨烟雲，辠敦伉儷。酒醒何處，如唱『曉風殘月』之詞；花氣襲人，更詠『芷密蘭深』之句。

乾隆歲次昭陽赤奮若清和之月〔三〕，半野道人董達章題撰〔四〕。

【箋】

〔一〕底本無題名。

〔二〕董達章（一七五三—一八一三）：生平詳見本卷《琵琶俠》條解題。

〔三〕乾隆歲次昭陽赤奮若：即乾隆癸丑年（五十八年，一七九三）。

〔四〕題署之後有印章二枚：陽文圓章『長毋相忘』，陰文方章『其人如玉』。

七夕圓槎合記題詞〔一〕

趙　彬　等

良會年年巧。者般緣、天長地久，人間難到。喚起鴛鴦三十六，休傍菱枝荇草。便容易分飛烟島。兩小無猜花月底，挽伶仃、並向雙星禱。歡娛也，恰煩惱。　宿花夢蝶驚飛早，記曹騰、重來天上，雲衣料峭。隔水盈盈空見影，此後烏啼月曉。更量取愁波多少？我欲長浮槎一葉，趁天風，放作銀河棹。倚滄海，望飄渺。（右調【賀新郎】）　陽羨趙彬拜草〔二〕

驚才絕豔譜宫商，錦段縱横剪七襄。此曲故應天上有，琅琅銀漢度霓裳。

典冊高文用馬卿，胚胎《封禪》頌河清。劉郎筆檀天台勝，高向詞壇建赤城。

癡雲抱日鎮相尋，煞費才人慘淡心。對此大千同拍手，論倫無患足元音。

雙禽相對語關關，羽化憑君得大還。繡盡鴛鴦七十二，紅牙休按遍青山。　世弟陳杲拜稿〔三〕

偶覓蕙蘇得豔裁，情瀾涌處覺天開。瑤池倘亦荒寒甚，故遣仙豪掃劫灰。

烟島雲嵐轉側生，酣香偎玉不勝情。風波錯儷緣何事？應惹觀場客不平。

知道君家好瑟琴，眉山相對此鄉深。文武成料與卿①約，不效雙星效水禽。

合歡被底玉雙棲，妒煞渠儂福慧齊。笑我臥雲衣正冷，一編花雨宿招提。　乾隆辛亥初伏，歙人朱文翰拜草〔四〕

滄波連天東復東，神山隱現空明中。秦皇漢武不能到，銀臺金闕仙人宫。鴛鴦對浴瑤池水，仙毫幻出嬋娟子。風翻翠羽兩分飛，不爲情生爲情死。蓬萊東泛乘古槎，渭水流澌日暮霞。碧落銀河偶聯袂，罡風吹墜又天涯。毀粧嚙雪多辛苦，紅絲牽係憑誰主？故劍成雙寶鏡圓，新思京兆誇眉嫵。轉眼黃粱覺夢催，世間榮落共秦灰。劉郎空爾多情甚，洞口桃花幾度開？ 雪苑世小弟陳栻拜題〔五〕

情海風波變態多，一齊收拾付南柯。暫時花月休貪戀，牛女年年幾渡河？

劉郎身已到天台，混入江塵不染埃。種種幻緣憑筆寫，飄然仙意蕩胷來。 楊豐高拜題〔六〕

今年封文成，明年拜五利。金膏不可得，水碧誰能致？雙雙比目魚，躍波恣游戲。馮夷偏爾愛，引到蓬萊地。武皇既好道，而幸李夫人。六根深不拔，情海戀紅塵。如何東方朔，飛升攜細君； 天孫與河鼓，相會河之濱？種種不解事，都入文人筆。幻作鴛與鴦，瑤池共戢翼。驚飛墜下界，往返不終日。仙槎巧梯航，綰結春心密。八紘才富有，變化隨所出。君言吾戲耳，空色都非寔。翰墨結因緣，一笑事已畢。 愚世弟陳彬拜草〔七〕

劉郎才辯似懸河，歲月消磨志未磨。敲折珊瑚歌一曲，不知清淚阿誰多？

有情眷屬總前緣，老住柔鄉詎等閒？翻怪靈禽無見識，已來天上復人間。

一石才華堪自負，十分春色有誰消？鹿門偕隱猶難必，妒殺天孫駕鵲橋。

天涯浪迹我同卿，小讀平添伉儷情。已辦行裝決歸計，爲儂鄉里按新聲。 芝山弟戴葵拜稿〔八〕

蓬瀛境地最澄清，誰遣魔生劫亦生？臣朔忍飢還媚婦，舊曾淪謫爲多情。

當壚換酒無雙業，駟馬高車蓋代名。付汝佳兒與佳婦，人間原有二難並。

三生多難省尤愆，兩小無猜足愛憐。何預大羅天上事，都緣漢武好神仙。
遺稿珍藏封禪詞，羣仙仗義撫孤兒。翻嫌重友輕君父，坐視高臺渠望思。
弱息零丁托舊思，宮闈涕淚拭新痕。勸君多作《長門賦》，不用黄金遺子孫。
此錯誰能聚鐵成？劉安夫婦昧前程。塵緣未滿終須了，縱挽銀河洗不清。
求凰一曲感知音，手澤猶存舊撫琴。何物寧馨眞跨竈，江閨不賦《白頭吟》。
歡愉始境總酸辛，蔗境親嘗得幾人？莫信天孫甘守寂，不曾輕易涉天津。
息壤無功塞愛河，性靈畢竟異情魔。世間多少癡兒女，只慕溫柔奈爾何？
深閨原不解愁思，閒讀先生絕妙詞。擬繡鴛鴦三十六，幾生修得到瑤池？秋湄弟徐文衲拜草〔九〕

寂寞楊雲兩鬢華，空操不律走天涯。翻將兒女傷心淚，枯畫文通五色花。
當壚豔說最情深，放誕風流付蜀琴。遺稿可堪兒婦見，金徽未歇《白頭吟》。
雨馬風車絕塞游，青天碧海恨悠悠。世間離別朝朝見，未是聰明不解愁。
莫嘆黄楊厄閏年，須知情到總生天。天孫補盡人間恨，不自商量繳聘錢。
六六文禽錦作圍，林塘烟島總依依。不因一覺風波夢，也只尋常作對飛。
瑤池比翼幾千春，肯爲艱難墮宿因。生怕平安埋勁節，讒人最解愛佳人。
風前一醉誤鴛鴦，惹得才人淚萬行。莫更碧桃飛雨夢，又添春恨惱劉郎。
曾識仙人蕚綠華，尖風吹我落天涯。相思欲向雙星訴，夢就張騫搭漢槎。

參破機緘淚眼乾，從無歡處更生歡。倘今玉兔朝朝滿，復有何人舉首看？

直上蓬山遇好春，萬千境假仗情眞。難將鵑吻終宵血，叫醒塵中木石人。朱承澧呈稿〔一〇〕

（以上均清乾隆間鈔本《七夕圓槎合記》卷首）

【校】

①卿，底本作『卿卿』，據文義删一。

【箋】

〔一〕底本無題名。

〔二〕趙彬：陽羨（今江蘇宜興）人，字號、生平均未詳。

〔三〕陳杲：字宣叔，號若華，商丘（今屬河南）人。編修陳濂（一七三一—一七九四）長子。嘉慶六年辛酉（一八〇一）恩科進士，選庶吉士，授編修。傳見《詞林輯略》卷五、《皇清書史》卷八等。

〔四〕朱文翰（一七六二—？）：字屏之，一作屏滋，號良甫，別署滄湄（一作蒼楣）、見庵，歙縣（今屬安徽）人。孔廣森（一七五一—一七八六）甥。乾隆四十五年庚子（一七八〇）召試內閣中書。五十五年庚戌（一七九〇）會元，授刑部主事，擢員外郎。官至溫台處道道員、兩淮鹽運使。嘉慶五年（一八〇〇），主講旌德毓文書院。工篆隸。著有《名學類通》、《退思初訂稿》、《可齋經進文存》、《省餘筆課》、《藝餘錄》等。傳見《清儒學案小傳》卷一一、《皇清書史》卷四、民國《歙縣志》卷一〇等。

〔五〕陳栻：字涇南，號斗泉，吳縣（今江蘇蘇州）人。諸生。傳見《墨林今話》卷五、《清畫家詩史》卷戊下、《清朝書畫家筆錄》卷二『乾隆朝』、《國朝書人輯略》卷六等。

〔六〕楊豐高：字號、籍里、生平均未詳。

〔七〕陳彬：字景齋，商丘（今屬河南）人。編修陳濂（一七三一—一七九四）次子。嘉慶十六年辛未（一八一一）進士，官天津知府，署天津河間兵備道。工書法。傳見《皇清書史》卷八。

〔八〕戴葵：字芝山，籍里、生平均未詳。

〔九〕徐文衲：字秋湄，籍里、生平均未詳。

〔一〇〕朱承澧（一七六七—一八二一）：字藍湖，一字玉寒，别署木末居士，歙縣（今屬安徽）人。監生，屢試不第。年五十，以貲得知縣，嘉慶二十一年（一八一六），授河北欒城知縣。道光元年（一八二一），卒於任上。著有《玉寒詩鈔》。傳見梅曾亮《柏梘山房文集》卷一二《墓志銘》（《續碑傳集》卷四〇、《國朝耆獻類徵初編》卷二四八）、同治《欒城縣志》卷九等。鄧祥麟有《粤西得欒城大令朱玉寒訃》詩，注：『公曾改冶河店爲竹馬店，贊皇令呂叔訥譜入傳奇。』（同治《欒城縣志》引《第二槎亭吟草》）

青溪笑（張曾虔）

張曾虔（一七四五—一八二四），字呂環，號蠡秋，又號荔亭，别署蓉鷗漫叟、漁禪漫叟，桐城（今屬安徽）人。張英（一六三七—一七〇八）曾孫，張廷璐（一六七五—一七四五）孫。廩貢生。乾隆五十一年（一七八六）任宿州縣學訓導，五十八年（一七九三）告病回籍。嘉慶間參與續修《張氏宗譜》，輯《講筵四世詩鈔》。著有《邗江百愛詩》、《金閶竹枝詞》等。撰傳奇《金帶圍》、《渡花緣》、《夢瓊圓》、《聯珠記》、《蘇香記》等，均佚；撰雜劇集《青溪笑》、《續青溪笑》、《清溪三笑》，前二種均存。傳見民國二十二年（一九三三）刻本《張氏宗譜》。參見鄧長風《桐城戲曲家張曾虔（蠡秋）家世生平考略》（《明清戲曲家考略三編》）、鄭志良《關於〈古本戲曲叢刊八集〉的一些問題》（未刊稿）、徐紅玲《蓉鷗漫叟身份及交游考》（《浙江藝術職業學院學報》二〇一八年第四期）。

《青溪笑》，《今樂考證》著録，含短劇十六種，敍寫南京秦淮河妓女生涯，現存嘉慶五年（一八〇〇）序刻本，中國國家圖書館藏，《鄭振鐸藏珍本戲曲文獻叢刊》第四七册據以影印。《續青溪笑》，含短劇八種，孫殿起《販書偶記續編》著録，現存清嘉慶五年庚申（一八〇〇）刻本，《傅惜華藏古典戲曲珍本叢刊》第六九册據以影印。

青溪笑序〔一〕

張曾虔

僕愛塡詞，往往爲小樂府，酒旗歌扇之旁，偶爾揮毫，稿甫脱，卽爲人持去。又嘗作《聯珠記》、《夢瓊圖》、《金帶圍》、《渡花緣》傳奇數種，或有被之絲管者，或有覆之醬瓿者，僕不知也。己未秋〔二〕，客白門，羈邸無聊，取青溪近事之可供談噱者，各塡一曲，共成十六曲，名曰《青溪笑》。言情敍事，無取虛謟，善讀此者，請先閲標意，庶其心怵神怡。若不以此爲佚游之戒，而視爲閒情之倡，則非僕塡詞之意也。落葉天涯，賞音何處？金樽檀板，疇其登廣客之筵哉！

重陽後三日，蓉鷗漫叟識於邀笛步東偏之小紅吟榭。

【箋】

〔一〕底本無題名，據版心題。

〔二〕己未：嘉慶四年（一七九九）。

青溪笑序〔一〕

浦銑

紅墅鴛鴦，隊隊總饒麗色；白門楊柳，絲絲慣綰閒愁。睇山翠於六朝，花天拄笏；挹波光於二水，鏡檻維舟。巷隔烏衣，落落提巾以往；渡横桃葉，紛紛打槳而來。夢回丁字簾前，瓊簫低擫；春到辛夷花下，玉椀遙擊。較舞袖之短長，朱樓垂手；評帶圍之寬窄，金屋量腰。掠蟬影以吹風，婉轉入桓伊笛裏；約螺痕而點黛，模糊落孫楚杯中。儘欸乃之頻移，只奈何之輒唤。

乃有石城過客，文苑逋仙。淵思渟雲，蘭襟頹露。拄一枝之短竹，放片葉於中流。舞扇歌裙，曾覩田、錢之角勝；酒壚詩社，早攜沈、宋以聯吟。知色界之須空，解情緣之本幻。廿年風月，搖髩影之蕭疎；十里烟波，泛脂香而綿渺。嘆美人於遲暮，悵游興之闌珊。紅豆搓來，腕底聚成婉孌；烏絲畫出，卷中細寫娉婷。軼事非虚，頗足搜夫異説；香名可挹，將毋托以微辭。大夫慷慨捐金，誰能似此？卿輩纏綿倚玉，我見猶憐。畫舫微行，趁名姬而泛月；籛峯獨嘯，聽逸叟之吟秋。品到苔箋，直頌掃眉才子；擲還寶釧，都訾落帽參軍。皺女手之摻摻，鴻愁照獨；注郎心之脈脈，蝶願成雙。步趁西風，人記東園别館；愁縈去路，魂銷舊院斜陽。旖旎花朝，星曆與霞妝並贍；紛綸雪夜，驪歌與雞唱爭喧。鵝羣閣彼美同盟，香薰紅藥；鹿鳴宴良宵預卜，節屆黃花。來日大難，學玄機之習靜；歡場小悟，比琴操之皈禪。凡此眾美兼收，想見寓言特雋。瑣談醒世，偶拈坊曲之餘；覺路導人，悉罄稗官之妙。心釀百花之蜜，沁豔鶯晨；墨霏五采之華，流芬雁夜。儘消芳暇，驚賞仙才。置身在青溪紅樹之間，結想於流水棲鴉而外。感青樓之變態，今雨既零；識黃絹之新詞，其風肆好。歌傳定子，眞教雲想衣裳；錄付雪兒，但覺香生硯匣。

歲在上章涒灘陽月[二]，魏塘浦銑撰。

【箋】

[一]底本無題名，據版心題。

[二]歲在上章涒灘：即庚申年，嘉慶五年（一八〇〇）。

（青溪笑）題辭

淩廷熀　等

蠹魚堆裏經年守，雨雨風風又重九。落帽慵登北郭山，持螯且醉東籬酒。紅豆才人號小紅，相逢一笑快園中。杖頭白打懸都富，市上黃封買不窮。酒酣各話平生事，告我青溪舊游地。倚玉偎香潦草經，殘脂賸粉零星記。妙曲新成十六翻，花天公案寫般般。誰擕西子游吳沼？誰贖文姬返漢關？扁舟渡口涼蟾白，感舊酸吟來楚客。金釧難償卻聘書，紅閨小試量才尺。如何顧影嘆沉淪，山海空盟贈蝶人。秋客競說東園豔，芳信徒傷舊巷春。良辰美酒纔盈琖，又早公車赴長棧。有女期開姊妹花，有人獨具英雄眼。莫愁湖上奈愁何，一渡慈航隔愛河。新詩唱罷秋墳鬼，往事談來春夢婆。至今溪上娟娟月，少見團圞多見闕。白髮朱顔照水更，紫標黃榜隨烟滅。我是歡場落拓身，氤氳譜注未全眞。好從一部笙歌裏，證取三生繭縛因。江寧淩延煜芝泉〔一〕

十里溪流碧濺苔，六朝山影翠成堆。誰將一管生花筆，寫出朝雲暮雨來。

七載分張春復秋，相逢還許話前游。挑燈細讀《青溪笑》，人解回腸石點頭。武進段達河竹畝〔二〕

笑解貂裘不辟寒，灑將仙露潤毫端。寓言八九堪風世，休作花間院本看。

朗抱遙澄趵突泉，香詞曾譜《渡花緣》。又臨九曲青溪上，想見文瀾十丈懸。

漫叟風情擅倚樓，淩雲健筆早橫秋。高樓月轉延秋影，我欲聯吟最上頭。（予心豔秋影樓，以未登爲歉。）　鳳臺胥繩武燕亭〔三〕

讀來十日口生香，萬種花登選佛場。欲問羣仙高會處，可容鮑老袖郎當？

天花繡出錦成斑，曾破功夫幾日閒？倘遇酒人休畫壁，旗亭唱殺小雙鬟。

香詞創譜一時成，修得如君定幾生。十里青溪溪上路，紅妝無數捲簾迎。

君歌我舞莫遲徊，小拍紅牙款款催。同是江南秋思客，那禁腸斷賀方回！江寧淩延炯蘭谿〔四〕

妙譜新翻曲易工，卷間都是可憐蟲。柔情俠氣能千古，唱遍長干小部中。

賣餳天氣值良辰，撲蝶南園展繡茵。消受紅妝無量福，幾生修得到花神。

紫曲紅窗覓咏時，秋風處處惹相思。臨川老去襟懷朗，尚有如椽筆一枝。

青樓心迹共誰論，底事微之欲斷魂？怕聽梨園歌妙曲，有人惆悵怨黄昏。南昌熊之勳晴欄〔五〕

有酒常澆壘塊胷，看山頻上最高峯。白門柳色知多少？都作顛仙筆底傭。

山塘七里水雲迷，花裏流鶯恰恰啼。我讀君詞開笑口，卻從吳苑憶青溪。陽湖徐大榕惕庵〔六〕

皎皎青溪月，迢迢白下門。有堤皆柳色，無岫不螺痕。韻事花間紀，芳情曲裏論。拈毫成一笑，過客儘消魂。嘉善顧之荄小逋〔七〕

『三影』風流迥絕塵，六朝螺翠鬪鮮新。三山二水供詞客，一笑千金記美人。彩筆有情團曉露，瑤笙何處奏《陽春》？曲終妙悟參空色，澄澈青溪月滿輪。陽湖孫星衍淵如〔八〕

肯爲閒愁識鬢絲，愛拈筠管寫香詞。定應玉椀蛾眉捧，月滿湖天花滿枝。

黄花時節畫簾横，我亦溪頭打槳行。記得相逢桓子野，胡牀吹笛坐天明。固始曾定球省齋〔九〕

北馬南舟老客身，一枝筠管獨鮮新。邗江吳苑傳高調，還作青溪索笑人。（先生有《邗江百愛詩》、《金閶竹枝詞》，俱膾炙人口。）

香凝咳唾散成珠，握月擔風與俗殊。我欲勸君浮大白，玉山欹處萬花扶。歷城郭在磐次泉〔一〇〕

拈花一笑句生香，風月青溪重選場。誰解多情心卽佛，新詞曲曲是慈航。武昌釋鐵舟可韻〔一一〕

十載青溪感舊遊，酒旗歌扇易勾留。等閒一覺游仙夢，江上琵琶估客舟。

年來消息斷知聞，水榭塡詞合讓君。怪底風前香竟體，此身曾受萬花熏。全椒王肇奎鶴嶼〔一二〕

姹紫嫣紅等劫塵，重將舊事一翻新。從今點醒癡愚輩，若個溪頭再問津。

且喜抽簪選勝游，白門來往幾經秋。渡頭多少閒風月，都向先生腕底收。無錫楊芳潤湫六〔一三〕

石城遙誦咏花篇，又賞青溪一笑緣。客裏逢君眞洒落，板橋香月幾回圓？（予客白下，與先生同寓。）

秋影樓前翠袖披，瑤雰閣上繡簾垂。碧苔箋畫烏絲格，想見飛觴搦管時。華亭胡振宗敬軒〔一四〕

美人香草擬湖湘，珠唾都成白鳳凰。腸斷《胡笳十八拍》，教人長憶蔡中郎。

義贖青溪大小姑，三生石訂玉盤盂。乞君續譜風千古，更寫鍾離及老夫。

盈盈帶水六朝烟，秋影樓尋玉笛邊。偶過青溪同一笑，幾人風月得當筵？

但拈綵筆譜瓊簫，一代名姬有福消。七板船橫桃葉渡，吳娘唱出雨蕭蕭。雲夢許兆桂香巖〔一五〕

一花一態一遭逢，恩怨悲歡盡懊儂。當得板橋新雜記，澹心懸解遜籛峯。

三生難忘海棠樓，鈿笛銀箏土一丘。每到哭花風雨夜，秦淮嗚咽水還流。

迷離香夢總淹緜，誰肯翻身誦妙蓮？拈得一花微一笑，遍將甘露灑諸天。

我因脂盝譜《陽秋》，君爲青溪紀勝游。一樣憐花脩豔史，兩翁分替古今愁。泰州仲振奎雲磵

花揉月焰香，風裊歌喉膩。一笑譜青溪，十里波光麗。名姝多坎軻，名士無遭際。千古有心人，同下傷心淚。

主持風月壇，要讓蓉鷗老。彩筆吐新葩，撰就相思稿。煎乾欲海波，鑿破情天竅。端的畫眉人，善寫名花照。（調寄【生查子】） 上元黃鈺秋舲

十里波光，六朝黛色，『三影』風流。感雛鬟能贖，金捐司業；微官可棄，玉倚監州。渡泛吳

姬，軒吟楚客，誰品詩箋獨上樓？渾無賴，恁浣紗贈蝶，擲釧何由。傷春底事生愁，還說豔東園共踏秋。想家筵排處，花朝戲祝；公車勸上，雪夜清游。葯院盟心，桂林識俊，命字皈禪好罷休。青溪笑，把一枝斑管，寫倩蓉鷗。（調寄【沁園春】）武進黃佩印古香〔一六〕

如畫江山認六朝，緣慳無計聽吹簫。年年草長鶯飛候，夢繞秦淮舊板橋。
子野襟懷迥絕塵，鶯鶯燕燕鬭閒身。淋漓妙筆多情事，傳出名流共美人。
名花開落任東風，菌溷全分一霎中。贖得蛾眉眞盛事，千秋那復數曹公。
樓橫秋影月含流，鏡檻妝臺半置書。一種憐才心性好，丰裁誰似女相如？
一語傾心願便長，朝雲暮雨盡荒唐。殷勤寄訊癡兒女，天壤原多李十郎。
瑤霧高閣靜愔愔，塵外誰知結賞音？願作錦旛勤護惜，惜花心是愛才心。
蓮出污泥自不羣，齋心會檢妙香焚。情緣試說三生果，金粉如來合讓君。
白門何日共聽鶯，一笑青溪載酒行。記取桃花千尺水，不風流處卻多情。夏邑汪汝弼夢巖〔一七〕

（以上均清嘉慶間刻本《青溪笑》卷首）

【箋】

〔一〕淩延煜（一七七二—一八二八）：一名霄，字一飛，號芝泉，又號快園，別署快園居士，江寧（今江蘇南京）人。諸生，困於場屋，議敍州判。嘗入畢沅（一七三〇—一七九七）幕中。後館江寧布政司署。書畫篆刻，無不臻妙。著有《測算指掌》、《快園詩話》、《芝泉集概》。傳見《疇人傳三編》卷一、《清畫家詩史》戊上、《畫家知希錄》卷五等。

〔二〕段達河：號竹畝，武進（今江蘇常州）人。生平未詳。

〔三〕胥繩武：字燕亭，鳳臺（今屬山西）人。拔貢，乾隆四十五年（一七八〇）知萍鄉縣。四十九年，主持纂輯縣志，剞劂甫竣，書未上呈，以詿誤去。傳見《同治萍鄉縣志》卷一〇。

〔四〕淩延炯：號蘭谿，江寧（今江蘇南京）人。生平未詳。或與延煜誤爲一人。

〔五〕熊之勛：字桂卿，號晴欄，一號清來，南昌（今屬江西）人，一說江寧（今江蘇南京）人。工詩善書，常居江春康山草堂。傳見《皇清書史》卷一、李斗《揚州畫舫錄》卷一二等。

〔六〕徐大榕（一七四七——一八〇四）：字向之，號愓庵，陽湖（今江蘇常州）人，大興（今北京）籍。乾隆三十六年辛卯（一七七一）順天舉人，三十七年壬辰（一七七二）進士，授戶部主事，陞員外郎，轉郎中。擢山東萊州、泰安、濟南知府。緣事鐫級，尋改京秩歸養。傳見孫星衍《平津館文稿》卷下《傳》、《國朝耆獻類徵初編》卷二四一、《皇清書史》卷三、《清代毗陵名人小傳稿》卷五、光緒《武進陽湖縣志》卷二二、宣統《山東通志》卷七五等。

〔七〕顧之荚：字小逋，嘉善（今屬浙江）人。舉人。著有《昞柯軒稿》、《後甲集》。

〔八〕孫星衍（一七五三——一八一八）：字伯淵，又字淵如，號季逑，別署芳茂山人，陽湖（今江蘇常州）人。未第時，嘗入畢沅（一七三〇——一七九七）幕。乾隆五十二年丁未（一七八七）進士，選庶吉士，散館授編修。官至山東督糧道，署布政使。致仕後，主講揚州安定書院、紹興蕺山書院。精於經學、校勘學、金石學。著有《尚書今古文注疏》、《晏子春秋音義》、《京畿金石考》、《芳茂山人詩錄》、《問字堂集》、《岱南閣集》、《平津館文稿》等。傳見阮元《揅經室二集》卷三《傳》、俞益謨《行述》（《清史資料》第二冊）、《清史稿》卷五〇七、《清史列傳》卷六九、《國朝耆獻類徵初編》卷二一三、《碑傳集》卷八七、《文獻徵存錄》卷九、《國朝先正事略》卷三五、《國朝詩人徵略初編》卷四八、《湖海詩人小傳》卷四〇、《清儒學案小傳》卷一一、《清代毗陵名人小傳》卷五、《清代七百名人傳》等。參見張紹南編、王德福補編《孫淵如先生年譜》（光緒二十四年《藕香零拾》本）。生平詳見本書卷八陳懋齡《（丹桂傳）序》條箋證。

〔九〕曾定球：　字西井，號省齋，固始（今屬河南）人。乾隆三十五年庚寅（一七七〇）舉人。以大挑知縣，分發安徽，歷任五河（乾隆五十二年）、舒城、郎溪、青陽（嘉慶元年）、靈壁等縣知縣。

〔一〇〕郭在磐（一七四八—一八〇五）：　字次泉，號午橋，歷城（今山東濟南）人。乾隆三十六年辛卯（一七七一）舉人。以大挑知縣，分發安徽，歷署含山、宣城知縣，太平府通判，鳳陽府同知。嘉慶戊午、庚申、甲子，歷充江南同考官。後補建德。卒於官。傳見道光《濟南府志》卷五三、民國《續修歷城縣志》卷三九等。

〔一一〕釋鐵舟（一七五七—一八二〇）：　俗姓徐，本名德濟，又名可韻，自號鐵舟，武昌（今湖北武漢）人。善詩，工書畫，有名江淮間。兼精醫術。著有《傷科闡微》、《金山志略》。傳見錢泳《履園文集》之《清故詩僧鐵舟塔銘》、錢泳《履園叢話》卷一一等。

〔一二〕王肇奎（？—一八〇七）：　字文叔，號鶴嶼，全椒（今屬安徽）人。弱冠爲朱筠（一七二九—一七八一）所知，招入四庫書局。乾隆五十四年己酉（一七八九）拔貢，官安徽青陽教諭。工詩古文詞，善書法。著有《小容膝樓詩鈔》（附其妻張佩蘭《吟香閣詩存》）。傳見金望欣《清惠堂集·文》卷二《傳》、《國朝耆獻類徵初編》卷二五八、《皇清書史》卷一六、民國《全椒縣志》卷一〇等。按《小容膝樓詩鈔》卷一一有《題張蠡秋青溪笑傳奇》七絕二首（南京圖書館藏），與此二首略同，僅『青溪』二字作『秦淮』。

〔一三〕楊芳潤：　號漱六，無錫（今屬江蘇）人。生平未詳。

〔一四〕胡振宗：　號敬軒，華亭（今上海）人。與張應時（一七五一—一八二四）同輯《雲間明末殉節諸臣紀略》一卷，收入嘉慶末、道光初刻《書三味樓叢書》。

〔一五〕許兆桂（一七四六？—一八〇六後）：字香巖，雲夢（今屬湖北）人。浙江巡撫許兆椿（一七四七—一八一四）、翰林院編修許兆棠（一七五二—一七八四）長兄。廩貢生。歷遊薊北、楚南、粵西。嘉慶九年（一八〇四）頃，僑寓金陵。著有《夢雲樓分體詩鈔》。傳見《湖海詩人小傳》卷三〇、程懷璟《國朝雲夢詩存》卷中、《湖北詩徵傳略》卷二二等。參見周紹良《記羅修源與許兆桂》（《紅樓夢研究論集》，一九八三）。曾爲吳蘭徵（一七七六—一八〇六）《絳蘅秋》傳奇作序。

〔一六〕黄佩印：號古香，武進（今江蘇常州）人。生平未詳。

〔一七〕汪汝弼（一七七四—？）：字敷言，號夢巖，夏邑（今屬河南）人。嘉慶十年乙丑（一八〇五）進士，選庶吉士。十三年（一八〇八）散館，改知縣，授山東泗水，轉泰安。官至山東臨清知州。

青溪笑傳奇序〔一〕

劉敦元〔二〕

彼夫西崑風調，詞擅《金荃》；南國雲情，夢傳《玉茗》。憶六朝之羅綺，香冷脂奩；問兩晉之琴尊，烟迷棋墅。至於蕭郎按曲，頓老教歌，顔霞褪紅，髮霜飄白。此非花天信杳，碧海多愁，酒陣神銷，黄壚下淚者乎？若以積葉閒身，放看花老眼，偶從桃渡，曾住蘭橈。水白青溪，橋連紅板。選虎踞龍蟠之勝，逢鶯歌燕舞之場。戟手問天，君書咄咄；纏頭匝地，誰喚卿卿？將烟霞寓花鳥，中仙遜其後塵；借兒女見英雄，小姑憐其獨處。有如漁禪漫叟之《青溪笑傳奇》也。

於是破煩惱境，結歡喜緣。綺障搴蘿，閒情蒙楚。斯時也，岫遠雲舒，花濃渦暈。粲啓雲影，莞獻林容。露柳破顔，風篁含睇。抽穎伸其鬱愫，凭軒覝其歡悰。乃寫靈襟，抒藻緒，話琴趣，數笛家。燭刻半紅，箋裁小碧。技肱三折，思腸九迴。遂教剪月搓雲，雕花鏤葉。心飛采鳳，絲縛春蠶。《甘州》八聲，《陽關》三疊。斯人情何以堪，老子興復不淺矣。

翳夫小家碧玉，中婦青荷。梔結心同，蘭馨頭并。縷金箱裏，酒漬襟痕；軟玉屏邊，香生管語。悄階前之剗襪，拾門外之遺鞭。秋風幾日，高樓則黄鵠銷聲；春草頻年，遠陌則紫騮駐影。況復樊川宅近，爽氣西來；坡老吟豪，大江東去。銅琵鐵板，短笠單衫。送客留髡，徵歌畫壁。掩高燒之燭，釵挂臣冠；據三弄之牀，舟邀伊笛。倉飛目許，夢定心遐。訪舊事於沙、楊，不改小憐大捨；吊雄圖於李、趙，尚餘二水三山。

以故涕破花時，鉢擊紫藤之館；顔酡杯底，弦調青豆之房。以佳麗地供其拈花，以詩酒天恣其屈竹。軋綿思以移人，巡簷可索；换新腔而顧我，撫掌方來。爲浮大白，拍手倚聲；更命小紅，低鬟度曲。元久困勞薪，自慚幸草。星霜逐轍，可堪俗坌之嗤；月露盈箱，毋乃耗紙之誚。壚簾爾室，松竹吾廬。月軟花飛，香溫酒熟。板扉剝啄，喜有客之扶筇；藤几蕭疏，呼奚童而洗盞。看玉繩之未下，拍銅斗以高吟。先生方酣歌斫地，不須孤憤填膺；賤子亦拉入排場，未免胡盧掩口。

（《天津圖書館孤本祕籍叢書》第一五册影印稿本劉敦元《悦雲山房初存文集》卷一，頁五八九—五九〇）

【箋】

〔一〕該書卷首目録，題《張蠡秋丈青溪笑傳奇序》。

〔二〕劉敦元（一七七九—？）：字子仁，號笠生，別署桐溪笠叟，桐城（今屬安徽）人。諸生。少有文名，屢試不第，遨游江湖。入河南巡撫桂良幕，以公牘駢儷文著稱。著有《悦雲山房集》（含詩集、文集、詞集、附存）、《悦雲山房駢體文存》、《風泉館詞存》等。傳見《清史稿》卷五一四、《晚晴簃詩匯》卷一三三。

附　題張蠡秋青溪三笑傳奇

趙懷玉

青溪烟雨，問南朝、多少美人黄土。難得紅顔生並世，忍使不傳千古？恨肯填膺，歡宜開口，幾輩因癡誤。暮年陶寫，又看《三笑》新譜。　拈就一管生花，千紅萬紫，齊向毫端吐。我有閒愁還試讀，頓覺眉飛色舞。柳認藏鴉，堂迎歸燕，人約蘭舟渡。舊遊如夢，與君何日重去？

（《清代詩文集彙編》第四一九册影印趙懷玉《亦有生齋集詞》卷五，頁五〇五）

璿璣錦（孔廣林）

孔廣林（一七四六—一八一四），原名廣枋，小字同，更名廣林，字叢伯，號幼髯，晚年別署闕黨贅翁，室名溫經樓，曲阜（今屬山東）人。孔繼汾（一七二五—一七八六）子，經學家孔廣森（一七五二—一七八六）兄。廩貢生，署太常寺博士。年二十六，卽絶意進取，覃心經學。著有《孔叢伯說經五稿》三十六卷，輯鄭氏遺書爲《通德遺書所見錄》（一名《鄭學十八種》）。深於曲學，輯《元明名人小令》，撰傳奇、雜劇、散曲，每篇皆自爲注解，合集爲《溫經樓遊戲翰墨》二十卷《續》一卷，現存清嘉慶十七年（一八一二）手寫稿本，包括傳奇《鬬雞懺》，雜劇《璿璣錦》、《女專諸》、《松年長生引》。另撰《五老添籌》雜劇，已佚。傳見桂文燦《經學博采錄》卷五（民國間刻《敬躋堂叢書》本）。參見孔廣林《溫經樓年譜》（原題《闕黨贅翁自敘》，清稿本），林存陽、李文昌《清儒孔廣林生卒年考》（《中國史研究》二〇一四年第三期）。

《璿璣錦》雜劇，《清代雜劇全目》著錄，現存嘉慶十七年（一八一二）手寫稿本《溫經樓遊戲翰墨》卷五本（《清人雜劇二集》據以影印）、稿本《幼髯孔氏所撰傳奇雜劇三種》本、民國間古吳蓮勺廬鈔本（《鄭振鐸藏古吳蓮勺廬鈔本戲曲百種》第二五冊據以影印）。

璿璣錦自序〔一〕

孔廣林

往歲，有持元人畫《璿璣回文卷》求售者，畫極工且舊，吾父以索值太昂，弗之收也。其卷首畫《回文圖》，次記回文讀法，後列《織錦》、《寄錦》、《玩回文》、《迎蘇氏》四圖。末附圖說，謂：竇滔爲安南將軍，攜寵姬趙陽臺赴襄陽，留蘇氏長安，不相通問。既而得《回文詩》，始悔而迎之，完好如初。與晉載記不合，圖蓋據唐人小説繪之耳。新正臥病，憶及圖卷，興之所至，撰《璿璣錦》雜劇四折，以遺簾外天涯之恨。

乾隆三十五年上章攝提格元夕，幼髯自識。

（《清人雜劇二集》影印清嘉慶十七年手寫稿本《溫經樓遊戲翰墨》卷五《璿璣錦雜劇》卷首）

南仙吕宫桂枝香套自題《璿璣錦》雜劇〔一〕

孔廣林

【箋】

〔一〕底本無題名。

【仙吕宫過曲】【桂枝香】新春佳勝，儂偏多病。煞恨冷熱交纏，没甚的游心存性。漫璿璣製譜，璿璣製譜，尋宫成咏；元人律令，敢信從繩。怎得遇奮響騷壇友，推敲庶依永。

【仙吕調近詞】【惜花賺】滔鎮襄城，淑慧齊眉遠在京。淒涼景，織成文錦思縱橫。雁南征，孤鸞心逐孤鴻影。思把將軍魔障清，心遙映。前愆一悟添悲哽，重圓鸞鏡。

【仙吕宫過曲】【長拍】溺色連波，拈酸蘇蕙，久把兩人評定。狂蜂癡蝶，幾許繾綣，那能片刻呼醒。須察箇中情，這回文小錦，不盈尺徑。假彼游鱗遠寄得，他經眼便心傾。卻早解伊三醒。知連波溺色，話不公平。

【短拍】襄水城中，芙蓉院裏，雙雙兩美同行。樛木性非馨，怎便得使他依枝附梗。漫説拈酸蘇女，那解殺狗一般情。

【情未斷煞】沒來由，言難聽。古人冤枉辨分明，也消我新春無妄眚。（同上《溫經樓遊戲翰墨》卷八）

【箋】

〔一〕題前署『上章攝提格』，卽庚寅，乾隆三十五年（一七七〇）。

鬬雞懺（孔廣林）

《鬬雞懺》傳奇，全名《東城老父鬬雞懺》，《古典戲曲存目彙考》著錄，現存嘉慶十七年（一八一二）手稿本《溫經樓遊戲翰墨》本、嘉慶間紫芝堂清稿本（《傅惜華藏古典戲曲珍本叢刊》第六二冊據以影印）、稿本《幼髯孔氏所撰傳奇雜劇三種》本、民國間古吳蓮勺廬朱絲欄鈔本（《鄭振鐸藏古吳蓮勺廬鈔本戲曲百種》第一五冊據以影印）。

鬬雞懺敍〔一〕

孔廣林

敍曰：乾隆四十一年，妹夫梁處素客曲阜〔二〕，作《東城老父歌》示予，且曰：『《老父傳》與

《長恨傳》並傳，《長恨》傳奇，作者不一，此傳無聞。吾謂老父事大可勸戒，譜之宫商，又一大戲文矣。』予然其言，感乎其意。花月之夕，風雨之晨，興因境發，筆與思隨，構局布詞，强作解事。後遭家多故，東置高閣。而處素以去冬歿矣。

今年春往弔，讀遺稿至《老父歌》，惻然悲處素未得見我傳奇也，更悔予不早與相商榷也，稿幾欲毁。既而思處素之言不可負，處素之意尤不可沒。歸檢舊稿，改竄補綴，成四十二折，名曰《東城老父鬭雞懺》。以懺名，善補過也。以馬北平事篤之賈氏子，明人家子弟皆可顯親揚名也。終之《懺圓》，以凡夫悟道得仙，喻庸人勉行可希聖也。事不皆徵實，傳奇固多亡是、子虚也。予不知音，敢曰可歌？聊作寓言觀云爾。處素有知，然乎，否乎？

乾隆五十九年焉逢攝提格中秋日，幼髯自敘。

【箋】

〔一〕底本無題名。

〔二〕梁處素：即梁履繩（一七四八—一七九三），字處素，號夬庵，錢塘（今浙江杭州）人。梁玉繩（一七四五—一八一九）弟，梁紹壬（一七九二—？）祖。乾隆五十三年戊申（一七八八）舉人。著有《左通補釋》、《澹足軒詩集》等。傳見張雲璈《簡松草堂文集》卷二《小傳》、盧文弨《抱經堂文集》卷三〇《小傳》、《清史稿》卷四八一、《清史列傳》卷六八、《國朝耆獻類徵初編》卷四二〇、《清儒學案小傳》卷一一、《清代樸學大師列傳》卷一五、《湖海詩人小傳》卷四〇、《皇清書史》卷七等。

鬬雞懺跋〔一〕

孔廣林

右《東城老父鬬雞懺》傳奇，自焉逢攝提格至今，稿凡十有四易。從前諸稿，紕繆太甚，惜深藏愧良賈，多爲戚友攜去，每礫然於心。雖未敢以此爲定本，然前稿瑕疵，似已去十之八九。智盡能索，窮乎技矣。愛我者幸將前所攜去，悉付丙丁，爲我藏拙云。

嘉慶十六年重光協洽長至日，闕黨贅翁識。

（同上《鬬雞懺》卷末）

【箋】

〔一〕底本無題名。

女專諸（孔廣林）

《女專諸》雜劇，《清代雜劇全目》著錄，現存嘉慶十七年（一八一二）手寫稿本《溫經樓遊戲翰墨》本（《清人雜劇二集》據以影印）、稿本《幼髯孔氏所撰傳奇雜劇三種》本、民國間古吳蓮勺廬朱絲欄鈔本（《鄭振鐸藏古吳蓮勺廬鈔本戲曲百種》第二五冊據以影印）。

女專諸自序〔一〕

孔廣林

浙中閨秀某，取明三大案，用一人貫穿之，成《天雨花彈詞》三十卷〔二〕。予欲演作傳奇，而年衰多病，無能爲役。姑摘其『刺賊』一段，成雜劇四折云。

嘉慶五年上章涒灘三月三日，幼髯識。

（《清人雜劇二集》影印清嘉慶十七年手寫稿本《溫經樓遊戲翰墨》卷六《女專諸雜劇》卷首）

【箋】

〔一〕底本無題名。

〔二〕《天雨花彈詞》：梁溪陶貞懷撰。現存本卷首有清順治辛卯（一六五一）自序，有清嘉慶九年（一八〇四）遺音齋刻本等。

松年長生引（孔廣林）

《松年長生引》雜劇，《清代雜劇全目》著錄，現存嘉慶十七年（一八一二）手寫稿本《溫經樓遊戲翰墨》本（《清人雜劇二集》據以影印）、民國間古吳蓮勺廬朱絲欄鈔本（《鄭振鐸藏古吳蓮勺廬鈔本戲曲百種》第二五冊據以影印）。

松年長生引自序〔一〕

孔廣林

乾隆三十三年中春之月，先大夫囑海昌陳竹厂夫子撰《松年長生引》四折〔二〕，補祝先大母徐太夫人七十壽。竹厂夫子謂《中州音韻》弗諳，命廣林佐塡北曲二套，久忘懷矣。今年春，重勘傳奇、雜劇。憶及游兆涒灘〔三〕，奉先大夫命，撰《五老添籌》劇〔四〕，舊藁遍檢弗獲。既而於敝篋所弆《說經雜藁》中，得此二套草本，不忍輒棄，勘改而錄存之。

嘉慶十五年上章敦牂七月七日，幼髯識。

（《清人雜劇二集》影印清嘉慶十七年《溫經樓遊戲翰墨》手寫稿本卷六《松年長生引》卷首）

【箋】

〔一〕底本無題名。

〔二〕海昌陳竹厂夫子：即陳以綱（一七三二—一七八一），字立三，號竹厂，一作竹庵，海昌（今浙江海寧）人。國子監生，以授徒爲生。與翁方綱（一七三三—一八一八）爲金石交。乾隆三十二年（一七六七）始，坐館曲阜孔府，孔廣森等從之學。四十三年，坐館永清知縣周震榮府。著有《爾雅補注》、《大戴禮注》、《漢志武成日月表》、《戰國策編年》。工篆隸，著《隸釋》。撰《松年長生引》雜劇四折，未見著錄，已佚。傳見章學誠《章氏遺書》

卷一九《庚辛之間亡友列傳》、《皇清書史》卷八、《金石學録》卷四、民國《杭州府志》卷一四六等。參見黄勝江《乾嘉文人曲家考略三題·陳竹厂行實稽考》(《戲曲研究》第一〇四輯,文化藝術出版社,二〇一七)。

〔三〕游兆湑灘:即丙申,乾隆四十一年(一七七六)。

〔四〕《五老添籌》:雜劇,未見著録,已佚。

赤城緣(江周)

江周(一七四六—一八〇三後),别署雲岩山人,新安(今安徽歙縣)人。僑寓揚州(今屬江蘇),與黄文暘(一七三六—約一八〇八)友善。撰傳奇《赤城緣》,《古典戲曲存目彙考》著録,現存嘉慶間清稿待刻本(《傅惜華藏古典戲曲珍本叢刊》第六一册據以影印)。

《赤城緣》自記

闕 名〔一〕

《赤城緣》何爲而作也?爲傳夢中之奇而作也。夫浮生皆夢,其奇已不勝傳矣,何必黑甜而後始謂之夢,始謂之奇而傳之?然《赤城緣》之夢,非猶夫人之夢,其夢之中,蓋有不夢者存,故其奇不可以不傳也。

其夢也奈何?先是乙卯仲冬初度之夕〔二〕,嘗夢謁所謂赤城主人者,指迷破障,一空舊聞,斯已奇矣。後遊染園，至樓中，與一娘諸美人集飲沉醉，又夢身轉嬰兒，則由夢入夢，奇境愈闢矣。自嬰兒至壯，近三十年，一腔鬱塞，舒展無餘，則又夢至地府矣，其夢夢相引者奇，且疊出而不窮也。當地府覈對，嚴刑備受之時，赤城主人倏而拔升仙山，則似夢似醒，幾不解其奇，而究不能不稱之曰奇。迨主人重指染園舊徑，一娘另開樓中生面，其要僅在破幻顯眞，則又奇之至而歸於無奇矣。拂子當頭一擊，四大依然橫陳。蝴蝶、莊周，分既無可分，合更無可合，欲不以奇概之，其又可得耶？

彼時曾撰次爲記，友人播傳已久。辛酉初度日〔三〕，擁爐小飲，偶憶前夢，人境宛然，而余則已老矣。乃即記標以新目，暇則按譜塡詞，以博極其奇趣，且志不忘。起《幻引》，終《出夢》，凡二十八折，夢中之奇，傳之略盡。

間出示同人，而議者曰：『此莊、列以夢出夢之微旨也。』然以入夢爲夢，又惡知此出夢之非夢乎？不有大覺，吾恐夢之非夢，非夢而夢，且顛倒而不知所終矣。於是復續以《慶捷》至《夢圓》四折，共成三十二折。夢耶？非夢耶？惟觀者辨之。遂標爲《赤城緣》云。

【箋】

〔一〕此文當爲江周撰。

〔二〕乙卯：乾隆六十年（一七九五）。

〔三〕辛酉：嘉慶六年（一八〇一）。

赤城緣傳奇序

江　蘭〔一〕

嘗讀蒙莊《南華》一篇，愛其設想奇兀，夢而栩栩，覺而蘧蘧，幾如有象可繪。此非神運筆端，純乎化機者不能也。後之言夢者，若《南柯》，若《邯鄲》，蓋亦祖其意演之，而終不免著相者，何耶？

辛酉夏〔二〕，家雲岩先生出其所撰《赤城緣傳奇》一冊示余。分曲目三十二折，悉徵於夢。其夢境顛末，自序已詳言之，則是實有是夢，不同莊①子寓言。故情思幽折，奇而不詭，而音節之悲涼激楚，又足抒其磊落抑塞之懷。蓋旨趣雖殊，而其□□化機，不留色相，實有自《南華》得來者。余故即以讀《南華》者讀之，而不勝爲之心折也。至於聲調合拍，高下皆宜，知音者自能辨之，勿贅也。是爲序。

香祖弟蘭題於白石山房〔三〕。

【校】

①莊，底本闕，據文義補。

【箋】

〔一〕江蘭（一七四〇—一八〇七）：字芳國，號畹香，一作晚薌，又號香祖，歙縣（今屬安徽）人。乾隆間貢生，遵例報捐主事。三十三年（一七六八），補兵部武選司主事。三十五年，薦陞郎中。歷任鴻臚寺卿、太僕寺卿、大理寺少卿。外補河南、山東、雲南布政使，陞雲南巡撫。嘉慶初，內補兵部右侍郎，轉左侍郎。五年（一八〇〇），因故革職。著有《遊笈集》。傳見《國史列傳》卷七一、《國朝耆獻類徵初編》卷九九、道光《徽州府志》卷一二、民國《歙縣志》卷六等。

〔二〕辛酉：嘉慶六年（一八〇一）。

〔三〕題署之後有印章二枚：陰文方章『臣江蘭印』，陽文方章『晚薌』。

赤城緣傳奇序〔一〕

汪端光〔二〕

《赤城緣傳奇》者，新安雲岩江子之所撰也。夫辭力邁人，才翰最世，莫覩會已，迺摭小文，亦以鈞陶性靈，抒攄煩悒。余心契鴻裁，志慨譎說，爰爲次事，敢託賞音？譬零霜之感秋士，藥餌之止過客焉。其詞曰：

蓋聞神志含符，文章司讖。白鳳翥而《太玄》晝，素龍曜而《繁露》絛。侍中造賦，木禾奮儀；舍人制書，錦雲候緯。夫夐隱翼經，瓌詭衍藝，莫不葳蕤義緒，紛綸言華。摛懿采以策奇，構藻諭而纚異。故伏祲標繇，則幽祥炳迹；夜兆冥象，則晝垂祕文。精驗古代，潛效今茲。黄靈告眘，赤城爰紀。

觀其事數環錯，心聲獻酬，幻錄菀枯，雜寫華實。妙曲致以骫折，貿纖旨而流移。固喻博其賁綜，亦慮煩而難擬。然惟方智有區，圓神無妄。數來機兆，物往象徵。揆覆蕉以審卦，啓長柳而按占。協夢於經，得十之四。彼其羅酆宮第，波龍圖記。扶桑風駭，蓋竹雲迤。玄都之門二百四十，玉京之路八十一萬。靜齋乙丑，伏守庚申。九斾降真，六通采靈。此意精之夢，一也。若夫綺軒文窗，曲房隱間。清娥被若，曼姬澤蘭。垂髾纖靡，揚袘戌削。附坐讕言，中酒暴謔。《房露》按歌，《陽阿》延舞。精魂迴移，目窕心與。此記想之夢，二也。至於牢盆斡貨，輺車算緡。羅裒百萬，姓偉五千。羸瘠孅嗇，節厲聲聞。跧鴟計富，軥牛振貧。闞刺州郡，捕誅姦盜。火烈野鳴，兵威河嘯。此人位之夢，三也。若迺寶幢炬設，金沙輪迴。塵緣月鑒，冥律霜飛。謝劫鬼王，洊威魔部。贊德馬鳴，宗功龍樹。孽超火宅，慈衛法雲。慧光巨巨，圓照生生。此性情之夢，四也。

原夫存靈業而契玄關，抱瓊才而傷綺事。處窮途則慕大俠，懷積憤則營空門。應時以化，一夕屢遷；感氣而生，百物代至。是以道家禳夢以婆珊，地府食夢以伯奇。行簡搜夢，間書三怪；延壽發夢，僅錄九名。明其吉凶難持，歡戚易惑。若夫嗜奇之士，志怪之才，縟理有餘，閒思不匱。倚冥音以騁節，規幻影而造懷。測貌附聲，結言拉韻。含筆則情數飛靡，灑墨而宮商潛運。可謂脈注綺交，條貫文變；雲譎波詭，經理玄宗。賦曰：『小說九百，本自《虞初》。從容之求，實俟實儲。』傳曰：『歲月飄忽，性靈不居，騰聲飛實，制作而已。』夫摹習典文，則英華獨標；組纚歌詞，亦聲律偕永。實文苑之別幹，乃樂府之異條。風軌絲篁，勸戒金石，歸吾大覺，示彼通律者也。

叢睦汪端光拜撰。

【箋】

〔一〕底本無題名。

〔二〕汪端光（一七四八—一八二六）：本名龍光，字劍潭，又字潤雲，號叢睦，儀徵（今屬江蘇）人。乾隆三十六年辛卯（一七七一）順天舉人，南巡召試，授國子監學正。後選授廣西百色同知，歷署柳州、平樂、慶遠、鎮安等處知府。解組後，歷主安定、樂儀書院講席。工詩詞。著有《汪劍潭詩稿》、《叢睦山房未刻詩稿》等。傳見《湖海詩人小傳》卷三二、《昭代名人尺牘小傳》卷二四、《皇清書史》卷一八、《國朝書人輯略》卷六、道光《重修儀徵縣志》卷三一、民國《歙縣志》卷一〇等。

赤城緣傳奇序〔一〕

許　珩〔二〕

蓋聞五聲迭協，天邊之風雨晴飛；六調勻調，江上之魚龍夜起。倚畫欄而低唱，落葉飄堦；揄長褢以高歌，行雲駐影。是知宫商合調，上可通神；錦繡盈篇，非徒游戲也。自關、鄭創爲北調，古曲初更；高、施另譜南音，歌喉又變。雖玉釵窈窕，羣推風格無雙；鐵拍粗豪，競羨才情第一。然而紅牙點句，聲多涉於哀思；白玉雕詞，情每移於風月。求其透上乘於鸞笙鳳管，已成兔角之希逢；發清籟於舞席歌筵，尤屬吉光之僅見。

我友雲岩，慧業幽深，天機清妙。玩秋中之月，默契天根；拈座上之花，光騰海印。鵬飛鯤化，莊漆園得其環中；山色溪聲，蘇學士遊於象外。宜其天風徐引，遂成閬苑之遊；靈境潛通，遠赴西華之燕。夫豈隍中蕉鹿，顛倒難憑，雲際冠裳，迷離莫辨也哉？乃復示無名之璞，懸不色之珠。織迺龍梭，盡成異采；抒其鳳藻，頓現奇葩。《鬱輪袍》獨標雅奏，《霓裳曲》允擅新聲。此《赤城緣傳奇》所由作也。

言乎其事，則赤城山上，清風開智慧之花；玉女樓中，金液灌菩提之樹。幻成幻住，情場之離合無端；九地九天，夢海之波瀾疊起。玉篇授處，盡掃筌蹄；花雨飛來，不留色相。言乎其詞，則淒清若秋竹之敲風，冷豔似寒梅之映雪，駭怪如潛蛟之起陸，幽奇恍古洞之騰雲。言乎其音，則珠圓玉潤，士女晨妝；裂石崩雲，壯夫按劍。吹桓伊之玉笛，迥不猶人；鼓叔夜之冰絃，超然免俗。而且文思駘蕩，體格瀠洄。闢新蹊於懸崖絕壑之間，遇奇賞於流水桃花而外。極得失窮通之致，破憂思抑塞之迷。此其化機所流，既已竭情河而通性海；而眞宰上訴，且將驚風雨而泣鬼神矣。豈庾信鴛鴦，僅唱白蘋溪畔；謝郎蝴蝶，徒傳紅杏橋頭比哉！

僕也虛窗月滿，愛讀《南華》；別館燈青，喜翻貝葉。覩《蘭畹》、《金荃》之製，深洽余懷；聽天風海濤之鳴，恍登彼岸。雖審微譪於氣韻，慚非顧曲周郎；而傳逸響於心聲，竊附知音季子云爾。

眞州許珩題。

【箋】

〔一〕底本無題名。

〔二〕許珩：字楚生，儀徵（今屬江蘇）人。庠生。工古今體詩。治經有心得，著有《周禮注疏獻疑》、《周禮經注節鈔》等。傳見道光《重修儀徵縣志》卷三七、《清史列傳》卷六八《汪中傳》附。

赤城緣傳奇題詞〔一〕

黄文暘 等

淳于酒醒喚盧生，又聽歌筵唱《赤城》。我是癡人喜説夢，君眞達者善言情。琅嬛福地容高枕，覩史多天續舊盟。如此寄愁殊不惡，海有路接蓬瀛東。秋平黄文暘拜題〔二〕

赤城霞起閬峯西，五色紛綸目易迷。鸞鶴一聲天下曉，羣仙抗手卽丹梯。出夢方知夢不眞，漫勞虛牝費精神。黄山雲海成靈境，江管收來現在身。珠湖沈業富〔三〕

生人涉世如夢境，指生爲夢人罔信。夢裏還教入夢鄉，纔夢又換新蹊徑。乍死乍生夢復來，再生再死難窮竟。忽然夢覺都非眞，誰知眞夢尚沉沉。好向夢中述夢語，一生經歷已三生。三生之夢實一夢，烟雲過眼若飛鞚。莊周自寫《南華經》，閒窗穩睡頻生驚。身騎紫豔淩層雲，陸離光怪搖心魂。雲中突露青芙蓉，瓊樓碧宇看重重。羽士絳節叱元馭，雷車電轂紛追從。花冠翠帔豔滿眼，淡雲疎雨聯芳鍾。罡風倏起杳然寂，隻身飄墮成虛空。低頭自顧眞孩嬰，門閭依舊舊姓名。丰標卻喜老易少，清才迭宕逢多情。菀鬱恆教百感集，浮世留傳重功業。志氣竟爾得發揚，鋤强植弱仁恩浹。誰信孤窮感激多，仇怨無端荷譴訶。九地風波興惡獄，沉寃莫控眞如何？火劫風輪滅眞性，善根不斷還清淨。後生歸併前生案，雲山寶閣都消散。神仙磨障寸心分，假假眞眞歸一嘆。殘夢猶然剩此身，譜成高曲喚迷人。我亦夢中聽説夢，未知此夢何時醒？烏虖！未知此

夢何時醒！ 梅賓紹蓮漫題〔四〕

幻裏通眞，眞中翻幻，看他雙管齊摹。情場利藪，彩繪向空虛。打合天魔人鬼，都只在、片念乘除。金章訣，泠然善也，皓月貯冰壺。 仙乎？ 更細把，音調齒玉，笛倚脣朱。按字裏行間，穩稱吳趨。雅調新詞雙絕，羨玲瓏、一寸心珠。爲問取，誰醒誰夢，瞞得主人無？ 調寄【滿庭芳】。竹隱周復旦題〔五〕

大夢誤浮生，舉世盡顛倒。誰醒復誰迷，回頭苦不早。何來婆心人，說法破煩惱。慧力闢玄關，暗裏施機巧。拔得舊情根，大地淨如掃。致使黑甜鄉，天花燦墨沼。一曲奏仙靈，逍遙樂蓬島。 秋渚于泗拜題〔六〕

不比邯鄲道上過，非關蟻鬭轉南柯。夢中又入荒唐夢，兩世光陰一剎那。
不染須從染處來，染香亭畔好徘徊。性根不壞何妨染，那怕森羅十殿開。
懲佃誅梟膽氣豪，雨盟袍訂亦風騷。層層虛霧層層掃，月到天心分外高。
傳經以後便登眞，出夢依然入夢身。認取本來成大覺，亦城原是自家人。 几山吳鸞翔題〔七〕

情河本與道源通，透發精神自在功。無可奈何天定數，輕將雙手闢洪蒙。
筆底風雲變化深，當場演出去來今。此中別有眞消息，古調何曾沒賞音。
一著差池千劫夢，一絲牽動萬絲牽。多情鳳侶中消散，不到森羅共保全。
可憐舉世恁迷蒙，當下繁華當下空。若是夢中知是夢，何人不在用明中。
幾回低首嘆滄桑，一片紅塵作孽場。曾向森羅證苦諦，黃沙影裏步倉黃。

今朝何幸仙招至，玉洞瑤花萬刼春。一卷金章出塵海，解鈴原是繫鈴人。

兩行寶樹韻參差，彼岸超登步不移。外道修羅齊俯首，免教塵世笑書癡。

堅辦心香面法王，塵勞海裏駕慈航。不從夢境翻眞諦，怎得精心透淨光？

色裏空花轉眼休，頓將幻妄一齊收。此中妙用誰能識？曉赴三山暮十洲。

惟有山中自在仙，紅塵不到白雲邊。金針一度牢牢記，管取蓮花九葉全。

鉛華洗淨見天眞，幸遇仙槎好問津。明月一輪千界映，茫茫孽海應無人。

五蘊城中小鬼精，相依相戀已多生。層層孽造根心地，從此翻身澈底清。

果能不受塵埃染，早到飛花舊日亭。淨掃浮雲空障礙，虛危一穴透天庭。

跳出紅塵第一流，離形去智任天游。若非染境求眞諦，更有癡人向夢求。

颯颯西風落葉聲，樓廊月上正初更。馳驅不走邯鄲道，塵夢何如鶴夢清。

柴門寂寂心常靜，細味《南華》逸趣多。往事思量一惆悵，眞空聊借夢騰挪。（集本詞十六首。）

瑤峯女史〔八〕

一染塵緣皆夢境，擾擾攘攘渾不定。天荒地老蓋棺時，名利競，心難暝，咄咄癡兒何日醒。

造孽都由貪欲逞，寧識九幽竿有影。現身說法託歌詞，原自證，教人省，夢裏流光悲急景。（【雙調】【天仙子】。） 秋人仇夢巖〔九〕

（以上均《傳惜華藏古典戲曲珍本叢刊》第六一冊影印清嘉慶間清稿待刻本《赤城緣傳奇》卷首）

【箋】

〔一〕底本無題名。

〔二〕題署之後有印章二枚：陽文方章『尼山山長』，陰文方章『黄文暘』。黄文暘（一七三六—一八〇二後），生平詳見本書卷十二《曲海目》條解題。

〔三〕沈業富（一七三二—一八〇七）：字既堂，號方穀，又號珠湖，別署味燈老人，高郵（今屬江蘇）人。乾隆十八年癸酉（一七五三）舉人，十九年甲戌（一七五四）進士，選庶吉士，散館授編修。三十年，補安徽太平府知府。四十六年，授河東鹽運使。次年乞歸，家居以老。著有《味燈書屋詩集》。傳見阮元《揅經室二集》卷五《墓志銘》（《國朝耆獻類徵初編》卷二二一、《碑傳集》卷八六）、《清史列傳》卷七五、《詞林輯略》卷四、《國朝臣工言行記》卷二〇、《國朝詩人徵略初編》卷三六、《湖海詩人小傳》卷一七、《皇清書史》卷二六、《國朝書人輯略》卷四、嘉慶《高郵州志》卷一〇等。

〔四〕梅賓：即江紹蓮（約一七四〇—一八一一後），字依濂，一作扆聯，號梅賓，歙縣（今屬安徽）人。乾隆間庠生。嘉慶十六年辛未（一八一一）會試，特賜進士，年已七十餘，官國子監學正。輯《橙陽散志續編》、《蟾扶文萃》。著有《唐詩醇雅集》、《杜詩精義》、《披芸漫筆》、《聞見閒言》、《梅賓半稿》、《松窗述夢》、《梅賓詩鈔》、《所知詩鈔》等。傳見民國《歙縣志》卷七。

〔五〕周復旦：字扆仲，號竹隱，別署竹隱山人，太平（今屬安徽）人。邑庠生。安貧砥行，以授徒爲生。傳見民國《石埭備志彙編》收《太平縣志》卷七。爲江周此劇『樂句』。

〔六〕題署之後有印章二枚：陰文方章『于泗之印』，陽文方章『秋渚』。于泗，字彦邦，號秋渚，如東（今屬江蘇）人。監生。善爲詩歌，曾手集《東亭詩》二十卷。書似倪雲林。

〔七〕吳鸞翔：號几山，籍里、生平均未詳。

〔八〕題署之後有印章二枚：陽文圓章『江』，陽文方章『秀瓊』。瑤峯女史，即江秀瓊（？—一八〇八），字瑤峯，歙縣（今屬安徽）人。江蘭（一七四〇—一八〇七）女。如皋諸生張壽泰（號仰齋）室。工詩畫，善琴。嘉慶中，以微疾早卒。著有《椒花館集》。傳見王豫《江蘇詩徵》卷一六二、王瓊《名媛詩話》、許承堯《歙事閒譚》卷一八『江村閨秀』條等。

〔九〕題署之後有印章一枚：『老柳道人』。仇夢巖，字秋人，號貽軒，別署老柳道人，歙縣（今屬安徽）人。諸生。曾至浙江紹興授館。著有《貽軒詩》、《貽軒詞》等。

赤城緣傳奇後序〔一〕

縉雲山樵〔二〕

癸亥臘月八日〔三〕，余方坐蘧然室，與方外友説迦文覩明星悟道因緣，而雲岩書適至，以《赤城緣傳奇》囑余作後序。因努目遍觀一過，掩卷而歎曰：『此雲岩心法，假樂府以傳之者也。』昔迦文以十方虚空刹海、三大阿僧祇劫爲一大夢，直至坐菩提樹，降伏諸魔，明星出時，廓然大悟，遂成大覺。兹之赤城、朱樓、蘇臺、地府，卽雲岩之虚空刹海也；轉嬰卅年，入道一紀，卽雲岩之阿僧祇劫也；天台降魔，卽雲岩之坐菩提樹也；魔消日上，卽雲岩之明星出時也；返本還源，卽雲岩之廓然大悟也。悟斯覺矣，故有大覺而後能知大夢，有大夢而後乃成大覺。人於夢處見雲岩，不若於覺處見雲岩；於覺處見雲岩，又不若於無夢無覺處見雲岩。如此，則余謂『雲岩心法，假樂府以傳之者』，猶夢囈也。書罷，不覺擲筆大笑。

縉雲山樵蠅附〔四〕。

（同上《赤城緣傳奇》卷末）

【箋】

〔一〕底本無題名。

〔二〕縉雲山樵：姓名、籍里、生平均未詳。或即李瑩（一七六五—一八二〇），字錦泉，號朗亭，别署縉雲山人，濟寧（今屬山東）人。嘉慶十六年辛未（一八一一）進士，由吏部員外郎考選江南道監察御史。著有《樂志書屋遺集》、《縉雲山人詩集》、《縉雲山人雜著》等。傳見曹振鏞《墓志銘》（民國十四年濟南排印本《縉雲山人詩集》卷首）。

〔三〕癸亥：嘉慶八年，是年臘月八日，公元爲一八〇四年一月二〇日。

〔四〕題署之後有方章二枚：陰文『綱』，陽文『三子』。

附　赤城緣題識〔一〕

王季烈〔二〕

《赤城緣傳奇》，向未見於著錄。著者《自記》：乾隆六十年，五十初度之夕，夢謁赤城主人，指迷破障。後游染園，與諸美人集飲沉醉。又夢身轉嬰兒，自少至壯，胷中抑塞，舒展無餘。忽入地府，受種種慘罰，念佛一聲，遽蒙赤城主人拔升仙界，重游染園，破幻顯眞。拂子一擊，忽然驚醒。夢中三十餘年，人世只是頃刻。彼時敍次爲記，播傳已久。迨嘉慶六年，乃按譜塡詞，成傳奇卅二折，名之曰《赤城緣》云，而寓懺悔之意也。

弁首有江香祖、汪劍潭、許楚生、沈旣堂、江梅賓諸人題言。香祖名蘭，乾隆末官雲南巡撫，嘉慶五年遷兵部侍郎，以事罷，旋召辦河工，卒於京邸，見道光《徽州府志》及《清史稿・疆臣表》。此敍爲嘉慶六年夏作，卽其罷官家居時也。梅賓名紹蓮，著有《梅賓詩鈔》六卷，見《徽州府志・藝文》，此七言長歌，未知載入集中否？二人皆歙縣江村人，蓋著者同族也。江氏僑寓維揚，名人甚衆，風流文采，照映一時，著者所署或非眞名，故無從考耳。黃秋平文暘詩，乃嘉慶初年所題，在《曲目》已成之後，故是書未載入《曲目》（詩中覩史多天□率天）。汪劍潭端光、許楚生珩，皆儀徵人。沈旣堂業富，高郵人，官至河東鹽運使，《清史稿》有傳，『業』誤作『善』，此詩其手題作『業』，與《國朝正雅集》及《高郵州志》俱合，足以正《清史稿》之誤。覩諸題言，江氏同族以外，揚州籍居多，著者僑寓維揚，殆甚久也。

余素好讀曲，研究聲律已三十年，於我朝乾、嘉後撰述，病其鮮能合律。此書初見於獲龍坊肆，以爲鈔寫雖工，殆亦陳厚甫《紅樓夢傳奇》一類，不能播之管弦也。及細閱之，始知其命意布局，脫胎玉茗之《邯鄲》、《南柯》，升庵之《洞天玄記》。而其北曲本色，尤與昉思《長生殿》相肖。第廿六折之【九轉貨郎兒】，全套爲旦色所唱，與元曲《貨郎旦》女彈詞相合，較昉思以李龜年之彈詞襲張三妹之歌譜，高低不協，則改笛色以遷就之，其善多矣。而南仙呂【長拍】第六句，明人散套云『楚水洶涌』，袁籜庵《西樓記》云『野渚水滿』，皆疊用四上聲字爲一句，否則不協。而吴石渠《粲花五種》、舒鐵雲《修簫譜》所塡【長拍】，皆節去此句，蓋畏其難也。此本第廿四折之【長拍】，第六句云『隱顯可覩』，用四上聲字，獨與古合。又南小石之【漁燈兒】全套，創自李日華《南西廂》，其【錦中拍】第五句，沿用北《西廂》之本宮，始終不同，爲短柱格。此書第廿四折，於此句云『脫然離緣出廛』，亦短柱格也。彼時無人論及曲律，作者獨能謹守前人繩墨，是必讀曲至多，曲律至熟，故下筆之際，應弦合節，非率爾操觚者所能望其項背也。

惟從來南北合套，其南北曲必係宫調相同，故相間歌之，而無須改變笛色也。此書第十三折，以北仙吕之【點絳脣】套，與南雙調之【銷金帳】數支聯成合套。第三十折，以北中吕之【粉蝶兒】套，與南黄鐘之【畫眉序】諸曲聯成合套。驟觀之，似須每曲改换笛色，否則不協。殊不知北仙吕笛色，雖多用小工或尺調，然亦可並作正工調，如《牡丹亭》之《冥判》、《四聲猿》之《罵曹》、《紅梨花》之《花婆》是也，則與南雙調之【銷金帳】同一笛色矣。北中吕笛色，雖多用尺或小工調，然亦可譜作六調，如《單刀會》之《訓子》是也，則與南黄鐘之【畫眉序】諸曲同一笛色矣。由此可見作者之創此兩格，乃故弄狡獪技倆，以於南北合套中別開生面，與昉思《長生殿》多創新集曲，用意相同，未可以破壞古人成例斥之。奇而不乖於正，要非深諳曲理者，不能爲此。

余反覆諷誦，竊訝乾、嘉之後，傳奇有此傑作，湮埋百餘年，幸未覆瓿。余眼福不淺，乃爲著者作身後之桓譚，因詳述書中大旨於簡端，以告後之讀是書者。獨惜著者生平行誼，無從而知。他日如獲曾賓谷《題襟館倡和詩》、江昉《江氏家集》諸書，考之或可得焉。並記於此。

丙戌孟陬二十一日〔三〕，蟫廬識，時年七十又四。

【箋】

〔一〕底本無題名。

〔二〕王季烈（一八七三—一九五二）：字晉餘，號君九，別署蟫廬，長洲（今江蘇蘇州）人。光緒二十年甲午（一八九四）舉人，三十年甲辰（一九〇四）進士，歷任刑部主事、學部專門司司長，兼京師譯學館監督。民國初，移家天津，從事實業。晚年返蘇定居。長期從事崑曲研究，精通曲律，編纂《集成曲譜》、《與眾曲譜》、《正俗曲譜》等。校訂《孤本元明雜劇》。著有《蟫廬曲談》、《蟫廬曲稿》、《度曲要旨》、《蟫廬未定稿》等。撰傳奇《人獸鑒》、雜劇《西浦夢》等。參見蔡孟珍《近代曲學二家研究：吳梅、王季烈》（學生書局，一九九二）、楊振良《近代曲學大師王季烈年譜》（武漢大學傳統文化研究中心《人文論叢》二〇〇四年卷）、吳新雷《二十世紀前期崑曲研究》第三章《訂譜專家王季烈及諸家曲譜》（春風文藝出版社，二〇〇五）等。

〔三〕丙戌：公元一九四六年。

附　赤城緣識語〔一〕

闕　名〔二〕

《緣督廬日記鈔》卷五，載士禮居分題咸宜女郎詩冊，首《玄機詩思圖》，周雲巖笠繪。陳曼生庚午八月跋云：『吳江陸英所畫《十二女史圖》中有此本，蕘翁屬雲巖重摹，以弁其集』云云。庚午爲嘉慶十五年，繪圖之周雲巖，與此書填詞之江雲巖，是一是二不可知。識之於此以俟考。洪北江《卷施閣文》甲集卷十《武進黄縣丞景仁行狀》：乾隆癸卯，卒於河東鹽運使沈君業富運城官署。君之喪，沈君禮恤之甚至。

（以上均《傅惜華藏古典戲曲珍本叢刊》第六一冊影印清嘉慶間清稿待刻本《赤城緣傳奇》卷首）

【箋】

〔一〕底本無題名。

〔二〕此文疑爲王季烈撰。

漁家傲（吴錫麒）

吴錫麒（一七四六—一八一八），字聖徵，號穀人，錢塘（今浙江杭州）人。乾隆四十年乙未（一七七五）進士，選庶吉士，散館授編修，累官至國子監祭酒。以親老乞養歸，主講眞州、揚州、松江等地書院。著有《有正味齋全集》、傳奇《漁家傲》等。傳見《清史稿》卷四八五、《清史列傳》卷七二等。參見汪超宏《吴錫麒年譜》（《明清浙籍曲家考》，浙江大學出版社，二〇〇九）。

《漁家傲》傳奇，未見著錄，已佚。梁廷枏《曲話》卷三評曰：『吴穀人先生詞學，近時人不多覯。病除凡響，壁壘一新。集中南北曲數套，妙墨淋漓，幾欲與元人爭席。所作《漁家傲樂府》，詞壇藝苑，交口稱之。』

漁家傲樂府自序

吳錫麒

當夫赤伏陳符，金刀示讖。九五之位，合德於飛龍；四七之徵，凝精於列宿。展棱威於大敵，回炎正於中徽。天人協心，乃召昆陽雷雨；父老流涕，重見漢官威儀。春陵之佳氣鬱然，白水之眞人首出。道光羣輔，運翊中興。降黄屋以言情，推赤心而置腹。美矣茂矣，明哉良哉！

然而繁葩競榮，不如孤竹之秀於谷也；百鳥交和，不如一鶴之翔於霄也。乃有天末故人，澤中男子。蕭蕭釣竹，落落羊裘。幾身世之可忘，並姓名而亦隱。爲仙作壻，雲霞爲偕老之鄉；以客名星，烟水乃流光之所。至於全軍虎豹，小劫蟲沙。何關塵外之心，詎入山中之耳。又安知帝稱銅馬，爲同學之少年；將畫雲臺，盡後來之英物也哉？

而乃亡簪在念，墜履難忘。合長安之驢，舊游已少；進無蔞之粥，厚意方償。遂因一老之韜沉，屢動九重之物色。以爲伊尹緣鵠飾鼎，三聘斯來；太公坐茅以漁，後車可載。亦何難屈老聃以官隱，引商皓爲朝榮？豈知龜曳於泥，無求乎留骨；蛇伏於野，難迫以焚林。即使束帛勸邀，安車遠迓，治北軍之舍，給大官之餐。得仰先生之風，詎改狂奴之態。士各有志，貴可易交。玉趾能來，幸日角龍顔之無恙；金吾足羡，奈箕山潁水之有緣。言莫挽乎臣心，足許加乎帝腹。匆匆此去，咄咄徒嗟。可謂肥遯爲貞，先機曰哲者已。

余遊富春之渚，經七里之灘。萬竹光中，斜陽曬網；一波折處，細雨施罛。緬懷高寄之蹤，指點歸耕之處。徑路或迷於黄葉，人家全在乎翠微。弄水相思，尋烟欲問。臺高百尺，其釣維何？祠閲千秋，伊人宛在。祇覺風流之足慕，敢辭水調之難工？悠我楮毫，被之絃索。演逸民之列傳，寫漁父之家風。人將讀之而解頤，吾亦因之而寄傲也。

嗟乎！原陵蕭瑟，誰修麥飯之供？大樹飄零，易歇桑榆之夢。山河已改，富貴何常。而先生隱不煩招，釣何須得。據桐江之一面，標松格之千尋。厲東京廉恥之風，振百世懦頑之習。爲之導揚鷺舞，感召魚聽。法曲如獻乎仙音，樂府本沿乎漢製。帝王事業，蓑笠因緣。兵甲俄空，挽銀河而倒洗；箏琶且住，擊銅斗而高歌。

（《續修四庫全書》第一四六八册影印清嘉慶十三年刻《有正味齋全集》增修本《有正味齋駢體文》卷八）

鴛鴦鏡（傅玉書）

傅玉書（一七四八—？），字素餘，號竹莊，别署筠墅老人，甕安（今屬貴州）人。乾隆三十年乙酉（一七六五）舉人，屢試不第。五十八年，任安福知縣。歷署瑞州府銅鼓同知。後主講星山書院、正習書院。編纂《黔風錄》（含《黔風舊聞錄》、《黔風鳴盛錄》二種）、《桑梓述聞》、《黄平州志略》等。著有《象數蠡測》、《卦爻蠡測》、《竹莊四書文》、《竹莊詩文集》、《讀書拾遺》、《古今詩賦文鈔》等。傳見莫庭芝、黎汝謙《黔詩紀略後編》卷一一、同治《安福縣志》卷七、民國《貴州通志·藝文志》等。

撰傳奇《鴛鴦鏡》，《古典戲曲存目彙考》著錄，現存光緒二十一年（一八九五）傅達源校刻本。

（鴛鴦鏡傳奇）自序

傅玉書

天道與人心，一而已。唐虞三代之隆，帝心所簡在，則朝廷之爵祿及之；草野所謳思，則造化之福澤歸之，此天人之常也。賞姦旌惡，惡直醜正，欲縱而性拂者，亂世之人也。而天亦若助之者，理不變而數或奇，亂世之天也。聖賢之生於其間也，雖窮於一時之數，而不窮於千萬世之人心，是亦天之道也。

有明之季，熹宗失柄，魏璫擅權，朝集穢人，毒流正士。君子謂：明之亡，不亡於闖賊，而亡於閹人。固人事之失宜，亦天運之當阨也。厥後首逆就誅，餘兇多漏。忠直之贈雖優，達人之後未顯。斯亦人心之遺憾，要非天道所當然。亂世之天，數常勝理，不其然乎？雖然，試執途人，而語之以楊、左諸賢，精忠大節，備極冤慘也，則必悄然悲矣；試語以楊、左諸人，子孫賢才，科名鼎盛也，則必躍然喜矣。然則即叩蒼蒼者而問之，吾知其悲且喜，無以異於人也。夫既揆之人心而安，究之天道而合，則雖事之所或無，何妨理之所必有乎？

己丑春〔一〕，予以禮闈下第，寓硯都門，與應山張君雅人，文酒過從。因數叩其鄉大洪先生家世何似。張君爲予言頗詳，且曰：『楊公與桐城左公，同年同官，終於同罪，常有姻婭之約，其聘物爲鴛鴦金鏡。吾子念切緇衣，何不譜之管絃，爲千秋佳話乎？』余笑諾之，未有暇也。其後，屢試不第，束裝南歸。又與一二昆季，商帖括之業，此事已不復記憶。

癸巳仲冬念六〔二〕，予生日也。鳳巢弟過予，小飲輒醉，伏案而睡。夢一童子，持柬詣予，曰：『主人以《鴛鴦圖》索句。』瞿然驚覺，心竊異之。豈曩者一言，遂眞有鬼神聽之耶？夢不足道，顧亦欲借此發其讀書懷古之情。因爲次其端緒，摹其境地，按其時月，屈伸離合，埋伏照應，鬬筍合縫之處，恍若目見而心記之者。明日，按譜選詞，越三日而書成。覆閲之，覺於君臣、父子、夫婦、兄弟、朋友之間，與夫崇正嫉邪，福善禍淫之理，莫不要諸天道之正，而即乎人心之安。蓋不獨楊、左諸公應有是事，而凡古今來忠臣孝子、義夫節婦，皆當作如是觀。若必持鐵棹紅牙，以相較於摹仿清妍之際，則予也謝不敏矣。

乾隆三十九年歲次甲午正月人日，筠墅老人自序。

【箋】

〔一〕己丑：乾隆三十四年（一七六九）。

〔二〕癸巳：乾隆三十八年（一七七三）。是年仲冬念六，即十一月二十六，爲公元一七七四年一月八日。

鴛鴦鏡傳奇題詞

唐　金〔一〕

筆鋒痛礫姦回死，墨焰雙騰義烈光。特與人心平磈磊，千秋一鏡結鴛鴦。
桐山家世想餘芬，便是裙釵也不羣。那有忠臣無孝子？閨中更有左湘雲。
全義隱樵樵自俠，餘香駡賊賊難汙。區區婢僕猶能爾，況是當時士大夫。
時危更不逢楊、左，三百年來國步難。天子無愁勞閣部，江頭痛哭葬衣冠。唐金遵義

【箋】

〔一〕唐金：字緘之，號漢芝，遵義（今屬貴州）人。歙縣知縣唐惟安三子。乾隆三十三年戊子（一七六八）舉人。初任黔西州學正，選授山西屯留知縣，卒於任所。能詩，散存《播雅》中。著有《讀杜心解》。傳見《晚晴簃詩匯》卷九三。

（鴛鴦鏡傳奇）跋

傅達源〔一〕

《鴛鴦鏡》何爲而作也？先曾王父憫明季楊、左諸公，竭忠守正，酷罹閹禍而作也。演楊、左諸家子若孫，科名鼎盛，事誠未有，而雪憾鋤姦，克忠與孝，推暨閨門之秀，下逮臧獲之微，咸能不降不辱完厥終。以之摹烈繪貞，即以之扶世翼教，似不僅爲楊、左諸公作。國步艱難，賢姦用舍，

存亡繫焉一卷之中，低回不置。世有國家馭八柄者，聆音識曲，當惕然於立政任人之不可假易，似更不僅爲楊、左諸公作。

明季事迹，播諸管弦，膾炙人口者，《桃花扇》、《芝龕記》尚矣。然一則仙靈徜恍，其失也誣；一則兒女溫柔，其失也曼。昔孔子之以詩教也，一言蔽之，曰『無邪』。是知發乎情，止乎至善，而歸本乎天理民彝之大同，義正者詞嚴，洵爲必傳之作無疑也。

舊本存先大夫匣笥。咸豐戊午歲，江夏夏秋丞太守宰古筑〔二〕，工倚聲，偕族叔虎生公文字交〔三〕，出丐訂正。太守既弁言簡端，復於每齣末綴截句一章，俾成完璧。時黔亂亟，不果梓。迨光緒戊寅，達源捧檄襄文案於官運局，攜置案頭，爲何人所攫去。覓之川黔與鄂，卒弗獲。壬辰夏〔四〕，從堂兄明遠至自下司〔五〕，持鈔本以贈。吁！閲十有五載，求索之苦且艱也，極矣。故里而致之，譬鉤日虞淵，懸諸九天之上，將非先靈實式憑耶？愚小子不慎之咎，庶幾少逭，其慶幸爲何如！若太守之序之綴，邈不可復得。即鈔本之魯魚亥豕，求工倚聲如太守與虎生公者是正之，亦遽不可得，其憾畫又爲何如？

先曾王父生平著述，經盧南石、吳白華、錢蘀石、翁鳳西諸巨公所刊布者，曰《竹莊四書文》，曰《古今詩賦文鈔》，曰《桑梓說》；其屬吾邦文獻，經儀徵相國所鳩鐫者，曰《黔風舊聞錄》，曰《黔風鳴盛錄》，兵燹板悉燼。其歷爲達源所實藏者，曰《五經四子書拾遺》，曰《象數蠡測》，《鴛鴦鏡》亦其一也。

今少司寇李公苾園中表姻〔六〕，又達源女兄夫也，余家文獻諳悉最。辛卯秋〔七〕，典試臨蜀，指《鴛鴦鏡》索，無以應，故頻以刊《拾遺》等集囑。首途猶拳拳，嗣每書來，動以工詢。然如此訛謬何燕？蜀又迢遞也，通人獨不易邂也。無已，僭自校讐，畀手民，既聊塞司寇督責之勤，且明愚小子惸惸護持，懼隕先緒。其重且鉅者，非敢殿也，蓋有徯也。所以先其易者，良有故。工既竣，爰詮次顛末如左。

時龍集旃蒙協洽之陬月望日〔八〕，曾孫達源謹跋〔九〕。

（以上均清光緒二十一年傅達源校刻本《鴛鴦鏡傳奇》卷首）

【箋】

〔一〕傅達源：字號未詳，甕安（今屬貴州）人。傅玉書曾孫。曾任四川候補同知，同治十八年（一八七九），署豐都知縣。參見光緒《豐都縣志》卷二『學校』、民國《豐都縣志》卷五『學校』。

〔二〕江夏夏秋丞太守：即夏成業（一七九五—一八六四），字秋丞，江夏（今湖北武漢市江夏區）人。拔貢生，任南漳縣教諭。咸豐二年（一八五二），授貴州天柱知縣，調安化，署普安直隸同知、廣西太平府知府。十一年，任平遠州知州。同治初任黔西州知州，三年死於難。與鄭珍、王柏心有交往。著有《研雨軒詩詞集》。傳見《貴州通志·宦迹志十三》。劉淳《雲中集》第二冊有《夏秋丞集序》（光緒癸未賜綺堂刻本）。王柏心《百柱堂集》有《夏秋丞太守去歲中秋殉節黔西今春乃知其耗賦詩追挽》。

〔三〕族叔虎生公：即傅衡（一八二一—一八八二），原名鈞，字虎生，貴筑（今貴州貴陽）人。同治六年丁卯（一八六七）舉人，官至廣西左州知州。博學能文，尤工書畫。著有《洮陽雜錄》、《師古堂詩文鈔》、《師古堂詞》。

傳見《黔詩紀略後編》、《詞綜補遺》卷八五、《畫家知希錄》卷七等。

〔四〕壬辰： 光緒十八年（一八九二）。

〔五〕傳明遠： 字號、籍里、生平均未詳。

〔六〕少司寇李公苾園： 卽李端棻（一八三三—一九〇七），字苾園，貴筑（今貴州貴陽）人。梁啓超妻兄。同治二年癸亥（一八六三）進士，入翰林。歷任廣東學政、刑部侍郎、禮部尚書。戊戌政變時，被革職，充軍新疆。光緒二十七年（一九〇一），赦歸。傳見梁啓超《飲冰室文集》卷四四上《墓志銘》、《清史稿》卷四六四、《碑傳集補》湯志鈞《戊戌變法人物傳稿》卷四、《清代貴州名賢象傳》第一集第四卷、費行簡《近代名人小傳》等。

〔七〕辛卯： 光緒十七年（一八九一）。

〔八〕旃蒙協洽： 乙未，卽光緒二十一年（一八九五）。

〔九〕此文之後，另行署『程番傳氏家藏鋟本』。

繡錦臺（丁秉仁）

丁秉仁（一七四八—一八一七後），字香城，別署香城子，姑蘇（今江蘇蘇州）人。諸生。乾隆、嘉慶間，游幕於江蘇、福建、臺灣等地縣府。著有《記年記事編》、《吟秋小草》、《試翩雜文》，及小說《紅樓夢外史》、《瑤華傳》、《鬘如傳》等。撰《繡錦臺》雜劇，今存；《陰陽劍》、《美人香》、《蘆中緣》、《青梅記》、《燈戲》、《南山法曲》、《百花上壽》等戲曲，均佚。生平見其自撰《記年紀事編》（嘉慶二十二年自刻本）。參見馮金牛《自傳體的清代文人戲曲・繡錦臺傳奇》（《書林札記》，復旦大學出版社，二〇〇八），錢成、王漢民《清中期蘇州籍小説戲曲家丁秉仁考》（《東吳學術》二〇一八第五期）。

《繡錦臺》，未見著録，現存嘉慶二十一年（一八一六）濤音書屋刻本，上海圖書館藏。

繡錦臺傳奇自序〔一〕

丁秉仁

有友人詢余：『塡詞之學，如何入手？』余答曰：憶自丙戌冬〔二〕，從侍湘巖韓夫子〔三〕，適其正塡《漁村記》傳奇，每脱稿，即令余謄正。緣余於此一道，茫無知識，時有謄寫錯誤，皆由日常學習詩文，或遇兩字貫串者，一筆寫下。

夫子亦知由此而誤，遂蒙指示，曰：『塡詞與詩文下字不同，其所以不同之故，皆須遵依《九宫譜》而塡也。如應用去聲，誤塡上聲，即謂之不協於律，所謂音律不可有犯者也。至平聲字，又須區别陰陽。如「天」字比照「田」字，則「天」字爲陰，「田」字爲陽；又如「巔」字，則「天」字又爲陽，而「巔」字則爲陰矣。諸如此類，每字推移，皆有陰陽之别，須看上下文。應用陽聲字，不可下一陰聲。一有舛錯，亦謂之不協於律。』

因問何爲九宫？曰：『如黄鐘、正宫、南宫、仙吕、中吕、商調、羽調、越調、大石是也。四聲五音，亦冲乎九宫之内。又曲有南北之分，而九宫亦分有南北。』

余又請問何爲南北？曰：『度曲必有高低轉折，總謂之腔調，卽俗稱「九腔十八調」也。其腔調卽平、上、去、入四聲，與宮、商、角、徵、羽五音也，南曲須此四聲五音爲譜。然宮、商、角、徵、羽五字，筆畫過多，不便照字填譜，因而改爲五、六、工、尺、上，取其筆畫簡便而易注也。北曲又須加凡、一兩字。』

余又請問何謂凡、一？曰：『凡者，番也；一者，夷也。北音多係番夷之聲口故也，亦因筆畫多而從簡之意。至於南北九宮，雖可作爲填詞之準繩，然苦不多，每部止有四本。莫如都中出賣之《大成譜》，最爲精妙，南北彙集一部，約有數十本。曲文用藍字，譜用黃字，板用硃點，眼用墨圈。精於此者，便能按譜而歌。』

當時卽蒙檢示，余始知填詞之難如此，意興爲之索然。後蒙夫子授讀《元人百種》及《六十種曲》，日夕浸潤於口角間，又似極易入彀，每一設想，竟漸能趨赴腕下。

自丁亥年起〔四〕，時時私自演習，似乎有合窾竅。嘗擇《聊齋志異》內有《連瑣》一則，深合鄙私，遂按其情節，謬填傳奇八齣，名之曰《陰陽劍》。悄示同人，俱讀而稱善。此則初試之第一篇也。繼在崇明張居停處，曾酌減《李笠翁十種曲》內之《憐香伴》一刊，改名曰《美人香》。卽付伶人搬演，閱者又以爲可。嗣獨出新意，編有《蘆中緣》，惜未告成。後在惠安署，曾自填《繡錦臺》。又承光澤吳明府，囑填《青梅記》。以上各稿，爲見愛者攫去，俱無副本存留。茲篋中止存《繡錦臺》一劇，現在付梓。余得韓夫子之指教如是，請閱《繡錦臺》曲文賓白，便知箇中意義矣。

事之。

時嘉慶二十有一年季春月，香城子丁秉仁又序。

【箋】

〔一〕底本無題名。版心題『又序』。

〔二〕丙戌：乾隆三十一年（一七六六）。

〔三〕湘巖韓夫子：卽韓錫胙（一七一六—一七七六）。時任江蘇寶山縣知縣，丁秉仁亦在寶山爲塾師，師

〔四〕丁亥年：乾隆三十二年（一七六七）。

繡錦臺序〔一〕

潘肇豐〔二〕

塡詞之學，亦古樂府之遺意，創自有元，傳於明季，富於我朝。何以知之？我頗讀傳奇，故深悉之。或曰：『元有《百種》、《六十種》，以及排場雜劇，亦稱多矣，何云不富？』曰：非富也，特創格也。無創格，後人何以濫觴？明季以來，耽此者寥寥，所傳可屈指而數，然不絕其源流，亦有賴焉。至我朝則盛行矣，不但文人墨士，藉以消遣，卽商賈伶工，均能約略爲之，甚有清貧之士業於斯者，日新月盛，幾幾乎有汗牛充棟之勢，豈不富哉？其間珠圓玉潤者，固不乏其選，而牛鬼蛇神，亦比比皆是。唯李笠翁、洪昉思、尤展成輩，均別有所裁。此外各家能手，亦巧於用意，然無多人物。下此者，皆依傍門戶，故作新奇，舍其本而齊其末，不無爲詞家所憾。

我友蘇臺丁君香城，所編《繡錦臺傳奇》，劇止四齣，頭緒煩多，文有起承轉合，情有反側俯仰。命名取義，皆撇去前人窠臼。賓白詞意，與夫詩文歌賦，亦出自心裁。至於四聲格調，及典實成語，無纖毫舛錯，且無杜撰陳言，可謂畢填詞之能事矣。

按元人《百種曲》，都以四齣爲率，非若今之詞家，必得四十齣爲一部也。茲編如舊穀中舂出新粒，仍不失古人模範。余展誦數四，深歎其設想之奇，自非食烟火人所能構得也。識者定有衡鑒。

乾隆癸丑年仲秋，餘姚古堂愚弟潘肇豐拜題於小雲徑之北窗。

【箋】

〔一〕底本無題名。版心題『潘序』。

〔二〕潘肇豐：字古堂，室名鳴鳳堂，餘姚（今屬浙江）人。以諸生充三禮館校錄，議敘授福建惠安場鹽大使。著《六書會原》、《鳴鳳堂詩鈔》。

繡錦臺序〔一〕

徐　澧〔二〕

余於乾隆丙申夏，就館如皋，得交於香城，年相若，一見如故。由如皋至江陰，共數晨夕，五閱寒暑。香城幼孤苦，親知多富饒，勸就商賈，香城不屑也。自甘食貧，力學工詩文，善篆隸。精於九宮，喜填詞曲，隨意抒寫，綺麗風流，輒傾倒座人。

辛丑春〔三〕，與香城分手，蹤迹遂疏，不相見者三十年。回思昔日，思補庭前，互相切磋，劇談今古，未嘗不臨風三嘆也。嘉慶壬戌秋，余就養來閩，復得與香城相聚。鬢髮雖蒼，而興致不減少年。當余六十周甲之辰，塡《百花詞曲》惠贈。十數年來，常以所著詩文雜説見示，無不簡練工整，情文兼到。

昔司馬子長遊遍名山大川，文迺獨超千古。香城數十年間，抵燕豫，涉臺灣，足迹幾半天下。山陵之夷險，江海之波濤，與夫世態人情之變幻，皆閲歷備嘗。故其詩文，隨遇感發，與年俱進，而出言本於孝弟忠信，足以風世勵俗，非若他人之怨憤不遇，藉事舒懷。士先立品，而後文學。讀香城之詩文，即定香城之人品矣。

香城著作甚富，今精簡梓刻，如青錢之萬選。屬序於余，余愧不文，未敢著佛頭之糞。然余將歸老蓬廬，香城遊興尚豪，不知再見於何日。感聚散之無常，聊述數言，以志知交之梗概云爾。

嘉慶二十一年二月春分日，鄉愚弟徐澧頓首拜。

（以上均上海圖書館藏清嘉慶二十一年丙子濤音書屋刻本《繡錦臺傳奇》卷首）

【箋】

〔一〕底本無題名。版心題『徐序』。

〔二〕徐澧（約一七四三—一八一六後）：餘姚（今屬浙江）人。字號、生平均未詳。

〔三〕辛丑：乾隆四十六年（一七八一）。

附　鳳書侯文藻手函〔一〕

侯文藻〔二〕

前奉翰言，並賜閲佳製傳奇。適弟抱恙，致稽環讀。茲幸小痊，藉以咀嚼，誠可謂得五味而勻甘酸者也。且託情神妙，幻成別調文章； 命意鮮妍，譜出天然景趣。殊令人心癢難搔。構此異樣之文情，遂得非凡之驚喜。如此作手，豈讓前人？所以不敢加墨者，特恐貽笑大方耳。肅此附函恭繳，兼請日佳。俟步履稍健，當再趨赴芸齋，暢領教益也。不戩。

（同上《繡錦臺傳奇》卷末）

【箋】

〔一〕版心題『題詞』。題名後小字注：『江蘇常州府靖江縣人。同道友，國學生。』

〔二〕侯文藻：字鳳書，靖江（今屬江蘇）人。國學生。

（繡錦臺傳奇）題詞

吴安祖　等

結習多生未可拋，忘形小築百花巢。夢華不及南都事，只說因緣自解嘲。

望江南罷憶江南，藉此言情酒共酣。省識優曇原一見，生香樂意要深參。

奇思幻想賞心諧，騁宕風光舊酒懷。三徑依然松菊茂，怎教寂寞好音乖？ 硯亭吴安祖〔一〕（浙江紹興人。曾於光澤縣得聯賓主，餘詳《記年記事編》中。現陞山西知州。）

縫月裁雲繼雅音，花間託興最遙深。莫言瑣瑣雕蟲技，腸斷江南夢裏心。

菊瘦梅癯各致情，蘭坡竹塢盡虛名。傳奇擅卻伊園外，三徑於今又創成。

海雨天風興復豪，愛花愛夢愛仙曹。從今淺酌低聲唱，演出麻姑癢處搔。　松岩薛天麒〔二〕（浙江嘉興人。同道友，國學生。）

三徑初開屐印苔，主人分菊趁春栽。高情欲繼陶彭澤，卻向莊周夢裏來。

點綴風流結構新，阿誰識得幻中眞。重來繡錦臺邊過，計別當年四十春。

三生繾綣費神思，看破因緣覺是癡。一枕夢迴消息杳，小窗疏雨續新詞。　斤夫張曾獎〔三〕（安徽桐城縣人。先曾於惠安縣同事，今捐例發閩侯，補從九品。）

不信前身是曼卿，如何腸斷賣花聲。可憐君更癡於我，欲迸丁香奇此生。

人境結廬愛不殊，每懷三徑就荒蕪。消閒一展羣芳譜，試把長鑱課菊奴。

螺陽僻在海東頭，誰識高臺繡錦幽。賴有新詞播絃管，傍人莫笑蜃中樓。　曉園藍霆〔四〕（廣東嘉應州人。同道友，國學生。）

玉茗堂曾『四夢』夸，小三徑亦眾香奢。將身幻入華胥國，百歲光陰頃刻花。

管城端合愛香城，君是於今石曼卿。愁雨愁風同燕子，惜花人只爲多情。

滿紙空花翰墨馨，就中脩幹獨亭亭。不須華表歸來鶴，早識前身也姓丁。　鐵君邵士鎧〔五〕（安徽蕪湖人。兩榜揀發知縣，來閩，於安溪縣曾聯賓主。題補政和縣，未抵任而歿。）

畫壁旗亭藝苑夸，聊將竹素鬬豪奢。酒闌幻出眾香國，誦向紅閨解語花。

毗耶曾否有山城，欲化交園子墨卿。是色是空誰記取，金樽檀板最移情。

斜風細雨舞芳馨，春在花間柳外亭。若向芙蓉城裏去，仙人應認石同丁。　耘圃王榜榮和鐵君同年韻〔六〕（山西人。兩榜揀發來閩，曾得聯賓主，未題補而歿。）

摧脫塵氛，淵源雅什，眞文人之寄興，實才子之寓言。悅性陶情，別抒懷抱；錦心繡口，思入風雲。銜杯拈韻之餘，更覺逸情泉涌；劈素揮毫之暇，還添壯志神來。襟期上挹柴桑，瀟灑可通莊叟。

四季繁華錦繡叢，誰能領略享天工。歡娛富貴看如是，只在高人曲趣中。

少趨炎熱屏紛華，圖史賓朋共一家。正是高才難屈抑，夢中綵筆幻仙葩。

走遍天涯閱苦辛，獨歸雅淡實爲眞。惜華如命精誠格，無限榮華報福人。

不含誹怨絕譏訕，直寫心靈縹緲間。三徑故園何必戀，芙蓉城内百花殷。　梅江饒蔚然〔七〕（廣東人。同道友，國學生。并有小引。）

（同上《繡錦臺傳奇》卷首）

【箋】

〔一〕吳安祖：號硯亭，會稽（今浙江紹興）人。蔭生，曾任平和、光澤知縣。嘉慶十六年（一八一一），任山西平定州知州。著有《且存稿》（嘉慶二十一年刻本）。

〔二〕薛天麒：號松岩，嘉興（今屬浙江）人。國學生。

〔三〕張曾獎：　號斤夫，桐城（今屬安徽）人。捐例發閩侯，補從九品。

〔四〕藍霆：　號曉園，嘉應州（今廣東梅州）人。國學生。

〔五〕邵士鎧（一七五五—？）：　字犀函，號鐵君，蕪湖（今屬安徽）人。乾隆五十五年庚戌（一七九〇）進士，揀發閩省，署長汀、安溪知縣。題補政和縣，未抵任而歿。傳見嘉慶《蕪湖縣志》卷八、民國《蕪湖縣志》卷五〇、《畫友錄》、《清代科舉人物傳記資料》等。

〔六〕王榜榮：　號耘圃，山西人。兩榜揀發入閩，未題補而歿。

〔七〕饒蔚然：　號梅江，廣東人。國學生。

〔繡錦臺傳奇〕題詞

楊登璐　等

傳奇非爲不平鳴，獨抱殊芳祇自明。寫我頻看身外影，問渠空憶夢中情。傷心緣爾來神惠，知己因誰結主盟。全部填詞惟一字，浮生合是借花生。書蕉楊登璐〔一〕（福建汀州府連城縣人。拔貢生，先補惠安縣學副齋，後陞廣東清遠縣。）

名士驚人祇一鳴，孤芳意緒自分明。悟空悟色拈花思，贈影贈形愛菊情。卅載未應如夢幻，寸心只可與花盟。漆園寓意君堪續，指點丁香是此生。雪漁王懋昭次韻〔二〕（惠安人。中書公之長君，邑庠生。）

半緣寫景半傳情，情到深時景即生。卅載琴書常作客，一肩行李久逃名。撰來詞意供人賞，借得花魂入夢清。展卷百回殊不倦，應教擲地有金聲。梅坡余春霖〔三〕（福建臬司案下役滿吏，候遷從九品。）

（同上《繡錦臺傳奇》『提綱』齣末）

【箋】

〔一〕楊登璐（一七五三—一八〇八）：字穀和，號書蕉，別署儀堂、菊田、芸圃，連城（今屬福建）人。以優貢授鑲黄旗官學教習。歷惠安儒學訓導、邵武教諭。後陞廣東清遠、河源知縣。著有《芷溪竹枝詞》。傳見民國《連城縣志》卷二一。參見楊本俊《楊登璐〈竹枝詞〉十九首注》（收入《連城文史資料》第三九輯，二〇一二）。

〔二〕王懋昭：號雪漁，惠安（今屬福建）人。邑庠生。

〔三〕余春霖：號梅坡，籍里未詳。福建臬司案下役滿吏。

（繡錦臺傳奇）題詞

楊登璐 等

千斛醇醪萬樹花，酒花濃處卽爲家。何愁歌舞金揮盡，須識栽培術轉加。抱甕迎風扶弱幹，荷鋤當月護新芽。幽人倦向華軒臥，天貺仙尊對景奢。書蕉楊登璐

曾植東風第一花，小三徑裏是君家。花師妙術方多換，芳譜新名數種加。烟雨隔簾分菊品，江湖舊客惜梅芽。無情也得多情戀，卻笑移春意已奢。雪漁王懋昭次韻

蜃樓海市構從空，筆意文心奪化工。抱甕已煩經紀僕，課花還藉主人翁。河陽縣裏春方永，彭澤堦前興不窮。一部傳奇初領略，全身卻在畫圖中。梅坡余春霖

（同上《繡錦臺傳奇》第一齣『構意』齣末）

（繡錦臺傳奇）題詞

楊登璐　等

殷勤四友訪城隈，錦繡攜來貺逸才。爲領雕欄新曲妙，更耽瑤砌異花開。蘭房暮雨青燈照，竹榻朝風玉指催。久饜書生求八股，奇文今日助新裁。書蕉楊登璐

香紅雪白夾牆隈，幸覯文房八斗才。花月不曾望月拜，瓊筵略似祭詩開。芳魂爲倩金鈴護，玉瓣重看羯鼓催。一幅奇文千斛酒，浣花薇露見清裁。雪漁王懋昭次韻

留春無計獨徘徊，花色能禁幾度摧。紅綻胭脂蜂亦妒，香浮蓮幕蝶猶猜。波瀾文字聯名祝，潦倒金尊帶笑開。筆墨有靈應感格，不須重築避風臺。梅坡余春霖

（同上《繡錦臺傳奇》第二齣『祝花』齣末）

（繡錦臺傳奇）題詞

楊登璐　等

一段憐香溟漠知，仙曹雲裏降專司。桂從蟾窟分奇種，桃向瑤臺摘小枝。風雨自今留好意，蝶蜂何處寄相思。夜深密灑銅盤露，催取花開索賦詩。書蕉楊登璐

香國新榮萬木知，通靈端爲白雲司。探花有使勞幺鳳，應信隨風到柳枝。雨露霑香初拜寵，蝶蜂亂意莫相思。知渠只爲憐芳客，綵駕聯翩伴賦詩。雪漁王懋昭次韻

百卉芬芳繫一身，扶持花事敢辭辛。燕居長把蓮爲幕，拓地寧教桂作薪。從此綺羅欣有主，於今紅紫慶宜春。五更風雨休狼藉，香國平章令正新。梅坡余春霖

（同上《繡錦臺傳奇》第三齣『花任』齣末）

（繡錦臺傳奇）題詞

楊登璐 等

領袖羣葩簇錦堂，前身爲爾是丁香。結緣繡閣花能語，踐約雲堦曲繞梁。春夜綺羅如隔世，南柯風月應迴腸。此情誠許來生續，酹與乾坤酒滿觴。書蕉楊登璐

曉鐘花外讀書堂，喜說前身一段香。無那銷魂隨菡萏，最憐吹氣若都梁。三生舊恨驚回首，百結新愁欲斷腸。花裏不知身是夢，是花是夢付瑤觴。雪漁王懋昭次韻

蓮唱悠揚字字新，依稀疑假復疑眞。笙歌隊裏金釵列，繡錦臺前翠袖親。花爲感君延入夢，曲還恕我浪傳神。多情不負開三徑，一樹丁香悟夙因。梅坡余春霖

（同上《繡錦臺傳奇》第四齣『夢因』齣末）

燈戲（丁秉仁）

《燈戲》，丁秉仁撰，未見著録，已佚。

燈戲小引

丁秉仁

燈者，登也，所以官裏必於歲首而放燈者，是預祝吾民樹藝五穀之豐登耳。上古之世，未聞有此，迨於唐、宋兩朝，始聞其事。至燈戲，雖元、明及國朝初年，均未傳聞。憶余幼年，惟知吾鄉大公祖安中丞兼握尚衣之任，梨園子弟是其所轄，曾令效采茶婦妝束，各執花籃燈，唱山行歌謠，以娱賓客，亦未有演劇也。

嗣後，漸有擇戲本中有可以演燈者，摘而演之，然苦不多得。繼而又嫌數見不鮮，遂有耑編演燈之劇。揚州太守諱恆豫〔一〕，是爲首創。余偕崇明宰張明府，曾暢觀一夕，實出新奇。如一本之劇有數十齣，每齣演必有燈。如一脚色登場，必有一燈在手，否則貯於冠内，其冠亦一燈也。此之謂燈戲。以後士大夫家豢有小部者，各各爭奇鬬勝，於是盛行海内矣。

余於戊午冬待聘省垣，承觀察袁公囑，竊效其義，爰編四闋，以咏太平。第未識有合於觀者之意否。

（上海圖書館藏清嘉慶二十一年濤音書屋刻本《試翩雜文》卷下）

【箋】

〔一〕恆豫：滿洲正紅旗人。翻繹舉人，乾隆三十五年（一七七〇），任廣德州知州。四十年，任寧國府知府。四十六年，任揚州知府。家有戲班。

南山法曲傳奇（丁秉仁）

《南山法曲傳奇》，丁秉仁撰，未見著錄，已佚。

南山法曲傳奇自序

丁秉仁

乙丑冬〔一〕，得就和庵蔣明府之聘〔二〕，接見之下，深爲契合。每案牘餘暇，詢及家世，知明府之太翁曾任陝西紫陽縣，適值教匪紛擾，軍需旁午，日事焦勞，因而雙目爲之不明，旋即告休，並細述其間情事，爲之感悚。壬戌科，明府奏捷南宮。乙丑榜下，分發來閩，即補連江縣事。丙寅臘底〔三〕，奉迓太翁來縣孝養。仁等晉謁間，太翁精神矍鑠，酬應周詳，有勝少年之英明者。雖兩目不明，而啓視如常，惟失去清光耳，不知者視同無疾然。次年二月二十五日，即值壽辰，補祝七十榮誕。同寅僚屬以及合邑紳耆，無不捧香插燭而至。間有陝人之在閩者，亦卽匍匐趨祝稱觴，可稱極盛之舉。

幕中同事，各伸芹獻。惟仁囊資羞澀，無以盡情，清夜自思，未免跼蹐。幸而太翁在陝所歷情事，久熟胷中，特發幽思，漫填《南山法曲》一闋。文雖陋劣，事卻無虛。其間鋪排串插，一循填詞之例，非若烏有先生之率意胡謅也。以此作爲祝壽之儀，似可稍減雙肩荷口之誚。夫傳奇者，傳其事之新奇也。太翁有此新奇之盛事，仁得薄奏雕蟲之技，爲之傳焉，是傳太翁之情事，余小子亦得附名以傳，豈非生平首屈一指之際遇也夫！

（上海圖書館藏清嘉慶二十一年濤音書屋刻本《試翢雜文》卷下）

【箋】

〔一〕乙丑：　嘉慶十年（一八〇五）。

〔二〕和蕣蔣明府：　卽蔣榮，榜名慶齡，號和庵，侯官（今福建閩侯）人。嘉慶七年壬戌（一八〇二）進士，十年（一八〇五）任連江知縣。

〔三〕丙寅：　嘉慶十一年（一八〇六）。此劇作於次年，卽嘉慶十二年（一八〇七）二月。

百花上壽（丁秉仁）

《百花上壽》，丁秉仁撰，未見著錄，已佚。

百花上壽填詞自序

丁秉仁

芷庭徐封翁與仁同在雉皋縣署，足有五年之久。後值東人事故，因而分手，各又奔馳四方，不相聞問幾三十年。仁於乾隆丁未冬，荷舊東伍制軍於藩司任柬招來閩，先歷十有餘載。迨嘉慶六年，適芷庭令嗣道南銓選福州別駕。次年，迎養以來。仁由寧化解館回省，始獲覿面，相見甚歡。惟鬚鬢各蒼，不禁爲之浩嘆。戊辰春〔一〕，道南又陞任福州司馬，循卓聲華，一時稱盛。而庚午九秋〔二〕，值芷庭封翁六秩大慶。其喬梓之解衣推食，施惠分仁，不遺餘力。至期，必自始於寅僚員屬，再加之清寒儒士、冠冕紳衿，下而父老香盆、兒童竹馬，接踵而至者，正不知凡幾在。

仁同至暮年，抒忱尤切，第依人作活，鮮能自主。或有暇隙，恨不插翅飛往，斷不肯爲失晨之雞。萬一不獲盡情，未免抱歉於中，何能自已。所幸溫林四境平寧，館務清簡，於清宵昧旦時，編成《百花上壽填詞》四劇，又構壽文一篇。芷庭封翁之懿行碩德，雖不盡頌揚，然亦思過半矣。填詞未盡者，於文内補之；文之不足，又於填詞内聲明之。乃舉其所知，非敢妄加虚譽也。

或云：百花乃無知之物，何以倩之上壽，得無荒而且誕耶？曰：否，花雖無知，而倩之者仁也，卽以仁爲百花亦可。要知鏡花水月，畢竟實有其花其月，相映於其中，方能成此妙喻，否則含虚之鏡，澄清之水，安有花與月乎？ 是花即仁也。 或又云： 花不能言，己身未至，焉得謂之上壽？ 曰： 身雖未至，所至者仁之心也。 凡人所作詩賦文章，乃心所開之花也。 是百花者，非草木之花，實乃仁心所開之花也。 以此代祝，更不誠敬乎？ 是爲序。

（上海圖書館藏清嘉慶二十一年濤音書屋刻本《試翩雜文》卷下）

【箋】

（一）戊辰： 嘉慶十三年（一八〇八）。

（二）庚午： 嘉慶十五年（一八一〇）。

東海記（陳寶）

陳寶（約一七四八—一八一〇後），字泰谷，紹興（今屬浙江）人。 家貧遊幕山東，凡二十六年，賦閒歷下。 乾隆五十九年（一七九四）至郯城，欽仰于公及孝婦事。 嘉慶二年（一七九七），建議知縣周履端（？—一八二六後）興建孝婦祠，兖沂道孫星衍（一七五三—一八一八）撰《東海孝婦墓碑記》。 十三年，孫氏復撰《重修東海孝婦廟記》。 十五年，撰傳奇《東海記》，一名《東海傳奇》，《古典戲曲存目彙考》著録，現存嘉慶間刻本、舊鈔本。 刻本卷首有嘉慶二十二年（一八一七）山東布政使司表彰東海孝婦之公文，故刻成於是年之後。 參見嚴敦易《陳寶的〈東海記〉》（收入《元明清戲曲論集》，中州古籍出版社，一九八二）。

（東海記）凡例

闕　名〔一〕

一、余素未諳塡詞，因孝婦之事，天下讀書男子所共知，而如此奇特節孝，歷代文人學士竟無爲之闡揚歌咏，以維風教，誠缺事也。余旣贊立祠宇，不可不授諸聲歌，使凡爲民牧、爲子婦者，咸得觀感則效，故勉按宫譜，掇成十二齣，非敢妄擬前哲《陽春》、《白雪》之詞也。

一、孝婦墓坐落縣城東五里窪。五里窪者，離城五里皆窪地而得名也。故記中竟用五里窪名。又名孝婦鄰人爲王大爹，及妻王大媽，女王大姑者，因近墓各莊多有王姓。又名姑女爲小姑者，亦不過別其稱而已。

一、縣城西二里餘，有于公墓，距孝婦墓僅七里餘。故《于公哭郡》齣中，稱與孝婦爲莊鄰，並非臆造。

一、祭墓之太守姓名，史冊失載。按漢武帝朝，汲黯由京兆尹爲東海郡太守，實即此。東海郡三年酷旱，一經祭墓表冤，即得大雨，非素秉正直名臣，不能感召。故作汲爲後太守，亦想當然耳，博古者勿咎余漫以張冠而李戴也。

一、歷來傳奇，凡有大忠大孝，死後成正神，靈顯當代者，其生前殉辱之事，多不演出，所以敬避也。故孝婦受箠、受刑二事，但於白中敍及，亦不演劇。

一、是記大概，俱按史冊始末塡列，不作全部大觀。《天葬》一齣，乃憑父老傳聞。《話旱》一齣，乃摹擬當日必有之事。《仙誥》一齣，乃推測天道必有之理，觀者諒不以爲荒誕。

一、末齣作孝婦現身，乃應首齣『化身登場』一語，爲全本歸結處。而通篇大意，總以孝婦白中『人不可冤，雨由天賜』八字盡之。

一、傳奇一道，我朝自李笠翁、蔣苕生而外，作者如林。余才疏學淺，謬譜宮商，安敢攀附前輩？倘記中有聲調未諧，音律未協之處，尚祈諸君子諒之。

一、曲者，曲也，本宜曲折變幻，使觀者動目。但余作是記，不過爲表揚節孝起見，並不敢以戲爲謔，故據事直書，全無點染，而粗率之誚，余亦不辭。倘有高明者，能以有餘補其不足，更善矣。若曰曲而有直體，則吾豈敢！

【箋】

〔一〕此文當爲陳實撰。

書東海記後

陳梅庵〔一〕

余方閱是記，或有旁觀者曰：『東海有孝婦，天何以旱乎？』余曰：『獄不得其平，則陽亢於上，陰極於下，其不雨也，理或宜然。』

或曰：『問官不爲無罪乎？』余曰：『問官坐大門内，憑一紙報案，執成見，拘律例，但求比擬得當，卽可自脱干係。想當日此案，謂既甘守節，必當盡孝，何至阿婆自縊？不必小姑主訟，官亦斷不肯少爲寬假，以干駁飭，孰敢破格原情，施仁法外，以自取戾？此冤獄所由成，又事之必至，爲古今所同慨耳。』

『然則冤將何以伸乎？』余曰：『有伸之者。人不能鳴其冤，天獨能彰其異；前人不能理其冤，後人猶能表其奇。如捲土成墳，三年赤旱，天道之感也；于公爭之而去，太守訪之而祭，天沛靈雨，人心同而天亦應之也。孝婦其亦可以無憾矣。且如吾姪泰谷，遊歷下有年。周明府相延至郯，偶過其墓，雖見有碑碣志表，惜其未加旌獎，又無專祠，慨然有闡幽光、發潛德之思。於是稽之故老，謀之東君，勸之紳士，自己捐修，衆共輸資，得金若干，立廟塑像，巍然在大道旁，往來行人，展謁致敬。並查起公地，永爲祭産，時以享之。此亦孝婦之所計不及此也。近又按其調拍，譜以宫商，塡爲詞曲，名曰《東海記》，可歌可泣，可流傳勿替，俾天下後世士女觀感興起，又屬表揚孝婦之盛心。特惜其不遇有力者，爲之請旌耳。』

或曰：『若天則早已旌之矣？』余曰：『封順命顯節夫人者，曲中文也，戲也。』或曰：『吾以爲是實也。當孝婦初死時，一夜風沙，遂成峻冢，此天爲孝婦葬也。炎威示警，不雨三年，天爲孝婦旱也。太守祭禱，卽沛甘霖，天亦爲孝婦雨也。藉非天之早已加恩，何以屢感屢應若是？況此三者，歷歷相傳，皆實事耶？』幽明感通，初無殊致。其實天封，當實有其事也。凡作傳奇，多憑空結撰，設想匪夷，吾謂此曲不過以文言道實事耳。』余曰：『然則，此記可以傳信乎？』對曰：『然，當作信史觀。』余曰：『君言近是，當爲之存其說。』於是乎書。

嘉慶十五年季夏，叔氏梅庵識。

（清嘉慶間刻本《東海傳奇》卷末）

【箋】

〔一〕陳梅庵：紹興（今屬浙江）人，名字、生平均未詳。陳寶叔。

題東海記傳奇

畢旦初　等

有客立言關大節，袖中出示歌數闋。焚香展讀未終篇，頃刻蒼旻色變黑。怪鳥鴟梟白晝鳴，虛堂神鬼儼森列。何期漢代孝婦靈，紙上如聞聲淒切。當時守令酷不仁，殺姑罪由姑女揑。于公哭郡訟其冤，天高難叩誰昭雪？姑死婦不願偷生，從姑地下死亦悅。天降旱災憫婦誣，一點紅塵一滴血。太守祭罷沛甘霖，全爲孝婦洗污衊。昔我游蹤歷漢陽，榴花塔下碑半裂。人爲孝婦表沉冤，歲歲花開實亦結。志傳有宋紹興年，殺鷄奉姑姑命絕。此事亦係小姑傾，身蹈白刃口難說。吁嗟後此千餘年，禍與是婦同一轍。遭逢身命慘如斯，悲憤氣能通天闕。可憐婦憾賫九泉，遙遙萬古不磨滅。當今誰爲闡幽光？我友陳子筆如鐵。迺歌此詩待采風，流傳女士作圭臬。蘄水畢旦東海孝婦足千古，演爲傳奇百世師。竇氏早寡無子女，十年盡孝神鬼知。姑太仁慈强改嫁，截髮之死矢不移。誣婦懸梁夜自經，鄰里呼號爲婦悲。小姑挾嫌釀大獄，酷吏欺天施虎威。周納孝婦使誣服，于公舍命爭不遲。太守草菅民命慣，于公力辨堅守之。仰天痛哭褫衣冠，交流血淚歸山陲。冤殺孝婦干帝怒，三年大旱東海涯。後來太守是汲黯，剛方正直心無私。密請于公細研訪，乃知奇冤過湘纍。椎牛致祭禱墳墓，沛然下雨深三犁。可憾守令殺無辜，梟首竿頭快淋漓。我師孫公（名星衍）作觀察，表彰墳廟刊穹碑。碑高三丈字如掌，名同曹娥千古遺。我友山陰陳泰谷（名寶），稱爲國士才不羈。入幕偶然遇大旱，官禱墓上甘雨滋。譜爲詞曲當平反，流傳千載聽不疲。吁嗟天心不可測，往往倒行而逆施。如果冥冥憫孝婦，胡生小姑如虎兒？孝婦久欲從姑死，誣服一死完孝思。郯邑城東五里許，孝婦之墓如山危。每年添沙藉風伯，宿草青青冬不萎。其南十里于公墓，尚有古碣留山陂。我欲弔古向郯縣，長歌自作題傳奇。新城王祖昌子文〔二〕

東海竇孝婦，因姑致殺身。不有三年旱，埋冤何從伸？匹婦抱精誠，尚能感天地。而況士大夫，名教爲所寄？賢哉二千石，能使潛德昭。亦由于掾義，高論動郡朝。史冊載未詳，遺憾在班固。至今二千年，有人弔其墓。因之立新祠，祀典留春秋。鉅手爭闡揚，逸事更旁搜。綱常關羣生，文章炳千劫。筆落鬼神驚，可歌亦可泣。山陰丁堦方軒〔三〕

漢代循良爲近古，海東孝婦尚奇冤。丁寧寄語司刑吏，皎日長思照覆盆。

不雨三年愁萬姓，冤民守令更何如？陰曹慘報知無限，未忽拈毫盡致書。

二千年後廟無成，倡議功推潁水生。百世猶徵靈雨應，雲軿星帔相神明。
神物多應爲護持，何殊禹錫錦囊詩？感人血淚同時落，如此傳奇始是奇。嶺西熊方受介茲〔四〕

唐陵漢寢剩頹垣，貞女憑誰弔九京？《東海記》成眞信史，春秋從此薦蘩蘋①。
曹女當年獨有碑，忍教貞女付傳疑。全憑一代龍門筆，寫出千秋幼婦詞。
幕府蓮花唱未終，丹鉛間傳叔先雄。表揚微旨名山業，多少簪裾合讓公。
聲情一一播繁絃，千古綱常看炳然。不把幻情傳兒女，潁川畢竟傲臨川。津門沈士煋秋瀛〔五〕

忍死須臾爲養姑，姑心不諒卻捐軀。本懷到此憑誰訴？至孝何妨反伏辜。
誣服冤詞不忍聽，于公抱獄泣公庭。自從祔葬姑墳後，冢上而今草獨青。
三年苦旱輟巖畊，豈爲從姑惜此生？應是天心憤聾瞶，一朝雷雨慰幽情。
後來太守最循良，雪此奇冤感上蒼。更遇幽人傳彩筆，閨中常播姓名香。武昌劉文璵雲嶠〔六〕

東海含冤歲不登，我聞孝婦肅然興。養生有諸心常恨，枉死何辜口自承。血染九泉依白髮，神遊千載附青藤。于公去後空今古，聽爾《陽春》得未曾。白下楊宣之存齋〔七〕

婦姑詬誶彼何肝，誰向綱常補未完？試讀泱泱《東海記》，一天靈雨漬毫端。
至孝翻污不孝名，獄成周内古猶今。于公抱哭陳公記，同此區區一片心。山陰史積記槎圃〔八〕

調寄【滿江紅】

風颭雲旗，拜玉像、珮環寂寂。瞻遺廟、夕陽古道，尚留陳迹。苦節偏教遭誣死，奇冤到底終昭雪。有三年不雨海東頭，飛靈澤。　追往事，悲巾幗；　表窮阨，刊碑石。但寒沙黄土，弔來行客。百尺松楸孝婦冢，千秋才調詞人筆。付神絃社鼓唱當場，聲凄慽。姑蘇孫宗樸湘雲〔九〕

倚聲【沁園春】

人不可冤，雨由天賜，當得箴銘。按《漢書》列傳，祗云孝婦；《太平御覽》，亦作周青。我想當年，志全純孝，不屑人間記姓名。今何幸，幸芳祠重建，又播歌聲。　先生蓮幕風清，把竇氏根由仔細評。恨衰年短見，小姑誣控；　迷糊太守，慘殺孤貞。五月雪飛，三年雨斷，天爲奇冤也不平。沈埋後，賴于公剖白，枯木重生。

一夜風沙，旋成高冢，蹟在郯城。看斜陽古阜，雜花如髻；　斷碑零落，小草懷馨。五里窪邊，二千年後，祈禱甘霖頃刻傾。傳《東海》、比元人《金鎖》，記得分明。　奇冤亦載《搜神》，想立誓臨刑句句靈。把長竿十丈，懸旛五兩，倒飛黄血，慟感蒼冥。事有依稀，理無恍惚，孝烈終留萬古名。新詞唱，願普天之下，兒女同聽。崇川馮雲鵬宴海〔一〇〕

白髮盈梳雪不殊，貞心一片奉慈姑。春風歲歲憐萲草，但願春來積病蘇。

妾心已許郎君死，妾命聊爲阿母留。婦最憐姑姑惜婦，一心節孝足千秋。

憐婦身偏不自憐，婦心悽斷及黄泉。即非冤牒成冤獄，肯愛生平惡死年！

孰定情辭到玉焚？　于公義激壯風雲。祗憐熱血煎成淚，灑向堂皇竟不聞。

鄰人都說孝貞兼，姑女翻生薄物嫌。有罪血流無逆上，至今竿影淚痕添。

人間治獄竟無憑，難道蒼天喚不膺。誰是玉皇香案吏？不將封事訴哀矜。

姑墳夫墓土盈丘，五里窪將孝願酬。一夜風雷人不測，來朝馬鬣出岡頭。

天家彰癉百無差，善盡彰耶孰癉耶？匪密在彰疏在癉，原情終爲孝心嘉。

郯城如畫綠楊村，話到貞心總斷魂。但不三年仍示旱，那知匹婦重含冤。

汲黯漢廷賢太守，諮諏舊吏得情眞。檢來塵牘燈前閱，恨煞深辜節孝人。

藤蘿蒼翠一丘高，婦孺都來看節旄。今日黃堂親拜奠，始知孝婦在天曹。

雙旌五馬轉城東，咫尺雲雷起太空。果得甘霖民盡樂，天龢感召禮崇隆。

千八百年東海事，何人屬筆賦新詞？表章賴有元龍手，一曲清歌一展眉。

廟貌維新享祀秋，自天錫命更何求？中丞疏與先生筆，齊跂吾家百尺樓。金谿陳珄士竹〔一一〕

漫道《琵琶》婦孝純，子虛烏有悟前身。何如《東海傳奇》本，事事端詳語語眞。

誰把綱常荷仔肩？偏於巾幗識貞賢。夫亡宜節姑宜孝，只是收場太慘然。

何堪冤獄葬完人？酷旱三年報亦神。怪底天公慣遷怒，不災守令但災民！

大風東海本泱泱，閱歷周秦宿草荒。一自貞魂封馬鬣，者堆黃土也馨香。

苔鏽磚泥蘚蝕碑，夫妻姑婦幸追隨。風斜雨細城南路，贏得招魂唱楚辭。

巋然青冢想神明，不獨芳流節孝名。靈雨猶徵千載後，此心端的爲蒼生。

拚將心力辨冤誣，直道猶存吏姓于。泉下芳鄰稱洽比，卽今神物護荒區。

闡揚潛德有陳羣，廟食皇封合賴君。五里窪邊三尺土，不教鬼語訴秋墳。

一部風騷屈宋才，猿吟鶴唳助悲哀。料知蓮幕塡詞夜，定有啼粧斂衽來。

不忍摧殘寫楚囚，不須粧點舊風流。史臣直筆詩人旨，合付詞場菊部頭。會稽鮑濂纈谿〔一二〕

（清嘉慶間刻本《東海傳奇》卷首）

【校】

①蘩蘋，底本作『蘋蘩』，茲據韻腳乙。

【箋】

〔一〕畢旦初：字蘇橋，蘄水（今湖北浠水）人。生平未詳。

〔二〕王祖昌（一七四八—？）：字子文，號西溪、秋水，別署秋水漁人、五嶽遊人，室名秋水亭，新城（今山東桓臺）人。恩貢生，布衣終生。幼嗜吟詠，尤篤友誼，爲新城令劉大紳（一七四七—一八二八）伸冤，凡三入京師，人稱『山東義士』。著有《秋水亭遺稿》、《秋水亭文略》、《秋水亭詩草》等。傳見《國朝耆獻類徵初編》卷四五八、道光《濟南府志》卷五五、宣統《山東通志》卷一七〇、民國《重修新城縣志》卷一七等。

〔三〕丁堦：字方軒，通州（今屬北京）籍，山陰（今浙江紹興）人。乾隆四十九年甲辰（一七八四）進士，官山東鹽運使。

〔四〕熊方受（一七六二—一八二五）：字介茲，號夢庵，一號定峯，永康（今屬廣西）人。乾隆四十五年庚子（一七八〇）舉人，五十五年庚戌（一七九〇）進士，選庶吉士，散館授檢討。嘉慶五年（一八〇〇），改刑部主事。十六年，擢山東兗沂曹濟兵備道。二十年，降補東昌府知府。二十五年，因忤上司致仕。晚年寓揚州。能詩文，工書法。著有《夢庵詩鈔》。傳見包世臣《藝舟雙楫》卷七上《行狀》（收入《續碑傳集》卷三四）、《皇清書史》卷一、

《昭代名人尺牘小傳》卷二四、《詞林輯略》卷五、民國《同正縣志·人事第八》等。

〔五〕沈士煜：　字階三，號秋瀛，天津人。乾隆五十七年壬子（一七九二）舉人，嘉慶四年己未（一七九九）進士，官山東昌邑、福建上杭知縣。工詩。著有《閩海詩存》。傳見民國《天津縣新志》卷二一、梅成棟《津門詩鈔》卷一七等。

〔六〕劉文琠：　字雲嶠，武昌（今屬湖北武漢）人。諸生。以軍功授山東東阿縣主簿。嘉慶十四年（一八〇九），知膠州，後擢臨清直隸州。傳見道光《重修膠州志》卷二三、宣統《山東通志》卷七七等。

〔七〕楊宣之（一七五〇—一八二六）：　字存齋，室名依綠山房，江寧（今江蘇南京）人。乾隆四十二年丁酉（一七七七）副貢，由州判知長清縣，嘉慶二十年（一八一五）仍在任。傳見梅曾亮《柏梘山房文集》卷一二《墓志銘》、宣統《山東通志》卷七五、民國《長清縣志》卷四等。

〔八〕史積記：　號槎圃，山陰（今浙江紹興）人。生平未詳。

〔九〕孫宗樸：　字湘雲，吳縣（今屬江蘇）人。諸生。性好音律篆刻，尤工長短句。傳見孫兆溎《片玉山房詞話》。

〔一〇〕馮雲鵬（一七六五—一八三九）：　生平詳見本書卷七《譜定紅香傳跋》條箋證。乾隆、嘉慶間，曾旅居南京、東阿、曲阜等地。道光六年（一八二六），主曲阜昌平書院講席。

〔一一〕陳珄：　字士竹，金谿（今屬江西）人。乾隆五十四年己酉（一七八九）拔貢，嘉慶三年戊午（一七九八）舉人，充實錄館校錄。授浙江常山知縣，調福建浦城。陞福建泉州府、貴州普安廳同知，卒於官。工詩文，精書法。著有《賜錦堂詩文鈔》。傳見同治《金谿縣志》卷二三、光緒《常山縣志》卷三七。評閱陳寶《東海傳奇》。

〔一二〕鮑溓：　號纈谿，會稽（今浙江紹興）人。生平未詳。校正陳寶《東海傳奇》。

繁華夢（王筠）

王筠（一七四九—一八一九），字松坪，别署綠窗女史、長安女史，室名槐慶堂，長安（今陝西西安）人。著《槐慶堂集》，又與其父元常、子百齡合刻《西園瓣香集》（乾隆三十七年刻本）。撰傳奇《繁華夢》、《全福記》、《遊仙夢》，今存前二種。

《繁華夢》傳奇，焦循《劇説》、梁廷枏《藤花居士曲話》著録，現存乾隆四十三年（一七七八）槐慶堂刻本（《傅惜華藏古典戲曲珍本叢刊》第六七册據以影印）。

繁華夢序〔一〕

張鳳孫〔二〕

無涯者海，漫勞精衛之填；有缺維天，亦藉媧皇之補。蓋自陰陽爐炭之既具，那無通塞屯亨之不齊？尺有短而寸有長，生才本無或歉；兩其足者傳其翼，賦形詎謂非均？偶因所見之偏畸，遂覺彼蒼之顛倒。茫茫此恨，刼刼難銷。

乃有門蔭三槐，生來蕙質；地涵八水，長得珠輝。謝庭之柳絮因風，名高咏雪；劉室之椒盤獻瑞，才擅頌花。聆琴而雅辨七絃，續史而能成八志。有才如此，偏生閨闥之①中；於意云何，合在蓬瀛之上。乍因想以成夢，隨説法以現身。早掇科名，疊逢佳麗。春蘭秋菊，擷秀湖山；歌扇舞衣，怡情風月。迨晨鐘之忽警，覺塵夢之初醒。認變幻於麻姑爪間，喚迷昧於盧生枕上。譜繁華之一夢，證因果於三生。藻采紛披，齊赴生花之管；絲桐迭奏，都成繞梁之音。按紅牙則換羽移宮，自然合度；寫烏絲而媲青妃白，總出無心。此眞風雅之餘瀾，足號古今之韻事者矣。

嗟乎！蓬萊海水，深淺何常？磨蝎星宮，遭逢若定。非得奇情而解脫，難辭俗累之纏綿。舉足一隅，發予三省。人間富貴，漫思十二金釵；天上神仙，不隔三千弱水。慕古丈夫之風烈，老去無成；藉女博士之文章，閒來自遣。

乾隆戊戌春日，石湖張鳳孫拜題於青門節署，時年七十有三〔三〕。

【校】

①底本衍一『之』字，據文義刪。

【箋】

〔一〕原本無題名，據版心題。

〔二〕張鳳孫（一七〇六—一七八三）：字少儀，號息圃，青浦（今屬上海）人。印江知縣張之頊子。雍正十年壬子（一七三二），中順天副榜。乾隆元年丙辰（一七三六），舉博學鴻詞。九年甲子（一七四四），復中副榜，充正黄旗教習。十四年己巳，詔舉經學，因薦授直隸州州判，官至刑部郎中。著有《孔門易緒》、《柏香書屋詩鈔》。傳見阮元輯《儒林集傳錄存》、《鶴徵後錄》、《詞科掌錄》卷二、《皇清書史》卷一五、《吳郡名賢圖傳贊》卷二〇、光緒《青浦縣志》卷一八等。

〔三〕題署之後有印章二枚：陽文方章『鳳孫』，陰文方章『少儀』。

（繁華夢）畢太夫人題詞〔一〕

張藻

秦臺仙子愛吹簫，鳳去臺空不可招。賸與芳閨傳慧業，清聲譜出叶《雲》、《韶》。

《燕子》、《桃花》絕妙詞，南朝法曲少人知。天公翻樣輕才藻，不付男兒付女兒。

不爲海上騎鯨客，暫作花間化蝶人。是幻是眞都是夢，三生誰證本來身？

夙世應知是彩鸞，日鈔官韻忘朝餐。囀喉怪底諧宮徵，玉茗、天池學步難。

掃眉才罷襲冠簪，海水蓬萊淺復深。眞倩麻姑抓背癢，聲聲擊節快人心。東吳歸河間張藻

【箋】

〔一〕畢太夫人：即張藻（一七一二—一七七九），字于湘，號小谷，長洲（今江蘇蘇州）人。印江知縣張之瑣女，張鳳孫妹，鎮洋畢禮妻，湖廣總督畢沅（一七三〇—一七九七）母。誥贈一品太夫人。著有《培遠堂詩集》等。傳見《清代閨閣詩人徵略》卷三。

（繁華夢）宮允曹習庵先生題詞〔一〕

曹仁虎

綠窗長日費吟哦，剩有詞壇志未磨。敲折珊瑚翻一曲，英雄兒女兩情多。

烏衣門第擅風流，自作新詞自遣愁。一種掃眉才子筆，也應占得鳳麟洲。

翠袖天寒傍玉臺，每憐巾幗困清才。憑將幾幅雲藍紙，領取書生慧福來。
午夢沉沉翠黛低，睡鄉名字蕊宮題。大羅天上春方好，懊惱流鶯一霎啼。
有情眷屬總前緣，夙世須生自在天。金馬班聯金屋侶，耐他一枕小遊仙。
如電如塵枉繫思，空花境界覺來知。不須辛苦分眞幻，付與春風化蝶時。
結習多生詎易忘，漫將九命嘆文章（『文章九命』，見《弇州集》）。青衫慣濕才人淚，不道春閨怨更長。
早玷蓬山侍從臣，鏡臺曾賦夢遊春。新編小讀添惆悵，可但蛾眉是恨人。嘉定曹仁虎

（以上均《傳惜華藏古典戲曲珍本叢刊》第六七册影印清乾隆四十三年槐慶堂刻本《繁華夢》卷首）

【箋】

〔一〕曹習庵：即曹仁虎（一七三二—一七八七），字來殷，號習庵，嘉定（今屬浙江）人。乾隆二十二年丁丑（一七五七），南巡召試，賜舉人，授内閣中書。二十六年辛巳（一七六一）進士，選庶吉士，授編修，官至侍講學士。著有《六書轉注古義考》、《七十二候考》、《宛委山房集》、《曹學士遺集》。傳見錢大昕《潛研堂文集》卷四三《墓志銘》、《清史稿》卷四九〇、《清史列傳》卷七二、《國朝耆獻類徵初編》卷一二九、《國朝先正事略》卷四一、《文獻徵存錄》卷一〇、《詞林輯略》卷四、《清儒學案小傳》卷一、《國朝詩人徵略初編》卷三八、《湖海詩人小傳》卷二四、《昭代名人尺牘小傳》卷二三、光緒《嘉定縣志》卷一六等。參見王鴻逵編《曹學士年譜》（嘉慶間次鷗山館鈔本《曹學士遺集》附）。

繁華夢後序〔一〕

王元常

女筠，幼稟異質，書史過目卽解。每以身列巾幗爲恨，因撰《繁華夢》一劇，以自抒其胷臆。草創就，卽呈余勘正。其中有涉於繁冗者，爲細加刪潤，綴以評語，勒爲一編。因剞劂無力，藏諸篋中者已十年矣。

戊戌三月〔二〕，偶出以就正於觀察息圃張公〔三〕。公卽轉呈畢太夫人〔四〕，共爲激賞，各賜序及詩，以弁冊首。觀察公仍獨力捐金，趨付梓人，俾閨中小言，得以出而問世。吾女亦可欣然自慰，不復以巾幗爲恨矣。刻成，爲志其緣起如此。

南圃王元常題於槐慶堂〔五〕。

【箋】

〔一〕底本無題名，據版心題。

〔二〕戊戌：乾隆四十三年（一七七八）。

〔三〕息圃張公：卽張鳳孫（一七〇六—一七八三）。

〔四〕畢太夫人：卽張藻（一七一二—一七七九）。

〔五〕題署之後有印章二枚：陽文方章『餘園』，陰文方章『元（？）常』。

繁華夢題後〔一〕

朱珪

花光蕉影映窗紗，知是多才道韞家。獨向書中尋旨趣，還從夢裏譜繁華。百年眷屬原同幻，三島追隨尚未遐。一曲繞梁爭擊節，燈紅酒綠月痕斜。

形軀變换古今難，夢裏何妨作是觀。巾幗居然登甲第，裙釵一任襲衣冠。行蹤不讓黄崇嘏，才藻眞同李易安。從此閨中傳法曲，《桃花》、《燕子》好同看。北平年愚叔朱珪題

【箋】

〔一〕底本無題名。

（繁華夢）跋

王百齡〔一〕

此劇爲齡母王太孺人之作。太孺人秉異質，通書史，常以不獲掇巍科、取顯宦爲憾，因撰是編，以抒胷臆。憶齡幼受書於母，即勖之曰：『汝當努力功名，以成吾志。』故齡八歲，就傅於外祖南圃公。二十三領壬子鄉薦〔二〕，無資艱北上，母曰：『吾於汝家食貧作苦，所望者，爲進士女，復爲進士母爾。』蓋外祖公係乾隆戊午舉人，戊辰進士也。齡迫於母命，襆被公車六戰，而於嘉慶壬戌掇房魁，旋入詞垣。請假歸，太孺人欣慰之餘，尚以不能大魁爲憾也。甲子秋〔三〕，讀是編，因記

數語，以見太孺人之志與齡之不肖也。太孺人所編詩集，及《全福記》各傳奇，俟續刊焉。

男王百齡識。

（以上均《傳惜華藏古典戲曲珍本叢刊》第六七册影印清乾隆四十三年槐慶堂刻本《繁華夢》卷末）

【箋】

〔一〕王百齡（一七七〇—？）：字介眉，一字芝田，長安（今陝西西安長安區）人。乾隆五十七年壬子（一七九二）舉人，嘉慶七年壬戌（一八〇二）進士，選庶吉士。散館選直隸新城知縣，調臨榆，陞延慶知州。二十四年（一八一九），晉保定知府。是年丁母憂，去官，遂不復出。與外祖父王元常、母親王筠合著《西園瓣香集》，卷下爲百齡撰。傳見《詞林輯略》卷五、《咸寧長安兩縣續志》卷一五、《清代科舉人物家傳資料彙編》等。

〔二〕壬子：乾隆五十七年（一七九二）。

〔三〕甲子：嘉慶九年（一八〇四）。

全福記（王筠）

《全福記》傳奇，《古典戲曲存目彙考》著錄，現存乾隆四十四年（一七七九）序槐慶堂刻本（《傳惜華藏古典戲曲珍本叢刊》第六七册據以影印）。

全福記序

朱珪

長安女史王筠，余同年南圃王君之女也。生有慧性，於詩書無不淹貫。自恨不爲男子，特撰《繁華夢》一劇，以自發抒。庚寅〔一〕，南圃訪余晉陽臬署，出以相示。余曰：『曲則佳矣，但全劇過於冷寂，使讀者悄然而悲，泫然以泣。此雍門之琴，易水之歌也。奏於華筵綺席，恐非所宜耳。』南圃以爲然，歸以告筠，筠唯唯。

越次年〔二〕，而《全福記》又脱稿矣。南圃託郵筒，寄余京邸。余展而讀之，見其豎義落想，處處出人意外，而且另闢蹊徑，都不勦襲前書。《繁華夢》如風雨淒淒，《全福記》如春光融融。譬諸蘭桂異蕊而同芳，尹邢殊姿而並麗，眞閨閣之俊才，而詞林之雙璧矣。

《繁華夢》於戊戌春見賞於吳門觀察張公，爲之捐金授梓。今年夏，甘泉令袁侯見《全福記》而悦之，爰與同人，共相佽助，登諸梨棗，俾與前書並出問世。南圃索弁言於余。余惟閨秀多才，指不勝屈，未有以塡詞著者。茲則綠窗二編，先後輝映，等於《陽春》、《白雪》之調。信乎！瑯琊靈淑之氣，鍾於女流，而家學淵源，其胚胎洵有所自也。因爲書以貽之。

乾隆四十四年己亥麦秋，北平朱珪石君題。

（清乾隆四十四年序刻本《全福記》卷首）

【箋】

〔一〕庚寅：乾隆三十五年（一七七〇）。

〔二〕越次年：乾隆三十六年（一七七一）。

紅樓夢傳奇（仲振奎）

仲振奎（一七四九—一八一一），字春龍，號雲澗，別署花史氏、紅豆村樵，泰州（今屬江蘇）人。仲振履（一七五九—一八二二）之兄。監生，屢試不第。乾隆四十三年（一七七八）旅楚，著《楚南日記》。五十三年，遊河朔，經南京還。後又嘗游北京、任城。嘉慶元年（一七九六）起，寓居揚州司馬李學穎（號春舟）幕府，撰作戲曲。十四年後，寓居其弟振履興寧官署，尋卒。編《仲氏女史遺詩》。著《綠雲紅雨山房詩鈔》、《綠雲紅雨山房文鈔外集》、《紅豆村樵詞》、《雲澗詩鈔》。撰傳奇十六種，僅存《紅樓夢》、《憐春閣》二種。參見楊飛《乾嘉時期揚州劇壇研究》（華東師範大學博士學位論文，二〇〇六）、錢成《仲振奎及其『紅樓第一戲』研究》（揚州大學碩士學位論文，二〇〇七）。

《紅樓夢傳奇》，《今樂考證》著錄，現存嘉慶四年己未（一七九九）綠雲紅雨山房初刻本（《傳惜華藏古典戲曲珍本叢刊》第六六冊、《泰州文獻》第五一冊均據以影印）、道光九年（一八二九）芸香閣刻本（日本東京大學雙紅堂藏）、同治十二年癸酉（一八七三）友于堂刻本、光緒三年丁丑

（一八七七）上海印書屋排印本、光緒八年壬午（一八八二）常熟抱芳閣刻本。一九七八年中華書局版阿英編《紅樓夢戲曲集》收錄此劇上卷。參見楊飛《仲振奎及其〈紅樓夢傳奇〉》（《四川戲劇》二〇〇六年第二期）。

紅樓夢傳奇自序〔一〕

仲振奎

壬子秋末〔二〕，臥疾都門，得《紅樓夢》，於枕上讀之。哀寶玉之癡心，傷黛玉、晴雯之薄命，惡寶釵、襲人之陰險，而喜其書之纏綿悱惻，有手揮目送之妙也。同社劉君請爲歌辭，乃成《葬花》一折〔三〕，遂有任城之行。厥後鎟鎟，不遑搦管。

丙辰〔四〕，客揚州司馬李春舟先生幕中〔五〕，更得《後紅樓夢》而讀之，大可爲黛玉、晴雯吐氣。因有合兩書度曲之意，亦未暇爲也。

丁巳秋〔六〕，病百餘日，始能扶杖而起。珠編玉籍，概封塵網，而又孤悶無聊，遂以歌曲自娱，凡四十日而成此。成之日，挑燈漉酒，呼短童吹玉笛調之，幽怨嗚咽，座客有潸然沾襟者。起步中庭，寒月在天，四無人語，遥聞宿鳥隨枝，飛鳴切切，而余亦頹然欲臥矣。所慨劉君溘逝，無由寄質一編，以成夙諾，不幾乎挂劍墓門，而重傷余懷乎？劉君名宗梁，四川人。

嘉慶三年歲在戊午且月望日，紅豆村樵自序於小竹西。

（中國國家圖書館藏清嘉慶四年己未綠

雲紅雨山房刻本《紅樓夢傳奇》卷末）

【箋】

〔一〕底本無題名。

〔二〕壬子：乾隆五十七年（一七九二）。

〔三〕《葬花》一折：原劇已佚。《紅樓夢傳奇》第七出《葬花》，或即此本。

〔四〕丙辰：嘉慶元年（一七九六）。

〔五〕李春舟：即李學穎，號春舟，別署春舟居士，河間（今屬河北滄州）人。嘉慶間官揚州司馬。

〔六〕丁巳：嘉慶二年（一七九七）。《紅樓夢傳奇》撰成於是年秋。

（紅樓夢傳奇）凡例

仲振奎

一、《紅樓夢》篇帙浩繁，事多人眾。登場演戲，既不能悉載其事，亦不能遍及其人。故事如賞花、聯吟，人如寶琴、岫烟、香菱、平兒、鴛鴦等，亦不得不概行刪去。要之，此書不過傳寶玉、黛玉、晴雯之情而已。

一、寶玉、黛玉情事，亦不能盡載。可補者，於白中補之。否則，亦略而不道。

一、科白有移彼事於此事，有移彼人之事於此人者，有從後補敘者，希圖省手耳，非羼亂也。

一、前《紅樓夢》讀竟，令人悒怏於心，十日不快。僅以前書度曲，則歌筵將闌，四座無色，非酒以合歡之義。故合後書爲之，庶幾拍案叫快，引觴必滿也。

一、鑼鼓，戲俗套也，循《琵琶》之例，未爲不可。顧絲竹之聲，哀多傷氣，不可無金鼓以震之。故借周瓊海防事，而以功歸探春，變後書甄士隱之説，免枝節也。探春之爲人，沈謀有斷，當亦不愧。

一、劉老老大可插科打諢，然添此一人，必添出數人，添曲數折，未免太繁，故去之。

一、寶釵《合鎖》一折已傳其情，故不載繡兜肚事。

一、紫鵑是黛玉忠臣，晴雯是寶玉忠臣，後書以爲妾媵，甚當。吾謂麝月亦寶玉功臣也。《擬莊》有『焚花散麝』之語，可知亦是意中人。故令與鶯兒並侍帷幄，抑亦收拾之法也。

一、後書敍僧道拐騙處，下語欠圓。故借海盜招軍，而爲科諢。

一、淨扮賈母，不敷粉墨。副淨扮鳳姐，丑扮襲人，皆敷粉黰粧，不敷墨。老旦扮史湘雲，與作旦粧扮同。餘仍舊。

一、曲中有必不可少之人，而班中旦色有定，不得不一人而兼數人，合兩班之旦爲之，則勢可分矣。

紅豆邨樵識。

（《傳惜華藏古典戲曲珍本叢刊》第六六册影印清嘉慶四年綠雲紅雨山房刻本《紅樓夢傳奇》卷首）

紅樓夢傳奇序〔一〕

韓　蘩〔二〕

莊生放達，秋水馬蹄；　屈子離憂，女蘿山鬼。　雖屬寓言之義，終非垂教之書。　至若干寶《搜神》、《齊諧》志怪，更馳情乎幻渺，競涉筆於荒唐。

賷漁大兄，夙負異才，近耽淨業。　發菩提心而度世，運廣長舌以指迷。　言則白傅談詩，老嫗亦參妙解；　事則道玄畫壁，漁罟盡樂皈依。　有裨人心，無慚名教。

蘩初遊宦海，舊托名山。　匏既繫乎同方，荊共班於一室。　偶離案牘，喚啓巾箱；　閒詣經帷，偷翻枕篋。　得預玄亭之祕，盡窺鄴架之奇。

嗟乎！　段成式之明經，《諾皋》垂記；　董仲舒之嗜學，《繁露》名篇。　惟得綆於眞源，始扶輪乎大雅。　文非妄作，事豈無稽？　僕鞅掌於簿書，乘五夜翻《兔園》之冊；　君主持夫講席，借六經織魚網之詞。

時乾隆重光大淵獻相月既望〔三〕，寅愚弟韓蘩謹序。

（中國國家圖書館藏清嘉慶間刻本《紅樓夢傳奇》卷首）

【箋】

〔一〕底本無題名。

〔二〕韓蘩：字號、籍里、生平均未詳。

〔三〕乾隆重光大淵獻：即乾隆辛亥（五十六年，一七九一）。

紅樓夢傳奇題辭〔一〕

李學穎

今世豔稱《紅樓夢》，小説家之别子也。其書有正有續，積卷凡百五六十。前夢未圓，後夢復入，雖有佳夢，何其多也！

吾友仲子雲澗，以玉茗才華，游戲筆墨，取是書前後夢，删繁就簡，譜以宫商，合成新樂府五十六劇。關目備，情韻流，可使尋其夢者，一炊黍頃，而無不了然。黄粱邪？仙枕邪？抑何簡妙乃爾邪！

夫辭尚體要，久矣。昔李延壽芟五代八書之蕪，成《南》《北》二史；歐、宋修《唐書》，事則增，而文則減，其斯爲文人之巨筆與！今仲子有此妙才，試取古今大事記，提綱挈領，成一家言，又豈徒占夢中之夢云爾哉！於其督序，遂書以廣之。

河間春舟居士題。

（中國國家圖書館藏清嘉慶四年己未緑雲紅雨山房刻本《紅樓夢傳奇》卷首）

【箋】

〔一〕底本無題名。版心題「題辭」。

（紅樓夢傳奇）都轉賓谷夫子題辭〔一〕

曾　燠

夢中死去夢中生，生固茫然死不醒。試看還魂人樣子，古今何獨《牡丹亭》？
不解冥冥主者誰，好爲兒女注相思。許多離恨何嘗補，姑聽文人强託辭。
底事仙山有放春，爭妍逐豔最傷神。眞靈亦怕情顛倒，人世蛾眉不讓人。
櫳翠怡紅得幾時，葬花心事果然癡。一園盡作埋香冢，不獨芙容豎小碑。
有情爭欲吊瀟湘，説夢人都墮夢鄉。與奏玉圓辭一闋，免教辛苦續《西廂》。

（《傅惜華藏古典戲曲珍本叢刊》第六六册影印清嘉慶四年綠雲紅雨山房刻本《紅樓夢傳奇》卷首）

【箋】

〔一〕都轉賓谷夫子：即曾燠（一七六〇—一八三一）。

（紅樓夢傳奇）題辭

蔣知讓　等

傳奇演義競排場，瑣碎荒唐兩不妨。十斛珠穿絲一縷，難將此事付高、王。
童憨穉戲了無猜，富貴家兒才不才？天遣口中銜石闕，情場紅翠合生埋。

黛痕眉影可憐生，釧響釵光別有情。嬌鳥一羣聲萬種，不同名士悅傾城。

文章佳處付雲烟，竟有文鱗續斷絃。恩怨分明仙佛幻，人心只要月常圓。

各樣聰明各種癡，一人情態一花枝。虧他五色生花筆，寫到尖叉合拍時。鉛山蔣知讓藕船〔一〕

鏤月裁雲苦費情，眼前說夢可憐生。且從夢境看天上，翠榜金書十二城。

深苑東風著意吹，嬌紅慘綠太離披。葬花絕好埋憂地，爭奈春來又滿枝。

留仙裙搇合歡鞵，生死悲歡兩意諧。多分靈芽才補恨，世間奇福是荊釵。

歌喉一串淚珠成，關、馬清辭此繼聲。唱出相思滿南國，故應紅豆擅郇名。清江黃郁章賁生〔二〕

冰絃檀板度新歌，祇賺癡兒搇淚波。一樣騷人心事苦，當場難得解人多。

石頭何處證三生，路滑原難放步行。釵釧玲瓏師子吼，檀郎認得阿誰聲。

分明三業事多端，莫認當前作夢看。此是羯磨眞實語，不曾些子把人瞞。

迷海爲魚事豈殊，懺除回向費工夫。花前爲按烏闌譜，似見光明大寶珠。丹徒郭堃厚庵〔三〕

獨秀神芝玉茁芽，百花叢擢一枝花。極矜嚴處眞癡愛，兒女私情亦大家。

氣到薰蕕自不同，浮花浪蕊扇雌風。情深正願和情死，枉費蛾眉妒入宮。

小鳳雌皇合一羣，憐香底事逼香焚。塡詞若準《春秋》例，首惡先誅史太君。

何必重生乞玉魚，神瑛原是列仙儒。一家眷屬生天去，小婦芙容婦絳珠。儀徵詹肇堂石琴〔四〕

天遣多情聚一家，情多翻種恨根芽。若非補恨拈紅豆，爭得情緣證茜紗。

露華深護玉山禾，消得卿卿眼淚多。顧我愁心何處寄？半生清淚亦如波。

返魂續命幾曾眞，幻結人間未了因。不枉葬花心事苦，三生終有葬儂人。

漫勞鳩鳥妒鸞皇，總付荒唐夢一場。勘破溫柔鄉裏事，安心同住白雲鄉。

讀罷新編已惘然，那堪顧曲更當筵。願將結習消除盡，復解《南華》第二篇。吳州俞國鑒澂夫〔五〕

前因後果妙於該，一片癡情任翦裁。不是詞人偏愛憎，妒花風雨太無才。

死去生來事有無，卻勞補恨費工夫。人間大抵都歸夢，何必傷心爲絳珠？古蓼祝慶泰華艇〔六〕

風月偏宜錦繡堆，大家兒女費安排。傷心紫府司花冊，猶記金陵十二釵。

頑石分明是化身，等閒休負滿園春。當頭好月能逢幾，且飲醇醪近婦人。

今古情緣一夢中，誄花埋玉恨難窮。返魂縱有靈香爇，幻果都歸色相空。

吳霜點鬢奈愁何，拍板新詞子夜歌。翦燭更翻紅豆譜，與君一樣淚痕多。興化徐鳴珂竹薌〔七〕

命薄果然命薄，情多實是情多。多情薄命可如何？只好替天補過。　半枕紅樓殘夢，一編紅豆新歌。酒闌燈灺淚如河，直把唾壺敲破。（【西江月】）北平袁鏞棠邨〔八〕

蒙莊妙悟啓玄風，錦繡叢中證色空。嬌鳥一羣絲百丈，可憐辛苦爲怡紅。

成佛生天亦偶然，癡兒騃女苦縈牽。西風一掬瀟湘淚，化作冰珠箇箇圓。

雀裘金線對銀釭，慘澹情懷影不雙。一轉風輪成小劫，爐烟常傍茜紗窗。

脂盝陽秋絕妙辭，年年紅豆種相思。傷心更有《憐春閣》，淚盡寒潮暮雨時。吳州陳燮澧塘〔九〕

世事都如夢，紅樓夢最新。由來眞是幻，何必幻非眞？雨館殘燈夜，梅花異國春。一聲猿臂起，愁淚幾沾巾。涪陵鄒湫寧延清〔一〇〕

彩雲一片斷仍連，重證情緣勝得仙。幻境太虚原不幻，紅樓舊恨補人天。

脂粉叢中暮復朝，茜紗窗下黯魂消。露華記否當年事，雨雨風風慰寂寥。

淚盡瀟湘念未灰，薰人花氣暗相摧。豈知珠草回春日，猶帶芙容一例開。

緣逢深處天偏妒，情到眞時死不休。千古傷心詞客慣，兩行淚灑筆花秋。甘泉張彭年涵齋〔一一〕

如泡如夢孰爲眞，參透玄機迥出塵。一管生花能警幻，更於何處覓仙人？

聽雨瀟湘奈若何，埋花心事費摩挲。大觀園裏炎涼態，爭怪杜鵑紅淚多。

過眼風花聚散輕，一羣嬌鳥各鍾情。憑誰喚醒怡紅夢，櫳翠庵中磬一聲。

又見還魂事可傳，别裁新體繼臨川。春燈挑盡如年夜，當讀《南華》内外篇。

莫怨名登薄命司，花天月地恰相宜。一生紅豆邨中過，此福人間更有誰？吳州姜鳳喈桐仙〔一二〕

新裏翻新，慧中參慧，豪端如許風流。生香豔語，一字百溫柔。費盡玲瓏心孔，閒譜出萬種綢繆。人離恨，天猶難補，才子筆能勾。　無儔，須要用黄金鑄版，白玉雕搜。付二八娉婷，絶妙歌喉。檀板輕敲低唱，細描摹一覺揚州。今古事，無非夢境，豈獨是紅樓？【滿庭芳】秣陵黄鈺秋舲〔一三〕

紅樓無夢不成春，夢到紅樓轉似眞。錦瑟濃香花世界，誰人不是夢中人？

我住紅樓二十年，而今夢醒大羅天。鬘華不現空中相，那得重尋夢裏緣？

多君說夢警癡頑，人夢蒼黄出夢閒。不是先生無夢後，爭教此曲到人間。吴州吴會曉嵐〔一四〕

十二金釵半折磨，生生死死奈情何。卻憐情海波千尺，不抵顰卿淚點多。

絳珠宮裏春空老，青埂峯前月易斜。只有芙容情種子，年年開作斷腸花。

公子佳人總太癡，癡情何必仗仙慈？一聲玉笛高吹起，即是紅樓夢醒時。吴州仲振履雲江〔一五〕

（《傅惜華藏古典戲曲珍本叢刊》第六六册影印清嘉慶四年綠雲紅雨山房刻本《紅樓夢傳奇》卷首）

【箋】

〔一〕蔣知讓（一七五八—一八〇九）：字師退，號藕船，鉛山（今屬江西）人。蔣士銓（一七二五—一七八四）三子。乾隆四十五年庚子（一七八〇），高宗南巡，應行在召試，欽取第一，賜舉人。屢赴禮部試，不遇。嘉慶六年（一八〇一），以知縣分發直隸，歷署安肅、阜城、房山、武清等縣。九年，補唐縣，卒於署。著有《妙吉祥室詩集》。傳見《清史列傳》卷七二、同治《鉛山縣志》卷一五、梁同書楷書《唐縣知縣蔣君壙志》等。

〔二〕黄郁章（一七六七—一八三二）：字賁生，清江（今屬江西）人。乾隆五十三戊申（一七八八）舉人，嘉慶四年己未（一七九九）進士，選庶吉士。散館改知縣，歷署四川彭水、蒲江、直隸沙河、饒陽、大名等縣。二十五年，陞開州同知，加員外郎。旋因公罣誤，回籍。參纂道光《清江縣志》。著有《孱守齋詩鈔》。傳見《詞林輯略》卷五、同治《清江縣志》卷八、民國《大名縣志》卷一三等。

〔三〕郭堃（一七六三—一八〇六）：字以簡，一字蓮生，號厚庵，丹徒（今屬江蘇鎮江）人。嘉慶六年辛酉（一八〇一）舉人，官內閣中書。工詩，居京師，與吴錫麒（一七四六—一八一八）、法式善（一七五二—一八一三）、張問陶（一七六四—一八一四）倡和。著有《種蕉館詩集》。傳見陳壽祺《家傳》（嘉慶間刻本《種蕉館詩集》附）、《湖海詩人小傳》卷四五、民國《續丹徒縣志》卷一三等。

〔四〕詹肇堂（約一七三三—一八一〇）：字南有，號石琴，室名心安穩室，儀徵（今屬江蘇）人。乾隆五十六年（一七九一），於眞州書院師從吴錫麒（一七四六—一八一八）。六十年乙卯（一七九五）舉人，兩上春官不第，遂絕意進取。工詩詞。兩淮鹽運使曾燠聞其名，延至幕中，教其姪。著有《心安穩室詩集》、《心安穩室詞集》。傳見《湖海詩人小傳》卷四〇、道光《重修儀徵縣志》卷三七、同治《續纂揚州府志》卷一三等。

〔五〕俞國鑒：字玉衡，號澂夫，泰州（今屬江蘇）人。嘉慶三年戊午（一七九八）優貢，五年庚申（一八〇〇）順天舉人。選授通州學正，以母老多病，遂不赴官。年五十二卒。著有《樵月山房詩稿》、《樵月山房詩文集》、《陔蘭書屋試帖詩》等。傳見道光《泰州志》、民國《泰縣志》等。

〔六〕祝慶泰：號葦艇，古鄚（今河南唐河縣）人。生平未詳。

〔七〕徐鳴珂：號竹薌，興化（今屬江蘇）人。中書徐紫雲（一七三三—一八二四）子。久困場屋，以太學生終。工詩書。預修道光《泰州志》。著有《東詠軒筆記》、《硯北花南吟草》、《硯北花南詞》、《硯北花南詩餘合璧》等。傳見民國《續纂泰州志》、《皇清書史》卷三、《清朝書畫家筆錄》卷三等。

〔八〕袁鏞：號棠邨，北平（今北京）人。生平未詳。

〔九〕陳燮（一七五〇—一八一一）：字理堂，號澧堂、澧塘，泰州（今屬江蘇）人。乾隆四十二年丁酉（一七七七）拔貢，嘗主講武陟覃懷書院。嘉慶三年戊午（一七九八）舉人，授江蘇泰興訓導。五年至十三年任邳州學正。

工詩詞。參纂嘉慶《邳州志》。著有《半芥山房吟稿初編》、《憶園詩鈔》（稿本十二卷，乾隆五十八年刻本六卷）、《憶園詞鈔》。傳見《國朝詩人徵略初編》卷五二、《湖海詩人小傳》卷四一、咸豐《邳州志》、同治《續修揚州府志》卷一三、《淮海英靈續集》卷五等。劉嗣綰《尚絅堂詩集》卷四四有《哭陳理堂學博》詩，作於嘉慶十六年（一八一一）。

〔一〇〕鄒湫寧：號延清，涪陵（今屬重慶）人。生平未詳。

〔一一〕張彭年：字又籛，號涵齋，甘泉（今江蘇揚州邗江）人。乾隆末，參與曾燠邗上題襟館雅集。嘉慶六年辛酉（一八〇一）舉人。

〔一二〕姜鳳喈：字冑儀，號桐仙，一作桐軒，別署桐軒居士，泰州（今屬江蘇）人。姜舒祺次子。諸生。工詩古文辭。乾隆五十七年（一七九二），參與邑人宮國苞、葉兆蘭芸香詩社（鄒熊、葉兆蘭輯《芸香詩鈔》，嘉慶十三年刻本）。終年七十九。著有《叢談偶錄》、《海陵詩學源流考》、《蛾術軒詩文集》、《桐軒詩話》等。傳見光緒《泰州志》卷二五。

〔一三〕黃鈺：號秋舲，秣陵（今江蘇南京）人。生平未詳。仲振奎《風月斷腸吟傳奇》當爲其而撰，參見下文仲氏《風月斷腸吟傳奇自序》條。

〔一四〕吳會：字曉嵐，號竹所，別署雪齋，泰州（今屬江蘇）人。嘉慶九年甲子（一八〇四）舉人。晚年家道中落，杜門專事著述。道光間卒，終年六十三。工詩詞。著有《春秋摘要》、《雪齋詩稿》（附《詩餘》）、《竹所詩鈔》、《陰騭文試帖詩合刻》等。參見王澄主編《揚州歷史人物辭典》（江蘇古籍出版社，二〇〇一）。

〔一五〕仲振履（一七五九—一八二二）：仲振奎弟，生平詳見本卷《雙鴛祠》條解題。

紅樓夢題詞

劉赤江〔一〕

《西廂》之妙，妙於草橋驚夢；《紅樓夢》之妙，妙於寶、黛之生死合離。夫寶玉固情種也，其專心致志，惟黛玉之一人，乃竟不遂其心，而黛玉於是死矣。黛玉死，而寶玉可以披緇入道矣。情之苦，莫苦於斯；情之眞，亦莫眞於斯。《紅樓》之獨出冠時者，以此也。然用之於歌臺舞榭、燈紅酒綠間，則人皆嚱吁太息，且有泣數行下者矣。紅豆邨樵取前後編而合譜之，以玉茗之筆墨，抒登徒之性情，洋洋灑灑，款款深深，又自成一部妙文，令人神往情移，欲歌欲泣，使季札聞之，亦必有『觀止』之歎也。

蛟門七餘散人題。

（清咸豐元年青蓮堂刻本《續綴白裘新曲九種》所收《紅樓夢》卷首）

【箋】

〔一〕劉赤江：別署蛟門七餘散人，生平詳見本書卷十一《續綴白裘新曲九種》條解題。

憐春閣（仲振奎）

《憐春閣》傳奇，《古典戲曲存目彙考》著錄。現存原稿本，題《憐春閣傳奇》，中國國家圖書館藏；吳曉鈴據之鈔録，誤題《臨春閣》（《綏中吳氏藏鈔本稿本戲曲叢刊》第二册據以影印）。

憐春閣傳奇自序〔一〕

仲振奎

嗟乎！環解同心，錦留半臂。瓊枝易斷，珠樹先彫。塵封鏡底之鸞，香冷牀頭之鴨，誰能遣此，嗚乎不悲？然而伊古紅顔，從無白首。天原太忍，人且如何？怊悵芳緣，低回薄命而已。若乃愛海生波，癡雲弄雨。分茅歡地，全占情天。弱弱之花禁風，飄飄之絮爲雪。黄鵠非忘憂之種，倉庚豈療妒之方？鳳去紫臺，烏啼青瑣。遺衣在挂，習習塵飛；長簟竟牀，呱呱女哭。斯卽金泥報捷，無解於酸辛；玉帳招魂，倍傷於喟嘆矣。

於是旣吟宋玉之愁，未遣江淹之恨。徵歌紅豆村中，點譜黄梅窗下。燈挑雪夜，傷不再之容光；墨灑霜天，費無因之眼淚。五聲旣定，八折初成。用寄憶園，聊安芳魄。以桃根續桃葉，君本鍾情；修妒史批妒鱗，客能逃罪。所憾金釵破夢，香山居士何以爲懷；更使玉笛吹愁，白石先生寧惟搔首。

戊午嘉平中浣〔二〕，紅豆村樵書於小竹西①。

（《綏中吳氏藏鈔本稿本戲曲叢刊》第二册影印吳曉鈴鈔本《憐春閣》卷首）

【校】

①《綠雲紅雨山房文鈔》外集卷二《憐春閣傳奇自序》無題署。

【箋】

〔一〕底本無題名。墨格鈔本《綠雲紅雨山房文鈔》外集卷二有此文，題《憐春閣傳奇自序》，據以補題。

〔二〕戊午：清嘉慶三年（一七九八）。

（憐春閣傳奇）題詞

姜鳳喈　等

疑是南唐老畫師，揚州辛苦買臙脂。張家姊妹多丰韻，不數虹橋舊柳枝。

指點巫峯説麗華（事見古本《生神章》書後），無端小劫墮塵沙。扁舟一棹隨郎去，開到羅浮第一花。

奠姊殷勤一曲哀，箇中花樣巧安排。荒寒夢醒憐春閣，仙骨珊珊再世來。

浮雲壻好眼垂青，問字朝朝對畫屏。三尺孤坟今記取，多情新勒斷腸銘。

沁骨清詞不待刪，呼兒一語最淒顔。當筵顧曲周郎老，才拍紅牙淚已潸。吴陵姜鳳喈桐軒

龍門侍妾有清娱，幕府春深迓彩輿。一自紫臺人去後，青山誰弔女尚書。

美人薄命悲今古，不獨香塵葬麗華。紅豆村樵偏好事，漫將風雨撼梨花。

憐春閣下又春妍，璧月雙雙玉鏡圓。大抵才人都好色，幾曾離恨補情天。楚水徐鳴珂竹鄉

桃葉江頭最愴情，又從金粉悟三生，井中洗不胭脂去，流下青溪盡哭聲。

憐春憐到十分秋，如此名場合是休。羅幕不知人隔世，替君抵死擘箜篌。

曾唱梅村絕妙詞，臨春閣後此相思。天公憑仗司香力，好護瓊花第二枝。

廿年墨淚儘飄零，只看青袍各自青。明日天涯一盃酒，斷腸鞭影在旗亭。（時與居士同晤京邸，居士將先期南回。）

蓉湖劉嗣綰芙初〔一〕

色界身經幾涅槃，忘情太上至今難。此中別有情天地，賺得旁人也淚彈。

憶園才子耐情磨，詞客知音寫照多。廿四紅橋二分月，可無催唱小横波。

白門周之桂午唐〔二〕

一樣東風卻費猜，一枝吹落一枝開。箋天要乞司花使，地下香魂爲喚回。

瓊枝璧月豔春宵，一曲傷心奏玉簫。歷劫難消情一字，重翻公案說南朝。

教成餤段有吳兒，哀怨迷離按拍時。道是歡場翻下淚，才人何苦愛傳奇。

眞州詹肇堂石琴

多情無計遣春愁，懊惱穠香付水流。莫怪妒花風太緊，瓊枝祇合種揚州。

何處靈香覓返魂，且緣桃葉愛桃根。春旛從此親遮護，風雨梨花任閉門。

憐春春去可憐宵，玉樹翻新慰寂寥。拍斷紅牙淒欲絶，寒雲漠漠雨瀟瀟。

甘泉張彭年又籛

罡風吹折小桃枝，豈有連環續命絲。怪煞紅牙太多事，登場又補悼亡詩。

百年無語歸流水，萬古傷心是落花。不信青溪明月夜，斷腸人去即天涯。

璧月嫦娥記可憐，臨春舊夢已無緣。酒闌更有秋江夢，一例香消是去年。

元和蔣徵蔚蔣山〔三〕

白頭未許紅顔到，才子多情祇暗傷。漫設羅帷人不見，世間安得返魂香。

姊妹雙雙絶世姿，桃根復得慰相思。妒花風雨顛狂慣，寄語東君好護持。

璧月瓊枝出後庭，南朝舊事已飄零。憐春一曲翻新調，字字淒涼不忍聽。

盱南王崇熙緝園〔四〕

無限淒涼憶昔時，筆端描盡女兒癡。憐春閣裏辛酸別，悔棄瓊枝折桂枝。

冷官偏是熱心腸，購得娉婷便束裝。苜蓿耐嘗清苦味，梨花底事妒春光。

轉眼風流夢不奢，可憐軟玉委塵沙。此生重把情天補，珍重同根並蒂花。當塗魯汾菊舫〔五〕

玉顔零落最傷心，風雨蕪城舊夢尋。漫笑荒唐寄新曲，斷腸聲要遇知音。

措大風流苜蓿盤，冰肌玉骨自生寒。任他獨識憐春字，花落花開淚□□。

姊妹叢分新舊栽，此番勤築避風臺。何須更比淩雲竹，拂卻柔情一縷來。

蹀躞長安正碎琴，可憐小閣望泥金。從茲莫再輕離别，第一無情是上林。

藐姑仙子已魂消，綠葉成陰幾度招。記取憐春最初處，月明攜手上紅橋。毗陵董超然定園〔六〕

綠楊城郭定情時，一股金釵慰所思。回首釵留人已往，怎教白傅不含悲。

嬌妒從來自寵生，鳳窠人有幾多情。秋花香滿春花落，鸚鵡猶呼淚欲傾。

人間天上說前緣，夢境依依萬感牽。最是芳魂臨别意，殷勤囑咐續書仙。

新絃猶是舊絃音，錦瑟和鳴愜素心。生幸同根因有分，歌傳空色去來今。白下蔡昭鏡涵〔七〕

姑射仙人降碧天，以緣生愛愛生憐。如何一霎曇花現，泡影須臾已化烟。

弱妹重燒心字香，綺窗添線繡鴛鴦。烏闌錦硯三更坐，嘗遍溫柔是此鄉。

才子從來遇最奇，輕塵短夢費尋思。只今明月團團夜，玉樹花開第幾枝？

色界香天罣碍多，詩魔畢竟屬情魔。方回亦是傷心者，怕聽氍毹一曲歌。陽湖劉方開綿莊〔八〕

把酒盟心會覺遲，陳宮烟月記相思。輸君未了雞臺夢，許我前身是總持。

結綺臨春事已遥，冷齋苜蓿可憐宵。紅牙慢譜三生怨，碧海青天恨未消。

斷續絃彈姊妹行，廿橋明月夜如霜。一生慧福都消受，紅豆抛殘第幾箱？

從來才子最多情，唱到生天願已盈。畢竟憐春人隔世，琵琶彈盡斷腸聲。 陽湖劉方暉衵谷〔九〕

拍遍紅牙板未停，如聞一曲《雨淋鈴》。斷腸詞句縈腸話，忍向當筵帶酒聽。

春愁不盡別愁催，馬足無情破紫苔。今日泥金剛小捷，裹將紅淚報泉臺。

去未芳魂剪紙招，碧雲如水夜迢迢。二分明月還依舊，照到揚州第幾橋？

罏香椀茗儘消磨，勘破情場一霎過。至竟未能忘結習，散花時候著花多。 陽湖錢相初申甫〔一〇〕

憐春春已付東流，《白雪》詞成恨未休。唱到斷腸聲咽處，淚絲和夢到揚州。

美人薄命已如絲，報到泥金尚覺遲。莫放青溪秋日棹，白蘋紅蓼總相思。

植得桃根願未空，靈犀一點玉玲瓏。紅牙拍醒三生夢，閒檢金釵憶女公。 陽湖張純繡谷〔一一〕

色空空色杳難知，遲速天緣各有時。絕似畫師張藻筆，一爲枯幹一生枝。

傷心庾信譜微詞，添得佳人續命絲。綠葉陰濃珍果實，夜來風雨並扶持。 星沙羅翾遠仲儀〔一二〕

邗水初逢大小喬，三生石上總魂銷。掃眉才子生花筆，一種癡情費寫描。

從來名士最多情，度曲應憐百感生。根葉同歸天有意，不將今昔易初盟。 星沙羅士信吉孚〔一三〕

（《綏中吴氏藏鈔本稿本戲曲叢刊》影印吴曉鈴鈔本《憐春閣》卷首）

【箋】

〔一〕劉嗣綰（一七六二—一八二一）：字簡之，一作柬之，又字醇甫，號芙初，一作扶初，別署攖寧子，武進

（今江蘇常州）人。少受學於楊芳燦（一七五四—一八一六），才名甚著。中年遊幕武昌、揚州。六應秋試，乾隆五十九年甲寅（一七九七），順天舉人。嘉慶十三年戊辰（一八〇八）狀元，選庶吉士，散館授編修。在翰林十餘年，歸主東林書院。年六十，丁母憂，以毀卒。工詩，詞賦駢文。著有《尚絅堂詩集》、《尚絅堂駢體文》、《尚絅堂賦》、《尚絅堂尺牘》、《尚絅堂試帖》、《尚絅堂制藝》、《箏船詞》等，均存。傳見夏寶晉《冬生草堂文錄》卷四《墓志銘》、《清史列傳》卷七二、《詞林輯略》卷五、《國朝詩人徵略初編》卷五七、《昭代名人尺牘續集小傳》卷七、《清代毗陵名人小傳》卷六、光緒《武進陽湖縣志》卷二三、光緒《無錫金匱縣志》卷二九等。參《武進西營劉氏家譜》卷三。

〔二〕周之桂：　字小山，號玉犀，又號午唐，一作午塘，上元（今江蘇南京）人。乾隆四十五年庚子（一七八〇）副榜，五十九年甲寅（一七九七）舉人。官安徽蒙城、歙縣知縣。後引疾歸。著有《午塘詞》。傳見道光《上元縣志》卷一〇、張熙亭《金陵文徵小傳彙刊》等。

〔三〕蔣徵蔚：　一名蔚，字應質，一字起霞，號蔣山，元和（今江蘇蘇州）人。諸生。工詩，兼治經史小學。與兄莘、弟夔時稱「三蔣」。嘉慶元年丙辰（一七九六），方弱冠，阮元（一七六四—一八四九）邀之入浙。嘉慶間，協編《竹垞小志》。著有《經學齋詩集》。傳見王昶《湖海詩傳》卷四三、李斗《揚州畫舫錄》卷一〇、阮元《定香亭筆談》卷一等。

〔四〕王崇熙：　號緝園，南城（今屬江西）人。副貢生，候選直隸州州判。嘉慶二十四年己卯（一八一九），總纂《新安縣志》。

〔五〕魯汾：　號菊舫，當塗（今屬安徽）人。生平未詳。

〔六〕董超然：　即董達章（一七五三—一八一三），字超然，晚年以字行，號定園，別署定園居士，武進（今江蘇常州）人。生平詳見本卷《琵琶俠》條解題。

〔七〕蔡昭： 號鏡涵，白下（今江蘇南京）人。生平未詳。

〔八〕劉方開： 號綿莊，陽湖（今江蘇常州）人。生平未詳。

〔九〕劉方暉： 號昶谷，陽湖（今江蘇常州）人。生平未詳。

〔一〇〕錢相初（一七八三—一八一四）： 字申甫，陽湖（今江蘇常州）人。錢夢雲子。嘉慶十五年庚午（一八一〇）舉人。嘗傭書江淮間，後復客中州。工詩詞，善駢文。著有《錢申甫駢體文》等。詩收入李兆洛《舊言集》（道光元年刻本）。傳見《清代毗陵名人小傳》卷六、《毗陵名人疑年錄》卷三等。

〔一一〕張純： 號繡谷，陽湖（今江蘇常州）人。生平未詳。

〔一二〕羅翽遠： 號仲儀，星沙（今湖南長沙）人。生平未詳。

〔一三〕羅士信： 號吉孚，星沙（今湖南長沙）人。生平未詳。

附　憐春閣傳奇跋〔一〕

程青岳〔二〕

道光時，古鹽姜墨卿（三綬）《咏桃葉渡》云：『風流同是嫁王郎，就裏情懷孰短長？遺卻桃根喚桃葉，美人一樣有興亡。』海陵夏少舫（嘉穀）表姑丈和之，有句云：『畢竟桃根勝桃葉，不留遺迹在人間。』二詩皆可作《憐春閣傳奇》之題詞。

己未孟春〔三〕，青岳獲是書於揚州，乃紅豆村樵原稿也。

小閣憐春起嘆嗟，鷄臺一夢等幽遐。（煬帝至江都，遊吳公臺，夢見陳後主，其舞女中有一人絕美，帝屢目之，後主曰：『即麗華也。』）書生福薄尋常事，無分雙擎並蔕花。

漫詡桃根續舊盟，買花應解惜花情。瓊枝入手疏調護，難免人間薄倖名。

庚申冬月〔四〕。

（《綏中吴氏藏鈔本稿本戲曲叢刊》影印吴曉鈴鈔本《憐春閣》卷首）

【箋】

〔一〕底本無題名。

〔二〕程青岳：江都（今江蘇揚州江都區）人。清光緒至民國間古玩商賈。亦曾批注蔣寶齡（一七八一—一八六〇）《墨林今話》。

〔三〕己未：民國八年（一九一九）。

〔四〕庚申：民國九年（一九二〇）。

卍字闌傳奇（仲振奎）

《卍字闌傳奇》，未見著録，已佚。

卍字闌傳奇自序

仲振奎

癸卯秋〔一〕，雲溪子客白門〔二〕，得奇遇於秦淮水閣。歸述其事，請爲傳奇。越三年〔三〕，乃抽青豪、排紅豆譜之。既成，雲溪子忼慨悲歌，不能自已。

嗟乎！古今來修蛾曼睩，性溫克、情婉約者，不知凡幾，而得所天、償所願者，罕矣。故色愈美者命愈蹇，情愈深者緣愈艱，才愈高者境愈迫，獨賽瓊也乎哉？命之曰《卍字闌》，志地也，實志人也。

【箋】

〔一〕癸卯：乾隆四十八年（一七八三）。

〔二〕雲溪子：姓名、生平均未詳。

〔三〕越三年：即乾隆五十一年（一七八六）。

火齊環傳奇（仲振奎）

《火齊環傳奇》，未見著錄，已佚。

火齊環傳奇自序

仲振奎

予與所謂虞生有同憾焉〔一〕。予之紅襦溫酒，虞生之火齊留環，皆生平憾事也。嘗於碯灣舟次，縱談及之。虞生曰：『子好爲樂府傳奇，盍以此二事並被諸管絃？』予諾之。越五載，無少暇。

壬子秋〔二〕，客都門。虞生亦至，示我《洞仙歌》四闋，且申前約，又以疾不果爲。已而秋風旣毦，虞生去爲蓼國之遊，孑然離索，百感中來，不復聊賴。遂乃翻排舊譜，規範元賢，字與愁俱，淚隨聲落，凡兩易稿而成。

成之明日，予亦有任城之行，遂攜之登車。扣篋徐歌，與郎當鈴語，淒涼贈答，惜虞生不同載也。旣稅駕，研冰書之，附郵以寄，不知司馬青衫更增幾許新痕矣。

或曰：『《火齊環》成，而子之《紅襦溫酒》遂將已乎？』曰：『與虞生同憾，而不與虞生同志其憾，予何爲自薄其情也？行且踵成之，合爲一冊，庶不負虞生磊灣之言。』

【箋】

〔一〕虞生：名字、籍里、生平均未詳。

〔二〕壬子：乾隆五十七年（一七九二）。

紅襦溫酒傳奇（仲振奎）

《紅襦溫酒傳奇》，未見著錄，已佚。

紅襦溫酒傳奇自序

仲振奎

予既成《火齊環》，將自譜『紅襦溫酒』事。寒燈病榻，默念當時，語言態度，如在目前，而屈指其人則老矣。因嘆二十年前，酒痕墨瀋，意氣如虹。今則白髮漸生，盛年已去，青衫潦倒，客路飄零。歲月忽其如馳，酒地花天，豈堪回首？則所謂淪落不偶者，獨玉兒也乎哉？夫以玉兒之情意綿密，予既爲其所心許而目成，而迄不免與餅妻、廝養婦埒，豈遇合之道，果有數焉否耶？遂述其往事如此，附諸《火齊環》後。披斯曲者，鄙爲淫哇也可，目爲情癡也可，即以浪費楮豪、以作無益，亦無不可。雖然，知我者，虞生乎？

懊情儂傳奇（仲振奎）

《懊情儂傳奇》，未見著錄，已佚。

懊情儂傳奇自序

仲振奎

明金陵妓齊錦雲，與書生傅春相眷愛。春遭誣下獄，錦雲脱簪珥、賣臥褥以給。既遣戍，錦雲餞之以詩曰：『一呷春醪萬里情，斷腸芳草斷腸鶯。願將雙淚啼爲雨，明日留君不出城。』春去，錦雲閉戶不出，未幾而沒。傷心哉，斯人！何其情之篤也！

今榕村未嘗下獄，而若濤以三百金馳贈，固無異於錦雲之簪珥、臥褥。然濤與生初無一夕歡情之所鍾，乃亦閉戶而死，較之錦雲爲尤難，其傷心更當何如矣。丁巳〔一〕，予遇生於邗溝，述其事，請爲歌詞。是夕，生夢濤來，拈蘭枝使贈予，故末折及之。

嗟乎！生不相歡，至以情死；死且惜其情之不傳，至欲以歌曲傳之。美人、名士皆有遙遙千古之心，而每困厄挫抑之，抑亦甚矣。雖然，不如此，其人不傳，是天之困厄挫抑之者，殆天所以愛之、厚之耶？然則錦雲、若濤皆千古傷心人，而即以傷心傳者也。

【箋】

〔一〕丁巳：嘉慶二年（一七九七）。

看花緣傳奇（仲振奎）

《看花緣傳奇》，未見著録，已佚。

看花緣傳奇自序

仲振奎

閼逢攝提格之歲〔一〕，予客淮濱，與所謂王生者密。淹雅風流，主人能事無所不通。又長於音律，因檢笥中諸曲質之。王生感《紅襦溫酒》事，悵然於懷。因述少日情緣，亦有『規醉』一節，而緣亦未偶也。嗟乎！乖離如吾兩人，殆所謂同病相憐者耶？予既紀之以詩矣。戊秋邗上〔二〕，燈窗無憀，遂亦譜之，以見吾兩人心同命亦同也。

【箋】

〔一〕閼逢攝提格之歲：即甲寅年，乾隆五十九年（一七九四）。

〔二〕戊秋：戊午年秋，嘉慶三年（一七九八）。

雪香樓傳奇（仲振奎）

《雪香樓傳奇》，未見著録，已佚。

雪香樓傳奇自序

仲振奎

世事坎坷，情劫尤深；豔質妍姿，終鮮佳合。古今如此，索解頗難。然豈無坐花船、受寶鏡者乎？非情能合，緣合之也。故有情者不必有緣，有緣者亦不必有情。貴官富家，不惜千萬金貲，朝買一豔，暮買一豔，得新而棄故，彼何情哉？有緣焉，乃易合耳。若夫情之所鍾，眉語目成，則憔悴支離，飄零淹蹇者，比比然矣。幸而獲諧，亦必以淚洗面，以愁爲枕，艱苦萬狀，始克快其生平，曾不若第有其緣者之取攜甚便。故吾謂：『情而緣，其偶也，非其常也。』梁生乎，汝勿謂情之偶諧，而更溺於情乎！爰因其事而譜之，且書此以爲梁生戒。

霏香夢傳奇（仲振奎）

《霏香夢傳奇》，未見著録，已佚。

霏香夢傳奇自序

仲振奎

天下無癡人，人無癡心，是舉天地間皆無情之物也。舉天地間皆無情之物，夫安用是塊然者爲？夫癡人者塊然，癡人者之心非塊然也。銷金石，格豚魚，波濤逆行，日月返舍，充其癡，無情而有情矣，況草木之妖麗者乎？

然而癡之極，未有無憾者也。憂患中之，離别中之，顛倒拂亂，求一快其癡心不可得。謂癡召之與，將以癡爲戒，是使天下皆迫而爲窖者、縵者、漠無與者而後已也。謂非癡召之與，何天下之窖者、縵者、漠無與者，皆暢然獲其心意，而癡人者獨罹其刼，無所諉諸，諉諸夢而已矣。升沈顯晦，苦樂安危，皆夢也。情之厚薄，緣之久暫、離合，皆夢也。李生之於霏香〔一〕，夢中之夢也。予又安知夫傳李生、傳霏香者之爲夢，爲非夢耶？予又安知夫予非癡人説夢耶？予又安知夫子非夢中説夢耶？以癡心傳癡人者之心，作夢囈觀焉，可也。

【箋】

〔一〕李生、霏香：當即此劇中男女主角。

香囊恨傳奇（仲振奎）

《香囊恨傳奇》，一名《詩囊夢傳奇》，未見著録，已佚。按，仲振奎父鶴慶（一七二三—一七八五）《迨暇集》（清嘉慶十六年興寧刻本），卷一一有《詩囊夢傳奇題詞》，序云：『履兒聘楊氏子，未合姻而亡。履兒哀感不已，又得詩囊詩夢，其悲愈深。大兒爲作樂府解之，乞題於我，乃作此以醒其夢。』

香囊恨傳奇自序

仲振奎

百千萬劫，無量苦海，情而已矣。然而不知者墮其中，知者亦墮其中，是何也？修蛾曼睩，悦己爲容；楚豔越嬌，才人所樂。匪直牀笫之私，亦知遇之感也。故兩心相印，四目交成，石不奪堅，丹不奪赤。假令月老姻緣簿皆成如意珠，豈非世間一大快事！而乃田空積玉，塵聚爲山，賦別箋愁，幽思憔悴，莫可奈何。至於病，至於死，單鴛隻鳳，賫恨千古，誰實爲之耶？將謂情人不偶，彼晁采贈蓮，紫竹受鏡，無良媒以結歡，仗精誠以偕老，非情偶耶？謂情人偶，則又魂魄成烟，裙衣化蝶者，指不勝屈。有情偶，有情不偶，賡生賡死，何因何緣？情天不言，難索解矣。

且夫蜣螂轉丸，蝍蛆甘帶，璅蛣腹蟹，水母目蝦，其情耶，其非情耶？攻玉以石，洗金以鹽，濯錦以魚，浣布以灰，其情感耶，其非情感耶？膠漆相憎，冰炭相愛，其情緣耶，其非情緣耶？羗䍧羠胎，扁皮黃口，青鶬秋雛，冬葵溫韭，飽餐大嚼，不啻燔龍肝，烹鳳髓；鼓盤比竹，鳴鐸歌于，入耳動心，不啻登羽琌，奏流徵；靮角溫麢，曾青唐碧，被體眩目，不啻曳龍紗，噏狎忽。其知情耶，其非知情耶？故無能求解於情者，吾諉之於命。雖然，龐廉有家，孟陬無郎，媢豬專房，義姑獨老，其憑諸命耶，其不可憑諸命耶？顔博文樂府云：『而今憔悴鬢先華，説著多情已怕。』悲哉！斯言也。予於唐生《香囊恨》有深慨焉，既爲作傳奇，復書此以盡其説。

晝三青傳奇（仲振奎）

《晝三青傳奇》，未見著録，已佚。

晝三青傳奇自序

仲振奎

予聞諸友，上海祝生有奇才，四十不遇，貧甚。妻蔣無子，欲置妾，無力也。一日，生檢書，得少時小照，有捧茶雙鬟，貌極娟麗，愛而張諸壁。其友方生見之，訝其酷肖侍兒珊珊。叩之，則所畫之年乃珊珊生年也。以爲奇緣，贈之。蔣大喜，遂納之。珊珊食苦服勤，執妾御禮甚恭，四年間，連舉二子。

嗟乎！妻妒妾嬌，婦人之常。而蔣氏爲夫納妾無慍色，珊珊食貧居賤無怨言，斯亦奇矣。若方生者，殆所謂古之豪俠耶？世人室有豔姝，將私爲己有，否則亦以之居奇，雖見畫，能贈人哉？茲則友義、妻賢、妾良三善備焉，而因以有子，祝生之幸也。乃作《畫三青傳奇》，將使諸人姓名，無賢愚盡知之，以厚厲風俗，非徒效優孟衣冠已也。或曰，是鑾江汪生事。

風月斷腸吟傳奇（仲振奎）

《風月斷腸吟傳奇》，未見著錄，已佚。

風月斷腸吟傳奇自序

仲振奎

太上無情，其次有情，其次不及情，又其次多情。太上之無情也，非無情也，空天片雲，風引之來，風引之去，其來無蹤，其去無迹，故曰『無情』也。至於有情，則有迹象；有迹象，則有成敗；

既有成敗，其能無沾滯之心乎？然而『發乎情，止乎禮義』，不必見諸事也。不及情者，中餒意怯，即又不能自持，戰神於懷，終已莫遂，卒之亦足以保名全節操，不至溢焉。若夫多情，則愛博不專，而禮防將潰。夫情猶水也，無以堤之，則氾濫而不可止矣。於是有冒危險，攖禍害，以博一歡者。及其事諧，或舍而去之；即不然，情亦淡矣。故寄情於虛，則其情與天地無極；寄情於實，則實至而情銷。其有不銷者，緣終合也；若其不合，生死以之矣。故不能效太上無情，當居乎有情、不及情之間，而以多情爲戒，庶無悔吝乎？吾欲與天下論情久矣，於譜秋舲之《風月斷腸吟》也而發之〔一〕，秋舲固知情者，庶不河漢予言耳。

【箋】

〔一〕秋舲：即黄鈺，號秋舲，秣陵（今江蘇南京）人。生平未詳。曾爲仲振奎《紅樓夢傳奇》撰題詞，見前文。

後桃花扇傳奇（仲振奎）

《後桃花扇傳奇》，未見著錄，已佚。

後桃花扇傳奇自序

仲振奎

侯生、李香君事，孔東塘譜爲《桃花扇傳奇》，膾炙人口者，舊矣。閱百餘年，而甄生、李香兒事，亦以桃花扇傳。其人同，其事同，其歸禪亦同，則意者李香兒即香君之後身耶？審如是焉，傷已！文人無二世不發，情人豈二世不偶耶？雖然，予嘗讀賈仲明《金童玉女》劇，蓋三世始爲夫婦焉。吾不知甄生、香兒後世更爲何許人，然準以《金童玉女》之例，則緣之偶也有日矣。暑晝揮汗，蠅虻撓撓，不自怡悦。戲爲甄生譜之，至《歸禪》一折，泠然心地清涼，煩熱盡失。不覺拈須微笑曰：『如是，如是。』

牟尼恨傳奇（仲振奎）

《牟尼恨傳奇》，未見著録，已佚。

牟尼恨傳奇自序

仲振奎

蕉子具倚天拔地之才〔一〕，潦倒場屋四十年，僅得副車。又無徐卿生雛之喜，數奇矣。幸而夙緣有在，佳麗來歸，情愛所鍾，祧俎可恃，而天又奪之。嗟乎，何其甚也！論者曰：『天不福才士，故挫抑之，困厄之，往往已甚。』然則天將福不才士耶？將使舉世昏昏，皆以才爲忌耶？

予少蕉子九年，才不逮蕉子遠甚。而秋風毷氉，五十無兒〔二〕，又貧不能卜姓，數之不偶，殆有甚焉，則又何也？蕉子曰：『子不能卜姓，良亦佳，予至今悔之。』乃出《牟尼小傳》及《四悔詩》示予，且曰：『被諸管弦，以鳴吾憾。』予讀而傷之，而後知天之於才士，誠已甚也。乃爲按拍選聲，蕉子命之曰《牟尼恨》。

【箋】

〔一〕蕉子：姓名、籍里均未詳。其長振奎九歲，則生於乾隆五年庚申（一七四〇）。《序》云其『潦倒場屋四十年，僅得副車』。

〔二〕五十無兒：仲振奎五十歲，爲嘉慶三年戊午（一七九八）。

水底鴛鴦傳奇（仲振奎）

《水底鴛鴦傳奇》，未見著錄，已佚。

水底鴛鴦傳奇自序

仲振奎

一榻寒雲，百愁如雨，夜不成寐，心如懸旌，思一安心法無有也。偶檢舊稿，得《金鳳小傳》，乃於枕上譜之。

嗟乎！貪者嗜利，害必隨之；吝者惜費，耗必及之。天地間豈少吳老、金婆輩？而玉郎、金鳳，則不可多得也。玉郎、金鳳不可得，而嗜利、惜費者之害大耗多，亦未嘗不與吳老、金婆相埒，特操管者誇然不屑道耳。玉郎、金鳳之事，固宜有收之邑乘、繫之情史者，而予以歌曲譜之，將使雅俗爭傳，賢愚共賞，或亦揚扢之一道與？

客曰：『子欲安心，而譜此傷心不平事，心能安乎？』予笑曰：『是非君子之所知也。人當艱苦百出，而思紛華靡麗，是爲妄念，念妄則心不安。予固傷心人也，以傷心人譜傷心事，蓋所謂以不安爲安者，知所安矣。』客嘆而退。

（以上均泰州市圖書館藏黑格鈔本仲振奎《綠雲紅雨山房文鈔外集》卷二）

一斛珠（程枚）

程枚（一七四九—一八一〇後），字時齋，號瀛仙，別署蒼梧寄客，海州（今江蘇連雲港）人。監生。少與淩廷堪（一七五七—一八〇九）、章泂、許大晟友善。凡居幕府者二十年，管鹽策者十年。工詩，精音律。著《餖飣集》等。乾隆四十五年庚子（一七八〇），兩淮巡鹽御史伊齡阿（？—一七九五）於揚州設局改曲，任分校。撰《蓬萊會》、《法輪轉》二種迎鑾法曲，已佚。撰《一斛珠》傳奇，《今樂考證》著錄，現存乾隆五十九年甲寅（一七九四）序刻本。

一斛珠傳奇序

淩廷堪〔一〕

杜少陵《麗人行》：『楊花雪落覆白蘋』，蓋爲太眞忮梅妃而發，『楊』則太眞之姓，『蘋』則梅妃之名也。此詩故多感慨，若虢、秦，若丞相，及此句，皆明指時事。說杜詩者，往往穿鑿，於此獨未之及，何也？

余友程君時齋，取曹鄴《梅妃傳》，譜作傳奇，雜取少陵事附之，名曰《一斛珠》。歲在丙申〔二〕，始屬草焉，余①在海上，時一②過相商定。未二年，各以事他去。中間南船北馬，或離或合，然晤時必問是書。癸丑冬〔三〕，余自京師歸，時齋始出定本見示。蓋至是稿凡八易，忽忽幾二十年矣。

時齋將以付梓，屬余作敍。余以爲近時度曲家，未覩東籬、蘭谷之面目，但希青藤、玉茗之瞶笑，折腰齲齒，自以爲工。得時齋此劇以藥之，庶幾其有瘳乎？若以梅妃復幸，少陵登科，僅目之爲梨園補恨事，則淺之乎視時齋矣。

乾隆五十九年歲在甲寅二月上浣，同郡愚弟淩廷堪拜敍③〔四〕。

（清乾隆五十九年序刻本《一斛珠傳奇》卷首）

【校】

①『余』字前，《續修四庫全書》第一四八九冊影印《校禮堂文集》卷二八《一斛珠傳奇序》有『時』。

②一，《校禮堂文集》卷二八《一斛珠傳奇序》作『時』。

③《校禮堂文集》卷二八《一斛珠傳奇序》無題署。

【箋】

〔一〕淩廷堪（一七五七—一八〇九），字次仲，一字仲子，歙縣（今屬安徽）人，生於海州（今江蘇東海）。潛心讀經，師事翁方綱（一七三三—一八一八），精於《禮》。乾隆四十六年（一七八一），受兩淮巡鹽御史伊齡阿（？—一七九五）聘，客揚州，校訂戲曲。五十四年己酉（一七八九）舉人，次年庚戌（一七九〇）進士，五十八年殿試，授寧國府學教授。曾主宣城敬亭書院、歙縣紫陽書院。深於禮樂之學。著有《禮經釋例》、《燕樂考原》、《校禮堂文集》、《校禮堂詩集》、《元遺山年譜》等。傳見戴大昌《事略狀》（嘉慶十八年張其錦刻本《校禮堂文集》附）、阮元《揅經室二集》卷四《傳》、《清史稿》卷四八一、《清史列傳》卷六八、《國史文苑傳稿》卷二、《碑傳集》卷一三五、《國朝耆獻類徵初編》卷二五八、《國朝先正事略》卷三六、《文獻徵存錄》卷八、江藩《國朝漢學師承記》卷七、《清儒學案小傳》卷一二、《清代樸學大師列傳》卷六、《清代疇人傳》卷一三、《清代七百名人傳》等。參見張其錦編《淩次仲先生年譜》（道光間刻本《校禮堂全集》附）、陳萬鼐《淩廷堪年譜》（台北《中山學術文化集刊》第一二輯）。

〔二〕丙申：乾隆四十一年（一七七六）。

〔三〕癸丑：乾隆五十八年（一七九三）。

〔四〕題署之後有印章二枚：陰文方章『廷堪私印』，陽文方章『庚戌會魁』。

歲星記（李斗）

李斗（一七五〇—一八一六），字北有，號艾塘，一作艾堂，别署江都布衣、畫舫中人、防風館客，儀徵（今屬江蘇）人，寓居揚州（今屬江蘇）。監生。博學工詩，兼通數學、音律、繪畫。性好遠遊，足迹遍南北。家築自然庵，常爲戲班編劇寫戲。晚年患病，食防風而愈，故名其居爲『防風館』。著《永報堂集》、《防風館詩》、《艾塘樂府》、《揚州畫舫錄》等。撰傳奇《歲星記》、《奇酸記》，今存。傳見道光《重修儀徵縣志》卷三七、同治《續纂揚州府志》卷一三、民國《東莞縣志》卷五三等。參見陸萼庭《曲家小紀·李斗》（《清代戲曲家叢考》）、鄧長風《十三位清代戲曲家的生平材料·李斗》（《明清戲曲家考略三編》）。

《歲星記》傳奇，《古典戲曲存目彙考》著錄，現存嘉慶九年（一八〇四）序刻本（《傅惜華藏古典戲曲珍本叢刊》第六五冊據以影印），乾隆、嘉慶間刻《永報堂集》本。

歲星記自題〔一〕

李　斗

主人開名園，氍毹張前軒。一啓樊素口，歌我春雪篇。緩聲時急絕，疾響故紆延。遂使齊心願，眞聽通高言。蘭炧爛委地，桂薪高燭天。嗟余素業人，何事吹藜烟？輟翰几席上，揚聲粉黛間。握牘不斯須，教坊咸流傳。畫壁驚時髦，顧曲嗟前賢。庸音豈家法，雜體不足詮。此非布衣利，亦損有德言。漫盡終夜樂，曙色移新鮮。

自壬子以來〔二〕，吳人恆市予詞曲爲院本。癸亥冬〔三〕，東園主人倩予製燈戲〔四〕，《歲星記》傳奇之所由作也。次年春，演於園中。周郎顧曲，累德滋深。偶繫之詩，自爲雅諷。嘉慶九年春正月癸卯，畫舫中人識。

【箋】

〔一〕底本無題名。

〔二〕壬子：乾隆五十七年（一七九二）。

〔三〕癸亥：嘉慶八年（一八〇三）。

〔四〕東園主人：即江春（一七二一—一七八九）之子振鴻。江春於揚州重寧寺旁築東園，人稱東園主人。李斗藉用以稱其子。

歲星記識語〔一〕

焦循

立堂老人曰：集中無一處提綱過脈，不從經營意匠而成；無一齣琢句鍊字，不從刻骨鏤心而出。故令讀者怵目警心，不可思議。作者蓋於此道三折肱矣。當與東方生一讚，並傳不朽。

（以上均《傅惜華藏古典戲曲珍本叢刊》第六五冊影印清嘉慶九年序刻本《歲星記傳奇》卷首）

【箋】

〔一〕底本無題名。

〔二〕焦循（一七六三—一八二〇）：别署立堂老人，生平詳見本書卷十二《劇説》條解題。

歲星記傳奇序〔一〕

焦循

余嘗憾元人曲不及東方曼倩事，或有之而不傳也。明楊升庵有《割肉遺細君》一折，又茅孝若撰『辟戟諫董偃』事，皆本正史演之。唯笨庵孫原文《餓方朔》四齣〔二〕，以西王母爲主宰，以司馬遷、卜式、李陵、終軍、李夫人等串入，悲歌慷慨之氣，寓於俳諧戲幻之中，最爲本色。

歲乙丑〔三〕，訪李君艾堂於防風館，見其近作《歲星記傳奇》，本《列仙傳》『東方朔爲歲星之精』也。夫曼倩在孝武時，『文章不讓相如，諫諍同於長孺。』（二句本方正學先生。）班生專爲立傳，而明辨當時所傳他事奇言怪事之非，則『歲星』之説，爲孟堅所不信。然而『惟嶽降神，生甫及申』，一代非常之人，未有不鍾毓於星辰河嶽之靈者，曼倩之爲歲星，何獨不然？艾堂此作，可與升庵、孝若、笨庵諸曲，比肩伯仲，夫又何疑！

艾堂此記成，旋付歌兒。教曲者以不合音律，請改。艾塘曰：『令歌者來，吾口授之。』且唱且演，關白科段，一一指示，各盡其妙。嗟乎！論曲者每短《琵琶記》不諧於律，惜未經高氏親授之耳。湯若士云：『不妨天下人拗折嗓子。』此諢語也。豈眞拗折嗓子邪？

（《續修四庫全書》第一七五八册影印稿本《劇説》卷三）

【箋】

〔一〕底本無題名，自云：『李艾堂作《歲星記傳奇》，余爲序之云。』

〔二〕笨庵孫原文：即孫源文（一五九〇—一六四四），字南宫，一作南公，號笨庵，無錫（今屬江蘇）人。吏部左侍郎、署尚書印孫繼皋（一五五〇—一六一〇）幼子。明崇禎間諸生。善飲酒，好讀書。崇禎十七年（一六四四），聞京師陷，咯血淚盡而絶。著有《笨庵集》。傳見康熙《無錫縣志》卷二一、光緒《無錫金匱縣志》卷二三。撰雜劇《晴天屐》、《餓方朔》。《餓方朔》，《曲目表》、《曲録》著録，現存清康熙間刻《雜劇新編》本。

〔三〕乙丑：嘉慶十年（一八〇五）。

奇酸記（李斗）

《奇酸記》傳奇，《古典戲曲存目彙考》著録，現存清嘉慶間刻《永報堂集》本、清嘉慶間刻本。

（奇酸記傳奇）緣起

李　斗

《金瓶梅》一書，或曰鳳洲門人作，或曰卽鳳洲手。張竹坡作《苦孝説》，謂人子之於親死，是眞痛而非奇冤；至其親爲仇所算，是冤而有眞痛，眞痛而又奇酸，奇冤奇酸，終於幻化。嗚呼！《金瓶梅》何以其親爲仇所算哉？小説載鳳洲同諸翰林官，以《琵琶記》公譏嚴世蕃，世蕃後至，諸官趨相候問。世蕃曰：『適來傷風。』鳳洲戲之曰：『爹居相位，爭説出傷風。』世蕃怒。又載王民應西市之害，鳳洲撰《金瓶梅》百回，呈一貴客，閲未竟，暴卒。又載鳳洲作《金瓶梅》，傅毒簡端，故一檢閲而受其毒。戲謔曖昧，競相傳述，正不可考而知也。《明史·王忬傳》云，忬子世貞，用口語積失歡於嚴世蕃。倘即所引《琵琶記》之誚與？又云：『嚴氏客數以世貞家瑣事構於嵩父子。椒山之死，世貞經紀其喪。故灤河變聞，遂行其計。』即《奇酸記》之所由來與？嚴氏客相傳爲湯裱背，或以爲唐襄文云。

畫舫中人記。

（奇酸記傳奇）凡例

李　斗

一、傳奇之次，元人爲折，明人爲齣，折長齣短，故折可概齣。是記分爲四折，每次六齣，合爲一折，四折二十有四齣，成爲一本。

一、故事悉從原書，惟明者隱之，隱者明之。而金、瓶、梅三人結束，概從原書，以存其眞。

一、南北曲調，遵《九宫大成》。文詞均用原書中語，其中字有舛訛，如女眞國樂章，皆以女眞人音聲歌之之類，原書外不自造語。

一、科白用原書中語，歸於《中原音韻》，雖有呼吸方語之病，而自成原書一家之義。

一、每齣詩句，概集原書，故於楔子注明，下不重注。

一、腳色以副末開場，左右以生旦爲主，左以小生、大淨、老外、副淨、小丑爲輔，右以老旦、正旦、小旦、貼旦、花旦爲輔。以大淨爲開端，以老外爲收局，餘俱以雜概之。

一、古者當場之妓有四：曰狚、曰靚、曰鴇、曰猱，卽明院本之正旦、老旦、小旦、貼旦也。後增花旦，以代古之引戲，不知古之引戲，卽所謂狚者，是花旦一色，已失古制。後又分旦爲一門，曰閨門旦，而正旦次之，是又於古之狚、靚、鴇、猱、引戲之外，又增一色，浸以成俗，失古更遠。是書則從今俗。

一、古之正末，今之正生也。古之副末，今之老外、小生之類也。自明院本以副末爲開場，正生爲正色，是分古之正末爲正生，而以副末爲正末。其正生一門又分爲二：曰正生，曰小生。今俗正生則曰生，小生則曰老生。其實院本之正生乃今之老生，院本之生乃今之正生也。是書亦從今俗。

一、大淨卽古之粧靚色，傅粉黑者，猷笑供諂之類。靚非止於大淨，而大淨爲靚中一色，卽今之粉臉淨也。自蘭陵王有假面之制，遂沿其習，假者實之，卽今之開臉淨也。故大淨有開臉、粉臉之分，亦從其習。

（以上均清嘉慶間刻《永報堂集》所收《奇酸記傳奇》卷首）

（奇酸記傳奇）跋

芧樵山長〔一〕

從來入地有難言之痛，遂至戴天銜不共之悲。昔人鑒孝之性眞，極其難而名以苦；今人體含酸之況味，嘗之備而該以奇。筆陣縱横，思抽一一；文心變幻，想入非非。前賢應畏後生，休詩藍本；舊事忽翻新曲，最喜白描。君方出此書以析疑，僕且贅以言而徵信。

原夫《金瓶梅》之作也，韻語傷風，拔舌已追難四馬；威權蔽日，炙手之勢挾六龍。頸血模糊，意同梗斷；心機險阻，終屬株連。舉朝共倚冰山，此獄堪然雪窖。於是以孝子之曲筆，誅賊臣之深心。易潯江爲清河，南蠻居然北語；視重臣如市儈，東樓忽作西門。留一字之小名，著萬年之遺臭。試觀醜揚中冓，無非狐媚之妖；可知釁啓外藩，悉屬狠貪之罪。詞則萬言難盡，意亦百出不窮。然祇遺孽之初生，點睛而命名曰『孝』；實乃沈冤之莫白，刺骨而未釋其酸。此《奇酸記》傳奇所由作也。

是書也，采張竹坡之批評，補王鳳洲之野史。孝爲陰德，恆伏於無字句之中；酸視春時，盡發於有色聲之地。高僧古佛，皆知味之人；狗黨狐朋，盡乞鄰之輩。世上誰非酸甕？人中悉是醯雞。總搜羅以供驅策，且打疊而入排場。鼎沸笙歌，悲由樂起；雲屯冠蓋，涼自炎生。酸隨過而卽呈，奇因酸而畢露。試爲設身以處，有心人能不攢眉？何殊染指而嘗，入口者因之掩鼻。極內相達官之富貴，都是酸丁；終道君教主之江山，總歸酸子。

爰以心源之印合，極此意匠之經營。看四折之平分，每六齣之遞演。現身則法從此說，賈毒則禍實自招。英雄興蓮落之悲，脊令嘆而仇人未得；蕩子昧瓶贏之恥，鴛鴦分而死期不知。晏安自詡齊眉，集王女以共烹雪水；瞑眩何曾反目，蠱金夫而空得風聲。神是邪魔，鑪以陰陽爲朝哉？ 方雖祕製，鍊從杵臼之間。祇此似豆紅丸，伏干戈於牀第；何用如霜白刃，膏斧鉞於市炭。

然而作當頭之棒喝，復分背以蟬聯。苟非内侍，盡解垂涎；縱是中涓，難消忘想。十二峯雨雲重疊，夢來紙上襄王；廿四橋花柳迷離，樂死圖中煬帝。笑彼奴顔婢膝，柔情不減淫狐；許多義子乾兒，妙曲再歌鳴鳳。時當春半，戲有秋千。落花亂衣衩之香，芳草映裙腰之色。鶉奔而歡娱，一刻果然價值千金；鳩居忽邂逅，三人不枉名呼小玉。詎意昨朝倜儻，此身如飛燕之輕；忽悲今夕凄涼，一死效太眞之縊。摹擬橫陳之態，舞類迴風；顛狂祕戲之圖，勢同湍水。洵淋漓之盡致，亦變動之不居。

然而極樂固多生趣，縱欲卽蹈死機。母子本屬夫妻，孽種求從信女。符藥以培精血，鬼胎授自優婆。訝弓挂之無因，塞上折將軍之樹；知梅開之有信，閨中陳娘子之兵。他如夢亦成妖，終屬鬼能爲祟。久恨兄遭鴆毒，借藥餌以喪其生；誰云嫂不蛇行，警寤寐而褫其魄。憐報施之不爽，彌留尚屬原夫；笑顧復之難忘，恍惚如係小子。纔亡哲婦，旋殞狡童。漁色而侮同官，洵哉士也罔極；游魂而變旱魃，居厲然之不如。君豈奸雄，無賣履分香之命；妾皆倡婦，賦貿絲抱布之詩。

於是痛鬼境之荒唐，開佛門之廣大。蓋棺已久，誰復憐我憐卿？飛錫何從，頓悟卽空卽色。抱琵琶而彈舊調，洵有情兮；擁翟茀而結新歡，不可説也。城啓金魚之鑰，人揮鐵騎之鞭。忽斷雲根，空留月魄。伊誰寡婦之利，金女久荒；幸及公子同歸，玉樓人遠。祭亡魂於方餒，土濕一抔；殲元惡於既盈，劍寒三尺。死盡淫昏之鬼，生多漂泊之人。特指迷途，現前生以度即世；普開覺路，舍慈母而遇導師。從此義士忠臣，解脱生天之樂；總令狂夫怨女，消除下地之冤。苦孝之孝於茲成，奇酸之酸因之釋矣。

嗟夫！此恨綿綿，長言娓娓。紙上灑桃花之淚，那知赤子初心；席間舞楊柳之腰，且付紅兒低唱。僕素耽音律，頗學詞章。愛君筆自生花，結撰祇憑妙手；笑我胷無成行，餖飣空費文心。托奇想以成關目，思入風雲；采俚語以譜宫商，韻諧金石。實隱維乎世道，非僅悦乎閑情。愧非繡虎之才，敢誇駢儷；難免續貂之誚，妄事稱揚云爾。

苧樵山長撰。

（清嘉慶間刻《永報堂集》所收《奇酸記傳奇》卷末）

【箋】

〔一〕苧樵山長：姓名、籍里、生平均未詳。

豆棚圖（曾衍東）

曾衍東（一七五一—約一八三〇），字青瞻，一字魯齋，號七如，別署七道士、鐵鞋道人、冰淵老叟、曾大、武城曾氏，室名雨絲草堂、桂馥書屋，嘉祥（今屬山東）人。屢應鄉試，不第，入幕、鬻畫爲生。乾隆五十七年壬子（一七九二）舉人，會試報罷。嘉慶六年（一八〇一），大挑任湖北知縣，次年任咸寧，調武昌、江夏。十二年，因事降級，復議罷知縣，監河工三年。十八年，改任巴東，因忤上司革職，戍浙江溫州，終老於此。工書善畫。著有《啞然詩句》、《小豆棚》（一名《小豆棚筆記》）、《七道士詩鈔》、《古榕雜綴》、《七如題畫小品》、《日長隨筆》等。傳見彭佐海《曾七如傳》（《項震新編《小豆棚筆記》卷首）、光緒《嘉祥縣志》卷三、光緒《武昌縣志》卷一二等。參見張憲文《曾衍東年表》（附載《小豆棚》，中州古籍出版社，一九八九）、鄧長風《二十九位清代戲曲家的生平材料·曾衍東》（《明清戲曲家考略三編》）、杜桂萍《〈小豆棚〉作者曾衍東事迹雜考》（《文獻與文心：元明清文學論考》，中華書局，二〇〇九）等。

撰雜劇《豆棚圖》，一名《述意》，《清代雜劇全目》著録，劇名作《小豆棚》。現存光緒間上海申報館仿聚珍版排印本，附刻於《小豆棚筆記》卷一六末（《傅惜華藏古典戲曲珍本叢刊》第七五册據以影印，題《豆棚圖》）。

附　《小豆棚筆記》序〔一〕

曾衍東

《小豆棚》，閒書也；我，忙人也。作此等書，必其人閒，其所遭之時閒，其所處之境閒，而後能以閒心情爲閒筆。我爲秀才忙舉業，爲窮漢、爲幕、爲客忙衣食，那得工夫閒暇，作一部十餘萬言的閒書？即偶有閒時候、閒境地，又焉能忙裏偷閒，向百忙中草草幹這閒事？然則我何以有是書？我問之我，我亦不解。我平日好聽人講些閒話，或於行旅時見山川古蹟、人事怪異，忙中記取；又或於一二野史家鈔本謄錄，亦無不於忙中翻弄。且當車馬倥傯，兒女嘈雜之下，信筆直書。無論忙之極忙，轉覺閒而且閒。蓋能用忙中之閒，而閒乃自忙中化出。無他，貴心閒耳。心一閒，則無往不得其閒。將所有諸般貪、嗔、愛、惡、欲，種種不可思議，而我心閒閒，不與之逐而與之適；把那些閒情、閒話、閒事、閒人，竟成一部閒書於我這忙人之手。或有誚余者曰：『七如，閒人也，閒者而後樂此。』余唯唯否否。或有誚余者曰：『七如閒乎哉？夫我則不暇。』余亦唯唯否否。

乾隆六十年歲在乙卯九月，曾衍東七如氏書。

【箋】

〔一〕按，此序當係《小豆棚筆記》之序，《傅惜華藏古典戲曲珍本叢刊》第七五冊影印本誤植於《豆棚圖》之前。茲附錄於此，以資考證。

附（小豆棚筆記）敍〔一〕

項震新〔二〕

余家有《豆棚閒話》一編，愛其自出機杼，成一家言，暇時嘗玩適之。閱數年，客有談及曾七如居士所撰《小豆棚閒話》，其義類頗相似，亦即取前書『豆棚』之名而名之矣。七如係東魯嘉祥人，工詩文及書畫，尤精古篆，筆墨豪放不羈。由乾隆壬子舉人任楚北江夏令，罣吏議戍溫。每因行蹤所至，見夫山川古蹟、人事物類，或取一二野史家鈔本賸録及座客談論，博采旁搜，輯成一部，十餘萬言，奇奇怪怪，若無關於世故者。其自目爲『閒書』，意在此與？

余從友人處借讀一過，覺衆妙畢具，層見疊出，以爲得未曾有。然原本隨得隨録，意義尚煩尋繹，因爲之分門别類，詮次成帙，計十六卷。大而忠孝節義之經，次而善惡果報之理，常而藝文珍寶，變而神鬼仙狐，以及山川風土、鳥獸蟲魚、詩詞雜記，諸凡備載。雖曰『閒書』，而無不可於花晨月夕，展玩流連，可以助談笑，可以長識見，並可以寓勸懲。較《豆棚閒話》，更覺取精用宏，安得以『閒書』目之乎！

余獲是書，不敢祕諸所有，亟爲校讐付梓，公諸同好。他日騰貴雞林，亦未可知。博古君子，可藉以略識七如氏之梗概矣。

光緒六年歲次庚辰孟春月，項震新東垣謹識。

（以上均《傳惜華藏古典戲曲珍本叢刊》第七五册影印清光緒間上海申報館仿聚珍版排印本《小豆棚筆記》卷一六末附刻《豆棚圖》卷首）

【箋】

〔一〕按，此序當係《小豆棚筆記》之序，《傳惜華藏古典戲曲珍本叢刊》第七五册影印本誤植於《豆棚圖》之前。兹附録於此，以資考證。

〔二〕項震新：字東垣，永嘉（今屬浙江）人。塾師。生平未詳。

蘭桂仙（左潢）

左潢（一七五一—一八一三後），字巽轂，别署巽轂散人、古塘樵子，桐城（今屬安徽）人。乾隆四十二年丁酉（一七七七）舉人，歷任丹陽、歙縣等地教諭。著有《精選程稿匯源》、《瑞芝堂四六》、《消閒四種》（包括《探花集字譜》、《卧遊名山譜》、《紅樓茗飲譜》、《會眞别趣》）等。撰傳奇《蘭桂仙》、《桂花塔》，均存。傳見道光《桐城續修縣志》卷七。

《蘭桂仙》傳奇，《今樂考證》著録，别題『表孝傳奇琴川外集』，現存嘉慶七年（一八〇二）藤花書坊刻本（《鄭振鐸藏珍本戲曲文獻叢刊》第四一册據以影印）、嘉慶十八年癸酉（一八一三）序刻本（《傅惜華藏古典戲曲珍本叢刊》第六九册據以影印）。左潢另選劇中八齣《春園》、《家宴》、《寫經》、《割股》、《仙憶》、《埋香》、《恤烈》、《仙圓》，訂爲《蘭桂仙傳奇曲譜》，現存嘉慶八年癸亥（一八〇三）秋藤花書坊刻本。

《蘭桂仙傳奇》自序

左 潢

余與錦峯宫君訂交十載餘矣〔一〕。昨者，錦峯由章江返旆臨濠，道經皖水，得敍闊悰。乃出其女姪《雙孝娥傳》索題〔二〕，並縷述其情境，余既作駢體二千言以應之矣〔三〕。

別後，展傳細繹，覺前作不過卽事敷陳，於孝娥身心苦慘、纖細曲折之處，尚未能細爲摹寫。因思詩詞傳跋，只以供學士文人之傳播，而千古忠臣孝子，能使愚夫愚婦津津樂道於不朽者，半藉傳奇之力。不揣謭陋，於風雨山窗之下，藥鑪茶竈之旁，描情繪境，按律諧聲，慷慨歌呼，不能自已，作《蘭桂仙傳奇》二十首。度茹酸於廿載，應證果於諸天，又況娥先世之清聲，女姪之節烈，皆足並傳永久者，同登仙籙，誰曰不宜？他時譜入梨園，聲情畢肖，普現靈光，七尺氍毹，信翺魄揚眉之地。而錦峯以飄蕭一老，亦爲局中之人。未審錦峯觀之，以爲何如，座客之觀之者，又當何如也？倘荷詞壇鉅手，芟蕪正謬，俾剽製得就裁成，是則余之厚幸也夫！

昭陽作噩之暮商〔四〕，巽觳散人自序〔五〕。

【箋】

〔一〕錦峯宮君：卽宮連岫，字錦峯，懷遠（今屬安徽）人。宮兆麟（一七〇六—一七八一）次子，宮綺岫（一七二九—一七九九）弟。太學生。伉爽不羣。綺岫卒於任，攜姪榕，數千里奔喪。傳見嘉慶《懷遠縣志》卷二一。

〔二〕《雙孝娥傳》：卽《宮氏雙孝娥傳》，安徽按察使方昂（一七四〇—一八〇〇）撰，記嘉慶四年（一七九九）南籠知府宮綺岫女蘭芳、桂芳殉父事蹟。文載《蘭桂仙傳奇》卷首，又見嘉慶《懷遠縣志》卷二三。

〔三〕余旣作駢體二千言以應之：左潢撰《題宮氏雙孝娥傳》，載《蘭桂仙傳奇》卷首，收入《瑞芝堂四六》（嘉慶八年藤花書坊刻本）。

〔四〕昭陽作噩：卽癸酉，嘉慶十八年（一八一三）。暮商：卽暮秋，農曆九月。據此，是年左潢尚在世，而此刻本當刻成於是年。

〔五〕題署之後有印章二枚：陰文方章『左潢之印』，陽文方章『巽嗀』。

附 與左潢書〔一〕

湯金釗〔二〕

承惠大作各種，並皆精妙。内傳奇二種，尤爲雅俗共賞，要者頗多。前冊已留家中，乞再惠數部，攜以北行。其《蘭桂仙》表揚芳烈，尤屬有功名教不朽之作也，敬佩之至。此布並謝。即候叔佳。不宣。

湯金釗拜手。

【箋】

〔一〕底本無題名。清嘉慶七年（一八〇二）藤花書坊刻本《蘭桂仙傳奇》卷首無此文。

〔二〕湯金釗（一七七二—一八五六）：字敦甫，號勖兹，蕭山（今浙江杭州市蕭山區）人。嘉慶四年己未（一七九九）進士，選庶吉士，散館授編修。歷官侍講，湖南、江蘇學政，内閣學士，户、禮、工等部侍郎，尚書，左都御史，協辦大學士。道光二十二年（一八四二），因事降調光禄寺卿，旋休致。咸豐四年（一八五四），加太子太保銜。卒謚文端。著有《寸心知室存稿》（一名《寸心知室詩文經進集》）、《寸心知室全書》。傳見魯一同《通甫類稿》卷四《神道碑》、《清史稿》卷三六四、《清史列傳》卷四一、《續碑傳集》卷三、《國朝先正事略》卷二四、《昭代名人尺牘續集小傳》卷六、《近世人物志》、《道學淵源錄·聖清淵源錄》卷二六、《詞林輯略》卷五、《清代七百名人傳》、《皇清書史》卷一八、《國朝書人輯略》卷八、《國朝書畫家筆錄》卷三等。參見湯金釗自編、湯修續編《湯文端公自訂年譜》(一名《雪泥鴻爪》,咸豐六年刻本《寸心知室存稿》附)。

蘭桂仙傳奇序

恩　普[一]

己酉之春[二],余與巽轂先生訂交,論文覓句,備極綢繆。自庚戌[三]夏間握別,迄今十有二載矣。辛酉冬[四],余仰承恩命,典學閩中,道經京口,先生正司鐸雲陽[五],知己重逢,挑燈話舊。因出其所譜《蘭桂仙》院本見示,展誦數過。其大旨主於維持風化,扶掖人倫。其筆之雄偉雋秀,詞之正大鮮妍,與玉茗、粲花抗衡,直奪元人之席。至其宮譜之謹嚴,音韻之諧協,尤徵才大者用心之細。先生遠承作史家聲,近紹忠孝世澤(君先祖孝子公諱光前,忠毅公諱光斗)。茲變馬、班之常格,傳孝烈之芳徽,宗風不墜,可即是編以例其餘矣。

長白恩普書於練水舟中[六]。

【箋】

[一]恩普(？—一八〇六)：字夢符,號雨堂,又號雨園,鑲藍旗蒙古人,把岳忒氏。乾隆五十五年庚戌(一七九〇)進士,選庶吉士,授檢討。嘉慶間歷任侍講、侍讀、侍講學士、詹事、大理寺卿、副都御史、副都統,禮、戶、刑等部右侍郎轉左侍郎。傳見《國史列傳》卷五〇、《國朝耆獻類徵初編》卷一〇七等。

[二]己酉：乾隆五十四年(一七八九)。

[三]庚戌：乾隆五十五年(一七九〇)。

〔四〕辛酉：嘉慶六年（一八〇一）。恩普於是年八月授福建學政，九月升禮部右侍郎。
〔五〕雲陽：即丹陽（今屬江蘇）。
〔六〕題署之後有印章二枚：陰文方章『長白恩普』，陽文方章『宗伯之章』。練水：亦名練川，即嘉定（今屬上海）南練祁塘。

蘭桂仙傳奇序

廖　寅〔一〕

辛酉冬，予出守京江，見雲陽廣文巽轂左君，學邃品端，藴精明於渾厚，心深器之。嗣當考績之期，爰以堪膺民社，列之薦剡，事雖未成，而廣文深切知己之感。予嘗於行試事時，屬爲贊理。閱卷之暇，挑燈夜話，其涵養之深醇，氣量之寬和，久而益信。

夙聞其有《蘭桂仙》之刻，向取觀之。因於公餘，逐齣細繹。其大旨在於表揚孝烈，而揣摹情境，苦緒曲傳，本至性之肫摯，寫淑媛之純忱，洵足扶掖綱常，維持風化。至詞句之工，格律之細，又其餘事。

予愛而讀之，不忍釋手，欲作數語，附之簡端，而公事殷繁，未遑搦管。癸亥冬〔二〕，仰荷恩綸，量移南贛。開春買棹，前赴豫章，乘舟次閒暇，撰此數言，以見廣文抒藻摛詞，洵有功於世道，兼志予與廣文相交之誼云爾。

甲子仲春〔三〕，鄰水友生廖寅復堂氏題〔四〕。

【箋】

〔一〕廖寅（一七五二—一八二四）：字亮工，號復堂，鄰水（今屬四川）人。乾隆四十四年己亥（一七七九）恩科舉人。六十年乙卯（一七九五），以知縣分發河南葉縣。嘉慶六年（一八〇一），因功升江蘇鎮江知府，歷署江西布政使、按察使。十六年（一八一一），遷兩淮鹽運使。三年後，以老病歸。傳見姚文田《邃雅堂集續編·墓志銘》（《續碑傳集》卷三四）、《清史稿》卷三六二、《國朝耆獻類徵初編》卷二二二等。

〔二〕癸亥：嘉慶八年（一八〇三）。

〔三〕甲子：嘉慶九年（一八〇四）。

〔四〕題署之後有印章二枚：陰文方章「廖寅之印」，陽文方章「贛南觀察」。

蘭桂仙傳奇序

趙文楷〔一〕

余與左子梅南爲蘭譜至交〔二〕，熟聞其元昆巽轂先生名，心慕久之，每以未得一見爲恨。乙卯歲〔三〕，先生來主熙湖講席〔四〕，遂得識荊。詩酒往來，殆無虛日。先生抱負宏深，爲文深微峭刻，雅近章、羅，各體俱工，餘事尤嫺音律。時余有《菊花新夢》院本〔五〕，出以就正，凡所點竄，皆精當諧協，實所服膺。

自丙辰春一別〔六〕，余倖獲通籍，供職京師，回首南天，殊爲眷戀。庚申歲〔七〕，恭銜恩命，出使琉球，道經邗水，得與先生昆仲相遇。知心重聚，歡慰有加。先生爰出其新譜《孝女蘭桂仙傳奇》

見示，屬余爲序。余展卷敬讀，本扶掖綱常之旨，撰扢揚風雅之文，正大出以鮮妍，沉摯兼乎巧雋，匪徒爲裁雲縫月之正宗，其所裨於名教，良非淺鮮。從此蘭馨桂馥，共仰黄鐘大吕之音。回思《菊夢》一編，洵愧錚錚細響也。惟以程途緊迫，不獲暢挹清芬。他日剞劂告成，尚於驛使見貽，俾載筆餘閒，細繹秦、黄之格調，藉以公諸詞垣同志焉可。

同郡愚弟趙文楷介山氏撰〔八〕。

【箋】

〔一〕趙文楷（一七六一—一八〇八）：字逸書，號介山，别署司空山樵，太湖（今屬安徽）人。乾隆五十二年丁未（一七八七）舉人，嘉慶元年丙辰（一七九六）狀元。授翰林院修撰、實録館纂修、文淵閣校理、掌撰進擬文字教習、庶吉士。五年，充冊封琉球國正使。後分守山西雁平兵備道，署山西按察使。著有《石柏山房詩存》、《石柏山房詩遺》、《海槎集》、《獨秀草堂古今文》、《木天近録》等。撰《菊花新夢》院本。傳見《詞林輯略》卷五、道光《太湖縣志》卷一九、民國《太湖縣志》卷一七等。

〔二〕左子梅蘭：左潢弟。名號、生平未詳。

〔三〕乙卯歲：乾隆六十年（一七九五）。

〔四〕熙湖：即熙湖書院，在太湖（今屬安徽）城内範鐵巷。

〔五〕《菊花新夢》院本：趙文楷撰，未見著録，已佚。

〔六〕丙辰：嘉慶元年（一七九六）。

〔七〕庚申歲：嘉慶五年（一八〇〇）。

〔八〕題署之後有印章二枚：陰文方章『趙文楷印』，陽文方章『丙辰狀元』。

蘭桂仙傳奇序

吳句華〔一〕

作文必有裨倫常，方足振人心，扶世道，不徒以搜奇衒異、騁妍抽祕爲工。宋元以來，院本夥富，各展其奇。乃或烏有子虛，競爲幻怪；或綺詞豔語，反以誨淫。能於歌容舞態中，紀孝義忠貞之蹟，卒不多見。間有關乎名教，藉維心術者，又或詞近迂腐，筆鮮生花。此予所以讀《蘭桂仙》而擊節不置也。

夫以蘭、桂雙娥，生於宦族，長於深閨。甫當弱歲，又有諸兄可倚，且俱許字名門，卽留此餘生，豈云非禮？而乃遭喪毁折，同殉泉臺，其至性之過人爲何如？此事之奇而可傳者。吾友左子巽翾，學府書城，博聞殫見，文章意氣，遨遊於燕齊吳楚者有年。洞庭瀉其詞源，雲海助其筆陣。出餘技以作傳奇，念精誠而譜懿烈。當燈灺酒闌之際，摹悲哀慘痛之神。獨是雙娥之德，統而名之曰『孝』耳。晰而觀之，於幼時言動，見孝之純焉；於父殯拚生，見孝之定焉；於母病守夜，見孝之勞焉；於刺血割股，見孝之苦焉；於佯寬强食，見孝之曲焉；於閉門同縊，見孝之烈焉。至遺書見慰兄之情，囑葬見體兄之意，又友愛之道，因孝而流溢者。作者曲體深描，纖微畢達。孝娥雖死之日，猶生之年。且不獨傳孝已也。《守箴》、《守殯》，昭臣道之忠藎；《哭妹》、《迎舟》，著昆弟之友于。述姑，婦道之貞；《恤烈》，交道之義。芳行美德，萃於二十首中。法則南史、董狐，文則重規疊矩，筆則寫生繪影，詞則鏤月裁花，調則嚼羽咀宮，韻則喉諧齒協。

余盛唐萍奇，旅館無聊。於看花命酒之餘，細玩其纏綿菀結之情，勃窣淋漓之致。神仙原於忠孝，理會其通；勸懲寓於管弦，義昭其正。實爲有裨倫常之文，而非逞豔矜幻、迂腐麻木者所可同年語也。其付之梓，以公同志焉可。

沭陽吳甸華南畇氏書〔二〕。

【箋】

〔一〕吳甸華（約一七四四—一八三四）：字南畇，別署南畇居士，沭陽（今屬江蘇）人。乾隆三十六年辛卯（一七七一）舉人，任內閣中書。四十五年庚子（一七八〇）進士，仍值內閣，協辦侍讀。五十六年辛亥（一七九一），授歙縣知縣。六十年，調合肥。嘉慶十三年（一八〇八），官黟縣知縣。十七年，主持纂修《黟縣志》。後擢無爲知州，道光三年（一八二三）歸田。壽至九十餘。傳見同治《黟縣三志》卷四、民國《重修沭陽縣志》卷八等。參見鄧長風《十一位明清戲曲作家的生平材料·吳甸華》（《明清戲曲家考略續編》）。

〔二〕題署之後有陽文方章二枚：『吳甸華印』、『庚子進士』。

蘭桂仙傳奇序

程秉銓〔一〕

詞仙之著作，濡毫雅慕風流；學士之文章，染翰最關名教。歌散雲中，孤鵠心映冰壺；譜成月裏，雙蟾魂留金薤。霜凋慈竹，三春愛日縈情；雪隕梅花，一夜寒香徹骨。造物憐其至性，俾留死節之芳聲；才人鑒此精誠，巧運生花之妙筆。比沈休文之《八咏》，婉而多風；仿屈正則之《九歌》，哀而不怨。言皆有物，展黄卷而如新；句必驚人，寫丹心而欲活。

香零九畹，痛損蘭芬；露濕三秋，傷殘桂蕊。太守志存報國，標勳烈於岩疆；恭人誼切從夫，效追隨於泉路。女偕母死，闢絶無僅有之奇；姊約妹亡，表寡見渺聞之事。伊可懷也，御迴天上罡風；不亦宜乎，謝絶人間烟火。

短引則提綱挈領，振采揚葩；長篇更换羽移宫，涵今茹古。句生香豔，分班、宋之靈心；詞異滑稽，奪倩、髡之慧舌。手握散花之風雨，墨彩飛騰；胷羅聚米之河山，文波壯闊。偷聲減字，盡和平悱惻之音；滴粉搓酥，得中正齋莊之旨。試嚼箇中之滋味，酸比甜多；細尋筆底之温柔，人同花瘦。此日可歌可泣，用懷閬苑之仙；他時斯愛斯傳，定貴洛陽之紙。

古蓼程秉銓拜題〔二〕。

【箋】

〔一〕程秉銓：字量卿，號楠村，六安（今屬安徽）人。乾隆四十九年甲辰（一七八四）恩科舉人，任石埭訓導。評點《蘭桂仙》傳奇，署『皋城程秉銓評點』。按吴康霖《六安州志·仕籍》：『程秉銓，應乾隆甲辰（四十九年，一七八四）召，試署石埭縣訓導。』《六安州志》卷四五『鄧貞女』條：『州人程秉銓詩以紀之，並序。』又『楊氏』條，附程秉銓《忠烈合傳》。許近堯《歙事閑譚》卷二『程氏諸人詩』：『程秉銓，字量卿。程驤，字向春，號琴外。俱岑山渡人。』然則程秉銓實爲六安人。

〔二〕題署之後有陽文方章二枚：『程秉銓印』、『楠村』。

（蘭桂仙傳奇）凡例

左潢

一、此書專爲紀孝而作，惟以莊重馴雅、纏綿篤摯爲主，不獨尋常風月情態，無從闌入筆端，即滑稽嘲笑，亦不多取。

一、此書據《孝娥傳》中事蹟，逐節譜成戲齣，皆係徵實。間有憑虚設想者，亦係情理宜然，非烏有子虚之比。

一、『雜劇十二科』中，五曰『孝義廉節』。此劇取玉堂正大、江東端謹嚴密之體。

一、《中原音韻》十九門，『支思』與『齊微』別，『眞文』與『庚青』、『侵尋』別，『寒山』與『桓歡』、『監咸』別，『先天』與『廉纖』別，『家麻』與『車遮』別。今遵照用韻，無一字攙雜。

一、平、上、去、入四聲，《中州》、《中原音韻》俱以入聲派於平、上、去三聲之內。北曲無入聲，南曲可用入聲，亦係一方之韻，不可概之中原。今遵照音韻，其入聲應歸三聲内者，皆各歸各聲，毫無假借，於入聲字旁注明，以別本音、外來。

一、平聲必分陰陽，凡務頭所在，皆審呼吸填之。

一、詞句中必須論四聲者，均分別協之。其只應論平仄者，則但以平仄分之。其有句中間字可平可仄者，則亦活動填之。皆遵《大成宫譜》，不敢據臆妄填。

一、宫調各有尾聲，而一宫調之尾，又照曲分出數種，今皆分別結煞。

一、短齣只用一宫調，長齣必須换宫調，而一宫調必塡數曲方换，非如劇中一曲一换，多致雜亂。

一、换宫調悉與文章轉捩爲一，無奇零參差之病，如《守殯》、《埋香》、《舟櫬》、《仙圓》等折可見。

一、《寫經》、《刲股》、《萱萎》、《守殯》、《仙圓》俱用迴環格。

一、詞句必取鮮亮色澤，若爲音韻所縛，勉强湊成，縱四聲無訛，不過爲工尺字譜，不得謂之塡詞。

一、説白必取整鍊鏗鏘，寧不通俗，不肯傷雅。

一、每句有一定字數。元明詞人有貪詞句之好，竟以句本五六字而添至十餘字者，讀之不辨其孰爲正字，孰爲襯字。今每句必照正體字數，不敢妄增，間有一二襯字，則以小字別之，令讀者一目了然，不混正字。

一、凡用前腔，必須與上曲聲韻彷彿，其有换頭者，不過略爲更易。劇中竟有將平仄翻换，且有抑揚向背，大相懸殊者，亦有同一腔調，而前後齣中互見，迥然兩樣者，今差免此病。如《守箴》、《哭守》、《婢祭》，一腔數曲，及前後互見者，皆係一律。

一、每齣必須一韻到底，劇中有一齣轉兩韻、三韻者，今不敢傚。

一、所用典故皆本經史子集，詞句多取名人詩詞，其他不經之事、不雅之辭，皆不取用。

一、詞中夾白，必須上句用韻方可，劇中有未用韻而入白者，今遵古法。

一、南北合調成套者，不惟調須歸一，而交錯亦有不易之次第，如《仙餞》、《鄰驚》、《迎舟》等曲，皆依矩矱。

一、南曲之有犯調格，係一定不可杜撰。茲劇凡遇犯調諸曲，皆謹守宫譜集曲之舊名，所犯何調，俱細標於詞句之上。

一、詞與詩異，曲又與詞異。詞只取讀之順口，曲則忌歌唱之聱牙，往往有鏗鏘穠麗之詞，而不能按拍者。故凡填一句一字，須與工尺調協吻合，或宛轉就之，必兩無乖舛，方爲斟酌盡善。

一、譜劇，有詞人之筆，有傳奇之筆。專取詞句之尖新，思筆之雋逸，裁雲縫月，滴粉搓酥，則詞客之能事也。至扮演登場，或不無散漫、矛盾、重疊諸小疵。若排場緊湊，神情聯屬，過接分明，針線細密，先登者相機退讓，踵至者簡捷辭頭，羣萃者咸免向隅，旅退者序分正間，則傳奇之家法也。余方慚學步，敢曰能之。竊曾勉力留心，猶恐不免疎忽。遇有紕繆，願聆名公指示。

一、凡曲有一定之板數，不可增減。應於何字起板，何字落板，其起板、落板、贈板、浪板之字，皆宜斟酌。或上曲之尾、下曲之頭接連成板眼者，亦有借襯字起聲發調者，有搶字來不及於襯字挪借板眼者，故用襯字亦不可苟。

一、凡曲牌有一定之本調（分上、乙、五、六、凡、工、尺七調），即小有活動，只在上下相近之間。其曲中各字以本調工尺協之，何字爲最高之音，何字爲最低之音，必辨清濁開閉。要須各字自具之籟，若過强則捩嗓拗口矣。

一、詞曲中有自具之聲音，被之管絃，方有一種幽深綿邈之致。若本無藴涵，縱按譜諧聲，亦拘滯無餘韻。玉茗雅擅此長，願學焉而未逮。

一、舊劇中多有短齣，詞只填一二曲，或一人登場，寥寥數語，便算一齣。蓋取齣數之多，且於宫調韻脚較省心力，究嫌直促，缺少波瀾情致。予不敢趨易貪多，每齣必有起承轉合，長者十四五曲，至短者亦有五六曲，皆成一篇小文字。合二十首，共爲起承轉合，成一篇大文字。

一、予落泊①江湖，近三十年，粗知音律。每當同人宴集，板拍紅牙，謬承獎借，屬予顧誤。兹當搦管塡詞，深懼斯未能信，凡格式之不合宫譜，音韻之不諧歌唱者，不憚數易其稿。第經營雖極慘淡，究未敢自以爲是焉。

巽齋散人識。

（以上均《傅惜華藏古典戲曲珍本叢刊》第六九册影印清刻本《蘭桂仙傳奇》卷首）

【校】

①泊，底本作『拍』，據文義改。

附　奉謝左巽轂先生惠賜蘭桂仙傳奇瑞芝堂四六文小啓

吴兆萱〔一〕

靈根孕采，筆頭驀地生花；慧性流波，舌底由來似海。風雲月露，摛詞與名教何關；烟雨樓臺，寫恨亦才人習慣。經緯洩爲章之祕，期事振乎綱常；咏歌闡不顯之光，斯壽同夫金石。先生繡虎詞宗，金貂華胄。皖江毓秀，孔少府早歲知名；龍阜鍾賢，李鄴侯七齡作賦。家學貴洛陽之紙，依然名重三都；直聲垂楚史之編，允矣識長五典。故其鴻文扛鼎，根柢自易象詩書；餘技雕蟲，驅遣非蛇神牛鬼。軼事輯孝娥之傳，新聞驚兩美之奇。白練傳神，繡闥芳容猶在；紅牙按拍，璇閨弱質如生。烏慈幻鏡裏之花，肉封何補；鵑血化江邊之竹，淚落成斑。晝日昏黄，霰雪集蕊宫之樹；罡風夜黑，劫灰飛金谷之園。蘭爲楚澤幽香，譜騷歌而愈烈；桂本廣寒仙質，施斧鑿而彌堅。

若乃倚馬才長，摶風翮健。燕南趙北，驛亭多題柱之詩；鴛泊鴨江，劍匣貯吟鞭之句。睹香囊於紫塞，棠陰遍覆雲屯；聚油幕於緑池，蓮影近依日下。妙製度青牛之帳，披圖工黄絹之詞。又若朔塞迴轅，湖湘問渡。白雲鄉裏，長三徑之菊松；黄鶴磯邊，滿一庭之苜蓿。遊山登麓，智羅地肺之雲烟；操鑒持衡，手種天都之桃李。美機杼於王、孟，錦織七襄；投瓊玖於龔、黄，價增百斛。

至於芸閣餘閒，蕭齋小酌。送鉤射覆，皆往事之陳因；獻斝聯吟，忽巧思之濬發。寫會眞之別趣，酒酣耳熱，隔牆疑有人來；繪集字之新標，燭刻詩成，滿座無非花發。夫其香熏班、馬，本蓬瀛珥筆之才；派衍歐、蘇，滞類璧廣文之席。或疑短馭縈懷，素餐廢事。然而邊韶性耽經籍，著作成林；王通教授河汾，門牆多士。鶯池花暖，如坐春風；練水波明，更瞻霽月。懸書訓誡，婆心暗度金針；析縷開陳，苦口眞同藥石。固宜裁成束箭，青藍變若轉環；陶鑄南金，朱紫取如拾芥。

僕也誼忝同舟，姿慚倚玉。波通一水，聞風早慕香名；惠錫百朋，浣手方披佳構。移宮換徵，人間曲度羽霓；璧合珠聯，天上象成河漢。偷聲入妙，非靈均無美人香草之緣；學步良難，惟相如得典冊高文之體。志徒愧於續貂，意已欣夫窺豹。此日班聯鎖院，快覩雲垂海立之雄文；他年賦獻金門，好瞻鳳躍龍翔之盛事。

秦郵愚弟吳兆萱拜稿〔二〕。

【箋】

〔一〕吳兆萱（一七四六—一八一五）：字孝芳，一字嘯舫，號螺峯，高郵（今屬江蘇）人。乾隆四十八年癸卯（一七八三）舉人，授金壇訓導。著有《林蕙堂塾課》、《林蕙堂詩鈔》、《依綠園詩草》（咸豐間刻本，與吳聯元《望衡堂詩鈔》合刻）。傳見嘉慶《高郵縣志》卷一〇、《清代科舉人物家傳資料彙編》等。

〔二〕題署之後有印章二枚：陰文方章『吳兆萱』，陽文方章『螺峯』。

（蘭桂仙傳奇）題辭

周升桓 等

弱息能將罔極酬，香名本自重千秋。詞人更爲開生面，好付當場菊部頭。

史筆騷情簇錦奇，一縑一字稱清詞。定知七尺紅氍地，時有靈風捲畫旗。

生世悲離局盡翻，借澆壘塊酒盈樽。燈前象管鵝笙韻，都是仙姝血淚痕。

秦、黄妙筆吐香葩，風雅扶輪屬大家。解唱孝娥新樂府，更無人演舊《琵琶》。（《琵琶》爲孝婦寫生，自饒哀豔，但用韻太雜，間多俚句。） 嘉禾周升桓山茨（一）

秋豔春葩取次生，仙家亦有別離情。一杯瓊露三霄上，淒絶陽關唱渭城。（《仙餞》）

翩翩公子陟黄堂，强半爭誇世祿長。獨有南籠宫太守，恪遵庭訓治巖疆。（《守箴》）

優于天分自多能，姊妹居然是友朋。豈爲遊園賞春景，香閨已貯玉壺冰。（《春園》）

潔瀡稱觴一日歡，家庭樂事得良難。者般情景人都領，回首難禁握鼻酸。（《家宴》）

蠢爾狆苗不足臣，聊將鼙鼓動精神。觀場漫作從軍想，認取當時簿領人。（《平苗》）

用盡平生撫字心，況兼軍務積勞深。黔西一夜星光隕，從此紛紛噩夢侵。（《守殞》）

舉室哀號淚盡枯，各從天性訴眞吾。膝前兒女聲情肖，不獨恭人善哭夫。（《哭守》）

未亡人薄命如絲，痛煞深閨兩女兒。記得窗前曾刺繡，金針借用祝恩私。（《寫經》）

《楞伽》一卷竟無靈，純孝天成炳日星。暈絕猶防阿母見，堂前意態故娉婷。（《刲股》）

忠孝由來可格天，前身況已結仙緣。若非鄰里潛窺見，幾謂詞人好誕傳。（《鄰驚》）

謫墮人間廿載違，相思何處寄瑤徽。懸知浩劫行將滿，笑指花城計日歸。（《仙憶》）

三年牀席抱沉痾，淚眼相看喚奈何。此日萱花凋謝也，更無慈蔭到雙娥。（《萱萎》）

佳兒佳婦重銜哀，一字聲和一淚來。獨有雙娥悲更甚，竟思殉葬侍泉臺。（《哭母》）

全憑至性奪天工，不分離親數獨窮。遺囑兩兄申大義，雙雙血淚灑秋風。（《埋香》）

傷心屺岵太如流，妹死重貽地下憂。望斷江南鄉樹遠，黔山黔水暮悠悠。（《哭妹》）

方伯中丞古道昭，捐廉倡義屬同寮。麥舟特爲循良勸，豈止矜憐烈骨銷。（《恤烈》）

誰將身後溯遺蹤，小婢深宵祀女宗。表出一生同志處，縱教親切遜渠儂。（《婢祭》）

載得椿萱返故山，追思往事淚潸潸。須知左右雙娥在，事死如生柩共還。（《舟櫬》）

兩代忠貞聚一門，長男阿叔遠招魂。尤憐楚楚東牀選，無語相持淚暗吞。（《迎舟》）

神仙眷屬總流芬，合與團圓廣舊聞。不是左思仙筆健，怎能描寫氣淩雲。（《仙圓》）長白寧貴鞠谿〔二〕

史筆騷才兩絕倫，芳徽譜出管絃新。何緣地義天經事，竟屬蛾眉隊裏人。

水珮雲裳月夜魂，由來孝筍產祇園。遊仙姊妹今誰在，飢雀寒螿泣墓門。

深閨有淚盡蒿莪，刲股書經痛楚多。千載孝名從此著，紅蘭青桂憶雙娥。

回首芸窗問字時，廿年一瞬鬢添絲。侯芭老矣才仍富，試看新翻絕妙詞。七十六叟湘亭鄧振

甲〔三〕

孝德由來古所推，傳將弱息更堪悲。好憑一管如椽筆，譜出雙娥節烈詞。

寫經刲股事稱奇，況出璇閨連理枝。千古綱常扶掖處，人間豈但在鬚眉。

懿烈交欽本性成，寧憑鐵笛訴衷情。至今檀板風前拍，猶帶蒿莪痛楚聲。

古調頻翻夜欲闌，扢揚風教屬詞壇。歌殘一曲人千載，莫作尋常樂府看。海陽葉士琦滄亭〔四〕

來自仙官去亦仙，塵寰寄迹了塵緣。廿年晷刻才如瞬，留得芳名萬古傳。

一腔哀豔付箏琶，裁月縫雲信作家。應是文通曾假筆，桂蘭香裏綻心花。

正氣長懸烈蹟揚，好憑宮羽掖綱常。馬、班變格梨園史，漫比風流玉茗堂。（玉茗仙才逸思，直奪元人，但無關名教，且宮調夾雜。） 仁和倪本仁心懃〔五〕

雙雙玉帝侍書仙，小謫人間恰並肩。卻似瑤宮花散到，蘭芽桂蕚一般鮮。

西風憔悴到萱花，雨濕重陽淚似麻。誰道北堂濃蔭謝，難留蘭桂簇新芽。

藥鑪曾侍一鐙紅，松火曾搖一扇風。到底命交雙白練，肯拋阿母蕊珠宮。

吾鄉有筆大如椽，按譜輕描女謫仙。料想一氈開演日，座間客淚涌如泉。同里許鯉躍春池〔六〕

孝德振乾坤，深閨念母恩。一絲酬白髮，新月冷黃昏。身世都無著，綱常賴此存。雙姝心不死，彤管慰香魂。王敏綬寧〔七〕

女能孝母本庸常，似此捐生志可傷。天使兩人證仙果，恰因赴召殉萱堂。

不譜人間風月辭，傳將貞孝獨標奇。料君按蹟描摹處，鬼泣神驚助綺思。

文未能傳事莫傳，宮商差謬亦徒然。如斯翰藻如斯律，蘭桂流芳不在仙。山陽徐礽就亭〔八〕

忠孝淵源屈宋才，偶於游戲寓丰裁。鴻毛一死人何限，雁影雙沉事可哀。庸德特從奇節顯，悲懷能使怒花開。遙知縫月塡詞夜，應有珊珊玉珮來。

傳奇裝點類荒唐，綺語雖工格調傷。白簡直書推左史，紅牙顛誤邁周郎。氈毹燈燦芳魂苦，梁屋塵飛義烈揚。我有亡珠堅柏操，（余字陸氏長女，守節早逝。）添流墜露乞鴻章。秦郵吳兆萱螺峯

瓊華兩朶散雲頭，特向人間把樣留。臨別正宜同飲餞，相逢要隔數春秋。（《仙餞》）

藎臣肖子一身全，駐節苗疆已廿年。正是蚤銜才放罷，勞心案牘綺窗前。（《守箴》）

翩然林下女相如，攜手行來體態舒。可似瑤宮舊時地，花光樹影滿丹除。（《春園》）

琥珀光紅泛翠螺，一生樂事正無多。裙釵也效萊衣舞，並向堂前卸越羅。（《家宴》）

跳梁小醜勢咆哮，笑佐將軍展六韜。待得夜闌歸甲帳，膝前猶按玉環刀。（《平苗》）

鐃歌唱罷勒豐碑，不分黃堂病已危。只有丹心終不死，到頭還作日邊葵。（《守殞》）

恭人扶病哭亡夫，舉室哀號眼欲枯。獨有雙娥聲早咽，更無清淚到冥途。（《哭守》）

閟絕萱幃臥病時，《楞嚴》一卷暗中持。筆頭蘸盡星星血，只許靈山大士知。（《寫經》）

手持金剪淚頻飄，苦向空王祝數遭。猶恐家人添震駭，參苓仍自手親調。（《刲股》）

一縷精誠感昊穹，諸天擁護太匆匆。如來要使人傳信，故遣鄰家仰碧空。（《鄰驚》）

曾記前番餞別忙，一經小謫幾星霜。知他無限辛酸味，到得今朝已半嘗。（《仙憶》）

百計思酬罔極恩，萱華一樹竟何存。若教痛說前宵事，試看淋漓舊血痕。（《萱萎》）
搶地呼天哭未休，雙娥此日倍含愁。可憐尚有心頭血，同撫靈牀當淚流。（《哭母》）
椿萱兩兩快相逢，休說泉臺路萬重。死去正須仍作伴，帕羅同挽倍從容。（《埋香》）
淚眼迷離把妹看，昨宵已共跨青鸞。粧臺遺囑分明在，一紙緘題墨未乾。（《哭妹》）
家鄉遠隔幾關山，未許羈魂特地還。難得上游先感動，爲捐廉俸帥同班。（《恤烈》）
一炷爐香帶淚陳，阿奴原是舊時人。偷將往事從頭數，說到傷心掩翠顰。（《婢祭》）
瘴雨蠻烟慘不明，麥舟仍載一家行。問他誰是生還者，只聽篷窗哭數聲。（《舟櫬》）
兩處麻衣雪作堆，全家號慟泊江隈。淒涼最是東牀客，也向靈前奠一回。（《迎舟》）
紛紛告敕授諸仙，絳闕團圞喜驟添。記否紅塵多苦趣，於今變作十分甜。（《仙圓》）新陽許春霆餐霞〔九〕

題蘭桂仙傳奇和寧鞠谿刺史原韻

一霎瑤池別恨生，瓊漿祖餞不勝情。春秋歷劫辭仙侶，慘看雙姝下碧城。（《仙餞》）
山瞻廣午鶴歸堂，水溢盤江世澤長。太守守勤兼守慎，訟庭閒永卽花疆。（《守箴》）
柳韠花欹各妒能，韶光初喜接詩朋。旃檀香裊琴絃韻，兩兩芳心一片冰。（《春園》）
但祝同承百歲歡，常將春酒介非難。女兒嬌小無他願，一語明心字字酸。（《家宴》）
命格苗民倚重臣，七星寶劍助精神。祇今銅鼓風逾靜，都藉淩烟隊裏人。（《平苗》）
一官勞盡守臣心，拍遍樓欄病益深。過眼雲烟都割付，更無蝴蝶夢相侵。（《守殞》）

子泣妻號女淚枯，梨花小命哭新吾。看他誓作黃泉殉，早已聞風立懦夫。（《哭守》）
久病孀慈擱繡絲，裙釵孝比烈男兒。春纖刺遍緋珠涌，泣寫丹文瀝寸私。（《寫經》）
誠傾嫛姊佛無靈，淚灑寒燈暗一星。拚把香肌和痛剪，敢言虧體惜娉婷。（《刲股》）
純孝雙雙並格天，拈花不忍說因緣。金幢繡羽殷勤護，幻影驚教世俗傳。（《鄰驚》）
綺閣愁煎願屢違，仙儔碧海眷芳徽。盼從燈火如年夜，載起雲天鶴夢歸。（《仙憶》）
一對媌條守病痾，金蘐無復奈秋何。可憐魄墮寒風裏，猶盼仙靈降月娥。（《萱萎》）
舉室重銜母氏哀，獨誰泉涌淚珠來。哭同聲處心同死，姊妹花期傍夜臺。（《哭母》）
箋遺雲幅寫猶工，報母捐軀恨不窮。三尺冰綃千點血，香魂並冷菊花風。（《埋香》）
獨全天性砥中流，毅魄偕行足忘憂。痛是又殘雙小妹，一堂生死夢悠悠。（《哭妹》）
孤孑天涯困未昭，麥舟情感舊官寮。維風更有旬宣使，傳表雙娥骨不銷。（《恤烈》）
婢解箋詩泣去蹤，閨儀細數悉堪宗。紅旄他日傳神處，蓮舌含淒讓箇儂。（《婢祭》）
黔陽萬里隔家山，招罷歸魂涕欲潸。風捲靈旗衣擁雪，孤舟載得四棺還。（《舟櫬》）
迎得歸帆近海門（皖江地名），一家尤泣女貞魂。無端各冷朱陳夢，捫腹人來益恨吞。（《迎舟》）
史筆秦、黃紹左芬，清詞表孝擴新聞。仙圓回首思當日，應有啼烏咽暮雲。（《仙圓》）同里孫衢藥亭〔一〇〕

忠孝由來萃一門，中郎有女至今存。服勞空抱蘇耽志，傷盡深閨罔極恩。
雙雙葬玉與埋香，此去瑤池道里長。知是芳魂歸碧海，十年春盡破黃粱。嘉興錢有序恕堂〔一一〕

刻羽移宮細評論，堂堂史筆仰龍門。寒風竹屋秋燈夜，繪出如絲一縷魂。

數聲苦竹間哀絲，巾幗能將大義持。料得皖江應紙貴，一時爭寫太沖詞。中州蔣榮昌霽峯〔一二〕

刻玉鏤冰雅麗多，一番讀罷一番歌。傳神賴有生花筆，不獨江邊說孝娥。

檀板輕歌繞畫梁，清閨烈節譜宮商。須知弱質同蘭桂，千載爭傳姓字香。

孝親刲股自含悽，更把空王禮素閨。一卷《楞伽》經上字，星星莫認杜鵑啼。

換羽移商字字新，芳姿留得廿年春。祇緣罔極恩難報，故向泉臺事二人。

芬芳秋桂與春蘭，零落何堪雨後殘。自是梵宮雙侍女，偶因小謫到人間。

紅牙翠管奏歌筵，大節全憑左史傳。孝子神仙原是一，芳魂今坐辯才天。

空中雲影現優曇，仙樹瓊葩傍古龕。跨鶴驂鸞人已去，新翻樂府付何戡。

鏤月裁雲絕妙詞，綱常英烈屬娥眉。紅氍毹上銀燈底，彷彿雙娥盡孝時。任城許夔臣小村〔一三〕

樂府初翻雅調新，綱常竟屬素閨人。寫經暗祝慈悲佛，刲股難瘳老病身。千古流傳貞節烈，一門零落劇酸辛。高歌付與梨園隊，始信詞壇筆有神。汪世秋杜薌〔一四〕

毷氉春風共放歌，金臺別後竟如何。（衡與巽轂先生自癸丑禮闈別後，十年不相見）冷官不負淩雲筆，檀板銀箏譜孝娥。

罡風吹墮兩書仙，小住人間二十年。得侍椿萱長洩洩，可知不願再生天。

七尺氍毹貼地鋪，一時羯鼓倩花奴。當年慷慨輕生死，無限湘簾泣女嬃。同里姚持衡覺漚〔一五〕

憶癸丑歲，余佐政汶陽，巽轂大弟公車過署，小聚數日，旋即南歸。歲月如流，倏忽十載。今僑居濟水，訓課兒孫。每望鄉雲，不勝眷戀。癸亥春，弟由丹陽寄到《蘭桂仙傳奇》，展讀之下，生死之悲，離別之感，一時並集。因題絶句十首，兼以寄懷。

雁行霜鬢各天涯，苦憶田荊滿樹花。千里賓鴻傳孝曲，一回展閲一咨嗟。

精誠烈性動乾坤，黄絹新詞靜夜猿。千古幽魂齊一哭，幾人吐氣在梨園。

落葉聲催小命亡，前生今世兩茫茫。馬、班別體傳神筆，此道休推玉茗堂。

雙雙投繯管絃悲，倩女書遺永訣時。何事修羅忙注死，可憐天意竟如斯。

勝他兒女寫喁喁，佛果仙緣結趣殊。歡聚日長離別暫，一家魂不隸酆都。

香骨原拚地下埋，何期重得上瑤臺。貞魂合向詞人謝，定有啼粧斂衽來。

莖愁粟怨冷韶華，洞口歸來看晚霞。先後羣芳煩管領，人天兩朶劫中花。

文章空自哭秋風，世澤吾家本太沖。怪煞清詞填絶命，筆花淚染杜鵑紅。

綱常扶植屬天眞，萬卷書隨萬里身。君是沅蘭湘芷客，女嬃慚愧六旬人。

官齋小聚憶臨清，量水燃鬚手足情。（余前在臨清，偶抱小恙，弟爲調治藥餌，倍極關情。）沛上飄零吾老矣，春風買櫂渡蕪城。（擬於明春，攜季子赴江南入贅，便過丹陽一聚。）　適葉門同懷女兄慕光閣書於濟寧館寓（時年六十有五）〔一六〕

甲子杏月〔一七〕，余自沛水，一葉南歸。途中，與巽轂先生令甥葉默山昆仲之舟同行〔一八〕，得先生所著《蘭桂仙傳奇》而讀焉。名曰傳奇，蓋奇而正者也。事徵乎實，語述其詳，得《三百篇》闡幽達微之旨，而宮氏之孝行貞心，賴以不朽。默山尊堂太夫人，卽先生令姊慕光女史也。在泲時，熟聞懿範，兼讀佳篇，久深欽慕。茲默山奉母南來，傳太夫人之諭，屬作題辭。不揣譾陋，得五言四十韻，寄呈先生郢削。非敢弄班門之斧，用以應賢姊之命云爾。

一葦傍蘭舭，春江披玉屑。孝行述雙娥，千古殊瓊絕。娥父宮太守，從戎心力竭。一朝騎箕歸，母病五寒熱。雙娥侍慈親，違恤指股裂。刺指血書經，刲股命垂蔑。祈禱罔所靈，病已膏肓結。姊既五內崩，妹更寸腸噎。椿萱聚泉臺，蘭桂商殞滅。作書貽阿兄，私資儘搜抉。願以兩桐棺，買葬黔中穴。匪特孝性純，籌畫周且徹。兄嫂見遺言，能無滋慘咽。此事大吏知，中丞暨司臬。始免庚癸呼，再計舟車缺。豈少范堯夫，還仗筆代舌。載舁四櫬旋，雙娥依奠醊。太守弟錦峯，手足痛死別。冢嗣奔父喪，迎舟哭衰絰。詳聆顛沛情，涕泗皆凝血。雙娥字名門，不受紅塵涅。戴、李兩連襟，相約偕唁啜。鏡中鸞影分，天際鴻飛孑。輀眷抵家園，長途免挫折。蘭桂本謫仙，歷劫廿載閱。完璧返璇宮，依舊芬芳擷。太守有女孫，未嫁誓守節。逑姑封蕊仙，貞心堅似鐵。相與鼎足三，骨肉成永訣。同入紫霄班，洵乃女中傑。廣文絕妙才，堪與臨川頡。選詞務新葩，吐屬袪媟褻。百行孝最尊，女子貞乃潔。雖彼鬢眉漢，所欽在閨闑。試將此傳奇，梨園一演揭。氍毹奏管絃，陽春賡白雪。顧曲竊自慚，鄙性甚譾劣。生平未識荊，大作佩瑩澈。班姬屬贅辭，爰獻巴歌拙。何時遂登龍，弗使願望觖。　山陰周承甲北垞氏拜稿〔一九〕

一管生花筆，須傳至性人。孝鍾雙弱女，死殉九原親。句有《蓼莪》（借對）痛，詞翻黃絹新。香魂應已慰，寫到總情眞。

自結精誠念，何知死後仙。共悲蘭桂折，不愧古今傳。涉筆無風月，當場足管絃。文章堪教孝，譜曲勝時賢。

不特曹家女，宮娥姓亦香。與親須共活，約妹可雙亡。庸行成奇行，柔腸變烈腸。深閨如此少，筆筆爲宣揚。

門望忠兼孝，文心結撰來。云亭還續響，左史本奇才。別具娉婷格，方知兒女哀。事親存極則，此卷爇香開。姚江岑振祖鏡西〔二〇〕

千秋左史筆，閨閣有傳人。死孝難於女，揚徽重所親。《蓼莪》詩可廢，《蘭桂》譜常新。不朽斯文在，言眞事亦眞。

死效劬勞報，歸眞列上仙。不留脂粉氣，只把性情傳。風世寧無譜，扶綱別有絃。兩間存正氣，巾幗愧名賢。

一幅曹娥影，名隨翰墨香。朱顔雖可殉，血性幾曾亡。寫盡哀哀意，歌成寸寸腸。精誠揮滿紙，信史待傳揚。

立言標至行，慘思逼人來。展讀皆人子，排場見妙才。詞眞無俗豔，絃急有深哀。畫得《琵琶》意，重將生面開。（和岑鏡西韻）吳門姚熙楙香〔二一〕

題蘭桂仙傳奇寄調繞佛閣並序

《蘭桂仙》，乃安徽懷遠縣宫氏兩孝女，長蘭芳，次桂萼。其祖中丞兆麟公撫粤時〔二二〕，余曾從事幕下。維時孝娥之父綺岫公，尚翩翩公子，相隨在任，與予交好。無何，中丞改任黔楚，復歸田殂謝。綺岫公能承先澤，出守黔中，領郡南籠，爲平苗勞瘁，亦遂殞歿。眷櫬淹滯官邸，不得即歸。兩孝娥許字未嫁，與兄奉母在黔。而母氏復染沈痾，竟至不起。歿日，兩孝娥矢志以身殉母，伺兄防閑稍懈，即雙雙以尺練阻喉，相從母氏於地下。事聞，感動大吏，爲之斂金，將旅櫬護送回籍。余聞其事，不禁憮然。後於己巳冬〔二三〕，在暨陽官舍，研友潘蘊輝出示樅陽左巽轂學博所撰《蘭桂仙傳奇》〔二四〕，爲兩孝娥寫生，極盡酸楚，兼述其世胄清華，足闡家傳忠義，故孝娥能以身殉母，俾千百載金閨弱質觀感，而知巾幗中亦有此孝烈也。余讀至終卷，不覺淚涔涔如泉涌出。所謂傳奇貴在動人，以維持風教爲主耳，無徵不信。爰填【繞佛閣】詞，以證其事。

宮氏弱女，生長宦族，殉母雙歿。蘭桂摧折，是誰譜出傳奇痛堪絕。聲聲瀝血。巾幗至行，誠感仙佛，尸解凡脫。一家骨肉、團圞向天闕。　展卷意煩亂，三十年前遊楚粵。曾遇孝娥先公依節鉞，與五馬嗣君，交結歡愜。霎時塵劫。又見這新祠，添我嗚咽。剩白頭、夜闌閒說。吳門藕花叟徐泰觀填詞〔二五〕

先生貌古筆亦古，教孝教忠心獨苦。淚珠血點相模糊，譜就一編新樂府。豔說雙娥是謫仙，蘭芳桂馥正齊年。靈苗乍染湘江露，瓊蕊輕籠月殿烟。孝娥大父爲霖手，澤遍全黔頌騰口。勳業能教繼世傳，椿庭又作南籠守。官齋春去復春還，喜奉慈親色笑間。夢繞牂牁一彎月，路經銅鼓萬重山。無端忽報軍書緊，掃蕩妖氛臣力盡。烽火纔看鬼國銷，台星竟向苗疆殞。此時風木起悲歌，此際呼天奈若何。願把兒軀一同殉，淚流添作愛河波。無如母氏年垂老，茹苦含酸病魔繞。

劚藥難求益壽花，煎香那得金光草？力竭惟思乞佛靈，剌來指血寫眞經。憐他弱妹還刲股，紅漬羅裳點點星。苦楚百般甘自受，慈幃轉覺容顔瘦。豈是兒家罪孽深，如何不被蒼天佑？瑟瑟寒林暮靄深，迢迢銀漢婺星沈。鵂鶹苦叫三更月，烏鳥空存寸草心。人言死別滄桑變，已隔陰陽難覿面。儂道泉臺一處居，晨昏料得長相見。芳魂化鶴幾時回，容我尋親入夜臺。多感賢兄勤守護，空教侍女費疑猜。三生歷劫今纔悟，拚謝紅塵莫迴顧。白練雙條畢命時，天香萬斛西歸路。好伴先靈返故鄉，零星遺墨在空箱。去時仙樂迎官舫，歸日悲風吼白楊。此事古今眞罕匹，孝思錫類推無極。紅牙拍到斷腸詞，無不心酸淚沾臆。姊妹花飛玉女窗，至今香壠尚成雙。行人指點濠梁水，認是曹娥舊日江。無錫吴寶書松厓〔二六〕

【箋】

〔一〕周升桓（一七三三—一八〇一）：一作升恆，字稺圭，號山茨，又號曉滄，嘉善（今浙江嘉興）人。乾隆十九年甲戌（一七五四）進士，散館授檢討，擢侍講，出爲廣西蒼梧道。著有《皖遊詩存》。傳見王昶《春融堂集》卷五四《墓志銘》、《清朝書畫家筆録》卷二、《國朝書人輯略》卷五、《皇清書史》卷二一、《詞林輯略》卷四、《昭代名人尺牘小傳》等。

〔二〕寧貴：號鞠谿，長白人。姚鼐有致鞠谿中堂手劄，又有《上鞠溪先生詩》。

〔三〕鄧振甲（約一七二七—一八〇二後）：號湘亭，桐城（今屬安徽）人。諸生。授經里中，學者甚衆。著有《聽弈軒文鈔》、《皖江賦鈔》。《桐舊集》收其詩若干首。傳見道光《桐城續修縣志》卷一六。

〔四〕葉士琦：號澮亭，海陽（今屬廣東潮州）人。生平未詳。

〔五〕倪本仁：號心愨，仁和（今浙江杭州）人。舉人。生平未詳。

〔六〕許鯉躍（約一七四四—一八一二後）：一作躍鯉，字春池，桐城（今屬安徽）人。乾隆六十年乙卯（一七九五）恩科進士，年已五十餘。選江蘇鎮江府教授，課士有方。嘉慶十年乙丑（一八〇五），捐辦平糶。十二年丁卯（一八〇七），倡創鎮江試院。著有《五經一得》、《四書一得》、《春池文鈔》、《春池詩集》、《雨窗夜話》、《勝朝六皖殉節人士錄》等。傳見馬其昶《桐城耆舊傳》卷一〇、民國《重修安徽通志》卷二二三（本《桐城縣志》）、劉聲木《桐城文學淵源考》卷四等。

〔七〕王敏：號綬寧，籍里、生平均未詳。

〔八〕徐礽：號就亭，又號改亭，山陽（今屬江蘇）人。生平未詳。

〔九〕許春霆：字宸章，號餐霞，新陽（今江蘇崑山）人。邑庠生。嘉慶九年（一八〇四）冬，以貢授丹陽司訓。以侍母告歸，卒年六十三。著有《餐霞吟稿》、《曲阿小草》、《張浦雜記》等。傳見光緒《崑新兩縣續修合志》卷三三。參見曹有慶《許春霆與〈張浦雜記〉》（載政協崑山市委文史徵集委員會《崑山文史》第一一輯，一九九三）。

〔一〇〕孫衢：號藥亭，桐城（今屬安徽）人。生平未詳。

〔一一〕錢有序：號恕堂，嘉興（今屬浙江）人。附監生。嘉慶八年（一八〇三），代東臺知縣。十五年，陞江蘇南通州知州。二十四年，任安徽安慶知府。道光間，轉江西廬州知府、江蘇江寧知府。著有《閒雲偶存》。傳見光緒《續修廬州府志》卷二七。

〔一二〕蔣榮昌：號霽峯，睢州（今河南睢縣）人。蔣予檢（一七九五—一八六一）父。乾隆五十一年（一七八六），任靈石知縣。五十四年冬，量移永濟。五十七年，晉秩霍州知府，轉蒲州。嘉慶九年（一八〇四），撰《永樂宮地畝租課碑記》，署『授朝議大夫蒲州府知府中州弟子蔣榮昌薰沐謹撰』。此碑現存於芮城縣永樂宮碑廊。嘉慶十八年（一八一三），爲左潢《桂花塔傳奇》撰序。著有《詩餘學步》。

〔一三〕許夔臣：字小村，號山臞，室名大瓠齋，任城（今山東濟寧）人。諸生。倜儻工詩，兼愛度曲。嘉慶九年（一八〇四），纂輯《香咳集選存》（光緒間上海申報館刻本），署『任城許夔臣山臞纂輯』。復選國朝閨秀詩爲《雕華集》十卷。嘉慶二十二年丁丑（一八一七），撰《潑墨軒詞序》。傳見袁潔《蠡莊詩話》、王培荀《鄉園憶舊錄》卷三等。

〔一四〕汪世杕：號杜薌，籍里、生平均未詳。

〔一五〕姚持衡：號覺漚，桐城（今屬安徽）人。曾爲吳芳培（一七五三—一八二二）《雲樵詩集》（嘉慶間刻本）題詞。一説爲姚鼐（一七三一—一八一五）長子，原名景衡（一七七〇—一八四五），字振重，號庚甫，桐城（今屬安徽）人。乾隆五十七年壬子（一七九二）舉人，四十歲以後，歷任江蘇儀徵、江都、泰興知縣。道光九年（一八二九），纂修《渭南縣志》。著有《楚辭蒙拾》、《姚庚甫先生文集》、《思復堂文存》、《思復堂詩選》。傳見管同《因寄軒文集二集》卷五、《桐城文學淵源考》卷四等。

〔一六〕葉門同懷女兄慕光：即左慕光（約一七三六—一八一二後），字松石，別署盡心老人，桐城（今屬安徽）人。候補同知左錦宗女，左潢姊，汶上知縣葉馥室。五十始學詩。夫故，攜二子僑居濟寧，日手一編。著有《青筠軒遺稿》（道光二十年刻本）。詩作又見《續樅陽詩選》。

〔一七〕甲子：嘉慶九年（一八〇四）。

〔一八〕葉默山：左慕光（約一七三六—一八一二後）子，左潢甥。桐城（今屬安徽）人。生平未詳。

〔一九〕周承甲：字北垞，山陰（今浙江紹興）人。生平未詳。

〔二〇〕岑振祖（一七五四—一八三九）：字端書，號鏡西，祖籍餘姚（今屬浙江），居會稽（今浙江紹興）。諸生。少喜吟詩，壯年客遊齊趙。晚歲歸會稽，與諸友結泊鷗吟社，重興龍山詩巢。著有《鏡西漫稿四集》、《延綠齋詩存》。傳見道光《會稽縣志稿》卷一九、光緒《餘姚縣志》卷二三等。參見岑廷坤《會稽鏡西公年譜》（鈔本《岑氏二代行略》本）。

〔二一〕姚熙： 號橄香，吳縣（今江蘇蘇州）人。 生平未詳。

〔二二〕中丞兆麟公： 即宫兆麟（一七〇六—一七八一），字伯厚，號玉巖，懷寧（今屬安徽）人。 雍正十二年甲寅（一七三四），由貢生捐授湖北安陸通判。 乾隆三十五年（一七七〇），官至貴州巡撫。 尋歸鄉。 傳見《清史稿》卷三三七、《漢名臣傳》卷三二、《國朝耆獻類徵初編》卷一八二等。

〔二三〕己巳： 嘉慶十四年（一八〇九）。

〔二四〕潘蘊輝： 字號、籍里、生平均未詳。

〔二五〕徐泰觀： 別署藕花叟，吳縣（今江蘇蘇州）人。 生平未詳。

〔二六〕吳寶書（一七五三—一八三二）： 字籜仙，號松厓，無錫（今屬江蘇）人。國子生。 少遊袁枚（一七一六—一七九八）、王文治（一七三〇—一八〇二）兩先生門，工詩詞駢體，善畫。 著有《桐華樓詩詞稿》、《籜仙詞稿》。 傳見《墨林今話》卷三、《清朝畫家筆錄》卷三、光緒《無錫金匱縣志》卷二二等。

（蘭桂仙傳奇）詩餘

馬春田　等

連理埋香，雙珠皎月，精英天付蛾眉。 思親一慟，化作綵雲飛。 環珮知歸何處？ 泉臺下、兩兩牽衣。 仙軿擁，清虛碧落，縹緲卷靈旗。 　　蘭閨奇女子，與言筆妙，寫入哀絲。 想抽毫按譜，

風冷鵑啼。好爇沉檀薰罷，開函讀、恍見幽姿。堪傳事，新詞應比，江上孝娥碑。（右調【滿庭芳】）　雨耕馬春田〔一〕

世間一事千秋，無過是臣忠子孝。偉哉弱息，宦隨萬里，劬勞同報。指血書經，剪刀封股，籲天莫效。竟心齊姊妹，追親地下，斂綃帕，死甘蹈。　堪嘆蘭摧桂折，振綱常、金閨年少。方伯仁風，中丞義舉，貞魂同弔。事足傳奇，尋常兒女，何關名教？　罄詞人、意蕊心花，左史家風筆妙。（右調【水龍吟】）　葯人王瑯〔二〕

千古丘明筆。忽生花、描蘭寫桂，奇香噴溢。江上曹娥稱孝女，又見金閨雙烈。痛母病、神前號泣。封股書經眞慘矣，竟無靈地下追親迹。一帕了，兩巾幗。　芳魂合向騷壇覓。爲憐他、當年慘態，纖毫悉出。知否詞人將慟淚，和著淋漓香墨。纔寫得、如斯淒惻。似此傳奇傳血性，演梨園感激人千億。抹煞那，風流劇。（右調【金縷曲】）　雲陽趙偉〔三〕

奉謝巽轂先生惠賜蘭桂仙傳奇並乞瑞芝堂四六兼以寄懷

皖公百子憶江鄉。記拈花、月暗書牀。清影聚紅樓，夢醒一笑飛觴。萍無定、客袂重張。歌魚鋏，彈遍青溪九曲，又是華陽。有心香夜夜，爇與丈人行。　琳瑯。薔薇盥新露，讀不厭、教孝文章。作意表雙仙，鬱抒哀豔愁腸。總描成、活色生香。如椽筆，眞箇輪扶大雅，左史秦黃。敢傳奇錯認，萬丈失光芒。

漫誇老宿健詞鋒。是餘才、嚼徵含宮。人鏡咏當年，偏他不第芙蓉。憑遒鐸、振起愚蒙。看時把、袖裏金針暗度，文陣師雄。憶鴛鴦繡譜，曉夢逐宗工（先生有《精選程稿匯源》）。　匆匆。緘書問梨棗，應擘罷、繭紙千封。陸海更潘江，蕩來雲盡生胷。最傾心、刻翠雕紅。遥低首，幾日桃函點就，喜報飛鴻。也勝披馬帳，一一坐春風。（先生現有駢體文之刻，故丐之。）（右調【高山流水】）　葯亭孫衢

【箋】

〔一〕馬春田（一七三四—一八一九後）：字晴田，號雨耕，桐城（今屬安徽）人。馬翮飛三子，馬春生弟。與姚鼐（一七三一—一八一五）爲中表兄弟。廩貢生，久困場屋。工詩善書。著有《桐城乃亨詩集》。傳見方東樹《考槃集文錄》卷九《傳》（又見《儀衛軒文集》卷一〇）、《皇清書史》卷二五、道光《桐城續修縣志》卷一六、《晚晴簃詩匯》卷一一一等。參見《清詩紀事·乾隆朝卷》。

〔二〕王瑯：號葯人，籍里、生平均未詳。

〔三〕趙偉：號淡存，雲陽（今屬重慶）人。生平未詳。

（蘭桂仙傳奇）後序

左潢

《蘭桂仙》稿成，薦紳先生、同寮社友借鈔者甚多，連繕數本，幾不能遍給。一時文壇老宿、詞苑宗工，賁以瑤華者，業已燦列簡端。賜以賞鑒者，如寶山李君保泰〔一〕、秀水沈君方大〔二〕、吳門顧君文葆〔三〕、錢塘費君元芳〔四〕、陽湖孫君讓〔五〕、嘉定葉君長春〔六〕、懷遠魏君維祺〔七〕、銅山宋君照〔八〕、東流黃君昌遇〔九〕、鳳陽趙君大璠〔一〇〕，均以付梓爲慫恿。今勉遵諸公命，刊於邗江書肆〔一一〕。甫繕底本，時毗陵太守呂公子國珍〔一二〕、漕運副總鎮白公子守清、守廉〔一三〕，精通音

律，見而好之，攜《封股》、《仙憶》等齣稿歸，譜之宮商，調以絲竹，淒清悱惻，座中有潸然泣下者。是書之刊也，鳩工校字，督刷分裝，係於君朗獨任其勞焉。於君曲阿明經，端方淵博士也。予因荷諸君子知己之愛，綴數言於卷末，聊志中心之銘佩云爾。

橫艾晻茂之三微〔一四〕，潢再識。

（以上均《傅惜華藏古典戲曲珍本叢刊》第六九冊影印清刻本《蘭桂仙傳奇》卷上末）

【箋】

〔一〕李保泰（一七四二—一八一三）：字景三，號嗇生，寶山（今屬江蘇）人。乾隆三十五年庚寅（一七七〇）舉人，四十五年庚子（一七八〇）進士。例授知縣，改官揚州府教授，遷國子監博士。旋乞歸，僑居崑山。纂修《江都甘泉續志》、《江灣志稿》等。著有《嗇生居詩文集》。傳見邵淵耀《小石城山房文集》卷下《家傳》、光緒《寶山縣志》卷九、光緒《崑新兩縣續修合志》卷三四等。

〔二〕沈方大：秀水（今浙江嘉興）人。監生。嘉慶元年（一七九六）、九年（一八〇四），兩任桐城知縣。十年，刻曾恆德編《律表》三十六卷，卷末題『嘉慶十年歲在乙丑孟冬月知桐城縣事秀水沈方大重刊』。

〔三〕顧文葆：字號未詳，吳縣（今江蘇蘇州）人。乾隆五十九年甲寅（一七九四）舉人。

〔四〕費元芳：錢塘（今浙江杭州）人，字號、生平均未詳。

〔五〕孫讓（一七六四—一八三二）：字于丕，號仿山，陽湖（今江蘇常州）人。乾隆五十一丙午（一七八六）舉人，嘉慶七年壬戌（一八〇二）進士。十八年，選授山西臨縣知縣，以母老告近，轉授安徽懷遠知縣。四年後，因事去職。後歷署繁時、太平、臨縣等，以事罷官，卒於姻親張琦館陶縣治所。傳見李兆洛《養一齋文集》卷一二《墓志銘》、《清代科舉人物家傳資料彙編·壬戌齒錄》卷上等。

〔六〕葉長春：字芳林，號生白，嘉定（今屬上海）人。葉昱長子。諸生。工寫蘭竹。傳見《清代畫史增編》卷三五、《練水畫徵錄》等。

〔七〕魏維祺：懷遠（今屬安徽）人。貢生。嘉慶元年（一七九六）任宣城訓導，次年艱去，見光緒《宣城縣志》卷一一。

〔八〕宋照：銅山（今江蘇徐州）人。應例任懷寧訓導，見光緒《徐州府志》卷八。

〔九〕黃昌遇：東流（今屬安徽）人，字號、生平均未詳。

〔一〇〕趙大璠：鳳陽（今屬安徽）人，字號、生平均未詳。

〔一一〕邗江：今屬江蘇揚州。

〔一二〕呂公子國珍：字號、籍里、生平均未詳。其父嘉慶間任常州知府，待考。

〔一三〕白公子守清：未詳。或即白守廉（一七六〇—一八二八），字景中，號敬庵，河内（今屬河南）人。乾隆五十五年庚戌（一七九〇）會試中式，丁父憂。服除，五十八年癸丑（一七九三）應殿試，成進士。注選知縣，久之乃任安徽石埭。調合肥。罷官後，主講大梁、崇實、觀海、崇明書院。著有《山海經蒙求》、《自怡軒文集》、《自怡軒詩集》。傳見錢儀吉《衎石齋記事續稿》卷九《墓志銘》、《中州先哲傳》卷一五等。其父白雲上（一七二四—一七九〇），字淩蒼，號秋齋，乾隆十五年庚午（一七五〇）武進士，由侍衛任江南都司，累遷至漕標副將，引疾去，即所謂『漕運副總鎮』。傳見姚文田《邃雅堂集》卷四《墓志銘》、《清史列傳》卷七五、《中州先哲傳》卷一〇、《國朝先正事略》卷五四等。然諸傳均未言其有子名守清。

〔一四〕横艾晻茂：即壬戌，嘉慶七年（一八〇二）。

蘭桂仙跋〔一〕

沈起鳳

乾隆辛丑歲〔二〕，客愓莊全公尚衣署中〔三〕。時奉旨查勘曲譜，所閱傳奇不下七百餘種。其間大半癡兒騃女，剿說雷同，否則遁入詭異，竄易耳目，牛鬼蛇神，無理取鬧。間有一二采摭正史，導揚忠義，然寫生氣於鬚眉，未及闡幽光於閨閣。即崩城一操，亦祇表嫠婦之節，而於女子孝行何有焉？嗟乎！曹娥江上，空傳黃絹之詞；高愍門中，久鬱青霞之氣。此亦千百年來歌場之恨事也。

吾友巽轂先生，借宮氏之雙姝，補傳奇之缺陷。墨痕雜以血點，著紙都飛；彤管代以紅牙，長歌當哭。一朝瘞玉，千古留香。眞有裨世教之文，音律之細，賓白之工，特餘事耳。惜此本後出，未及采入内廷，爲國朝傳奇之冠。而此卷長留天壤，兩女子之孝行亦藉以不朽，以視癡兒騃①女，剿說雷同，與夫牛鬼蛇神，無理取鬧者，奚啻霄壤之分哉？爰跋數言，以質大雅。

愚弟沈起鳳拜手。

【校】

①騃，底本作『駿』，據文義改。

【箋】

〔一〕原本無題名。版心題『沈跋』。

〔二〕乾隆辛丑歲：　卽乾隆四十六年（一七八一）。按：　當爲乾隆四十八年癸卯（一七八三），參見趙興勤《曲家戴全德小考》（《藝術百家》二〇〇一年第四期）。

〔三〕愓莊全公：　卽全德（一七三一—一八〇二），字愓莊，戴佳氏，故亦稱戴全德。

讀伯兄蘭桂仙傳奇書後

左其年〔一〕

相逢曾記皖江邊，太守風流在眼前。（乾隆辛丑夏五，晤宮太守於皖城。）人事匆匆三十載，繁華如夢劇堪憐。

辛苦從公勤更清，負薪眞不愧家聲。至今淚墮牂牁路，又有碑傳身後名。（太守尊府中丞公，曾巡撫貴州。）

女子由來薄命多，況遭家難更如何？雙魂隨侍慈闈去，留得芳名永不磨。

千里傳來尺素書，新詞翻出自公餘。他時聽我壎篪奏，莫道傳奇半子虛。同懷弟其年呈稿

（以上均《傳惜華藏古典戲曲珍本叢刊》第六九冊影印清刻本《蘭桂仙傳奇》卷末）

【箋】

〔一〕左其年：左潢弟。生平未詳。

桂花塔（左潢）

《桂花塔》傳奇，《今樂考證》著録，現存嘉慶十七年壬申（一八一二）天香館刻本（《鄭振鐸藏珍本戲曲文獻叢刊》第四二册據以影印）。

桂花塔跋〔一〕

湯金釗

《桂花塔》一書，雖係家事，而賢徒宴洽，誦述先猷，郎君遇難能生，可卜前程遠大。通本節奏和雅，詞句清新，池館陶情，賓朋慶壽，均見太平景象。『治世之音安以樂』，其此之謂乎？他日播之管絃，聲情畢肖，觀者當更爲擊節也。

敦甫跋〔二〕。

【箋】

〔一〕底本無題名。

〔二〕題署之後有陽文方章：『督學使者』。嘉慶十六年（一八一一），湯金釗督湖南學政。

桂花塔傳奇序

蔣榮昌

天下之物，有生爲貴重之仙品，繼成崇高之實相，中遭倉卒之險難，終發茂盛之菁華者，非事之奇而可傳者乎？而其生長有托根之地，其成就有創始之因，其遭難有同患之侶，其重榮有培植之人，則又與是物並傳者，此《桂花塔》一書所爲作也。

夫桂花多矣，未聞有以爲塔者，有之，自司農始。以貴人而巧製貴物，以成實相，所謂兩美必合，花以人傳，人以花傳者也。兹以黌宮之茂樹，效午橋綠野之良規，誠爲盛事。是桂也，與檜柏而爲鄰，受滋培於桂井，（明倫堂前有古井一口，唐宋年間所開，名曰桂井，水極清洌，至今利用。）挺雲霄之孤幹，作神佛之化身，使園亭得此而增重，羣芳藉此而益彰。而且咏絮之才，因此而快聚；瓜瓞之澤，對此而敷陳；金蘭之雅，由此而摛藻；桃李之情，玩此而歡暢；松柏之壽，坐此以娱賓；慈竹之蔭，賀此而加勖。則一門中之蒸蒸善氣，與桂塔之欣欣向榮，似有隱相印合者，當不徒爲此塔之繼長增高幸也。

古塘先生，著作等身，所刊時文、駢體文、傳奇、曲譜，及消閒各藝，皆已膾炙人口。兹於丹鉛之暇，按拍塡詞，成《桂花塔》院本。劇僅十齣耳，而其中悲歡離合，夷險驚喜，奇勳武略，雅宴敷揚，祖德同氣，官齋酬唱，朋儕壽域，笙歌不均，足見先生教澤之長，家聲之遠，至性中恆多樂事，德門内宜降休祥也哉！余與先生金玉三人，均爲同年，（令昆春塘、季英，俱於是科獲雋。）譜誼重疊。而賢徒今任吾鄉大吏，叨爲部中沐澤之人，故於弓冶之紹承，青藍之契洽，門庭之豫順，驚喜之情形，知之最深，誠津津而樂道之，未敢以不敏辭也。

嘉慶癸酉仲秋月，年愚弟中州蔣榮昌霽峯氏拜撰〔一〕。

【箋】

〔一〕題署之後有印章二枚：陰文方章「蔣榮昌印」，陽文方章「毗陵太守」。

（桂花塔傳奇）序

吴旬華

余與同年巽轂先生，燕臺一别，近二十年。嗣余出守毗陵，先生正司鐸雲陽，相違百里。先生常以課士之暇，泛舟余署，欒數晨夕。蓋郡廨之書軒，曾作館甥之室，（先生爲前任郡守繼升寧紹觀察潘公蘭谷之東牀。）地係熟遊，舊題宛在。余亦以公便，常詣黌齋，綠酒紅燈，論心達旦。見其園亭幽雅，花木繁稠，佳景良辰，流連不置。中有桂樹一株，旋繞成塔，其直幹之高標，枝葉之茂盛，週圍之圓密，層級之均勻，洵屬天然品格。每當粟綻花開，賓朋玩賞，誠衆香國之奇觀，大雅堂之勝會也。無何，東齋塌倒，郎君幸保全於險難之中。桂塔亦被齋牆傾壓，幸根本未傷，得以滋培復舊。逾年，而先生晉六袠觴，雲陽僚友製章稱慶。先生因撮其近事，成爲菊部。時余奉調，泛棹吴門，郵稿見示，屬余爲序。

余惟以花而成塔，成塔而被壓，被壓而重榮；郎君以八齡遭兹蹇難，而又忽有大梁橫空護芘，同謂必死，竟獲再生；且郎君遭難而先生已先期公出，得免受驚，此皆事之奇而可傳者。昔人云：『盤根錯節，所以别利器。』其此樹、此人之謂與！他日郎君奮發雲衢，與桂塔同臻榮盛，洵詞場之佳話也。又況賢徒典試越邦，高行大節，文章德性，幽明果報，倫誼交情，無不畢備。至其氣象之光昌，魄力之浩瀚，詞句之鮮妍，針線之細密，宮譜之諧協，賓白之雅趣，則兼擅北宋、元人之長，有過之無不及。他日被之管絃，聲情逼肖，氍毹一丈，即搬演於桂塔之旁，對景傳神，有超越尋常萬萬者。吾不知座上之人，其擊節歎賞，當何如也。夫以仙品而成寶相，遭險難而發重榮，所以爲桂塔傳也。而其托根則黌宮也，創始則司農也，同患則小郎也，培植則廣文也，其地其人，不均與桂塔並傳也哉？是爲序。

沭陽南畇吳甸華書〔一〕。

【箋】

〔一〕題署之後有印章二枚：『南畇』、『庚子進士』。

（桂花塔）題辭

錢端等

具此文心妙剪裁，小山移得一枝栽。羨君幻出鑪錘手，巧奪蟾宮寶相來。

黌序胡然佛放光，玉犀高矗近文昌。曲阿今日題名客，較比慈恩士氣強。

塔身夕照滿花陰，難測高低歲月深。依附宮牆垂不朽，衆香收拾到儒林。

層累何能拾級登，不聞鈴響不懸燈，花迎天上朱衣使（謂主試季太史），羞向高僧說大乘。

體直因材篤化身，欣逢大雅爲扶輪。散花香繞雲梯上，譜出新詞作賦人。

曲成高唱入雲時，況有知音子野詩（謂月波張君題句）。一衆浮圖都壓倒，他年數典爲傳奇。嘉禾錢端雲芝〔一〕

企慕新安仿雅裁，瑤林作塔手親栽。祇因圓滿傳佳咏，（先生惠予壽詩中，有『金粟塔成圓滿相』之句。）引出秋香小部來。

咫尺冰齋接瑞光，迪堂佳樹見蕃昌。（先生衙署與敝齋相近，尊庭名『惠迪堂』，有桂樹一株甚茂。）乘閒步屧舒遊興，愛我荒園半畝强。

七級婆娑散碧陰，杯傳嘉客夜更深。花開露冷秋千里，別館香霏月滿林。

彩鳳祥鸞應許登，高撐原不爲傳燈。多君壓倒浮圖意，獨詡天葩占上乘。

夙世蓉城閬苑身，塵寰閱歷轉風輪。（先生雅具仙才，閱世已深，繁華悉淡。）青雲梯上花香繞，不讓峯青江上人。

賓筵敞處暮春時，巧奪天孫織妙詩。爲仿十全成十首，（予六十初度，先生惠七言排律一章，款中有『韻叶十聯，會十旬之全數』之語。予作傳奇，止填十齣，卽本此義。）報瓊慚愧借傳奇。古塘樵子步韻

介壽欣當六十時，門盈珠履頌期頤。深慚未與蓬萊會，敬祝長年補劣詩。

天香本自月中來，秋到黌宮金粟開。七級浮圖非幻相，主人著意費栽培。

平泉佳種托根深（平泉莊桂花種類甚多），舍利裝成耀泮林。好是曾經盤錯後，菁華重茂快人心。

移宮換羽久名家，蘭桂清詞處處詩。（《蘭桂仙傳奇》，吳門、廣陵多有演之者。）此後梨園重按譜，金風香裏拍紅牙。

山陽徐礽改亭

同寮十載憶當時，把醆聯吟共解頤。（先生與予同寅十載，時小園粗就，詩酒往來。）慚愧巴人重譜曲，又勞珊筆賦新詩。（予前作《蘭桂仙》院本，曾承先生題咏。）

扁舟曾向廣陵來，燈火芳辰絳帳開。（予正月赴揚，先生正綰郡學篆，相見甚歡。）半載春風桃李茂，邗江多士感滋培。

濃陰披拂曲廊深（桂塔之東，一帶修廊），七級花開月滿林。應是扶持資佛力，欣從劫後見天心。

金粟香中暫寄家，何當鉅製特矜誇。一池秋水風前笛，泮璧知音屬伯牙。

古塘樵子步韻

天然梵塔出心裁，寶相瑤枝兩合胎。是幻是眞參妙諦，匠門變化有如來。

舍利何如仙桂神，霎時轉折絕凡塵。重重金粟莊嚴象，直幹撑空勁氣伸。

製作玲瓏巧似仙，重階纍級拂雲烟。慈恩本是探花客，合借姮娥樹影傳。

文壇突起一浮圖，郁郁青青枝葉敷。漫說儒家兼釋教，凡間色相本虛無。

塔峯怎似筆峯高？萬丈文光藉彩毫。定有英才符瑞兆，一枝奪折換宮袍。

振鐸黌宮望斗山，何須修念叩禪關？天葩似有皈依意，偶學和南供奉班。

月府仙根千丈秀，詞林法寶萬緣空。層層勢結淩霄漢，歷歷陰森蔭璧宮。

曲阿張廣焕月波〔二〕

升高陟頂襲天香，峻處名標忠孝揚。節節延年還裕後，風華譜奏燦雲章。

偉望三吳重典裁，瓊瑤作骨鶴爲胎。良緣千里由天假，御李欣從皖北來。

交敦古誼仰丰神，瀟灑胷襟迥出塵。千頃汪波眞叔度，披雲每覺素懷伸。

登壇命代景詩仙，毬子晴霞練水烟。十二年來披錦軸，佳篇脱手世爭傳。

縱筆頻成萬里圖，奇峯聳列異花敷。溪山一幅龍眠意，回首鄉雲半有無。（先生善畫山水，曾贈予《溪山勝賞》一幅，龍眠風景，宛在目前。）

遠移玉趾見情高，四首新詩蘸紫毫。劇愛荒園春色麗，桃花似綬草如袍。（《慶壽》齣中，絶句四首，即先生詩。）

猥塡壽曲仿香山，敢詡搓酥繼馬、關。（《壽》齣中，有『共羣公合作香山九』之語。）文苑擘麟同閬苑，八公原是列仙班。

七層圓滿看舒豔，一樹玲瓏本嵌空。恰作君家攀桂兆，秋風得意在蟾宫。（今歲鄉闈，先生諸郎皆命中之才。予於新正，將院本呈先生教，即以兆喜。）

頒來麗句咏秋香，小部偏邀鉅筆揚。愧我庸才今學步，翻持木李報瓊章。

古塘樵子步韻

黌宫底事現浮圖，妙手移來月窟株。獨運匠心兼譜曲，奇才出自賦三都。

半畝名園別有天，幽人構得貯雲烟。四時百卉都芬馥，況與天香館接連。（《園成》）

鷲嶺仙葩久著稱，裝成梵塔一層層。後生若問蟾宫路，恰好從茲拾級登。（《建塔》）

名題雁塔舊門人，晉謁鱣堂宴作賓。史筆借傳忠孝蹟，好將祖德盡敷陳。（《史宴》）

創格消閒美備該，良朋按譜樂追陪。何期演取雙閨秀，塔畔吟哦逞妙才。(《述譜》)

同懷一旦唱驪歌，丹桂叢前唤奈何。别淚如珠千萬點，比他金粟數還多。(《送别》)

良友尋芳集小園，賞桃疑入武陵源。更將後會重相訂，寶粟開時好晤言。(《賞春》)

震耳雷霆只一聲，高齋覆壓小書生。當時桂塔同遭厄，並喜完全困得亨。(《齋塌》)

逢凶化吉有神靈，感謝抒忱特薦馨。不是他年攀桂客，如何保護賴幽冥？(《酬神》)

此塔從今識化工，欣看劫後復蘢葱。卻應受厄人稱賀，爾我居然苦樂同。(《賀塔》)

花甲初週晉玉觴，斑衣蘭桂舞華堂。同心更有耆英集，競奉詩文祝壽康。(《慶壽》)

將花作塔衆稱奇，我道傳奇匪在兹。奇莫奇於齋塌事，不然曷爲特填詞？　雲陽趙偉淡存

香塔淩雲入畫圖，乘閒按拍譜犀珠。頒來佳什瓊瑤燦，頓使蕪詞愧練都。

射圃西開半畝天，深藏錦霧繞晴烟。紅欄碧樹誰標識？賴有吟詩謝惠連。(園中亭臺館榭，多有先生題咏。)

湫隘園亭謬見稱，深林作障白雲層。栽花種竹同評度，攜手高臺取次登。(園中一切布置，皆與先生商度。)

經史淹通景哲人，寒齋有幸憩嘉賓。偶乘餘興諧宫羽，《蘭畹》、《金荃》座上陳。(先生雅善填詞，積成卷帙。)

飛鴻舞鶴體兼該，揮翰惟應逸少陪。别館修廊多妙筆，匪徒題句表長才。(先生書法極工，園中匾對，多出其手。王安石詩：『談笑應容逸少陪。』)

瑤林昨歲譜笙歌，酥粉拋荒可若何？小廈篘香風雨夜，殷勤點竄見情多。（篘香小廈，書齋名。予作《桂花塔傳奇》，每成一齣，必請先生誨削。）

董帷深下未窺園，提命諄諄溥化源。豚犬叨承槐市訓，不虛十載契蘭言。（予與先生訂交，計今十餘載。）

駭聽榱崩棟折聲，危哉赤子料無生。若非仰托師尊庇，入險何緣得大亨？

黌宮保障賴神靈，紀事篇成翰墨馨。況有《更生》詞句好，心香同奉答蒼冥。（東齋塌後，先生曾作紀事文，並《喜更生》詞。）

舍利香飄得句工，初成寶相賞青蔥。何期劫後重題咏，樂意追前更不同。（桂塔初成，先生曾作《題塔詩》，有『香飄舍利秋風細，子落浮圖夜氣澄』之句，載入《建塔》齣內。）

鳴鹿吹笙待舉觴，穹窿暗設至公堂。預扶今歲蟾宮客，穩折秋香向建康。（先生今歲鄉試，例得仰邀恩賜。先生免受東齋之厄，冥冥有相之者。）

析事分章各擅奇，尖新熨貼竟如茲。更將花塔爲詩骨，義取提綱吐妙詞。（先生分題十首，皆以桂塔聯串，尤見運思之巧。）古塘樵子步韻

小山叢桂本仙家，雲外香飄月殿花。移向泮林成寶相，平分仙佛願何奢。

桂井培來桂塔高，天葩馥鬱伴閒曹。黌宮竊取仙宮譜，十樣雲箋試彩毫。

清芬世德溯門楣，譜入笙歌妙色絲。比似層層圓滿相，九霄湛露正團時。

桃李新陰栽滿庭，秋風丹桂幾枝馨？木樨聞後吾無隱，又借禪關一扣扃。

咏絮才高悵遠天，衙齋聚首共分箋。玲瓏茂樹團圓月，話到深宵塔影圓。

檜柏青青共老蒼，脩成妙諦傍宮牆。題名好學慈恩寺，同把仙杖祝壽康。

涌翠園金費剪裁，浮圖高聳拂雲材。合尖端藉詩人手，萬丈毫光腕下來。

種花建塔學空王，新製霓裳別樣妝。出世風懷付歌管，疑傳鈴語和天香。曲阿丁有聲鶴亭〔三〕

看杏乘騮仰巨家，謨觴學富綻心花。遙村烟樹長堤月，樂志寧矜甲第奢。（先生卜居珥村，寄情山水，遠避喧囂。）

萬丈光芒格調高，共推詞采壓劉、曹。興酣倒瀉長河水（先生居近河干），得句頻揮五色毫。

圖書滿架映文楣，階上苔痕長綠絲。（先生設帳傳經，從遊者衆。）爲慕鴻儒親德範，論交已是十年時。

閒栽桂樹蔭荒庭，幻作浮圖散遠馨。幽賞聊憑名卉寄，漫勞嘉客叩柴扃。

慚增馬齒浴沂天，麗藻須來玉版箋。三徑花濃春度曲，（先生壽予詩，中有『三三徑闢桃源近，百花濃處祝添籌』，『玉簫度曲柳、蘇儔，春風桃李門牆盛』等句。）推敲字字比珠圓。

七級扶疎翠色蒼，高低掩映薜蘿牆。（桂塔之西，有薜蘿牆。）欲傳瑤句成蕪曲，豈爲微生譜壽康。（予作傳奇，本因諸公惠詩，冀傳永久。）

八首詩從綺思裁，宏篇特奬小山材。園金涌翠風神妙，原自春城曉幕來。（貴先世有諱仙芝者，以詩名，有『曉幕紅襟燕，春城白頂烏』之句。）

花塔何須屬梵王，秋容別繪豔濃妝。從今小部增奇采，賴有聯翩班、馬香。古塘樵子步韻

隙地誰將生面開？冒蟠丘壑起亭臺。天教半畝閒花圃，展布先生錦繡才。（《園成》）

裝成寶相紹賢徽，香粟團團碎錦圍。指示精詳倴舍利，名葩先後定相輝。（《建塔》）

忠孝勛猷次第陳，表揚先德屬嘉賓。欣看海國衡才客，原是程門立雪人。（《史宴》）

薰風簾幕暢吟懷，蕙質蘭襟兩意諧。閒對藤花評雅藝，詞仙今已屬裙釵。（《述譜》）

骨肉分離自愴神，臨岐握手意彌親。那堪千里愁風別，同是蕭蕭白髮人。（《送別》）

點綴春光仰化工，悵予羈迹五湖東。何期越水吳山客，也入鸞笙鳳管中。（《賞春》。予與岑君端書、嚴君錫諧、盧君書船，俱在齣中。）

堪驚大廈一朝摧，預有先靈入夢來。棟折榱崩翻化吉，他年定卜棟梁材。（《齋場》）

福善消災理有常，羣仙會萃勢匆忙。憑將辛苦扶持意，消受筵前一炷香。（《酬神》）

玉醴瓊餚列靜嘉，宵分展禮月澄華。嫦娥應識三生事，公子前身合此花。（《賀塔》）

指塔同高祝八千，春陽周甲醉花天。主賓父子齊歌曲，創出新規介壽筵。（《慶壽》）吳門姚熙楙香

春風幾度小園開，攜手同登沼上臺。一自河橋歌《折柳》，金閶雲樹憶仙才。

朱霞天半景風徽，院宇清幽水石圍。曲曲吳橋門巷裏，野園花萼競春輝。（先生住宅名『野園』，備極清幽之趣。）

《蘭桂》歌詞荷指陳，瑤章疊賁萃英賓。而今《花塔》呈蕪曲，又賦新詩寄故人。（余前作《蘭桂仙傳奇》，先生與岑、嚴諸君，皆有題咏。）

離羣誰共暢襟懷，賴是書傳綺思諧。言念久要欽勝友，每聽竹籟數松釵。

悠然小坐憩心神，偷得餘閒禽鳥親。信道『林泉無定主』，敢云『風月識高人』？（先生贈予詩中，

有『官閒禽鳥親，林泉無定主。風月識高人，悠然忘世慮』，『小坐炷心香』之句。）

集字分題組織工（岑君自製詩牌，好爲集字之聚），可堪判袂各西東。懸知此日舒遊興，半在金峨薛淀中。（謂岑君端書、嚴君錫諧、盧君書船，近聞其在松江、寧波、長洲等處。）

枝條雖謝雪霜摧，險難何堪一霎來。不是花神潛保護，爭教重茂拂雲材。

棲遲衡泌性安常，換羽移宮靜裏忙。繪出寒氈清淡意，嘉名聊借木樨香。

麗句遙頒興倍嘉，雄才秀茂思雕華。慈恩轉眴名題塔，好趁秋風折此花。（本年係屆鄉闈，故以折桂期之。）

漫向須彌問大千，看花且樂四時天。何當一棹仙蹤至，金粟香中小會筵。古塘樵子步韻

畫圖一幅本天工，留住鶯簧燕板風。拙記也沾亭壁惠，年年春蘸苑花紅。（《園成》。園中寄亭，余曾作記。）

七級崚嶒挺畫檐，雲霄湧出自清蟾。桂林若有題名客，香透斑斕彩筆尖。（《建塔》）

照耀江南到使星，珊瑚網罷宴師庭。劇憐忠孝清芬德，藉得輝流汗簡青。（《史宴》）

粧閣人人咏絮才，藤花軒裏彩箋裁。謝家小女應慚愧，好句非由集字來。（《述譜》）

班門健筆衍青緗，一曲驪歌雁影涼。最是大家難別處，桂花塔噴滿庭香。（《送別》）

春到園林草木知，紅齊綠亞一天詩。想應扇影衣香外，多少蜂黃蝶粉癡？（《賞春》）

天上麒麟別有胎，泰山難壓小身材。馬蹄蓮葉關心甚，萬死回頭一問來。（《齋埸》）

患難扶持願一酬，香烟馥鬱酒思柔。諸神若果論功次，合讓昌黎坐上頭。（《酬神》。俗傳學中土神，

係昌黎先生。）

銀河月滿夜迢迢，綺席桐陰綠酒澆。自是燕山培植厚，團圞花發聳重霄。（《賀塔》）

才子懸弧創格奇，華堂仙樂奏桐絲。自慚潦草稱觴序，譜入鸞笙細細吹。（《慶壽》。余奉贈壽序，亦蒙譜入。）

同里許鯉躍春池

麗句鏤成字字工，吉人詞采挹清風。巴音謬荷瓊瑤賁，繪出華燈舞袖紅。

黏枝細粟拂重檐，七級扶疎漏玉蟾。花塔從兹聲價倍，班香薰向最高尖。

落落心交數點星（老友數人，半多星散），春風惟喜近鱣庭。何期杏苑看花眼（先生乙卯進士），特爲鄰林一放青。

作賦慚非庾信才，（先生題半畝園詩，有『爲問小園誰作賦，清新還屬子山才』之句。）雕章重疊仰清裁。（自園亭告成以來，先生疊惠鉅製。）京江自種新桃李，爲看桃花幾度來。（先生司鐸鎮郡，屢以公事至曲阿，每值園桃開時，輒坐寄亭玩賞。）

紛披翠色映縑緗，小館初開夜氣涼。記得鴻才勤奉使，觴飛八月賞天香。（庚午秋，先生蒞阿，值桂塔花開，余邀飲天香館。）

世事紛華愧未知，看雲坐石學裁詩。君家月旦操衡鑒，應笑人間第一癡。

錦繡爲腸珠玉胎，新詩十首耀仙材。同人莫訝工題塔，作者曾題雁塔來。

半畝林泉志易酬，藤花爛漫柳絲柔。輞川亭院虛隆譽，小有池波蘸鴨頭。（先生題半畝園詩，有『輞川亭院習家池』之句。）

月中雲外思迢迢，古井寒泉取次澆。分得燕山纔一樹，他時敢冀上青霄。

屈、宋天葩信吐奇，銀鈎一幅寫烏絲。待將仙吏新春藻（佳句係甲戌立春後一日見寄），譜入秋香笛裏吹。古塘樵子步韻

園亭借得水雲鄉，花影禽聲麗景長。譜就瑤林金刹曲，詞人翰藻醞秋香。

阿咸小劫感神明，美玉經磨器自成。寄語官齋賢伉儷，佳兒信道是天生。

天香館畔細吟哦，鴻案風清酬唱多。記得雙藤花下坐，傳觴瀹茗快如何？

別來彈指十年期，雲樹關山繞夢思。此日何堪提舊恨，局中人讀劇中詞。（《述譜》、《送別》二齣，余亦係局中人。）適葉門同懷女兄慕光閣題於濟寧館寓〔四〕，時年七十有七。

聞曹清夢入秋鄉，桂塔婆娑引興長。憶自離筵花下設，又欣劫後發新香。

幾度相思對月明，飛來好句琢磨成。祇緣小樹關期望，特遣奇花筆底生。

《蘭桂》曾將宫羽哦，（余前作《蘭桂仙傳奇》，姊曾寄題絕句十首。）指歸忠孝至情多。而今再咏秋香曲，海國池塘夢若何？

昔別依稀訂後期，春風柳絮十年思。何當同氣欣相聚，重對藤花吐妙詞。古塘樵子步韻

（以上均清嘉慶十七年壬申天香館刻本《桂花塔傳奇》卷首）

【箋】

〔一〕錢端：號雲芝，嘉興（今屬浙江）人。生平未詳。

〔二〕張廣煥：號月波，曲阿（今江蘇丹陽）人。生平未詳

〔三〕丁有聲：號鶴亭，曲阿（今江蘇丹陽）人。生平未詳。
〔四〕慕光：即左慕光（約一七三六—一八一二後）。

琵琶俠（董達章）

董達章（一七五三—一八一三），字超然，晚年以字行，號定園，別署定園居士，武進（今江蘇常州）人。錢維喬（一七三九—一八〇六）從甥，張惠言（一七六一—一八〇二）姐夫，董士錫（一七八二—一八三一）父。國子監生，屢試不第。遍遊燕、齊、晉、豫、楚、粵，落拓無所遇。後歸，終老於家。著有《遊記》、《定園隨筆》、《半野草堂文集》、《半野草堂詩集》、《半野草堂詞》等。撰傳奇《花月屏》、《琵琶俠》二種，《今樂考證》著錄。傳見包世臣《安吳四種》卷一六《董定園墓志銘》（又見《藝舟雙楫》卷九）、常州《宜武董氏合修家乘》卷九、《毗陵名人疑年錄》卷三等。參見鄧長風《五位清代江蘇戲曲家生平考略·董達章》（《明清戲曲家考略續編》）。

《琵琶俠》傳奇，現存嘉慶十七年壬申（一八一二）半野草堂刻本，爲仲振奎（一七四九—一八一二）評點。

（琵琶俠）自序

董達章

乾隆癸卯冬〔一〕，余自都門過臨清。值徐君尚之主講清源書院〔二〕，相與共晨夕者累月。偶偕至廣積橋，訪謝茂秦故里。因取讀《茂秦全集》，感當日滄溟排擯一事，與徐君各記以詩。

後讀《明史》茂秦本傳，歎其篤於交誼，爲盧柟陷獄，奔走京師，卒能脱其桎梏。世之才而兼俠如茂秦者，幾人哉！且不獨茂秦俠也，趙王之琵琶供奉賈姬，以朱邸青衣，傾倒此白頭聱叟，委身願事，俠又甚焉。古來如紅拂之奔衛公，俠矣，然衛公固年少，具將相材，紅拂就之，殆可謂具眼，而立心則弗如賈姬也。

其事既載《明史》，若更編諸樂府，播以新聲，不猶令騷人逸士，慷慨起舞哉？因譜成《琵琶俠》三十二折，其間雜取《明史》紀傳及他書，聯綴成篇。凡可徵者，十之七八；稍加緣飾者，十之二三。假假眞眞，都爲陳迹，而所以自娛娛人者，固有在也。至劇中所訾滄溟、鳳洲詩文諸弊，所述茂秦學詩致力之繇，皆據本傳，不敢稍參臆説焉。

嘉慶庚申冬日，毗陵定園居士書。

【箋】

〔一〕乾隆癸卯：乾隆四十八年（一七八三）。

〔二〕徐君尚之：即徐書受（一七五一—一八〇五），字尚之，武進（今江蘇常州）人。乾隆四十五年庚子（一七八〇）副貢，充四庫全書館謄錄。議敘知縣，官河南尉氏、南臺。曾主講清源書院。旋以河工堵禦，勞病卒。工詩，爲『毗陵七才子』之一。著有《教經堂詩文集》。傳見《清史稿》卷四九〇、《國朝詩人徵略初編》卷三九、《湖海詩人小傳》卷三八、《清代毗陵名人小傳》卷五、《毗陵名人疑年録》卷三、光緒《武進陽湖縣志》卷二三等。

(琵琶俠)序〔一〕

楊芳燦

懿夫賦泥中之鷗翼,朱穆絶交;張門外之雀羅,翟公謝客。貞孤之論,孝標更暢其辭;憤激之談,思道爲申其説。皆寄慨乎薄俗,未波及乎名流。至於朝局玄黄,黨人冰炭。途有正邪之判,事關理亂之機。崖岸爭高,風裁競峻。允宜割席,無誚操戈。初未有詩酒浮名,文章小技,亦復袒分左右,交異始終。出羽尋瘢,增華改葉。反脣相詆,棄江湖鷗鷺之盟;高氣自矜,忘風雨魚龍之感①。嘻其甚矣,蒙有猜焉。

四溟山人,思業高奇,神情散朗。叔夜則青霞直上,泉明則素波自流。才爲談士之雄,名冠藝林之俊。與于鱗、元美諸君,珠槃高會,金管豪吟。園禽池草,自守宗風;夜火春星,咸推絶唱。既而歷下之聲華大起,弇州之位望彌尊。侈彈冠結綬之游,寵而忘舊;渝戴笠乘車之約,貴乃易交。以責善而見疎,遂昌言而示絶。山人迺黴裾徑去,滰淅遂行。此中空洞容卿,一任揶揄笑我。彈天海風濤之曲,自有知音;尋屠沽飲博之場,寧無同調?黄鵠斯舉,白鷗難馴。蓋其傲骨之崎嶔,不耐俗情之溫螻也。

時盧次②楩先生,讎逢貿首,寃極覆盆。梧臺火烈,琴尾先焦;豐獄光沉,劍鋩欲折。平生把臂之英,撫塵之契,雍容臺省,翔步雲霞,未聞脱越石於羈囚,解邠卿之屯厄。一時浮慕,徒云交呂攀嵇；千古遙情，空說哀湘弔澧。山人迺抱奇文而泣，負建鼓而呼。卒之交道有神，蒼天與直。澆淳酒而銷怪哉之氣，出文星而空貫索之垣。此山人之義俠也。

至若好士廬陵，偏奇靈運；憐才隨邸，極賞玄暉。圖形樂賢之堂，授簡忘憂之館。高風可挹，肯教安道彈琴？盛節不衰，仍爲穆生設醴。楚澤之雄風獨扇，梁園之豔雪爭飛。葛巾野服而來，千人避席；脆竹嬌絲之側，一客吟詩。而且譜檀拍之新詞，出璇臺之麗質。儘容平視，詎責劉楨？縱發狂言，不嗔杜牧。竟粉兒脫贈天游，眞個銷魂；豈蓮花偶來嵩伯，空勞索句。此趙王之豪俠也。

若賈姬者，本自無雙，由來獨立。安黃約翠，翳長袖而霞飛；嚼蕊吹花，抗丹脣而雲遏。合就文鴛覓侶，詎宜野鶴爲儔？而乃郎譜《竹枝》，妾歌《桃葉》。慧如通德，願伴伶玄；貞比清娛，終隨太史。甘縞袂青衫而共老，任紅顏白髮以無嫌。憐昔日之才人，竟歸廝養；識今生之知己，應託清流。此又粉黛之逸民，閨房之奇俠也。

嗟乎！流光鼎鼎，來日大難；宙合茫茫，此身何寄？謝塵中之舊侶，一夢遊仙；想天際之眞人，全家泛宅。廣野是埋憂之地，高才有出世之方。幽趣自娛，勝情相引。四絃轟砉，雷驚電激之聲；一葉飄浮，潦盡潭清之色。謁騎鯨③之太白，送跨鶴之浮丘。子晉吹笙，湘靈鼓瑟。奏千秋之絕調，騖八極以遐觀。始知成佛生天，應居謝後；即論飛才架學，誰在盧前？彼夫誇飾冠裳，睥睨壇坫者，亦當向若生慚，迷途知悔也已。

吾友董君，天才俊麗，逸藻雕華。含咀宮商，驅馳烟墨。借往事之翻雲覆雨，佐良霄之抹月批風。何倜言愁，遂著拍張之賦；江郎感遇，偏工刺促之吟。燕市羈孤，吳關迢遰。慨古今之氣節，半出布衣；怪天地之英靈，盡鍾巾幗。紅牙一曲，秖自寫其牢愁；綠酒千觴，亦難澆夫塊壘。君眞奇士，快論嘉、隆以後之詩；僕亦恨人，怕聽開、寶當年之調④。

嘉慶辛酉仲秋月，梁溪愚弟楊芳燦拜題於燕臺客舍⑤。

（清嘉慶十七年半野草堂刻本《琵琶俠》卷首）

【校】

①感，底本作『盛』，據《芙蓉山館文鈔》卷四《琵琶俠樂府序》改。

②次，底本作『少』，據《琵琶俠樂府序》改。

③鯨，底本作『鯨』，據《琵琶俠樂府序》改。

④『君眞奇士』四句，《琵琶俠樂府序》作『怕聽開、寶當年之調，僕本恨人；快論嘉、隆以後之詩，君眞健者』。

⑤《琵琶俠樂府序》無題署。

【箋】

〔一〕此文又見楊芳燦《芙蓉山館文鈔》卷四，題《琵琶俠樂府序》，見《續修四庫全書》第一四七七冊影印清光緒十七年（一八九一）活字印本。

（琵琶俠）題辭

董達章

名士遭逢動可哀，千秋憑弔細論才。一朝時事相關處，也助清談客舉杯。

當時削去舊齊名，七子風流軒冕榮。何獨山陰生感慨，虞山詆更不容情。

交情倏忽變支離，風雅同源究自知。畢竟滄溟集中句，未删送別茂秦時。

迥非摩詰《鬱輪袍》，寡和纔知一曲高。怪底青衣識才子，鍾情爲撥小檀槽。

任俠書生未敢狂，文章遭劫意徬徨。不辭仗劍行千里，爲有囚星發夜光。

恩讎世態不勝書，何意名流未破除。更訝詩人賢佞雜，一般鳴玉珮瓊裾。

罵座原非仲孺憨，聲情抑鬱摠難堪。叢臺一去留餘恨，只有玄暉解細探。

落拓江湖也勝遊，任他漂泊比閒鷗。名山千古同歸宿，采石磯登太白樓。

【祝英臺近】倚瓊樓，吹玉管，逐隊幾釵釧。怪爾琵琶，彈向謝江練。眼前多少才人，由他平視，都不是、粱棲雙燕。　意中選，識得靈運生天，同功早抽繭。寒弄商聲，秋意倩風剪。莫教夫壻封侯，斜陽明處，渾不覺、別情深淺。

【祝英臺近】五車書，三尺劍，風義在肝膽。紅袖青衫，同有此光焰。世間弔澧哀湘，虛傳千古，總不值、閒中褒貶。　雪花豔，撇卻桂殿蘭宮，吟情共肩擔。吴楚青蒼，豁目雨無憾。愛他

夢入詩城，檀郎雖老，仔細看、青蓮風範。定園自題

(清嘉慶十七年半野草堂刻本《琵琶俠》卷末)

《琵琶俠》題辭

楊　煒　等

如花人對鏡芙蓉，舊事新翻曲幾重。獨有奇才餘俠骨，別開生面寫詩胷。平原愛士絲難繡，易水悲歌髮上衝。畢竟瀾翻憑舌本，江郎妙管恣雕龍。

茫茫世事短長檠，兩美從來並世生。人爲爭名思割席，天教作合配傾城。一腔心縷嬌如訴，七尺昂藏氣未平。聽到商音齊變徵，豐城埋劍夜聞聲。

紅粉青衫一棹前，翠螺山下兩神仙。要追萬古江河調，方許千秋姓氏鐫。眞是盧敖遊碧落，肯教靈運守枯禪。琵琶一曲酬知己，始信壺中別有天。

一聲檀板漏初長，王府憐才到後堂。何物女郎能隻眼，竟教名士捧心香。仙遊枕上留詩夢，朱雀橋邊記水鄉。君信天眞兼野逸，現身說法不嫌狂。同里楊煒星園(二)

詩壇衮衮讓羣公，大布衣衫只固窮。聽到《中山狼》一曲，負心何獨李崆同。

撏撦①爭取義山詩，臺閣文章彼一時。待得千秋公論定，未妨郊、島是吾師。

琴材誰與認遺薪，多少新聲譜《鬱輪》。解誦子淵《洞簫賦》，買絲甘繡漢宮人。

才人何苦競浮名，眼底憑他月旦評。多事岳陽樓上客，遊仙一枕賺盧生。泰州陳燮澧塘

恆巖（同里董觀察榕）老筆書秦、沈，一部《芝龕》絕妙詞。蝸寄使君（九江榷使唐俊公英）尤擊節，雄哉二女勝男兒。

褒忠表俠總堪誇，一樣江都彩筆拏。試向高軒彈此曲，憐才還讓女兒花。湖州高世鏆小雲〔二〕

方響蕤賓借說詩，說來別樣解人頤。莫嫌優孟衣冠褻，偷學香山老嫗知。

佳人才子半荒唐，綠意紅情慣擅場。愛爾填詞谿徑別，珊珊俠骨有奇香。舅氏錢維喬竹初〔三〕

抱得檀槽譜《竹枝》，紅粧俠氣勝鬚眉。香名流播詞人口，底用相逢李藥師。

『夜火』、『春星』句足豪，湘東一目漫譏嘲。怪他腦滿腸肥客，纔判雲泥便絕交。

急難曾傳救友生，邯鄲夢醒萬緣輕。翠螺山下經過熟，願訪盧敖叩太清。

殷勤設醴憶當年，朱邸頻登玳瑁筵。不待他生緣已了，開籠深荷主人賢。

《玉杯》、《繁露》推名宿，鐵板銅絃亦擅場。卻笑高生擎畫筆，無端點涴蔡中郎。

咏絮年來嘆白頭，新聲喜擷《四絃秋》。明知記拍無遺誤，老眼頻揩看未休。表姊（崔錢）孟鈿浣青〔四〕

回首才華總逝波，百年重爲按新歌。天涯一種琵琶語，較勝江州喚奈何。

耽吟卅載掩重關，花月清詞玉茗間（先生尚有《花月屏傳奇》）。此曲黃河比珍重，人間應有謝雙鬟

同里陸繼輅祁生

甚名場、翻雲手段，比他春雪還薄。王門顛倒無憑準，一領輪袍空著。惆悵劇，待譜得、《竹

枝》十首閒商略。裙釵密約。便謝客生天，盧生出夢，俠骨尚如昨。　傷心事，多少鸞漂鳳泊，一時齊上絃索。四條彈白秋江月，如許青衫淪落。眞不若，向萬里、雲中高舉同黃鵠。狂歌縱博。會賭酒棋亭，雙鬟低亞，唱到此間樂。（調寄【邁陂塘】。）　同里劉嗣綰芙初

（清嘉慶十七年半野草堂刻本《琵琶俠》卷首）

【校】

①擿，底本作『奢』，據文義改。

【箋】

〔一〕楊煒（一七四九—一八一四）：字槐占，一作槐瞻，號星園，武進（今江蘇常州）人。乾隆四十二年丁酉（一七七七）順天舉人，次年戊戌（一七七八）進士，選庶吉士。散館以知縣用，選授河南柘城。調固始，擢江西南安同知，調袁州。陞南昌知府，調廣東道員，署按察使。工詩善書。著有《西溪草堂文集》。傳見趙懷玉《亦有生齋文集》卷一六《墓表》（收入《國朝耆獻類徵初編》卷二二二）、《清朝書畫家筆錄》卷二、《皇清書史》卷一四、《詞林輯略》卷四等。

〔二〕高世鑛：號小雲，湖州（今屬浙江）人。生平未詳。陳琮《烟草譜》卷六收其七言律詩六首。

〔三〕錢維喬（一七四〇—一八〇六）：生平詳見本書卷七《碧落緣》條解題。按：董達章之母錢純（一七三一—一八〇五），乃錢維喬之從姐。傳見董士錫《齊物論齋文集》卷四《祖妣錢太孺人行略》。

〔四〕孟鈿浣青：即錢孟鈿（一七三九—一八〇六），字冠之，號浣青。

康衢新樂府（呂星垣）

呂星垣（一七五三—一八二一），小字蘭蓀，字映薇（一作映微），又字叔訥，早年曾字叔猛，號湘臯，別署白雲外史，武進（今江蘇常州）人。廩貢生，乾隆四十八年癸卯（一七八三），入國子監外班爲太學生。五十年乙巳（一七八五），召試一等一名，歷署江蘇丹陽、吴縣、新陽、青浦等縣訓導。嘉慶十五年（一八一〇），擢海州學正。後歷任河北贊皇、邯鄲、河間等縣知縣，卒於任上。工詩善畫，爲『毗陵七才子』之一。著有《毛詩訓詁》、《春秋經緯史》、《讀史紀事》、《制藝心解》、《湖海紀聞》、《白雲草堂文鈔》、《白雲草堂詩鈔》等。傳見《清史稿》卷四八五、呂振鏞等《湘臯公行述》（光緒四年木活字本《毗陵呂氏族譜》卷一七）、趙懷玉《墓志銘》（《毗陵呂氏族譜》卷一四）、《湖海詩人小傳》卷三七、《昭代名人尺牘續集小傳》卷三、《清代毗陵名人小傳》卷五、《毗陵名人疑年錄》卷三等。參見杜桂萍《清代雜劇作家呂星垣年譜簡編》（《中華戲曲》二〇一〇年第二期）、許雋超《清代戲曲家呂星垣作〈後紅樓夢〉考》（杜桂萍、李亦輝主編《辨疑與新說：古典戲曲回思錄》，黑龍江大學出版社，二〇一三）。

嘉慶二十三年（一八一八），爲慶明年嘉慶帝六十歲，直隸總督命撰雜劇以賀，凡《萬年輯瑞》、《萬壽蟠桃》、《萬福朝天》、《萬寶屢豐》、《萬花先春》、《萬里安瀾》、《萬騎騰雲》、《萬卷瑯環》、《萬舞鳳儀》、《萬國梯航》十種，總題《康衢新樂府》，《曲目新編》著錄，稱《萬壽新樂府》；

《今樂考證》著録。現存嘉慶二十四年己卯（一八一九）乘槎亭刻本。

（康衢新樂府）序

師亮采〔一〕

昔沈德符撰《顧曲雜言》，窮極要眇，余謂此一梨園老伶事耳。若揄揚麻美，歌咏昇平，則非眞才子不能明。歲己卯〔二〕，恭遇萬壽昌辰，薄海臚歡，例有衢歌，虔申華祝。直隸制府方公〔三〕，屬贊皇令吕叔訥星垣具稿。叔訥以其稿郵示於余，自謂『儀舌猶存，江花未謝』。余讀之，歎爲才子之極思焉。

叔訥綺歲負異才，即爲名公卿所引重。中年官廣文，大吏不敢以廣文視之，重其文也。而余之重叔訥，則以吏事而不以文。嘉慶乙亥，兩江制府百文敏公〔四〕，被旨清釐瀕海餘田，以其事屬余，因奏請余爲海州牧。時叔訥爲學正，余分屬之。叔訥乘輶握算，吏民咸服其公。既蕆事，余陳其勞於百文敏公，薦剡，得從優敘。俄遷贊皇令以去。叔訥雖數以詩古文辭相示，而余之重之者，終在吏事也。

叔訥在贊皇，勤於其職，頗著循聲。而以治事餘閒，依壽寓之榮光，和其聲以鳴盛，《雲》、《韶》按節，遠媲虞球，賢於百里之絃歌矣。余聞康熙中，尤展成先生曾以院本上達九重，天語稱爲『眞才子』，藝林榮之。今叔訥老矣，作風塵吏，度不能以文字受當宁知，將來瑤瑨雲璈，太常時肄，天顏有喜，哀爲奇才，其於此曲卜之也夫！

嘉慶戊寅歲季秋月中澣，韓城師亮采禹門書〔五〕。

【箋】

〔一〕師亮采（一七六九—？）：原名承祖，又名兆龍，字芑堂，號禹門，韓城（今屬陝西）人。嘉慶三年戊午（一七九八）舉人，歷任安東、江陰知縣，署高郵、海州知州，仕至淮安知府。著有《禹門文鈔》。

〔二〕己卯：嘉慶二十四年（一八一九）。

〔三〕直隸制府方公：即方受疇（？—一八二二），字次耘，號來青，桐城（今屬安徽）人。屢試不售，捐納鹽課大使，分發兩淮。尋加捐運判，分發浙江，疊署嘉松分司，上虞知縣。嘉慶二十一年（一八一六），進直隸總督。道光初，加太子少保。以疾告歸，卒於途。傳見《清史列傳》卷三三、《金陵通傳》卷二五、《桐城耆舊傳》卷六、道光《桐城續修縣志》卷一三、道光《上元縣志》卷一五等。

〔四〕兩江制府百文敏公：即百齡（一七四八—一八一六或一八一五），本姓張，字子頤，號菊溪，又號菊隱，承德（今屬河北）人，漢軍正黃旗籍。乾隆三十七年壬辰（一七七二）進士，選庶吉士，散館授編修。嘉慶十六年（一八一一）至二十一年，任兩江總督。官至兵部尚書、協辦大學士，管兩江總督，卒謚文敏。著有《守意龕詩集》、《橄欖軒尺牘》等。傳見《清史稿》卷三四三、《清史列傳》卷三二、《國朝耆獻類徵初編》卷三五、《國朝先正事略》卷二二、《國朝詩人徵略初編》卷四三等。

〔五〕題署之後有印章二枚：陰文方章『師亮采』，陽文方章『禹門』。

題康衢新樂府後集杜少陵詩句

錢　泳〔一〕

凌雲健筆意縱横，銀漢遥應接鳳城。南極一星朝北斗，諸君何以答昇平。（其一）
孔雀徐開扇影還，蓬萊宫闕對南山。奇祥異瑞爭來送，嫩蕊濃花滿目斑。（其二）
鳴玉朝來散紫宸，清詞麗句必爲鄰。風飄律吕相和切，聖壽宜過一萬春。（其三）
九重春色醉仙桃，翠管銀罌下九霄。此曲祗應天上有，元聽舜日舊《簫韶》。（其四）
承恩數上南薰殿，複道重樓錦瑟懸。金節羽衣飄婀娜，自稱臣是酒中仙。（其五）
仙侣同舟晚更移，天顔有喜近臣知。緣雲清切歌聲上，萬一皇恩下玉墀。（其六）

（清嘉慶二十四年己卯乘槎亭刻本《康衢新樂府》卷首）

【箋】

〔一〕錢泳（一七五九—一八四四）：初名鶴，字立羣，號梅溪，金匱（今江蘇無錫）人。國子生，官候選府經歷。歷遊畢沅（一七三〇—一七九七）、秦震鈞（一七三五—一八〇七）、張井（一七七六—一八三五）等人幕。精研金石碑版之學，工書畫，隸法尤精。著有《履園金石目》、《履園叢話》、《履園文集》、《梅花溪詩草》、《梅花溪詩續草》、《蔗軒遺稿》等。傳見《昭代名人尺牘續集小傳》卷五、《墨林今話》卷九、《清代畫家詩史》卷戊下、《清代畫史增編》卷一一、《皇清書史》卷一一、《國朝書人輯略》卷七、光緒《金匱縣志》卷二六、光緒《常昭合志稿》卷四〇等。參見胡源、褚逢春編《梅溪先生年譜》（錢氏述祖堂鈔本）。

桃花影（范鶴年）

范鶴年（一七五三——一八〇四？），字青子，號硯雲，一號琴軒，別署硯雲齋主人，洪洞（今屬山西）人。乾隆四十四年己亥（一七七九）應順天鄉試，中恩科舉人。五十四年己酉（一七八九）進士，五十六年（一七九一）揀發湖南，任會同知縣。次年，遷衡陽，調清泉、桃源。嘉慶六年（一八〇一）、九年，復任衡陽。終因憂懼卒。詩詞古文，無不工致。著有《蘋雪山房全集》（含《寸芹草》、《詩集》附《青影樓詩餘》、《墨帳制義》附試帖、《墨帳雜俎》附對聯、《四山雲笈》）、《寄生草》、《墨帳試帖》等。撰傳奇《桃花影》。傳見《國朝耆獻類徵初編》卷二三九、同治《衡陽縣志》卷五、民國《洪洞縣志》卷一二等。參見吴書蔭《〈桃花影〉傳奇作者考辨》（《文學遺産》一九九〇年第三期）、王新德《清范鶴年〈桃花影傳奇〉研究》（山西大學碩士學位論文，二〇一二）。《桃花影》，一名《離魂記》，一名《五色線》，《國立北平圖書館戲曲音樂展覽會書目》著錄，列入『時代不詳及佚姓名者』之内；《古典戲曲存目彙考》著錄，作『查揆撰』，誤。現存乾隆間刻本、嘉慶元年（一七九六）刻《蘋雪山房全集》附刻本。

桃花影傳奇弁言

劉大懿

法船普渡六根，統無念之源；愛草難耘大地，盡相思之種。夭桃穠李，花含笑以年年；碧海青天，月流光以夜夜。是以禽傳共命，木號同生。繁主簿有《定情》之詩，李參軍咏《無題》之句。天台路近，餉洞口之胡麻；洛水波微，要麗人以玉珮。固知紅豆抛處，無間於九閣十樓；青衫濕時，不禁其千呼萬喚矣。然而神女是夢，小姑無郎。鑽穴隙以相窺，乘垝垣其奚望。長生殿裏，半夜無人；宋玉牆東，三年未許。采蘼蕪於山腳，或逢故夫；挑王孫以琴心，適當新寡。豈非橋成七夕，牛女亦悲夫飄蓬；海涌三山，神仙尤訝其裹繭者哉？

則有高平才子，揚國騷人。粉壁塡詞，髫年工《白苧》之曲；紅牙按拍，醉後聽紫綃之歌。看劍引盃，唾壺欲醉；披風抹月，墨瀋如流。不第傳佳話於人間，而且構奇思於天上。鳩盤茶出，廣長舌舐開煩惱之芽；司花使舉，歸宗拳招入歡喜之地。坤靈寶扇，分明帳引紅絲；道子仙毫，髣髴屏開綷羽。五百年風流冤業，結成綵線千條；三千品解脱禪宗，散作桃花數瓣。凡茲魔障，盡是心塵。果識繫境非眞，自爾觸言不累。嗟乎！麻姑搔背，不少頑仙；玉杵擣霜，豈非異事？東方朔之諧謔，不妨鏡裏看花；淳于髡之滑稽，竟敢佛頭著糞。

同硯弟劉大懿拜敘。

（清乾隆間刻本《桃花影傳奇》卷首）

桃花影題辭〔一〕

劉大懿　等

樂府新成夜按歌，紅燈綠酒照顔酡。高高山頂深深海，一種銷魂奈爾何？

臥向天河覷女牛，巫山雲雨幾時收？ 東風一曲人沉醉，碧海茫茫萬古愁。

多情畫裏喚眞眞，車上鐸鈴掌上身。 我有風懷消不得，一聲《河滿》劇愁人。

《白苧》、《紅鹽》舊擅場，重教神女下高唐。 從今不許呼『三影』，夢裏桃花影更香。 大懿再題

影是桃花化。 望衡湘、盈盈一水，雙姬初嫁。 好色憐才魔障耳，惹得含沙人射。 來與去、誰眞誰假。 一縷紅絲俱繫煞，到山魈、扯了神仙畫。 些子影，何憑也。 劉郎今度將花寫。 看兩株、紅雲綠雨，機關迸打。 草木有情猶似你，世上誰人聾啞？ 魂夢裏、由他牽挂。 不道是空還是色，笑春風、一片桃花下。 問不出，栽花者。（調寄【賀新郎】爲《桃花影》題詞） 匡山弟嚴烺〔二〕

幾瓣桃花幾瓣春，斜陽影裏認前因。 隨風過去憐成幻，信手拈來笑寫眞。 是色是空難著力，行雲行雨最撩人。 繪成饒得西施意，不許東家一效顰。 受業侯敏政〔三〕

（清刻本《桃花影傳奇》卷首）

【箋】

〔一〕底本無題名。

〔二〕嚴烺（一七六五—一八一五後）： 字存吾，號匡山，別署紅茗山人，室名紅茗山房，宜良（今屬雲南）人。戲曲家嚴廷中（一七九五—一八六四）父。乾隆五十一年丙午（一七八六）解元，屢試未售。嘉慶元年丙辰（一七九六）進士，入翰林。官蘭州三十年，仕至甘肅布政使，後選武昌臬司。著有《紅茗山房詩存》。傳見《國朝耆獻類徵初編》卷一三八補錄、民國《宜良縣志》卷九等。撰傳奇《南陽夢》，未見著錄，已佚。范鶴年《貇雪山房全集》中有《書紅茗山人南陽夢院本後》四絕句。

〔三〕侯敏政：字號、籍里、生平均未詳。

龍沙劍（程煐）

程煐（約一七五三——一八一二），字星華，一字瑞屏，別署瑞頭陀、珂雪頭陀，天長（今屬安徽）人。廩生。乾隆四十四年（一七七九），其父貢生程樹榴以文字獄案處死，程煐判以斬監候，拘於京師刑部獄。嘉慶二年（一七九七），免死改戍，次年至齊齊哈爾。與銀庫主事西清（字研齋）、吏部侍郎劉鳳誥（一七六一——一八三〇）相唱和。十七年冬，卒於戍所，劉鳳誥歸其喪於江南。著有《珂雪集》、《瑞屏詩鈔》。傳見《黑龍江志稿》卷五七。

撰《龍沙劍傳奇》，現存世瑞堂鈔本。今有何鳳奇、唐家祚合注本（黑龍江人民出版社，一九八六）。

龍沙劍傳奇序

夢熊子〔一〕

《北西廂》、《牡丹亭》，天下之至妙也，然所傳者狡童泆女之事。鄭衛不删，可爲戒，不可爲法也。《琵琶記》侈談忠孝，意較正矣，其中關目，何多敗闕耶？是書高華雄麗，兼實甫、若士之長；而結構嚴密，絕不似則誠之滲漏，洵乎美錦之無纇、白璧之無瑕也。

乃若救世安民，指爲大道；燒丹服氣，目以旁門。則是登優孟之場，實足闡聖賢之藴；述神仙之事，正以辟道書之誣。粹然名理，可興可觀，何必《通書》、《正蒙》，乃有功於聖學乎？世有鍾期，請手此一編，於海水洞涌、山林杳冥之處，俯唱遥吟，刺船而去。

江西夢熊子序。

【箋】

〔一〕夢熊子：姓名未詳，别署夢熊釣叟，江西人。或即劉鳳誥（一七六一—一八三〇），字丞牧，一作承牧，號金門，又號無虚，萍鄉（今屬江西）人。乾隆五十四年己酉（一七八九）進士，選庶吉士，散館授編修。擢侍讀學士、國子監祭酒、太常寺卿、内閣學士，官至吏部右侍郎，加太子少保銜。嘉慶十二年（一八〇七），因罪戍黑龍江。十八年，敍纂《高宗實録》功，釋歸，復賞編修。道光元年（一八二一），因病致仕。以詩文名天下。著有《五代史記注》、《江西經籍志》、《存悔齋集》、《存悔齋集鈔存》等。傳見石韞玉《獨學廬五稿》卷三《墓志銘》、《清史列傳》卷二八、《國朝耆獻類徵初編》卷一〇七、《詞林輯略》卷四、《昭代名人尺牘續集小傳》卷三、《皇清書史》卷二〇、同治《萍鄉縣志》卷一〇、宣統《山東通志》卷七四、民國《黑龍江志稿》卷五七、民國《龍江縣志》卷一四等。

龍沙劍傳奇序

二吾居士〔一〕

何物頭陀，墮綺語業，又舍本教而談仙怪，大雄先生不標之門外乎？蓋頭陀非頭陀也；非頭陀，何必不頭陀？傳奇非傳奇也；非傳奇，何必不傳奇？仙非仙、怪非怪也；非仙非怪，何必不言仙、言怪？

仙之非仙也，非非仙也，夫人而能爲仙也；怪之非怪也，非非怪也，夫人而能爲怪也。古往今來，立德立功謂之不朽；不朽，非仙乎？故曰：夫人而能爲仙。凶人爲不善謂之不祥；不祥，卽怪耳。故曰：夫人而能爲怪也。

傳奇之非傳奇也，天下之妙文，天下之至理也。筆精矣，墨良矣，窗明几淨矣，而胡不爲李、杜之詩？而胡不爲韓、蘇之文？而胡不爲周、程、張、朱之語錄講義？下之愈下，而乃至於傳奇？傳奇亦文也，傳奇亦理也。理不謬於聖道，卽文不愧於古人。於是乎戲者見之謂之戲，文者見之謂之文，理者見之謂之理矣。

頭陀之非頭陀也，於意云何？而曰頭陀，昔果是，今果非耶？知之者奴之，不知者儒之。儒其名，奴其實也。名不敢居，實不可道，名實兩忘，逃諸空虛，則曰頭陀而已爾。其境幻，其志悲矣！

雖然，托於頭陀，人莫之憐；托於傳奇，人莫之賞；托於仙怪，人莫之省。作猶不作，胡取乎作？僕所甚不解於頭陀者此也。叩之頭陀，笑而不應。

嘉慶壬戌孟夏之望，浙西二吾居士題於阿爾興書館。

【箋】

〔一〕二吾居士：姓名未詳，浙西人。生平未詳。或卽呂景儒，字淇園，祖籍崇德（今屬浙江桐鄉），齊齊哈爾（今黑龍江）人。師事章汝楠，與西清、程煐相友善。晚遁於醫。嘉慶間病疫，救人無算。傳見民國《黑龍江志稿》

卷五七、民國《龍江縣志》卷一四等。

讀曲偶評

程煐

曲雖小道，亦有至、有不至焉。王實甫《北西廂》聖矣，則誠中行，若士狂，石渠狷，其賢矣乎！元人百種，最顯者《荊釵》、《拜月》等，然音律极嚴，板眼极正，而以直白語爲本色，如不文何！故高者似腐儒，卑者若鄉願也。《四聲猿》幽而傷促，《桃花扇》爽而傷直，《長生殿》縟而傷凡，《鈞天樂》激而傷怒，均才人，特偏才耳。李笠翁，市隱士也，其詞巧而纖，不稱其品，如閨秀然。萬紅友，石渠甥也，其詞濁而膩，不似其舅，如富傖然。最可異者，百子山樵以塡詞自命，《燕子箋》世傳其工，然其用韻，每以『眞文』、『庚青』、『侵、尋』通押。夫《琵琶》、《還魂》二記，或合用『支思』、『齊微』，或不分『家麻』、『歌戈』。然本係詩之通韻，於理未礙；若『眞文』之開口，『庚青』之鼻音，『侵尋』之閉口，可混而一乎？其品原非端人，故其文亦放蕩規格，風調雖佳，直浪子耳！近有金陵張漱石者，格律才氣俱高，《梅花簪》一劇，希聖或遠，希賢已近，雖後出，吾獨有取焉。

戊午孟冬之望〔一〕，初至邊城，侘傺無聊，飢寒交迫。偶拈許旌陽除妖及湘媪、李鷸三事，合爲一傳，譜以九宮，不浹旬而三十齣成焉。上晰實甫絕世丰神，次逐東嘉天然本色。望玉茗之雄麗，顰效西家；步石渠之清華，竽吹南郭。自慚形穢，所不待言；然而按譜循聲，興亦不淺。貫穿排比，儼成無縫之衣；上去陰陽，宛合自然之籟。文不加點，筆無停機，信手拈來，若有神助。燕石雖鄙，竊自寶焉。錄成後，謹以舊日《讀曲偶評》一則冠於簡首，以代題辭，庶幾卽世子期、後來公瑾，或高吟於几席，或低接於氍毹，知文者賞其詞，善歌者徵其調。請卽以僕之論曲者，爲是編一論定之。

是歲仲冬朔，瑞頭陀志。

【箋】

〔一〕戊午：嘉慶三年（一七九八）。

龍沙劍傳奇色目以各色所扮登場先後爲次

闕　名〔一〕

末　金星　湖神　毛都尉　院子　燈會人　亢宿　黄巾力士　功曹

生　李鷁　燈會人　兵卒

旦　蕭絳雲　女樂

外　許眞君　舟子　從人　儐相　燈會人　兵卒

老旦　樊夫人　女樂　奶娘　兵卒

貼　丫環　元姑　女樂　觀燈幼童　牛宿　玉女　門子

淨　蛟大王

丑　楠將軍　屈突小姐　觀燈和尚　鬼宿　道童　仙童

小生　仙童　奚童　吳眞君　黃巾力士　從人　燈會人
副淨　椶長史　鰐大王　屈突刺史　衙役　觀燈秀才　婁宿　仙童
小旦　仙童　道童　壇相公　妙姑　女樂　觀燈婦人　兵卒

傳奇之始，祇生、旦、末、淨，後增外、老旦、貼、丑爲八色，後復增小生、副淨、小旦爲十一色。近人於末之外增副末，外之外增小外，丑之外增小丑。猶不敷用，又加雜色。踵事日繁，伊於胡底！今祇用十一色。

北曲絃索調無各色之名。觀《西廂記》『張生上』、『鶯鶯上』等文可見。《琵琶記》只七色，無老旦。蔡母及牛府奶娘俱用淨扮。《牡丹亭》只八色，無副淨、小生、小旦。近日孔東塘《桃花扇·鬨丁》一折，既用末扮司業，又用副末扮老贊禮，是二末矣。

傳奇以生旦爲主。外末、小生，所以陪生也；老旦、小旦、貼，所以陪旦也。近日梨園凡遇生、旦風流之劇，類以小生、小旦代之，而生、旦反置閒處。惟《雙珠》、《尋親》、《白兔》、《爛柯山》等苦戲，始用正生、正旦。對此，令人發『觚哉』之嘆也。

傳奇所謂才子、佳人，正生、正旦也。既曰佳人，則正旦一色當有上等資貌。近日梨園稱貼爲花旦，以極美者充之；稱小旦爲閨門旦，以次美者充之；至正旦則謂之青衣旦，又曰苦旦，率用黃瘦僝愁之貌，謂與苦戲相宜。此最可笑。

（以上均程煐著，何鳳奇、唐家祚合注《龍沙劍

傳奇》卷首，黑龍江人民出版社，一九八六）

【箋】

〔一〕此文當爲程煐撰。

（龍沙劍傳奇）跋

程屺山〔一〕

予與瑞屏兄皆自新安出，兄籍石梁，予籍皖桐，相去九百餘里，素未謀面。然於朱笥河、秦端厓諸學使所刻試牘中，見兄文賦歌行，讀而慕焉。庚申春〔二〕，予從將軍景公蒞黑龍江任〔三〕，時兄在副都統恆公幕〔四〕，因得按宗譜序昆弟誼。朝夕過從，盡讀其所爲詩古文詞及制藝，率天骨開張，雄才拔俗。乃知全豹可珍，正不獨『楓落吳江』也。既又出其《龍沙劍傳奇》相示，則驚才絶豔，直淩《琵琶》、《還魂》而上之，更歎吾兄之餘技尚有深造自得如此者。因借錄以爲枕祕，俟歸而刊傳之。

桐城族弟屺山跋。

【箋】

〔一〕程屺山：桐城（今屬安徽）人，名字、生平均未詳。

〔二〕庚申：嘉慶五年（一八〇〇）。

〔三〕將軍景公：即景熠（一七四五—一八一一），愛新覺羅氏，滿洲鑲黃旗人。奉恩輔國公嵩椿子。乾隆三十年（一七六五），授二等輔國將軍、二等侍衛。累遷鑲紅旗滿洲副都統、護軍統領、右翼前鋒統領。五十七年襲奉恩輔國公爵。嘉慶五年（一八〇〇），授黑龍江將軍。六年，革職。十一年，召回京。終官正黃旗滿洲副都統。傳見《國史列傳》卷二六。參見孫文政主編《清代戍邊將軍·黑龍江卷》第二章《清代黑龍江將軍傳略》（黑龍江教育出版社，二〇一三）。

〔四〕副都統恆公：即玉恆，一名玉衡，字九峯，愛新覺羅氏，滿洲鑲藍旗人。嘉慶元年（一七九六）任齊齊哈爾副都統。

（龍沙劍傳奇）跋

程虞卿〔一〕

引商刻羽，小道可觀；儷白妃紅，大人弗尚。蓋聲容雖悦於耳目，而理趣或累於身心。是以古詩三千，尚淫哇之必黜；元人百種，豈正始之所存。作者多桑間濮上之音，演者悉《下里》、《巴人》之調。宜乎繁絃急管，直將比之蛙鳴；綺語淫詞，謂當墮入馬腹。言雖已甚，理實非誣也。

吾兄騷情雅思，經熔史鑄。掣鯨魚於碧海，何知翡翠蘭苕；截雲錦於銀潢，奚事天吳紫鳳。樂府直源於漢魏，歌行不入於宋元。鐃歌横吹，三疊足壯乎軍色；雲和雷鼓，六變可格夫天神。斯卽聚名部於旗亭，氣淩少伯；攜雙鬟於柳岸，品壓耆卿。以彼其才，尚多不屑。又何貴以中原韻譜，辨陰陽上去於梨園；南北宮腔，竟清濁高低於樂部哉！

然而命途多蹇，侘傺無聊，觸景興懷，寤言不寐。身已投於有北，情猶協夫以南。寄懷優孟之場，略舉神仙之事。文雖戲筆，理實名言。指燒丹服氣爲旁門，謂救世安民爲内景。入穴而乃得其子，刺盾而卽用其矛。蓋以昌黎《原道》之篇，讀者祇便於時藝；濂溪《通書》之説，經生久目爲常談。卒之佛老難排，心源莫續。性命謬傳夫圭旨，文章或附於華嚴。是用藉彼玄談，伸吾篤論。俾婦人孺子，知言空言幻爲非經；學士文人，務立德立功以不朽。以視西廂月下，掩冉花陰；南安園中，纏綿香夢：孰邪孰正，誰是誰非？

又況勃窣文心，兼蘇海韓潮之氣；琤瑽逸響，集金聲玉振之成。更足使實甫傾心，臨川咋舌。摘其零章斷句，可代箴銘；挹彼古豔幽光，如觀尊斝。人謂樹詞壇之幟，見諸妙舞清歌；吾謂放鄭聲之淫，仍是高文典册云爾。

庚申仲春〔二〕，從弟虞卿跋於瀋陽官署。

【箋】

〔一〕程虞卿（一七六二—一八三一後）：字禹山，號趙人，天長（今屬安徽）人。嘉慶十二年丁卯（一八〇七）舉人，五上禮闈不售。遂絶意仕進，歸講文津書院。著有《水西閒館詩》、《遼海詩鈔》、《水菘閒舫詞鈔》等。傳見《晚晴簃詩匯》卷一一九。

〔二〕庚申：嘉慶五年（一八〇〇）。

（龍沙劍傳奇）題詞

范毓祥 等

世間何處有神仙？ 自古神仙卽聖賢。曾向龜山訪禹迹，支祁鐵鎖至今傳。
除蛟驅鱷事相伴，總爲生民祛隱憂。漫説旌陽原羽士，論功何必異儒流。
東塘樂府又西堂，舞館歌臺各擅長。南國詞人羈北地，更翻新曲叶宫商。
山歌野調滿邊城，誰識蘇門鸞鳳清。安得龜年來絶域，試將檀板按新聲。樂城范毓祥〔一〕

沉埋寶器豈無光，幽谷芝蘭也自芳。一曲《陽春》誰解聽，錦囊什襲侍周郎。
彭蠡波涵廬岳青，劍光發處燦寒星。罔兩技盡終何益，禹鼎圖來敢遁形。
煉汞燒丹盡枉然，由來不朽是神仙。但教功德留千古，羽士何嘗遜聖賢。
李、杜、韓、歐至詣深，忽從歌曲寫幽襟。世人漫笑雕蟲技，濟世安民一卷心。浙西呂肯堂〔二〕

毳幙毡牆代錦屏，舊時法曲久凋零。邊聲到處聞笳拍，正始何從溯樂經。巨筆忽驚干莫氣，奇光直射斗牛星。高山流水知音少，不是鍾期漫與聽。浙西呂尚賢〔三〕

神功妙濟許旌陽，誅戮妖蛟保豫章。救護生靈千萬命，無邊功德列仙鄉。
讀君所作《龍沙劍》，不作尋常豔曲看。李、杜詩歌枚、馬賦，同爲千載一奇觀。嫩江崔恆寧〔四〕

海內文章老更雄，先生才調幾人同。龍沙一曲驚星斗，塞外從今見古風。

戍客贸藏錦繡春，故將舊事又翻新。旌陽寶劍傳千古，猶賴詞壇妙筆陳。燕臺傳寶三〔五〕

（以上均程煐著，何鳳奇、唐家祚合注《龍沙劍傳奇》卷末，黑龍江人民出版社，一九八六）

【箋】

〔一〕范毓祥：　樂城（或爲今河南鄧州）人。字號、生平均未詳。

〔二〕吕肯堂：　浙西人。字號、生平均未詳。

〔三〕吕尚賢：　浙西人。字號、生平均未詳。或以爲卽吕景儒。

〔四〕崔恆寧：　嫩江（今屬黑龍江黑河）人。字號、生平均未詳。

〔五〕傅寶三：　燕臺（或爲今河北易縣）人。字號、生平均未詳。

一亭霜（劉永安）

劉永安（一七五四—?），字古山，一説號固山，直隸三河縣（今河北三河）人，漢軍鑲紅旗籍。乾隆五十三年戊申（一七八八）舉人，應大挑一等，以知縣用，發貴州，歷署貴定、普安、正安、貴筑等州縣。嘉慶二年（一七九七），調補貞豐州知州。後署黔西州事。以運銅補議，降三級調用，同僚爲之捐復原官。七年至九年間，與洪洞范鶴年、泰州沈謙等，在滇采辦京銅，相互唱和，合集爲《昆海聯吟》。嘉慶間，修纂《黔西州志》。撰雜劇《冰心冊》、《商山鸞影》，傳奇《一亭霜》、《鴛鴦扇》，以及《鐵釧記》、《鐵立行》二種戲曲。傳見宣統《興義府志》卷五八、民國《三河縣新志》卷一一等。參見黄義樞《清代戲曲家劉永安生平考略》（《中華戲曲》二〇一二年第一期）、鄭志良《關於〈古本戲曲叢刊八集〉編纂的一些問題》（未刊稿）。

《一亭霜》傳奇，《古典戲曲存目彙考》著録，現存嘉慶間鈔本。

《一亭霜》序

杜　鈞〔一〕

《一亭霜》者，歌武功，闡婦節也。夫珉球六十八亭，稱一焉何故？以一亭有死難之婦，是以稱。苗變時，死難之婦不一而足，如江濤九口，曾艾一家，胥遇害，何以弗稱？以亡其姓氏，故弗稱。古山三牧珉球，這結隸其屬，而鳳岐事又最久，其妻若子死日情形，無弗詳悉。故卽冰霜之操，僅稱一亭焉，卽一亭而稱之固已。亭者，婦之亭，霜者，婦之霜，無與於武功。若後路諸公，復壩陽，剿箐口，爲州非爲亭，胡爲乎稱之？蓋假功以昭節，亦假節以敍功。況州解而亭解，州安而亭安，爲州也可，爲亭也亦可，故並於一亭書之。

南洲七十七歲老人杜鈞藕莊序。

（清嘉慶間鈔本《一亭霜》卷首）

【箋】

〔一〕杜鈞：字景宋，號藕莊，新建（今屬江西）人。以進士爲雲南太和知縣。乾隆五十四年（一七八九），改易門。擢鎮雄牧，以事謫戍貴陽。工篆書，嗜碑版。壽至七十七歲以上。輯《杜藕山房叢書》。著有《霞坪詩存》。傳見《皇清書史》卷二四、李宗昉《黔記》卷一等。

冰心冊（劉永安）

《冰心冊》雜劇，《北平圖書館戲曲展覽會目錄》、《古典戲曲存目彙考》著錄，現存嘉慶九年甲子（一八〇四）稿本，中國國家圖書館藏。

冰心冊序

吴詒澧

詩歌，古之樂也。詞曲，今之樂也。言殊而志一也。《雅》有《采芑》，《風》有《柏舟》，揚武功，明婦節，管絃金石，昭來許已。甲子夏，雲貴制帥琅公，自愍江凱還，勞瘵以歿。姬陳氏誓身殉，果經死。中丞聞於朝，上嘉憫焉。制帥之功，比隆於方叔；陳姬之節，較烈於共姜。無人爲譜諸宫商，宣諸鐃吹，百世而下，何以立懦廉頑耶？古山子爲黔牧，制帥之屬吏，作《冰心冊》。或謂古山爲漢軍才子，僅以詞藻取。余竊以忠貞之績，紀於太常，假優孟之衣冠，感庸愚之耳目，式歌且舞。今之樂，由古之樂，與《采芑》、《柏舟》何以異哉？

桐城吴詒澧序。

（清嘉慶九年甲子稿本《冰心冊》卷首）

（冰心冊）題詞

伯麟等

古人一死重泰山，聲光赫奕昭塵寰。我讀殉節陳姬傳，益歎正氣留兩間。蠻烟瘴雨金沙渡，公雖瞿鑠已成痼。歸來形影與誰依，姬獨殷勤侍朝暮。朝朝暮暮祈延年，雲掩臺端悲薤露。古井由來不起波，鉛華鏡影黯如何。斑斕竹染千竿濕，愁緒絲添萬縷多。宦迹天涯如旅邸，備物先成身後禮。主人報國不顧身，妾身殉節甘如薺。影摇丹旐路迢迢，魂兮相從慰寂寥。風號白楊墳纍纍，魂兮相從伴幽隧。天長地久情纏綿，莞爾一笑心彌堅。舁櫬置楹易華服，入帷旋報登仙籙。家人揮涕共羅拜，中丞致敬亦三肅。貞心烈性達天聰，祔葬佳城敵體同。已植綱常蒼洱地，有光泉壤恪勤公。吁嗟乎，蒲坂見公倏七載，鸛鵲樓看雲煥彩。（余撫晉時，于役蒲州，適公至自新疆，盤桓永夕，相得甚歡。）故人奄化我來滇，殲渠知君心力殆。大星隕矣小星隨，流芳不朽千秋在。伯麟〔一〕

天地有正氣，付畀本無殊。鬚眉已堪尚，況乃巾幗姝。恪勤滇黔使，舊雨心迹符。鴻才兼偉抱，中外惠澤敷。牂牁未一載，平苗寇患除。承恩制六詔，大纛揚前驅。桃根與桃葉，隨侍昆明湖。桃葉先春落，桃根秋月孤。維西忽告警，振旅掃穴鼩。擒渠閲二載，心瘁身卒瘏。凱旋疾益痼，桃根百計圖（謂陳姬也）。焚香默祈禱，日夜眉不舒。大星偏自隕，搶地號天呼。殯殮悉中禮，摒擋遺憾無。宦囊餘清俸，筆記悉錙銖。送死大事了，精力已全枯。從容言己志，環告淚沾襦。主人恩義重，長遊慟須臾。孑身無以報，殉葬意久儲。靈前展拜罷，慷慨一捐軀。香魂從地下，節烈事堪書。名公爲作傳，萬載傳驪珠。我聞頻歎賞，頹風藉可扶。福慶〔二〕

節制滇黔本恪勤，金沙江外整三軍。兩經寒暑拴苗逆，一掃欃槍奏凱勛。荒徼辛勞疴已痼，瓊姬調護意徒殷。求神無效醫無策，願以身殉思不羣。堅貞矢志作完人，鉅細喪儀切指陳。三冊分明能自獻，一籯積蓄豈藏珍。藹然老幼傾心臆，倏爾音容付幻塵。爲慰芳魂聞帝座，從今懿行不沉淪。衡齡〔三〕

喬松百尺蒼倉鬛，下有勁草相撐扶。桓桓琊琊①方召徒，奉命出鎮西南嵎。潁川侍姬靜且都，長征萬里攜之俱。公秉節鉞麾兵符，氂牛徼外彎飛弧。逆渠授首邊氛除，出師二載心力枯。蠻烟瘴雨侵肌膚，凱還公竟騎箕徂。招魂八表無神巫，姬也視玲形影孤。仰天一慟嗟何辜，以身殉之矢勿渝。脫御麻衣衣繡襦，櫬前再拜淚忽無。呼嫗視日日未晡，從容含笑捐其軀。中丞入告帝曰俞，詔許祔葬都城隅。觀者感喟聽者吁，彤史特筆逢南狐。黔山黯黯鵂鶹呼，滇水淒咽雲模糊。靈之來兮曳六銖，雲車風馬紛前趨，酬之三爵靈歸乎。阿禮布〔四〕

翳恪勤公系天潢兮，太丘篴室協珩璜兮。公授節鉞奠南荒兮，南天半壁固金湯兮。妾侍巵匜從公征兮，八番六詔路阻長兮。公討不庭射天狼兮，縛恆乍繃如刲羊兮。金沙之江毒霧蒸（諸良切）兮，洎乎振旅公體尫兮。蔆兮苓兮珍上方兮，膏兮肓兮妾命涼兮。禱爾神示淚盈眶兮，誓殉所天呼彼蒼兮。彼蒼不聞泣無衁兮，溯公出鎮二姬從（叶）兮。一姬溘逝滋晝傷兮，妾無嗣續冀肯堂兮。

時將返旆亟騰裝兮，中丞慰問語諄詳兮。下逮臧獲愼周防兮，盂蘭撤會月逾望兮。迺脫衰絰整明妝兮，拜公槥兮衆蒼黃兮，同公而逝洵偕臧兮。重曰：松兮柏兮凜冰霜兮，蘭兮蕙兮閟芬芳兮。從容赴義亦慨慷兮，哀感衢路聞者愴兮。皇帝曰都綸言昌兮，歸於其居同穴藏兮。忽其歿兮逾久光兮，千秋萬禩引維綱兮。李鑾宣〔五〕

（清嘉慶九年甲子稿本《冰心冊》卷首）

【校】

①瑯瑯，底本作『瑯』，據文義補。

【箋】

〔一〕伯麟（？—一八二四）：字玉亭，瑚錫哈哩氏，滿洲正黄旗人。乾隆三十六年辛卯（一七七一）舉人，授兵部筆帖式。五十七年，任盛京兵部侍郎，尋遷山西巡撫。嘉慶九年（一八〇四），任雲貴總督，以功授協辦大學士。二十五年，内調授兵部尚書兼正紅旗漢軍都統。道光初，官至體仁閣大學士，卒謚文愼。傳見《清史稿》卷三四三、《國朝耆獻類徵初編》卷一五五。

〔二〕福慶（？—一八一九）：字蘭泉，一字仲宗，鈕祜祿氏，滿洲鑲黄旗人。乾隆二十八年（一七六三），考取筆帖式。三十四年，補張家口同知。歷任河間府同知、天津府同知、理藩院員外郎、永平府知府、鎮迪道、甘涼道、安徽按察使等。嘉慶七年（一八〇二），擢貴州巡撫。十一年，因失職降調。後官至禮部尚書、兵部尚書。著有《異域竹枝詞》、《志異新編》等。傳見《國朝耆獻類徵初編》卷九七。

〔三〕衡齡（？—一八三四）：費莫氏，滿洲鑲紅旗人。乾隆間，由筆帖式加捐主事，簽分吏部。乾隆四十二年(一七七七)起,歷任主事、員外郎、郎中,外遷嘉興、廣信、南昌知府。嘉慶間,任江西鹽道、江西按察使,貴州、廣東、江西布政使,廣東、山西巡撫。二十二年,以失察革職。傳見《滿漢大臣列傳》卷四四、《國朝耆獻類徵初編》卷一九〇、《滿漢名臣傳續集》等。

〔四〕阿禮布: 瓜爾佳氏,滿洲正白旗人。乾隆五十五年(一七九〇),任工部郎中。五十八年,任山東濟東泰武道。嘉慶間,歷任浙江按察使、雲南布政使等。

〔五〕李鑾宣(一七五八—一八一七): 字鳳書,又字伯宣,號石農,靜樂(今屬山西)人。乾隆五十五年庚戌(一七九〇)進士,授刑部主事。嘉慶三年(一七九八),擢浙江溫處兵備道。調雲南按察使,以讞獄失當,謫戍迪化。後放還,官至四川布政使。著有《堅白石齋詩集》。傳見秦瀛《神道碑》(《小峴山人文集補遺》)、《國史列傳》卷九七、《國朝耆獻類徵初編》卷一九六、《國朝詩人徵略初編》卷五一、《昭代名人尺牘續集小傳》卷四、《皇清書史》卷二三、光緒《山西通志》卷一五一、《滿漢名臣傳續集》等。

鴛鴦扇(劉永安)

《鴛鴦扇》傳奇,《明清傳奇綜錄》著錄,現存嘉慶間鈔本。

(鴛鴦扇)序

福　海〔一〕

隻鹿揚塵,何害於山林之大? 一魚縱壑,何傷於河海之深? 小竹孤山,僅同蟻穴; 大鬼一坉，何啻蜂窩。敢將佛法愚人，竟以妖言惑衆。木魚敲碎，儼如來之坐涌蓮花；貝葉翻殘，恍迦之淄流鹿苑。姊妹舞花園之扇，貔貅來鐵廣之坪。成魁卒被殲魁，小竹眞如破竹。阿難莫保，般若無靈。爲匪不過數旬，碎屍都成萬段。枉自傷其性命，究何害於唐虞？

獨異夫人而不黨於妖，爲匪而能脱於匪。蘭妹本花娘之首，藏柳全身；高坦爲教匪之鄰，揚帆遠禍。分扇終能合扇，埋金可以散金。化蝴蝶而翩翩，作梁祝墳頭之影；成鴛鴦以對對，連韓凴樹上之魂。休疑鄒縣之殘門，鎖金籠而能全大義；莫作魏宮之斷瓦，勝丹鳳而不棲别枝。掃盡妖氛，得眠沙而成匹；銷殘戾氣，仍踏浪以齊翔。湘江之紅蓼，秋風乍失，琳池五色；黔嶺之綠苔，春雨還來，錦翼雙飛。文綺合歡，菱花共照。不受白蓮之染，終逃丹筆之誅。宜裁錦繡以爭傳，卽譜宮商而不愧。

幸得燕山劉子，泃水名家。繪成柏节松操，原有滇詞之四種；（采銅滇省，向譜《冰心冊》、《鐵立行》、《鐵釧記》、《商山影》等塡詞。）描就鶯儔燕侶，復成《鴛扇》之全章。從知聚衆爲非，定乏覆巢之完卵；可見潔身獨善，終爲合浦之還珠。避邪在一念之間，得瓦全夫身家骨肉；爲匪恃萬餘之衆，遭族滅①於鈇鉞旌旄。托優孟之衣冠，假梨園之歌舞。庶人知節義，世畏王章，孰復爲小醜之跳梁，致大兵之剿滅也哉？

時己巳中秋後一日〔二〕，波平年弟福海拜識。

（清嘉慶間鈔本《鴛鴦扇》卷首）

【校】

①滅，底本作『減』，據文義改。

【箋】

〔一〕福海：　波平（？）人。生平未詳。

〔二〕己巳：　嘉慶十四年（一八〇九）。

《鴛鴦扇》題詞

張寶鑑　等

里黨愚夫無遠謀，佛經引得滿山陬。明傳寶筏爲慈舫，暗假如來試鈞鉤。布袋斂完千戶米，木魚敲落萬人頭。一朝巢覆無完卵，盡赴酆都作楚囚。

十二紅妝女不凡，揮巾舞扇盡如仙。歌殘花障歸魔障，踏破金蓮助白蓮。毛女籃中籠鬼魄，麻姑爪上有龍泉。可憐鐵廣天兵到，玉碎香零化作烟。

休嘲士女盡愚蒙，柏节冰操氣象雄。高睿棄袍成亮節，（高睿爲賊獲，示以袍帶，不受。）禮修塗面守清風。（趙高妻張禮修，以碧塗面，賊不敢迫。）帆飛雪浪三湘外，扇合鴛鴦一夢中。歸入雲鄉三十六，雙棲玉沼影搖紅。

義夫節婦姓名香，譜定絃歌足擅場。佛祖無靈塗雪刃，鴛鴦有夢入《霓裳》。爲分執扇如來反，空亂鴻羣菩薩亡。快託梨園諸子弟，武功壼德一齊揚。張寶鑒〔一〕

欃槍夜烔動狼烟，破鏡分離幾再圓。只爲鍾情金石固，天心不忍折雙鴛。

鶴髪頹齡老一經，閨中有女蕙蘭馨。相攸不比浮雲壻，家室飄摇苦未寧。

山魈木魅假瞿曇，誘動蚩氓萬竈殘。百折不回心如鐵，花園剩得一叢蘭。

患難餘生兩意同，劈開團扇哭秋風。一朝掃穴妖氛盡，比翼依然錦浪中。

東海詞壇久擅場，慣憑絲竹闡幽光。一編新譜忠貞傳，咀徵含宫姓字香。

白雪紅牙幼婦辭，表彰巾幗與鬚眉。克綏士女兵威震，名將儒臣迹並垂。 杜鈞

頭是青天冒，脚莫西天抱。若裝佛祖作錢神，報報報。左道狐禪，剛風火劫，灰飛烟掃。剗地回頭早，便是慈航到。貪嗔癡念一齊捐，了了了。任是鸞分，終成鏡合，總緣忠孝。（右調【醉春風】）

妖魅禮空王，十二花姑孽焰張。賸有青蓮生火宅，光芒。魔氣雖高不敢降。 半扇劈鴛鴦，訪到桃源遇阮郎。會合雌雄完舊配，綱常。一曲《猗蘭》萬古揚。（右調【南鄉子】） 饒重慶（二）

從來雜劇幻雲烟，離合悲歡缺又圓。此日才人傳實事，翟鵜隊裏颺文鴛。

小竹山村夜唪經，探他邪教鉢蓮馨。滿讕官將搜拏急，仗呪花娘舞不寧。

少婦端良謬釋曇，不迷本性自摧殘。泣商夫壻分紈素，猶草叢間一朵蘭。

士窮見節古今同，求劍埋金舸走風。天地有情聯正氣，武陵江岸畫圖中。

妖氛巾扇是排場，卻有姻緣借扇光。屢入網羅飛得出，虧將姓字易王香。

《鐵釧》、《冰心》久著辭，滇南智烈表娥眉。（古山在滇采買局銅時，著有傳奇四種，曰：《鐵釧記》、《鐵立行》、

《商山影》、《冰心冊》。）還成黔地鴛鴦譜，好並旌功史冊垂。李騰華〔三〕

剪寇兵先弭盜糧，埋金籌策倚蘭香。愛他合浦還珠日，肯把多財賀玉郎。
悲歡聚散重綱常，自是幽蘭有玉香。鴨隊雞羣凡鳥輩，空將野浦亂鴛鴦。
貔貅十萬擁山岡，誰識明珠久暗藏。蘭質蕙心終不死，金蓮蹴破白蓮香。
隱持蘭教譜宮商，妙句新詞九畹香。不是癡情兒女事，秋風紈扇只悲涼。鄭吉士〔四〕

（清嘉慶間鈔本《鴛鴦扇》卷首）

【箋】

〔一〕張寶鑒：號鐵巖，順天大興縣（今北京）人，滿洲漢軍正藍旗。乾隆五十四年己酉（一七八九）恩科舉人。嘉慶三年（一七九八），署貴州安化知縣（見《思南志》）。後署銅仁。十四年，轉清鎮。十五年，任水城通判（見《貴州通志·宦迹》、《水城縣志稿》）。二十五年，任開州知州（見《貴陽府志》卷一一）。

〔二〕饒重慶（一七五五—一八〇九後）：生平詳見本卷《皇華記》條解題。

〔三〕李騰華（一七五四—一八一八後）：字實初，號鄰芸，別署淮乞子、鄰芸居士，臨川（今屬江西）人，生於新昌（今屬江蘇淮安）鹽使署中。諸生。乾隆四十九年甲辰（一七八四），召試獻詩。嘉慶十八年（一八一三）前後，遊於黔，入胡梁園、李宗昉（一七七九—一八四六）幕。二十年，掌教遵義湘川書院。手批《試律矩存》。著有《鄰芸文集》。傳見同治《新昌縣志》卷一七、《桐城文學淵源考》卷十一等。

〔四〕鄭吉士：石屏（今屬雲南）人。拔貢生。嘉慶八年（一八〇三），任貴州麻哈州牧。十三年，任鎮寧知州。著有《鄭吉士文集》。

皇華記（饒重慶）

饒重慶（一七五五—一八〇九後），字紹芳，號烜圃，一號潤甫，大埔（今屬廣東）人。饒汀長子。乾隆三十六年辛卯（一七七一）廩生。四十二年丁酉（一七七七）拔貢，次年（一七七八）考職第一，充四庫全書館校錄。尋授州同，辭不就。復考，授鑲黃旗教習。期滿，授貴州龍泉知縣。嘉慶二年（一七九七），署正安州知州。嘗奉旨督運京鉛。歷任桐梓、施秉、玉屏知縣。撰傳奇《皇華記》。傳見同治《大埔縣志》卷一七、光緒《茶陽饒氏族譜》（廣東中山圖書館藏）等。參見鄭志良《關於〈古本戲曲叢刊八集〉編纂的一些問題》（未刊稿）。

《皇華記》，《國立北平圖書館戲曲音樂展覽會目錄》、《古典戲曲存目彙考》著錄，作『常藝圃』撰，誤。現存嘉慶十三年戊辰（一八〇八）耀紫軒刻本，有二種，均藏中國國家圖書館。

皇華記填詞自序

饒重慶

《皇華記填詞》者，裳子五載京鉛，歸途所作也。剛方非諧俗之具，苦海終投；文辭本行遠之資，迷津可渡。夫其鉛刀使割，不甘避盤錯以求全；卒之匏葉濟盈，遂至狎風濤而幾喪。懲熱羹而吹虀，應深咎學問之未嘗；持方枘以鑿圜，仍不悔工夫之誤用。沿河托鉢，過市吹簫。圉圉涸轍之魚，累累喪家之狗。猶復公然饒舌，擬説法於祇樹林中； 率爾行吟，學曼聲於《蓮花落》裏。慨其嘆矣，傷如之何？

然而歌也有懷，言之無罪。六厄洪濤駭浪，難上又難； 五經秋蟀春鵑，痛定思痛。生乃與噲等伍，勢則使然； 窮不入死之徒，懂而後免。昔范至能帥蒼梧之域，爰有《桂海虞衡》： 齊次風歷崑崙之墟，亦著《河源指掌》。信耳聞不如目見，況臆度未及身親。卽論斯差，原非苦事； 倘能善辦，詎入窮鄉？ 惟是六十載之物力遞增，十五國之人情日改。過都越境，未免指臂無靈； 逐臭慕羶，畢竟腹心難托。川丞居奇出結，攬頭揭債包工。若欲自雇民船，以爲減舟惜費； 如使按期官造，不免薄板稀釘。覆溺則川丞無併議之條，招募則攬頭競侵漁之利。年年撥運，費國帑動萬盈千； 箇箇驚弓，破家貲無功有過。此其難也，不亦傷乎！

玆幸星槎返棹，將爲萓草稱觴。略敍根由，聊資掌故。俾覽者知治法治人之意，使後賢思議因議革之文。非敢妄謂圓通，實則備嘗甘苦。宫商未協，本非弟子梨園； 笑駡不經，權當戲場傀儡。老萊子學小兒啼笑，聊以娛親； 窮宰官上七尺氍毹，藉玆現世云爾。

時嘉慶八年仲夏日，嶺海裳華自識於湘江舟次〔一〕。

（清嘉慶十三年戊辰耀紫軒刻《皇華記塡詞》卷首）

【箋】

〔一〕題署之後有印章三枚： 陽文方章『裳華』，陰文方章『藝圃』，陽文大方章『所居在廉讓之間』。所謂『裳華』，卽饒重慶化名。

集杜句自跋皇華記曲譜後

饒重慶

酒闌插劍肝膽露，長歌激越捎林莽。一生喜怒長任眞，世人那得知其故。牧出令奔飛百艘，遊子空嗟垂二毛。況乃疎頑臨事拙，歌帆側柁入波濤。哀壑槎枒浩呼洶（歸州新灘），豫章翻風白日動（江西馬當磯）。江石缺裂青楓摧，萬牛迴首丘山重。日暮東臨大江哭，江妃水仙惜不得。强將笑語供主人，泥濘漠漠飢鴻鵠。男兒性命絕可憐，自斷此生休問天。扶持自是神明力，鄉里衣冠不乏賢（顔傳、李丁諸公）。魑魅魍魎徒爲耳，歲暮窮陰耿未已。飢餓動即向一旬，頭脂足垢何曾洗？人生留滯生理難，孤燈急管復風湍。故人情義晚誰似，斗水何直百憂寬。自免洪濤恣凋瘵（叶際）。秋風蕭蕭露泥泥。積雪飛霜此夜寒，黄土汙衣眼易眯。揚看結義黄金臺，亦知窮愁安在哉！東家蹇驢許借我，兔脫東門歸去來。好事就之爲攜酒，此曲自應天上有。少壯幾時奈老何，逕須相就飲一斗。

（清嘉慶十三年戊辰耀紫軒刻《皇華記填詞》卷末）

（皇華記）題詞

戚學標　等

相識雖新有故情，可憐才調最縱橫。芸臺四部觀新學，槐市芳年挹盛名。故國杳無千里信，他鄉正遇一陽生（時值冬至）。天涯我亦同飄蕩（僕時亦要有泛舟之役），一想流年百事驚。風景蒼蒼多少恨，長在荊門郢樹烟，楚山花木怨啼鵑。九州有路休爲客，四海何人復禮賢？新詩句句盡堪傳。祖鞭揮折徒爲爾，愁極兼無買酒錢。七子論詩誰似公，尋章摘句老雕蟲。寧堪作吏風塵下，自愛垂名野史中。漫把簡書催物役，判將賦命別窮通。本來薄俗輕文字，除我無人與子同。涕淚天涯慘一身，猶將談笑對風塵。休論官位俱相似，自是詩家倍益親。貧後始知爲吏拙，眼前惟稱與僧鄰。舌存恥作窮途哭，但覺高歌有鬼神。太平戚學標鶴泉集唐〔一〕

漫說文人數獨奇，箇中消息應難知。翻因歷盡風波險，譜出新聲絕妙辭。

窮途托鉢幾星霜，剩有琴書返夜郎。富貴浮雲何足計，最難春酒奉萱堂。

三年萬里泛星槎，一路江山助筆花。寄語天涯行役客，無須惆悵聽《皇華》。武陵劉秉彝敍堂題句〔二〕

共是珠江魚隊人，逢場也現宰官身。不須更唱《丁都護》，一曲《皇華》淚滿巾。

漢水東頭白浪高，一時芳草入《離騷》。若教風送滕王閣，怎得雲中戛八璈。

貫月槎浮近五年，非關博望太遷延。袖來一片支機石，煉向黔中補漏天。

歸路匆匆唱《渭城》，江關愁絶庾蘭成。不圖溪服雲山外，粧點風流到小生。合浦李符清載園題句〔三〕

萍蓬忽然相遇，共御杯道故。記當日、送客城西，烏絲欄譜《金縷》。（乾隆戊申秋，同送載園，即席譜《金縷曲》。）從茲後、風流雲散，鱗鴻不解相思苦。又誰知、仗劍黔中，折衝樽俎？萬里關山，捧檄獨往，冒蠻烟瘴雨。五溪畔、跕跕飛鳶，登山臨水愁汝。跨征鞍髀肉潛消，磨盾鼻詞條颺豎。笑書生、蚊力猶雄，泰山還負。可憐星使，風雪乘槎，下空泠灔澦。過秭歸、一炬驚人，辛勤何補？甫脱愁城，旋填苦海，九江又觸陽侯怒，把廿萬官鉛沉水府。文章憎命，由來狡獪，詞人難免，鬼欺神妒。西江涸轍，南國呼庚，落拓今如許。算一路，凍河淮北，糧絶齊東，水泛臨清，備嘗艱阻。相逢不易，相看無語，樽前譜出《皇華》曲。對燈筵、撾破漁陽鼓。鹿城春雪初融，教倩流鶯，送君南浦。（【鶯啼序】） 陽湖楊元錫雲珊倚聲〔四〕

宦海茫茫難騁步，征夫又觸馮夷怒。所爲拂亂老其材，一曲《皇華》和淚訴。格調依稀三變聲，現身説法柳耆卿。文章憎命惹魑魅，腸斷江南字字橫。王事靡鹽匪君獨，心慈臉軟君面目。漢淮齊魯頻厄君，憐君屢遇窮途哭。蠅逐臭兮蟻慕羶，若輩谿壑眞難塡。功名遲速偶然耳，南望萱闈絶可憐。五載襟懷向人盡，洞庭青草餘歸興。閒把船窗擬草窗，塡寫賓州漁笛咏。昔同魚隊今同官，風吹滇海雨黔山。山耶水耶永流峙，宦味如斯心力艱。莫怪詩人發騷屑，鬼神應憫岐塗拙。酒醒燈炧落簷花，讀罷新詞肝膽裂。湟川李連城璞庵題句〔五〕

眼底空花幻作眞，高、王、關、馬豔千春。何來嶺表風流客？自寫鬚眉絕倒人。

謾罵詼諧總可憐，神明示教亦非偵。就中一折澶淵會，滄海君疑魯仲連。（謂李載園太守。）

聯鑣北道數張黄，風雅如今遠擅場。臭味相投非誑語，合將心事付宫商。（謂張石農太令、黄小松司馬。）

落拓偏饒醉後歌，衹緣辛苦閲人多。那知詞賦工無益，我欲樽前喚奈何！　涪陵文如筠青士〔六〕

【箋】

〔一〕戚學標（一七四二—一八二五）：字翰芳，號鶴泉，太平（今屬浙江）人。清高宗巡江浙，獻《南巡頌》。乾隆三十年乙酉（一七六五）拔貢，三十九年甲午（一七七四）中順天舉人。四十六年辛丑（一七八一）進士，需次十餘年，始授河南涉縣知縣。在任十三年，以忤上司罷歸。嘉慶二十二年（一八一七），改寧波教授，越三載歸。歷主鶴鳴、紫陽、崇文書院講席。工詩古文辭，精於考證。輯《台州外書》、《三台詩錄》、《風雅遺聞》。著有《漢學諧聲》、《説文補考》、《毛詩證讀》、《詩聲辨定陰陽譜》、《四書偶談》、《字易》、《景文堂詩集》、《鶴泉集杜》、《鶴泉集唐》、《鶴泉文鈔》等。傳見王棻《柔橋文鈔》卷一四《傳》、朱一新《佩弦齋雜存》卷二《史傳》、楊晨《崇雅學文稿》卷二《史傳》、《清史稿》卷四八七、《清史列傳》卷六八、《碑傳集補》卷六、《清儒學案小傳》卷一一、光緒《太平續志》卷五等。

〔二〕劉秉彝：號敍堂，武陵（今屬湖南）人。貢生，嘉慶間舉人，遊幕爲生。著有《悼雲草》、《粤遊草》等。

〔三〕李符清：字仲節，號載園，室名竇杜齋，合浦（今屬廣東）人。乾隆四十八年癸卯（一七八三）舉人。五十五年（一七九〇），任天津知縣。五十九年，知東鹿縣。嘉慶八年（一八〇三），知開州。工詩，善書。著有《左傳節錄》、《海門詩鈔》、《海門詩文選》、《鏡古堂檢存文鈔》等。傳見《清史列傳》卷七二、《國朝詩人徵略初編》卷四

八、《桐城文學淵源考》卷二、同治《續天津縣志》卷一一、同治《東鹿縣志》卷五、同治《畿輔通志》、光緒《保定府志》卷四九等。

〔四〕楊元錫： 字雲珊，陽湖（今屬江蘇常州）人。妻呂芳貞（字韞清）。監生。治經窮漢學，爲詩宗李白。乾隆六十年（一七九五），在富春與張惠言（一七六一—一八〇二）作詩酒之會。纂《長垣縣志》、《棗强縣志》。著有《覽輝閣詩鈔》。傳見《清代毗陵名人小傳稿》卷六。

〔五〕李連城： 號璞庵，湟川（今屬廣東連州）人。乾隆四十二年丁酉（一七七七）拔貢，充武英殿四庫全書館校錄。議敘州同，揀發廣西，補鬱林州州判，調河池州同，陞懷集知縣。歷官雲南新興州知州、貴州貴筑知縣、普安州知州、貞豐州知州，仕至奉天府治中，歿於官城。

〔六〕文如筠： 號青士，涪陵（今屬四川彭水）人。附貢，以捐納知縣，分發貴州。嘉慶十八年（一八一三），署正安州； 十九年，署黃平州。道光二年（一八二二），任銅仁知縣。四年，署修文知縣。八年，轉貴定知縣。傳見道光《貴陽府志》卷七一。

跋皇華記

饒重熙〔一〕

【滿江紅】憲翰青箱，舊業是、瀛洲閬苑。獨伯氏、蹉跎四十，明經作縣。十載囊書遊帝里，一官跨馬來羅甸〔二〕。被罡風、吹上斗牛墟，乘槎遠。 秭歸火，江州漩； 淮右雪，津門淀。把勞薪苦膽，臥餘嘗遍。談虎至今猶色沮，聽猿當日隨聲泫。卻編成、一部大宮商，騷壇建。弟重熙皐田

【箋】

〔一〕饒重熙：字皋田，大埔（今屬廣東）人。饒重慶弟。生平未詳。

〔二〕羅甸：《明史·貴州土司》：『自蜀漢時，濟火從諸葛亮南征有功，封羅甸國王。』羅甸國，在今貴州黔西縣一帶。此借指貴州。

跋皇華記曲譜後步李璞庵刺史元韻〔一〕

饒　炳〔二〕

捷徑終南少窘步，屈子問天天應怒。吾兄嶔奇歷落人，一笑仰天向誰訴？《皇華》一曲漫倚聲，我用我法卿用卿。五十之年忘髩白，耿耿劍氣空中橫。失馬何遽不爲福，人世忽如鳥過目。不見同行肅與雷，津門尚笑便門哭。（肅司馬、雷刺史，同兄守凍津門，積勞先後卒。）兄也嗜書如嗜羶，寒作衷穿飢腹塡。西江一擲二百萬，貸粟監河眞可憐。五載風濤憔悴盡，窮途當哭餘歌興。酒酣高唱『大江東』，何減《伊》、《涼》變徵咏。書劍飄零博一官，征袍纔卸又移山。（兄揀發銅仁軍營，署偏橋，半載領運。）可笑書生不自量，彼何人斯心孔艱。三十六篇霏玉屑，紅兒雪兒總嫌拙。不若三升紅豆付何戡，檀板敲殘玉笛裂。弟炳星垣謹識

（以上均清嘉慶十三年戊辰耀紫軒刻《皇華記塡詞》卷首）

【箋】

〔一〕李璞庵刺史：即李連城。

〔二〕饒炳：字星垣，大埔（今屬廣東）人。饒重慶弟。生平未詳。

芙蓉樓（張衢）

張衢（一七五五—一八三六後），字越西，一字道行，號情齋，别署病痱道人、尸道人，室名賢賢堂、翠娱軒，蕭山（今浙江杭州市蕭山區）人。弱冠補諸生，屢試不售。嘗客都中。工詩詞，善畫，畫宗北派，多奇氣。老而窮困，賣書畫於杭州。年八十餘猶强健。傳見《墨林今話》卷一〇、《歷代兩浙詞人小傳》卷八、民國《蕭山縣志稿》卷一八等。著有《賢賢堂集》、《翠娱軒詞》、《信芳録》等。撰傳奇《芙蓉樓》、《玉節記》，皆存。傳見民國《蕭山縣志稿》卷一八。參見鄧長風《二十九位清代戲曲家的生平材料·張衢》（《明清戲曲家考略三編》）。

《芙蓉樓》，全名《賢賢堂芙蓉樓傳奇》，《今樂考證》著録。現存乾隆五十六年（一七九一）原刻本，咸豐元年（一八五一）據以重刻，《傳惜華藏古典戲曲珍本叢刊》第六二册據重刻本影印。

《芙蓉樓》自敍

張衢

情不癡不深，不癡不奇，不癡不豔。文嫵孃始以畫自媒，尋而隨人奔波，困於逆旅而不悔，深也；馬妙孃鍾情於余生，不如所願而病，病而死，死而借尸，奇也，皆癡也。嫵孃、妙孃，易地則皆然。使二女者，其情不癡，或倉皇道途，始從而終背焉，或生而不能死，死而不能復生焉，爲之者不鮮，傳之者不豔矣。

雖然，此未必有之事也。齲齒折腰，金夫是媚；酒肉之側，脂粉皆腥。何物書生，敢作倚翠偎紅想耶？是以折齒誰憐，嘯歌不廢；登牆人杳，搖落深知。殆將焚長卿之綠綺，烹阿母之青鸞。舍彼色香，投之空苦；但能離恨，即是生天。

故曰：嫵孃，此女無也；妙孃，此女少也。越鄂君，今無其人；大中大夫、江都相，今無其官。借子虛之事，寫獨至之情。謂才子必配佳人，寒士必當奮發，離散必有團圓。嗚呼！此豈事之所必然耶？夫以事之所不必然而寫其必然，余亦癡矣。癡之所至，不覺其寫之深、寫之奇、寫之豔。名士盡其態，傾城極其妍。靡致豔情，揮灑盡致，蓋急欲爲書生吐氣，故不畏爲大方笑也。

乾隆辛亥暮春，蕭山病痱道人張衢題於艮心軒〔一〕。

【箋】

〔一〕題署之後有陽文方章三枚：『張衢』、『越西父』、『好備人間一種書』。

芙蓉樓傳奇偶言

張　衢

往余與來七在郊〔一〕，在王門塡詞，時以絲竹相娛樂。因謀製《芙蓉樓》傳奇，草創大概，約爲五十齣，在郊曰：『恐轉折太繁，不能遂成之。』余笑曰：『不能遂成，試爲之。』日間酬應不暇，每夜挑燈獨坐，必度數曲，凡積成二十餘齣。後以旋南急切，未竟此事，而在郊已死矣。歸來又作頭巾故態，咿唔牖下，不暇從事於聲律。前歲己酉之秋〔二〕，文戰既北，意敗力歇，偶閱元人傳奇數種，因憶及前詞，遂銳意續成之，至去冬而脫稿〔三〕。乃知在郊『不能遂成』之語，洵不誣也。

金人董解元始作北曲，名《西廂記》。《西廂記》，言情之書也。其後元人多效之，故作傳奇者，多主豔體詞。他如《荊釵》、《琵琶》，獨傳節孝之事，其言粹然，於勸世爲正，於詞例爲變風。夫『二南』歌咏文王后妃之德，《摽梅》、《死麕》二詩，其末章曰『迨其謂之』，『舒而脫脫』，不可謂非情矣，而適以成聖人之化。老僧四壁盡畫《西廂》，禪理即在箇中。可知情者，雖大聖高僧所不廢，一傳奇而必諱言之，太覺冬烘矣。

湯玉茗作《紫釵記》，其友人帥惟審云：『此案頭之書，非臺上之曲。』然既作填詞家，不得不尋宮數調，供優孟衣冠也。茲卷中曲雖浩繁，皆取伶工素所演習者，其餘艱詞僻調，概不填入。

元人北曲多襯字，概用大書。後吳江沈伯英輩，始細書襯字以別之，俾歌者易於持循，觀者便於取準，亦快事也。茲曲中限字用大書，襯字用細書，正從沈例，非敢背元人也。

《牡丹亭》集唐詩多通韻，如『齊微』、『眞文』、『寒刪』、『庚青』皆互叶。茲獨一韻自爲一韻，不致出入蒙混。

賓白最忌煩雜瑣碎，茲獨出之簡括。至插科打諢，伶工臨時自能補湊，必將碎屑語刺刺紙上，反傷雅道矣。

是書成，譏我者謂余不習舉子業，竟效俳優者之所爲，此眞井蛙之見。夫文章莫大於傳奇，悲歡必盡其情，賢姦各呈其態，非熟於人情世故，不足以與此。且其中或技能、或術數，咄嗟立辦，或典故、或方言，觸緒紛來，旣非枵腹人所能襲取。卽南人不能北語，北人不能操南音者，其於聲律，終未許其置喙焉。況數十齣中，迴環照應，打成一片，是眞一大八股也。故善讀書者不必定此書，善作文者不必定此文，一以貫之。吾於傳奇，蓋有得焉，奚必沾沾於舉子業哉！

是書成，同志者皆樂成余志，各借資以助梓，兼爲之分校正之任。曲中起伏呼應處，間有批注，皆與余意相吻合。乃知品評貴當，不必滿紙標題也。

附校閱同人姓氏：

尚庭氏韓絅〔四〕，葭汀氏何其茨，粹餘氏陸潤，志遐氏陸渭，芳巖氏許元，企峻氏任元龍，香圃氏陸芝榮，宇寬氏孫度，在川氏丁漣，花嶼氏蔡應淮。

【箋】

〔一〕來在郊：字號、籍里、生平均未詳。

〔二〕己酉：乾隆五十四年（一七八九）。

〔三〕去冬：卽乾隆五十五年（一七八九）。該劇於是年冬脫稿，次年刻成。

〔四〕尚庭氏韓絅：以下諸人生平待考。

芙蓉樓序〔一〕

姚　權〔二〕

《芙蓉樓》詞傳誦久矣。情齋少年時，落拓燕市，慕佳人之信修，登高丘而求配，蓋悲不偶而作也。詞中或白描，或設色，集元明人之大成，才子風流，名不虛得。壬戌之歲〔三〕，余以琴畫訂交，遂得見其《玉節記》傳奇，其於技能術數，無不該博，摛揚之中，具見經濟，豈可僅以書生目之？《芙蓉樓》詞早付劂氏，傳播於時，《玉節記》尚未問世，余故先贅數言，敢自附於識者，情齋當許我矣。

嘉慶八年仲春，虎林葶樓生姚權識。

【箋】

〔一〕底本無題名。原刻本無此文。

〔二〕姚權：别署葶樓生，錢塘（今浙江杭州）人。工花鳥。傳見《清代畫史增編》引《蝶影園書畫雜綴》。

〔三〕壬戌：嘉慶七年（一八〇二）。

摹妙孃遺像識語〔一〕

張　衢

半生多恨，獨於書畫結歡喜緣。《芙蓉樓》詞既成，戲摹妙娘像以玩之，得其髣髴，未敢云神似也。或曰：『何不並圖嫵孃？』余曰：『《敍》不言之乎？嫵孃，此女無也。無則不必圖矣。』

辛亥三春〔二〕，情齋識〔三〕。

【箋】

〔一〕底本無題名。

〔二〕辛亥：乾隆五十六年（一七九一）。

〔三〕題署之後有陽文方章二枚：『病痱道人』、『越西氏』。

題妙孃繡像〔一〕

陸以南〔二〕

一笑嫣然難再求，無聊宋玉早悲秋。銷魂最是橫塘側，多少芙蓉何處樓？生生死死豈荒唐，誰是多情馬妙孃？花落河陽終賫恨，至今憔悴惜潘郎。（情齋少有安仁之目，嘗作詩云：『無緣不作河陽令，空負當年一縣花。』）北山陸以南題〔三〕

（以上均《傳惜華藏古典戲曲珍本叢刊》第六二册影印清咸豐元年重刻本《賢賢堂芙蓉樓傳奇》卷首）

【箋】

〔一〕底本無題名。

〔二〕陸以南：字北山，籍里、生平均未詳。

〔三〕題署之後有陽文長章『以南』。

玉節記（張衢）

《玉節記》，全名《賢賢堂玉節記傳奇》，《今樂考證》著錄。現存嘉慶二十四年（一八一九）原刻本，咸豐元年（一八五一）據以重刻，《傳惜華藏古典戲曲珍本叢刊》第六二冊據重刻本影印。

（玉節記）自敍

張衢

神仙，在天地之中者也。天地玄施黄包，以相交接，而神仙以孤陰獨陽，假吐納以矯之。《參同契》云：『物無陰陽，違天背元。』神仙，天地之罪人也。昔人傅雲英、吴彩鸞之事，荒唐不經，然驅仙道以入人道，即入人道以入天道，補其偏而扶其弊，語無稽而至理寓焉。然烏知玄霜之擣、唐韻之書，神仙不眞有此事乎？

唐人撰《魏夫人傳》，青虚眞人命飛元玉女鮮于虚拊九合玉節。鮮于虚者，虚也。余假其名以爲戲，亦猶司馬相如之賦以《子虚》稱也。人思出世，明通未足，則魔來乘之；神仙思入世，感激過深，亦有魔間之。宋人《青溪寇軌》，有魔王魔母之名，故假方臘之事附會焉。夫自媒非德，自衒非才，浮沉塵世，别白者鮮。則有知其才而不惜終身事之者，非人也，仙也；即非仙，而吾亦以爲仙也。且有知其才而不惜終身依之者，非人也，佛也；即爲佛，而吾亦援引之以爲仙也。淳于悦、東方歡，市井人也，目不知書，其愛聞人諧也，不遺餘力，世間無此人也；世間有此人，不妨使之同昇諸天而仙也。

夫偶不偶之數在造化，而筆墨之權則在我。我欲偶而偶之，我欲仙而仙之，造化其能與我爭哉？然非我敢創爲之，古之人如雲英、吴彩鸞之事，先有傳之者。然非我敢與造化爭之，我亦欲補其偏而扶其弊，使神仙不爲天地之罪人也。

時嘉慶庚申臘月下浣〔一〕，情齋張衢敍。

（《傅惜華藏古典戲曲珍本叢刊》第六三册影印清咸豐元年重刻本《賢賢堂玉節記傳奇》卷首）

【箋】

〔一〕嘉慶庚申：嘉慶五年（一八〇〇）。是年臘月下旬，公元已入一八〇一年。

玉節記傳奇序〔一〕

蔣　焜〔二〕

情齋先生於玉比德，清節爲秋。道韻粹中，天才英博。辨《羽衣》三疊之曲，讀《金眞》七映之書。然而眼不逢青，頭仍欲白。甑甑作障，甑釜生塵。旅館如冰，問梅花而不語；閒愁非雪，借竹葉以難澆。冷看傀儡之棚，笑擲琉璃之筆。呼之圖畫，若有可人；除卻神仙，更無知己。《玉節記傳奇》，殆有感而成乎？

今年春，焜始得與先生遊，示我一編，諷之三嘆。夫珍珠簾畔，空別芳卿；香草園中，忽來神女。折花蕭總，相逢明月之溪；采藥劉晨，小住胡麻之洞。雖云異遇，强半前緣。若乃惋惜英雄，迴旋造化。不遇之遇，遇始大奇；無緣之緣，緣由獨創。黄塵謫去，甘心煩惱魔中；碧海歸來，攜手鬱單天上。比之留詩，羅郁作合尤難；方之寫韻，采鸞憐才更甚。有仙家而如此，庶傑士之揚眉。

嗟乎！窮愁方克著書，憂患元從識字。古來之聞人豈少哉？乃過羅浮而無夢，鴆鳥焉媒；呼眞宰以不聞，枯魚自泣。文通武達，徒多經緯之才；髡醉朔來，並乏詼諧之伴。襴衫褦襶，貧女心傷；短髮飄蕭，詩人骨瘦。何處有金臺紫館，俄然作瓊想瑤思？豈果星宿前身，分當磨折，修羅惡焰，未許飛騰耶？先生所爲，以妄爲眞，將空衍色者也。

爾其搖毫慘淡，落紙纏綿。一燈聽雨聽風，五夜欲歌欲哭。拋殘紅豆，暗記宫商；彈到青琴，難分絃指。叩虚空而凡響盡失，拗新豔而古光自流。未免有情，鬱鬱誰能居此；似曾相識，珊珊乎其來遲。甚且幻戎馬之蒼黄，藕絲刀劍；換棋枰之黑白，芥子須彌。必使歷盡羊腸，爭諸蝸角。然後挾成智瓊以去，偕秦弄玉而仙。償半生潦倒之悲，完一念人天之局。蓋其境益塞，故其想益開；作者愈艱，斯讀者愈快已。

焜愚同齊客，濫學吹竽；巧謝宋人，空勞刻楮。乃清吟未畢，覺古感紛來。聽嚼蕊之新聲，人世應無此曲；觸散花之舊恨，浮生其奈多情。（予悼亡後，編散花曲。）將按拍而布之管絃，先釀金而壽諸梨棗。庶幾笛調《楊柳》，爭識三中；樓號芙容，都成兩美。（先生有舊刻《芙蓉樓傳奇》。）君心在月白峯青而外，下筆有神；我願於燈紅酒綠之間，逢場作戲。

嘉慶己卯仲冬，錢塘晚弟蔣焜頓首拜序。

【箋】

〔一〕底本無題名。

〔二〕蔣焜（一七九一—一八四九）：字書奴，錢塘（今浙江杭州）人。湖北廣濟知縣蔣炯（號蔣村）弟，《秋燈瑣憶》作者蔣坦（一八二四—一八六一）父。諸生。世業鹽，頗富有，置園亭臺榭，蓄女伶歌兒，以豪俠稱於時。傳見《國朝杭郡詩三輯》卷三八。張衢曾授業於蔣氏巢園枕湖吟館十年。蔣坦《紅心草》卷四中收張衢《巢園記》，撰於道光四年（一八二四）。

玉節記傳奇序〔一〕

張翱

青霄浩蕩，碧宙逍遙。達者達觀，化人化境。呼牛呼馬，然歟否歟；爲蝶爲周，眞也幻也。是以才人蠖屈，市隱亦甘；曠士蛇鳴，寓言是托。

若情齋者，東越諸生，西泠客子。通身手眼，滿腹精神。縱横萬言，胷中兵甲；貶褒一字，皮裏春秋。視富貴如浮雲，卽神仙作眷屬。金鍼度世，玉節傳奇。爲亡是公子之詞，作非有先生之論。指能畫地，口可談天。方臣朔之恢諧，擬堉髡之炙轂。生涯筆墨，與古爲徒；名士風流，以文爲戲。空空色色，妙悟參禪；實實虛虛，現身説法。明目張膽，人詫爲駡鬼之書；識曲聆音，我讀作游仙之記。

嘉慶壬申重陽前三日，嶺南宗愚弟翱讀於虎林客館。

【箋】

〔一〕底本無題名。

〔二〕張翱（一七八五—一八一九）：字思飛，號儀坡，大埔（今屬廣東）人。浙江新城知縣張樹勛子。嘉慶十一年丙寅（一八〇六）舉人，十九年甲戌（一八一四）進士，選庶吉士，散館任工部屯田司主事。著有《張儀坡太史詩集》。傳見《廣東歷史人物詞典》、黄志環等《大埔進士録》（中國文史出版社，二〇一三）。

玉節記傳奇序

端木國瑚〔一〕

余弱冠客吴山，觀書畫肆，有頎然者，顧視獨異。友人董訔伯曰：『此蕭山張情齋新出《芙蓉樓傳奇》，甚麗。』余平昔不習詞曲，目識之，未接一語。

後十餘年，平陽蘇氏示余藍田叔畫石，情齋題長句其上，奇險駭人，有其鄉徐青藤不到處。余因欲交其人，而情齋已老，亦甚欲與余相識。時潘小崑屬情齋作《六友圖》，以余位置其間，情齋喜爲長句以歌之。

今冬，買舟來霅上，盡出所爲詩及外書示余，又出新刻《玉節記傳奇》，屬書首。余固不習詞曲，聊以情齋性所在，窮所至，讀之而廢書嘆也。古人文章莫如屈原、宋玉，其次司馬相如。其人皆見奇人主，名爛當時，非若巖枯澤槁、朝吟暮咤者之憂思而苦望。而奇服遠遊，嗟蘭怨艾，騁江皋，要木末，求虙妃之所在，從湘君以夷猶，靈修數化，九死不辭。乃相招者，猶待之洞房離榭、娭光遺視之間，而魂其歸來。蓋與余目成，慕余窈窕，則司命也，山鬼也，余美人也；不然，往來倏忽，雄虺也，封狐也，敦脄血、拇土伯也。故夫美人也者，文章之神光，離合所恍惚，以藉爲歡娱者也。長卿嫚世貰酒，文君寂莫茂陵，著書終老，豈不有所恍惚而藉爲歡娱者乎？

況才人失職，落莫無聊，室少蘅蕪之薦，塗多荊棘之蹲，抽獨絕之思，作相憐之想。曰『世人於我已矣』，其或神人乎？又曰『神人之不才而無有情，亦於我已矣』，其或神人之虙妃乎？湘君乎？噫！求之神人，求之神人之才而有情，吾知天下之才人，無有相憐者矣，情齋猶鶩思乎？若虙妃，若湘君，曰：『憐我。』噫！江潭之側，無三閭大夫矣。於其返棹，書以送之，且與昔之《芙蓉樓》者，同以見情齋可也。

嘉慶己卯冬十月，青田端木國瑚。

（以上均浙江圖書館藏清嘉慶二十四年己卯冬原刻本《賢賢堂玉節記傳奇》卷首）

【箋】

〔一〕底本無題名。

〔二〕端木國瑚（一七七三——一八三七）：字子彝，又字鶴田，號井伯，別署太鶴山人，青田（今屬浙江）人。嘉慶三年戊午（一七九八）舉人。二十一年（一八一六），任歸安教諭。道光十年（一八三〇），以知縣用，特授內閣中書。十三年癸巳（一八三三）進士，仍任內閣中書。著有《周易指》、《太鶴山人詩集》、《太鶴山人文集》、《太鶴山館賦鈔》、《太鶴山館試帖》、《太鶴山館詩餘》等。傳見湯紀尚《槃薖文甲集》卷上《傳》、馮登府《石經閣文集》卷五《墓志銘》、宗稷辰《恥躬齋文鈔》卷一〇《墓表》（《續碑傳集》卷七七）、《清代七百名人傳》、《清史稿》卷四八五等。參見端木百祿《太鶴山人年譜》（稿本《太鶴山人文集》附）。

（玉節記傳奇）自跋

張衢

往余塡《芙蓉樓》詞，閱者議肇事太亟，貫同卓、馬，叵訓世，信然。然謂犬子自屬詞，盍燮而蔽之？謂龍門書善屈曲厥辭，奚曰惟恐不得其當也？蓋《芙蓉樓》而斗，《玉節記》而昂，斗其直前後紆，昂七曜全曲矣。或又謂台遁辭，叵訓。《芙蓉樓》恨書，若正則演虙妃、二姚，結言解蕙纕似遽；《玉節記》仙書，似仙巖三海上，徐福童男女數百人，俱漭望與，由之目樓，璚箔珠檣，即之目逖離，續忘其所肆。余肖厥局爾，敢肖其文，俟誰文余陋。蔣書奴曰：『陋與文置之，《芙蓉樓》問世久，《玉節記》宜接剞。』余鳩金與梓，向目逖離忘其所肆，金涯而玉涘，吐吞舲舌艤而巖堂皇，容連引延紛而洄瀾疊波，難卒名乃仙旅幻眇，惟放姑少日，撒沙狡獪，恐與王方平粲而適濟卬陋也。

嘉慶己卯小春，張衢識於虎林槐眘山堂。

（同上《賢賢堂玉節記傳奇》卷末）

玉節記傳奇題詞

王昶

情文並美，蹊徑亦新。里人度曲魏良輔，高士填詞梁伯龍，可於是中獨踞上座。嘉慶庚申穀雨後一日，七十七老翁題於西湖萬松嶺見山堂。青浦王昶。

自題玉節記填詞呈錢塘蔣秀才書奴兼志謝〔一〕

闕名〔二〕

繡文不鬻羞倚市，書腸梗澀劍心死。趾離屬意壯莫灰，濃製新聲春滿紙。峨髻低鬟金步搖，仙貌長芳弱不驕。香流豔發輕雲熱，春屏夜笑紅燭嬌。陰深野曠天入墨，老蛟健舞北風北。天吳移海海倒行，霹靂捷來電五色。涼館澆愁傾鴟夷，諧客豔朋紛履綦。情伸理絀談言中，滿堂笑口張如箕。丹經不諱淫辭麗，陰陽含吐仙眞諦。神光素面對朝暾，我爲玉女親簪髻。黄塵踉蹌廿載餘，秋雨春燈讀此書。書奴拾材滿青眼，鐫木不共委庸樗。文章知己宜久待，當時預兆情緣在。《芙蓉樓》刻歷年多，君生之歲在辛亥。（《芙蓉樓》刻在辛亥〔三〕，是年書奴生。則《玉節記》之刻已兆於刻《芙蓉樓》時矣。）

【箋】

〔一〕蔣秀才書奴：即蔣焜（一七九一—？）。

〔二〕此文當爲張衢撰。

〔三〕辛亥：乾隆五十六年（一七九一）。

玉節記題詞

俞興瑞 等

梅根守月鶴毛冷，幽夢飛踏蓬萊頂。老魔眼光射海紅，玉女入烟避清影。古愁宛轉張平子，夜讀《參同》魚食紙。心香一縷篆神仙，倒瀉銀河添硯水。瓊扉開鑰聲冬丁，天風萬里吹娉婷。媧皇石補文劫平，芙蓉片鐵魔血腥。金槽琵琶紫玉笛，穿破秋空換春色。聞曲才人齊斷腸，茫茫眞宰無消息。海寧俞興瑞霞軒〔一〕

新詞滿紙有奇芬，妙入《參同》迥不羣。若到飛昇高舉日，眞靈位業又添君。

《青溪寇軌》事堪參，魔母魔王怪且憨。君有兵防如許法，孫吳紙上不虛談。古歙莊鼎小梅〔二〕

落魄無聊語激昂，唾壺擊碎豈荒唐？鮮于至竟非虛語，當日蘭香也降張。

技術紛紛觸緒來，詼諧談笑盡仙才。狀元宰相渾閒事，絕世神人罕遇纔。仁和關維基棣孫〔三〕

鴻天瑤水路悠悠，誤讀《黃庭》春復秋。夢聽《霓裳》歌一曲，梅花清露不勝愁。阿誰雅按宮商譜，幻境迷離雜歡苦。才子眞蒙仙子憐，天心巧倩文心補。文人漂泊住西湖，壁立相如影更孤。

傲骨有時遭笑罵，熱腸乃爾出屠沽。鹽車空下孫陽泣，命運懸知坐磨蝎。珠斗晴遮黯黮雲，玉娥夜嘆蓬萊月。夜月蓬萊無限情，愛河拍岸惡濤生。竟緣宛轉蠶絲裏，甘到槎牙虎口行。畫圖省識春風面，畫裏如花花裏見。人哭人歌幾度圓，魔生魔滅須臾變。滄海桑田淺復深，堅牢誰似兩人心？驂鸞卻向塵中謫，策馬還從天上尋。君不見芙蓉城郭桃花洞，寂寞千秋苔逕凍。未怕飛瓊惱姓名，似聞神女牽魂夢。鐵板紅牙各灑然，古香撩亂十三絃。步虛聲逐天風墮，簾外銀雲欲化烟。閨秀蔣書奴室鮑茝芬湘咏〔四〕

（以上均《傳惜華藏古典戲曲珍本叢刊》第六三册影印清咸豐元年重刻本《賢賢堂玉節記傳奇》卷首）

【箋】

〔一〕俞興瑞（一七九六—？）：字吉暉，號霞軒，別署翏莫子，海寧（今屬浙江寧波）人。蕭山教諭俞超子，俞興祥兄，俞鳳翰父。蔣坦師。長年於杭州館幕爲生。道光十一年辛卯（一八三一）優貢，考取八旗教習，不久卒。工詩文。著有《翏莫子集》（附《翏莫子雜志》，咸豐六年平江三德堂刻《海昌俞氏雜著》本）。傳見《清代硃卷集成》卷三七五、民國《海寧州志稿》卷二九及卷一五等。曾爲黄燮清《茂陵絃》傳奇撰題詞。

〔二〕莊鼎：號小梅，歙縣（今屬安徽）人。生平未詳。

〔三〕關維基：號棣孫，仁和（今浙江杭州）人。或爲蔣坦妻關鍈（一八二三—一八五七）家人，待考。

〔四〕鮑茝芬：號湘咏，錢塘（今浙江杭州）人。鮑琨女，蔣焜室，諸生鮑爲霖妹。

鳳棲亭（厲□□）

厲□□，字孚若，號休休居士，名未詳，江蘇儀徵人。生平不詳，生活於乾隆、嘉慶年間。《鳳棲亭傳奇》，《今樂考證》、《古本戲曲劇目提要》著録，今存清刻本，首都圖書館藏。

鳳棲亭傳奇敍

休休居士

傳奇托於男女者十之六，詩之餘，樂府之變也。《西廂》，化工也，所惜者誨淫閨閣耳。《琵琶》，則專寫孝婦。專寫孝婦也者，所以形其壻之不孝也。有所形，則失傳奇之體矣。他如尼之還俗、妓之從良，貞則貞矣，已如佛家之堅固子也。夫堅固之不如舍利，自有分矣。《鳳棲亭》，所謂舍利者也。義不用徙，善不用遷，直聖教之生知安行也。用以正男女，美風俗，誰曰不然。

乾隆庚戌秋七月，休休居士題。

（首都圖書館藏清刻本《鳳棲亭傳奇》卷首）

【箋】

〔一〕乾隆庚戌：乾隆五十五年（一七九〇）。

鳳棲亭傳奇跋[一]

蘭　坡[二]

句調平淺，白文無精警，敘事亦淡寞。此書亦無出色處，何所謂而之然，何所取而拈管？想爲廣南女子作惜花之深意耳。詞意雖非高超，惟一片深情，亦屬不可泯滅。

蘭坡妄。

（首都圖書館藏清刻本《鳳棲亭傳奇》卷首墨筆題）

【箋】

[一]底本無題名。

[二]蘭坡：字號、籍里、生平均不詳。

鴛水仙緣（楊雲璈）

楊雲璈（一七五五—一八二四），字均再，號叔溫，别署小鐵山人、倚瑟山房主人，鎮洋（今江蘇太倉）人。嘉慶十一年丙寅（一八〇六）恩貢生。中歲以後，絕意科舉。道光元年（一八二一），詔舉孝廉方正，辭不就。著有《來錫樓詩草》。撰傳奇《鴛水仙緣》。傳見民國《鎮洋縣志》卷九、周煜輯《婁水琴人集》卷首小傳等。參見鄧長風《十三位清代戲曲家的生平材料·楊雲璈》(《明清戲曲家考略三編》)、孫書磊《評點本〈鴛水仙緣〉考》(《南京圖書館藏孤本戲曲叢考》)。

《鴛水仙緣》，一名《上元燈傳奇》，《中國古籍善本書目》著録，現存清鈔本，中國國家圖書館、南京圖書館藏，南京圖書館藏清鈔評點本略佳。

鴛水仙緣自序

楊雲璈

鶤管塡詞，毫抽五色；雀釵製曲，譜叶六幺。官本《醉花》，擅場北部；吳腔《拜月》，定價南都。按自小紅，唱燈前之《白紵》；浮來太白，漬座上之紅綃。然而郢雪謳工，楚雲情蕩。蜃牖窮形瑩女，蠣垣假象鄰姝。漫說影娥，寄愁紈扇；浪傳溫尉，著意錦鞋。綺語爲多，應見訶於禪丈；淫哇競作，卻①無當乎風人。

若乃烏衣公子②，月府留盟；蟬鬢佳人，春宵③締約。腰間寶玦，原同阿母之貽；袖內璠奩，不比新公之鑄。生來故里，本是比肩；會有前期，何嫌試爪。田買千金，圩畔好植胡麻；家臨百福，塲邊待繅袖繭。烽傳斥堠，俄驚卽墨之牛；邑躪萑苻，並泛橫塘之鵜。賃來梁竈，經逼樊樓；濯罷湯盤，隙窺匡壁。手中初月，潛聽弓弓；懷裏左風，乍通叩叩。偶值放燈令節，思逐珠鈿；恰逢響屧閒階，款承玉案。何期白鵠，漫云秦壻迎仙；久許文鴦，羞稱錢奴作伴。恨逢張角，愁送喜之芻尼；悔種董郎，慘將離之芍藥。啼雅閣上，待子三年；放鸖洲前，思君千里。芳搴木末，花泣拒霜；弄受蘆苗，調哀流水。重游南浦，餘別淚於生綃；再訪西陵，悵同心於綰帶。倉娘一去，覩金盞以傷情；妙姐難逢，爇靈香而愴志。虛窗疑雨，檀郎之心字空緘；遠岫行雲，神女之生涯本幻。感遐無術，書殘藤紙青詞；慧解通神，搜得羅囊紫笈。走馬探曲江之杏，偶現宰官；跨蛇④尋扶島之椹⑤，忽逢若士。餐餘琅菜，仙骨珊珊；劈得靈爪，塵情了了。碧鸞佳耦⑥，同登七寶之牀；紅線侍兒，並隸三華之籙。瓦學士掌文東壁，散誕蓉⑦城；玉眞妃供職西池，容與翠水。悟來十相，歐陽詹應悔斷腸；參破九根，河東生還教收涕⑧。如斯說法，聊當暗處傳燈；從此轉輪，可向靜中借鏡。

僕也才輸玉茗，詞遜《金荃》。成佛居靈運以前，自慚慧業；罵鬼繼方朔⑨而後，敢托微詞。傳來花月新聞，村名學繡；譜出水天閒話，樓號弄珠。未擘頓⑩喉，協平章之樂句；偶撏國腸⑪，續太史之《彈詞》。本是緣情索解，在文字言語之外；須知會意賞音，非風雲月露之中。訂謬讎譌，字希帝虎；循聲按律，調異妃豨。寧煩鳳藻清才，删餘掃葉；須倩烏絲妙格，寫出⑫簪花。此時聽商婦四弦，難爲白傅；他日賦丁娘十索，願⑬俟周郎。

重光赤奮若花朝〔一〕，小鐵山人題於武陵橋南倚瑟山房。

【校】

①卻，南京圖書館藏清鈔評點本作『知』。
②『烏衣公子』至『藝靈香而愴志』一段，南京圖書館藏清鈔評點本闕。
③宵，底本作『霄』，據文義改。
④蛇，底本作『跎』，據南京圖書館藏清鈔評點本改。
⑤椹，南京圖書館藏清鈔評點本作『檯』，誤。
⑥耦，南京圖書館藏清鈔評點本作『偶』。
⑦蓉，底本作『營』，據南京圖書館藏清鈔評點本改。
⑧涕，南京圖書館藏清鈔評點本作『淚』。
⑨朔，南京圖書館藏清鈔評點本作『叔』。
⑩頓，南京圖書館藏清鈔評點本作『坎』。
⑪腸，底本作『腹』，據南京圖書館藏清鈔評點本改。
⑫出，底本作『來』，據南京圖書館藏清鈔評點本改。
⑬顧，底本作『顧』，據南京圖書館藏清鈔評點本改。

【箋】

〔一〕重光赤奮若：　即辛丑，乾隆四十六年（一七八一）。

鴛水仙緣題識〔一〕

楊介廬〔二〕

叔溫高祖，手編是冊，余家舊有草稿全本，丁丑被劫〔三〕。今在璜涇馮子保孩處〔四〕，見著上半刊本，下半鈔本，爰即借來鈔訂。其間仍缺幾幕，能否再爲完璧，以俟將來。

乙酉秋〔五〕，介廬志。

叔溫，諱雲璈，系師白曾叔祖之父〔六〕。

壬辰春〔七〕，嚴耐厂借去〔八〕，亦錄有存本。庚子夏〔九〕，被友人借滅。於冬間復借去，再鈔儲存。

（中國國家圖書館藏清鈔本《鴛水仙緣》卷首）

【箋】

〔一〕底本無題名。

〔二〕楊介廬：名字、籍里、生平均未詳。

〔三〕丁丑：光緒三年（一八七七）。

〔四〕璜涇：今屬江蘇太倉。馮子保孩：名字、籍里、生平均未詳。

〔五〕乙酉：光緒十一年（一八八五）。

〔六〕師白：即楊敬傅，字艮生，號師白，又號檗厂，太倉（今屬江蘇）人。楊雲璈子。咸豐十年庚申（一八六〇）恩貢生。曾主講安道書院。卒年六十。著有《詩盉庵稿二集》、《詩盉庵稿三集》、《楊師白先生雜著》、《春水船詞鈔》（又稱《眉影詞》）、《武林鴻雪》等。傳見民國《鎮洋縣志》卷九楊雲璈傳附傳、民國《崇明縣志》一二等。

〔七〕壬辰：光緒十八年（一八九二）。

〔八〕嚴耐厂：即嚴瀛，字蓬仙，號耐厂，太倉（今屬江蘇）人。晚清、民國間人，生平未詳。按王安國《王文肅詩集》，有民國二十九年（一九四〇）太倉嚴瀛鈔本；《古風遺草》，有太倉嚴瀛民國三十七年（一九四八）鈔本。參見《清代詩文集總目提要》。

〔九〕庚子：光緒二十六年（一九〇〇）。

《鴛水仙緣》跋

仿湖主人〔一〕

仿湖主人長夏無寥，偶批諸劇。見有《鴛水仙緣》一劇，乃改容而起，矜平躁釋，色飛眉舞，乍愁乍喜，將言將語。

座有客，謂之曰：『子知作書之意乎？』客曰：『願聞。』主人曰：『恕予狂妄之罪，請綴一言。昔者有《五才子》一書，一夢而起，一夢而止，說者謂之不泥，不然乃成助逆之書矣。兹劇因仙而始，因仙而已，說者謂之不粘，否則乃爲導淫之篇矣。其詞曰：「夜月紅樓，雕瓊鏤玉；春風香徑，滴粉搓酥。」低唱淺斟，學士賦徵雲之句；長篇小令，尚書傳紅杏之名。綵筆下，猶存消暑，剪翠裁紅；錦囊中仍集偷雲，引商刻羽。然而杼柚靈心，非同剽盜；鏤鏤故寔，遠矣鑿空。情生一一，幻形於靈鏡臺前；想入非非，繪影於細鈿粧畔。春宵一刻，洵值千金；秋日三思，應歸雙璧。何期兩好難全，紅葉誤沾銅臭；漫說二喬易合，黃花得侍書香。欲酬知己，彤墀奪得狀頭還；爲念憐卿，綵帳忽傳鶯迹杳。投桃報李，幾疑解佩江皋；控鶴乘鸞，恍悟垂名仙籙。參破箇中三昧，未遠靈燈；批殘簾外一竿，頓開塞徑。

客曰：『子言其略，繁而不括；子賦其詳，括而不繁。』乃歌曰：『奉瓣香兮讀天花，開異境兮生咨嗟。逐芳蹤兮杳無所，懷翹英兮天之涯。』又歌曰：『小樓寂寂月微微，碧落風清夜色稀。試展新編纔一讀，分明已覩玉霄妃。』

重光作噩〔二〕之月朔旦，仿湖主人題於望春閣石環精舍。太倉嚴蓬仙鈔藏。

（以上均中國國家圖書館藏清鈔本《鴛水仙緣》卷首）

【箋】

〔一〕仿湖主人：姓名、籍里、生平均未詳。

〔二〕重光作噩：即辛酉，嘉慶六年（一八〇一）或咸豐十一年（一八六一）。

（鴛水仙緣）馮倩娘序

馮倩娘〔一〕

浙水名門，鎮安淑媛。明姿如玉，既溫而恭；性體若珠，亦慧而靜。生來自異，共誇柳絮清才；長而多風，竊擬椒花獻頌。摘句而情耽穠李，編詩而期及摽梅。薛氏聯姻，認作當年永叔；大喬初嫁，繫懷昔日周郎。嘗顧影而自憐，淒絕有同夜雁；亦含思而未吐，纏綿略似春蠶。仙骨珊珊，柔情脈脈。

有佳人兮在空谷，宜名士之悅傾城。心鄙文君，未卜三生頂拜；緣儕織女，曾經五夜遭逢。雖無商婦離思，已卜詹娘通叩。無如母也不諒，冒字狂且；豈其人盡可夫，甘隨蕩子？極豔原生於極淡，多情遂至於多憂。木有千枝，竟難填夫恨海；石雖五色，終何補於情天。筍茁湘山，已是淚盡之竹；桃開露井，生成薄命之花。紅粉淒涼，哀吟昔昔；朱顏深泊，長恨年年。十斛眞珠，夜雨徒聞獨嘆；一雙紅豆，春風自種相思。哭甚於歌，生何如死。

於是解環持贈，宛同釵擘合鈿；妙相傳留，雅效遺書貯帶。時則招魂有紙，續命無絲。瘦比黃花，不共黃花耐瘦；愁如落葉，竟同落葉飄愁。是色亦卽是空，一誤豈容再誤。心猿已斷，意馬無牽。拋將粉盒珠環，悟到鏡花水月。望慈雲而下拜，不期並蒂蓮花；沾甘露之頻施，得渡迷津寶筏。

妾也才非夢鳥，生同捫籥之愚；技止雕蟲，坐遜挈壺之智。嘆名花兮落去，無可奈何；思傾國之難求，誰能遣此？爰裁短句，藉答彼姝。

閼逢執徐歲〔二〕桂月，帆山惜花女史題於碧梧仙館南窗下。

（南京圖書館藏清鈔本《鴛水仙緣》卷末）

【箋】

〔一〕馮倩娘：別署帆山惜花女史。生平未詳。

〔二〕閼逢執徐歲：即甲辰歲，乾隆四十九年（一七八四）。

附　鴛水仙緣題識

闕　名〔一〕

是作爲吾妻楊叔溫雲璈所譜，係爲朱竹垞事。共計十六回。經營結構，如生龍活虎，無一平鋪直敍之處，的是才人之筆。

（南京圖書館藏清鈔本《鴛水仙緣》首封背頁）

【箋】

〔一〕此文當爲嚴瀛撰。

（鴛水仙緣）偶拈

闕　名〔一〕

一、此詞十六回，通卷有通卷之提伏呼應，每回有每回之提伏呼應。即一字一句，亦必各有線索照應，不可增一句，不可減一句。删削繁蕪，間架緊密，經營慘淡，意匠玲瓏。起訖出落，具有龍跳虎臥之勢，總無一語平鋪實衍。於此可悟古文結構。

一、此卷詞中，上、下平三十韻，遍押無遺。其中偶用仄韻，俱依本韻翻出。惟起結及自作詩詞，不攙入本韻中。

一、此卷每回，總以用韻純熟見長。間有用通韻者，悉照《韻略》，此外從無偶攙別韻，覆押一字以圖捷。至其運用故實，點竄詩詞，作者自寫胸臆，不但不希灶嫗能解，即泛然脂粉裙釵，糊塗紈絝，亦未許問津。

一、此卷所歌詩詞，或即用本事，或作者信口疊成，或偶集唐人，或引用舊句，俱十分切合，閱者須細心體味。不但一人肖一人口吻，即前後情辭，不可牽誤。至如《燈緣》、《入幕》、《琴怨》、《環訣》、《夢圓》、《商隱》諸劇，作者鏤肝琢腎，意不盡言，寄托遙深，非止力摩題面。倘孟浪讀過，眞可恨。

一、此卷彈詞，總以塡曲法門，派定腳色。每回吊場、落場，全是戲路。賓白俱極斟酌，幺絃乍迸，四座不嘩。調息轉喉，曼聲抗引。作者因情生文，聽者緣聲造境。呼之欲出，是耶非耶。較之試演氍毹，箏琶嘈雜，尤覺親切入情。況傳神優孟，世亦少此解意妙伶耶？

一、此詞可以移人情性，導入無邪。余生之風流醞藉，斷非薄倖郎君，所以一聞倩娘許字他人，遂絕癡想。至其超然名利，頓悟入山，是從來第一流人物。倩娘香閨弱女，獨能物色風塵，心許旣堅，遂以身殉。慧娘之孝友性生，脫屣富貴，紅杏之竭忠左右，戀戀故知，俱可感頑立懦。苟非各具夙根，烏能如是！

一、此詞以『憐才』二字立意。中間《窺窓》一回，全寫余生輕薄行徑，或謂與全卷體製不合，不知此正余生墮落根源，至《入幕》時，則念頭全撥轉矣。若無此一回，則並無《燈緣》之索晤，《入幕》之懊字，倩娘亦無《琴怨》之慟花，《環訣》之囑畫矣。天理、人欲之判，天堂、地獄之分，全在此回，作一閡關鍵。閱者將前後情節細細參透，知非好作綺語，浪費筆墨。

一、此十六回，總計四年情事。余生入贅馮家，則以某年之二月。《聞警》、《賃廡》，則三月下旬矣。《窺窓》在五月中旬，《燈緣》則次年上元佳節。《錯聘》爲七八月間事，《入幕》則秋風一葉，已近重陽。《琴怨》則芙蓉始花，賓鴻漸至。《賜錦》爲長安燈節，歲籥兩更。《環訣》則表明三月十四。《丹悟》、《證果》，大約在第四年中。歷歷紀時，一絲不亂。

一、此詞作者偶有所感，借古人酒杯，澆自己磈壘。博聞者知非烏有，達觀者可作憑虛。若認作樹上生薑，未免刻舟求劍。

一、此詞須得紅袖女郎，閒房寂歷，靜調絃索，唱出花前爲第一。孤館澆愁，挑燈細讀爲第二。閨中良友，茗飲閒評爲第三。知己劇談，酒酣脫帽，長歌短哭，毹毵無端，適置案頭，快讀一折爲第四。否則一目十行，隨手棄擲，胡謅信口，不問情繇，非但抹煞作者苦心，恐並不及賣餅兒唱『渭城』伎倆。

（南京圖書館藏清鈔本《鴛水仙緣》卷首）

【箋】

〔一〕此文當爲楊雲璈撰。

紅樓夢（石韞玉）

石韞玉（一七五六—一八三七），字執如，一字琢如，號琢堂，別署花韻庵主人、綠春詞客、西磧山人、竹堂居士、蘆中秀才，晚稱獨學老人、歸眞子，室名獨學廬、花韻庵，吴縣（今江蘇蘇州）人。乾隆四十四年己亥（一七七九）舉人，五十五年庚戌（一七九〇）進士，授翰林院編修，累官至山東按察使。嘉慶十二年（一八〇七），因事被劾，引疾歸。先後主講杭州紫陽書院、江寧尊經書院、蘇州紫陽書院，長達二十年。修纂《蘇州府志》。著有《讀左巵言》、《多識錄》、《獨學廬詩文集》、《晚香樓集》、《花韻庵詩餘》、《花韻庵南北曲》、《花間樂府》等。撰傳奇《紅樓夢》，雜劇《伏生授經》、《羅敷采桑》、《桃葉渡江》、《桃源漁父》、《梅妃作賦》、《樂天開閣》、《賈島祭詩》、《琴操參禪》、《對山救友》（總名《花間九奏》），皆存於世。評點《六十種曲》（現存五十二册、二十六種，復旦大學圖書館藏）。傳見同治《蘇州府志》卷八二、民國《吴縣志》卷六六等。參見眭駿《石韞玉年譜》（復旦大學碩士學位論文，一九九九）、鄒峯《石韞玉戲曲研究》（南京師範大學碩士學位論文，二〇一一）、袁睿《石韞玉戲曲研究》（黑龍江大學碩士學位論文，二〇一三）。

《紅樓夢》傳奇，《清代雜劇全目》著錄，現存嘉慶二十四年（一八一九）序刻本、朱絲欄舊鈔本（《傅惜華藏古典戲曲珍本叢刊》第七〇册據以影印）。

（紅樓夢）吴序

吴　雲〔一〕

《紅樓夢》一書，稗史之妖也，不知所自起。當《四庫》書告成時，稍稍流布，率皆鈔寫，無完帙。已而，高蘭墅偕陳某足成之，間多點竄原文，不免續貂之誚。本書出曹使君家，大抵主於言情，顰卿爲主腦，餘皆枝葉耳。

花韻庵主人衍爲傳奇，淘汰淫哇，雅俗共賞。《幻圓》一齣，挽情瀾而歸諸性海，可云頂上圓光，而主人之深於禪理，於斯可見矣。

往在京師，譚七子受偶成數曲〔二〕，絃索登場，經一冬烘先生呵禁而罷〔三〕。設今日旗亭大會，令唱是本，不知此公逃席去否？附及以資一粲。

嘉慶己卯中秋後一日，蘋庵退叟題〔四〕。

【箋】

〔一〕吴雲（一七四六—一八三八）：字潤之，一作潤生，號玉松，别署蘋庵退叟，休寧（今屬安徽）人，寄籍吴縣（今江蘇蘇州）。乾隆五十八年癸丑（一七九三）進士，散館授編修。歷官山東道監察御史，河南衛輝、彰德知府。去官後，以詩酒自樂。著有《醉石山房詩文鈔》。曾爲潘照《從心録》撰題詞，並評閲潘氏《鶯坡居士紅樓夢題詞》。傳見王贈芳《慎其餘齋文集》卷八《行狀》、《皇清書史》卷五、《詞林輯略》卷四、《昭代名人尺牘續集小傳》卷四等。

〔二〕譚七子受：即譚光祜（一七七二—一八三一），字子受。

〔三〕一冬烘先生：姓名未詳。

〔四〕中國國家圖書館藏清嘉慶二十四年（一八一九）序刻本作『蘋庵退叟潤生題』。

紅樓夢樂府題辭

懺摩居士　等

露電浮生亦等閒，紛紛兒女轉情關。人間大好坤靈牒，不值金仙一破顏。

曼卿詞筆幔亭仙，閒譜《霓裳》色界天。要聽緊那羅一曲，釧花光裏試枯禪。

花間寫韻當談禪，癡女騃牛未了緣。一自《紅樓》傳豔曲，不教《四夢》擅臨川。懺摩居士〔一〕

木石無情恁有情，淚珠錯落可憐生。茜紗窗外紅鸚鵡，恩怨呢呢話不明。

一縷情絲繞碧欄，葬花人忍看花殘。憑伊煉石天能補，離恨天邊措手難。

舊譜傳鈔事太繁，芟除枝葉付梨園。蔦蘿締好殊坊本，《絃索西廂》董解元。

劇耽此帙歎奇書，三百《虞初》盡不如。待到定場重卻顧，玉人何處覓瓊琚？

氍毹一曲管絃催①，磈礧誰教借酒杯？萬事到頭都是夢，甄眞賈假任人猜。了一山人

人天起滅判三生，腕底靈光悟妙明。兒女纏綿春繭縛，神仙荒誕夏蟲驚。夢中說夢能圓夢，情外言情實寄情。漫說借杯澆磈壘，得閒風月卽蓉城。清聞居士

簫譜新從月底修，三生綺夢舊紅樓。臨川樂府先生續，別有梧宮一段愁。

憔悴尊前讀曲人，十年風雨可憐春。也知世事都如夢，要化虛空不壞身。諡簫

（以上均《傅惜華藏古典戲曲珍本叢刊》第七〇冊影印朱絲欄舊鈔本《紅樓夢》卷首）

【校】

①催，底本作『權』，據文義改。

【箋】

〔一〕懺摩居士：與以下了一山人、清聞居士、謚簫，姓名、籍里、生平均未詳。

花間九奏（石韞玉）

《花間九奏》，含雜劇九種：《伏生授經》、《羅敷采桑》、《桃葉渡江》、《桃源漁父》、《梅妃作賦》、《樂天開閣》、《賈島祭詩》、《琴操參禪》、《對山救友》。《今樂考證》著錄，現存道光二年（一八二二）花韻庵原刻本（《清人雜劇初集》、《鄭振鐸藏珍本戲曲文獻叢刊》第九冊據以影印）。

（花間九奏）題詞〔一〕

石韞玉

《伏生授經》：百篇典誥化秦灰，幸有通儒在草萊。留得帝王經世術，至今傳信在蘭臺。

《羅敷采桑》：蛾眉自昔產邯鄲，使者旌旗過澗槃。富貴嚇人眞一笑，兒夫早著侍中冠。
《桃葉渡江》：紅顔在世易摧殘，好處相逢自古難。誰似渡江人計穩，一生魚水見眞歡。
《桃源漁父》：避秦人去不知年，漁父重來亦惘然。獨有淵明能著録，由來隱逸近神仙。
《梅妃作賦》：開元天子本多情，看到驚鴻百媚生。誰料一朝輕決絶，都緣讒諂蔽王明。
《樂天開閣》：聲色娱心慾界中，達人覷破總成空。樊姬偕老蠻姬去，各有因緣事不同。
《賈島祭詩》：新詩一字費推敲，邂逅相逢卽締交。如此憐才人不易，鑄成瘦島配寒郊。
《琴操參禪》：文章太守玉堂仙，接引迷人到佛前。知道箇儂根器好，片言參透老婆禪。
《對山救友》：友生急難爲同方，覆雨翻雲事亦常。試看《中山狼》一曲，崆峒畢竟負康郎。

（《清人雜劇初集》影印清道光間花韻庵原刻本《花間九奏》卷首）

【箋】

〔一〕此組詩又見《獨學廬四稿·詩》卷三，題《自題花間樂府》（《續修四庫全書》第一四六六冊影印清寫刻本）。詩作於道光二年壬午（一八二二）。

南枝鶯囀（汪應培）

汪應培（一七五六—一八一八後），字厚田，一字香谷，別署香谷居士、香谷散人，錢塘（今浙江杭州）人。汪應紹弟。幼失怙，撫育於徽州外家孫氏。乾隆四十四年己亥（一七七九）恩科舉人，曾入四庫全書館。嘉慶八年（一八〇三），任河南內鄉知縣。二十三年，參與河南鄉試，任簾外受卷官。工詩文，與汪應紹及朋輩倡和之作，有《吹吹錄》、《皇華小咏》、《停雲小草》、《葭玉聯吟》、《朋窗吟草》等。傳見道光《徽州府志》卷九。參見鄧長風《十二位明清戲曲作家的生平材料·汪應培》（《明清戲曲家考略續編》）。

撰雜劇八種：《不垂楊》、《簾外秋光》、《棠譙曲》、《催生帖》、《驛亭槐影》、《公宴》、《閨餞》、《儷筵》，總名《南枝鶯囀》，《清人雜劇全目》著録，現存嘉慶間刻本。中國國家圖書館另藏嘉慶間刻本《香谷四種曲》，含《不垂楊》、《簾外秋光》、《催生帖》、《南枝鶯囀》四種，據此，《南枝鶯囀》似爲《棠譙曲》、《公宴》、《閨餞》、《儷筵》四種之總稱，而汪氏雜劇總稱爲《香谷四種曲》。

南枝鶯囀題詞

盧元錦〔一〕

畫手何能敵化工，《琵琶》一曲自清空。從知正味酸鹹外，祇在尋常菽粟中。

瑰奇警邁口雌黄，變幻烟雲總擅長。都向蜃樓尋七寶，更無人識桂枝香。

久廁鵷行髩髮斑，風情還露酒盃間。筆鋒會奪天工巧，不用丹砂再駐顔。

閩山閩水憶征輪，早見嬀兒鳳羽振。爲仿昔年重舉案，署名翻避太夫人。風衣愚弟盧元錦識

（清嘉慶間刻本《香谷四種曲》所收《南枝鶯囀》卷末）

【箋】

〔一〕盧元錦：字風衣，清江（今屬江西）人。舉人。嘉慶十五年（一八一〇），署輝縣知縣。二十三年，任内鄉知縣。

催生帖（汪應培）

《催生帖》雜劇，《清代雜劇全目》著録，現存嘉慶間原刻本（《傅惜華藏古典戲曲珍本叢刊》第七〇册據以影印）、嘉慶間刻《南枝鶯囀》本、嘉慶間刻《香谷四種曲》本、舊鈔本、過録《南枝鶯囀》本。

催生帖小序

汪應培

金閨馳譽，不少名媛；詞客揮毫，狂搜粉譜。潑戲鴻之妙墨，非無灑灑全書；窺文豹之一斑，不廢戔戔小劇。特是元人製曲，盡屬子虚；宰相填詞，都無指實。豈以香奩之體，專尚微辭；牀笫之言，終譏踰閾也乎？

兹則挹璇幃之襟抱，付樂部之宫商。事本家常，名非僞託。蓋以奉羹湯而思賢婦之子于歸，安莞簟以引新雛先生如達。老夫耄矣，藉含飴可遣公餘；静女其孌，即哺鷇亦消永晝。而乃慕燕山之五桂，未染瓣香；攀荀氏之八龍，難分片甲。鶼鶼者並棲嬌鳥，比翼能飛；簇簇者上箔吳蠶，同功無繭。於是推上帝錫齡之義，何妨恩乞天庭；引太人占夢之文，豫擬蘭徵香閣。此《催生帖》四齣之所由作也。

然而屬辭比事，未盡荒唐；旨遠詞文，雅多寄託。莊漆園之蝶魂栩栩，豈真摹鳳子於花間；屈靈均之香草離離，不僅寫幽蘭於澤畔。僕也西浙凡材，黌門下士。問姓則桃花潭水，難尋巷口烏衣；宦遊則汴月嵩雲，幸綰河東墨綬。其奈濫竽半職，伏櫪頻年。守一勺之蹄涔，幾同鮒涸；望千章之喬木，未許鶯遷。雖單父鳴琴，滿眼無非赤子；而邯鄲授枕，前塵大概黃粱。此其借杯酒以澆愁，託催花而擊鼓者矣。所幸旨近溫柔，詞非激越。無劍拔弩張之態，星眼貪觀；值笙清簧煖之筵，歌喉易轉。此日掌箋紅線，已珍之玳瑁函中；何時顧曲周郎，再書到芙蓉屏上。

昭陽作噩應鐘之月〔一〕，香谷散人自序。

【箋】

〔一〕昭陽作噩：癸酉，即嘉慶十八年（一八一三）。應鐘之月：即十月。

催生帖題詞

之　定〔一〕

政美風行景菊潭〔二〕，休徵先自一家譜。《關雎》淑德螽斯慶，雅什從教續『二南』。書奉香谷八兄同年正。愚弟之定稿〔三〕

【箋】

〔一〕之定：號生甫，姓名、籍里、生平均未詳。

〔二〕菊潭：又名菊泉，在河北内鄉縣西北菊花山（今屬西峽縣丹水鎮），代稱内鄉。

〔三〕題署后有二枚陽文方章：『之定』、『生甫』。

（催生帖）題辭

姜志望　等

東風昨夜回暘谷，萬朶庭梅白如玉。探梅正喜故人來，殷勤示我《催生》曲。故人詞曲舊知名，流水桃花認後身。分將玉署仙人句，寫出璇閨少婦情。少婦于歸年十七，德容言工都第一。春水油油比目魚，秋風款款雙飛翼。繡閣紗窗事事幽，花箋數遍又詩籌。問字暫停修史筆，畫眉還上梳粧樓。十年蔭芘慈恩重，可惜熊羆遲入夢。七日豈無羸負螟，九苞要有桐棲鳳。低迴感此百無聊，不信蘭徵久寂寥。但願生兒逢地臈，敢辭禮佛趁花朝。德門福慶眞無量，果有神靈錫嘉貺。未剖珠胎出蚌中，先看麟種來天上。一枕蘧蘧好夢催，是耶非耶醒尚猜。金光一瞥蛇蟠笥，玉翦雙抛燕入懷。阿婆房前低聲問，阿翁堂上含飴等。莫辭今夕倒樽罍，預爲來年慶湯餅。來年湯餅厰華筵，滿堂珠履客三千。共傳墮地胞衣紫，便識封侯骨相賢。一言擬向世人告，自家堂構自家造。醴泉萬斛本無源，難得心田似翁好。金華姜志望芝圃〔一〕

曾記藍田及早栽，就中消息費疑猜。三多最後無餘祝，一索爭先得占魁。好事關心私望久，高堂笑口幾時開。今宵聽罷《催生》曲，定有熊羆入夢來。

喜看芝樹産庭階，堂上應將老眼揩。惟願明珠先入握，頻催飛燕早投懷。阿翁別有含飴樂，少婦寧無吉夢諧。我祝生男如祝壽，籌添後至最爲佳。會稽孟長炳耐齋〔二〕

一曲新歌絶妙辭，克繩應許紹瓊枝。生烟煖玉含輝久，照夜明珠出水遲。瑞叶熊羆先結夢，祥凝崧嶽早徵詩。欣瞻秋宇銀蟾滿，桂子香飄定有時。

轉眼雲階瑞色敷，高堂底事費踟躕。筵儲湯餅須招客，珍備瑤瑜好弄雛。記染花間垂露筆，曾摹松下課兒圖。（舊作《松陰課子圖》一幅，蒙賜題咏。）他年領點傳佳話，可許孫曾一例呼。秀水何瑩瘦秋閨秀〔三〕

西泠才子學沉酣，雅管風琴到菊潭。更喜門楣堪入畫，生孫緑竹傍宜男。

子舍難求子婦賢，依依承順性由天。劇思兩世輝萊綵，一炷心香祝願虔。

樽空北海主人心，况復蘭閨吉曜臨。我寄宛南烟水隔，也須湯餅與朋簪。

莫作尋常家慶看，民情從古見非難。邵陵生子都名鄭，添得金昆分外歡。秀水鍾洪恬波〔四〕

十載光熒玉鏡臺，靈根原自孕仙胎。會須釀得清芬足，直到蟾圓墮地來。

頻摛麗句祝多男，連理芳枝未止三。佇看春融重結子，阿翁含笑又分甘。

精白眞堪遺子孫，訟庭羅雀數臣門。客來翻詡圖書富，脱口先呼小狀元。

疇開五福壽居先，杖國歸來晚節堅。笑指兒童觿韘換，一庭宫錦頌遐年。鉛山張崇勳峻山〔五〕

（以上均《傳惜華藏古典戲曲珍本叢刊》第七

〇冊影印清嘉慶間原刻本《催生帖》卷首）

【箋】

〔一〕姜志望：號芝圃，金華（今屬浙江）人。舉人。嘉慶十一年（一八〇六），任河南桐柏知縣。十六年，署葉縣。十七年，調淅川。

〔二〕孟長炳：號耐齋，別署耐齋居士，會稽（今浙江紹興）人。生平未詳。評點《催生帖》雜劇。

〔三〕何瑩：號瘦秋，秀水（今浙江嘉興）人。生平未詳。

〔四〕鍾洪：號恬波，秀水（今浙江嘉興）人。生平未詳。著有《靜遠草堂詩》。嘉慶二十二年（一八一七），曾刻王元啓《讀韓記疑》十卷。

〔五〕張崇勳：字健中，號峻山，鉛山（今屬江西）人。兩浙鹽經歷張家模長子。援例以從九分發河南試用，補內鄉縣西峽口巡檢，再補按察使司獄。傳見同治《鉛山縣志》卷一五。

（催生帖）總評

孟長炳〔一〕

太白天仙之詞，東方詼諧之舌，合而成此妙文。

【箋】

〔一〕底本無署名，據刻本卷首署題，此劇爲『蕺山耐齋居士評點』。耐齋居士卽孟長炳，參見上文箋證。

（催生帖）跋

趙曰佩（一）

按《內則》篇云：『婦事舅姑，如事父母。其委曲承順，昕夕不離左右，與子職同。』今人於子事父母，尚能養體養志，力追古風，若子婦之於舅氏，往往以迹避嫌疑，遂至情同吳越，晨昏一謁，絕迹寢門。風俗之浮僞澆漓，寔從此起，不可不亟講也。作者借占夢之虛詞，寫宜家之實範。其《蘭徵》一齣，曲折摹繪，使賢婦之笑貌聲容，躍躍紙上，眞可爲閨冓之良箴，永矢勿諼者。至其軫念民依，傷心前度，尋常語非無鍼砭，平淡處益露丰裁。蓋視詩人溫厚之教，已駸駸乎近之矣。詞曲云乎哉！

愚表弟仁和趙曰佩跋。

（以上均《傅惜華藏古典戲曲珍本叢刊》第七〇冊影印清嘉慶間原刻本《催生帖》卷末）

【箋】

（一）趙曰佩：別署雙橋居士，仁和（今浙江杭州）人。乾隆五十八年（一七九三），任晉江縣經歷。著有《有不爲齋詩》（附《菊潭倡和》）、《吾家詩草》、《有不爲齋雜著》（均收入趙曰佩輯《生香夢草》，道光五年錢塘趙氏木活字本）。

不垂楊（汪應培）

《不垂楊》雜劇，《清代雜劇全目》著録，現存嘉慶間刻《南枝鶯囀》本、嘉慶間刻本《香谷四種曲》本、舊鈔本（《傅惜華藏古典戲曲珍本叢刊》第七〇册據以影印）、光緒十八年（一八九二）益清堂楊氏刻本《紀貞詩存》附刻本（題《不垂楊傳奇》）。

自題清夜遊一章

汪應培

木天那許窺清祕。記揚鞭遥指，洛陽花裏。漸漸心勞塵案，腰折鈴轅，嘗遍了聽鼓應官滋味。苦年華遲暮，雙髩絲垂，覆蕉殘夢醒還未。　公餘鋪繭紙。倩新詞、譜出衣冠優孟，聊抒慷慨悲歌意。乍關心分玦蘭閨，（時攝篆南陽，室人尚留菊潭，未及偕行。）難遂願抽簪梓里。試同袍歷數有幾人，十年官迹囊如洗。須記取平陽，冰雪郎官，虀鹽內子。

香谷未定稿。

（《傅惜華藏古典戲曲珍本叢刊》第七〇册影印舊鈔本《不垂楊》卷首）

不垂楊傳奇序〔一〕

汪應培 等

丙子秋〔二〕，泌陽令楊夢蓮①以《女有士行詩集》見示〔三〕，載本縣楊貞女事甚悉。披讀一過，神爲之移②。因謂夢蓮③曰：『此事之奇而不詭於正者也④。與其形諸歌咏，止供文士披吟，孰若播之管絃，使氓庶咸知所觀感乎⑤？』夢蓮唯唯，余亦不敢以不文辭⑥。遂采集中原記，取⑦諸公鉅製，譜成六齣，名曰《不垂楊》，以廣其意⑧。

夫楊女之守貞不二，若出性成，異矣！尤可異者，夢蓮公恂恂儒雅一書生耳，辛慈丘不及一載，而風化之速，及於閨門⑨，何也？噫，我知之矣！竊見司民牧者，大率以長駕遠馭之才，自矜雄略，而醇謹端愨之士，若粥粥無能焉。豈知聖人之道，本諸中庸⑩。彼粥粥若⑪無能者，不侈繁華，不競奔走，萃⑫其才力聰明，葆生人本然之性，導斯民自然之情⑬，從容料理，而⑭風氣已蒸蒸日上矣，又何異之有？然則覽斯劇者，當知旨遠言深，意有所屬，不僅爲一委巷蛾眉，寫勁竹貞松照也。

嘉慶⑮丁丑秋日〔四〕，錢塘汪應培敍⑯。

是劇豫中刊行已久。考《泌陽縣志》，貞女父係楊坦。且劇中曲白太簡。因倩善化徐秉吾大令彝〔五〕，補綴完密，並將楊坤易名楊坦，附刻《紀貞詩存》後，藉資傳信。

基善謹識〔六〕。

（清光緒十八年益清堂楊氏刻本《紀貞詩存》附刻《不垂楊傳奇》卷首）

【校】

①『楊夢蓮』三字後，舊鈔本有『二兄』二字。
②『披讀一過』二句，舊鈔本無。
③夢蓮，舊鈔本作『余』。
④『此事之奇而不詭於正者也』十一字，舊鈔本無。
⑤乎，舊鈔本作『不更佳乎』。
⑥『夢蓮唯唯』二句，舊鈔本作『余在春陵時，曾塡俚詞數曲，以授伶工，夢蓮所知者，欲以不文辭，不得也』。
⑦取，舊鈔本作『及』。
⑧廣其意，舊鈔本作『應所囑』。
⑨及於閨門，舊鈔本作『易如反掌』。
⑩『聖人之道』二句，舊鈔本作『雀靈鳩拙，用各分途』。
⑪若，舊鈔本無。
⑫『萃』字前，舊鈔本有『因得』二字。
⑬『葆生人本然之性』二句，舊鈔本作『於民事』。
⑭『而』字前，舊鈔本有『言進取則不足，言撫字則有餘，起視四境』十六字。
⑮嘉慶，舊鈔本無。

⑯錢塘汪應培敍，舊鈔本作『香谷居士識於菊潭精舍』。

【箋】

〔一〕《傳惜華藏古典戲曲珍本叢刊》第七〇冊影印舊鈔本《不垂楊》卷首，題爲《不垂楊序》。

〔二〕丙子：嘉慶二十一年（一八一六）。

〔三〕楊夢蓮：即楊兆李（一七六〇—一八三八），字仲燮，一字夢蓮，黔陽（今湖南洪江）人。楊基善大父。乾隆五十九年甲寅（一七九四）恩科舉人。嘉慶六年（一八〇一）大挑知縣，發河南。十九年，任泌陽知縣。下車勘斷楊貞女案，汪應培譜爲《不垂楊傳奇》。三十三年戊寅（一八一八）恩科，充河南鄉試同考官。官至汝州知州。傳見王先謙《虛受堂文集》卷七《家傳》、《國朝耆獻類徵初編》卷二四六、《碑傳集》卷四一等。

〔四〕丁丑：嘉慶二十二年（一八一七）。

〔五〕徐秉吾大令彝：徐彝，字秉吾，善化（今湖南長沙）人。生平未詳。

〔六〕基善：即楊基善，字黼沅，號樂庭，黔陽（今湖南洪江）人。道光二十九年己酉（一八四九）拔貢，候選教諭。曾助李桓編校《國朝耆獻類徵初編》。光緒十八年壬辰（一八九二），重刻《女有士行詩集》，易名《紀貞詩存》。輯《楊氏先孅錄存》（光緒十七年善化楊氏益精堂刻本），收錄楊氏先祖一至十五世公各類遺稿。著有《楊樂庭先生雜著》。

不垂楊跋

孟長炳

句句皆人意中所有之語，卻人人筆下所無之文。只此六篇，可把自來才子佳人等詞概行抹煞。則一丈氍毹，兩行絲竹，其有關風化非淺鮮也。至其美賢侯之德政，表内助之芳徽，針砭愚頑，詼諧鄉曲，縱筆寫來，無不如意，眞造五鳳樓手也。置之元曲中，定當奪五十餘席。

會稽孟耐齋評。

（《傅惜華藏古典戲曲珍本叢刊》第七〇冊影印舊鈔本《不垂楊》卷末）

簾外秋光（汪應培）

《簾外秋光》，《清代雜劇全目》著錄，現存嘉慶間原刻本（《傅惜華藏古典戲曲珍本叢刊》第七〇冊據以影印）、嘉慶間刻《南枝鶯囀》本、嘉慶間刻《香谷四種曲》本、舊鈔本、過錄《南枝鶯囀》本。

簾外秋光自序

汪應培

余戊寅鄉試〔一〕，奉調入闈，充外簾受卷官。雖無甄拔人才之責，然暇時得與二三同志，瀹茗論文，或偕登明遠樓眺望，襟懷一豁，亦足自豪。事竣後，正擬俶裝旋署，乃以意外之糾紛，淹留者半月，殊悵悵也。

緣爾時有同人某，華裾並集，瑣院同趨。偶疏管鑰於青箱，一霎遺珠難覓；旋起參商於鄰宇，疑他韞櫝而藏。居然列款以陳詞，遂觸臺階之薄怒。既胡蘆提而不可，必水石出而始明。於是亡楚國之猿，事須摭實；對漢廷之獄，證賴旁觀。雖浪息波平，幾費黃堂之曲筆；而枝牽蔓引，終於白簡之連名。況乎託歸雁以傳書，征夫路杳；解左驂而贈別，季子囊空。此真宦境之多屯，而嘆客懷之難寫者矣。

然而鴉飛鵲噪，休咎同徵；北轍南轅，悲歡異致。蓋余之離菊潭而赴省門也，躬襄盛典，儼同觀上國之光；而菊潭士庶之望余歸也，念切慈雲，宛待哺嬰兒之乳。引領者五旬以外，葵藿傾心；扶輪者百里而遙，壺漿載道。筵陪上客，知臭味之無差；酒進麻姑，聽笙簧之迭奏。十六載傷弓悴羽，一鳴也自驚人；七品官羅雀閒門，此日頓開生面。爰檢詩文詞曲之章，合主唱賓酬之作，彙爲一冊，題曰《簾外秋光》，志實事也。

嗟乎！竺雲縹緲，尚阻歸心；塵夢迷離，偏增佳話。憶綺歲孝廉船淺，恨煞風迴蓬島之帆；果他年峴首碑傳，庶幾花滿河陽之路。

嘉慶戊寅冬十月，錢塘汪應培香谷識於菊潭官舍。

【箋】

〔一〕戊寅：嘉慶二十三年（一八一八）。

附　和高玉亭大兄受卷暇日偶成原韻〔一〕

汪應培

投卷紛紛集似雲，披翻往復敢辭勤。精嚴律例惟官曉，不怕姦胥慣舞文。

衣冠整肅趁晨光，侍坐東西列兩旁，鐵硯三年應體恤，不嫌交卷過昏黃。

看花走馬戒麤疎，一覽無妨腹笥虛。似解成湯三面網，尾焦曾許漏枯魚。（例於二場卷尾，默寫頭場首藝起講，諸生失寫者甚多，請於大憲，俱免貼出。）

鑄鐵眞難破格容，鴉塗空灑墨花濃。未曾揭曉先登榜，孤負寒窗午夜鐘。

欣逢聖壽際昌期，正是魚龍變化時。少俊登途黃耇達，（本科年老者，例得仰邀恩賜。）求賢眞個野無遺。

原作

憶昔秋闈分校日，披沙見寶費辛勤。而今幸得清閒地，但閱瑕疵不閱文。

案頭銀燭爛生光，投卷紛紛立檻旁。檢點祗須防曳白，品題何必妄雌黃。

憑几遙看列宿疎，白蓮千點照堂虛。莫言老眼模糊甚，燈下猶能辨魯魚。

盈箱計數自從容，墨色何分淡與濃。未到參橫堂吏散，不須頻聽五更鐘。

多士風雲際會期，宗工玉尺辨材時。共欽慧眼高於頂，滄海明珠定不遺。

【箋】

〔一〕高玉亭：字號、籍里、生平均未詳。

附　讀周鄰川大兄擬墨並承賜評闈遺詞奉贈〔一〕

汪應培

嶽嶽丰標夙仰欽，果然覿面便傾襟。挼天巨製風兼雅，（擬墨爲望坡中丞所深賞〔二〕。）淡水交情淺就深。最喜笙簧先好我，得聯葭玉附知音。青眸顧盼風塵外，不是尋常慶盍簪。

和作

藉甚聲華夙所欽，曾於師席話清襟。（去歲都門，聞房師蔣秋吟夫子亟稱公〔三〕，命順到豫聆教。）卻從棘院秋風裏，快聽蘭言臭味深。曲是高歌難奉和，（闈遺一闋，跌宕情深，業已熟讀。）文多里句累知音（謂拙作擬墨）。他年倘獲從公屬，更乞梅花爲我簪。

簾外通交志已欽，搴帷十日挹靈襟。居鄰南院追歡易，吟到秋懷寄意深。仙吏來時無定所，才人到處有遺音。皇華佳咏應歸我，（已從彌封處借得，不復還矣。）珍重如分玳瑁簪。

聯袂秋闈慰素欽，每聆談吐豁胷襟。一編小咏才原大，三疊高歌趣更深。南國甘棠成久蔭，西湖老桂發清音。何時得飲菊潭水，爲采黄花來共簪。

【箋】

〔一〕周鄰川：即周百順，生平詳見本卷下文周百順《簾外秋光跋》條箋證。

〔二〕望坡中丞：即陳若霖（一七五九—一八三二），字宗觀，號望坡，閩縣（今福建福州）人。乾隆五十二年丁未（一七八七）進士，選庶吉士，散館授刑部主事，累遷郎中。歷任雲南、廣東、河南、浙江巡撫，嘉慶二十四年（一八一九），擢湖廣總督。道光間，官至工部、刑部尚書。傳見高澍然《抑快軒文集》卷下《神道碑銘》、《清史稿》卷三八〇、《國朝耆獻類徵初編》卷一〇六等。

〔三〕蔣秋吟夫子：即蔣詩（一七六八—一八二九），字泉伯，號秋吟，仁和（今浙江杭州）人。嘉慶十年乙丑（一八〇五）進士，官至陝西道監察御史。著有《榆西仙館初稿》。傳見蔣詩《榆西仙館初稿》卷首《墓表》、《詞林輯略》卷五等。

附　和朱韞山大兄見贈原韻〔一〕

汪應培

珊瑚曾網海南枝，仗策梁園豈後期。契似雲霞初倒屣，慚無縞紵且投詩。瑣闈光耀千條燭，（公派充謄錄官，督寫至夜分，燭光如炬。）化宇祥覘五色芝。（公在黎陽，多善政。）保障危城曾載槖，定知雄略是男兒。（滑匪滋事時，公禦賊，極著勞績。）

原作

龍門千仞碧梧枝，何意琴臺傍子期。花隔外簾空走馬，人居中岳愛吟詩。多慙懷餅鈔黃卷，少得班荊遇紫芝。寄語菊潭元好問，新詞填就付紅兒。

【箋】

〔一〕朱韞山：即朱鳳森（一七七六—一八三二），生平詳見本卷《韞山六種曲》條解題。

附　簾差告竣自省旋署途次作

汪應培

慚無報國好文章，伏櫪山城竊自量。卻笑東皇太多事，牽人來去馬啼①忙。

校士全憑玉尺衡，聯鑣黄甲盡知名。鳳池更有淩霄羽，眞個前賢畏後生。

整肅衣冠坐次安，莫嫌職分太清寒。一簾遮斷仙凡路，也許花從別院看。

紛紛投卷溢公庭，校對還須兩眼青。標貼些些藍榜誤，已教清俸一年停。（貼卷，宋稱藍榜。）

誤筆風簷悔未遲，倚欄頻乞指瑕疵。不勞載贄程門下，先聽聲聲喚老師。

分無箝束任西東，一眺層樓眼界空。除卻七株桃李樹，風光原不讓羣公。

翰墨場中氣本豪，歸途還載小霜毫。新詞記得周郎顧，便不《陽春》曲也高。

『郎若來時近夜來』（唐人下第句），昔賢詩句費詳猜。老妻不作尋常見，笑說同襄大典回。

鸞庚鳳甲小參差，總在蟾圓八月時。返轡菊潭期已後，也須循例再銜危。

五句踰躋付前塵，獨有文章氣分親。可憶桃花潭水畔，一時聯袂有汪倫。

（以上均《傅惜華藏古典戲曲珍本叢刊》第七〇冊影印清嘉慶間原刻本《簾外秋光》卷首）

【校】

①啼，疑當作『蹄』。

簾外秋光跋〔一〕

朱鳳森

以過眼之雲烟，寫塡胷之錦繡，譎語旁嘲，無非眞情本色。北郭綦之隱几耶？東方朔之詼諧耶？於紅毹上演之，當浮一大白。

韞山愚弟朱鳳森拜跋。

【箋】

〔一〕底文無題名。

簾外秋光跋〔一〕

孟長炳

以不得意之事，作極得意之文，如怨如訴，亦莊亦諧。

耐齋孟長炳。

（以上均《傅惜華藏古典戲曲珍本叢刊》第七〇冊影印清嘉慶間原刻本《簾外秋光》第二齣齣末）

【箋】

〔一〕底文無題名。

附　朱藴山札

朱鳳森

尊作情生於文，文生於情，浣誦再三，不忍釋手。得此二齣，畫出外簾官一場風雅，韻人奇事，宛在目前。所謂文章本天成，妙手偶得之也。隨意妄批，不知有當大雅否？此復。即候晚安，不備。

（同上《簾外秋光》卷首）

讀簾外秋光謹呈七律六首並序

李崢嶸〔一〕

戊寅秋〔二〕，邑侯香谷汪老父臺奉簾差，進省裹事五旬餘。回任後，闔邑紳民擇吉，爲公懸額公堂，顔曰：『還我使君。』感其反，市政平獄訟，以安輯商民，非公之來，無以甦民困也。維時生暨弟青雲〔三〕，亦與其事焉。

越數日，雲手一冊示生，即是科公直外簾時所作《簾外秋光》之曲。捧而讀之，引商刻羽，雜以流徵，渢渢乎屈、宋遺音也。然而其旨微矣。夫秋光無簾内簾外之分，而人有得意失意之境，惟涵養深醇者，爲能躁釋矜平，隨分自盡，超然於寵辱之外。如我公西浙名家，學有原本。平日所作詩歌文詞，金昭玉粹，學者莫不奉爲鴛譜。卽是科考簾差文，見賞於史大宗師，可謂純乎其純者。乃授簡粱苑，不使與梅、馬爭長，而置之外庭閒散之班，倘亦失意之甚者矣。然生三復歌詞，志和音雅，或追念平日，一行作吏，則致思於除積弊，育人才，將益勤撫字之心；或回想少時，十年讀書，則致思於擢一榜，娱雙親，不禁其孺慕之念。觸景興懷，無非發於忠孝，本於慈良，無一字涉怨尤者。昔金元遺山宰吾邑，矢口成吟，放歌於淅江半山之間，學者稱爲『風流元令』。然止於娱情山水，消遣世慮，比公之處失意而自得者，殆猶遜焉。然則作者如公，眞所謂學深養邃，導性情之和，尤有得於古風人之旨者也。

生白屋下士，伏處草茅，雖未嘗登公之堂，然猶幸福星久照，得讀其詩文者十有六年。故於是作也，一見賞心而不能置。因不避喬野，作七律六首，繕寫呈覽，以宣德意，以乞政教。至於詞曲之宜酬，則岑嘉州所謂『陽春一曲，和皆難者』也。生不勝戰慄銜感之至。

先公翰苑起家聲，季弟傳衣學未成。暫捨鄰侯縹帖富，妄希端木貨財生。匹夫懷璧身何罪，大國求環勢欲行。不有賢侯平市政，書生含垢待誰清。

他鄉展帳鬢如絲，幸沐慈君教未遲。易直子諒推眾母，風流儒雅乃吾師。月明滄海珠還浦，春入瑤林花滿枝。額手琴堂何足報，傾葵爲奉謝恩詩。右《志恩詩》二首。

簾外仙郎興不孤，月明樓上似冰壺。廣寒仙桂方開蕊，滄海驪龍正吐珠。玉尺衡文僚友在，清歌對酒吏人俱。曲終更有餘音繞，努力横經志勿渝。右《簾外秋光》曲。

兩臨大邑棠陰遠，三轉山城黍雨滋。興利令從流水下，除姦勢挾疾風馳。車分牌甲民無擾，役準公旬吏不欺。勒石銘恩留白羽，千村長護大丘碑。右《草弊碑》。

髦士烝烝盡杞楠，順陽今日似《周南》。文章價重雙吹錄，（公制藝與哲兄柳湖太守合梓〔四〕，名《吹吹錄》。）風雅人宜千尺潭。共道文翁能化俗，不徒吳隱可醫貪。況教十六年華度，風土民情事事諳。右『烝我髦士』額。

戴星出入豈辭艱，德化成來兩任間。梁苑王喬忽飛舄，郃州郭汲竟回轅。風從原上隨春轉，月向溪頭帶露還。憶昨滿城齊擁篲，歡呼重覩使君顏。右『還我使君』額。門生李崢嶸拜手

（同上《簾外秋光》附刻《棠讖曲》卷末）

【箋】

〔一〕李崢嶸：內鄉（今屬河南）人，字號、生平均未詳。

〔二〕戊寅：嘉慶二十三年（一八一八）。

〔三〕青雲：即李青雲，內鄉（今屬河南）人，字號、生平均未詳。

〔四〕哲兄柳湖太守：即汪應紹，室名養和堂，錢塘（今浙江杭州）人。汪應培兄。乾隆四十二年丁酉（一七七七）拔貢。四十八年至五十三年，任大興知縣。五十五年至五十九年，任順天府南路同知。陞任知府。著有《養和堂詩鈔》、《總是春齋詩鈔》（均收入趙曰佩輯《生香夢草》，道光五年錢塘趙氏木活字本）。

簾外秋光跋〔一〕

周百順〔二〕

隨分盡職，磊落光明，是不怨不尤，無入不得境地，其音節諧暢，聲調鏗鏘，尤爲塡詞老手。

鄰川弟周百順拜跋。

（清嘉慶刻本《香谷四種曲》所收《簾外秋光》第一齣齣末。）

【箋】

〔一〕底本無題名。

〔二〕周百順：字備堂，號鄰川，寧陽（今屬山東）人。受學於鄉先生陳懋存，悉傳其業。嘉慶十二年丁卯（一八〇七）舉人。屢上公車，二十二年丁丑（一八一七）始成進士。釋褐得縣令，累任河南林縣、江蘇金山、湖南通道、耒陽等縣知縣。兩充河南辛巳（一八二一）、湖南庚子（一八四〇）鄉試同考官。年七十四，致仕歸。著有《更事良言》、《從吾堂文集》、《爲鄰軒試帖》、《墨式舉隅》、《舉業新模》等。傳見光緒《寧陽縣志》卷一三、宣統《山東通志》卷一七二等。

棠讌曲（汪應培）

《棠讌曲》雜劇，《清代雜劇全目》著錄，現存嘉慶間原刻本（附刻於《簾外秋光》之後，《傅惜華藏古典戲曲珍本叢刊》第七〇册據以影印)、嘉慶間刻《南枝鶯囀》本、舊鈔本、過録《南枝鶯囀》本。

棠譤曲題辭

呢瑪善　等

使君歸後道途歡，堂上笙歌到夜闌。潔若冰壺無所受，酬恩四字比旃檀。草滿公衙樂事多，新聲一曲妙難和。略將十載宜民處，付與臨淄士女歌。長白呢瑪善玉亭〔一〕

牧民天下使君多，難得歸來有頌歌。四字高縣民望切，一聲《河滿》意如何？細披曲調讀迴環，十載甘棠治理艱。最好菊潭澄止水，滿城明月照青山。錢塘施諒朗山〔二〕

一官落拓泌水陽，訟減簾垂日漸長。放衙高臥渾無事，春風吹來稻花香。迂疎自慚撫字拙，感我故人寄《白雪》。琴堂韻事玉堂文，一曲清歌情自適。不減并州德澤施，兒童竹馬笑迎時。不減荊州遮道日，絲鞭雕鐙爭留截。秋闈玉尺正掄才，轉眼三旬去定回。合浦還愁珠不返，朝朝盼煞使君來。善頌善禱語無多，畫出循良政不苛。佇看鸞鳳飛騰去，去後相思更若何。一桁棠陰布四野，菊潭千尺情傾瀉。莫名愛戴心，聊借笙簧寫①。不然使君相別纔幾旬，使君還我胡爲者？黔陽楊兆李夢蓮

盼斷秋簾日欲曛，果然還我舊慈雲。天心畢竟從人願，十七年來好使君。碑傳萬口頌恩覃，一片歡聲洽菊潭。來暮去思無限意，都將四字盡包含。

父母官原不易居，況臨六百古商於。先生久試牛刀技，游刃恢恢自有餘。賢宰風流樂事多，淺斟低唱意如何。分明一部甘棠譜，付與梨園子弟歌。海陽倪明進晉三〔三〕

十六年來德政多，彼都人士盡謳歌。棘闈分校歸輪早，又喜公堂晉巨羅。兩枝芳桂擢蟾宮，一瓣香來自我公。絲繡平原金鑄范，何如化蜀說文翁。輝縣戴銘恬園〔四〕

使君原自舊，重來倍覺新。切指以爲我，問誰可得親。卽此纏綿意，應知雅化淳。德厚方爲富，囊虛不算貧。同官十餘載，相對如飲醇。今日逢勝舉，益信春臺春。公庭把盞酒數巡，使君愛衆我親仁。似此官民成一體，說法何妨自現身。遠近聞之驩然喜，譜出新詞情難已。愧我登場兩閑曹，隔席分榮近在咫。居官誰不心乎民，幾見輸誠能致此。要知循吏惠人心，盡在《陽春》一曲裏。新鄉衛大壯健齋〔五〕

乍聞良吏理歸裝，爭覩慈顔喜欲狂。夾道歡呼迎父母，下車仔細問耕桑。心銘額見琴書古，（二堂匾額，係『經目經心經手』六字。）弊草碑傳姓氏香。（署前立有邑侯汪公草弊碑。）深味使君還我字，菊潭眞又沈諸梁。正陽溫聚德在潁〔六〕

遍野聲馳愷悌歌，此來迥異昔年過。（舊曾遊幕菊潭二年餘。）雲臺樹古銘勳久，潭菊花新壽世多。婦榼男畊知雅化，土膏禾秀是時和。冰墀碑聳堂懸額，琴閣風清設雀羅。慈谿馮鏊夢洲〔七〕

四載棲遲聽頌歌，琴堂灑酒快如何。分明腕底文章潤，散作花疆雨露多。治績未妨遲史筆，清歌應早附《卷阿》。枌榆我亦誇同社，吹到蘭芬定不磨。錢唐陳恕紳柳浦〔八〕

異口同聲聽好音，果然德化感人深。吾儕自幸依劉久，公等猶殷借寇心。春草有情知向日，花封無處不鳴琴。使君到此辛勤甚，十六年來霜鬢侵。

公堂題額煥然新，況有音樽次第陳。盼到征途旌旆返，聽來載道口碑真。福星果有重臨日，花縣欣逢再到春。言外情深惟四字，百千頌禱一齊伸。會稽孟長炳耐齋

暑雨祁寒易怨咨，何期衆志似傾葵。瞻韓此日人爭羡，借寇當年事未奇。十載推誠勤教養，一堂歡宴答仁慈。莫嫌枳棘棲鸞久，便有桐枝未許移。

士庶趨迎夾道觀，使君下馬衆心安。鸞書鳳詔分榮易，畢雨箕風效順難。學貫五經思許慎，恩深三郡憶劉寬。從知受到牛羊牧，國事原當家事看。新鄉衛自强勁亭〔九〕

菊潭幾載沐恩波，題額名留信不訛。明鏡懸時清照迥，甘棠垂處好陰多。仁風百里鶯花路，善政千秋父老歌。不見攀轅遮道滿，使君來矣快如何。

華堂進爵趁良辰，額手庭階感戴真。別報瓊瑤敦夙好，（句指健齋、在潁兩廣文。）一親耳目淨凡塵。民懷銜結依風切，士藉陶鎔濯錦頻。駿馬歸時無恙好，蘇公猶憶再來身。武進孫景瀾載揚〔一〇〕

琴在高堂鶴在陰，刑輕政簡到於今。休言清況無人見，四字能包萬姓心。

新歌一曲寄笙簧，四野爭傳《白雪》章。若使班姬今尚在，不留缺筆負循良。新鄉女史郭文貞恕宣〔一一〕

附刻

憶昔輕裝別南浦，趨庭十載詔華度。飫聞辟咡誨諄諄，官箴併作經籯付。果然側耳聽輿評，

漸覺循聲滿碧城。知道使君民事重，寒機勸織野催耕。今年大啓龍門榜，捧檄秋闈帶星往。出岫山雲只數旬，卻教翹首千夫望。笑指征途快轉輪，鶯花又是一番春。公庭置酒笙歌沸，今日羣黎是主人。不言明鏡虛堂照，不頌冰壺守清操。惟將四字表貞誠，一切繁詞盡包掃。賓筵正值酒樽開，又聽春雷動地來。舊額曾題烝髦士（複簷有『烝我髦士』額），羣材原是昔栽培。泠泠譜入《陽春》曲，簧暖笙清聽不足。座中何況有周郎，陡覺塵襟齊擺脫。聲華從此輝鄰宇，憩足行人定延佇。盡道安仁桃李花，參天直化將軍樹。（縣治將軍嶺，係雲臺將馮異舊址。）男徵康〔一二〕

驄馬西風立。喜歸來、扶輪重睹，使君顏色。夾道歡呼人語好，留住飛鳧仙迹。試回首，稜稜風格。巧宦才員多讓卻，算家聲、兩字留清白。少延竚，看題額。　名心淡比秋江荻。儘驕人、隨身琴鶴。生花彩筆，如此風光如此境，占了河陽第一。真不羨、鶯遷豪客。佳話流傳新樂府，彙羣英、都向賓筵集。棠蔭滿，笑談劇。（調寄【賀新涼】）　男徵恩

無多四字綴簷楹，寫盡窮廬萬種情。官自禁寒民自煖，不容喬木更遷鶯。

春風開到女兒花，靜掩紋窗對碧紗。三代芸香傾耳久，清風原數伐冰家。女徵慶

（《傅惜華藏古典戲曲珍本叢刊》第七〇冊影印清嘉慶間原刻本《簾外秋光》附刻《棠讌曲》卷首）

【校】

①『笙』字前，疑闕四字。

【箋】

〔一〕呢瑪善（一七七四—一八二四）：字玉亭，號訥庵，呢瑪奇氏，滿洲鑲黄旗人。初由閒散隨征湖北邪匪，授七品職銜。嘉慶二年（一七九七），授藍翎侍衛。累擢頭等侍衛，授河北鎮總兵，歷鄖、衢州、南陽諸鎮。道光初，擢成都將軍，署四川總督。四年（一八二四），卒於雲南，贈太子少保，謚勤襄。傳見《清史稿》卷三四九、《清史列傳》卷三〇等。

〔二〕施諒：號朗山，錢塘（今浙江杭州）人。附貢生，任河南南陽府同知，在任十五年。道光十二年（一八三二），轉浙川廳撫民同知。

〔三〕倪明進（一七九一—一八三二）：字千傑，號晉三，海陽（今屬廣東潮州）人。嘉慶十八年癸酉（一八一三）拔貢。朝考以知縣用，分發河南，歷任夏邑、鎮平、泌陽、桐柏等縣。二十三年戊寅（一八一八），充同考官。道光五年（一八二五），任泌陽知縣。八年，纂修《泌陽縣志》。著有《中州集》。

〔四〕戴銘（一七六五—一八三六）：字湯箴，號恬園，别署又新、石帆、抱一子、蘇門山人，輝縣（今屬河南）人。嘉慶六年辛酉（一八〇一）進士，官懷慶、南陽府學教授。致仕後，教學以終。著有《讀易瑣言》、《恬園文鈔》、《聽鸝録存諷集》、《哀弦集》、《自娱集》等。參見戴應瀾《恬園公年譜》（道光間家刻本）。

〔五〕衛大壯：號健齋，新鄉（今屬河南）人。貢生。任河南修武縣訓導、歸德府學教授。著有《衛氏族譜》、《囈語志略》。傳見《新鄉縣志》。

〔六〕温聚德：號在潁，正陽（今屬河南）人。生平未詳。

〔七〕馮鏊：號夢洲，慈谿（今浙江）人。生平未詳。

〔八〕陳恕紳：號柳浦，錢塘（今浙江杭州）人。生平未詳。

〔九〕衛自强：號勁亭，新鄉（今屬河南）人。生平未詳。

〔一〇〕孫景瀾：號載揚，武進（今江蘇常州）人。生平未詳。

〔一一〕郭文貞：號恕宣，新鄉（今屬河南）人。衛大壯室。擅書畫，曾作《書畫合璧冊》。傳見《清畫家詩史》卷癸下、《清代閨閣詩人徵略》卷八、《閨秀正始集小傳》等。

〔一二〕徵康：與以下徵恩、徵慶，爲汪應培子、女，生平均未詳。

《棠讌曲》評

孟長炳

委婉寫來，真有官民一體之意。才人詞筆，循吏胷襟，其事其文，足垂不朽。

會稽孟耐齋。

《棠讌曲》跋

趙生覺〔一〕

余服官日下，與香谷别十六年矣，戚好中自菊潭來者，輒道及公撫字有方，循聲茂著，余心竊豔之。今秋以讀《禮》就閒，策蹇來宛，始得握手快譚。未旬日，見内邑士庶，具盛筵，陳樂部，爲公懸額大庭。竊意頌揚治績，自必切寔指陳，及觀其顔額之文，乃『還我使君』四字。噫！異矣。雖然，無足異也。諺云：『不見高山，那見平地。』蓋士民十餘年來沐浴膏澤，亦幾習而忘之，一自霓旌北指，而後漸覺荊榛礙道，袵席生寒。回憶從前挾纊之恩，何可多得。由是以纏綿之意，寫其愛戴之情於四字中，不啻長言咏歎焉。於以見偃草之風行，而益信前言爲不謬也。惜余以俗冗牽掣，不獲久炙光儀，僅作平原十日之飲而別。因書數語，以志雅慕。至公之跌宕文場，揮灑如意，特其餘事耳。昔趙長卿送某令詞云：『如君才調，掌得玉堂詞翰。』余於香谷，卽以此移贈之。

愚表弟仁和趙生覺謹識。

（以上均《傳惜華藏古典戲曲珍本叢刊》第七〇册影印清嘉慶間原刻本《簾外秋光》附刻《棠讌曲》卷末）

【箋】

〔一〕趙生覺：字號未詳，仁和（今浙江杭州）人。嘉慶五年（一八〇〇），任天津縣典史。

驛亭槐影（汪應培）

《驛亭槐影》，《清代雜劇全目》著錄，現存嘉慶間原刻《皇華小咏》附錄本，原未標名，末有作者自識：『本名《驛亭槐影》』；嘉慶間刻《南枝鶯囀》本，第五種，原未標名，末有作者自識：『本名《驛亭槐影》』；舊鈔本，過錄《南枝鶯囀》本。

驛亭槐影跋[一]

汪應培

（《香夢》《錦歸》）二曲本名《驛亭槐影》，係歸途遣意之作，草草巴詞，殊無足采。迺蒙兩峯、玉亭兩大君子[二]，指授伶工，播之絃管，於音樽雅集時，曼聲低度，頗傾座客之耳。所謂『一經品題，價增十倍』也。感德陳情，用志數語。

香谷自注。

（中國國家圖書館藏清嘉慶間刻《香谷四種曲·錦歸》卷末）

【箋】

[一]底本無題名。

[二]兩峯：按羅聘（一七三三—一七九九），字遁夫，號兩峯，甘泉（今江蘇揚州）人。監生，擅畫。傳見吳錫麒《有正味齋駢體文》卷二三《墓志銘》。或即其人。玉亭：未詳是高玉亭，抑或呢瑪善（一七七四—一八二四）。

寬大詔（王訢）

王訢（一七五六—一八一五），字曉樓，號嘯岩，又號澹游，別署嘯岩居士，榆次（今屬山西晉中）人。清諸生，困於場屋，遂棄舉子業，遊歷四方。晚年修身養性。善醫術，兼通作畫、篆刻、吹簫、琵琶、製香。著有《大學古本集説》、《青烟録》、《嘯岩吟草》。撰雜劇《寬大詔》。傳見民國《榆次縣志》卷一七。參見鄧長風《十位清代戲曲家生平考略·王訢》(《明清戲曲家考略》)。《寬大詔》,《古典戲曲存目彙考》著録,現存嘉慶二十年(一八一五)寫刻本。

寬大詔序〔一〕

王　祁〔二〕

人之相善而相念也,則千里命駕,以溯晨夕之歡。若其人已邈,則多識其前言往行,而思有以傳之。非傳之於其書也,傳之於其人也。然藉此一編,而時相晤對,則如見其人焉,而其書亦因之傳矣。

吾友王嘯岩先生,性聰敏。弱冠游庠,名噪一時。先君子宰榆次〔三〕,始識之。冀以文章名世,乃屢困場屋,鬱鬱不得志。遂置舉業,作川岳遊。晚年悟道,修身養性。然時以其平生抱負寓之筆墨,以抒其抑鬱無聊之意。

余筮仕中州,與嘯岩相同數載,於商確古今之暇,多所規誡,裨益身心。其負病時,猶復以持身律己,諄諄勸勉。嗟乎!言猶在耳,而良友不再覯,怦怦於心,不能自已。覓其遺稿,得《寬大詔》一書,知吾嘯岩以陸賈自喻,其抱負正是不凡,惜乎其不得志也。遂爲校核,以付剞劂。非敢云必傳也,亦聊以志不忘吾良友云爾。

嘉慶二十年歲次乙亥春三月，遙峯王祁書。

【箋】

〔一〕底本無題名，據版心題。版心下端署『霞舉書』。

〔二〕王祁（一七七六—？）：字鳴廷，號遙峯，一作瑤峯，漢軍鑲紅旗人。王秉韜（一七三〇—一八〇二）長子。嘉慶六年辛酉（一八〇一）舉人，分發河南，任祥符知縣，遷光州直隸州知州，署汝寧知府。參見河南巡撫長齡嘉慶十八年六月十九日《奏請以王祁借署祥符縣知縣事》摺。

〔三〕先君子：即王秉韜（一七三〇—一八〇二），字含谿，漢軍鑲紅旗人。乾隆十二年丁卯（一七四七）舉人。二十四年，選授陝西三原縣知縣。歷官知州、知府、河南布政使，仕至河東河道總督。四十八年，曾任榆次知縣。著有《含谿詩草》。傳見《清史稿》卷三六〇、《國史列傳》卷一六、《國朝耆獻類徵初編》卷一八一、《湖海詩人小傳》卷一三、光緒《三原縣新志》卷五、光緒《山西通志》卷一一〇等。

寬大詔跋〔一〕

陳孝寬〔二〕

詞瀾曲譜，騷人寄陶寫之章；酒地花天，才子振恆春之管。是其情移今日，蹟借古人。托箇裏之聲容，描眼前之憐愛。且欲現身說法，則位置原自清高；況能出手爭先，斯品識允宜莊重。若我嘯岩先生《寬大詔傳奇》，所謂寓抱負於文章，隱風情於正大者矣。

今夫雕香鏤玉，不少題詞；寫翠傅紅，尤多雜劇。試拈簫管，撩撥知音；慣學琵琶，剛纔對客。固歡場之極樂，亦雅賞之同情。使即繪此溫柔，被之宫羽，非不南音旖旎，北字惺鬆。而兒女纏綿，僅屬房中之樂；即才情傾吐，祇供場上之觀。何如漢使選賢，雄藩慴服，既懷柔而惠遠，亦詞洽而理該。脱悲歡離合之常談，允推此曲；合道學才華爲一致，所謂伊人。

先生藉甚聲華，過人慧業。有情是佛，著句皆仙。舊管領夫明湖，待持衡於法鑒。桃花舞扇，院中競識求詩；楊柳旗亭，都下爭傳劃壁。偶因四美，戲譜九宫。致身在歡喜場中，觸悟入清涼境裏。倏成圓覺，免墮綺語之魔；心領眞如，冀入華嚴之界。

寬饘堂近授，雀範欣陪。每當塵靜亭閒，香微齋罷，談眞娓娓，示誨諄諄。許元方爲入道之人，引摩詰爲多才之累，固已詞章自禁，著作彌珍。夫何別等三秋，離經兩夏。松喬忽折，鶴馭旋賓。嗟乎！傳世丹鉛，自作名山之寶；半生筆墨，誰收舊篋之藏？

乃有敦誼棣華，得遺音於斷簡；多情蓮侶，翻大作之殘編。拔手帙而夷猶，棖心旌其馳溯。聊陳葵藿，竊附棗梨。所願賞心不遠，想見高山流水之餘音；都應妙口爭傳，競譜《白雪》、《陽春》之雅奏。

嘉慶乙亥暮春，門人陳孝寬謹跋。

（以上均清嘉慶二十年寫刻本《寬大詔》卷末）

【箋】

〔一〕底本無題名，據版心題。

〔二〕陳孝寬（一七九三—一八二六）：號湘帆，祥符（今屬河南）人。由拔貢朝考一等，以七品小京官用，分工部。嘉慶二十三年戊寅（一八一八），中順天舉人，授工部主事。因故革職，發伊犁。道光六年（一八二六），死於回亂。傳見《國朝耆獻類徵初編》卷三七一。參見《海寧渤海陳氏宗譜》卷一一。

六觀樓北曲六種（許鴻磐）

許鴻磐（一七五七—一八三七），字漸逵，號雲嶠、雪帆，别署六觀樓主人、魯南廢人，濟寧（今屬山東）人。乾隆四十四年己亥（一七七九）舉人，四十六年辛丑（一七八一）進士。歷任江蘇安東知縣、安徽潁州府同知、泗州直隸州知州。緣事落職，以教讀爲生。嘉慶末，捐復知州，補河南禹州。平生博極羣書，尤長於史地之學。輯《古文選》、《唐宋八家文選》等。著有《方輿考證》、《泗州考古錄》、《尚書雜記》、《六觀樓詩文集》、《雪帆雜著》等，撰《六觀樓北曲六種》，訂《六觀樓曲譜》。傳見《清史列傳》卷七二、徐世昌《清儒學案小傳》卷一二、宣統《山東通志》卷一七二、《濟寧直隸州志》等。參見鄧長風《十位清代戲曲家生平考略·許鴻磐》（《明清戲曲家考略》）、《關於〈明清戲曲家考略〉的若干補正·許鴻磐》（《明清戲曲家考略續編》）。

雜劇《西遼記》、《雁帛書》、《女雲臺》、《孝女存孤》、《儒吏完城》、《三釵夢》六種，總稱《六觀樓北曲六種》，《清代雜劇全目》著錄，現存道光二十六年丙午（一八四六）原刻本（《傅惜華藏古典戲曲珍本叢刊》第七一册據以影印）、同治十三年（一八七四）重刻本。另有舊鈔本《六觀樓曲譜》。

六觀樓北曲六種識語〔一〕

闕　名〔二〕

右六種，多經友人評點，今皆不載，非敢委瓊瑤之贈於草莽也。誠以文章之美惡，有識者自能辨之，必盡舉過情之譽，列諸上方，是借人之譽己而自譽也，余竊愧焉。故評本則什襲藏之，此則僅分句讀，以便觀覽。

（《傅惜華藏古典戲曲珍本叢刊》第七一册影印清道光二十六年刻本《六觀樓北曲六種》卷首目錄後）

【箋】

〔一〕底本無題名。

〔二〕此跋當爲許鴻磐撰。

儒吏完城（許鴻磐）

《儒吏完城》雜劇，一名《守濬記》，《清代雜劇全目》著録，現存嘉慶間刻《韞山六種曲》本、道光二十六年（一八四六）原刻《六觀樓北曲六種》本、同治十三年（一八七四）重刻本。

儒吏完城北曲弁言

許鴻磐

吾友臨桂朱韞山著《守濬日記》〔一〕，述其拒滑賊事，既屬余爲序，又屬余爲之製曲。夫韞山一書生耳，乃能據危城，抗强寇，凡十餘日，援至而城完，既保其境，而西南鄰邑皆資屏障，是亦可歌而可咏矣。時余養痾夷門，困頓無聊，且以文辭爲破愁之具。歲云暮矣，風雨淒然。乃以病腕握凍筆，爲北曲四套，以示韞山。韞山喜，附其《日記》刻之。但讐校稍①疎，間有訛字遺句，今皆添正。又有余續行修改處，故此本與彼本少有不同。

道光元年冬十二月上浣〔二〕，任人許鴻磐雲嶠識於大梁之藝蘭寄舍。

（《傅惜華藏古典戲曲珍本叢刊》第七一册影印清道光二十六年刻本《六觀樓北曲六種》卷五《儒吏完城》卷首）

【校】

①稍，底本作『梢』，據文義改。

【箋】

〔一〕朱韞山：即朱鳳森（一七七六—一八三二），生平詳見本卷《韞山六種曲》條解題。

〔二〕道光元年冬十二月上浣：公元已入一八二二年。

守濬記北曲小序

李兆元〔一〕

許子雲嶠著《守濬記》北曲，爲朱子蘊山守濬作也。當時賊起於滑，人情惶怖，而濬去滑不及一舍地，爲賊所必欲得，故萃鋭於此。乃能於匆遽時，勵忠義，盡戰守，與賊相持十一日夜，援至而城完。蘊山一書生耳，能爲地方出死力，抗危難，可以傳矣。雲嶠感其事，仿《元人百種》之體，爲北調四折，以豪健之筆，發沉雄之致。摹繪處幾於鬚眉畢現，俾讀者可以慷慨想見其爲人，而各勵其忠君報國之志。則是曲之作，豈徒然哉！其『家麻』韻，入盡作平，與《中原音韻》小有異同，蓋北曲入聲固可通押也。

庚辰冬杪〔二〕，東萊李兆元書。

【箋】

〔一〕李兆元：字勺洋，號瀛客，室名十二筆舫，掖縣（今山東萊州）人。李瑛子。乾隆五十九年（一七九四）舉人，官長葛、魯山、獲嘉諸縣知縣，凡十七年。後因事詿誤，罷歸鄉里。晚年潛心著述。善詩文，工楷書。道光四年（一八二四），刻李瑛《艾堂外篇》。著有《古韻微》、《説卦傳集注》、《詩箋三種》、《十二筆舫詩稿》、《十二筆舫雜著》（含《梅影叢談》、《春暉餘話》、《中州觚餘》）、《客窗賸語》等。傳見光緒《掖縣志・文學傳》。

〔二〕庚辰：嘉慶二十五年（一八二〇）。

（守濬記）序

何文明〔一〕

桂林朱韞山司馬，以名進士，出宰濬縣。白蓮賊反滑縣，以城守功，晉銜司馬。未幾請假。予斯時豔其武功，而未識其能詩。既而銷假來豫，與表雪嶠諸公唱和，吉光片羽，時於壁間見之。戊寅秋〔二〕，予晉省，遇與談詩。韞山出其吟稿，幾盈尺，因屬余評騭，且命以序。余攜回署中，讀半月而後卒業。

蓋李文成之初反也，王師未出，濬去滑二十五里而近，賊規取濬以爲犄角，志在必得，攻之急，旦夕蟻附。韞山以書生守孤城，驅市人而戰之，激以忠義，荷戈登陴，無不一以當百。而又搜獲內應百餘人，悉戮於城上，賊益氣奪。凡拒戰十一晝夜，卒完城以待大軍之至，可不謂剛毅壯烈丈夫哉！

意其發而爲詩，必多豪雄伉爽之作。今觀其《守城八首》，頗爲振厲。五言則高古淡遠，骨格在韋、儲間。昔人謂王摩詰、孟襄陽諸公之詩，皆可證禪；若韞山諸作，庶幾近之，賢者固不可測如此。韞山骨相岸異，人尤磊落，喜談天下事，及往古廢興成敗，娓娓不倦。異日當必有殊猷偉績，顯著於時，不徒作嶺外一詩人而已。

嘉慶戊寅冬，香山愚弟何文明哲堂頓首拜撰〔三〕。

（以上均《傅惜華藏古典戲曲珍本叢刊》第八一冊影印清

嘉慶晴雪山房刻本《轀山六種曲》所收《守濬記》卷首）

【箋】

〔一〕何文明（一七五五或一七五九—一八二二）：字堯臣，號哲堂，香山（今屬廣東）人。乾隆四十四年己亥（一七七九）舉人，八上會試，不第。嘉慶六年（一八〇一）大挑，發河南知縣，署臨潁、内黄、息縣、滑縣，補授淯川知縣。道光元年（一八二一），引疾歸，卒於途。著有《諸子粹白》、《中州筆記》、《嵩山紀遊》、《投間雜録》、《二思齋詩文集》。傳見同治《香山縣志》卷一四、《（香山小欖）何爲環堂重修族譜》卷一、《香山詩略》、《何氏詩徵集》等。

〔二〕戊寅：嘉慶二十三年（一八一八）。

〔三〕題署之後有印章二枚：陰文方章「何文明印」，陽文方章「哲堂」。

女雲臺（許鴻磐）

《女雲臺》雜劇，《清代雜劇全目》著録，現存道光二十六年丙午（一八四六）原刻本（《傅惜華藏古典戲曲珍本叢刊》第七一册據以影印）、同治十三年（一八七四）重刻本。

女雲臺北曲弁言

許鴻磐

明末多故矣。其時奮不顧身，出死力報國家者，概不乏人，而以秦夫人爲獨絶。夫人，一土舍寡婦耳，乃能統部勤王，裹糧殺賊，效命疆埸者二十年。迨至無可如何，復能仗節以終，爲一代之完人，實千古之奇人也。因仿《元人百種》之體，以歌咏其事。其間有與《明史》本傳相出入者，如召見平臺，實在崇禎三年，夔門之役、瑪瑙山之捷，均在其後，今撮敍戰功，不能不少爲易置。其劾①諸將一疏，在天啓時，亦彙見敍功之後，乃行文鎔鑄結構之法，非故亂正史也。再瑪瑙山之戰，按《明史》，石砫兵未在行間，然向見《秦夫人別傳》謂其獨當一面，且夫人受命專辦蜀賊，豈有不與戰之理？故並及之。

道光二年歲次壬午七月望日，任人許鴻磐識於鈞陽官署。

（《傅惜華藏古典戲曲珍本叢刊》第七一册影印清道光二十六年刻本《六觀樓北曲六種》卷三《女雲臺》卷首）

【校】

①劾，底本作『刻』，據文義改。

雁帛書（許鴻磐）

《雁帛書》雜劇，《清代雜劇全目》著録，現存道光二十六年丙午（一八四六）原刻本（《傅惜華藏古典戲曲珍本叢刊》第七一册據以影印）、同治十三年（一八七四）重刻本。

雁帛書北曲弁言

許鴻磐

元人有《蘇武告雁曲》，以雁書事繫之子卿，人多豔稱之。然《漢書》本傳具在，非實事也。惟元郝伯常經使宋，爲賈似道拘留眞州者一十五年，乃眞有雁足寄書之事，宋濂《元史》、陶九成《輟耕錄》俱載之。嗚呼！伯常文章氣節，冠絕一時，而雁書一事，尤足千古。故據本傳，參之《宋史》，爲北曲四套以傳其奇。表伯常之節，卽以斥似道之罪。誅姦諛於既死，發潛德之幽光，亦庶幾昌黎之意歟！

道光二年八月望後一日，山左許鴻磐識。

（同上《六觀樓北曲六種》卷二《雁帛書》卷首）

孝女存孤（許鴻磐）

《孝女存孤》雜劇，《清代雜劇全目》著錄，現存道光二十六年丙午（一八四六）原刻本（《傅惜華藏古典戲曲珍本叢刊》第七一册據以影印）、同治十三年（一八七四）重刻本。

孝女存孤北曲弁言

許鴻磐

孝女者，臨桂張氏所稱之義姑也。孝女之父兄，俱死吳逆之難，所剩止一呱呱兒。乃以孱然不字之身，撑拄於巢碼卵破之日，無佽無與，且二十年，卒使生者立，死者續。故張氏立祠，祀之曰『義姑祠』。然夷考其行，推原其心，當時之所以飲血茹恨而爲此者，非若朋友、主僕之間，感知己，受付託，激於義憤之行，徒稱之曰『義』，恐九京且有遺憾。余既本張氏之意，作《義姑傳》，茲改『義』曰『孝』者，核其行，原其心也。動於人，固不若動於天者之爲尤至哉！

壬午九日〔一〕，許鴻磐識於望雲軒。

（同上《六觀樓北曲六種》卷四《孝女存孤》卷首）

【箋】

〔一〕壬午：道光二年（一八二二）。

西遼記（許鴻磐）

《西遼記》雜劇，《清代雜劇全目》著録，現存道光二十六年丙午（一八四六）原刻本（《傅惜華藏古典戲曲珍本叢刊》第七一册據以影印）、同治十三年（一八七四）重刻本。

西遼記北曲序

許鴻磐

余讀《遼史·天祚紀》而重有感也。遼自太祖開基，傳九世至天祚，爲金人所執。《續綱目廣義》卽注曰：『遼亡。』然遼實未嘗亡也。西遼耶律大石，乃太祖八代之孫，奔走西域，臣服諸國。迨天祚被執，卽於起兒漫稱帝，以續遼統。寡婦孤兒，維持不墜，八九十年間，未嘗少屈於人，視北漢劉氏，實爲過之。《遼史》略記其事於《天祚紀》之末，而又與耶律淳雅里視同一例，並肆譏評，使一線遺緒，湮沒不章，亦可悲矣。乃依《元人百種》之體，爲北曲四折，以歌咏其事，題曰《西遼記》，亦放翁《南唐書》之意云爾。（耶律淳雅里，皆自立於天祚之世，大石則非也。）

道光三年重陽前四日，山左任人許鴻磐自記於清江浦鄭槎亭家墅之柿葉山房〔一〕。

（同上《六觀樓北曲六種》卷一《西遼記》卷首）

【箋】

〔一〕鄭槎亭：名號、籍里、生平均未詳。或卽鄭浩，字巨川，號槎亭，鳳臺（今屬安徽）人。嘉慶間曾任雲南澄江知府、黄河道。

三釵夢（許鴻磐）

《三釵夢》雜劇，《清代雜劇全目》著録，現存道光二十六年丙午（一八四六）原刻本（《傅惜華藏古典戲曲珍本叢刊》第七一册據以影印）、同治十三年（一八七四）重刻本。

三釵夢北曲小序

許鴻磐

《紅樓夢》小説膾炙人口，續之者似畫蛇足，其筆墨亦遠不逮也。近有傖父，合兩書爲傳奇，曲文庸劣無足觀者。臨桂朱藴山別爲《十二釵》十六折，思有以勝之。脱稿示余，未見其能勝也。（藴山後刻其《十二釵》，將此四①折中之《斷夢》、《醒夢》借刻其曲②内，意亦不相入也。）

余謂讀《紅樓夢》以爲悲且恨者，莫如晴雯之逐、黛玉之死、寶釵之寡。乃別出機柚，以三人爲經，以寶玉爲緯，仿《元人百種》體，爲北調四折，曰《勘夢》，曰《悼夢》，曰《斷夢》，曰《醒夢》，因謂之《三釵夢》。夫晴雯之逐，夢也；黛玉之死，亦夢也；寶釵之先溷塵而後證果，則夢之中又演夢焉。嗟乎！人生如夢耳，余亦在夢中，乃爲不知誰何之人攄其悲，平其恨，囈語耶，抑癡人之説夢耶？

六觀樓主人自題。

（同上《六觀樓北曲六種》卷六《三釵夢》卷首）

【校】

①四，底本作『回』，據文義改。

②曲，底本作『甲』，據文義改。

雙鴛祠（仲振履）

仲振履（一七五九—一八二二），字臨侯，號雲江，又號拓庵，别署羣玉山農、木石老人，室名岱覽庵，泰州（今屬江蘇）人。仲鶴慶（一七二三—一七八五）次子，仲振奎（一七四九—一八一一）弟。嘉慶十三年戊辰（一八〇八）進士，授廣東恩平知縣。調興寧、東莞、番禺，擢南澳同知。以疾告歸，卒於家。嘉慶十六年，主修《興寧縣志》。著有《作吏九規》、《虎門攬勝》、《秀才祕鑰》、《家塾邇言》、《咬得菜根堂詩文稿》、《棄餘稿》等。撰傳奇《雙鴛祠》、《冰綃帕》。傳見道光《泰州志》、道光《恩平縣志》卷一二、咸豐《興寧縣志》、民國《東莞縣志》卷五一等。參見錢成《清中期戲曲家仲振履考》（《揚州職業大學學報》二〇一四年第四期）。

《雙鴛祠》傳奇，《今樂考證》著録，現存嘉慶二十五年庚辰（一八二〇）咬得菜根堂刻本（題『岱覽庵傳奇』）、舊鈔本（《綏中吳氏藏鈔本稿本戲曲叢刊》第一七冊據以影印）、藍絲欄鈔本（中國國家圖書館藏，《泰州文獻》第五一冊據以影印）。

（雙鴛祠傳奇）弁言

汪雲任〔一〕

李君亦珊，福建閩縣人，仕廣州别駕。不得於其親，一弟又桀驁不可馴。自甘涼解餉歸，抑鬱成疾。疾日①篤，且死，一棺之外，四壁蕭然。其妻蔡氏謂老婦曰：『吾夫甫死，無一過問者。設久殯此，其何以歸？我將死之，聞者或憐我之節，送吾夫婦，吾翁姑亦藉以同歸，我無憾矣。』乃冠帔，拜堂上，自縊死。移棺於庵，人莫不哀蔡之節，亦卒無議歸其喪者。同官某之妻某，聞於老婦而憫之，乃屬其夫，醵金以助，仍己出二百金，送以歸，且立廟祀之。粤中傳其事久矣。柘庵先生卸事閒居，素工音律，爰屬爲傳奇，被諸管絃，流連倡歎，庶愚夫愚婦聞聲興感，憫其遇，高其節，而各成其志焉，未始非風俗之一助也。

時庚辰中和日〔二〕，盱眙汪雲任孟棠甫題於禺山官署。

【校】

①日，《泰州文獻》第五一册影印藍絲欄鈔本作『益』。

【箋】

〔一〕汪雲任（一七八五—一八五一）：一作云任，字孟棠，號繭園，盱眙（今屬江蘇）人。嘉慶十二年丁卯（一八〇七）舉人，二十二年丁丑（一八一七）進士，以知縣用，任廣東三水、番禺。道光元年（一八二一），擢廣西歸順知州，署思恩府，移江西贛州知府。十七年，遷江蘇蘇州知府，兼護蘇松太道。擢山東督糧道、通政司參議，授陝西按察使，權陝西布政使。道光六年（一八二六），曾刻陸小姑《紫蝴蝶花館詩鈔》。傳見光緒《盱眙縣志稿》卷九、《清代官員履歷檔案全編·道光朝》道光二十二年（一八四二）等。著有《秋舫吟》，傷悼亡妾張瑤娘，仲振履以之爲藍本，撰《冰綃帕傳奇》，民國二十三年（一九三四）《珊瑚》半月刊連載（總第三七—四八期）。事見王蔭槐《蚍廬詩鈔·重題張瑤娘遺像序》。

〔二〕庚辰：嘉慶二十五年（一八二〇）。

（雙鴛祠傳奇）序言

顧元熙〔一〕

琵琶彈出，字字酸心；觱篥吹來，聲聲慘語。所以落瓊魄於青衫，合綺思於檀板者，其惟仲君柘庵所作《雙鴛祠》曲本乎？以彼亦珊，翳桑薄宦，枳樹寒棲。生乎難養，死也安歸？艱難彈鋏之歌，宛轉破甑之泣。靈衣瑟瑟，旅殯蕭蕭。司馬魂歸，但存少婦；中郎嗣隕，尚有衰親。天乎已酷，人也何堪！而乃平生杯酒，莫爲招魂；向日同袍，鮮聞斂爪。致使老親成末路之莩，弱婦賫黃泉之痛。鴛鴦血挂，青冢無歸；蛺蝶灰沈，金錢難卜。於是厮養傷心，監奴墮淚。動秦庭之哭，故主恩多；望蜀道之還，纍臣情重。遂使義烈起於巾幗，廟貌比於蟂蟣。柘庵摛張綺語，姱飾幽修。前者欷歔，後者咽塞。同官視此，當何如耶？從此梨花春早，譜成南部①之詞；薜荔烟深，補入《大招》之句。別駕有知，靈其慰矣。

時庚辰仲春中浣，長洲顧元熙序。

【校】

①部，《泰州文獻》第五一冊影印藍絲欄鈔本作『郡』。

【箋】

〔一〕顧元熙（一七八一—一八二一）：字麗炳，一作麗丙，號耕石，室名蘭修館、容安草堂，長洲（今江蘇蘇州）人。嘉慶十三年戊辰（一八〇八）解元，十四年己巳（一八〇九）進士，選庶吉士，散館授編修。官至翰林院侍讀。督學廣東，卒於官。工詩賦，善書。輯録《浣緑居詞鈔》（附自撰《栩園詞鈔》）。著有《説文部次便覽》、《會試硃卷》（附《蘭修館賦》、《制藝》）、《蘭修館叢稿》、《刻鵠集》。與吳錫麒（一七四六—一八一八）合著《吳顧賦鈔合刻》。傳見《昭代名人尺牘續集小傳》卷七、《皇清書史》卷二七、《蘇州府志》、民國《吳縣志》卷六八等。

題蔡安人遺像〔一〕

李　澐〔二〕

天生烈性誰能比，妾薄命，甘同死。郎不歸來儂去矣。一腔幽憤，半生勞瘁，付與東流水。有客聞將紅豆記，彤管臨摹斷腸事。觀者傷心同墮淚。紫絨氈上，紅牙聲裏，凜凜餘生氣。（調寄【青玉案】）　山陰李澐鐵橋拜題

【箋】

〔一〕底本無題名，附於蔡安人遺像後。

〔二〕李澐：號鐵橋，山陰（今浙江紹興）人。乾隆四十五年（一七八〇），署武進知縣。

雙鴛祠傳奇題詞

戴錫綸　等

暫乞官身不放衙，閒賡楚些按紅牙。翻將新樣房中曲，散作蠻天海曙霞。

俠腸熱血入新詞，忍見從容就死時。活現鴛鴦長比翼，珠龕繡閣兩蛾眉。

按拍都將窠臼捐，一番豪竹一哀絃。何當老我偕諸俊，也向場中說可憐。（部内木石老人，柘庵自謂，廬江別駕爲何沛雲，關西榷使爲楊篠平，平陽大令爲汪孟棠，譙郡司馬則鄙人也，亦預其間，謂非厚幸。）

酬他廟祀送麒麟，福善昭昭信有神。不見《陽春》纔脫稿，明珠潤筆報殊珍。（柘庵此曲甫成，恰有弄璋之喜）　光山戴錫綸東塘〔一〕

簿書纔了又文章，政績詞華兩擅場。閒搦如椽一枝筆，爲他潛德發幽光。

弱草棲塵謾自驚，泰山死重一身輕。唱隨不隔人天界，直向泉臺挈手行。

俠腸友誼重同官，香火從今永不刊。百尺貞珉褒節烈，天書爛熳舞龍鸞。

陰陰榕葉護新祠，丹荔黃蕉佐酒卮。讀到迎神送神曲，女蘿山鬼擬騷詞。　江寧龔鯤北海〔二〕

烈性金堅，俠腸火炙，兩般自古爲難。讓他香閨麗質，占斷人天。愧煞鬚眉男子，誰能到處口碑鐫。羊城裏、後先輝映，一對嬋娟。　還更想雙別駕，虧附他驥尾，博得名傳。從今紅牙譜入，爭要先看。不是老人留滯，白頭誰與寫《金荃》？好同取、心香一瓣，共祝名山。（調寄【慶清朝慢】）　天津楊紹庭筱平〔三〕

年來奔走名場，過眼悤悤誰記？　檀板催人，想到四年前事。雙棺冷落無人問，一見一回垂淚。僅捐金收拾，幽棲半畝，剪蔬相慰。　嘆招魂魂不歸，紅蠟下、鐵笛新聲相倚。楚些歌殘涼月白，蝙蝠空庭飛起。愧何郎、得藉春風詞筆，現身場裏。（調寄【陌上花】）錢塘何玉池沛雲〔四〕

缺陷幻成世界，憂患注定人生。何苦天公播弄，要替烈婦傳名。奇節剛逢奇俠，奇人還賴奇文。從此璇閨嘉話，不徒珠海馨聞。元和徐香祖秋厓〔五〕

含玉成冤，捐珠填恨，恰被蛾眉雙占。名滿羊城，一路口碑傳遍。詩巾幗、名壓紅粧，寫彤管、句成黃絹。惜輸他、傅粉何郎，登場説法全身現。　可憐今夕何夕，得向氍毹上，雙窺人面。淚落燈前，腸斷一聲《何滿》。摹小步、花鳥依人，奏長歌、管絃清婉。嘆我輩、聽鼓悤悤，愧抱琴人遠。（調寄【臺城路】）長白觀瑞竹樓〔六〕

一個烈佳人，殉節甘同死。白練黃泉了一生，千載餘生氣。　一個俠佳人，閨閣敦名義。不惜釵環濟憫艱，賽過奇男子。（調寄【卜算子】）河陽郭際清巘亭〔七〕

飲冰不惜未亡身，解佩能回地下春。歌罷酒酣同太息，古今出色是佳人。

羊城逸老譜新詞，裝點神奇騁①祕思。一曲懨懨紅蠟下，《離騷》遺響付紅兒。秦州吳廷揚羲麓〔八〕

京洛歸來，正詞人老去，閉戶偷閒。間將紅豆，裝點出色嬋娟。烈腸俠骨譜新聲，占斷人天。卻更比《琵琶》眞摯，不徒玉茗流連。　恰笑何郎何幸，與通眉李賀，依附同傳。都賴深閨弱質，特地成全。紫氍毹上舞紅兒，細奏朱絃。從此後、人間天上，都成美滿因緣。（調寄【漢宮春】）無爲盧

殿楠寅谷〔九〕

自古從容就義難，可憐琪樹共摧殘。酒闌歌罷重搔首，絳蠟風生玉笛寒。

作宦經年寄穗城，何郎曾與訂心盟。那知今夜燈前見，附驥居然享令名。長白宋如楠蔭川〔一〇〕

絕世風流仲柘庵，拈將紅豆譜瑤函。從今檀板金尊下，爭唱新詞遍海南。

殉節捐資兩足奇，憑誰妙筆寫新詞。丈夫事業歸巾幗，愧煞人間輕薄兒。長白吉安虛白〔一一〕

玉樹凋殘誰與憐？閨人血淚委黃泉。至今埋骨青山外，墓草香生瘴海天。

何郎何幸得名姝，俠骨崢嶸愧丈夫。從此石麟天附與，他年預卜慶光閭。

手版纔抛羨此翁，頭銜新署印泥紅。歌成不作風塵吏，紅粉香奩太史公。承德王天寧靜圃〔一二〕

小部徵歌，燭影搖紅，乍起悲聲。嘆角弓情絕，號天路隔；刀環唱斷，化石身輕。匹練纏冤，麻衣染血，哭到黃泉鬼亦驚。拋難盡，任珠江滾滾，淚迸珠傾。蒼蒼未必無情，但生也堪哀死也榮。看龍章寵錫，春生抔土；鴛祠倡建，義重友生。檀板招魂，氍毹現相，事比紅樓夢更眞。（木石老人伯氏雲澗先生，有《紅樓夢傳奇》。）全無悶，羨壎篪伯仲，有恨都平。（調寄【沁園春】）興化鄭鑾子彥〔一三〕

天上雙星墮，塵間一霎優曇化。撇了榮華廝守定，三生證果。就義從容，巾幗無多箇。縱苟活、蜂螫爭摧挫。欲九原隨唱，誰是招魂楚些。幸遇中山也，瓶笙調曲聲情寫。恨月愁花，渾唱得、寒雲深鎖。千萬難言，舞板工嘲罵。聽下淚、簌簌如瀉。算曲傳南嶺，不枉芳名遠播。（調寄【安公子】）常熟宗德懋牧厓〔一四〕

顧化雙鴛，不顧向、人間憔悴。便摧挫，那能磨滅貞心烈氣？巾幗盡除兒女態，泉臺重領夫妻味。卻嚴粧再拜別姑嫜，從容死。　嘆雙櫬，停蕭寺；有誰去，燒錢紙。仗故人慷慨，揮金好義。餒鬼不教啼異域，殘魂終得還鄉里。送桐棺載上木蘭舟，交全矣。（寄調【滿江紅】）

筆底詞瀾起，寫淋漓、許多懊惱，許多歡喜。此老掀髯高唱處，聽者攢眉酸鼻。搜奇句、筆驚神鬼。風化人間傳萬古，付梨園一一調宮徵。表潛德，勝青史。　笙歌妙部詩新製。眼前人、齊登場上，大都是戲。唱到悲涼聲欲絕，字字教人心碎。重勾惹、欷歔往事。難得閨幃逢俠友，問論交、生死談何易。座中客，感而涕。（調寄【金縷曲】）　盱眙汪雲任孟棠

菊部梨園總擅長，尊前傀儡看登場。全憑才子生花筆，今事都從古尺量。　清歌一曲幾回頭，檀板今樽宴未休。自現法身來說法，鬚眉巾幗各千秋。丹徒張署雲門（一五）

生就烈心腸，殉節偕亡。雙棺蕭寺太荒涼。一任含冤烟瘴裏，誰闡幽光？　閨閣最情長，吩咐何郎。爲他立廟答烝嘗。更羡關心風化者，譜入宮商。（調寄【過龍門】）　泰州許兆龍御堂（一六）

烈骨生香，俠腸如火，天生巾幗男兒。點鼓登場，座中惜我來遲。雙鴛未覩光儀，祇尋春、底印曾窺？妒煞何郎，是何福分，消受蘭姨。　詩人老去，綵筆留題。臨摹苦況，描寫芳姿。俠腸烈骨都憑，羽換宮移。檀板聲摧，占人天一對蛾眉。令人思，鵑啼去後，麟降來時。（調寄【夏初臨】）

吉水陳懷彥補初（一七）

賦罷皇華百感侵，酸辛訣別室中人。最憐病骨支離甚，甘旨猶思奉老親。

鏡臺倏爾兩分離，無限悲哀祇自知。一縷貞情三尺帛，笑歸泉下續齊眉。

就死從容心志堅，如斯節烈感人天。雙棺歸葬還留祀，賴得同官内助賢。
木石老人擅妙才，閒憑湘管出心裁。奇文眞足傳奇事，從此芳魂慰夜臺。
繪影宣情眞妙手，風雅宜人無出右。此翁天欲展其才，故教分散鴛鴦耦。亦珊伉儷厚，歌殘黄鵠歸泉九。這般情、一經譜出，揮淚遍僚友。　登場羨煞雙閨秀，烈骨俠腸天付就。悲思曲導管絃中，通神不羨鈞天奏。雙魂今返否？宫商引處如重覯。聽新詞、動流至性，壓倒梨園舊。（調寄【歸朝歡】）山陰沈溥玉泉〔一八〕

郎恩山重妾身輕，地老天荒此日情。莫作尋常兒女看，繞梁聲是斷腸聲。
譜出清詞結構新，登場自現宰官身。曲終夜月涼於水，誰似高眠閉戶人。甘泉齊瀾德泉〔一九〕
宰官一現比曇花，彤管芳聲更足誇。譜出《雙鴛》新樂府，悲風颯颯動箏琶。
變起家庭事可哀，忍教奇節委蒿萊。君看宜臼申生死，那復筓珈殉夜臺。
交情張、范死生知，不但招魂唱楚詞。一曲傳芭斜日晚，廟門鴉影颭靈旗。
淒涼法曲按梨園，大有風人美刺存。敢作木魚歌一例，奇文眞比泰山尊。閩縣陳上彤桐臯〔二〇〕
地老天荒郎不歸，蛾眉奇節世尤希。登臺既爲韓憑死，應作鴛鴦比翼飛。
歌成黄鵠有陶嬰，烏鵲詞留死後名。今日《雙鴛》新譜出，又傳奇節滿羊城。荊華女史貽釵〔二一〕

（以上均《綏中吴氏藏鈔本稿本戲曲叢刊》第一七冊影印舊鈔本《雙鴛祠傳奇》卷首）

【校】

①騁，底本作『聘』，據《泰州文獻》第五一册影印藍絲欄鈔本改。

【箋】

〔一〕戴錫綸：字欽九，號東塘，光山（今屬河南）人。乾隆四十五年庚子（一七八〇）舉人，五十二年（一七八七），考取覺羅教習。嘉慶十一年（一八〇六），任南雄知州。二十四年，任高安知府。道光四年（一八二四），纂修《續修南雄直隸州志》。著有《樂靜軒詩鈔》。傳見《光山縣志·選舉》。

〔二〕龔鯤（一七七一—？）：字育萬，號北海，江寧（今江蘇南京）人。乾隆五十七年壬子（一七九二）舉人，歷知廣東開平、東莞、南海諸縣。累升廣州、肇慶知府，擢廣西左江道，轉湖南按察使。告歸，卒於家。傳見陳作霖《金陵通傳》卷三一。

〔三〕楊紹庭（一七七四—？）：號筱平，天津人。貢生，由戶部候補員外郎，捐貲議敍兩廣鹽運司運同。在任十餘年，道光八年（一八二八），因故革職。

〔四〕何玉池（？—一八三五）：號沛雲，錢塘（今浙江杭州）人。嘉慶二十五年（一八二〇），任廣糧通判。道光三年（一八二三），任廣東羅定州知州。十二年，任湖南新寧知縣。病卒於官舍。其妻俞靜貞，上虞人，有《綠窗吟鈔》。傳見光緒《新寧縣志》卷二五、光緒《湖南通志》卷一八〇等。

〔五〕徐香祖（？—一八三〇）：號秋厓，元和（今江蘇蘇州）人。嘉慶十二年丁卯（一八〇七）舉人，歷任增城、番禺、鶴山、南海諸縣知縣。道光三年（一八二三），任鶴山知縣。五年，調南海。七年，陞佛岡廳同知。病逝於任內。曾主修《鶴山縣志》。

〔六〕觀瑞：字竹樓，索綽絡氏，滿洲正白旗人。禮部尚書觀保（？—一七七六）從子。嘉慶十五年庚午（一八一〇）舉人。二十三年，任文昌知縣。二十五年，調廉州同知。官至江西糧道。著有《章門紀事草》、《郵程紀事草》、《臥窗日記吟》、《竹樓詩集》。傳見民國《永吉縣志》卷四五。

〔七〕郭際清（一七七四—？）：號巘亭，河陽（今屬雲南）人。嘉慶十二年丁卯（一八〇七）順天舉人。二十二年，補授廣東潮州府通判。道光五年（一八二五），任連縣知縣。七年，署惠州知府。十三年，任連山廳綏瑤直隸同知。十五年署澳門同知。官至廣東黃岡同知。

〔八〕吴廷揚（？—約一八三五）：字仲聲，號羲麓，秦州（今屬甘肅）人。乾隆五十四年己酉（一七八九）舉人。嘉慶六年（一八〇一），大挑知縣，補廣東開平，引疾去官。二十二年，起病再出，署新安，調東莞。道光元年（一八二一），以同知分發江蘇。四年署松江。尋因病乞歸，家居十年乃卒。傳見光緒《重纂秦州直隸州新志》卷一三、光緒《甘肅新通志》卷六七等。

〔九〕盧殿楠：號寅谷，無爲（今屬安徽）人。貢生。道光三年（一八二三），署廣東吴川知縣。陞廣東化州知州，調高州通守。官至萬州知府。

〔一〇〕宋如楠：號蔭川，漢軍鑲紅旗人。舉人。嘉慶五年（一八〇〇），任大埔知縣。七年，調新會。十六年、二十三年，任廣東永安知縣，續修《永安縣志》。二十五年至道光二年（一八二二），署香山知縣。傳見道光《香山縣志》卷三。

〔一一〕吉安：號虚白，長白人。生平未詳。

〔一二〕王天寧：號靜圃，承德（今屬河北）人。拔貢。嘉慶十八年（一八一三），任普寧知縣。

〔一三〕鄭鑾（一七八二—一八五三）：字子硯，一作子彦，興化（今屬江蘇）人。鄭燮（一六九三—一七六五）從孫。嘉慶十二年丁卯（一八〇七）舉人，歷署柘城、宜陽、魯山知縣。詩古文辭，獨闢蹊徑。尤工書翰。著有《魯山集》、《粱園集》、《嶺海集》等。傳見同治《揚州府志》。

〔一四〕宗德懋（一七六二—一八三七）：字牧厓，常熟（今屬江蘇）人。諸生。屢試南北闈，遊幕山右。同知程某助貲爲縣佐，歷二十年，官至廣東南海主簿、三水縣丞。引疾歸，卒於鄉。一説卒年八十三。能詩古文辭，工楷法。著有《説文解字通疏》、《宗牧厓南歸日記》、《二如齋古文晉祠記》。傳見光緒《常昭合志稿》卷二〇、民國《重修常昭合志稿》卷二〇等。

〔一五〕張署（一七八一—？）：字雲門，號石渠，直隸大興（今北京）人，居丹徒（今屬江蘇）。嘉慶二十四年己卯（一八一九）進士。道光元年（一八二一），署廣東英德知縣。傳見《嘉慶二十四年己卯恩科會試同年齒錄》。

〔一六〕許兆龍：號御堂，泰州（今屬江蘇）人。生平未詳。

〔一七〕陳懷彦（一七八一—一八二九）：字鶴昇，一字補初，吉水（今屬江西）人。監生。以捐貲議敍知縣，嘉慶十二年（一八〇七）起，歷任陝西郿縣、長安，廣東陽春、饒平、番禺知縣。擢南澳同知，歷攝肇慶、韶州府篆，再攝潮州鹽運運同。卒於官。工書翰。傳見光緒《吉水縣志》卷三五。

〔一八〕沈溥：號玉泉，山陰（今浙江紹興）人。生平未詳。

〔一九〕齊瀾：號德泉，甘泉（今江蘇揚州）人。生平未詳。

〔二〇〕陳上彤：號桐皋，閩縣（今福建福州）人。舉人。道光二年（一八二二），署龍門知縣。見《龍門縣志》卷一一。

〔二一〕荊華女史貽釵：籍里、生平均未詳。妻仲孺人，泰州人，父爲粵東邑令。

雙鴛祠傳奇後序

劉士莱

麴塵走馬，絲柳情長；藥店飛龍，香桃骨損。驥方展足，酸心賦鵩①之詞；鳳未將雛，掣淚離鸞之曲。生則抱《小弁》之戚，舐犢恩疎；没而增大暮之悲，弔蠅客冷。瑟哀湘女，落遺響於秋風；樹認韓郎，結相思於暮雨。大抵青天碧海，不少蛾眉見嫉之傷；誰知華闕朱堂，亦多鼠思難言之痛。此《雙鴛記》之傳奇所由作也。

則有學窺大西，譜衍長庚；瑞兆銜鱣，休占馴雉。乘車入洛，其如叔寶多愁；題柱遊梁，未免長卿善病。奉板輿於潘令，夾道茵鋪；領油壁於沙哥，雙旌花映。衣披鶴氅，風漾晶簾；琴撫鵾絃，香縈鏡檻。龐士元豈羈百里，卻有別駕題輿；王夷甫自詡八騶，已見右驂增馬。然爲歡者不關於人爵也，而至樂者莫重於天倫也。君是超宗，略露一斑鳳羽；弟如共叔，徒誇兩服鴈行。譬備集夫千羊，狐眞有腋；想孤飛之一鶴，雞豈爲羣？燕雀處堂巢幕，何知霄漢？角騂列鼎用牲，詎舍山川？奇可傳者，此其一也。

既乃暫輟循陔，載歌周道。輕裘快馬，霜嚴木峽關前；寒角清笳，月冷榆谿塞外。弔荒宫於靈武，禾黍高低；聆冷調於伊涼，箏琶慷慨。遊子則衣披短後，壯心淬長劍之鋒；閨人則扇盻聚頭，遠意折大刀之唱。調甘潔瀡，先遣小姑；薦藻湘蘋，有齊季女。既代盡親庭之職，期稍紓子舍之心。玉體願珍，望眼平安竹信；金錢試卜，關心遲誤瓜期。乃報道②先生，鵩聲切切；而歸來公子，燕尾涎涎。斯時也，苞桑釋鴇羽之嗟，常棣篤鴒原之樂。我征聿至，鹿場鸛垤之天；予美偕臧，燕閣鶯閨之夜。詎料彩雲三素，忽散魚鱗；寶月一奩，旋虧蟾魄。蓋積勞所以致疾，而久鬱適以傷生。歷官道之馳驅，風如牛馬；慨身宮之偃蹇，歲在龍蛇。病到膏肓，二豎子竟符噩夢；醫雖盧扁，三折肱難覓靈方。催長吉以修文，曇花偶現；遏子雲之踵武，玄草誰傳？直使柳下人亡，無復展姬作誄；則以樓中仙去，併看嬴女隨夫。奇可傳者，又其一也。

夫高行名表梁媛，懷清號垂巴婦。或自投夫眢井，或並挂於枯枝。蓋從一而終，芳意感女貞之木；而在三無憾，奇葩揚旌節之花。安人生不逢辰，罹茲荼苦；死而後已，降此鞠訩。延殘喘於人間，偷生何益；殉微軀於地下，含笑同歸。春隴苔青，待築鴛鴦之冢；夜臺燈黑，雙棲蛺蝶之魂。三千數記里之牌③，家山何處？百六感禁烟之節，野祭堪憐。忽疑倩女離魂，聽珮聲之冉冉；卻藉紫姑傳語，吐檀口以喃喃。於是盧江別駕，念攻玉之舊情，敦分金之古誼。黃腸遙返，悲風吹《蒿里》之音；丹旐新塗，落日下桂旗之影。襯旛幢之綷縩，翠柏蒼松；升俎豆之馨香，黃蕉丹荔。既已美輪美奐，旋復營奠營齋。棹楔輝煌，恩光有赫；堂基陟降，靈爽攸憑。是日也，關西榷使、譙郡司馬、平陽大令，雅集盧江別駕之官齋，新點木石老人之曲譜。梨園子弟，咸按節以當歌；菊部夫人，亦壓場而奏伎。薦罷椒漿桂醑，好唱傳芭；結成燭蕊香烟，預占保艾。積善之家有餘慶，則吉祥已兆石麟；說《詩》之旨在『無邪』，故節義必書金管。洵足奇焉，故可傳也。

亂曰：滾滾勞塵，不外至性至情之地；滔滔宦海，最難一生一死之交。白馬素車，猶是范、張同氣；珠旛寶蓋，依然梁、孟齊眉。咽珠浦之波聲，凄涼節奏；洗花田之豔骨，凛冽冰霜。逝者如斯，竟成千古；聞來此曲，能得幾回？豹已全窺，盥露挹薔薇之氣；貂何敢續，臨風馳桑梓之思。

時嘉慶庚辰仲春中浣，侯官心香劉士棻拜序〔一〕。

【校】

①鵬，底本作『鵬』，據《泰州文獻》第五一冊影印藍絲欄鈔本改。

②道，《泰州文獻》第五一冊影印藍絲欄鈔本作『到』。

③牌，《泰州文獻》第五一冊影印藍絲欄鈔本作『碑』。

【箋】

〔一〕題署之後，《泰州文獻》第五一冊影印藍絲欄鈔本有題識：『此文似見於《花月痕》，今始知爲劉某作也。俠識，十九年一月十三夜。滕薌圃手鈔。』

雙鴛祠書後〔一〕

劉華東〔二〕

『孝廉』二字，我當之愧。已十五年，名教千秋，言念在茲；忽大半世，生死不計，得失何①

論？重泰山則輕鴻毛，全令名寧求壽考。長吏主持風化，豈徒微顯闡幽？詞家竊補《春秋》，往往言近指遠。嗟乎！紅顏卒歸黄土，抱節者何苦非甘？孤鸞仍化雙鴛，達道者無變不正。至情至性，乃爲絶大文章；可泣可歌，不是浪費子墨。滿腔積血，願男子都無負十年讀書；一棒當頭，請看官勿以爲逢場作戲。

治番禺劉華東拜題。

（以上均《綏中吴氏藏鈔本稿本戲曲叢刊》第一七册影印舊鈔本《雙鴛祠傳奇》卷末）

【校】

①何，《泰州文獻》第五一册影印藍絲欄鈔本作『誰』。

【箋】

〔一〕吴曉鈴眉批云：『此文繆蓮香收入《文章遊戲四編》卷六，題《書雙鴛祠傳奇後》。繆氏復贊以：「廣糧李亦珊別駕病卒，夫人蔡氏自縊以殉。吾友何沛雲接任，建祠祀之。仲柘庵明府作爲傳奇，命綺春曲部扮演。三山書此，皆所以勵風教也，戲云乎哉！予因有句云：『死作唱隨非得已，雙鴛祠築有餘哀。仁人創舉詞人筆，同上氍毹演一回。』」曉鈴。』按《文章遊戲四編》，現存道光元年（一八二一）藕花館刻本。繆蓮仙，即繆艮（一七六六—一八三〇後），字兼山，號蓮仙，別署蓮仙子，仁和（今浙江杭州）人。以遊幕爲生。著有《嚶求集》等。參見賴承俊《繆艮其人及其作品研究》（臺灣成功大學碩士學位論文，二〇一一）。

〔二〕劉華東（一七七八—一八四一，一作一七七三—一八三六）：字子旭，一字三山，別署自在菩薩、三柳先生，原籍福建，因父來粤鹽運，入籍番禺（今廣東廣州）。嘉慶六年辛酉（一八〇一）舉人。二十年，因故革去舉人頭銜，自稱『奉革舉人』，刻章『臣本布衣』。能詩工書。傳見《皇清書史》卷二〇。參見《廣州市志》卷一九（廣州市地方志編纂委員會，一九九六）。

附　雙鴛祠跋〔一〕

陳冕父〔二〕

吾泰素乏詞曲專家，其能擅此技而以傳奇名者，嘉慶時祇有仲雲澗及其弟柘庵先生兩人而已。雲澗著有《紅樓夢傳奇》一種，已與陳鍾麟所著並傳於世。柘庵則著有《雙鴛祠》暨《冰綃帕傳奇》兩種，顧流傳甚罕。據家姑丈高辛仲先生《井眉詩》注云，《冰綃帕》其家藏有鈔本。但余屢覓不得。此《雙鴛祠》鈔本一冊，乃仲君一侯所贈，云自潁上常氏覓來，咬得菜根堂刊本，珍祕可玩。用書數語於後，以志欣幸。

一九六五年九月，鄉後學陳冕父敬跋。時年八十有八。

（《泰州文獻》影印中國國家圖書館藏藍絲欄鈔本《雙鴛祠傳奇》卷末）

【箋】

〔一〕底本無題名。

〔二〕陳冕父（一八七八—一九七〇）：泰州（今屬江蘇）人。民國間曾任職於北京。一九四九年後，任江蘇省文史館員。工詩詞篆刻，富於收藏。著有《延佇軒金石書畫筆記》。

一合相（沈觀）

沈觀（約一七六〇——一八二六前），一名觀成，字少雲，號石丐，別署菜溼居士，華亭（今上海）人。不屑事舉子業，佐幕四方。著有《洗六齋詩集》（現存蔣霖遠雨林書屋鈔本題《洗六齋刪存草》，上海圖書館藏）。參見鄭志良《汪仲洋與沈觀——〈玉門關〉、〈一合相〉傳奇作者考》（《明清戲曲文學與文獻探考》）。

撰傳奇《一合相》，一名《破鏡圓》，《明清傳奇綜錄》著錄，現存舊鈔本（《古本戲曲叢刊五集》、《鄭振鐸藏古吳蓮勺廬鈔本戲曲百種》據以影印）。

（一合相）引

沈觀

云亭山人曰：『傳奇雖小道，其旨本於《三百篇》，而義則《春秋》，用筆行文，又《左》、《國》、太史公也。』是則才非《左》、《史》，不得妄作傳奇矣。以余乞食之簫，僅合蓮花之落，奚敢謬附知音，擅稱填譜，徒成畫犬，貽笑大巫耶？惟以《子夜》之歌，本出吳儂，摹寫人情物態，亦足爲南詞之助。與其眞晦於文，不若直陳其情事，苟可傳，何必拘拘於餖飣月露也哉！

《一合相》一劇，乃元季明初事，先見於鳳洲散稿〔一〕。有機山樵者〔二〕，豔其情，采置奚囊，歷有年歲。今秋與余相遇石頭城下，出以見眎。不惟氣節風概卓然可傳，其間興邦、喪邦，功罪皎皎。惜《明史》獨不及尤雲，意當時賢豪輩出，翊贊興王，如雲之功列，尚廁斗量而不足數耶？然則松陽逸事，賴弇州燼餘之文以傳，設入梨園，洵可維世俗而發人深省也。余雖丐者，寧獨無意於扢揚風雅乎？爰徵《鑒目》，編年記述之。譬彼演義盲詞，甘爲巷舞，本非曉風殘月，不奪詞壇。他日五父衢頭有人濫聽，則是三生石上於我有緣耳。

嘉慶四年暢月，石丐編次並識。

夢餘生曰〔三〕：溯敍緣起，簡明古雅。至徵事於史氏之闕文，則又令人想見海上有仙山，山在虛無縹緲間也。

【箋】

〔一〕鳳洲：即王世貞（一五二六—一五九〇），別署弇州山人。其所撰《尤雲傳》，見此鈔本卷首。

〔二〕機山樵者：以李樹本題詞云『桃燈細讀機山作』，又本引文意，其爲沈觀別號。

〔三〕夢餘生：姓名、籍里、生平均未詳。

名篇說

闕　名〔一〕

《一合相》何以名？《金經》云：『是名一合相』，直解謂一合相者，眞性也。眞性彌淪六合，有而非有，無而非無。斯劇之約婚、贈詩，卒不獲遂其願，是有而非有也。後之守堅貞，入空門，以成烈女子之志，甚使粱氏重生，玉簫再見，此皆眞性之不磨，無而非無，誠不可以言說也。故以是名篇。

【箋】

〔一〕此文當爲沈觀撰。

（一合相）弁言

張元襄〔一〕

大抵稗官所記，總屬寓言；從來下里之詞，率歸勸說。嬉笑兼之怒罵，殊乖敦厚之風；滑稽出以詼諧，絕少和平之趣。是之謂也，縱騁妍抽祕以奚爲？亶其然乎，卽覆甕補袍而亦可。

先生縹緗碩彥，裙屐名流。初明則代衍宏偈，庚杲則幕迎上客。九峯甲第，陸士衡聞鶴之鄉；八斗才華，李謫仙夢花之管。滇池閩嶠，景裁奚囊；越豔吳趨，調賡馮鋏。爰以雕龍之技，更成繡虎之吟。示我一編，快予三復，則《一合相》之傳奇也。

粵以公子離憂，美人薄命。淒涼黃土，姬姜鮮益壽之方；牢落青衫，恩怨胥斷腸之境。續鸞膠於小妹，路近藍橋；扇貝錦於讒夫，冤沉黑獄。賴茲執法，矜爾無辜，完孔融之覆巢，脫張儉於亡命。側身累足，倉皇而淚灑諸孤；決脰陷胷，慷慨而誼酬一劍。至若朱陳婚媾，交負嚶鳴；鼎鼐門楣，盟渝宿諾。恃多金而坦腹，人之無良；指匪席以銘衷，女也不爽。堂前逢怒，耄矣嚴親；水涘寄愁，傷哉弱息。此而之死，千秋等石闕之銜；誰與能生，一葦得慈航之濟。洎乎季子位高，郎君官貴。贈盧充之金盌，不閟重泉；嫁韋皋以玉簫，眞成再世。而更念結遺簪，思纏半鏡。空門邂逅，已隔舊姻；異姓遭逢，仍聯伯姊。膴仕報靡他之節，何嫌二女同居；清修堅不字之心，甘作小姑獨處。

嗟乎！恨海難湮，情天易老。彈棋有不平之局，秦箏皆變徵之音。渺渺襟懷，茫茫宇宙。似此悲歡離合，去來今莫問夙因；原其義烈忠貞，生死苦各全至性。故雄文未佚，鳳洲之特筆僅存；而潛德斯彰，麟史之大書宜補。

先生則按拍倚聲，稟經鑄緯。五百年閒情遙集，協律元人；四十齡麗藻紛披，溯源樂府。言惟傾液，蓮舒初日之香；格必翻新，霞散澄江之綺。詎祇流連光景，仿《花間》、《蘭畹》之規？直將陶冶性靈，妙刻羽引商之致。譜向紫篘笙裏，好付雙鬟；讀從銀燭尊前，試浮大白。請緣雅製，聊進蕪言。詩豈窮而益工，曲寧高而寡和。此日歌成《白雪》，早知傳則必傳；他時用卽《陽春》，勿嘆遇而不遇。

緖庭張元襲拜題。

【箋】

〔一〕張元襲：字緖庭。生平未詳。道光年間，曾爲姚度《中和遊草》（鈔本）撰序。

（一合相）序

尤維熊〔一〕

不周崩而天不滿於西北，尾閭洩而地不滿於東南。天地之大，猶有缺陷，而況於人事乎？古今之缺陷多矣，乃至於歷劫而不能補者，蓋自然之數也。然此歷劫而不能補者，將遂不可補乎？曰：惟文士之筆可以補之。補之，而屈平可以用楚，明妃可以返漢，李廣可以封侯，諸葛武侯可以吞吳而滅魏，凡此數者，實人事之大缺陷也。當其時，雖有轉旋乾坤，迴斡造化之力，亦終於不能補，而彼文士者，方將抽祕騁妍，以虛而與之委蛇，使天下之奮臂扼腕，欷歔嘆息而不能已者，咸自有快然滿志之一日，而天亦弗之靳者，何也？則以其爲自然之數故也。以自然之數而補之以文士之筆，雖補猶不補也。

菜涇居士之傳尤雲，其於死生恩怨之間，缺陷亦多矣。語云：『人不婚宦，情欲失半。』既不能爲不婚宦之人，卽不免有缺陷之事；既不免有缺陷之事，而亦使之歸於歷劫不能補之數，安用此文士之筆爲乎？於無始之始，而有諸微塵，聚諸微塵而成世界，因諸微塵世界而補以文士之筆，其是幻是眞，奚俟解說而後明乎？嘗試挈其要而言之，婚宦者，微塵也；缺陷者，世界也；補之以文士之筆者，《一合相》也。佛說微塵卽非微塵，世界卽非世界，佛說一合相卽非一合相。虛者實之，實者虛之。佛說也，文士之筆也，吾儒之學也，何嘗不一以貫之哉！而豈云小補之哉！

壬戌夏五〔二〕，蓮海居士書於滇南旅舍。

【箋】

〔一〕尤維熊（一七六二—一八〇九）：字祖望，號二娯，別署蓮海居士，長洲（今江蘇蘇州）人。尤世楠子。乾隆五十四年己酉（一七八九）拔貢生，授淮安訓導。嘉慶八年（一八〇三），陞雲南蒙自知縣。逾年，乞病歸。著有《二娯小廬詩鈔》、《二娯小廬詩鈔補編》、《二娯小廬詞鈔》。傳見彭兆蓀《小謨觴館文續集注》卷二《墓表》、《昭代名人尺牘小傳》卷二四、道光《蘇州府志》卷一〇二等。

〔二〕壬戌：嘉慶七年（一八〇二）。

（一合相）題詞　徐昹初等

冰絃別譜小梁州，鏤月裁雲入髑髏。歷劫難磨是情種，英雄兒女總千秋。

玉帳牙旂擁重兵，雲坮畢竟屬書生。不因蕭相憐才切，誰識無雙國士名。

慧業偏招薄命傷，優曇花隕太倉黃。朱絲重向前身擊，不比幽情灑雪堂。

柔情髑思早消磨，肯把烟霞換綺羅。差喜綠華曾惜別，人間留得步虛歌。

愛河歡海苦情癡，幻出三生一段奇。我本疏狂易惆悵，挑燈重與讀新詞。謫生徐昹初〔一〕

風行海內《牡丹亭》，筆妙生花事不經。窠臼新翻重按譜，玉環約略比娉婷。

莫爲桃根喚奈何，美人從古折磨多。貞心不肯隨流水，玉骨焉能沒逝波？

月姊風姨兼有難，才人花福海天寬。奇文欣賞渾忘倦，老眼模糊坐漏看。

一往情深不自知，英雄兒女總情癡。何如別具珊珊骨，斫斷情根證淨持。

絕世風流《香祖樓》，柔情綺語盡浮漚。挑燈細讀機山作，不覺鉛山遜一籌。

萬里天涯萍聚難，觚稜金爵渺清歡。何當相約還鄉去，妙選吳伶演出看。同里老宕子李樹本〔一〕

蕉萃東陽瘦不支，自修奩史自填詞。堯賓詩裏遊仙夢，瞞著人間總不知。

玉絃一絕響俱沈，剩有枯桐半死心。閒煞綠蘿階上月，流輝無復照彈琴。

歸來燕子認空巢，一線紅絲繫不牢。如此婦翁撾亦得，幾人俗眼識韋皐？

東風何苦太披猖，不遣春陰護海棠。若使江東同一例，小喬尚得嫁周郎。

倩影桃花不可招，江波幻出舊藍橋。三生補綴鴛鴦牒，何必重來是玉簫。

似畔牢愁似解嘲，非關入世慕金貂。干將補履珠彈鵲，無怪勳名久寂寥。

誰家姊妹說芳卿，天上芙蓉別有城。直到驂鸞仍惜別，始知仙佛最多情。

義仍死後解人難，奪幟先登作者壇。何日雲韶徵小部，看君手自搯香檀。蓮海居士尤維熊

無限幽思，情根難斷，譜入新詞。憶鏡臺人去，瑤琴乍寂；香閨心許，鳳侶重期。一片丹忱，三生密誓，流露出花箋七字詩。堪惆悵，是書傳青鳥，珍重當歸。　方欣木接花移，怎才子佳人願頓違。恨蝴蝶雙雙，流鶯捎散；鴛鴦對對，打鴨驚飛。月老多情，天台有路，巧把新弦繫舊絲。

端誰識，待雲璥一戛，弄玉先知。（調倚【沁園春】） 息齋張翱〔三〕

朝雲不歸暮雲密，裁雲作箋虹爲筆。八咏樓頭咽玉簫，隱侯樂府排雲出。前飛蜻蜓後蝴蜨（即曲中《琴歌》首句），中藏變化鵾鸞術。電牟六合掃情塵，豔骨仙才歸一質。嗟余未省含宮商，循絃欲度神已傷。麟角煎膠尚愁斷，爭奈年來枯渴腸？ 梅生何承先〔四〕

玉茗花前夜漏殘，烏絲細寫墨纔乾。麻茶醉眼雙揩處，挑落冰荷破睡看。

恆河難辨愛河沙，一夕罡風散彩霞。只有情根吹不斷，連枝死樹又開花（用原詞句）。

玉骨珊珊瘦不禁，魂銷倩女賸枯琴。一生怕算桃花命，不信仙源許再尋。

返魂香遠路空迷，愁向梁塵認燕泥。誰道韋皐才出鎮，美人先已幻虞兮。

鴛鴦棒喝便歸眞，多謝堂前打鴨人。開過春風花姊妹，香曇留月證前身。

成仙作佛事模糊，出水秋蕖不受汙。各有姻緣休戀戀，還他仍做大姨夫。

換羽移宮闋闋新，周郎欲顧苦無因。四聲本是君家事，不爲臨川作替人。

幽花如泣最難摩，絲管紛紛可奈何？莫便登場輕付與，世間終是俗伶多。 秋漁吳昇〔五〕

無家別苦客郎當，婚宦譁然忽壇場。富貴儻來人再世，知君筆是返魂香。

纔見離姻又締姻，閻浮隨地足冤親。一生祇辨翁嗔喜，傳（去聲）到崇公欲愴神。（尤雲

不聞密約訂他生，有女同心誓願眞。一種精靈消不得，阿珊忍作旣亡人。（佩珊）

由他墮溷復飄茵，拚向蓮泥結淨因。姐自團圞儂不嫁，底須辛苦話前塵。（佩玉）

烏絲勻寫浣花箋，賭唱憑教爛漫傳。等是巴歈歌舞地，商量先付四條絃。卣堂孫文煥〔六〕

鐫雲鏤月譜新詞，瘦損郎腰得未知。筆底洪爐同棒喝，等閒莫漫付吳兒。

恩山義海誓天長，美滿從來忌彼蒼。一自人琴俱化後，孰知身是返魂香？

欲續今生未了緣，翻憐臨訣費周旋。死生因果憑誰證？只當歸寧去幾年。

錦囊佳句贈君行，好事偏生意外驚。解得情中三昧訣，於無情處見多情。

冰魂雪魄付滄浪，矢志空餘話一場。只道茫茫歸浩劫，不知身已到仙鄉。

如此婦翁莫漫撾，自鎔鐵案到紅牙。不因一悔翻情浪，那得才人奮筆花！

不信繁華轉眼空，何知坦腹是雲龍。一枝斑管輕提起，點盡浮塵俗眼翁。雲颿陳廷璧〔七〕

不辨尤郎與某郎，筆花眞有返魂香。塵緣縱盡情根在，好譜新辭慰斷腸。

姊妹花開有早遲，依然同氣不連枝。如何破鏡雙圓日，獨向空門掃翠眉。

莫道文章事可疑，天留歡苦試情癡。臨風欲按紅牙拍，唱與明皇漢武知。西橋童宗顔〔八〕

欲鍊媧皇五色石，難撐摩訶大願船。誰穿尼閭洩恨海？空逗秋雨補情天。情天無梯海無路，南國相思紅豆樹。夜月照白鷺脰湖，春風吹青桃葉渡。桃葉桃根何處逢？心同蒂同緣不同。阿姊已擅閨中秀，小妹偏饒林下風。林下風致好清靜，多情翻似無情竟。輸他人天生世緣，完我俠烈眞空性。俠烈一語重千金，身擬代姊心姊心。誰知聲子將繼室，乃有公孫强委禽。委禽一任豪奴瀆，子產有言唯所欲。盛飾不入貞女心，多金竟攝而翁目。而翁目攝心震驚，悔婚就婚女力爭。掌上明珠豈奇貨，朝三暮四隨變更。翁自變更兒自恥，奈何天不諒人只。勢窮事迫投江流，欲以魂魄從阿姊。魂魄沈江江水清，恰有慈航江上横。幸免魚腹歸象教，死雖非死生非生。生者茫茫隔秦越，死者渺渺换形骨。不了情緣無替人，破鏡依舊是圓月。是耶非耶良不知，此何僥倖彼何癡。按拍調宫讀未竟，樂莫樂兮悲莫悲。悲哉我亦斷腸人，十年淚灑桃花墳。返魂未遇鴻都客，推愛幸娶同安君。同安何事繼通義，姊妹花開本一氣。而翁不及我翁賢，我婦良無彼婦異。人間異事無時無，情之所至天爲扶。獨憐得失相反處，耿耿五内同縈紆。海門汪仲洋

最憐兒女最情癡，除卻英雄未許知。別有柔腸磨不了，好憑班管補相思。

廿四番風花信殘，玉容不比舊時看。香魂一縷丁寧囑，憐取娉婷小妹單。

數行血淚誓生平，姊妹花開次第榮。洞口仙源春自在，漁郎莫漫傍山行。

無端風雨嘆淒淒，滿樹棠陰半著泥。餘不溪頭嗚咽水，暮猿寒鳥一時啼。

珊珊仙骨卻紅塵，卍字文成見性眞。細草長松空色相，湘靈何事泣夫人？

天台有路許重過，縹緲仙仙未必訛。花好十分新並蔕，月圓三五舊嫦娥。

菟絲兩附證前言，鏡破重圓何足論？千古風流眞獨擅，一葫蘆裏種情根。

星期兩夢刹那影，雪浪霜花去來①身。再世儘酬如意事，肯教長作斷腸人。其章吴烜〔九〕

（以上均《古本戲曲叢刊五集》影印舊鈔本《一合相》卷首）

【校】

①來，底本作『未』，據文義改。

【箋】

〔一〕徐咏初：號謫生，籍里、生平均未詳。

〔二〕李樹本：別署老宕子，華亭（今上海）人。生平未詳。

〔三〕張翱：號息齋，籍里、生平均未詳。著有《江湖集》。許喬林（一七七六—一八五二）《弇榆山房詩略》卷二『乙丑』（嘉慶十年，一八〇五）有詩《張息齋（翱）以江湖集屬爲點定戲集其句成絕句十首奉題》。

〔四〕何承先（？—約一八〇九）：字美承，一字梅生，武威（今屬甘肅）人。乾隆六十年乙卯（一七九五）舉人，嘉慶十年乙丑（一八〇五）進士，選庶吉士。散館改授知縣，十三年，任福建長泰。病酒，卒於任。傳見潘挹奎《武威耆舊傳》卷四、光緒《甘肅新通志》卷六一九等。

〔五〕吳昇（一七五五—一八二四）：字瀛日，號秋漁，別署壺山、西溪雲客、錢塘酒民，錢塘（今浙江杭州）人。乾隆四十八年癸卯（一七八三）舉人，以大挑知四川崇寧縣事。積功擢知府，歷權敘州、順慶、夔州諸郡。工詩文。著有《小羅浮山館詩鈔》、《酒志》等。傳見道光《杭州府志》卷一三七、《國朝杭郡詩續輯》、《晚晴簃詩匯》卷一〇四等。

〔六〕孫文煥：號卣堂，籍里、生平均未詳。

〔七〕陳廷璧：號雲帆，一作雲颿，貴州人。曾任四川布政司經歷。參見王培荀《聽雨樓隨筆》卷四（清道光二十五年刻本）。

〔八〕童宗顔：號西橋，新津（今屬四川）人。嘉慶十四年己巳（一八〇九）恩科進士，授檢討。累官至福建漳州知府、福建汀漳龍兵備道。工詩古文辭，善書法。

〔九〕吳烜（一七六〇—一八二二）：字旭臨，號其章，別署鑒庵，固始（今屬河南）人。乾隆四十二年丁酉（一七七七）舉人，五十二年丁未（一七八七）進士，選庶吉士，散館授編修。官至吏部左侍郎。傳見《碑傳集》卷三九陳壽祺《墓碑銘》、《國朝耆獻類徵初編》卷一〇六等。

題一合相傳奇

蔣霖遠〔一〕

東陽瘦沈筆鋒劙，鋭氣雄心未盡芟。紫玉再來無姊妹，紅樓一閉隔仙凡。匆匆世界歸情譜，草草婚姻托舞衫。張緒風流今白首，莫將恩怨等閒銜。

右題《一合相傳奇》七律一首，久未録出。今少雲丈墓已宿草矣，撫今思昔，愴然於懷。丙戌立冬日〔二〕，補鈔並識〔三〕。

（中國國家圖書館藏舊鈔本《一合相》卷末）

【箋】

〔一〕蔣霖遠（一七九九—一八二九），字沛畬，別署雨林書屋主人，遼東襄平人，隸漢軍鑲藍旗。刑部尚書蔣攸銛（一七六六—一八三〇）子。官戶部十年。著有《雨林書屋詩集》。

〔二〕丙戌：道光六年（一八二六）。

〔三〕題署之後有印章二枚：陽文方章「霖遠」，陰文方章「菩薩利」。

丹桂傳（江義田）

江義田（一七六二？—一八三〇後），字晴帆，上元（今江蘇南京）人。嘗遊京師，棄簿尉不就。晚歸秦淮，著書以老。乾隆間受學於蔣士銓（一七二五—一七八四）。工詞，有《夢筆樓詞鈔》。撰傳奇《玉珮記》、《丹桂傳》。傳見黄燮清等《國朝詞綜續編》卷八。

《丹桂傳》，一名《夢筆樓》，《今樂考證》著録，現存道光十年（一八三〇）彩筆堂刻本（《傅惜華藏古典戲曲珍本叢刊》第六四册據以影印）。

（丹桂傳）序

黄以旂〔一〕

傳奇之作，以其人奇、事奇，傳之於世，足以激發人心，維持世道，其所關匪細也。

吾友江晴帆昆仲，與予同墅，受業於樊軫亭先生〔二〕，與余秋農同學〔三〕。晴帆因舉業不遂，隨糧艘抵京師，在舟中譜《玉珮記》數曲〔四〕。法時帆大司成見而悦之〔五〕，授諸歌伶。蔣心餘太史過合肥，在同年李明府署内教演〔六〕，心餘擊節稱賞。詢之主人，知江晴帆義田爲金陵名族。渡江後，過訪於秦淮烟柳湖，相與討論，傳以衣鉢。此乾隆辛丑年事也。

先生老隱湖上，徵士陳寶田與先生至戚〔七〕，偶談前明王海日事迹，因本《明紀》，填《丹桂集》

傳奇一部，囑予爲序。予筆墨荒蕪，勉書應命，未免佛頭著糞。然以奇人、奇事、奇文，又所關係甚鉅，不得辭，因爲之序。

時道光六年丙子春〔八〕，研愚弟黄以旂頓首拜題。

【箋】

〔一〕黄以旂（一七六二—一八二六）：字蛟門，室名憶書軒，江寧（今江蘇南京）人。府學增生。家貧，常爲童子師自給。著有《憶書軒稿》。傳見管同《因寄軒文二集》卷四《墓志銘》（《國朝耆獻類徵初編》卷四六〇）、陳作霖《金陵通傳》卷三九、同治《上江兩縣志》卷二四等。

〔二〕樊軫亭：即樊明徵（？—一七五七），一名儀，字樫模，誤作聖謨，號軫亭，句容（今屬江蘇）人。歲貢生，僑居南京。有制禮作樂之才，精篆隸之學。乾隆十四年己巳（一七四九），知縣曹襲先聘修本邑縣志。十八年（一七五三），鈔寫吳敬梓（一七〇一—一七五四）《金陵景物圖詩》（北京大學圖書館藏）。著有《金石鉤玄》、《六書形衍》、《軫亭詩集》、《軫亭文集》、《花嶼軒四六》等。傳見《皇清書史》卷九、光緒《續纂句容縣志》卷九、光緒《江寧府志》卷四〇等。

〔三〕余秋農：即余昌，號秋農，上元（今江蘇南京）人。曾從滿洲王敬（號耐溪）遊。著有《羣玉山房詩集》。傳見《金陵文徵小傳》。

〔四〕《玉珮記》：江義田撰，未見著錄，已佚。

〔五〕法時帆大司成：即法式善（一七五三—一八一三），原名運昌，字開文，號時帆，別署梧門，室名遜學齋，烏爾濟氏，蒙古族，隸滿洲正黄旗籍。乾隆四十五年庚子（一七八〇）進士，選庶吉士，授檢討，遷司業，擢祭酒、侍讀學士。後貶庶子，遂乞病歸。著有《清祕述聞》、《槐廳載筆》、《存素堂集》、《陶廬雜錄》、《備遺錄》等。傳見《清史稿》卷四八五、《清史列傳》卷七二、《國朝耆獻類徵初編》卷一三二、《國朝先正事略》卷四三、《文獻徵存錄》卷五、《國朝詩人徵略初編》卷四七、《湖海詩人小傳》卷三六等。參見法式善《遜學齋自訂年譜》（鈔本）、阮元編《梧門先生年譜》（嘉慶二十一年刻本《存素堂詩續集錄存》卷首）。

〔六〕同年李明府：姓名、生平待考。

〔七〕徵士陳寶田：籍里、生平均未詳。

〔八〕道光六年丙子：道光六年（一八二六）當爲丙戌年，丙子則爲嘉慶二十一年（一八一六）。

《丹桂傳》敍

萬榮恩〔一〕

國朝傳奇作者林立，首推蔣苕生太史，慷慨淋漓，原本史鑒。吾友江君晴帆，出先生門下，亦雅善塡詞，所作傳奇膾炙都門甚久。兹因暇日，撰《夢筆樓》院本，言情而宗旨忠孝，不屑喁喁兒女子語，誠情之得其正者。

余素抱曲癖，罕覯知音。荷承不棄，見示瓊章，按拍之餘，不勝拜伏。兹略志數言，以弁編首，使知窮愁著書，甘作氍毹上生活，且不使瑯玡王伯輿獨擅情死之幸，如晴帆外有玉卿，玉卿外有晴帆，各得其情，各寄其情於絲竹間，足矣，他何計焉。

歲次道光戊子仲夏，寄生弟萬榮恩頓首拜題。

【箋】

〔一〕萬榮恩：生平詳見本卷《醒石緣》條解題。

（丹桂傳）敍

彭邦疇〔一〕

治世之道，莫大於禮樂，禮樂之用尚矣。然移風易俗，足以感發人之善心者，又莫切於傳奇。自院本盛行於世，其摹寫忠孝節烈之人品，賢姦邪正之心術，是非得失，能使愚夫愚婦一見而知其孰爲善，孰爲惡，爲之流涕，爲之快意，爲之不平，不善者怒之罵之，其善者則愛之慕之，且欲從而效法之。然則世之賢士大夫，思欲移風易俗，使民觀感，興起油然爲善之心者，其道固有藉於傳奇矣。

考詞曲院本，自元明以至國朝，不下千有餘種，名作林立。論者獨推高東嘉《琵琶記》爲第一者，蓋以琵琶所以教孝也，亦卽所以教忠也。百行莫大乎忠孝，維風化而裨治道，厥功甚鉅。若王實甫、湯臨川之倫類，以烏有子虛之事，宣謗書而騁豔詞。儇薄之子亟賞其風流香豔，其不肖者目眩神迷，甚至縱邪思而敗風化。故其詞愈工，其爲害亦愈甚，謂非東嘉之罪人乎？鉛山蔣苕生太史，才大學博，以史筆填詞，表揚忠孝，實詞曲之正宗。上元江子晴帆，擅倚聲之妙，其學實瓣香於太史。

戊子秋〔二〕，余請告展墓。己丑春〔三〕，家望廬弟適因公於役〔四〕，相遇河干，出晴帆所譜明王文成公父子事實演爲傳奇，名曰《丹桂傳》。詞直理正，無靡曼之音，大旨以忠孝爲指歸。蓋爲士之立身揚名，必先自砥行者勸也。篷窗憑眺之餘，輒手此編，扣舷而歌。尤愛其《拒色》、《招忠》、《珠沈》、《謝宴》諸篇，怨慕情深，低徊欲絶，繚繞於烟波浩渺之間，令人慷慨唏噓，不知涕之何從焉。其足以維風化而裨治道者，固不在東嘉下也。因亟囑其付梓，以爲士之立身揚名，必先砥行者勸。

道光己丑仲春，世愚弟彭邦疇拜序於維陽舟次。

【箋】

〔一〕彭邦疇（約一七八二—約一八四五）：字範九，又作錫九，號春農，南昌（今屬江西）人。工部尚書彭元瑞（一七三三—一八〇三）孫。嘉慶六年辛酉（一八〇一）順天舉人，十年乙丑（一八〇五）進士，選庶吉士，散館授編修。陞侍讀學士，擢國子監祭酒，官至順天學政。年甫五十，即請致仕。卒年六十四。著有《松華雙研齋賦鈔》、《賜珠堂文集》、《松華雙硯齋集》等。傳見《詞林輯略》卷五、《皇清書史》卷一九、光緒《南昌縣志》卷三五等。

〔二〕戊子：道光八年（一八二八）。

〔三〕己丑：道光九年（一八二九）。

〔四〕望盧弟：即彭邦畛，字望盧，南昌（今屬江西）人。彭邦疇弟。官候補鹽大使。

（丹桂傳）序

楊兆璜〔一〕

慕則懷，懷則傳，傳則久。志士仁人愛惡循義，踐繩之節，非以獵浮譽而後之慕其行者，方將流連慨想，歌思感喟，甚者髣髴其聲音笑貌於數千百年之前，以庶乎聖人於琴見文王之意。而名臣碩彦，本傳祕諸礱舍，別史藏在名山，未能家著而人見之。自金元院本出，於是大而經天緯地，細而兒女閨房，凡一言一事之可節所得，而譜諸聲歌，播之閭巷，雖於古人之立身制行無所增損，而其傳古人之心，可謂苦而工矣。

上元江君晴帆，以明王文成公並太公遺事，編爲傳奇，名曰《丹桂傳》。文成於明三百年言理學者，最爲體用賅備。或者乃譏爲禪悟，此小人不樂成人之美，顧於公之磊磊軒天地何傷乎？江君年滿敍勞，當得簿尉，乃棄而不就。所著既成，命其猶子畊畲茂才〔一〕，囑予序之。余惟康對山、王渼陂，皆以才士，拙於宦遇，以聲伎自浼，而後之讀其書、思其人者，每如白雲在霄，舒卷無迹。今君家六朝佳山水，腰鼓匡牀，引商刻羽，時時自放於巔厓浦溆之間，庶幾於戴安道、桓伊之風，板橋笛步，乘興而來，餘音嫋嫋，挐舟竟去，吾將於烟波縹渺遇之云。

時道光九年長暑，題於秦淮水榭，年家眷弟邵武楊兆璜拜書。

【箋】

〔一〕楊兆璜（一七七八—一八四五）：字古生，號飧秋，一字渭漁，邵武（今屬福建）人。嘉慶十三年戊辰（一八〇八）舉人，十四年己巳（一八〇九）進士，次年以知縣發浙江，補金華令。捐陞知府，選廣西柳州。道光十二年壬辰（一八三二），選直隸廣平知府。歷五年，致仕。著有《東霞山館詩鈔》。傳見陳慶鏞《籀經堂類稿》卷二二《墓志銘》、王拯《龍壁山房文集》卷四《墓表》、錢儀吉《衎石齋記事續稿》卷九《墓志》、《續碑傳集》卷四二、民國《重修邵武縣志》卷二八、《晚晴簃詩匯》卷一二四等。

〔二〕其猶子畊畬茂才： 江畊畬，江義田從子，生平未詳。

（丹桂傳）序

陳懋齡〔一〕

陽明先生功業文章，獨闢町畦，人不可學，而至要其行，皆不離於正者也。迹其下南昌，擒宸濠，交張永，可與權矣，然一本陽明之心學。心學者何？致良知也。其源出於孟氏。有陽明之心學，迺克建陽明之事功，他人效其爲不得也。然則侈宋人之語錄，辨朱、陸之異同，而一物無所見，一步不可行，亦可以滋愧已。

吾友江君晴帆，端人也，幼出蔣心餘太史門下。因舉業不遂，遨遊京洛，獻賦都門，與法時帆大司成、吴穀人學士、孫淵如觀察〔二〕、楊蓉裳〔三〕、蔣蓮友〔四〕、袁蘭邨〔五〕、黄秋舲〔六〕諸君子，唱和往來，故詞曲之學大進。按《明史》塡王文成公並太公父子實事，以其人奇、事奇，有以傳其奇，依譜塡宫，爲若干折，使庸夫孺子曉然知陽明建豎在方寸間，則有功於世道人心者，豈淺鮮哉！

道光九年己丑仲夏，研愚弟陳懋齡拜敍。

【箋】

〔一〕陳懋齡： 字勉甫，一作勉夫，上元（今江蘇南京）人。乾隆五十七年壬子（一七九二）副貢生，主講興化書院十年。晚選安徽青陽縣教諭，卒於官，年七十餘。學殖廣博，於天文、算學、樂律靡不深究。著有《經書算學天文考》、《春秋朔閏交食考》、《六朝地里考》、《古今樂律工尺圖》、《鍾山憶》等。傳見陳作霖《金陵通傳》卷三四、羅士琳《疇人傳續》卷四八、《金陵文徵》、《清儒學案》卷一九八、徐世昌《清儒學案小傳》卷二〇、同治《上江兩縣志》卷二四等。

〔二〕孫淵如觀察：即孫星衍（一七五三—一八一八）。

〔三〕楊蓉裳：即楊芳燦（一七五四—一八一六），字蓉裳，生平詳見本書卷七楊芳燦《〈鸚鵡媒〉序》條箋證。

〔四〕蔣蓮友：即蔣知白（一七七五—一八四〇後），字君質，號蓮友，鉛山（今屬江西）人。蔣士銓（一七二五—一七八四）四子。拔貢生，道光二年（一八二二），任直隸絳州判官。官至寧鄉知縣。著有《紅雪樓詩鈔》、《墨餘書異》等。傳見同治《鉛山縣志》。

〔五〕袁蘭邨：即袁通（一七七五—一八二九），字達夫，一字君壽，號蘭邨，錢塘（今浙江杭州）人。袁枚（一七一六—一七九八）從子。乾隆四十四年（一七七九），過繼爲袁枚嗣子。以監生捐納，嘉慶間，官河內、汝陽知縣。工詩詞，喜丹青。著有《捧月樓詩》、《捧月樓綺語》。傳見《皇清書史》卷九、《歷代兩浙詞人小傳》卷九等。

〔六〕黃秋舲：即黃鈺，號秋舲，秣陵（今江蘇南京）人。曾爲仲振奎《紅樓夢傳奇》撰題詞，見本卷《紅樓夢傳奇題詞》條箋證。

《丹桂傳》題詞

孫星衍　等

萬頃琉璃皓月懸，鸞簫象管奏鈞天。雛鬟愛唱江郎曲，燭易三條未肯眠。

讀罷新詞口亦香，始知秦柳太輕狂。羨君才思清無比，文采風流意味長。常州淵如孫星衍

舉筆爭今古，金陵一代才。豔疑瓊作骨，香似蕊盈腮。訪我車千里，思君日幾回。立言知不朽，何必繪麟臺。鉛山蓮友蔣知白

青山繞盡秣①陵城，縫月裁雲過一生。每到淺斟低唱後，幾回惆悵柳耆卿。

《四絃秋》已遍江南〔一〕，《丹桂》新教鈔府譜。漫道青衫曾下淚，尊前有客似桓譚。古巢體之楊欲仁〔二〕

鏡花水月俱空幻，按史填詞事迹眞。某也忠良某賢孝，氍毹千古判然分。全椒山尊吳鼒

兒女閒情一掃無，獨標眞面出眞儒。古來多少驚人事，譜入宮商倍覺殊。

新建童齡尚有師，鍊才鍊膽妙提撕。江郎自斬如椽筆，未見登場許半圭。

丹桂香中夙所聞，三人做事巨人云。後來章水宸濠亂。同舉胡、孫並立勛。古餘老人張敦仁題，時年七十有七〔三〕

騷雅遺音尚有無，白鬚老子貌清癯。瓣香自向鉛山祝，說孝譚忠興未孤。寶山劉瑞琮〔四〕

文章節義重千鈞，綵筆如椽動鬼神。傳得新詞遍天下，不知誰是賞音人。常州洪亮吉

蘇、辛不屑女郎句，淮海應難鐵板詞。輪與文通兼二妙，一編《丹桂》玉參差。宣城梅海〔五〕

一笛梅花滿石城，天涯回首最多情。年來怕唱屯田曲，愁絕江南是此聲。桐城介石張元揆〔六〕

《石州》不比《梁州》調，曾見新詞壓舊詞。殘月曉風人去後，綠楊牽斷板橋絲。榕城曉航梁達榜〔七〕

腕下風生著紙鮮，金輝玉潤互爭妍。宮商細嚼三更後，齒頰餘芬未肯眠。

優孟衣冠事不同，眞情豈在假詞中。不須全豹容窺後，始識烟雲是化工。江寧述之吴繼昌〔八〕

一編細讀坐窗紗，光比明珠豔比花。怪底阿儂無好句，一枝彩筆在君家。

年來自笑太無聊，聊藉詩歌慰寂寥。若把先生詞早讀，久應焚硯效君苗。上元小秋嚴駿〔九〕

駒隙韶光老鬢絲，飄篷宦況少人知。今朝撲去塵千斛，新讀江郎幼婦詞。台州旭亭朱煜南〔一〇〕

宫商好嗣鈞天響，格調堪爲樂府珍。自是君家多妙手，而今彩筆尚生春。江寧竹橋陶濟慎〔一一〕

維持風化太和聲，繡口吟來似鳳鳴。誰道君家才已盡，奇花斑管四時生。

泊舟相遇結新知，絕妙佳詞耐玩思。下筆儼同花吐豔，淵源家學本如斯。南昌春浦彭邦晬〔一二〕

相逢片刻許交深，細把傳奇次第吟。共羨筆花原有種，獨誇玉茗遇知音。臨川愛山湯仁〔一三〕

詞壇久著姓名香，冰雪聰明鐵石腸。不信傳奇傳史事，金樽檀板發幽光。

明儒第一重姚江，千載綱維道力扛。繡口瀾翻纔寫出，奇文奇事兩無雙。上元近光陳榮〔一四〕

塡詞麗則騁鮮新，何似譚忠說孝眞。不假溫柔娛俗目，祇將果報覺迷津。古人刻劃神維肖，史事包羅語倍醇。怪得鉛山名太史，淵源曾許克傳薪。南昌望廬彭邦畛

詞花自古重江郎，丹桂而今續瓣香。料是景純重贈筆，故教珠玉滿奚囊。

教化從來不一途，傳奇亦可動頑愚。陽明忠孝千秋耿，譜入新聲作楷模。潛山麟閣王鼎遠〔一五〕

君家彩筆復生花，按史塡詞洵足誇。高唱低吟都合拍②，愛從心上吐靈芽。

從來忠正最堪欽，拒色珠沉邁古今。不比人間風月傳，維持倫教聖賢心。江寧仙槎張寶〔一六〕

惟忠克孝振儒風，勸世傳奇藹太空。割錦編詞稱妙手，豪情應唱『大江東』。

新聲續啓《鬱輪袍》，摩詰始終無此高。靜致良知崇聖教，勳名奚止破宸濠。廬陵吉廬彭靖〔一七〕

紙價前番貴洛陽，曾傳《玉珮》叶宫商。而今樂府添《丹桂》，又譜新聲入教坊。

說孝談忠警子臣，婆心一片本天眞。清詞麗句皆黄絹，遮莫今人學古人。信豐和甫謝予誠〔一八〕

牆頭秋色秣陵山，重過秦淮認舊顔。譜就《花間》新樂府，紅牙檀板付雙鬟。

京洛風塵素染緇，才華如此幾人知。難忘十二年前事，剪燭西窗下榻時。古鄮成卿洪遵規〔一九〕

又從當代仰文通，譜出新詞更不同。『殘月曉風』成底事，一齊低首『大江東』。上元清宇劉澄〔二〇〕

老雨經旬朔，寒生古蔣州。寓齋稀過客，蕭寺冷於秋。顧曲思江總，吟詩想惠休。欲歸歸未得，無計只淹留。滇南曉林吴毓寶〔二一〕

一卷冰詞許我評，行間字裏韻天成。須知歌泣由忠孝，譜出傳奇是正聲。

如花綵筆散天香，滴露研朱讀未遑。直與藏園相伯仲，當場重演《桂林霜》。定海小詹藍嘉言〔二二〕

忠孝名家古有之，誰將樂府騁妍詞。醴陵舊有生花筆，夢裏傳來第幾枝。

欲與鉛山步後塵，酒龍詩虎定前身。渭城自笑無心計，且作逢場看戲人。上元伯言梅曾亮〔二三〕

樂府新傳絶妙辭，生花夢筆寫淋漓。仙山桂子香無定，可有天風吹墮時。

文成功業劇堪傳，片石匡廬護曉烟。元是蓬萊初注籍，朱衣合拜老神仙。鶴山晉魚馮啓蓁〔二四〕

《春燈》、《燕子》話當年，風景秦淮已渺然。唱到念家山破曲，月明丁字舊簾前。南昌胡廷耀念修〔二五〕

【校】

①秼，底本作『秼』，據文義改。

②拍，底本作『怕』，據文義改。

【箋】

〔一〕《四絃秋》：雜劇名，蔣士銓撰。參見本書卷七《四絃秋》條解題。

〔二〕楊欲仁（一七六六—一八四八）：字體之，別署鐵梅道人、唯唯道人，巢縣（今安徽巢湖）人。嘉慶十年乙丑（一八〇五）進士，歷任江蘇睢寧、贛榆、泰興、碭山、豐縣知縣。致仕後，主講宿遷鍾吾書院、潁州青潁書院、六安賡颺書院。晚年歸籍，爲巢湖書院山長。工詩文，善書畫。道光二十二年（一八四二），重遊泮水，最爲耆壽。著有《孝經集解》、《大學中庸性道圖説》、《四書精義説貫》、《尋樂上下篇》、《觀心堂稿》等。傳見《墨林今話》卷一一、同治《南豐縣志》卷三一、光緒《續修廬州府志》卷四四、光緒《睢寧縣志稿》卷一二、光緒《泰興縣志》卷一七等。

〔三〕張敦仁（一七五四—一八三四）：字古愚，一作古餘，號仲篙，別署古餘老人，陽城（今屬山西）人。乾隆三十九年甲午（一七七四）舉人，四十年乙未（一七七五）進士，授安縣知縣，調廬陵。嘉慶五年（一八〇〇）起，署松江、蘇州諸府，調江寧府，署江安十府糧道。十八年，授吉安府知府。道光元年（一八二一），擢雲南鹽法道。乞老歸，僑寓金陵。精於天文曆算，著有《求一算術》、《開方補記》、《緝古算經細草》等。傳見《清史稿》卷四七八、《清史列傳》卷六九、《皇清書史》卷一五、《疇人傳》卷五二羅士琳續補四、《清儒學案小傳》、《昭代名人尺牘續集小傳》、《續碑傳集》卷四〇、同治《陽城縣志》卷一〇、光緒《山西通志》卷一三四等。

〔四〕劉瑞琮：字孟倉，別署頑道人，室名然乙山房，寶山（今屬上海）人。廩膳生。屢赴鄉闈，不第。以授徒爲生。善醫，工詩詞。傳見光緒《寶山縣志》卷一〇。

〔五〕梅海：宣城（今屬安徽）人，字號、生平均未詳。

〔六〕張元揆（一七九七—一八五三）：字介石，桐城（今屬安徽）人。監生，捐納縣丞，分發江蘇，署震澤。道光二十一年（一八四一），任青浦縣丞，次年署寶山知縣。後授丹徒、嘉定知縣，加捐知州銜。參見李星沅《李文恭公全集·李文恭公奏議》卷一〇《揀補丹徒知縣摺子》。

〔七〕梁達榜（一七七四—一八二五）：字雲士，號曉航，歸化（今福建明溪）人。嘉慶六年辛酉（一八〇一）貢生，十二年丁卯（一八〇七）舉人，十三年戊辰（一八〇八）進士，次年授河南汝陽知縣，擢信陽州、光州知州，官至汝寧知府。有文名，工書。著有《荔薌樓詩鈔》、《時賢詩話》等。傳見光緒《明溪縣志》卷一四。

〔八〕吳繼昌：字述之，號價甫，江寧（今江蘇南京）人。嘉慶二十四年己卯（一八一九）舉人，二十五年庚辰（一八二〇）進士，選庶吉士，散館授編修。擢陝西同州府知府。道光十六年（一八三六），任浙江紹興府知府。卒年四十三。工書法。傳見張熙亭《金陵文徵小傳彙刊》、《詞林輯略》卷五、同治《上江兩縣志》卷二四等。

〔九〕嚴駿：號小秋，上元（今江蘇南京）人。按《歷代兩浙詞人小傳》卷八載嚴駿生，字小秋，嘉興人，上元籍諸生。有《餐花吟館詞鈔》四卷。未詳是否其人。

〔一〇〕朱煜南：字宗盛，號旭亭，黃巖（今屬浙江）人。嘉慶六年辛酉（一八〇一）恩科進士，官直隸文安知縣。十一年，因失察竊賊下獄，二十三年革職。傳見光緒《黃巖縣志》卷一四。

〔一一〕陶濟慎：號竹橋，江寧（今江蘇南京）人。陶定申子。嘉慶十二年丁卯（一八〇七）舉人。家有餘霞閣。

〔一二〕彭邦晩：號春浦，南昌（今屬江西）人。當爲彭邦疇（約一七八二—約一八四五）兄弟行。生平未詳。

〔一三〕湯仁（一七六二—一八二五）：字澤及，號愛山，諧名居仁公，臨川（今屬江西）人。湯道蒼次子。太學生。嘉慶間，應湯藩聘，任安徽蕪湖海關關長。後入江西督學楚南恭幕。晚年歸隱鄉中。

〔一四〕陳榮：字近光，上元（今江蘇南京）人。著有《瘟疫合訂》、《疹病簡易方》、《痧症辨惑》、《傷寒雜病說》等，見光緒六年（一八八〇）續纂《江寧府志》。

〔一五〕王鼎遠：號麟閣，潛山（今屬安徽）人。生平未詳。

〔一六〕張寶（一七六三—一八三四後）：字楚善，號仙槎，一號梅癡，江寧（今江蘇南京）人。諸生。工山水。弱冠即絶意功名，性好遊覽，足迹歷十數行省。道光十二年（一八三二），還居白下。著有《仙槎遊草》、《泛槎圖》（凡六集）等。傳見《清畫家詩史》癸上、《國朝書畫家筆錄》卷二、《清代畫史增編》卷一五等。

〔一七〕彭靖：號吉廬，廬陵（今江西吉安）人。生平未詳。

〔一八〕謝予誠：號和甫，信豐（今屬江西）人。生平未詳。

〔一九〕洪遵規：字嘯虹，號成卿，嘉定（今屬上海）人。道光十六年丙申（一八三六）歲貢。少與葛其仁齊名，時稱『葛洪』。工詩文。曾爲諸玉衡（一七六九—一八四一）《醉月西廬吟稿》撰序。傳見光緒《嘉定縣志》卷一九。

〔二〇〕劉澄：字清宇，號季蕚，上元（今江蘇南京）人。國子監祭酒劉廷枚（一八一九—一八八五）父。諸生，工書畫。著有《季蕚詩鈔》。傳見《清畫家詩史》庚上、《畫家知希錄》等。

〔二一〕吳毓寶：字維賢，號曉林，一號曉舲，昆明（今屬雲南）人。乾隆五十四年己酉（一七八九）恩科舉人，嘉慶六年辛酉（一八〇一）恩科進士，選庶吉士，散館改知縣，官直隸遷安、武清（今屬天津）。著有《還雲吟草》

《雲南叢書》二編）。傳見《詞林輯略》卷五、《新纂雲南通志》卷七七等。

〔二二二〕藍嘉言（一七五九—一八三七）：　字小詹，一字文詹，定海（今屬浙江）人。初任山東蘭山、陽谷、沂水、武城等縣縣丞。嘉慶十五年（一八一〇），升補單縣知縣，傳見毛嶽生《休復居士文集》卷五《墓志銘》、《皇清書史》卷二三、道光《武城縣志續編》卷八、民國《定海縣志·人物》等。

〔二二三〕梅曾亮（一七八六—一八五六）：　初名曾蔭，字葛君，改字伯言，上元（今江蘇南京）人。道光元年辛巳（一八二一）舉人，二年壬午（一八二二）進士，用爲知縣，以親老告歸。十四年，入貲爲戶部郎中。三十年，以弟疾辭歸，主講揚州梅花書院。晚年曾入河道總督楊以增幕。師從姚鼐，擅長古文。著有《柏梘山房集》。傳見《清史稿》卷四九一、《清史列傳》卷七三、《碑傳集補》卷四九、《國朝先正事略》卷四三、《桐城文學淵源考》卷七、《皇清書史》卷七、陳作霖《金陵通傳》卷三一、同治《上江兩縣志》卷二四等。參見吳常燾編《梅郎中年譜》（民國二十五年無錫國學專修學校編印《國專月刊》四卷一期）。

〔二二四〕馮啓蓁（？—一八四九）：　字晉魚，一作晉漁，號繡谷，鶴山（今屬廣東）人。嘉慶十五年庚午（一八一〇）舉人，初官咸安宮教習、內閣中書。曾主南京鳳池書院。道光二十年（一八四〇），署山西隰州知州。喜金石，崇漢學。著有《小弁山堂詩草》。傳見同治《江寧府志·寓賢》、同治《上江兩縣志》卷二四等。

〔二二五〕胡廷耀：　號念修，南昌（今屬江西）人。生平未詳。

（丹桂傳）題詞詩餘

朱綬等

青溪渡口，楊柳絲絲碧。江令而今漸頭白。賸夢回，綵筆猶譜《霓裳》，殘醉裏，付與亂箏哀笛。　歌場傳唱遍，定遇雙鬟，畫向旗亭舊時壁。紅雪吊荒樓，重按宮商，渾不許、牆陰偷拍。只一片秦淮蕩寒波，自別後相思，莫雲重疊。（調寄【洞仙歌】）　元和酉生朱綬〔一〕

秋如夢，一院雨廉纖。亞字闌干之字路，桐花庭甃棗花簾。側側晚寒添。　相思意，竟日未曾忺。筆染青螺翻黛譜，墨研烏鰂寫霜縑。因便寄江淹。（雙調【望江南】）

且食蛤蜊，那知奴價高於婢。裸衣亭上大聲呼，何與癡人事。年少疎狂意氣，嘆此日，消磨盡矣。風沙裘劍，莽莽天涯，只君知己。　仰屋著書，千秋萬歲誰傳此。不如魚鳥見流連，肆意酣歌耳。客舍西風又起。憶故國，蓴鱸正美，與儂歸去。一棹飄然，五湖烟水。　蓉裳楊芳燦

飄零無計，向吳宮幾載，賃舂謀食。冷暖人情嘗未慣，生把髩絲愁白。涼雨敲窗，昏鐙照夢，身世眞淒絕。知音纔遇，半生心事同說。　多謝月旦評高，雲天誼重，宛轉籌長策。只恐深山愁日莫，珠翠黯無顏色。似水深情，如仙好句，煞費才人筆。伸眉一笑，遙天雲斂空碧。（【百字令】）

常熟佩珊歸懋儀〔二〕

（以上均《傳惜華藏古典戲曲珍本叢刊》第六四冊影印清道光十年彩筆堂刻本《丹桂傳》卷首）

【箋】

〔一〕朱綬（一七八九—一八四〇）：字仲環，晚年更字仲潔，號酉生，崑山（今屬江蘇）人，元和（今江蘇蘇州）籍。道光十一年辛卯（一八三一）舉人，曾佐江蘇布政使梁章鉅（一七七五—一八四九）之幕，章奏多出其手。以詩古文著稱。著有《知止堂文集》、《知止堂詩錄》、《知止堂詩詞錄》等。傳見葉廷琯輯《蛻翁所見詩錄感逝集》卷

三、《清史列傳》卷七三、《昭代名人尺牘續集小傳》卷一六、民國《吳縣志》卷六八等。

〔二〕歸懋儀：字佩珊，別署虞山女史，常熟（今屬江蘇）人。上海監生李學璜室。工詩善畫。往來江浙爲閨塾師。著有《繡餘草》、《聽雪詞》。傳見《清代閨閣詩人徵略》卷六、《續虞山畫志》、《清代畫史增編》、陳文述《畫林新詠》卷三等。

紅樓夢（陳鍾麟）

陳鍾麟（一七六三—一八四一後），字肇嘉，號厚甫，元和（今江蘇蘇州）人。乾隆五十九年甲寅（一七九四）舉人，嘉慶四年己未（一七九九）進士，選庶吉士，授戶部江西司主事。歷官禮部郎中、軍機章京。出爲浙江道監察御史、巡視南城掌京畿道、陝西延安府知府。道光二年（一八二二），任浙江杭嘉湖兵備道，署浙江鹽運使、按察使、布政使。五年，致仕。七年，主講廣州粵秀書院。十七年，主講杭州敷文書院。博通經史，善詩文，尤工制藝。編輯時文集《聽雨軒今集》、《陳厚甫稿》，輯刻《粵秀新鍘》。著有《就正草》（嘉慶五年初刻，道光八年重刻本改名《陳厚甫全稿》）、《自在軒吟稿》、《陳鍾麟詩草》、《陳厚甫稿》等。撰傳奇《紅樓夢》。參見鄭志良《陳鍾麟與〈紅樓夢傳奇〉》（《明清戲曲文學與文獻探考》）、孔令彬《陳鍾麟〈紅樓夢傳奇〉略考》（《寧夏大學學報》二〇一四年第二期）。

《紅樓夢》，《曲錄》據楊恩壽《詞餘叢話》著錄，現存道光十五年（一八三五）廣州汗青齋刻本、道光二十六年（一八四六）長沙刻巾箱本（題爲海寧俞思謙評）、光緒十六年（一八九〇）據長沙刻本重刻本、清末鈔本、民國三年（一九一四）羣玉山房石印本、民國二十三年（一九三四）上海大達圖書供應社鉛印本（江瀚校理，次年再版）。一九七八年中華書局出版阿英編《紅樓夢戲曲集》，收此劇整理本，删除三齣及評點。

紅樓夢凡例

闕　名〔一〕

一、《詩三百篇》，皆可被諸絃管，發乎情，止乎義理而已。一變而爲樂府，再變而爲詞曲，皆不失風人宗指。《紅樓》曲本，時以佛法提醒世人，一歸懲勸之意云。

一、古今曲本，皆取一時一事，一線穿成。《紅樓夢》全書，頭緒較繁，且係家常瑣事，不能不每人摹寫一二闋，殊難於照應，偶於起訖處，稍爲聯絡，蓋原書體例如此。

一、原書以寶、黛作主，其餘皆是附傳。然如湘雲、惜春、寶琴、妙玉、香菱，皆聰明過人者，摹其性靈，使千古活現。

一、晴雯是黛玉影子，襲人是寶釵影子，所謂身外身也。今摹擬黛玉、晴雯，極爲蒼涼；摹擬寶釵、襲人，極爲勢利，可以見人心之變。

一、柳湘蓮、尤三姐，俱有俠氣，與各人旖旎者不同，難以安頓，且淨腳頗少。今借柳、尤二人，以代一僧一道，不特避熟，而淨腳亦可登場。

一、有原本所無，曲中添出者；　有①原本在前，曲中在後者。取其情文相生，隨手變化，無庸拘泥。

一、余素不諳協律，此本皆用《四夢》聲調，有《納書楹》可查檢對。引子以下，大約相仿，惟工尺頗有不諧，度曲時再行斟酌。

【校】

①『有』字前，底本衍『一』字，據文義删。

【箋】

〔一〕此文當爲陳鍾麟撰。

紅樓夢集古題詞〔一〕

俞思謙〔二〕

金陵自昔擅繁華，況是通侯閥閱家。畫戟東南開甲第，朱輪朝暮過香車。賈生早佩郎官綬，粉署含香趨禁右。北李南盧結近親，五侯七貴同杯酒。起居八座太夫人，鍾、郝偕來笑語親。新婦才華尤出衆，侍兒明慧亦殊倫。王郎再索徵佳夢，聞説釋迦親抱送。阿大中郎俱不如，門前客到休題鳳。卻因家襲富平侯，公子髫年未識愁。懶接雞談勤夜讀，愛攜鴛侶作春遊。紅樓四面珠簾繞，簾外花枝方裊裊。帳裏依稀如有人，歡悰未盡鶯聲曉。金釵十二自分編，夢境迷離恍遇仙。夢醒思量夢中事，襲人花氣薄於烟。外家姊妹多才思，少小無嫌共嬉戲。道是無情卻有情，銀河不隔蓬萊地。珮聲釵色出幽齋，羣羨清才三妹佳。不信靈芝今再世，侍書仍許阿甄偕。春花秋月園中好，秋夜眠遲春起早。待月時來問水亭，看花齊上臨湖島。怡紅院裏錦屏舒，凹碧堂前玉洞虛。結社聯吟貪晝永，分曹賭酒趁宵餘。佳人別自倚林竹，料得也應憐宋玉。脈脈春風蕩酒情，盈盈秋水橫波目。兩心相照兩相疑，兩處緘愁兩不知。難借鮫綃傳密意，空將鳳紙寫相思。癡兒騃女同時病，不道黄姑偏誤聘。喜結同心七寶釵，悲分照影雙鸞鏡。紅樓縹緲倚雲開，前度劉郎今又來。只爲含愁獨不見，淚珠乾盡蠟成灰。覺來悔被迷津誤，波岸思尋仙筏渡。行到源頭見落花，傷心依舊悲崔護。自憐老去漸婆娑，閒借填詞寫翠蛾。勘破繁華歸寂寞，紅樓一夢等南柯。桃花亂落如紅雨，燕子歸來相共語。風景依稀似往年，樓中不見當時侶。

海寧俞思謙拜撰。

（以上均清道光十五年廣州汗青齋刻本《紅樓夢傳奇》卷首）

【箋】

〔一〕清道光二十六年（一八四六）長沙刻本《紅樓夢傳奇》卷首有此篇，題《題詞》，署『牧堂愚弟海寧俞思謙拜撰』。按此篇最早見於周春《閱紅樓夢隨筆・紅樓夢記》（中華書局上海編輯所，一九五八），周春云：『余作此記成，以示俞子秉淵，亦以爲確寓張侯家事。翌日即作集古歌一首題之，包括全書，頗得剪綃蕃錦之巧，因錄於此。』《紅樓夢記》作於乾隆五十九年（一七九四），俞氏題詞亦成於本年。而《紅樓夢傳奇》約成於陳鍾麟在粤秀書院任上，即道光八年（一八二八）至十一年間，不當有此題詞，錄以備考。

〔二〕俞思謙（一七三六—約一八二〇）：字秉淵，號牧堂，一號潛山，海寧（今屬浙江）人。太學生。晚歲專力治經史。年八十餘，無疾而終。補《周易集解》，著《海潮輯説》(收入《藝海珠塵》)。曾爲曹雪芹《紅樓夢》小説撰寫序言。傳見民國《海寧州志稿》卷二九。

卓女當壚(舒位)

舒位(一七六五—一八一五)，字立人，小字犀禪，號鐵雲，又號酸東，别署鐵雲山人、酸東山人，大興(今北京)人，生於吴縣(今江蘇蘇州)。乾隆五十三年(一七八八)舉人，屢試不第，以處館、遊幕爲生。嘉慶二年(一七九七)，隨貴西兵備道王朝梧入黔，任軍中文書。著有《瓶水齋詩集》、《瓶水齋論詩絶句》、《瓶水齋雜俎文》、《瓶水齋詩話》、《鐵雲函稿》、《乙亥年詩》、《乾嘉詩壇點將錄》等。傳見石韞玉《獨學廬三稿》卷五《傳》、陳文述《頤道堂文鈔》卷三《傳》、陳裴之《行狀》、蕭掄《墓志銘》(均見清嘉慶間刻本《瓶水齋詩集》附)、《清史列傳》卷七二、《國朝耆獻類徵初編》卷四三九、《國朝詩人徵略二編》卷四三、《清代七百名人傳》、《大清畿輔先哲傳》卷二五、《墨林今話》卷一二、《皇清書史》卷三、《國朝書人輯略》卷六、《國朝書畫家筆錄》卷二、《清代畫家詩史》戊上、《清代畫史增編》卷三、《清代畫史補錄》卷一、光緒《畿輔通志》卷二一六、光緒《烏程縣志》卷二三、光緒《嘉興府志》卷六一、光緒《桐鄉縣志》卷一五、民國《烏青鎮志》卷三〇、民國《吴縣志》卷七六等。

撰雜劇《吴剛修月》、《聞雞起舞》、《桃花人面》(一名《人面桃花》)、《列子御風》、《圓圓曲》、

《琵琶賺》、《卓女當壚》、《樊姬擁髻》、《酉陽修月》、《博望訪星》等。後四種現存，總名《瓶笙館修簫譜》，《今樂考證》著録；《曲録》列入傳奇，誤。現存道光十三年癸巳（一八三三）錢塘汪氏振綺堂精刻本，民國十九年（一九三〇）陶湘影石印《百川書屋叢書》、《傳惜華藏古典戲曲珍本叢刊》第七〇册據以影印；另有清姚燮編《今樂府選》稿本所收本。《卓女當壚》雜劇，《瓶笙館修簫譜》第一種。

卓女當壚題詞〔一〕

汪適孫〔二〕

釀得春無價，是才人偶然遊戲，流傳佳話。妻自當盧身滌器，忒煞行藏瀟灑。賸四壁無家歸也。牧豕牧羊非所願，向糟丘高把青簾挂。傭保雜，我今且。　奇材豈是長貧者。祗區區家僮八百，何堪憑藉？詞賦聲名邀主眷，衣繡鄉鄰驚詫。笑牛酒交歡門下。漫道遭逢由狗監，算蛾眉眞个憐風雅。翻一曲，意傾瀉。（【貂裘换酒】）〔三〕

（《傳惜華藏古典戲曲珍本叢刊》第七〇册影印清道光十三年錢塘汪氏振綺堂刻《瓶笙館修簫譜》第一種《卓女當壚》卷首）

【箋】

〔一〕底本無題名。

〔二〕汪適孫（一八〇四—一八四三）：字亞虞，號又邨，别署甲子生，錢塘（今浙江杭州）人，汪遠孫（一七九四—一八三六）弟。道光間，官候選州同知。世代藏書，家有藏書樓『振綺堂』。道光十九年（一八三九），據家藏書輯刻《清尊集》。著有《甲子生夢餘詞》、《汪又邨藏書簿記》等。傳見陳奐《師友淵源記》、《歷代兩浙詞人小傳》卷一〇等。參見李玉安、黄正雨《中國藏書家通典》（中國國際文化出版社，二〇〇五）、鄭偉章《文獻家通考》（中華書局，一九九九）。

〔三〕詞牌之後有陽文方章『又邨塡詞』。

樊姬擁髻（舒位）

《樊姬擁髻》雜劇，《瓶笙館修簫譜》第二種，著錄、版本參見《卓女當壚》條解題。

樊姬擁髻題詞〔一〕

汪適孫

燕子飛來，倉琅啄斷俄塵土。遠條別館，接含風、姊妹雙眉嫵。記得豔歌穠舞。算當時、雕籠翠羽。留仙裙縐曲。宴春深，淒然何許？　往迹荒涼，人生總爲多情誤。一回豔煽一回衰，轉眼成今古。綺夢風中蠟炬。問底事、迷雲戀雨。閒翻別傳，紅袖魂銷，白頭心苦。

【燭影搖紅】〔二〕

（同上第二種《樊姬擁髻》卷首）

【箋】

〔一〕底本無題名。

〔二〕詞牌之後有陽文方章『甲子生』。

樊姬擁髻跋〔一〕

汪適孫

後漢伶玄作《趙飛燕外傳》，吳楫侯斥爲誨淫之書。然觀伶玄《自序》云：『哀帝時，子于老休，買妾樊通德。通德，嫕之弟子，不周之子也，有才色，知書。慕司馬遷《史記》，頗能言趙飛燕姊弟故事。子于閒居命言，厭厭不倦。子于語通德曰：「斯人俱灰滅矣。當時疲精力馳，騖嗜欲蠱惑之事，豈知終歸荒田野草乎？」通德占袖顧眎燭影，以手擁髻，淒然泣下，不勝其悲。子于亦然。通德奏子于曰：「夫淫于色，非慧男子不至也。慧則通，通則流。流而不得其防，則百物變態，爲溝爲壑，無所不往焉。禮義成敗之說，不能止其流。惟感之以盛衰奄忽之變，可以防其壞。今婢子所道趙后姊弟事，盛之至也；主君悵然，有荒田野草之悲，衰之至也。婢子拊形屬影，識夫盛之不可留，衰之不可推，俄然相緣奄忽，雖婕妤聞此，不少遺乎！幸主君著其傳，使婢子執研，削通所記。」於是撰《趙后別傳》。』由此觀之，則玄之作《傳》，其旨當別有在，非《雜事祕辛》之可僞作也。鐵雲先生即本《序》意，點竄其詞，撰爲雜劇，可謂善體子于之意矣。

癸巳秋七月〔二〕，汪適孫識於湖上之水北樓〔三〕。

（同上第二種《樊姬擁髻》卷末）

【箋】

〔一〕底本無題名。

〔二〕癸巳：道光十三年（一八三三）。

〔三〕題署之後有印章二枚：陰文長方章『亞虞』，陽文方章『又邨』。

酉陽修月（舒位）

《酉陽修月》雜劇，《瓶笙館修簫譜》第三種，著録、版本參見《卓女當壚》條解題。

酉陽修月題詞〔一〕

汪適孫

祗道情天無缺陷，澄輝萬古圓。金銀宮闕，琉璃世界，穩住嬋娟。幾番經浩劫，漸闌珊、七寶莊嚴。清虛府，悵丸泥難補，鍊石誰填！　神仙。風斤運處，玉盤瑩潔憶從前。纖阿還軫，邀來月匠，八萬三千。展散花妙手，更靈瓏、透徹中邊。占高寒。早兔華澄澈，蟾影團圞。（【瑤臺第一層】）〔二〕

（同上第三種《酉陽修月》卷首）

【箋】

〔一〕底本無題名。

〔二〕詞牌之後有陽文長方章『適孫』。

博望訪星(舒位)

《博望訪星》雜劇，《瓶笙館修簫譜》第四種，著錄、版本參見《卓女當壚》條解題。

博望訪星題詞〔一〕

汪適孫

銀河如帶，引枯槎、安穩乘流而上(上)。不是神仙誰到此？四顧絶無風浪。有女支機，何人叱犢，一水盈盈望。烟雲脚底，紅塵隔、幾千丈。　頻年持節，月(平)氏(平)軺車萬里，要算茲遊壯。試問源頭何處是？始信落從天上(去)。片石攜來，一帆歸去，問卜成都向。孟堅蠡測，昆侖空自凝想。(用《漢書·張騫傳》『贊』意。)(【大江西上曲】)　又邨汪適孫填字〔二〕

(同上第四種《博望訪星》卷首)

【箋】

〔一〕底本無題名。

〔二〕題署之後有陽文方章『又邨』。

琵琶賺（舒位）

《琵琶賺》雜劇，《古典戲曲存目彙考》據葉廷琯《鷗波漁話》著録，已佚，僅存卷首題詞與自序。按舒位致陳文述（一七七一——一八二三）函云：『曩在都門逆旅，嘗以仲瞿項王墓題詩，撰爲《琵琶賺傳奇》。彼時屬稿未定，不敢出以示人。昨夕偶檢敝簏，此稿尚存。而向所謂不敢示之者，曾不數年，其人皆已死亡放逐。間有忝列朝班者，亦俱如李志、曹蜍光景。太息之餘，重爲點竄，録成清本，卽欲郵寄執事與蕭老兄讀曲。適此間有張石樵秀才者見之，擊節流涕，又焚香跪讀一過，攜之而去。因伊有友，善寫宋體字者，卽欲代爲寫成副本，付之梓人。故不佞轉無底本，祇將序文、題詞寄閲。當俟不佞中秋前買棹言旋，面求執事一讀，應向我浮三大白耳。至此劇宫譜，不佞俱已斟酌，塡此大概文從字順，卽可被之管弦。獨恨此日蘇城，已無老伶工能傳其意緒者，則將俟之百世而不惑矣。』按仲瞿卽王曇（一七六〇——一八一七），一名良士，字仲瞿，秀水（今浙江嘉興）人。乾隆五十九年甲寅（一七九四）舉人。著有《烟霞萬古樓集》等。《今樂考證》著録其撰戲曲《歸農樂》、《玉鉤洞天》、《萬花緣》、《遼蕭皇后十香傳》、《魚龍爨》，以及《衆香園》等，均佚。

琵琶賺傳奇序

舒位

學海波中老龍，聖人門前大蟲，此定復是何語，而輒漕然於廟中。夫豈歡愉難好，愁苦易工；事莫須有，意將毋同。此遼海之文章歟，抑拔山之英雄？然而長者爲情，短者爲氣；後事之師，前言之戲。將使三日不讀《老子》，十年不近樂器；顏回斜抱於曲宴，摩詰假彈於主第；則羊叔子不如臺上之伎，鄭康成不如泥中之婢。故釃酒則影醉也，抱塑則像淚也。樂府有協律之事，中山有聞樂之對。感人以言，抑復三戒。感人以聲，聞思修之三昧。乃大説法於過去、未來、現在之三身，而合奏乎天籟、地籟、人籟。

嗚呼噫嘻，賫嗟涕洟。傳之則奇，不傳之則微。視之不見名曰希，聽之不聞名曰夷。聲色之化民，蓋不可以若是其幾。且夫角者去之齒，走者絕之飛。與才無雙者，與數有奇。食字者蠹，食言者肥。好色者諫，知音者希。且與之笙鏞以間，粉墨雜施，槐花舉子，竹枝女兒。喑啞叱咤，駿馬名姬；虛無縹緲，霓裳羽衣。維北有斗，維南有箕。神荼鬱壘，樸簌迷離。華嚴樓閣，見溪羣疑。蓬萊方丈，舟行岸移。洋洋乎焉哉乎也，堂堂乎初哉首基。疾之者曰客然犀，好之者曰妃呼豨。而壹不知三匝之烏棲，三峽之猿啼。此則無傷於貊稽，而並不識乎滑羞。曲終花落，則此研光帽兮；酒闌人散，沾我鬱輪袍而爲之題兮。

酸棗山人填詞既闋並書〔一〕。

（民國初年上海有正書局影印舒位、王曇《舒鐵雲王仲瞿往來手劄及詩曲稿》）

【箋】

〔一〕題署之後有陽文印章「酸棗」。

陸判記（夏大觀）

夏大觀，字次臨，號楓江，湘潭（今屬湖南）人。乾隆三十年乙酉（一七六五）拔貢生。曾任衡州府學訓導，在職十六年，遷岳州教授。著有《楓江詩文集》、《楓江詩餘》、《楓江詞餘》等。撰傳奇《陸判記》、《珠鞋記》。《陸判記》傳奇，《古典戲曲存目彙考》著錄，已佚。

夏楓江陸判記傳奇序

湯　誥〔一〕

天將補恨，幾時開媧氏之爐；地欲埋憂，何處覓伯倫之鍤。千林蔽芾，本良楛之殊科；萬卉紛披，復薰蕕之異器。馬遲枚速，才有不齊；嫫醜施妍，容寧相若。卽使糉能益智，誰爲啓茅塞之智；便教丹可駐顔，豈易改花羞之貌。未必情之所或有，卽爲事之無如何。天實爲之，嗟何及矣！

乃有朱生軼事，勝國遺聞。蚤慧無稱，僅能分夫菽麥；微名易就，亦薄采夫藻芹。頻年坐困於青衿，辭非黄絹；壯歲未拋乎《白紵》，點乏朱衣。蓋緣夙具鈍根，靈苗未茁；因以時哀窮鳥，悴羽多傷。安能入夢，丘遲分之雲錦；焉得多情，郭璞贈以霜毫。倩扁鵲爲之湔腸，邀老君與之剪舌乎？況復郎慚謭陋，妾愧支離。德耀從夫，此眞梁鴻妻也；孔明擇婦，正得阿承女焉。捧心而空效其顰，畫眉而莫增其嫵。從令折腰齲齒，竭盡人工；終嫌著粉施朱，仍虧天質。無能爲也，謂之何哉？

乃誠之至也通乎微，而神之格思不可度。佐十王之香案，濯濯厥靈；劾百鬼以桃符，洋洋如在。方留賓而投轄，遽揖客以登壇。覩厥鬚眉，大抵髯參軍之狀；稽其氏族，應稱陸大夫之神。始則負之以趨，不比無因之至；繼則闖然而入，旋爲不速之來。罄盈甕之新醅，連浮大白；索覆瓿之舊製，不避雌黄。因傾北海之尊，遂下南豐之拜。不雕不琢，偏憐似璞之完；無思無爲，莫解如椎之鈍。灌靈泉於意樹，灑甘露於心花。不必扼韓退之之吭，强吞丹篆；直欲破尹知章之腹，恍夢緋衣。爰下筆而便覺有神，竟得句而盡堪呈佛。

然而洗心有術，綺思固變夫今吾；革面無緣，椎髻尚仍夫故我。則兩美既難其必合，斯一得亦足以自豪。詎相遇克副乎相須，感焉無勿應；遂盡美又兼乎盡善，至矣蔑以加。呈身於賽會之餘，方疑衒玉；奪臂於探丸之頃，不惜摧花。將舍其舊而謀新，適有插標之賣；徒取諸彼以與此，何嫌入幕之親。謂我何求，不過因物而付物；干卿甚事，居然以人而治人。草號『寄生』，絕似返魂之葉；藥名『續斷』，翻爲獨活之枝。截鶴者既得以續鳧，移花者何難於接木。豈飛頭之國，近在深閨；而刎頸之交，偏爲弱質耶？

爾乃比肩嘉耦，已徵蝶幻之奇；無何得手佳篇，早冠《鹿鳴》之選。理以稀而駭聽，物以盛而招尤。乘『康了』之憤懷，肆『萋兮』之哆口。遺網羅於魚目，起謠諑於蛾眉。長鯨顯跋浪之能，短蜮恣含沙之毒。弄譸張於豸史，託偵探於蜂媒。突入閨中，微闞簾下。豈第雪膚花貌，頗不參差；而且玉墜瓊璫，非同髣髴。譬之祅物，影入鏡而莫可藏形；定以爰書，冤覆盆而無從置喙。幸也受之無妄，披雲勞倩女之魂；寧失不經，昭雪待判官之筆。

讀聊齋之《志異》，久慕粲花；披夏叟之傳奇，俄悲宿草。嗚呼！未能事鬼，子不語者怪神；猶不如人，世難全者才貌。非所據而據，有因之盜曰攘；莫之爲而爲，無厭之求將及。經一番之摧折，成兩世之因緣。

先生以潭水名流，岳陽博士。咏盤中之苜蓿，非徒餘事工詩；散筆底之琳瑯，饒有閒情顧曲。有官獨冷，不妨白眼之看；無事爲高，且聽紅牙之拍。何意玉樓雲杳，絳帳塵封。悵楊意之無人，喜蘇瓌之有子。擬將大集，盡以付之梓人；特恐新詞，或竟淪於稗史。繄予不佞，竊愧無文。曾許以弁首之言，未踐生前之諾；敢不作傷心之語，立償身後之逋。略等驢鳴，漫比徐君之劍；宛同鶴弔，空傳孺子之芻。天邊若有酒星，任君顛倒地下。倘逢花判，應各軒渠。莫教敕取六丁，僅與爭光魑魅；但使下窺太乙，長爲識字神仙。

湘潭夏楓江學博，本《聊齋志》，作爲傳奇，恨未之見。得二樓先生序次井井，大意已覺了然。事奇文奇，益令我思陸判官不置。繆蓮仙。

【箋】

〔一〕湯誥：字小眉，號二樓，錢塘（今浙江杭州）人。

髧髮記（茅慰萱）

茅慰萱，字號、生平均未詳，錢塘（今屬浙江）人。撰傳奇《髧髮記》，葉德均《戲曲小説叢考》卷上《曲目鈎沉錄》著錄，已佚。

髧髮記傳奇自序

茅慰萱

原夫桓家鏡畔，段氏津頭。説有談空，驚落蘇仙之杖；短轅長柄，疾馳王相之車。古來閨孏憨，都屬風流話柄。若乃裹黄衣綠，卷席傷心；林屋粱鶩，鼓鐘雪涕。蘼蕪采遍，彳亍山凹；歌舞傳喧，朦朧樹色。《長門》一賦，空酬司馬之金；文錦千言，莫必將軍之悔。遺簪可念，敝履云哀。然從未有鑄鐵爲心，塗脂於簸，不畏國憲，不恤人言，顛倒尊卑，交加横逆，如商生者，殆駕牒之奇聞，藁砧所罕儷也已。

商生生丁閥閱，幼識《詩》、《書》。本非梟獍之才，蚤賦瑟琴之樂。衹以妾耽貞靜，郎慕風華。遂占脱輻之爻，獨讓小星之嘒。嗟乎！有姬姜而棄蕉萃，世態恆然；愛野鶩而厭家雞，人情不免。亦何至倉琅反合，屈戌牢鉤？翠袖天寒，疇憐腰瘦；銀匙炙冷，嫩對傖長。甚者金剪一聲，青絲滿把。春雲欲起，忍回頭上髻之初；秋草平刪，誓永散同心之髻。猙獰太苦，紆鬱奚堪。

僕也棋置局中，劍拔天外。蒼涼燕市，恨未逢匕首之仙；慷慨吳歈，欲上告輶軒之使。所冀才人戀舊，我輩鍾情。各保糟糠，同安伉儷。即令羣雌粥粥，箔室春多，仍須故劍依依，女君權重。嗟乎！冤家纔聚，千秋幾個稱心郎；好事多磨，兩美從無偕老日。三生難問，一切達觀。但願有酒澆愁，狂歌得意；若以無稽誚我，宛在伊人。

此吾杭近事也，僕心惻焉，戲譜傳奇一十六齣。今先附刊原序於蓮仙茲選中〔一〕。自記。

古今薄倖，紈袴爲多；人世悲酸，閨幃特甚。補情天而無自，塡恨海以誰能。吾欲征商，自此賤丈夫始矣。繆蓮仙。

（以上均清嘉慶二十一年丙子藕花館刻本繆艮彙纂《文章游戲二編》卷三）

【箋】

〔一〕蓮仙：即繆艮（一七六六—一八三〇後）。

花間樂（司馬章）

司馬章（一七六七？—一八一七後），字石坡，一字石圃，又作實圃、實甫，室名種石山房，江寧（今江蘇南京）人。乾隆四十八年（一七八三）諸生。嘉慶十四年（一八〇九），由附貢生捐納縣丞，任蠡縣。陞直隸東安知縣，轉薊州知州。著《石圃集》、《石圃外集》。參見黄勝江《清中葉曲家司馬章生平交游及其劇本創作動因考論》（《四川戲劇》二〇一三年第一〇期）、《乾嘉文人曲家考略三題·司馬章生平補考》（《戲曲研究》第一〇四輯，文化藝術出版社，二〇一七）。

撰傳奇《花間樂》、《雙星會》，《粹芬閣珍藏善本書目》著錄，合刻爲《石圃二種曲》，現存乾隆五十七年（一七九二）種石山房刻《石圃外集》本（《傅惜華藏古典戲曲珍本叢刊》第六五冊據以影印）。《花間樂》傳奇另有《綏中吴氏藏鈔本稿本戲曲叢刊》第一五冊據種石山房刻本影鈔本。

（花間樂）題詞

袁　枚　等

老去風懷水樣清，偶看樂府愛題名。古來多少眞才子，誰在花間樂一生？
雲飛雨散事堪嗟，擬作青詞奏女媧。補盡世間離別恨，重生都學牡丹花。
相如倜儻最多才，自别文君腸九迴。且向空中造樓閣，盻他天上送花來。錢塘袁枚子才調寄【醉蓬萊】問花仙何意，也到人間，況遭淪落。怎說情癡，算天宮誰錯。一笑姻緣，浪留芳蹟，在雨花山腳。博得而今，月寒荒寺，雲深幽閣。曾返香魂，縞裳依舊，春滿瑤臺，紅絲繡舃。回首塵寰，笑黃粱夢薄。趁取芳時，莫如便也，向酒家擕鶴。五斗徵歌，千篇索韻，花間行樂。

上元龐淦虹溪題〔一〕

【箋】

〔一〕龐淦：號虹溪，上元（今江蘇南京）人。生平未詳。

花間樂後跋

顧椿年

《花間樂》院本，劇爲曲江倦遊人吐氣。憐香訪翠，原不必實有其人；碎玉韲花，更不思躬遇其事。竊意天地間有可意如香玉者，則必有卜知事出而嗟悼之、賤踏之，又必有黃澹如起而護惜之、悲悼之，不如此不足以見造物之巧也。他如雪女多情，香含物外，風姨肆虐，席卷春林，不過爲空谷蘭芳、河東獅吼，一寫小照耳。嗟夫！俗富之煞風景，不足□□□□。豸衣按事，虎節伸威，有黃生之才，而後足□□□□之遇；亦惟有黃生之遇，而後可以展黃生之才。此又令千古之未爲黃生者，願與黃生後先相追逐也。

壬子花朝〔二〕，上元顧椿年東山跋。

（以上均《傅惜華藏古典戲曲珍本叢刊》第六五册影

印清乾隆五十七年種石山房刻本《花間樂》卷首)

【箋】

〔一〕壬子：乾隆五十七年(一七九二)。

雙星會(司馬章)

《雙星會》，《粹芬閣珍藏善本書目》著錄，與《花間樂》合刻爲《石圃二種曲》，現存乾隆五十七年(一七九二)種石山房刻《石圃外集》本(《傅惜華藏古典戲曲珍本叢刊》第六五册據以影印)；另有近人鋼筆鈔本(《綏中吴氏藏鈔本稿本戲曲叢刊》第一五册據以影印)。

雙星會傳奇序

王　芾〔一〕

人類至廣也，人數至繁也，而竟能聯絡固結而不可解者，何也？情也。此卽聖人所謂仁也。然情則有正，有不正，而仁則無不正。故聖人言仁不言情，所以主乎正。雖然情之所在而義生焉，義之所在而節生焉。果其情出於正，卽仁矣。此仁也，四海之内無地而不有，一日之内無時而不有，無論貧富貴賤賢愚智不肖，無人而不有。有矣而不能自守，則雖富且貴、賢且智者，或一旦而亡之；有之而能自守之，則雖貧且賤、愚且不肖者，或一旦而有之。當其有之之時，一念之眞，一心之正，合乎有生之初，率性之命，動天地而感鬼神，自貧且賤、愚且不肖者得之，雖富且貴、賢且智者，對之而不能不愧。如姑蘇秦娟娟是已。夫娟娟本屬倡家，宜無所謂節義，乃一旦與文慕卿以情相感，而至誠之志堅確而不可移，遂至亡身捐軀而不顧，則前此之不正者磨滅淨盡，而此一時之正，遂足動天地而感鬼神，而節烈之行可自倡優下賤爲之矣。司馬石圃覩其事而異之，且悲之也。因潤以鴻詞，被之絃管，俾世之有志者見之而興起焉。余自歷陽歸白下，將之桃源，而石圃之書適成，因要余於息肩之頃而爲之序。

庚戌十一月朔〔二〕，王芾拜題。

【箋】

〔一〕王芾：字小石，上元（今屬江蘇南京）人。乾隆四十二年丁酉（一七七七）副貢生，遂棄不復試。工書。傳見《皇清書史》卷一六、陳作霖《金陵先正言行錄》卷四、道光《上元縣志》卷一〇、同治《上江兩縣志》卷二四等。

〔二〕庚戌：乾隆五十五年（一七九〇）。

雙星會序言

白　銘〔一〕

月滿秦樓，唱新詞於供奉；居臨桃葉，歌《水調》於桓伊。金柔玉軟之章，時見於《花間》、《蘭畹》；粉灑酥搓之句，每成於月下星前。乞巧樓邊，鵲引藍橋之夢；品花亭畔，人誇百卉之魁。凡諸雅意閒情，概屬騷人逸興。

吾友司馬石圃者，言愁洗馬，姿致無雙。善賦文園，風流第一，文情高暢，詩律清新，固已久冠南邦，心馳藝苑者矣。邇以蜂愁蝶怨，託之鳳管鸞簫。才藴行間，情含字裏。塡來宮徵，不無惆悵之詞；寫就《衍波》，大有綢繆之作。嘆二美之難逢，羨雙星之好合。青溪小妹，牽水上之紅絲；揚子江神，作花間之月老。遂使聆新聲而意許，覯良會以魂消。人慶團圞，不灑青衫之淚；天憐比翼，常謳紅豆之歌。將見珠簾畫舫，人人願識文郎；翠羽明璫，箇箇爭師秦女。旗亭在目，君堪稱畫壁之人；磈礧塡胷，我且作持杯之客。

歲在庚戌秋白露前二日，夢雪弟白銘拜題。

【箋】

〔一〕白銘：字夢雪，號秋水，上元（今江蘇南京）人。工詩，袁枚盛稱之。年八十三卒。傳見道光《上元縣志》卷一六。

雙星會傳奇序

任　康〔一〕

一自三生有石，都説前緣；誰知五百將期，竟爲孽債。青天碧海，悉人間愁思之窠；織女牛郎，成世上別離之夢。石雖啣去，何處堪塡？酒縱澆來，焉能得解？借洛神而賦怨，托巫雨以言懷。總由愿莫能償，色終難實。拍幻情於檀板，事皆桃葉渡頭；攄舊恨於牙籤，人在牡丹亭上。

況乃曉風殘月，必須柳七之情；才子佳人，正值春三之候。無關並命，空號鴛鴦；惟有同心，方爲蘭蕙。然而命不由人，千秋一轍；事難如意，大抵皆然。江東之楊柳原多，馬偏不繫；湖上之芙蓉詎少，舟莫之搖。以致紅顔蹭蹬，多類窮人；綠鬢蹉跎，無殊失路。珠還洛浦，幾成屈子之冤；月捉滄江，險蹈謫仙之禍。幸而神遊江上，救還水殿金釵；人返樓中，重挂羅幃銀蒜者也。是知簫能引鳳，洵爲秦女之簫；曲到求凰，信是相如之曲。據情宛轉，卻葛洪祕冊，欲有急方；蓄意纏綿，非楊惠家奴，見之便了。然而鐵尚可磨，璧終當合。豈同破鏡，永少圓時？乃值新蟾，定多團日。

讀到傷心之什，人皆可憐之虫。僕本見慣之司空，那當善愁之王子。茶烟禪榻，心枯二十多年；紅豆藍橋，髮白三千餘丈。按宮商而序事，君原是龍門著史之家；藉排偶以言情，我獨愧道子傳神之筆。

庚戌七夕，二田弟任康拜識。

【箋】

〔一〕任康：字二田，號臥雲，舒城（今屬安徽）人。生平未詳。

（雙星會）詩餘

馬光祖 等

一曲春風，目成處癡魂銷矣。才不過荳蔻梢頭，十三而已。便愛文園能賦客，恥談濁世佳公子。得一人知己結同心，甘心死。　沙叱利，真堪鄙；　押衙輩，何人是？拚江頭畢命，命輕如紙。二水波中沉紫玉，五湖浪裏撈西子。問小姑底事恁多情，憐才耳。（【滿江紅】）　上元馬光祖定溪題〔一〕

大笑雲山，我亦歌樓乞食之人。嘆安排翠鬢，常多蹭蹬；　位置紅粉，總不均勻。且閣同心，休談並命，試向三生問個真。姻緣也是，今因未果，還是前因。　傳來字字酸辛，好都把檀槽亂愴神。倘綠珠聽了，腸應先斷；　宓妃解到，魂豈無顰？　碎首庭中，漆容市上，俠骨欣看挾瑟身。長吟去非，水天一部，閒話津津。（【沁園春】）　舒城任康臥雲題

【箋】

〔一〕馬光祖（？—一八〇七）：　字月川，號定溪，別署定溪居士，上元（今江蘇南京）人。邑廩生。性喜遊歷，淹通經藝，尤工詩。著有《笛樓詩稿》、《鍾山遊草》（與孫齡合著）、《定溪詩集》。傳見道光《上元縣志》卷一六。

（雙星會）題詞

嚴　觀等

壽星天上今年見，仙曲人間到處排。自是有情拋不得，因翻舊事記秦淮。

對山〔一〕周甲壽筵開，點綴風光百妓來。昔日花魁今得似，娟娟丰度最憐才。（歲甲辰〔二〕，宜亭先生六十正慶，曾仿對山之意讌客，觀時在座。）

何事愁生遇折磨，一心思逐水中波。此生倘不逢司馬，江上無人識怨多。

文不生波語不奇，羨君才調有清思，梨園自演《雙星會》，子弟無人唱《竹枝》。江寧嚴觀述齋〔三〕

一曲臨風唱《水仙》，可憐春夢已如烟。宵來怕對初生月，愁與清光夜夜添。

天然情性愛清幽，要數羣芳第一籌。直得相如穿犢鼻，文君原自解風流。

玉環豐麗態溫存，滴粉搓酥欲斷魂。怪底新詞多旖旎，探花手筆帶香痕。

昨宵風雨太滂沱，（新詞成日，正在庚戌七夕〔四〕。）天上雙星阻絳河。莫道人間歡會少，神仙猶悵別離多。

新歌只合唱鶯雛，千縷柔情一串珠。除卻臨川老詞客，覺來風味似鵝湖。（蔣鵝湖太史有七種曲，膾①炙人口。）上元邢崑醴泉〔五〕

傾城名士舊知音，幾度紅氍夢裏尋。正是春遊芳草地，花間重見一驚心。

歡娛纔密起風波，迫上離舟恨轉多。燕子磯邊明月夜，滿江秋水葬湘娥。

美人去後翠樓空，瑟瑟西風小院中。公子重來魂欲斷，一籬黃菊雨濛濛。

神仙原自愛多情，能使秦娥死復生。合浦珠還成合璧，雙星佳會本天成。

秣陵烟月倍生春，不羨桃花扇底人。寄語秦淮諸粉黛，大家虔祀小姑神。江寧金增硯雲〔六〕

第一名流第一芳，如今都已入俳場。多情最是神仙術，不負佳人不負郎。

郎爲同心妾爲才，兩人應教會瑤臺。無端好合無端別，引得旁觀淚滿腮。

月缺還能使再圓，小姑今日爲情牽。文園自是求凰客，秦女宜教跨鳳旋。

莫把因緣辨有無，悲歡情態上紅毹。要知一切有爲法，夢幻休言只畫圖。涌峯朱鴻雪泉〔七〕

秦淮花柳颺芳塵，個個鴛鴦戲碧津。謾道春遊浪絃管，琵琶遍感意中人。

自來舊事續前緣，多仗神靈散復聯。不是三生緣法大，那能如愿兩歡然。

人間慣結海山盟，幾似娟娟匪石情。若得一般眞骨相，多才人亦不虛生。

既然氣味擬湘君，浮脆鶯花不入羣。一片心情誰解得，新詞唱出古今聞。江寧嚴長庚芝軒〔八〕

（以上均《傳惜華藏古典戲曲珍本叢刊》第六五册影印清乾隆五十七年種石山房刻本《雙星會》卷首）

【校】

①膾，底本作『會』，據文義改。

【箋】

〔一〕對山：　即康海（一四七五—一五四〇），字德涵，號對山，武功（今屬陝西）人。弘治十五年壬與（一五〇二）狀元，任翰林院修撰。著有《對山集》。生平詳見本書卷十四《沜東樂府》條解題。

〔二〕甲辰：　乾隆四十九年（一七八四）。

〔三〕嚴觀：　字子敬，號述齋，江寧（今江蘇南京）人。嚴長明（一七三一—一七八七）長子。國子生。尤喜金石，編纂《江寧金石記》、《江寧金石待訪目》等。輯《元和郡縣補志》，協助姚鼐分纂《江寧府志》。著有《閱音齋集》、《湖北金石詩》等。傳附嚴長明傳，見《清史稿》卷四八五、《清史列傳》卷七二、《金陵通傳》卷三四、《金石學錄》卷三、《清代樸學大師列傳》等。

〔四〕庚戌：乾隆五十五年（一七九〇）。

〔五〕邢崑：字醴泉，號花農，上元（今江蘇南京）人。諸生。家有緣園，與隨園並稱，梅曾亮（一七八六—一八五六）爲撰《緣園記》。著有《存不存詩稿》。傳見《金陵通傳》卷三六。

〔六〕金增：號硯雲，江寧（今江蘇南京）人。生平未詳。

〔七〕朱鴻（一七六六—？）：字儀可，一字雲陸，又作筠麓，號少梁，又作小梁，一號雪泉，秀水（今浙江嘉興）人。乾隆五十四年己酉（一七八九）舉人，七年壬戌（一八〇二）進士，選庶吉士，授編修。擢御史，歷給事中，出官督理湖南糧儲道。道光十年（一八三〇）後辭官，仍居京師。研精算學。著有《考工記車制參解》。傳見《清史稿》卷五〇六、《疇人傳三編》卷二、《清儒學案小傳》卷一五等。

〔八〕嚴長庚：號芝軒，江寧（今江蘇南京）人。生平未詳。

鳳凰琴（椿軒居士）

椿軒居士（約一七六九—一八四七後），姓名、生平均未詳，蒲江（今屬四川）人。道光十九年（一八三九），已年逾古稀。或以爲即彭體元，號春庵，蒲江（今屬四川）人。道光間貢生，曾任蒲江鶴山書院山長。精易學，著有《易經粹語》。傳見光緒《蒲江縣志》卷三及四川省蒲江縣志編纂委員會《蒲江縣志》（四川人民出版社，一九九二）。參見黄義樞《清代戲曲作者考三題》（《文獻》二〇一〇年第四期）。

撰傳奇六種：《鳳凰琴》、《雙龍珠》、《金榜山》、《四賢配》、《孝感天》、《天感孝》，合稱《椿軒六種曲》，一名《椿軒詩餘》，《古典戲曲存目彙考》著錄，現存同治三年（一八六四）刻本（《傅惜華藏古典戲曲珍本叢刊》第七三—七五册據以影印）。中國國家圖書館另有咸豐五年（一八五五）刻本《椿軒五種曲》，缺《天感孝》一種。《鳳凰琴》傳奇，《椿軒六種曲》第一種。

鳳凰琴序

王承華〔一〕

慨自知音之難也。鐵非柯古，振時孰辨金書；桐不中郎，爨處誰憐清響？故古來豪傑遭逢，英流知遇，令人有千載一時之感。然知一時之音難，而知百世之音尤難。以相如之詞氣淩雲，初上長安，客遊梁國，豈無閨媛足當一盼者？彼以爲琴瑟在御，莫不靜好，必得一知音而後可耳。幸而天立厥配，鳳凰和鳴。聞詩止茂陵之聘，偕老一心；遺稿奏《封禪》之文，同歸百歲。此固一時知音，歷終身而不改其節者也。乃腐史誣以新寡，而文君未聞有前夫；誣以私奔，而相如已先爲貴客。明明王吉作合於前，而卓王孫嫌貧於後，竟使才子佳人，受千古不白之冤。甚至有誣其人，而並誣其地者。如古詩云：『不恨歸來遲，莫向臨邛去。』噫嘻，何太甚也！誰爲此州天地，吐氣揚眉一辨者？

椿軒，蜀人，遍訪遺老，傳聞與史異辭，作《鳳凰琴》十六篇。雲霧齊披，直煥瑤天星斗；山河皆壯，如開福地嫏嬛。不獨爲才子佳人，鳴百代冤也，而才子佳人之身分，皆表白於百世後矣。觀

《擇配》一篇，見相如之身分，而文君之身分自見；觀《議婚》一篇，見文君之身分，而相如之身分亦見。至於《汲井》、《當壚》，雖禦窮而不怨；《題橋》、《賣賦》，終必貴以同傳。則惟兩人能自知之，而非庸俗人所預定者也。若至傳檄歸蜀，而後牛酒交驩，則又古今明眼人所竊笑矣。以是推之，舉凡豪傑英流，一時不偶，遂令千載沉淪者，何可勝慨？此又詞中之別寓深意者也。

予以一行作吏，攜琴來蒲，命澤、淞二子，受業於椿軒門下。因得《椿軒詞集》於署中，捧誦能移我情，揮彈如聞天籟。竊歎當日才子佳人，不過一時知音，而椿軒傳此詞曲，更爲才子佳人，作百世知音也者。予因不揣固陋，弁數語於篇首，併爲之請質夫知音者。

時道光己亥冬至後三日，華亭王承華麗堂氏拜撰。

【箋】

〔一〕王承華：字麗堂，華亭（今上海）人。生平未詳。

（鳳凰琴）跋

何一山〔一〕

自古文章之發，推本性情；詞曲之工，闡揚忠孝。故善作文者，不徒誇繡虎雕龍之技；善製曲者，不僅稱裁雲鏤月之奇。前代才人，工樂府，擅詩歌，已名作如林矣。而要其心花之麗，藉筆花以燦呈；仙手之妍，隨大手而揮灑。自《笠翁十種曲》，以及《廿一史彈詞》諸篇，或近遊戲，或近詼諧。或取諸懷抱，晤言邇室之內；或寄托塵寰，放浪形骸之外。新聲豔曲，換羽移宮，雖足以驚心動魄，而教孝教忠，發明義士烈女之概，猶未盡聞焉。

今觀椿軒先生，年逾古稀，精神矍鑠。鵬程萬里，名分貢樹之香；燕翼百年，庭毓芝蘭之秀。覽其平日所作文章，風清雪亮，能冠一時，而尤工於曲譜。全集無訛，開卷有益。鸞笙鳳笛，引出忠臣孝子之心；燕語鶯聲，寫成《白雪》、《陽春》之調。不惟悦耳，兼可悦心；既能教家，亦堪教國。乍誦之，其聲清以長，其韻疏以越，神怡心曠，觸處有手舞足蹈之機。及細探其條理，精究其本原，始知義澈循環，窮通識天人之奥；道窺造化，感應極古今之靈。非有錦心繡口者，不能道隻字；非有善根福量者，不能達深情。此所謂天下之至文也。至文可以教化庸愚，更可以曲成豪傑，其爲益豈淺鮮哉！閲者慎毋執管窺蠡測，而概以鶯簧蝶板棄之也。

前任四川提督學院何一山跋〔二〕。

（以上均《傅惜華藏古典戲曲珍本叢刊》第七三册影印清同治三年刻《椿軒六種曲》所收《鳳凰琴》卷首）

【箋】

〔一〕何一山：即何桂馨（？—一八四八後），字一山，號見復，或作字見復，號一山，吴縣（今江蘇蘇州）人。嘉慶二十三年戊寅（一八一八）舉人，二十五年庚辰（一八二〇）進士，選庶吉士，散館授編修，改内閣中書、刑部員外郎。道光十七年（一八三七），提督四川學政，二十年離任。官至陝西道監察御史。工書畫。傳見《皇清書史》一三、《詞林輯略》卷五、民國《吴縣志》卷七〇等。

〔二〕此文當爲《椿軒五種曲》總跋，置於《鳳凰琴》傳奇卷首。

鳳凰琴題詞（二）

椿軒居士

答雙槐堂題詞原韻（七律四首）

百代文章百樣傳，詞壇布席豈容專？南舟北馬琵琶路，往古來今蝜蝂年。因奪酒杯澆壘塊，敢將詩草夢昭宣。莊周一本逍遙曲，聊補《齊諧》演目前。

先生寶劍別雌雄，能劈泱泱表海風。名利逋逃蓬島上，乾坤笑傲草堂中。樵歌愧我山容瘦，漁笛逢人水調工。安得坡仙豪氣吐，關西大漢唱江東？

君才十倍氣超然，贈我詩牌五鳳箋。度曲如逢張子野，論文齊拍米家船。同心且悟拈花笑，焦尾能彈顧影憐。萬古詞人長不老，紅娘白馬再生緣。

聽說雙槐數仞堂，可容鶯燕羽衣忙。妖韶老女三分態，綽約名花一段香。都付紅牙隨按拍，須開青眼費平章。知音戛擊高聲價，金重錚錚石重琅。

再答雙槐堂題詞原韻（迴文二首，分爲四首）

東山正樂雅音傳，律協詞場一念專。工曲有歡追去日，拙詩無巧乞來年。中聲逐隊歌攜手，上客觀樓舞拍肩，風大劈開花陣筆，雄雌兩劍試軍前。

前軍試劍兩雌雄，筆陣花開劈大風。肩拍舞樓觀客上，手攜歌隊逐聲中。年來乞巧無詩拙，日去追歡有曲工。專念一場詞協律，傳音雅樂正山東。

琅琳聽響問何然，振玉推敲百字箋。章斷取來縫月夜，唾餘吹去拾花船。香生綺語嬌迎笑，態舞輕腰細見憐。忙步學他催鉢擊，堂槐入夢結詩緣。

緣詩結夢入槐堂，擊鉢催他學步忙。憐見細腰輕舞態，笑迎嬌語綺生香。船花拾去吹餘唾，夜月縫來取斷章。箋字百敲推玉振，然何問響聽琳琅。

謝太平散人題詞（迴文二首）

霞餐老友隱川西，合氣神交善考稽。花好有香尋酒泛，筆停無句索詞題。斜陽舞袖雙飛蝶，夜月歌聲數聽雞。華藻擅長音絕妙，家專樂府韻思齊。

齊思韻府樂專家，妙絕音長擅藻華。雞聽數聲歌月夜，蝶飛雙袖舞陽斜。題詞索句無停筆，泛酒尋香有好花。稽考善交神氣合，西川隱友老餐霞。

家通妙處各東西，玉刻紅樓小唱低。斜燕傍簾新試曲，彩鸞描筆舊標題。花花有眼誰看盡，草草無心我剪齊。華國播歌高士韻，紗輕好得浣清溪。

溪清浣得好輕紗，韻士高歌播國華。齊剪我心無草草，盡看誰眼有花花。題標舊筆描鸞彩，曲試新簾傍燕斜。低唱小樓紅刻玉，西東各處妙通家。

謝答雙槐堂題【菩薩蠻】詞迴文即用元韻

好交儒雅風塵掃。掃塵風雅儒交好。多人閱世摹。摹世閱人多。　解愁眞我在。在我眞愁解。深意寄長吟。吟長寄意深。

附錄雙槐堂題椿軒詞集用【菩薩蠻】迴文

好詞新咏閒愁掃。掃愁閒咏新詞好。多情儘揣摹，摹揣儘情多。　解人何處在。在處何人解？深致雅孤吟。吟孤雅致深。

謝長秋堂題詞（迴文一首）

低聲苦唱近優家。大筆扶來出窨花。堤柳聽鶯呼日曉，浪桃翻燕舞風斜。　題詞把管雙眸點，繪像尋圖一手叉。攜袖兩人詩結伴，齊思好義有投瓜。　瓜投有義好思齊，結伴詩人兩袖攜。叉手一圖尋像繪，點眸雙管把詞題。　斜風舞燕翻桃浪，曉日呼鶯聽柳堤。花窨出來扶筆大，家優近唱苦聲低。

謝桂香堂題詞（迴文一首）

知心一友桂馨堂，正樂音清洗俗腸。巵酒把交濃淡客，鏡花探照盛衰郎。　詞評妙許通官印，曲譜新開大國香。奇法說來如補衮，詩家幾咏屢年康。　康年屢咏幾家詩，衮補如來說法奇。香國大開新譜曲，印官通許妙評詞。　郎衰盛照探花鏡，客淡濃交把酒巵。腸俗洗清音樂正，堂馨桂友一心知。

謝左錦堂刊詞（迴文一首）

仙花繡字錦爲堂，巧織因心印好章。天滿瑞星占戶牖，地鋪明月叩門牆。　錢投善價金針度，鏡照平衡玉尺量。箋鳳吐來豪氣俠，肩雙荷義大搜囊。
囊搜大義荷雙肩，俠氣豪來吐鳳箋。量尺玉衡平照鏡，度針金價善投錢。牆門叩月明鋪地，牖戶占星瑞滿天。章好印心因織巧，堂爲錦字繡花仙。

【箋】

〔一〕底本無題名，據版心題。

（鳳凰琴）題詞三十二首集本詞句

長秋山人〔一〕

仙骨誰能刮目看，瑤琴休對俗人彈。騎驢空上梁州道，少個知音立腳難。
肥馬輕裘陸地仙，品高珠履客三千。名花有榜終無考，且近瑤池一洞天。
情根仍舊種鄉關，千里梁都一日還。卓府嬌娥眞絕豔，大家登望小巫山。
再訪天台別樣春，亭亭一捻女兒身。眸凝秋水因誰媚？要有仙緣訂夙因。
歌姬舞女侑稱觴，誰嚼詩書意味長。一朶芙蓉相掩映，月宮橋上待仙郎。
窈窕身如芍藥姿，自叉雙手問心期。繡幃新試蓮幫窄，嬌欲人扶可倩誰？
讀到燈花幾次挑，香閨清課太孤高。金橋全仗慈悲法，一對神仙燦九霄。
寶蓋端憐節義花，嬌羞面帶夕陽霞。新愁消滿三千字，險使香軀喂虎牙。
瓊樓忽降校書仙，英俊文章出少年。運貝擔金塡學海，慶雲高出太丘巔。

能統花箋萬字軍，十年無日不思君。華堂四照輝生壁，吐出蓬萊五色文。
影裏情郎巧寄詞，珠璣滿幅燦花枝。千金一字龍蛇體，祇恐今番是破題。
不及東牀第一仙，終防玉帝索天錢。難求白璧開金屋，連理交花笑獨眠。
何事臨行苦皺眉，空思鸞扇寫星期。鷄聲一唱花魂動，怕覓紅梅不見枝。
五色天中現女媧，慧刀砍去一枝花。溫柔臉似芙蓉麗，莫使紅衫濕透紗。
何處《霓裳》舞曲新，天橋親會月中人。仙郎笑對嫦娥面，萬古良宵第一春。
比目魚兒眼笑開，神交自不隔形骸。兩人堪並詞壇轡，綠綺紅絲絕妙才。
天不雨金雨粟來，爲郎辛苦自和諧。揮毫萬寶花箋現，任你櫻桃口自開。
仍向臨邛策馬來，佳人才子兩招牌。鳳窠變作鷹鸇宅，嬌鳥啼花便可哀。
酒亭香色裊茶烟，勝賣瓊漿第一仙。誰向壚邊開醉眼？春風吹動杖頭錢。
萬斛珠璣握管揮，田園今已主人非。儷皮倒贅乘龍客，權向朱門一壯威。
上達瑤宮一洞天，玉皇謫下掌書仙。生來龍女賠珠寶，惟讓才人種硯田。
鐵硯磨人骨自堅，花星捧下好姻緣。豪華如做龍宮壻，百兩韓侯載奕篇。
策擁鵬程且占先，文章登第勝登仙。《霓裳》曲聽雲千仞，定有洪崖笑拍肩。
偷得香奩手段奇，無官總是縮頭龜。儒生腰帶龍泉劍，喜透心窩不自持。
曾坐朝廷博士銜，支機何處贈仙槎？兔毫雄吐文章獻，得采龍門富貴花。

五車三篋出心裁，都讓斯人一石才。換得黄金千兩去，須知天酒釀仙臺。
春風入帳卜前宵，臣爵加陞賦價高。要撲仙蛾騎駿馬，塡成雲漢一弓橋。
空憶嫦娥月裏眠，儒臣齊列大羅仙。重修帝子黄金屋，勝似彌陀降九天，
賦價千金補一官，高騎白馬紫金鞍。行人遥指長安道，世態炎涼掉首看。
峨嵋毓秀産名賢，爭覩仙官下九天。一筆縱横驫繭紙，卻教文武印雙懸。
朝廷官誥贈紅顔，並轡還鄉咫尺間。頭上何知珠翠貴？金粧玉裹自幽閒。
補就從前缺陷天，花開並蔕貌增妍。一家團聚心頭塊，聽到乾坤萬古仙。

（以上均《傳惜華藏古典戲曲珍本叢刊》第七三册影印清同治三年刻《椿軒六種曲》所收《鳳凰琴》卷末）

【箋】

〔一〕長秋山人：姓名、籍里、生平均未詳。

雙龍珠（椿軒居士）

《雙龍珠》，椿軒居士撰，《椿軒六種曲》第二種，著録、版本詳見《鳳凰琴》條解題。

（雙龍珠）題詞八首集本詞句

闕　名〔一〕

桃花浪裏拂春風，如飲鷹揚御酒紅。親向軍門窺虎豹，天仙妙筆果神通，
如虎如熊氣象豪，爲卿金屋貯阿嬌。紅顏美盼生成樣，一對瓊花玉樹交。
爭傳此地將星高，請得天兵下九霄。夫壻封侯眞貴相，月明人望鵲仙橋。
撥開雲霧見青天，要有心花種福田。一任御溝佯塞倒，牛郎織女兩飛仙。
誰挽天河洗戰袍，同將壯氣上衝霄。紅星大炮雷霆響，朱雀回頭向彼嚎。
不避蛟龍氣自豪，虎頭燕頷是班超。朝廷都說將軍貴，方顯天威不可撓。
大將干城輔聖朝，一鍼定海息波濤。材兼文武天神降，方護江山鐵統牢。
聖神天子不臨戎，兵部權衡大小功。全仗皇威平小醜，萬機宵旰理朝中。

（同上《椿軒六種曲》所收《雙龍珠》卷末）

【箋】

〔一〕此八首詩疑爲長秋山人撰。

金榜山（椿軒居士）

《金榜山》，椿軒居士撰，《椿軒六種曲》第三種，著録、版本詳見《鳳凰琴》條解題。

金榜山序

壽　亭〔一〕

古者詩發乎情，止乎義，乃天地自然之樂也，不拘四字成句，而古樂府作焉。古樂府流爲詞曲，實根夫《三百篇》。《魚麗》前三章，而短句居半；《伐檀》二十七句，而長句居多；《周頌》三十一篇，而長短句居其十八。長取其聲之寬和，短取其聲之促節。故古樂府以詞付樂工，其中工尺之抑揚，自使其聲合拍。然詩盛於唐，詞盛於宋，曲盛於元之北。北曲不諧於南，因有南曲。南北各十七宮調，而北曲雜劇數百種，南曲惟《幽閨》、《琵琶》二記。明太祖獨稱《琵琶》如珍玉百味，富貴家不可缺者，以其有裨風教也。自是瓊臺丘濬撰《五倫全備記》三本，凡二十八段，所述皆名言，雖詼諧而不失其正，蓋丘文莊公假此劇場以勸善耳。近時惟鉛山蔣心餘，所刻有《九種曲》，及病痺，右手難書，尚有左手所撰十五種曲，未刊，皆以節、孝、忠、貞命意，能主持百世名教，不似王實甫所撰《西廂記》、李笠翁所撰《十種曲》，徒作豔情取快也。

予三上公車，歷秦晉，到都門，□①棲十載，得與諸名士閒習韻府。復遊齊魯，觀山望海。自吴楚歸，胷中塊壘，苦無由澆。忽得椿軒兄《金榜山》詞曲，勝覽名山大川，而勃發其奇氣，因欲付諸梨棗。

而或謂吾蜀人，只用川調，不諧南北本腔。豈知《南北九宫譜》，皆中原音韻，世所通行之譜也，豈蜀人獨不能用乎？且吾蜀李青蓮，律詩與杜齊名，而尤工於樂府，讀之奇才絶豔，飄飄如仙子御風。故王漁洋有《聲調譜》，李詩居半。而後之作詞曲者，皆以青蓮之【菩薩蠻】、【憶秦娥】爲開山鼻祖。至宋而詞派愈多，然皆柔媚女郎，爲鶯聲燕語，以聒人耳目。惟眉山東坡，則關西大漢，操銅琵琶、鐵綽板，唱『大江東去』，如曲中之有【混江龍】。至明時，成都楊升菴詞品更爲雋豔，著有《詞林萬選》。後又將廿②一史編爲彈詞，讀者皆謂王侯之榮、神仙之樂，無過於此。近時綿州李雨村萬卷樓，藏有常熟吴訥所彙《宋元百家詞》，並汲古閣③所刊《六十名家詞》，及南湖張綖《詩餘圖譜》一百五十一調，著有《雨村詞話》四卷、《雨村曲話》二卷，是又詞曲中之涵海集也。

總之，元聲本之天地，至情發之人心，音韻合之宫商，格調協之風會。風會一流，音響隨易。有能主持風化者，嘻笑怒詈皆文章，而豈拘拘换羽移商，務爲豔冶以悦人耳目哉！兹《金榜山》一書，吾以爲元時高則誠之《琵琶記》也可，以爲明時丘瓊山之《五倫全備記》也可，即以爲近時蔣鉛山之《九種曲》也，亦無不可。

時道光己亥年七月七日，弟壽亭謹撰。

（同上《椿軒六種曲》所收《金榜山》卷首）

【校】

①此字左半殘，右半爲『奇』。當作『倚』。

②廿，底本作『日』，據文義改。

③閣，底本作『圖』，據文義改。

【箋】

〔一〕壽亭：姓未詳，四川人。屢試不第，遊歷天下。

金榜山序

華日來〔一〕

道光壬寅，余蒞任蒲邑，初建考棚，得邑紳耆同商厥事。時有明經號椿軒居士，年逾七旬，丰神瀟灑，矍鑠哉是翁也。越翌日，得其所輯詩餘六種〔二〕，有《金榜山》四卷，爲巴州張曙填詞。繪影繪聲，讀之脱口生香。時而鶯燕鳴春，又時而雷霆鳴夏。雖其改絃易曲，仍如璧合珠聯。至所名《金榜山》，幾疑蓬萊浮海，可望而不可卽。

乃今歲餘〔三〕，余得由蒲邑來署巴州篆，見城西有《張狀元神道碑》。而《州志》經兵燹後，無考矣。詢諸鄉紳，或言張狀元父名俊，官禮部，早亡。其伯父名偉，官吏部，攜曙由河南遷蜀，從師崔昭偉，爲蜀狀元。其言無世代可稽，僉曰：張曙父名全仁，與河南尹張全義爲伯仲。全仁見中原荒亂，攜家往蜀，得陶朱公之術，家資鉅萬。艱於子嗣，三散千金，晚年生子名曙。唐昭宗龍紀元年，廷試第一。適有受恩之汪宗範，爲曙座師，養二義女，招曙爲壻。今城南金榜山，尚有狀元讀書臺，詩人詞客，往往結社於斯。此言較前説尤多引據。『三人占，則從二人之言』，其斯爲椿軒之藍本乎？

余於公暇，三復椿軒詩餘，如看名花，迎眸欲笑，如食諫果，回味彌甘，皆妙得詩人美刺遺意。即此《金榜山》一種，亦風亦雅，可誦可銘。喜怒千聲，無非一闔一闢；媸妍萬狀，衹此一勸一懲。因爲弁數語於篇首云。

滇南華日來撰並書於州署之西軒。恩進士巴州張文熙校正〔四〕。

（同上《椿軒六種曲》所收《金榜山》卷首）

【箋】

〔一〕華日來：號東瀛，昆明（今屬雲南）人。道光元年辛巳（一八二一）舉人，大挑知縣，分發四川，歷署內江、安縣、高縣。二十二年（一八四二），授蒲江知縣。次年攝巴州知州。以外艱歸，没於鄉。著有《山館學規》、《蒲江團練規約》、《山館偶存》等。傳見光緒《雲南通志》卷一六九、《新纂雲南通志》卷二二五、《續修昆明縣志》卷四等。

〔二〕詩餘六種：當即《椿軒六種曲》。

〔三〕乃今歲餘：即道光二十三年（一八四三）。此文作於是年。

〔四〕張文熙：巴州（今屬四川）人。恩進士。生平未詳。

《金榜山》題詞八十首集本詞句

蒲泉漁叟〔一〕

蕊珠銀榜挂嵯峨，笑抱徐陵向頂摩。題塔誰稱天下士，平安全仗聖恩多。
明月清風泗水濱，烟消日出渡行人。崑山片玉從今種，文曲星官嫡派真。
乾坤如錦繪春臺，香閣還生女秀才。訪得梁鴻方舉案，且粧林下美人來。
嬌鳥嗁花獨可哀，離娘幺鳳墜巢來。慈悲光徹天陰曉，花抱人家柳抱街。
翻雲覆雨打雙鴛，忍使糟糠棄昔年。家寶須知陰隲貴，完他節義荷香肩。
要爲兒孫種慧芽，千秋義俠女朱家。用錢來買賠錢貨，如侍頭陀聽《法華》。
爲謝金鈴巧護花，千人父母萬金家。定攜星子投懷喜，搭座雲梯取與他。
佳偶團圓借重佗，深深垂拜舞鸚哥。無容再射如臯雉，千里家駒出舊窠。
飢鴻不忍聽哀嗷，神力扶來一座橋。栽得善根成智果，別開生面喜眉梢。
仙丸滿贈藥王瓢，扁鵲華佗技本高。世事難填精衛海，降魔鞭乞法王敲。
百花富貴萬家春，義氣包纏一館人。如鑄顔淵雕宰我，誰家與汝誨諄諄？
拜孔揖顔悟入神，書儲萬卷不爲貧。嫏嬛福地龍爲犬，沒字碑兒愧薦紳。
青蚨飛買百花春，倏忽陰霾辨未真。不便鵲橋尋月老，忠魂補報石麒麟。

自忖鶯花幾度春，弓鞋逐日踏香塵。鳳冠無礙承鸞誥，結髮梳來定夙因。
簇簇爭看賣武人，從戎方得破黄巾。龍驤虎翼英雄隊，釵挂珠翹出畫輪。
千里樓船萬櫓搖，晝江添座女郎橋。花封鳳誥皆由命，别向仁天活一遭。
香衫濕透换征袍，愁破雙眉可再描。一入侯門深似海，驚魂未插馬鞍標。
誰染青袍柳汁新，手扶日月履星辰。沙場須念君恩重，競向吴宫教美人。
男兒才氣女兒身，舞劍傳鎗技入神。盡掃狼烟歸樂土，霎時雲鬢臉生春。
何人俠氣贖蛾眉，侍宴傳杯唱尉遲。千里龍駒天上降，雙招虎女夢熊羆。
淡掃蛾眉柳眼新，互粧才子配佳人。秋波轉盼嫣然笑，得箇仙郎御畫輪。
老蚌擎來掌上珠，桑榆端賴子孫扶。同居二女先盟證，巾幗偏多女丈夫。
五車文繡結姻緣，皇帝媒紅不用錢。恩重如山填愛海，鷄籌唱後便朝天。
定宴瓊林第一人，門閭喜氣繪朱陳。穩騎馬背穿雕鶚，月姊花姨兩笑顰。
金榜山中一洞天，春闈已許繡雙鴛。玉梳今把鸞書報，富貴時來便若仙。
郎君玉帶錦袍新，惹得嫦娥笑轉顰，一對金花分插朶，傳臚自會月中人。
鏡中雙照比肩人，相與綢繆賦束薪。强似揚州身跨鶴，巫山神結水仙鄰。
藕池雙發並頭蓮，一幅心肝照兩邊。盼右有人還顧左，雞窗似品聚談天。
暖浴鴛池靖鸛鵝，依依執手笑顔和。談兵布陣男兒事，帥字旌旗借重佗。

萬古情天又此宵，金簪有福挂珠翹。臺支雙鏡花前坐，百樣溫存萬種嬌。
寶鏡重圓且待磨，同心侯印鑄如何？英皇歲月無分閏，驥子徵蘭德里多。
還有梨花伴海棠，平分春色鬧東牆。山名金榜巍峨起，月裏高栽桂樹香。
人到窮途自有天，催粧贈玉指藍田。金甌雖缺還能補，春水鴛鴦怎倒懸？
人心須補女媧天，豈斷紅絲一線牽？嘉耦使珠還合浦，梅花空羨小臞仙。
水淨沙明洗佛心，普陀龍女拜觀音。涸魚皆得憐枯槁，一點酸辛一寸金。
施恩完節育賢郎，賀客還聞襁褓香。萬斛珠璣填愛海，仙娥同嫁詠《霓裳》。
夏禮南方火焰高，餓夫皆泣野田焦。回朝人過長亭棧，累你奔波票怎銷？
文章造命在宗經，能掃千軍用最靈。只要細心無草草，筆鋒精鋭走雷霆。
士皆文雅質彬彬，忽擴胷襟夢亦眞。馬帳生徒聞女樂，紅絲可是有冰人。
雞聲未唱月輪高，世譜宜從老子鈔。鳳閣鳴珂如有分，更揮龍虎謫仙毫。
慣讀男兒寶劍篇，英雄百戰更加鞭。開門驚見仙娥到，情緒何當兩處牽。
關門誤聽老僧敲，愁鎖眉頭倦折腰。要試山中高士臥，羞將翡翠戲蘭苕。
春風擺柳小蠻腰，娘子釵裙第一遭。欲向福田施步履，相如未把綠琴挑。
寶船風逆葬江潮，路又艱難腹又枵。天地現身能說法，骰盆今後莫呼么。
玉書傳詔掃羣妖，十萬貔貅意氣超。馬上一鞭人去矣，何時奏凱伴漁樵？

配就鴛鴦兩處分，蛾眉駿骨總空羣。校書燈火千金夜，紅袖談兵亦奏勳。

紅線軍中校字眞，羲文八卦妙如神。封侯恨不爲男子，御酒宮花賞賜新。

天書三卷費推敲，大將壇兒築漢高。斬盡么魔消瘴霧，能從此地逐烏號。

綠林今日竟孤窮，殲厥渠魁第一功。離亂還能歌凱樂，盟心報國是精忠。

明夷大首不占空，還是沙陀獨眼龍。那使郊關烽火起，好頭項上砍青鋒。

輕薄楊花落滿郊，山程又换水程遥。武臣無事彈棋坐，利鎖名韁斬慧刀。

心田留與後人耕，長挽天河洗甲兵。帥府兼行蘭省事，一枝仙桂月中生。

書囊皆許有肩挑，館值三餐總寂寥。天子門生朝鳳闕，出頭還要借官僚。

善果栽培發自天，酬恩果得選青錢。風雲際會瞻龍虎，枕繡花花幾箇鴛？

只在君親兩字全，擔囊負笈幾登仙。曲江宴賜紅綾餅，獨結張華未了緣。

鑄出書癡百鍊堅，銀河待渡鵲橋仙。安排夜月雙輪照，命制朝廷那得專？

祥烟篆出九疇來，攜得春風滿袂回。雙引美人呼姊妹，雀屏圖書選郎材。

鎮日仙人白玉樓，珠圍翠繞即封侯。長橋有鵲塡河漢，迴倚紅鸞笑不休。

引鳳乘鸞訂夙因，便將螽羽詠詵詵。才郎合與雙娥伴，鴛枕如何對麗人？

下界都從慧眼過，菩提花發善人多。知幾彖象通神妙，鐵筆無私信口呵。

張冠李戴貌相殊，魑魅如逢九鼎圖。筆伐口誅文字鋭，天人公案判幽都。

神道通來萬事和，豐登墨稼賽農歌。種瓜種豆分疆界，席上津津齒頰多。
善人功德許多條，可向詩篇次第鈔。忠孝文章能立命，仙官亦且奏天曹。
善根同許發心苗，義氣能將萬姓包。五百英雄齊引領，可從太上對仙曹。
淑氣祥風鼓太和，張仙挾彈釋迦摩。龍門春暖觀魚跳，長聽千年鼓枻歌。
栽培佳士漸薰陶，須看房門肅靜高。古藻繽紛搜誥鼎，都宜奮力拔前茅。
贏得風流骨髓銷，森森電目照天條。女兒學演軍中陣，氣作山河壯本朝。
取我香閨女秀才，貞魂已過界牌來。輕描人曰梅花額，對鏡難將妙用猜。
喬枝且把女蘿牽，鹿撞胷頭欲問天。前後要知因果事，莊周夢蝶悟飛仙。
三秀無根雨露叨，南山木接北山條。雙招兒女添肝膽，如轉娘胎別樣嬌。
慧眼遥觀萬里途，清官定把善人扶。重生父母垂恩鑒，不忍巢中墜鳳雛。
林深借一鳳凰柯，終日相看色笑多。東院花移西院種，月逢三五鏡光磨。
吾皇有道格蒼穹，命將專征膽氣雄。牛酒犒來家醉飽，陰符伏讀幾家通。
雲端指點女蒙童，殲厥渠魁第一功。鐵券公侯新定爵，梟雄首級賣天公。
誰儲文武策三條，柳汁還能染緑袍。千里一絲成眷屬，書田種出玉人矯。
文光一道射青霄，猶是書生意氣豪。賜得名花探上苑，天官來聽月明簫。
侍宴傳杯唱尉遲，磨人鐵硯竟相隨。雙珠暫別心如割，可有襄陽墮淚碑。

紅袖知兵女丈夫，長亭分咐事翁姑。德門善果花星照，轉借鸞巢請鳳雛。
赤繩今已繫雙鴛，一對明珠記事仙。要帶文房忠孝印，堯眥采徹九重天。
歸程漸覺舊人多，猶爲同鄉保太和。學問一囊天地寶，金山萬古榜長柁。

（同上《椿軒六種曲》所收《金榜山》卷末）

【箋】

〔一〕蒲泉漁叟：姓名、籍里、生平均未詳。

四賢配（椿軒居士）

《四賢配》，椿軒居士撰，《椿軒六種曲》第四種，著錄、版本詳見《鳳凰琴》條解題。

（四賢配）題詞四首集本詞句

闕　名

書中自有玉人嬌，未種藍田見一遭。合璧眞能如日月，良緣纔締鳳凰交。
朋友師生講節操，千秋大義一肩挑。美人自睡雙鴛枕，願借神靈掌戒刀。
遣將當先破賊巢，兵書腹裏自推敲。江山鐵統天威壯，一點丹心日月高。
同挑鐵擔比肩行，『名教中人』四字榮。玉骨冰肌天可表，乾坤正氣浩然生。

（同上《椿軒六種曲》所收《四賢配》卷首）

孝感天（椿軒居士）

《孝感天》，椿軒居士撰，《椿軒六種曲》第五種，著錄、版本詳見《鳳凰琴》條解題。

孝感天序

雷承厚〔一〕

漢文帝時，塞外賓服，海内豐饒，眞所謂太和之氣在成周間者，至此而乃得一見也。惟德動天，傳奇者管中窺豹，其於天人感應之精，僅得一斑耳。呂祖紀『二十四孝』，首舜，次漢文帝。夫以文帝爲高帝側室子，當諸呂危劉之際，能奉高廟而宗祖享之，能傳漢統而子孫保之，與舜爲大孝，而位禄名壽之必得者，固後先輝映。然執是以傳奇，則天下一人而已，百姓之孝何與焉？但傳其母病三年，衣不解帶，此庸德也，無論貴賤，皆人子分内事也。

誠至格天，天欲覆之而不能，天不欲培之而亦不能，則雖至庸而實至奇。何者？今之演義，有司馬茂，爲半日閻羅，放韓信、彭越、英布降世，爲魏、蜀、吳之君，同分漢鼎。椿軒據此爲藍本，謂天欲誅高帝八男，以償族滅功臣之命。故文帝未立，而慘亡者六人。及立帝，而淮南厲王亦以僭制廢誅。是七男皆不令終，獨文帝以孝得免焉，且延漢家四百餘年之祚，此非以庸德而造其奇者哉？然高帝爲前帝王予民守家，不絕人後者，天亦不絕其後，此文帝所以得延高廟也。若項羽竊食高廟犧牲，是無廟享而餒者也。秦冤卒獲絪之，以報坑死之仇；王子嬰迭撻之，以報殺降之仇；秦始皇剝衣撻之，以報掘墓之仇。此發人所未發，而要非虛言也。天之報施，原不爽也。試思大掠咸陽之時，載千珠萬寶而東也，豈料烏江自刎，後人無一滴之奠九泉哉？凡爲世間大盜，劫殺自雄，定作泉下餒囚，沉埋自苦。宜傳奇者痛傳之以警世也。若秦始皇，滅六國，築長城，建阿房宫，不數載而化爲丘墟，今之求田問舍者，亦自知之，何必與之傳其奇？獨奇其無後爲不孝之大耳。拒扶蘇坑儒之諫，而出之在外，至使胡亥矯詔誅之，以襲帝位，併誅其公子十二人，公主十人，而始皇無後矣。烏知天非假胡亥之手，誅此公子、公主二十餘人，以償儒生四百六十餘人之命哉？吾觀此而不禁拍案驚奇曰：『始皇坑儒，斬祖宗澤，把子孫埋，不孝之罪通天矣。』知天誅不孝之罪，卽知天必賞孝子之功。諸王聲色是娱，天不祐之固也。觀《訴廟》一篇，聲滿天地，諸王當自覺悟矣。

若史稱惠帝得四皓羽翼，其仁孝何不可感天？則以呂太后之好殺促之也。於此見薄太后之能防妒，而教文帝以遠避爲可傳也。傳稱趙王爲文昌化身，其孝友何不可感天？則以戚夫人之過寵累之也。於此見薄太后之早出宫，而教文帝以禮讓爲可傳也。觀《辭趙》、《辭燕》二篇，文帝之孝傳，而薄太后之賢亦傳，則以此詞爲諸王說法也可，卽以此詞爲后妃說法也，亦無不可。

蒲令茀庵雷承厚敍。

（同上《椿軒六種曲》所收《孝感天》卷首）

【箋】

〔一〕雷承厚：號茀庵，澧州（今湖南澧縣）人。嘉慶十三年戊辰（一八〇八）舉人。道光二十七年（一八四七），任蒲江知縣。咸豐三年（一八五三），任湖南湘潭縣教諭。傳見光緒《蒲江縣志》卷二、《湖南通志》卷一二七等。

（孝感天）題詞八句集本詞句

長秋山人

赤龍繞斗下瓊樓，一統山河壯帝猷。逐鹿羣雄揚虎拜，娥姁剛毅戮王侯。
嚴威馭下鎮龍臺，到此天宫對案來。過戮功臣冤索命，依依執手訴情懷。
先皇留下眾形骸，難照朝堂相將臺。使汝兒孫皆短折，此中天意看將來。
八男幾盡喪殘生，何遽冤誅氣不平？無過偏遭三尺劍，誰知理數酌虚盈。
代郡藩王不負吾，鵰鶚切勿逐慈烏。恩勤鬻子深如海，歸養私情遂得無。
萱堂築有望兒臺，滿馬鄉心怯又猜。配得令妻扶壽母，家庭樂事性中來。
諸色皆空絕妙才，堂前白髮笑顏開。童絲繞膝尋香玩，萬里青天一鏡臺。
青宫第一孝爲優，天上權衡自運籌。大漢江山長不滅，推來理數德宜修。

（同上《椿軒六種曲》所收《孝感天》卷首）

天感孝（椿軒居士）

《天感孝》，椿軒居士撰，《椿軒六種曲》第六種，著錄、版本詳見《鳳凰琴》條解題。

天感孝序

雷承厚

《詩》云：『陟降厥士』，天無事不在也；『曰監在茲』，天無時不在也。而假鬼神以降祥降殃，視之弗見，聽之弗聞，誰知其體物而不遺哉？今《椿軒詩餘》，有《天感孝》一册，若天諄諄然命之者，體聖人神道設教，以濟王法之窮者也。善念生而吉神擁之，惡念動而凶神隨之，天報如影隨形，如響應聲，爲惡不可幸逃，爲善自有最樂。然萬物皆本乎天，百行莫大乎孝。不孝則獲罪於天，固無論已。若孝之媲美於古大舜者，惟漢文帝，母病三年，衣不解帶，孝可感天，而天亦自感孝。使之養親，則養之至也；使之尊親，則尊之至也。而又得竇后之孝，以爲之配，讀史者謂有天命焉。若演諸優場，非獨文人學士快目也，卽婦孺亦將感動，而謂天之報施善人不爽也。至見諸呂之惡報，則又怵目警心，如鏡照影，孰不嘆惡果不可爲，而天果不可欺耶！此亦神道設教之一助也。

蒲令苐庵雷承厚敍。

（同上《椿軒六種曲》所收《天感孝》卷首）

（天感孝）題詞集本詞句

長秋山人

花開福壽在心田，只有精誠可動天。帝后還成雙孝配，神媒合拜九重仙。
外戚雄封大國王，權專將相震朝綱。殺人如彘今相報，全要青天作主張。
長扶漢鼎大英雄，論爵封侯百戰功。誰想凱歌歸飲後，皇孫端坐九重宮。
齊王本是嫡皇孫，劉澤同謀大業成。孝子偏能通帝謂，暗施反間有長庚。
母族原多險惡人，起兵況復氣難馴。不如仁孝臨天下，猶把功勞念舊臣。
只因雌后反爲雄，外戚專權帝亂宗。大寶無人勝重任，文皇孝德感蒼穹。
清宮盡滅吕家人，鎮殿還資大漢臣。請與諸官相問訊，代王仁孝可居尊。
大物終歸信有神，上安宗廟下安民。兒孫長坐乾坤殿，入繼高皇嫡派眞。

（同上《椿軒六種曲》所收《天感孝》卷首）

柴桑樂（方輪子）

方輪子，姓、名、字未詳，如皋（今屬江蘇）人。或疑爲江蘇如皋貢生江大鍵，待考。撰傳奇《柴桑樂》，周妙中《江南訪曲錄要》、莊一拂《古典戲曲存目彙考》著錄，現存嘉慶三年（一七九八）序稿本。參見孫書磊《〈柴桑樂〉稿本及其作者考辨》（《南京圖書館藏孤本戲曲叢考》）。

（柴桑樂）序

南園抱甕子〔一〕

余官鹽曹者九年，今告歸，又六越寒暑矣。悟宦海之①浮沉，識人心之冰炭。閉門養拙，築室避囂，性愛種蘭②與菊。其尤癖者，夢魂常在氍毹間，一日無此，則嗒然如喪其偶。家有小部梨園，時演舊劇，日久厭常。

南鄰方輪子，老名士也。詩文之餘，更善元人之技。時過小園，相與較訛正舛。戊午晚秋〔二〕，籬間黄菊燦然，同飲花③下，忽發塡詞之興。即陶淵明先生故事，共數晨夕④，一月得劇八齣，命名《柴桑樂》，手付家伶演歌之。□□□人下酒物，非所以悦衆行世也。止⑤八齣者，淡□□□，如太羹玄酒，飲之可以導和解□，遺世忘名，洵莊周⑥之《養生主》也。觀者若以傳奇目之，誤矣！

時嘉慶三年十一月長至前六日，南園抱瓮子並書於課菜樓。

（清嘉慶三年序稿本《柴桑樂》卷首）

【校】

①之，底本漫漶，據下文補。

②蘭，底本漫漶，據文義補。

③花，底本漫漶，據文義補。

④夕，底本漫漶，據文義補。

⑤止，底本漫漶，據文義補。

⑥莊周，底本漫漶，據文義補。

【箋】

〔一〕南園抱瓮子：或疑爲徐觀政（一七四二—一八〇八），待考。

〔二〕戊午：嘉慶三年（一七九八）。

遊仙夢（劉熙堂）

劉熙堂，別署羣玉山樵，江寧（今江蘇南京）人。生平未詳。撰傳奇《遊仙夢》，《國立北平圖書館戲曲音樂展覽會目錄》、《古典戲曲存目彙考》著録，現存嘉慶三年戊午（一七九八）敦美堂刻本（《鄭振鐸藏珍本戲曲文獻叢刊》第四三册據以影印）。

遊仙夢序〔一〕

劉熙堂

〔前闋〕由是而之荊襄，之蜀中，凡兩載客路，朝夕披誦之，乃至往復不下貳百遍。其於聖歎之所謂『古今至文』者，固全未之領會，而祇饜其句調清新，拍合停當，有『詞異水而涌泉，筆非秋而垂露』之趣。厥後十餘年來，耳所願聞，目所願見，皆如《琵琶》詞，以迄於《笠翁十種曲》等文，似乎性情之地，於焉爲近。然一家一句之作，從未敢謂是想也。

客歲間寓京邸，百無聊賴。又兼時正長夏，未免日逐睡魔。因就案頭殘缺《紅樓夢》數本内，見《賈寶玉神遊太虚境》一回，若可譜爲一曲。於是不揣固陋，信手寫來，不數日而成十二齣。文甚淺鄙，語亦粗疎，求所謂行文之法，毫釐不明；節奏之精，纖微無當。每淒風苦雨，或永夜殘更，漫自推敲，屢加點竄。迨今裘葛一更，而忽忽焉竟不覺四易其稿矣。終爲《巴人》、《下里》之調，如之奈何？

友人虹園萬一兄〔二〕，知此作久矣。昨因就臥一室，見余夢中尚事推敲，早起謂余曰：『吾兄此曲，將爲天下後世告乎？然刻意求工，恐刻畫無鹽，反覺唐突西子。不若取而録之，以爲同志者志。』余聞之甚慚，又竊自記憶，殆覺年來雖無取材，蓋自有一片苦心，存乎其間矣。故如其言而鈔出之，非敢邀物色於風塵，亦聊以一載辛勤，不欲自沒，而其實不足以對高明者云。

嘉慶三年歲次戊午黃鐘月穀旦，秣陵羣玉山樵自記〔三〕。

（清嘉慶三年戊午敦美堂刻本《遊仙夢》卷首）

【箋】

〔一〕底本前闕，未詳有無題名。

〔二〕虹園萬一：姓名、籍里、生平均未詳。

〔三〕題署之後有印章二枚：陰文方章『劉氏仲子』，陽文方章『熙堂』。

醒石緣（萬榮恩）

萬榮恩，字玉卿，號青心居士，江寧（今江蘇南京）人。諸生。山水、禽蟲，並臻佳妙，尤長詞曲。撰傳奇《醒石緣》、《謫花樓》。傳見馮金伯《墨香居畫識》卷一〇。

《醒石緣》傳奇，一名《紅樓夢傳奇》，分爲《瀟湘怨》、《怡紅樂》二部，《古典戲曲存目彙考》著錄，現存嘉慶五年庚申（一八〇〇）青心書屋刻本（《傅惜華藏古典戲曲珍本叢刊》第七六冊據以影印，僅存《瀟湘怨》；日本早稻田大學藏全本）、嘉慶八年（一八〇三）青心書屋重刻本、古吳蓮勺廬鈔本（《鄭振鐸藏古吳蓮勺廬鈔本戲曲百種》第一五冊據以影印）。

紅樓夢傳奇序

萬榮恩

幼閲臨川先生《四夢》，心甚樂之。竊嘆浮生一度，不過夢境中耳，戲劇中耳。功名靡定，無非幻境浮漚；富貴何常，不啻電光石火。梅邊叫畫，眞苦口之瀾翻；花下墜釵，直婆心之棒喝。半瓶綠釀，淳于生蟻夢槐柯；一枕黃粱，邯鄲道鷄聲茅店。每欲嗣厥芳音，別開生面，怎奈渺無佳話，未展吟懷。

前忽於歲晚殘冬，購得《紅樓夢》一部。披卷覽之，喜其起止頓挫，節奏天成，擊節再三，流連太息者久焉。因不揣愚陋，譜作傳奇。但其中卷帙浩繁，難以盡述。倘欲枝枝節節而爲之，正恐舞榭歌臺，曲未終而夕陽已下；紅裙翠袖，劇方半而曙色忽升。雖曰窮態極妍，究非到處常行之技。故極加删校，仍不失爲洋洋灑灑之文。庶幾哉見試紅兒，冀研《白雪》。而世之覯斯編者，演斯劇者，瓊筵綺席之間，檀板金尊之際，僅以爲逢場之遊戲也可，直以爲盡人之點化也亦可。率爾操觚，願諸君子幸諒之焉。

嘉慶庚申花朝，青心居士自記。

離恨歌

萬榮恩

開闢鴻濛誰個主？女媧鍊石天從補。偶遺寶玉謫人間，絳珠擬訂相思譜。林家有女媚且都，阿閣三層鎖鳳雛。十二盈盈嬌小慣，金萱早背嘆形孤。飄零暫赴京都住，阿母偏憐小兒女。弄玉方居引鳳臺，蕭郎恰遇吹簫侶。公子風流求燕好，一逢淑女神傾倒。情投意合兩相知，何堪水漲藍橋道。姨氏釵兒世罕聞，掄才直號蘅蕪君。那知賈子情癡甚，只愛林姬貌出羣。銀河剛趁瀟湘耀，深掩重門情意繞。冷落何曾許若知？殷勤永願偕卿老。問菊葬花事可憐，那堪風雨太相煎。紅顏宿恨於今感，綠鬢閒愁自昔延。顛狂柳絮惹西東，凖共桃花逐浪紅。陵杳雲山嗟夢蝶，魄①飛烟樹悵賓鴻。浮雲世態皆前定，班行姊妹廝相趁。金屋偏遲月裏妝，靈椿頓向霜前隕。張張角角久消磨，賸得殘軀病易魔。芙蓉帳底嗟無及，鸚鵡簷前喚柰何。湘裙褪卻腰肢瘦，何圖好事憑人誘。傻婢眞情細細傳，病儂玉體禁禁受。傷懷日見花枝改，開箱金縷空鮮彩。此際斂人總泣珠，何時精衛能塡海？韶光十六付東風，卸卻鉛華唱《惱公》。荒涼鏡匣釵流碧，寂寞羅衾枕染紅。臨風空說貌如花，愁城暗鎖雙蛾索。冷揮粉淚怯偷彈，客樹連雲墮寒鵲。遮莫花飛樹未枯，強開星限盼檀奴。驂鸞舞鶴因緣幻，月落潮平境界孤。非空非色斷塵緣，井底瓶沉離恨天。薄倖幾禁呼負負，含冤那復乞憐憐？天闕併墮閻浮劫，悲懷鎮日心頭咽。以癡償恨痛今生，以愛招魔成永訣。愁絲一縷緣何悟，稽首維摩羣普渡。孽債還完總散場，紅樓喚醒歸仙路。

自序於醒花書屋七律二首

風流佳話竟如何？讀罷新詞惹恨多。脈脈寸心沉慾海，茫茫千古戀情河。夢惟極處魂應斷，淚到乾時病易魔。多少情思多少怨，教儂安忍釋吟哦。

十年燈火訴情場，回首雲天事渺茫。守己自憐甘扼腕，遣愁無計欲迴腸。敢將紅粉閒中譜，聊把懷思夢裏藏。遮莫新詞吟詠後，任教風月話瀟湘。

【校】

①蝶魄，底本作『魂蝶魄飛』，據《鄭振鐸藏古吴蓮勺廬鈔本戲曲百種》第一五冊影印鈔本《紅樓夢傳奇》改。

（醒石緣）敍〔一〕

車持謙〔二〕

詞者，詩之餘；曲者，詞之餘也。何以言之？青蓮之『簫聲咽』，香山之『汴水流』，此以詩塡詞者也；坡公之『大江東去』，屯田之『曉風殘月』，此以詞度曲者也。由詩而詞，由詞而曲，曲固濫觴於詩，而體裁更嚴於詩，非不經之學也。今之人多奴視之，殊不可解。即間有留心之士，亦不過取古人院本，改頭換面，敷衍成章，如趙承旨所謂『戾家把戲』，奚足稱道？故當此而求一嫺於音律者，卒不數數覯。

吾友萬子玉卿，少年倜儻，博學多文。以讀書餘力，借《紅樓夢》說部，譜爲《醒石緣傳奇》，內分《瀟湘怨》、《怡紅樂》二種。頃過我浣香館，出以相示。試爲翻擷之，見其中引商刻羽，滴粉搓酥，雖置之古傳作中，幾無復辨。乃玉卿復愀然曰：『蕭恭有云：「仰眠牀上，看屋樑而著書。千秋萬歲，誰傳此者？」每一念及之，便覺現在之摳出心肝，適爲多事。』余曰：『子誤矣！古才人撰著，亦幸而傳於今耳，使不幸而不傳，豈遂無以表見乎？且余覽子此作，方將覓十七八女郎，按紅牙拍，柔聲緩唱於氍毹之上，使當筵有如王伯輿者，放聲一哭，知天壤間有此種情人，復有此傳情筆，是亦已矣，奚遑他計哉！』玉卿曰：『唯。』爰囑書之以爲序。

嘉慶庚申上巳後二日，秋舲主人拜題於浣香館之五言城。

【箋】

〔一〕《鄭振鐸藏古吳蓮勺廬鈔本戲曲百種》第一五冊影印鈔本萬玉卿《紅樓夢傳奇》卷首有此文，題爲《紅樓夢傳奇序》。

〔二〕車持謙（一七七八—一八四二）：字子尊，號秋舲，別署秋舲主人、捧花生，上元（今江蘇南京）人。增生。家貧，以遊幕爲生。道光十一年（一八三一），與楊輔仁、顧槐三、王章等結苔岑詩社。博學嗜古，長於史學，尤致力於金石。著有《顧亭林年譜》、《金石叢話》、《秦淮畫舫錄》、《畫舫餘談》（附《三十六春小譜》）、《捧花樓詞》等。其妻方曜，字蓮漪，桐城（今屬安徽）人。著有《紅蠶閣遺稿》。繼妻袁青（？—一八五三），字黛華，上元（今江蘇南京）人。著有《燕歸來軒稿》。傳見陳作霖《金陵通傳》卷一二〇。參見李匯羣《閨閣與畫舫——清代嘉慶道光年間的江南文人和女性研究》第四章《車持謙及其『畫舫』系列》（中國傳媒大學出版社，二〇〇九）。

（醒石緣）題詞

李　葵　等

【貂裘换酒】貪把新聲譜。慨茫茫、無窮離恨，寸心能補。絮語喃喃愁萬疊，如聽瑣窗兒女。端則是、引商刻羽。偶爾逢場聊作戲，便高、施對壘爭旗鼓。張錦罽，紅兒舞。　當筵奏出如《韶》、《頀》。算周郎、自矜識曲，何曾有誤？喚醒紅樓多少夢，恰①是慈航普渡。也省卻、死生情苦。老我江淹無彩筆，但開函情淚紛如雨。題一闋，付君去。白下李葵瘦人〔一〕

【滿江紅】莽莽紅塵，有多少生離死別。撇不了閒愁萬種，柔腸百結。蔥倩綠迷陵谷樹，淒涼白賸樓臺月。到頭來，誰見復誰憐，空悲切！　鴛帳撤，鸞笙歇；瓊巵碎，銀釭滅。有誰從夢裏一聲棒喝？引我無端珠淚灑，知人也自鮫綃疊。爲消愁，何事惹愁深，歌喉咽。秣陵朱蘭春岩〔二〕

【兩同心】聚散如漚，死生若寄。問多少、月影團圞，能幾許、花光嬌媚。到頭來，雲斂天空，無非夢寐。　我是幾經憔悴，幾經悲淚。想從前、情短情長，看大地、情眞情僞。謝多情，譜出情癡，令人心醉。江東劉崁殊庭〔三〕

【蝶戀花】問誰慣作詞壇客。鎮月裁雲，吮盡薔薇墨。勘破溫柔鄉窄窄，妒花風雨何催迫？　瑣碎荒唐憑指畫，後果前因，血淚都成碧。補得情緣齊悅懌，才人自是能憐惜。上元陳佩蘭培山〔四〕

【減字木蘭花】蒙莊妙悟。癡情一片於中住。幻境闌珊。直認東風作夢看。　嬌紅慘綠。

敲破唾壺愁萬斛。若箇情多。低拍新詞《子夜歌》。吳自新竹坪〔五〕

【校】

①恰，底本作『拾』，據文義改。

【箋】

〔一〕李葵（一七二五？—一八〇〇後）：字芬宇，號瘦人，江寧（今江蘇南京）人。戲曲家李本宣（一七〇三—一七八二後）長子。諸生。家境奇寒，吟詠不絕。著有《瘦人詩集》、《瘦人詞餘》。傳見《江寧府志》。

〔二〕朱蘭：號春岩，秣陵（今江蘇南京）人。生平未詳。

〔三〕劉嶔：號殊庭，江東人。生平未詳。

〔四〕陳佩蘭：號培山，上元（今江蘇南京）人。生平未詳。

〔五〕吳自新：號竹坪，籍里、生平均未詳。

俚句塡贈玉卿賢妹丈瀟湘怨傳奇

俞用濟〔一〕

【黃鐘·醉花陰】錦繡年華大江水，極目紅塵萬里。愁緒楚雲飛，總引得人心碎。遣悶覓梅溪，要譜出清新，可怎生不見你？

【喜遷鶯】向《詩》、《書》經義，覽秦碑漢碣。依稀好奇，玉金堆積。我則見，古聖前賢白盡髭，憔悴死。問何似風流自負，倒有些滋味的相思。

【出隊子】紅燈剪矣，意癡癡，心轉迷。縱然見玉堂前文陣老雄師，更有那裴相國萬絹黃甫碑，卻不道埋文冢傷心唐學士。

【刮地風】因此上題遍牙籤，儘惹癡話，秋聲風月情司。則見那柳耆卿律呂多情意。無端的體態支離，又何必鐵板關西？夢縹緲桃花扇底，興淋漓銀箋燕子，後庭花冷落了故國靈犀。唱白練有秦淮薄命兒。俺待尋可意傳奇，向臨川，志已移。招人喜，又添個年少多情杜牧之。

【四門子】你看這夢紅樓，人世上皆如此，誰能彀演出新奇？眞心兒揣著意兒擬，好教你曲未終時意已迷。眞心兒揣著意兒擬，儂可許和他對質？

【古水仙子】覷定著一味癡，便湊個生花的東君筆一枝。想當初永夜淒其，葬花心難已。花想容，月想衣。只道是杳杳的冷卻羅幃。俏魂靈倩誰爲點絳脂，情種兒恁捨得追魂技？掩瀟湘又減了腰圍。

【者剌古】破情天，筆仗奇，有卽有離。揭愁城，心不醉，情福情癡。秋花枉恨死，春風一任披。消受那循環理□雲草低。

【神仗兒】草囑梨園須著意，休得等閑視。還恐那年少優伶兒，也唱到淚珠揮。

【節節高】恩山雲黯，恨天風唳，情關魔累。猛然見紅樓穩睡。雖則是排戲場，水中月，鏡內枝，爭奈我於今猶夢裏。

【尾聲】且漫說無多斷腸的事，問可似《牡丹亭》唱徹秋閨，惹多少好兒女，拚爲他傷心到死。

內弟秋帆俞用濟拜跋

（以上均《傅惜華藏古典戲曲珍本叢刊》第七六冊影印清嘉慶五年青心書屋刻《醒石緣》卷首）

【箋】

〔一〕俞用濟：字遙帆，一字秋帆，諸生。萬榮恩內兄，姚鼐（一七三一—一八一五）門人。曾爲萬榮恩《瀟湘怨》傳奇撰題詞。

六喻箴（四中山客）

四中山客，姓名、籍里、生平均未詳。撰《六喻箴》傳奇，《古典戲曲存目彙考》著録，現存嘉慶八年（一八〇三）序鈔本（《傅惜華藏古典戲曲珍本叢刊》第六四冊據以影印）、近代鋼筆鈔本（《綏中吳氏藏鈔本稿本戲曲叢刊》第一七冊據以影印）。

六喻箴傳奇自序

四中山客

佛說『三苦』、『三受』，盡矣哉。三苦者，怨增會①苦，愛别離苦，求不得②苦。三受者，苦受，樂受，不苦不樂受。此六者，誰得而免焉？故佛說：『一切有爲法，如夢幻泡影，如電亦如露，應作如是觀。』夫夢幻泡影，虚妄不寔者也；電露，乃須臾不久者也。世間之一切有爲，皆虚妄不寔，須臾不久，而一切衆生，妄以爲實，妄以爲久，故受無量苦惱，終無出期。今將三苦、三受，演之於聲色，付之於優孟，看其乍離乍合，乍悲乍歡，離合者爲誰，悲歡者爲誰，到停拍歌止，而一切全無，乃不寔如夢幻，不久如電露也。若觀者返③回心，則當下了然，如紅爐點雪耳。願閻浮提一切衆生，同超彼岸，共樂無生。故以般若六喻，譜之宫商，登場開演，應作如是觀。

嘉慶癸亥年乙卯月丙庚日，四中山客撰。

（《綏中吴氏藏鈔本稿本戲曲叢刊》第一七册影印近代鋼筆鈔本《六喻箴》卷首）

【校】

①原圈去『念』字，旁注『會』。《傅惜華藏古典戲曲珍本叢刊》第六四册影印清嘉慶八年序鈔本作『念』。

②此處底本補二十四字，嘉慶八年序鈔本闕。

③『返』字後，嘉慶八年序鈔本有『照』字，底本抹去。

三星圓（王懋昭）

王懋昭，字未詳，號梅軒，别署梅軒主人，時稱沖穆先生，上虞（今屬浙江）人。諸生。生平未詳。撰戲曲四種：傳奇《三星圓》，雜劇《神宴》、《弧祝》、《悦慶》，均存。《三星圓》傳奇，《古典戲曲存目彙考》著錄，現存嘉慶十五年（一八一〇）鄉嬛書屋刻本（《傅惜華藏古典戲曲珍本叢刊》第七八冊據以影印）、嘉慶十五年（一八一〇）尺木堂刻本（《鄭振鐸藏珍本戲曲文獻叢刊》第四三—四四冊據以影印）。

三星圓自敘〔一〕

王懋昭

癸亥六月〔二〕，余在姚江周鎮。酒酣夜闌，與諸友談及坊間各種傳奇。雖摛淫麗之詞，譜靡曼之曲，人人自以爲王實甫、關漢卿輩復生，觀其命意，大約諱婚也，搶親也，劫囚也，賣拳也，謀財也，妄男子與盜結盟也，癡女子憐才私訂也，男女假扮、誤嫁誤娶也，習套相仍，幾令耳目皆糟，乾坤欲蛀。披閲之下，如魏文侯聽古樂，正惟恐臥耳。

歸不自量，另闢蹊徑，特擬一種傳奇。譬如建屋，其間架則宏，其奧窔則深，其迴廊曲巷，周折則多，經之營之，戛戛其難。余愧藻繪未工，定其規模，而猶不敢從事焉。同邑胡君晚城〔三〕，見而悅之，屢爲擊節。因令謝君鶴亭按譜填詞〔四〕，而陳友杏梁釐正之〔五〕。前後白語，余與陳友斟酌。已閲數載，衆材庀而大廈成，不幾長者謂閣，闊者謂臺，畢備無遺，堪與坊間諸種標新領異矣乎？其間主中之主爲陳祖功，主中之賓爲張炳，若郭文龍已全然賓矣，陳六三、錢可發又賓中賓矣。顔之曰《三星圓》，非借賓而定主也，以此始，以此終，爲一部之關鍵云爾。

余於是書，脱盡窠臼，而寓意又有數則焉。陳祖德之昌後，褒孝友也。應天報秀蓮之凶死，儆淫惡也。郭有威、張繼良、陳宗勉之封爵，明餘慶也。白飛鳶、石有光、朱阿福之回頭，重自新也。虯髯王之向化，藍面相之締親，從吉而俾令終也。以至悔過之蘭英，幹蠱之鳳眉，奉命寢兵之虯鸞哆，申閨德也。若夫熊虎也、龜蛇也、白猿也，仙也、佛也、神也、鬼也，筆端驅遣，以供搬演也。結束團圓，合之則一，分之則四。雖閒情所寄，事屬游嬉，而勸善懲惡之意，竊以爲深切著明焉爾。

嘉慶乙丑壯月，上虞梅軒王懋昭敍。

【箋】

〔一〕底本無題名，據版心補題。

〔二〕癸亥：嘉慶八年（一八〇三）。

〔三〕胡君晚城：即胡崑元，號晚城，上虞（今屬浙江）人。生平未詳。

〔四〕謝君鶴亭：上虞（今屬浙江）人，名號、生平均未詳。

〔五〕陳友杏梁：即陳綺樹，字杏梁，上虞（今屬浙江）人。生平未詳。

三星圓自敍〔一〕

王懋昭

昔之作傳奇者，爲孝子忠臣揚眉吐氣，爲義夫節婦播美流芳。其於姦惡之徒，登場指顧而冰消以盡。洵爲醒世之金鐘，警人之木鐸也。何後世輕薄者流，妄弄文墨，舉胸中所不滿者、抱憾者，假子虛之事蹟，爲烏有之姓名，比附而醜詆之，豈僅如王四無情，《琵琶》用刺已乎！直將以醒世警人之作，爲報讐洩恨之書也，不亦悖哉！

今余《三星圓》一集，切理按情，憑空結撰，雖不敢謂懲勸之意，大有裨於世道人心，而一種假事託名、隱用譏刺之陋習，固已洗濯乾淨矣。閱是集者，或不察余心，謂此指某人，此指某事，而於天下之略相近似者影射焉，以爲予罪，則予之所不任受也夫！

梅軒主人自白。

【箋】

〔一〕底本無題名，據版心補題。

(三星圓)例言

闕名〔一〕

一、元人北曲，多急板緊絃，南曲則神韻悠長矣。至魏良輔崑腔出，而字字拆唱，且一字又作數聲跌宕，故每齣之曲，不必以多爲富也。惟我越中鞠部，別有一種調腔，如文人誦賦誦詩，喉間成句，而止於句末數字，後場接唱，抑揚其音以縱送之。此書宮譜，原爲崑腔起見，又欲於調腔家兼爲演習，不得不多塡數曲以暢之，閱者勿以爲敷衍也可。

一、狐腋固以集而美，豹斑亦可分而窺。近見梨園之戲，好演撮劇。茲集爲部既大，所包甚多，卿大夫及士庶之家，凡有喜慶唱戲侑酒，如祝壽也，析爨也，獲利也，得名也，施惠也，招壻也，薦友與管事也，祈嗣與立繼也，出使與奏捷也，以追耆老之長族、方外之進院也，各項吉祥，種種俱備，任賞鑒者擇之焉可也。

一、凡傳奇家，主情者麗而易，主理者樸而難。故《西廂》之月下，《牡丹亭》之香夢，千古稱爲豔曲。近世《長生殿》之摹繪太眞，《桃花扇》之借香君以寫南都泡影，亦並有哀豔，推爲絕唱。惟高東嘉《琵琶記》，意在『忠孝節義』四字，畢竟難於出色，然其有裨於世道人心，迥非諸家所及也。是書倣其意，而以敬老憐貧、矜孤恤寡爲主。縱其間虬鸞鏖兵，鳳眘棄鳩，秀蓮賣主，種種點綴春風，而總不離乎四者近是。詞之工拙，不暇計也。

一、自來傳奇，不取書卷之氣。然一味空衍則既滑，全用俚語則又粗。集中詞白，使事頗多，要皆典而且切，以歸大雅，非關書生搦筆，結習未忘也。

一、名手所製，原在意緒，不肯如《目蓮》、《西遊》，有『搜神記』、『窮怪錄』之誚。然畢竟傳奇是戲耳，戲則何嫌鬧熱，以炫時人之觀？兹集間以意緒運用鬼神，非以鬼神滅裂意緒也，故雖怪怪奇奇，多所搬演，而不詭於正。

一、上場、落場等詩句，前人多以集唐了事，故雖冠冕雅秀，而皆浮光掠影之談。兹書體貼前後語氣，自出心裁，陳言務去，統部止集數句以備格式耳。然材多可剽竊，意多可勦襲，梨園熟此，已可以泛應不窮矣。

一、曲遵古法，不敢一字增減。增者旁注小字以別之，亦古法也。有曲名同而句不同者，或因宫異而調異，或因宫譜詞紀之互異耳，書中總謹守無違也。

一、一劇之中，用某宫，不復參以别宫。惟白中小調，所填在詞而不用曲本者，不在其例。即依詞韻押脚，或歌哿韻，或侵寢韻，亦統劇不參以别韻。此法較先輩，似爲更嚴。

一、人有正扮，有借扮。如生既扮陳祖功，又借扮馬燧等；小旦既扮郭蘭英，又借扮蚪鸞哆是也。蓋脚色不過十餘人，而戲中不下數十人，一人必兼數人之戲，方可以層出不窮。兹於正扮之外，凡應借扮者，雖屬一劇暫見之人，俱爲派定，使梨園演習之時，各有頭緒，且毋得推諉故也。

一、戲中夫婦配合，原所不拘。惟正生必配正旦，兹集用小旦者，以蘭英《探郎》、《遞箋》等情態，在小旦爲之則肖，正旦爲之則不肖也。且前妻高氏游魂，仍令正旦爲之，以循舊例，觀者勿以誤置戲脚哂之。

一、觀俗優所演，白文甚是粗淺，詞調不按宫譜，大抵惟求順口，不顧文理。兹集卻不徒爲梨園演習起見，故與諸同志慘淡經營，欲求無弊，高明之士，如肯指其紕繆，再爲釐正者，數言之訂，奚啻百朋之錫！

【箋】

〔一〕此文當爲王懋昭撰。

三星圓敘〔一〕

陳綺樹

古來名公巨卿，恆爲梨園子弟，領袖春風。如王摩詰稱『琵琶學士』，和成績號『曲子相公』，騷壇之士，疇不慕之。洎乎元人而其風駸駸矣。平章絲竹，勾當烟花，使孔門而度曲，不已升堂入室矣乎！然觀其所作傳奇，不外星前月下，私訂香心，酒肆旗亭，共聯俠氣。意見相承，殆猶逐臭。李覯左袒，臧倉竊其牙穢，而不以爲非者也。流風所煽，且爲世教之憂。求其桃花扇底，有益於風俗人心者，果何在耶？

余友王君梅軒，素稱好善。其借如來法雨，般若慈航，以濟人者有年矣。而麈塵之暇，作爲《三星圓》傳奇一書，立意製局，實能拔奇於前人之外。因屬稿未成，命余門下謝生鶴亭，按譜而繫之詞。余不揣固陋，亦爲潤色其間。

竊意王君是書，游嬉握管，具大神通。設起康德涵於鄠杜，爲唱新詞；楊用脩再生成都，傅粉拍板，定屬知音把臂矣。且是書之作，豈第娱心意，悦耳目，以取快一時云爾哉？入公子行而當場，現美人身而說法，無非點醒世人，及早回頭，優孟衣冠，期有功於風俗人心不少耳。異日者，演之教坊，奏之廣寒，即於傀儡場中，覩法輪之常轉，氍毹臺上，畏金鏡之長明。俾婦人孺子，憬然於善之當爲與不善之當戒也。吾知王君與人爲善之心，於是乃大快矣。然則是書也，雖當《覺世眞經》、《感應篇》讀焉可也。

時嘉慶乙丑中秋初三日，杏梁氏陳綺樹敍。

【箋】

〔一〕底本無題名，據版心補題。

三星圖敍〔一〕

朱亦東〔二〕

大地一梨園也。曰生、曰旦、曰淨、曰丑、曰外、曰末，場上之人，即場下之人也。貧富貴賤，倏升倏沉，眼前景也；離合悲歡，欲歌欲泣，心頭事也；忠孝廉節，爲聖爲賢，意中人也。嘗以此推作者之用心，溫柔敦厚，《詩》之正而葩也；疏通知遠，《書》之典而則也；廣博易良，《樂》之和而節也；恭儉莊敬，《禮》之簡而文也；潔静精微，《易》之奇而法也；屬詞比事，《春秋》之勸善而懲惡也。我故曰：傳奇非小技，以文言道俗情，約六經之旨而成者也。乃今於王君梅軒之《三星圓》，而如或遇之。

梅軒爲吾邑名下士，爲善最樂，至德可師者也。其譜是書，非以曰福、曰祿、曰壽，善頌而善禱也，蓋將以我輩之人鬼關、夢覺關，呼寐者而使之寤，指迷者而示之津也。余嘗取其全書讀之，廟堂謇諤，敬伏青蒲，朝陽之鳴鳳也；眷戀庭闈，言念白華，夜月之啼烏也。燭翦西窗，良朋促膝，蠶吐千絲，無其意之纏綿也；花開東閣，令弟縈懷，珠穿九曲，無其心之婉轉也；月照南樓，寡妻對影，鶯啼百囀，無其情之綢繆也。而於是思入風雲，道通天地。忽焉而金剛努目，芙蓉出匣，不足爲其鋒之利也；忽焉而菩薩低眉，楊枝灑露，不足爲其味之甘也。忽焉而千乘萬騎，金戈鐵馬，海市蜃樓，不足喻其文心之百變也；忽焉而五花八門，蛇神牛鬼，水月鏡花，不足喻其靈光之四照也。若夫義心苦調，高薄雲天，能使頑者廉，懦者立，則孤竹之清風拂人也；密咏恬吟，哀感頑豔，能使鄙者寬，薄者敦，則柳下之道風秀世也。即或《閒情》一賦，綺語未删，色是空，空是色，繙以西方之《貝葉》，而心心相印也；至於《世説》千言，清談可挹，文生情，情生文，揮以東晉之玉麈，而頭頭皆是也。要其匠心獨出，奇而不詭於正，一倡三歎，猶有遺音，則清廟明堂之奏也。我故曰：傳奇非小技，以文言道俗情，約六經之旨而成者也。知其解者，旦暮遇之也。

附絕句二首

五雲爲錦漢爲羅，織就文心藻麗多。若使雙鬟能度曲，旗亭好付雪兒歌。

小窗鎮日費吟哦，只爲才人一曲歌。笑我薰香非令史，硃研薇露細評多。

題詞【行香子】

獨秀詞林，寄託遥深。寫一番往古來今。翀霄意氣，抱雪胷襟。是儒之口，仙之骨，佛之心。

把卷長吟，暗度金針。笑巫山行雨荒淫。君能顧曲，我亦知音。是天上樂，枕中寶，爨下琴。

嘉慶戊辰上巳之日，碧山朱亦東敍並題。（榜名芹）

【箋】

〔一〕底本無題名，據版心補題。

〔二〕朱亦東：當即朱亦棟，原名芹，字獻公，號碧山，別署碧山人，人稱碧山先生，上虞（今屬浙江）人。乾隆三十年乙酉（一七六五）副貢，三十三年戊子（一七六八）舉人，屢試南宫不第。就平陽訓導，半載即乞病歸。鍵戶著書，至老不倦。嘗師事錢大昕（一七二八—一八〇四）。卒年八十四。著有《十三經札記》、《羣書札記》、《松雲樓稿》等。傳見光緒《上虞縣志校讀》卷一二、《兩浙輶軒續録》卷一〇等。

三星圓題詞

王　煦〔一〕

六經裔出稗官家，新聲代變如畫蛇。《夷堅》荒誕侈《禦寇》，《齊諧》險怪登《南華》。漢代《虞初》凡百種，六朝説部遙相踵。唐宋以來更濫觴，巵言日出如溢涌。《搜神》或稱鬼董狐，譚玄或號病維摩。或寫英雄氣壯烈，或摹兒女情婀娜。短簡瑣碎無倫次，長篇河漢無涯涘。玩人玩物徒勞神，畢竟子虚與亡是。吾族梅軒實亢宗，累葉忠厚維家風。惟天陰隲彝倫敍，妙演箕疇補化工。洗卻鉛花歸理窟，冰雪爲神玉爲骨。要知無闕不成圓，不信三星看明月。王煦汾園

【箋】

〔一〕王煦（約一七六〇—約一八四一）：字汾園，一作汾原，別署空桐子，上虞（今屬浙江）人。乾隆四十四年己亥（一七七九）舉人，考取覺羅官學教習。後出知甘肅崇信縣，授陝西通渭。移疾歸，主講朗江書院。參修

見光緒《上虞縣志校讀》卷一二。《湖南通志》。著有《小爾雅疏》、《說文五翼》、《毛詩古音》、《文選七箋》、《國語釋文補音》、《空桐子詩草》等。傳

三星圓贊

陳　焜〔一〕

沖穆先生，心慵貌古。睨視東嘉，旁窺實甫。玉帳千篇，淋池一部。曲奏新腔，奇傳舊譜。描寫愁腸，氣塡胷腑。羨里操琴，漁陽撾鼓。摩繪歡情，笑徵傖嫵。寵姐嬌歌，窅娘妙舞。驅遣精靈，珠璣吞吐。勇逞龜蛇，恩酬熊虎。丹受仙師，囊貽佛祖。日暖風甜，春歸藝圃。報應既明，德施更普。杖看鳩形，規他賑補。澤聽鴻哀，勸渠安撫。質本仁人，詞非傖父。筆陣縱橫，文機纂組。聲出芙蓉，喉調鸚鵡。用教梨園，行登樂府。點醒寰區，俾成鄒魯。陳焜月海

【箋】

〔一〕陳焜：號月海，生平未詳。或爲上虞（今屬浙江）人。

（三星圓）跋語

胡樹本〔一〕

蓋聞騷壇名士，多浪蹟夫鶯花；詩社才人，每寄情於蘭茝。按腔歌夜月，玉簫偕畫槳齊來；合拍醉春風，檀板與金樽共設。沉香亭畔，調寄《清平》；折柳堤邊，歌傳供奉。宋世有南詞之

目，戛玉敲金；元人標北曲之名，裁雲鏤月。至元而降，此調彌彰。拾香草於詞間，借抒幽怨；燦新花於管下，用訴閒情。非《桑間》、《濮上》之遺，即玉竊香偷之作。拂紙則自誇情種，揮箋乃共目詞宗。竊恐遺履投簪，韻事入劉郎之夢；折瓊解佩，芳魂迷蕭史之樓。文采風流，雖稱絕唱；身心裨益，尚未前聞。

吾鄉梅軒先生，典午名宗，琅琊舊閥。功施寶筏，八廚冠度尚之名；迹寄詞林，三絕擅鄭虔之目。少懷破浪，屢探長吉之囊；壯屈淩雲，辜負文通之管。每念旗亭樂府，取旨詼諧，因拚慧舌靈心，憑空結撰。以祇園之果報，爲唐葉之《春秋》。言情則曲而能伸，老淚溜香山之袖；使事亦葩而範正，新詞呼宋玉之衙。《白紵》鄙吳歈，譜出江東鐵板；《烏鹽》翻越調，吹來月下銀笙。縱集羣材，要抒己見。淺堪識曲，深可銘心。喚醒紅塵，例警人之木鐸；燒殘絳蠟，作灌頂之醍醐。並非勾當烟花，侈矜元曲；實足平章世態，擬補《唐書》。且夫人投千里，鳳管秋聲；柳踠南城，崑山片玉。擬美人於花下，袖領三千；詩春曉於洞天，香融百五。雖各鏤金錯采，麗藻盈箋；摘豔薰香，瑤詞滿幅。以此抗衡舊調，肯云多讓前人！名錫《三星》，不屑拾人牙慧；奇傳百齣，俱緣出自心裁。陳後主逢音，定使庭花減色；蔡中郎解曲，應疑帳錦藏春。何須款步銀橋，始識廣寒之曲；佇見標題玉軸，推翻下里之歌。詩客騷人，一齊頫首；晨鐘暮鼓，四下驚心。豈徒弄笛秦關，聽徹開元子弟；賣簫吳市，閒供優孟衣冠！

本才慚刻鵠，陋比雕蟲。欲贊名詞，愧無雋句。然摩訶塞曲，堪當濟世慈航；黼黻宮詞，定卜流輝藝圃。自笑管中窺豹，未見全斑；因思雪下留鴻，恭疏短引。駢言既綴，俚韻兼酬。雖愛曲流連，擅自效矉於西子；而抽思固陋，能無噴飯於東坡？其詞曰：

鴻詞占斷綺羅春，百態牢籠妙入神。花墜諸天迷玉樹，筆酣流水誤梁塵。漢卿一去無知己，吉甫三生話後因。若使長歌當賈句，推敲誰是鄧州人。

小窗殘月夜沉沉，醉折花枝快活吟。緑水歌應迴苦海，紫雲響識振芳林。半生杼軸歸繁吹，一曲琵琶寫素心。中散不曾留雅韻，問君誰授廣陵音？

最是南朝相府蓮，聲聲空唱賣花天。按歌不數瑤琴怨，覺世如聆玉版禪。《感應》有經書梵貝，《懊儂》無曲到蠻箋。時人莫作紅樓看，一枕黄粱五十年。

新聲翻出到梨園，消盡陽春百籟喧。旨向六空窺妙諦，詞從三昧討靈源。人間盡破孤燈夢，佛地誰啣宿世冤？讀罷渾疑唐野史，貞元遺事續開元。醉白胡樹本題

【箋】

〔一〕胡樹本（一七八九—？），字宜春，號舫亭，一號醉白，上虞（今屬浙江）人。胡文肅子。紹興府學優行廪膳生。業師王煦。嘉慶十八年癸酉（一八一三）貢生。傳見《清代硃卷集成》卷三九三。

《三星圓》乩序

采荷老人〔一〕

古之傳奇，傳其奇而記其實；後之傳奇，幻其奇而虛其變。詭詐百出，俚言異語，飾以豔詞，

鬼怪陸離，徒欲悦人之耳目，快人之心意，蓋已失傳奇之奥旨矣。夫傳奇者，乃稗史之餘，效《關雎》之意，樂而不淫，哀而不傷。忠良者獲其福報，姦邪者蒙其顯誅，賞善罰惡，絲毫不爽。乃天意之工巧，不能爲蠱惑，起人嚮往之心，發人忠誠之感，欲其踴躍慕義者也。今閲《三星圓》，傳奇記實，忠姦善惡，報應昭然。俾觀者不獨賢人君子，即愚夫愚婦，未有不感慨而發其忠孝之誠，滅其姦邪之念，非獨聳觀，頗堪益世，可謂得傳奇之正者矣。蓋得『三省』之意，忠信爲主，仁厚爲基。於百餘回中，雖絲縷叢雜，而條析分明，如針引線，毫釐不紊。邀余臨覽，悦其純粹，閲而爲序。

庚午春吉〔二〕，采荷老人題於養心書屋。

【箋】

〔一〕采荷老人：姓名、籍里、生平均未詳。

〔二〕庚午：嘉慶十五年（一八一〇）。

（三星圓）題辭

徐超羣　等

題梅軒居士三星圓傳奇

若耶徐超羣北軒〔一〕

先生揮霍寫天眞，一部傳奇結構新。仙圃留侯參佛法，德星文範作忠臣。蠻爭觸鬭燈前夢，鳳恨鸞愁筆下春。制得宫詞成樂府，數聲歌徹動梁塵。

愛把尊裁讀數巡，憑空結撰勝前人。一家分合三星主，兩世悲歡百齣伸。事采《唐書》眞與

假，文成《陰隲》舊還新。應知鞠報歌喉轉，說法登場化入神。雲亭胡棟翼堂〔二〕

碧窗新製廣陵音，露盥薔薇次第吟。樂府歌傳唐史事，梨園喚醒世人心。爰書受腐悲司馬，暗室同衣愧展禽。俗耳砭針何處是，《三星》妙曲度瑤琴。榆橋陳兆蓮靜瀾〔三〕

何人有曲度梨園，一種新詞避俗喧。自昔奇書藏越嶠，於今朝士溯貞元。描成春意王孫草，傳得秋聲白帝猿。爲想觀場諸父老，氍毹臺上識眞源。吳趨金待鎔〔四〕

（以上均《傅惜華藏古典戲曲珍本叢刊》第七八册影印清嘉慶十五嫏嬛書屋刻本《三星圓傳奇》卷首）

【箋】

〔一〕徐超羣：號北軒，紹興（今屬浙江）人。生平未詳。

〔二〕胡棟：號翼堂，雲亭人。生平未詳。

〔三〕陳兆蓮：號靜瀾，榆橋人。生平未詳。

〔四〕金待鎔：字練邨，元和（今江蘇蘇州）人。拔貢生。館崑邑張浦鎮許氏。工詞章，有《醇風書屋集》，稿本存門人許鉉家。傳見光緒《崑新兩縣續修合志》卷三四。

（三星圓）總評人品說

沈德林〔一〕

畫家肖像，貴肖其神；詩家咏物，貴咏其情。傳奇亦如之。故凡傳君子、傳小人、傳閨闈，於其人之相貌聲音也，情性行事也，莫不胥有以傳之。古人謂『詩中有畫，畫中有詩』，而吾謂神情之俱得，亦傳奇中有詩畫。

予觀《三星圓》一書，其畫家乎？其詩家乎？而揣摩郭文龍之正，錢可發之和，陳六三之趣，與夫祖功迂而張炳執，天報凶而盧杞姦，殆猶景雲寺之地獄變相可化屠漁，《烏棲曲》之可泣鬼神也。若陳祖德之於兄，可謂悌而義矣。然孝而敏者張繼良，秀而勁者陳宗勉，勇而仁者郭有威，錯綜寫來，非猶一幅水宮圖，魚龍出沒於波濤，覓成佳句者，騎款段，背錦囊，以顯名士風流哉？至於明如袁氏而能斷，賢如應氏而有守，與聰慧受愚之蘭英異已；才如鳳眘而好德，健如鸞哆而見幾，與輕淫致禍之秀蓮異已。此又如蛺蝶圖之寫生有致，飛舞蹁躚，文辭之逸麗，嫣然落花依草之姿也。噫！其神其情，傳奇之無殊詩畫也，誰曰不然？

聞之六朝以後無畫，三唐以後無詩，自元以後無傳奇，何也？顧長康、張僧繇之輩，畫龍致雨，畫鷹逐鳩，妙手通神，後世丹青家，安能及之？李、杜之詩，光芒萬丈，與摩詰、襄陽等，共鳴其盛，五代及宋，氣格卑靡而罔繼矣。傳奇雖曰小技，而元之高、王諸書，膾炙人口，欲歌欲泣，非亦精靈所在，爲兩間不朽之業乎？今以《三星圓》較之，未知何如。然其規勸高明，點醒愚昧，立意措詞，於世實多裨益。若第如詩畫之得神得情，猶其小焉者矣。

己巳花朝〔二〕，同里沈德林漫說。

【箋】

〔一〕沈德林：上虞（今屬浙江）人，字號、生平均未詳。

〔二〕己巳：嘉慶十四年（一八〇九）。

題三星圓傳奇

胡崑元 等

浪蹟先生歲月輕，喜將筆墨寫閒情。音容象外花魂取，樓閣空中海市成。燕趙悲歌歸舊曲，《春秋》褒貶定新聲。《三星》一部傳奇意，說與人間果報明。晚城胡崑元〔一〕

迂情細把祖功摩，要使蘭英半入魔。一曲梅花香夢破，新詞楊柳別情多。被刑已嘆戹無當，迪德方驚樹改柯。到得忠良堪繼起，梨園演出太平歌。冰厓沈履謙

誰似當年黯曲誇？成都才子抱琵琶。知君已譜《清平調》，舉世無傳《下里巴》。熊虎往來皆意馬，蓮蘭榮落是心花。此中別有經營意，不使天公報應差。謹齋潘靜遠

感動凡心最是伶，當場說法片時醒。驚人午夢三撾鼓，點石頷頭一卷經。青臉有胷消磈礧，虯髯無浪涌滄溟。盡收民物歸仁壽，好把吳歈仔細聽。位齋潘燮元〔二〕

莫怪多才賦《子虛》，晨鐘暮鼓一般如。問誰聽徹梁塵動？不著盈川悔過書。鳴齋張鏞

箇中隱隱有眞詮，廣勸人間種福田。自是梅軒留小照，靈臺一點虎頭傳。南澗王濱

【箋】

〔一〕胡崑元：與以下沈履謙、潘静遠、張鏞、王濱，籍里、生平均未詳。

〔二〕潘燮元：號位齋，句容（今屬江蘇）人。嘉慶元年丙辰（一七九六）貢生。傳見《江蘇省通志稿選舉志》卷二二。

演戲慶壽說

王懋昭

嘗慨世人豪華相競，無論生壽冥壽，演戲慶祝，優人必扮八仙與王母，爲之拜焉跪焉，以明肅恭而邀賞。夫優人之拜跪，固所宜然，而旣扮八仙與王母，是儼然八仙、王母，爲之拜也跪也。夫八仙之爲仙，王母之爲神，人人知之。以仙神而拜跪生壽之人，冥壽之鬼，人人見之而不以爲怪，豈以戲之謂嬉，人鬼可嬉而仙神亦可嬉耶？孔子嘆作俑者之無後，爲其像人而用之也。夫像人猶不可，况像仙像神而辱之拜、辱之跪焉，其可乎哉？

余嘗登場觀之，而有不安於心焉。因改爲香山九老代祝之禮，撰戲一劇，附於《三星圓》之後。非揚彼而抑此也，蓋九老自白傅以外，如胡杲、鄭據等，爵位不尊，功業不顯，特藉香山一會，得留其名，在當日亦人也，在今日亦鬼也。以生壽而言，不過假古人之貌，侑耆年之觴；以冥壽而言，不過託先亡之名，媚後化之靈。前人後人，無甚高卑；新鬼故鬼，寧有大小？雖拜跪筵前，亦不免於褻瀆。較之扮仙扮神，而舞蹈謳歌者，大有間已。

或曰：祠廟慶神，似可仍舊，而不必改。豈知祠廟不皆貴神，動以王母、八仙慶之，分亦非宜，不如渾用九老之爲安也。若女壽而用九老，殊屬不切，故予亦仍用王母。但王母僅遣青衣，賜桃酒，不似向之偕八仙而親自慶祝，斯爲得之。夫而後人知八仙之當敬，王母之當尊。而且香山姓氏之不彰者，得是戲，而婦人、孺子皆知之，則雖謂九老之名藉此而傳焉可矣。

梅軒自述。

（以上均《傳惜華藏古典戲曲珍本叢刊》第七八册影印清嘉慶十五鄉嬛書屋刻本《三星圓傳奇》卷末）

附　勸孝戒淫文序

朱亦棟

王君梅軒，篤行士也。所著《三星圓》傳奇，意主扶世翼教，而又能脱盡從前窠臼，既已不脛而走風行海内矣。近見余所刻粤東薛羽望先生《青雲梯》二篇，讀而好之。乃復捐貲付刻，列於《三星圓》之後，以公同好。從此家弦户誦，易俗移風，其傳世行遠，更有在《陰騭》、《感應》諸篇外者，王君之孳孳不倦、與人同善之量有如是哉！爰述數言，以志其由。（《勸孝文》、《戒淫文》略）

同邑朱亦棟題。

（轉引自蔡毅《中國古典戲曲序跋彙編》卷十三(二)）

【箋】

〔一〕《傅惜華藏古典戲曲珍本叢刊》影印清嘉慶十五年嫏嬛書屋刻本、《鄭振鐸藏珍本戲曲文獻叢刊》影印嘉慶十五年尺木堂刻本《三星圓傳奇》無此文。

昭代簫韶（王庭章）

王庭章，字朝炳，常熟（今屬江蘇）人。嘉慶間，奉詔撰宫廷大戲《昭代簫韶》，現存嘉慶十八年癸酉（一八一三）内府刊朱墨本（《古本戲曲叢刊九集》據以影印）。

昭代簫韶序

闕　名

粤以鼚鼓軒舞，揚太平歌咏之風；旌善鋤姦，寓千古褒懲之意。雖一觴一咏，無關正史之隱揚；而可興可觀，彌著人心之好惡。兹《昭代簫韶》者，因宋代之遺聞，表楊氏之忠藎；誅佞人於既死，發潛德之幽光。功著一門，則輝爭日月；節昭四世，則義薄風雷。潤色固近於子虚，因緣實愜乎衆欲。筆花璀璨，積幻成眞；意匠經營，以神設教。魍魎魑魅，縱侈目以飾觀；忠孝節廉，能移風而易俗。哀樂具備，文武兼陳。誠臣子之楷模，而導揚之善術也。

夫誦詩懷古式，韻盡斯遷；讀史慕芳型，事窮亦隱。維兹排比聲律，調協宫商，始則悦耳娱目，終能格化徵心。音諧簫管，若陶性而怡情；彩颺旌旛，乃激忠而勸節。其效固有補《詩》、《書》之所未逮者也。當兹曠古獨隆之世，右文圖治之時。洪敷聖化，而户盡絃歌；廣被仁風，而民皆擊壤。明良際會，海宇昇平。譜異代之奇聞，共斯民以同樂。描摹義烈，則顓蒙亦爲愴懷；刻畫僉邪，則兒童亦爲指髮。以陳家谷之實迹，爲生枝發派之根源；森羅殿之虚文，爲啓聵振聾之藥石。欲使忠貞者益勵其心志，奸慝者痛改其邪非，又豈尋常之麗詞豔曲、無關風化者，所能擬其萬一也哉？是知塡詞雖小道，彰癉攸關；游戲見性情，激揚斯在。故撮其大要，譜入管絃。卽優孟之衣冠，昭勸懲之妙用。爾時三終迭奏，如聞天山明月之歌；異日萬口爭傳，用代秀實朱笏之擊。謹序。

嘉慶十八年歲次癸酉。闕名

《昭代簫韶》凡例

一、《昭代簫韶》，其源出自《北宋傳》之演義書。考《通鑒》、正史，其中惟楊業陳家谷盡忠一節爲實事耳，其餘皆後人慕楊業之忠勇，故譽其後昆而敷演成傳。卽潘美之惡，亦不如是之甚。祇因旣與楊業約，駐兵谷口聲援，王侁爭功離次，不能禁制，及引全軍徑退，乃坐致楊業於死地，是以衆惡皆歸焉。又如牽引德昭，匡襄軍國，竭盡忠誠，庇護賢良，不辭勞瘁，概爲表彰其賢能，用以誅佞屏姦，褒忠獎孝耳，不可議其存歿而拘泥。今依《北宋傳》爲柱腳，略增正史爲綱領，創成新劇，借此感發人心。善者，使之入聖超凡，彰忠良之善果；惡者，使之冥誅顯戮，懲姦佞之惡報。令觀者知有警戒。

一、舊有《祥麟現》、《女中傑》、《昊天塔》等劇，亦係楊令公父子之事。既非《通鑒》、正史，又非《北宋演義》，乃演義中節外之枝，概不取錄。今新創之劇，輯成二百四十齣，分爲十本，每本擬定二十四齣爲準。

一、名目悉遵《勸善金科》之則，用七字標題，當句有對。

一、宫調，用雙行小紅字。曲牌，用單行大紅字。科文與服色，以至韻句讀疊格叶押合，俱用小紅字傍寫。曲文，用單行大黑字；襯字，則以小黑字傍寫別之。

一、凡詞曲必按宫調。往往雜劇中有臆加增損者，皆文人游戲，惟興所適耳。是劇文理辭句，雖實俚鄙，然不敢妄爲出入，悉遵《大成九宫》之句數規格，斟酌參定。

一、詞中用韻處，皆照《中原音韻》爲準。如北調之入聲，應分隸平、上、去三聲者，用小紅圈，按發聲之例，一一圈出。詞中有一字兩聲者，如『將將』、『爲爲』等常用之字，以小紅圈各圈以別之。如同字異音者，惟發異音之字，本字則不復加圈。

一、凡古人塡詞，每齣始終率用一韻，然亦間有出入者，則古風體。今劇中某齣某韻，用小紅字標於每齣名目之下。

一、南北合套之詞，如【仙呂入雙角】，係兩宫合套，必用『南北』二字，標於牌名之首。如【中呂宫】、【中呂調】，【黄鐘宫】、【黄鐘調】等合套之曲，係本宫本調，則以宫調爲別，不載『南北』二字。

一、劇中有上帝、神祇、仙佛及人民鬼魅，其出入上下，應分福臺、祿臺、壽臺，及仙樓、天井、地井，或當從某臺某門出入者，今悉斟酌，分別注明。

一、古稱優孟衣冠，言雖假而似眞也。今將每齣中各色人之穿戴，於登場時細爲標出。

（《古本戲曲叢刊九集》影印清嘉慶十八年癸酉内府刊朱墨本《昭代簫韶》卷首）

紅樓夢散套（吴鎬）

吴鎬，字荊石，別署荊石山民，室名荊石山房，鎮洋（今江蘇太倉）人。監生。獨喜文墨，不喜制舉業，專攻詩古文詞。家中落，不自得，以病酒卒。著有《荊石山房詩文集》、《漢魏六朝志墓金石例》（現存光緒十年甲申後知不足齋刻本，末附《唐人志墓諸例》）。撰傳奇《紅樓散套》。傳見民國《鎮洋縣志》卷九。參見陸萼庭《仲振奎與吴鎬·吴鎬》（《清代戲曲家叢考》）。

《紅樓夢散套》，一名《紅樓夢曲譜》、《今樂考證》著録，現存嘉慶二十年乙亥（一八一五）序蟾波閣刻本、光緒八年壬午（一八八二）據蟾波閣本重刻本（《傅惜華藏古典戲曲珍本叢刊》第七五冊據以影印)、民國初年據蟾波閣刻本石印本(題《精圖紅樓夢曲譜》)、民國二十二年(一九三三)北京農商書局鉛印本。阿英編《紅樓夢戲曲集》(中華書局,一九七八)收録。參見王丹《荆石山民〈紅樓夢散套(曲譜)〉考述——兼論兩種新發現的版本》(《紅樓夢學刊》二〇一五年第六輯)。

自題紅樓夢散套

吴鎬

愁城愛海,逗癡兒怨女,聰明耽惑。一縷情絲柔似許,繞得纏綿悱惻。緑綺傳心,翠綃封淚,償了靈河債。樓空人散,夢緣留在緗帙。　我亦初醒羅浮,酸辛把卷,未悟空和色。撿取埋香芳冢恨,譜出斷腸花拍。駐彩延華,揉酥滴粉,愧少臨川筆。春宵低按,杜鵑紅雨應濕。(寄調【百字令】)　荆石山民

紅樓夢散套序

聽濤居士(一)

《石頭記》爲小説中第一異書,海内爭傳者已數十載,而旗亭畫壁,鮮按紅牙。顧其書事蹟紛繁,或有夫己氏强合全部作傳奇,卽非製曲家有識者所爲,況其抒詞發藻又了不足觀歟?荆石山民向以詩文著聲,暇乃出其餘技,作散套示睞。

夫曲之一道，使村儒爲之，則墮《白兔》、《殺狗》等惡道，猥鄙俚褻，卽斤斤無一字乖調，亦非詞人口吻；使文士爲之，則宗《香囊》、《玉玦》諸劇，但矜餖飣，安腔檢韻，略而勿論，又化爲鈎輈格磔之聲矣。今此製選辭造語，悉從清遠道人《四夢》打勘出來，益復諧音協律，窈眇鏗鏘，故得案頭俊俏，場上當行，兼而有之。凡善讀《石頭記》者，必善讀此曲，固不俟余言爲贅也。

乙亥竹醉日〔二〕，聽濤居士書。

（以上均清嘉慶二十年乙亥蟾波閣刻《紅樓夢散套》卷首）

【箋】

〔一〕聽濤居士：姓名、籍里、生平均未詳。

〔二〕乙亥：嘉慶二十年（一八一五）。

紅樓夢散套跋

彭兆蓀〔一〕

因幻成癡，因癡成夢，夢覺癡醒，一場爨弄。此非綺語，亦非情禪，諺謨曲典，作如是觀。噫！樓頭公案分明在，你既無心，我也休參參。懺摩居士。

（阿英編《紅樓夢戲曲集》所收《紅樓夢散套》卷末）

【箋】

〔一〕彭兆蓀（一七六八—一八二一）：字湘涵，號甘亭，別署懺摩居士，室名小謨觴館，鎮洋（今屬江蘇太倉）

人。道光元年辛巳（一八二一）舉孝廉方正，不就。著有《小謨觴館詩文集》、《小謨觴館詩文續集注》、《彭甘亭先生小謨觴館全集注》。傳見姚椿《晚學齋文集》卷八《墓志銘》、《清史稿》卷四九〇、《清史列傳》卷七三、《續碑傳集》卷七六、《國朝詩人徵略初編》卷五九、《清儒學案小傳》卷一三、《昭代名人尺牘續集小傳》卷五、《清代七百名人傳》等。參見繆朝荃《彭兆蓀年譜》（光緒三十三年繆朝荃刻本《小謨觴館全集》附）。按《年譜》，嘉慶十六年（一八一一）彭氏四十三歲，著《懺摩錄》，自稱懺摩居士。據此可知，《紅樓夢散套》成書於嘉慶十六年至二十年間。彭氏《小謨觴館詩文續集》卷一有《荊石山房文序》，知其與吳鎬有交往。參見陸萼庭《仲振奎與吳鎬・吳鎬》（《清代戲曲家叢考》）

紅樓夢散套題詞

畢耀曾〔一〕

元夕冰輪耀素華，《葛覃》雅樂送鸞車。滿園羅綺金釵輩，便是毫端五色花。（《歸省》）

小庭紅雨春殘後，描盡瓊閨兒女癡。百種聰明千種恨，埋香冢畔淚連絲。（《葬花》）

輕風散夢總無痕，幻境均須彩筆論。此後紅牙新按拍，有情人更暗銷魂。（《警曲》）

一卷《聽秋》新樂府，勝他祭酒《秣陵春》。（我鄉自梅村祭酒作《秣陵春》後，百餘年無製曲家，今僅見此刻。）珊然一個孤悽影，讀向寒閨定愴神。（《聽秋》）

芙蓉枝下泣鮫綃，老眼看來淚亦拋。應付君家寫韻手，浣花箋上細傳鈔。（《癡誄》）

翠擁珠圍動佩音，清歌聲裏玉杯斟。當場略照歸元鏡，費盡才人一片心。（《顰誕》）

巧樣翻新詞幾闋，烟雲在手好文機。蘅蕪愁與瀟湘恨，共對瑤緘涕暗揮。（《寄情》）

漫說彈毫能覺夢，早參泡電悟三生。只愁慧業挑公子，記曲重增紅豆情。（《覺夢》）璞山老人題

（清嘉慶間蟾波閣刻《紅樓夢散套》卷首）

【箋】

〔一〕畢耀曾：字含輝，一字亮夫，號璞山，別署璞山老人，室名碧月軒，太倉（今屬江蘇）人。畢沅（一七三〇—一七九七）姪。乾隆五十七年壬子（一七九二）舉人。著有《廣堪齋詩》。傳見周煜輯《婁東琴人集》乙集、楊鍾羲《雪橋詩話三集》卷八、《清詩紀事·乾隆朝》等。參見陸蕚庭《仲振奎與吴鎬·吴鎬》（《清代戲曲家叢考》）

豫忠（胡梅影）

胡梅影，別署四費軒主人、四費主人，上元（今江蘇南京）人，一説寧波（今屬浙江）人。乾隆、嘉慶間在世。著有《藝餘耳語》、《無線編》、《雨窗隨錄》、《梅影雜説》等。撰雜劇《豫忠》、《董孝》，均存。傳見平步青《霞外攟屑》卷六。

《豫忠》，又名《豫讓報仇》，《清代雜劇全目》著錄，現存嘉慶間刻《藝餘耳語》卷五附錄本。

豫忠總評

胡梅影

詞曲多出《離騷經》，賓白全用《戰國策》。有豫讓之奇忠，而得此激昂之奇作，方不愧傳奇之

目，信矣！惟【折桂令】内，有『叛國紅巾，背主黄巢』句，按紅巾、黄巢，俱在豫讓之後，以前人口中，用後人故事，似未妥協，宜更易之。雖傳奇内犯此病者頗多，如《三國志·議劍》劇内，説韓幹馬、戴嵩牛，亦前人引後人典也。僕因《豫忠》傳奇，非比别劇，寔可作《史記》觀覽，不得不吹毛求疵，以報詞客也。

四費主人妄評。

（《傳惜華藏古典戲曲珍本叢刊》第八〇册影印清嘉慶間刻《藝餘耳語》卷五附録本《豫忠》卷末）

董孝（胡梅影）

《董孝》，又名《董永孝父》，《清代雜劇全目》著録，現存清嘉慶間刻《藝餘耳語》卷五附録本。

董孝總評

胡梅影

一字一淚，不忍卒讀，董生孝乎哉！今付之優孟，使愚夫愚婦咸知其孝可格天，又不獨三家村冬烘先生講二十四孝，方識董生之孝行也。呵呵！

四費軒主人妄評。

（同上《藝餘耳語》卷五附錄本《董孝》卷末）

十快記（沈壽生）

沈壽生（？—一八四〇前），字三白，别署蕉散人、十快先生、萬蕉園主，吴下（今江蘇蘇州）人。賦性豪宕，淡於利名，不事科舉，喜談釋道之術。好吟咏，善書畫。撰傳奇《十快記》。參見陳妙丹《新見清代傳奇二種考論》（《文化遺産》二〇一八年第五期）。

《十快記》，全名《萬蕉園十快記傳奇》，現存清鈔本影印本，蘇州圖書館藏。

十快記序

王以銜〔一〕

樂府之始，太古莫考，惟堯時有鼓腹之歌，舜時有『南薰』之采，至周代大備。凡喜怒哀樂之際，莫不佐琴瑟而歌，倚聲而和，盛矣哉！至唐玄宗以葉仙之幻術入月宫，見騎鸞之舞，作《霓裳》之曲，亦猶庶近古。元時以曲試士，取古人故事作題而咏之，創生、旦、丑、淨之傀儡以舞之。塗丹渥粉，女妝戎服，傴僂妖嬈，盡態極妍，妄誕日甚。

自後才人抑之揚之，未有累於散人，而散人聞之，未必樂乎此，亦未必惡乎此焉。散人自快其快，外史自樂其樂。如月之映水，月自耀其明，而水自揚其清，雖形影相附，而所寓不同也。況天地間一大戲場，混沌開闢，滄桑變易，何物非戲，何事非戲？人生其間，抑何時非戲耶？若以名號求疵言之，則《琵琶》之王四，《南柯》之淳于，不可枚舉。

雖沈子三白，吳下逸士也。博雅好古，繡腹錦心，抱江郎之才，未有伯牙之遇。假借蕉散人之名，作《十快記》。舒舊憤於歌喉，解閒愁於簫管。外史固譜懷中幽恨，而散人當何如也？外史慕散人之快而作耶？抑譏散人之快而作耶？吾聞散人飢寒不屈，寵辱不驚，寄十快於詼諧，空四大於傲慢，羲皇之無知無覺人也。故外史假之借之，墨客隱名假號，拉牽古人，蜃樓海市以爲當，翻雲覆雨以爲奇，羣然以樂爲戲。

嗚呼！世俗之漓，一至此乎！或曰戲之義大矣哉，將化俗移風，不得已而爲之者也。見人之性好新，緣設新而規之，故人心之好奇，因卽奇以寓夫正。其間姦良忠孝，善惡報應，毫髮無憾，使愚者觀之，感發而興起，智者見之，沉默而深思，孰謂非風教之一助歟？前溪外史通體毫髮，化而爲廣長大舌，亦恐未盡其辨也。觀斯記者，幸勿以散人爲願。是爲序。

嘉慶二十年歲在乙亥新秋第一日，勿庵道人王以銜撰。

【箋】

〔一〕王以銜（一七六一—一八二三）：字署冰，號勿庵，別署勿庵道人，歸安（今浙江湖州）人。乾隆六十年乙卯（一七九五）進士，授翰林院修撰。嘉慶十四年（一八〇九），遷國子司業，陞右庶子，歷任翰林侍講學士、侍讀學士、詹事府詹事、内閣學士、工部左右侍郎、禮部左侍郎等。道光三年（一八二三），卒於官。書宗鍾繇、王羲之，詩法杜甫。著有《槐蔭軒詩稿》，輯有《閑燕齋詩匯存》。傳見《勿庵府君行狀》（見《菱湖王氏支譜》『行述』卷）、同治《湖州府志》卷七〇、光緒《歸安縣志》卷四二等。

萬蕉園十快記跋〔一〕

王菊存〔二〕

散人姓沈氏，名壽生，字三白。年十歲，病瘵不愈，讀朱子《大學集注》，有會於養身之學，閉戶靜坐，兩年乃痊。好吟咏，喜談釋道之術。畫學松年、衡山，竹石離奇，酷如與可；書摹懷仁《聖教》，清逸逼眞。賦性豪宕，淡於利名。植蕉數十樹於園，綠映芸窗，藥爐茶鼎，濡墨揮毫，優游於蕉影之間，人呼之曰『蕉散人』，自亦稱曰『散人』，名其園曰『萬蕉』。耽宴遊逸樂之快，視科場如廁溷，等人爵於泥丸。以故禮法之士嫉之，豪俠之士樂之、趨之、快之。散人更安之、快之，署其堂曰『十快』，作《十快記傳奇》以見志。吳下名士遂爭相歌咏，每當檀板輕敲，小紅低唱，散人更自快其快焉。

時過小齋，余每款飲。飲輒醉，醉必豪，下筆縱橫灑灑，可倚馬待。嘗論孫子『兵不厭詐』之說，曰：『夫用兵，仁、義、禮、智、信、勇，缺一不可。若以詐待下，則下何能爲用？以詐示天下，則天下何能服？非詐也，藏也。良賈若虛，大智若愚，此之謂與？』吁！余但知散人畫之癖、詩之魔、書之顛，爲三絶，又知梅竹怡情，茗棋自樂，北窗高臥，仙乎？禪乎？其曰俠，吾意其誣也。今聞論孫子語，散人其奇男子矣。惜未能見用於世。嗟乎！豈天之將藏散人耶？抑散人將自藏於世耶？

時嘉慶二十年歲在乙亥重陽節，西溪老人王菊存跋〔三〕。

【箋】

〔一〕底本無題名。

〔二〕王菊存：別署西溪老人，名字、生平、籍里未詳。阮元《兩浙輶軒錄》卷一五載：『王求皇，字雄飛，號敬存，錢塘監生。著《菊存園偶存稿》。』或即其人。

〔三〕題署後有陰文長方章『菊存』。

萬蕉園十快記題辭〔一〕

陸　塋〔二〕

不知仙骨幾生修，快事居然樣樣周。第一詩魔降未得，風流全似白杭州。

愛遊山水玩風塵，寫入丹青見苦心。莫道天涯無巨眼，江淩壁下臥知音。

紫氣霄騰劍欲鳴，早知俠氣賽雲生。年來萬事平情論，不敢輕來訴不平。

醉中大筆灑淋漓，不使張顛獨擅奇。鳳舞鸞飛人不識，醒來自看尚生疑。

放飲能消一斛醪，天生雅量壓山濤。元龍豪氣非關酒，縱使清渥亦自豪。

棋陣朝朝對客排，疏簾清簟寄生涯。由它局外閒評論，博得癡名亦甚佳。

莫笑樵青竹裏煎，避烟一鶴尚稱仙。瓊漿曾許裴航乞，七椀須留廣結緣。

黑甜鄉裏住年年，慣學坡公無眼禪。只恐如花天女試，沾泥飛絮又纏綿。

坐擁千竿勝百城，瑤琴日日譜秋聲。它時再命肩輿過，定繞疏籬訪阿瑛。

溪北溪南盡種梅，此情寧許俗人猜。儂家卻與孤山近，明歲花開待爾來。丁丑莫春〔三〕，奉題蕉散人《十快圖》，江左陸堃草〔四〕

【箋】

〔一〕底本無題名。

〔二〕陸堃（一七九八—一八八三）：字緯乾，號簡庵，蕭山（今屬浙江）人。嘉慶十九年（一八一四），歲試入學。道光六年（一八二六）恩貢，任教諭。工詩能書。著有《易薈》、《青靄居詩存》、《紀游集》等。參潘衍桐《兩浙輶軒續錄》卷三三、民國《蕭山縣志》（天津古籍出版社，一九九一）。

〔三〕丁丑：嘉慶二十二年（一八一七）。

〔四〕題署後有陰文方章『江左陸郎』。

萬蕉園十快記題識〔一〕

世瑛〔二〕

《十快記傳奇》，萬蕉園主愛姬茗仙曾手鈔數冊，以贈知好。此冊乃茗仙爲姬人小玉所鈔。當年，余與①散人時相過從，小玉與茗仙視如姊妹。今散人②墓木已拱，茗仙白髮婆娑③，小玉亦早歸上界，余垂垂老矣。春夜不寐，挑燈讀此，不勝人琴之感。

庚子春分〔三〕，世瑛記〔四〕。

（以上均蘇州圖書館藏清鈔本影印本《萬蕉園十快記傳奇》卷首）

【校】

①『與』字，底本無，據文義補。

②『人』字，底本無，據文義補。

③娑，底本作『沙』，據文義改。

【箋】

〔一〕底本無題名。

〔二〕世瑛：陳妙丹《新見清代傳奇二種考論》稱或爲瞿世瑛。瞿世瑛（約一八二〇—一八九〇），字良玉，號穎山，室名清吟閣，錢塘（今浙江杭州）人。以藏書、鈔書、刻書聞名。編纂《清吟閣書目》。著有《清吟不痛快詩》。傳見丁申《武林藏書録》、浙江省通志館編《重修浙江通志稿》第六册等。

〔三〕庚子：道光二十年（一八四〇）。

〔四〕題署後有陽文長方章『世瑛』。

避債臺（鄧祥麟）

鄧祥麟（一七八八—一八三九後），原名湘霖，字樵香，號幼鳴，别署桃生、大翮山房主人、二槎過客，欒城（今屬河北）人。嘉慶十五年庚午（一八一〇）舉人，入國史館充謄錄。二十五年，知廣西横州。道光三年（一八二三），以忤上司削職。復職廣西淩雲知縣。九年，改象州知州。工詩詞。著有《第二槎亭吟草》、《第二槎亭續草》、《六影詞草》、《大翮山房集》、《雲衣集》等。傳見《國朝詞綜補》卷二六、同治《欒城縣志》卷一一、《清代官員履歷檔案全編》第二五册嘉慶二十五年奏事檔等。參見張增元《明清戲曲作家事迹考略續編》（《文獻》一九八九年第二期）、黄勝江《乾嘉文人曲家考略三題·鄧祥麟生年新考》（《戲曲研究》第一〇四輯，文化藝術出版社，二〇一七）。

撰《避債臺》雜劇，《清代雜劇全目》著録，現存嘉慶間刻巾箱本。

避債臺敍〔一〕

鄧祥麟

丁丑〔二〕，余有奉倩之傷。歲暮家居，復爲債困，忽忽然不樂。邑大令朱玉寒先生〔三〕，置酒以寬余。席間，問近何爲，余漫應之曰：『作《避債臺》樂府一卷。』

明年春，先生索觀，猝無以應，乃於元夕燈下屬稿，翌日以呈先生。先生曰：『君詞則新矣，彼赳赳焉莊上催租者何居？』余答曰：『茲臺淩空結構，其地或間取實蹟，其人則盡屬憑虚。況青蓮騎驢被喝，邠老斷句難聯，小隸之助成佳話者，正復不少。必欲指其人，不亦傎乎？』

先生喜爲題【百字令】一調。先生善謔，『欒臺辭債』一則，亦余所聞而竊取之云。

戊寅秋分後三日〔四〕，大翮山房落成，因自爲敘。

【箋】

〔一〕底本無題名。

〔二〕丁丑：嘉慶二十二年（一八一七）。

〔三〕朱玉寒：即朱承澧（一七六七—一八二一），字玉寒，别署木末居士，歙縣（今屬安徽）人。嘉慶二十一年（一八一六），授河北欒城知縣。生平詳見本書卷七《七夕圓槎合記題詞》箋證。

〔四〕戊寅：嘉慶二十三年（一八一八）。

避債臺敘〔一〕

許桂林〔二〕

月南與客讀《避債臺》樂府，一客喟然曰：『樵香豈避債秝哉？債亦無心，避亦無心，有臺斯登而已。然柴臺訪碑，幽矣，而傭保至；欒臺觀弈，靜矣，而騶儈至；大翮山房讀書，清且邃矣，而魑魅至；噫，可駭也！及鍾馗一出，長恩執杖，脈望捧爐，歛光起霞，歌聲喝月，天上地下，睢盱齷齪之物，莫不睨視雌嗚，貍伏而鼠竄，又何邑乎？』於時客多下第者，忽有秦人，拍案而起，曰：『鍾判官非舉進士不第者耶？壯哉我輩！』衆客皆拊掌頓足，閧然大笑而散。

月南舉以告樵香，曰：『此特一時取快之言耳。我輩債正多，且有不可避者。入蘭臺而文章之債償，畫雲臺而功業之債償。樵香勉乎哉！五窮餚明年定化紅綾餅餤也。』

己卯四月〔三〕，琴想居士許月南題於金臺旅館。

【箋】

〔一〕底本無題名。

〔二〕許桂林：（一七七九—一八二一），字同叔，一字紹傳，號月南，一作月嵐，別署琴想居士、棲雲野客，海州（今遼寧海城）人。由拔貢生中式，嘉慶二十一年丙子（一八一六）舉人，揀選知縣，未仕。與李汝珍（約一七六三—一八三〇）爲好友。精通古音，兼治易。注《唐氏蒙求》。著有《春秋三傳地名考證》、《春秋穀梁傳時日月書法釋例》、《易確》、《毛詩後箋》、《許氏說音》、《宣西通》、《算牖》、《七嬉》（原名《八嬉》）、《味無味齋外集》等。傳見《清史稿》卷四八二、《清史列傳》卷六九、《國朝耆獻類徵初編》卷四二二、《國朝學案小識》卷一四、《清儒學案小識》卷四、《清代樸學大師列傳》卷六、《國朝詩人徵略二編》卷五七、《清代疇人傳》卷一五等。

〔三〕己卯：嘉慶二十四年（一八一九）。

（避債臺）題詞

朱承澧

爆竹驚心，不因駒影逝，頓添煩惱。可奈頭銜成債帥，逃入虛無縹緲。避債出遊，偏逢債主鬼伯相尋巧。當年彩筆，險些兒齊來討。不但東野鬢絲，玉川城屋，一世甘枯槁。便是飛卿奇骨格，也被揶揄到老。已瘧詩靈，送窮文拙，此事沒分曉。憑君高唱，假寐圓，驚醒了。（調寄【百字令】）　木末居士〔一〕

（以上均《傳惜華藏古典戲曲珍本叢刊》第八七册影印清刻本《避債臺》卷首）

【箋】

〔一〕木末居士：據鄧祥麟《避債臺》自序，即朱承澧（一七六七—一八二一）。

鴛鴦劍（徐子冀）

徐子冀（約一七七〇—一八三五後），字繡山，號延瑞，别署夢舲仙客、夢道人，武原（今浙江海鹽）人，流寓淮東袁浦（今江蘇淮陰）。著有《布鼓軒吟草》。參見吴曉鈴《〈紅樓夢〉戲曲補説》（《吴曉鈴集》第五卷）、鄭志良《清代『紅樓戲』〈鴛鴦劍〉考述》（《明清戲曲文學與文獻探考》）。撰《鴛鴦劍》傳奇，周氏《言言齋劫存戲曲目》、《古典戲曲存目彙考》著録，現存道光十五年（一八三五）布鼓軒稿本。

《鴛鴦劍》自序

徐子冀

綺逕風清，碧窗人杳。雲飛天外，空餘孃娜之絲；燕繞檐前，猶自呢喃其語。昔者花繁金谷，别有芬芳；今也月冷瑶臺，絶無清麗。蘭心蕙質，曾隨蓮步以趨承；曇影珠光，頓逐芸烟而銷散。悲夫！仙仙乎去，誰留霞彩之裾；姍姍其來，孰近鮫綃之帳。郎才落落，卻非遺路上之珊鞭；妾意拳拳，亦堅守機中之錦字。胡此生之不幸，忽飛語之侵來。貝錦斯成，桃夭未賦。空是色而色卽空，泡影原空中色相；夢未覺而覺亦夢，死生爲夢裏覺因。萬事無常，一身是兢。明珠仙露，可重者冰玉其心；水月鏡花，可悲者鴛鴦之劍。龍泉爍爍，淬秋水以光芒；蝤領娉娉，飲青鋒而羽化。嗟乎！美人香草，自爾流芳；烈女貞魂，還當返世。靈犀一點，何殊金石之含輝；皚雪長吟，用藉謳歌以白怨。愧無筆彩，敢拈斑管寫幽情；獨展雲藍，聊擘濤箋抒恨事。仙源可躋，固空言挽造化之權；鳳侶雙昇，且設想遂吾人之願。

夢道人偶筆〔一〕。

【箋】

〔一〕題署之後有印章三枚：陰文方章『徐』、『子』，陽文方章『繡山』。

自題鴛鴦劍〔一〕

徐子冀

游戲巴詞一夕成，搜神說鬼意縱橫。天台人邈仙源近，鷲嶺魂依佛法明。劍淬昆吾悲去日，香焚聚窟樂回生。挑鐙更譜飛昇事，月朗風清有鳳鳴。（手繕《鴛鴦劍》清稿畢，自嘲） 六六老人載筆〔二〕

（以上均清道光十五年布鼓軒謄清稿本《鴛鴦劍》卷首）

【箋】

〔一〕底本無題名。

〔二〕題署之後有印章二枚：陰文方章『延瑞』，陽文方章『繡山』。

鴛鴦劍自跋〔一〕

徐子冀

夢道人，南州高士裔，世居浙右武原，流寓淮東袁浦。生平重意氣，忠人謀。中年爲友事，幾陷不測。仲兄春臺適寫《漁舟女收綸假寐》小幅〔二〕，寄至，感而賦詩云：『往事付浩嘆，何妨別寓形。不須詢寤寐，端爲暝虛靈。萍藻紛風雨，蒲蘆暗渚汀。輕舲出雲水，大夢渺滄溟。』遂自字曰『夢舲仙客』，晚年又字曰『夢道人』。

（清道光十五年布鼓軒謄清稿本《鴛鴦劍》卷末）

【箋】

〔一〕底本無題名。

〔二〕仲兄春臺：徐春臺，武原（今浙江海鹽）人，名號、生平均未詳。

鴛鴦劍自識〔一〕

徐子冀

雨窗沉寂，偶演《鴛鴦劍》十六劇，柳之俠，尤之烈，彷彿其爲人。大凡超脱者不俗，不俗者卽仙，又何必仙而後仙之乎？惟是律吕未諳，宮商未叶，不堪持贈，聊以自娱。莞然一笑曰：『漁笛滄浪。』

道光庚寅重九日，夢道人自識。

【箋】

〔一〕底本無題名。

鴛鴦劍初稿甫脱偶吟四絶解嘲〔一〕

徐子冀〔一〕

花柳縱横香霧雰，名園詩酒屬釵裙。有人獨借臨川筆，寫出輕清嶺上雲。

不在金釵十二中，也隨環佩步玲瓏。從無韻月吟花句，想見冰心玉石同。

毅俠人人說柳生，尤家少女亦錚錚。桃夭未賦流言誤，一劍身亡心未明。

煉石琳琅補恨天，擒毫濡墨締雙蓮。不須蕭史夸偏勝，柳毅而今又鳳騫。

夢道人載筆。

（以上均清道光十五年布鼓軒謄清稿本《鴛鴦劍》卷末）

【箋】

〔一〕底本無題名。

鴛鴦劍序〔一〕

亦道人〔二〕

世之讀《紅樓夢》者，文人學士、閨秀方外，無一不贊美其結構之精，規模之大，人才之秀，詞藻之華，形容之肖，意趣之旨，如天馬行空，羚羊倒挂，清虚靈妙，不可憶擬。無怪其家傳而户誦之，歌咏而膾炙之，拔後超前，洵稗官雜説中一快書也。

武原夢道人之讀《紅樓夢》也，亦如世之文人學士、閨秀方外，贊美而豔羡之，歌咏而嚮往之。乃更於遐觀清玩中，獨具瞭眸，則青目二人焉：柳湘蓮、尤少女也。湘蓮之交寶玉也，磊磊落落，不事傴僂；打薛蟠也，駁駁劣劣，快人心目。尤女之許婚湘蓮，重其人也；飲劍亡身，憤其遇也。故曰柳之俠，尤之烈也。是誠如九方臯之相馬，獨鑒賞於牝牡驪黄之外。

庚寅秋〔三〕，雨窗沉寂，偶話及此。夢道人吮墨濡豪，盡一晝夜，撰《鴛鴦劍》十六劇。雖本於《紅樓夢》之作，而别開生面，獨出己裁，非比如《紅樓曲本》、《紅樓復夢》，摭拾賸粉殘脂，而效顰於塵後也。因游戲筆，不復湔滌，自識其後，曰：『音律未諳，宫商未叶，擬以漁笛滄浪。』夫文筆游戲，不外乎寫景寫情，以適一時之興趣，奚必方矩圜規，如刻木、如鑿石者？

然昔者云亭山人未仕時，作《桃花扇》傳奇，攜諸行篋，借觀者竟無一句一字著眼，故其自序曰：『天下大矣，後世遠矣，特識焦桐者，豈無中郎乎？』迨後云亭薄宦部曹，其書進奉内廷，於是家傳而戶誦之，歌咏而膾炙之，盛行於世。抱犢山農爲諸生時，著詩、古，旁及《揚州夢》、《續離騷》傳奇，泯沒久之，託友收藏，寄詩云：『此身若遂沉淪死，留與寒家子弟看。』迨後文敏相國科第通顯，編次父書，付之剞劂，於是家傳而戶誦之，歌咏而膾炙之，盛行於世。今夢道人《鴛鴦劍》一書，亦必有時至，闡發如《桃花扇》、《揚州夢》、《續離騷》之家傳而戶誦之，歌咏而膾炙之，高識巨目，獨鑒賞於牝牡驪黃之外者也。

道人視世事如浮雲，曠達於中。曾記其呂仙祠題壁詩：『自笑夢醒醒亦夢，此生原是夢中仙。梧桐葉落秋如許，不問黃粱一醉眠。』其胷襟當何如哉！此之《鴛鴦劍》游戲傳奇，是耶？非耶？知付之於流風過水云爾。

時在道光十年歲次庚寅七夕，亦道人偶筆〔四〕。

【箋】

〔一〕底本無題名。

〔二〕亦道人：姓名、籍里、生平均未詳。

〔三〕庚寅：道光十年（一八三〇）。

〔四〕題署之後有陽文方章二枚：『三山散人』、『花滿天池』。

鴛鴦劍題詞〔一〕

余丰玉〔二〕

蚤歲江淹文思馳，晚年潘岳鬢如絲。西窗夜雨青鐙下，寫出鴛鴦劍一枝。
俠烈無人識柳、尤，高明特筆卓千秋。九方相馬驪黃外，別有天機駭俗流。
筆采繽紛春露鮮，墨華清麗曉風妍。心空如洗白雲上，黄鶴梅花玉笛仙。鴛湖余丰玉拜題〔三〕

【箋】

〔一〕底本無題名。

〔二〕余丰玉：鴛湖（今屬浙江嘉興）人，字號、生平均未詳。

〔三〕題署之後有印章三枚：陰文小方章『私』、『信』（？），陰文方章『春華秋實』。

鴛鴦劍題評〔一〕

鮑莼等

文章學問無窮高，而愈高者多矣。卽古今來名宿大家，亦恆有纖毫甲乙之別，而其文之佳則一也。要惟讀之者具有卓見，各識其義旨之精微妙奥處，未可横纖毫甲乙於胷臆間耳。今之讀《鴛鴦劍》傳奇者，亦當具有卓見，獨識其義旨之精微妙奥處。

秋湄鮑莼識〔二〕。

秋湄此評，如吾佛如來現金色臂，捏五輪指，放光明拳，照耀眾生，功德無極。

天台僧虛如和南〔三〕。

曩閱《紅樓》說部，愛其筆妙，能思人所未思，發人所未發，爽目快心，莫此爲勝。今讀夢道人《鴛鴦劍》十六劇，借《紅樓夢》中柳、尤二人贈劍、索劍事，毅之烈之，傳之奇之。尤見其筆之精妙，能思人所未思，能發人所未發，光怪陸離，出人意表。杜子美『語必驚人』，《鴛鴦劍》之謂歟？

淮陰□□新拜題〔四〕。

《紅樓夢》說部，載柳、尤鴛鴦劍事，爲熱境中之冷筆，鬧場中之僻徑。其事其人，必可傳述，無如力絀發揚，中心藏之者久矣。甲午客游桃北〔五〕，祝司馬款留植桂軒，一二三知己，晨夕清譚。夢道人出所著《鴛鴦劍傳奇》付觀，乃知有先我而言。誠哉，實獲我心焉！於是捧誦再三，拜服靡已。《易》曰：『同心之言，其臭如蘭。』《列子》曰：『巍巍乎若高山，洋洋乎若流水也。』

毗陵惲嘉仲敷氏拜識〔六〕。

黃山谷稱嵇叔夜詩，『豪壯清麗，無一點塵俗氣』。今觀夢道人《鴛鴦劍傳奇》，洵亦豪壯清麗，無一點塵俗氣。果能誦得於心，想見其人，攬其餘芳，誠撲去面上三斗俗塵。故曰：必得清麗豪壯不俗之人，乃能見出其清麗豪壯，無一點塵俗氣之妙。

湘湖蓮拜讀〔七〕。

『文章千古事，得失寸心知。』是故善觀文者，必有識見，而不必先有己見也。每嘗有見名家者則稱之，非名家則薄之，大都皆中人以下之流之恆情世態也。今觀夢道人《鴛鴦劍》之作也，筆思精華，文情卓越，乃獨隱其姓字，不欲人知，是誠心妙神清，超然物外。此之所謂道，所謂人，所謂胷無纖塵，有道之君子人也。謹爲序。

桐岡啫拜手〔八〕。

世之説部傳奇，大都言男女事居多，皆必極情盡致，描摹其好合乖離，訢娱悲戚，牽連藤葛無已，究之同一窠臼。今讀吾夫子《鴛鴦劍》之作也，亦言男女事，亦言訢悲離合，而特寓勸懲之旨，不屑落人云亦云之故套。雖率意筆，獨辟心裁，出人意表，於此概見平日之抱負高超，汪洋襟度。太沖詩云：『振衣千仞岡，濯足萬里流。』請以方之。

受業王濤謹跋〔九〕。

《鴛鴦劍》十六劇，假《紅樓夢》之柳湘蓮、尤少女事，闡發其生死俠烈，心迹雙清，終以服丹返世，鳳侶仙昇而結。蓋寸心有感，曾興分折之悲；而尺素無文，姑作再生之幸云爾。

《布鼓軒吟草》本詩小序。

昔聖歎論《西廂記》讀法云：『舊時見人教諸忤奴，於紅氍毹上扮演之，此大過也。』余今讀《鴛鴦劍》，請以是語移贈之。

我齋讀〔一〇〕。

或謂亦道人曰：『《鴛鴦劍》敍柳、尤事，何與《紅樓夢》敍柳、尤事殊異？』？亦道人曰：

『《紅樓夢》是《紅樓夢》之柳、尤，《鴛鴦劍》是《鴛鴦劍》之柳、尤，未可同日語也。』或又曰：『何謂《紅樓夢》是《紅樓夢》之柳、尤，《鴛鴦劍》是《鴛鴦劍》之柳、尤？』亦道人曰：『《紅樓夢》之柳、尤者，有其人，有其事，作者隱其真，蹤其迹，用閑筆而鋪陳之，以快觀覽之意，故曰是《紅樓夢》之柳、尤也。《鴛鴦劍》之柳、尤者，假其人，假其事，作者書其慨，寫其懷，用正筆而毅烈之，以寓勸懲之旨，故曰是《鴛鴦劍》之柳、尤也。』

亦道人又筆。

一部《紅樓夢》，道人只取重柳、尤二人，而柳、尤二人，又取重『俠烈』二字，道人可謂善讀書者。勿謂稗官、郛說，可以忽略觀。

道光甲午花朝正觀，弟余鑒拜識〔一一〕。

先生心迹本雙清，冰月晶壺相與明。譜出新詞本絕倡，青郊高樹囀春鶯。

離魂孤影泣沉淪，花戰羣芳浩氣振。正好太平增《廣記》，不妨干①寶續《搜神》。（集中《離魂》、《花戰》二劇，尤稱奇構。）

喻麋淡染银毫筆，側理兢鈔《白雪》吟。生恐過時爭紙貴，又防傳寫去鷄林。

西湖正好讀新編。齒牙吐慧生芳豔，細嚼梅花咽冷泉。（用夢道人成句。） 道光甲午冬，過袁公潞浦，見夢道人《鴛鴦劍傳奇》，奧思清新，妙辭精粹，爰借鈔之，並吟贈四絕，以志心佩之誠。武林高鳳翰拜題〔一二〕。

武原野老耽隱淪，持躬澹泊輕浮名。策畫經綸川澤奠，犀光照耀蛟龍驚。功德輔仁弗自衒，公卿河上傾高明。海樓蜃景見已慣，淳澆真僞無爭衡。雨窗卓論《鴛鴦劍》，吮豪夜坐思縱橫。浸淫穠鬱出變態，雕鎪藻繢抒衷情。禿管冥搜化生死，仙神鬼物何紛綸。琪花瑤草諳武備，山精野魅銷氛塵。紫府清虚更煉藥，還丹有力能回生。玉童兩兩具完璞，秦樓再見雙飛昇。事憎怪僻襲干寶，語涉恢詭通靈均。幽明一例重貞烈，荒唐誕幻藏糾懲。泥人木梗戲其戲，金鐘大鏞鳴其鳴。龍光石匣射牛斗，方知神物埋豐城。天下奇文共俊賞，惟公一束青鏤擎。孟麟拜題〔一三〕

屈子《離騷》，千古奇文也。揚子雲謂其『過以浮』，班孟堅謂『露才揚己』，顔之推謂『陷輕薄』。故竟陵王逐直先生《序》曰：『斯皆鄙陋之言，亦非所望於三子也。』今夢道人《鴛鴦劍》游戲之作，原不上比於《騷》，聞亦有故泥之者，試觀逐直先生《離騷序》，迺心爲之平。

亮夫袁直拜讀〔一四〕。

傳奇曲本，向有南北之分。大凡出於文人之筆者，北曲多可以觀，不可以演。余見聞淺近，所知者《西廂記》、《揚州夢》、《續離騷》，並今此《鴛鴦劍》，合而四焉。果如玩其詞，摩其意，枯坐靜室中，屏息遐想，其中之聲音笑貌，舉止歌哭，悲訢離會，手舞足蹈，珍琦瑰瑋，歷歷具在目前。其妙也盡善矣，又何必設氍毹，張鐙彩，鑼鼓喧闐，笙管嘈雜，而優孟衣冠，粉白黛綠，錦衣繡褲之爲？樂則有之，妙則未也。

袁江畸人偶筆〔一五〕。

露冷螢焰溼，床下蟲聲澀。桃笙七尺秋，欲睡寒侵入。呼童移短檠，下帷重抱膝。既誦《天姥吟》，又思湘靈瑟。几席粹瑤編，虛白生於室。展觀目一新，疑是嫏嬛集。瑰瑋黃石書，妙奧雲珠笈。《齊諧》駭見聞，《說郛》紀怪逸。讀之拍案驚，贊之走不律。屋上有烏啼，窗前有鬼立。不見莊周夢，恍見天孫泣。返魂原有香，飛昇亦沿襲。理之所必無，事之毋執一。看看漏已沉，鐙盡室如漆。寒粟聳玉樓，擁衾猶卷執。我齋嚴惺拜題

奇妙撰靈空，仙神曉夢通。揮毫驚鬼泣，看劍飲花紅。野史人情鑒，文心造化工。玉環金盌事，收入有無中。

今古事依稀，毋煩別是非。天台情繾綣，金谷景芬菲。月魄逢山鬼，花魂建虎旂。羣芳攻戰地，凱奏錦衣歸。

騷祝乘貍豹，經文載鬼車。高明端瞰室，射影有含沙。世事多眞幻，塗行自正斜。欽君傳俠烈，妙筆走龍蛇。少穆弟麟拜題〔一六〕

少陵詩云：『筆落驚風雨，詩成泣鬼神。』又云：『自是君身有仙骨，世人那得知其故？詩卷長留天地間，釣竿欲拂珊瑚樹。』今讀布鼓軒《鴛鴦劍》藏稾，請卽以杜句爲跋。

乙未春〔一七〕，南州別墅甥館石庵左壽彭謹識〔一八〕。

率意評題，陶情逸興；無端點畫，遣悶抒懷。漫憎蛇足之添，聊襲蘭心之臭。隃麋和清露以吟，花憐半謝；栗尾拂采箋而咏，鳳祝雙騫。顧仙侶弗念青萍，旣已飛昇而無憾；迺吾儕頓忘白髮，猶由至性以生情。金玉其人，雲烟其事云爾。

亦道人載筆。

（以上均清道光十五年布鼓軒謄清稿本《鴛鴦劍》卷首）

【校】

①干，底本作『于』，據文義改。下同。

【箋】

〔一〕底本無題名。

〔二〕鮑蕤：號秋湄，籍里、生平均未詳。

〔三〕盧如和南：天台僧，籍里、生平均未詳。

〔四〕淮陰□□新：未詳。

〔五〕甲午：道光十四年（一八三四）。

〔六〕惲嘉：字仲敷，毗陵（今江蘇常州）人。生平未詳。

〔七〕湘湖蓮：姓名、籍里、生平均未詳。

〔八〕桐岡嵝：姓名、籍里、生平均未詳。

〔九〕王濤：字號、籍里、生平均未詳。

〔一〇〕我齋：即嚴惺，號我齋，籍里、生平均未詳。

〔一一〕余鑒：字號、籍里、生平均未詳。

〔一二〕高鳳翰：武林（今浙江杭州）人，字號、生平均未詳。

〔一三〕孟麟：字號、籍里、生平均未詳。

〔一四〕袁直： 字亮夫，籍里、生平均未詳。

〔一五〕袁江畸人： 姓名、籍里、生平均未詳。

〔一六〕少穆弟麟： 即徐麟，字少穆，或亦武原人。 生平未詳。

〔一七〕乙未： 道光十五年（一八三五）。

〔一八〕左壽彭： 號石庵，籍里、生平均未詳。

洞庭緣（陸繼輅）

陸繼輅（一七七二—一八三四），字祁孫，或誤作祁生，又字又商、商對、季木，號霍莊，別署小元池居士、修平居士，陽湖（今江蘇常州）人。嘉慶二年（一七九七），入阮元（一七六四—一八四九）幕府。 五年庚申（一八〇〇）舉人，後八試禮部皆黜。 輾轉於揚州曾燠（一七五九—一八三一）、松江李廷敬（？ —一八〇六）幕府。 二十二年，大挑二等，選合肥訓導。 道光十一年（一八三一），以勞敘授江西貴溪知縣。 工詩文。 著有《崇百藥齋詩文集》、《清鄰詞》、《玉眞閣吟稿》、《合肥學舍劄記》等。 撰雜劇《碧桃記》，傳奇《洞庭緣》，均存。 與莊逵吉（一七六〇—一八一三）合作《秣陵秋》傳奇，爲吴堦（一七五七—一八二一）續成《護花幡》傳奇，皆佚。 傳見李兆洛《養一齋文集》卷一一《墓志銘》、《清史稿》卷四八六、光緒《陽湖武進縣志》卷二六等。 參見車錫倫《清代劇作家陸繼輅及其〈洞庭緣〉傳奇》（《揚州師院學報》一九八二年第六期）。

《洞庭緣》，《今樂考證》著錄，現存光緒六年庚辰（一八八〇）嘉興鴛湖盛阜昌刻本（《傅惜華藏古典戲曲珍本叢刊》第八〇冊據之影印）、清鈔本、舊鈔本。

洞庭緣傳奇敍

何兆瀛〔一〕

夫以洞庭張樂之地，《離騷》激楚之遺，當其抑志弭節，紆鬱興歌，無不氣吐雲霞，言怖河漢。托微詞於幻夢，結綺想於遊仙，宏願三千，寓言十九。然而鳴鳩佻巧，誰折瓊枝？別鵠淒涼，空將玉案。鍊石五色，未聞補恨之天；買醉千年，難覓埋憂之地。美人寄怨，吉士思秋。繪情彌工，彈響易畢。至若侏儒猱雜，譎誑詆排。逞靡曼之耳目，共說新聲；摹優孟之衣冠，終傷雅奏。雖有作者，亦無取焉。

陽湖陸祁生先生，以承明著作之才，當幕府優遊之日。文餘慧業，詩雜仙心。綴《聊齋》志怪之書，翻湖上傳奇之譜，爲《洞庭緣》院本十六折。作波濤而縈帶，織雲錦以綢繆。人同劉、阮，俱號龍媒；緣結履巾，偏逢魚媵。雲鬟霧鬢，吹下步虛之聲；海市蜃樓，飛作散花之舞。烏絲寫遍，紅豆敲殘。誇小杜以驚迴，競周郎而顧誤。斯亦擅韻事於千古，成嘉會於一時已。

嗚呼！秣陵秋老，皖水雲愁。繁弦急管，剩有哀音；天上人間，遂成絕調。際紅羊之浩劫，慘黑籍之須臾。逍遙猿鶴，空留節度旌旗；曼衍魚龍，散入江天烽火。遺編祕笈，都付秦灰；碎玉零珠，竟完趙璧。丹鉛點校，楮墨紛披。華年錦瑟，恍招仙蝠之來；香國花幡，應有湘靈之護。令子存陔〔二〕，出示茲編，重加訂正，將貽剞氏，索爲駢言。僕也春明夢幻，秋景神傷。慚開北海之樽，老作西湖之長。誦《百藥》之集，詩卷長留；追《四夢》之蹤，風流嗣響。爲按《霓裳》之拍，如聞《水調》之歌。成美滿於人天，播芳馨於蘭芷。雲中風嫋，帝子翳其降兮；江上峯青，先生移我情矣。

光緒丙子暮春，古昇州後學何兆瀛謹敍。

【箋】

〔一〕何兆瀛（一八〇九—一八九〇後）：生平詳見本書卷九《仙合曲譜》條解題。

〔二〕令子存陔：即陸存陔，陸繼輅子，官浙中。金武祥（一八四一—一九二六）姊夫。

洞庭緣題辭

李廷敬 等

自題洞庭緣院本即呈味莊先生〔一〕

畫諸纔完日未偏，白雲如鏡照華筵。春鶯小部傳呼急，唱我『黄河遠上』篇。

醉牽歌袖醒先忘，卻聽人傳小杜狂。說與使君渾不覺，玉山筵上任頽唐。

百意憐才諱客癡，一鐙選夢製新詞。少年枉自夸仙骨，愁絕文簫證道時。

親量玉尺贈明璫，水府能容詞客狂。欲酹一杯和淚酒，烟波夢影太微茫。

歡筵無奈帶離聲，渺渺人天惜遠行。一種臨歧思借寇（時味莊觀察有述職之行），酒闌曲罷不勝情。周郎顧曲太匆匆，强捉仙禽閉玉籠。（懷廉山也〔二〕，時權知丹徒。）料得放衙成獨坐，相思半在海雲中。

重翻舊曲觸閒愁，（向借莊君伯鴻譜《秣陵秋》三十六折，味莊觀察命家伶習之。）同把青樽話昔遊。恨我識公遲十載，一簾秋影獨登樓。

豪絲激竹動春潮，樂府新傳《海上謠》（味莊觀察及轂人祭酒、穆堂侍御所作〔三〕）。我亦歌聲出金石，樽前吹裂小紅簫。

屬祁生譜洞庭緣樂府成次自題韻

咫尺蓬雲此地偏，每招鸞鶴共清筵。探微别有梯仙訣，新箸龍宫内景篇。

海山兜率兩難忘，飛到羅浮蝶亦狂。鬢髩鞦韆親贈句，笑他虚誕賦《高唐》。

身無仙骨不能癡，癡絕翻成絕妙詞。值得魂消腸斷處，只須噏履玩巾時。

自攜彩筆换明璫，天遣才人作酒狂。劉、阮當年眞俗子，空留千古恨茫茫。

金樺檀板按新聲，便擬君山頂上行。幾許烟鬟供客醉？冰清玉潤總多情。

相憐身世苦匆匆，驥困鹽車鶴閉籠。莫是前生太驕侈，曾騎白鳳萬花中。

慣借深杯澆舊愁，也須倚劍作清游。珠宫貝闕雕搜盡，待向三霄造鳳樓。

戀闕思鄉對晚潮，慚言南國采歌謠。期君更著中和樂，律協咸雲入鳳簫。滄州李廷敬寧圃

味莊師招看洞庭緣新劇次祁生自題韻

憐才難得使君偏，列宿常看聚綺筵。有客月明吹玉笛，醉吞滄海製新篇。

風鬟一賦詎能忘？狼藉羅巾醉草狂。合有仙姝配名士，《桃花源記》未荒唐。

柳嚲鶯嬌蝶亦癡，窺簾聽譜合歡詞。冰綃玉尺分明在，絕勝探花上第時。

湖主憐才贈佩璫，酒狂纔遣又詩狂。琳宮有願終能到，莫悵神山路渺茫。

新聲幾處帶離聲，賦罷閒愁賦送行。一樣兩行知己淚，英雄兒女總牽情。

頻番風信倦匆匆，贏得清詞蜀錦籠。寄語河陽仙令尹，又聽新曲藕花中。（是日，又演廉山大令《護花幡傳奇》。）

何計能消萬古愁？琴河曲曲憶前遊。秣陵秋老宮商換，重見江花結蜃樓（祁生向有《秣陵秋傳奇》之作〔四〕）。

歸棹爭迎八月潮，重來南國采風謠。新銜兼署輶軒使，敕賜鈞天碧玉簫。常熟女史歸懋儀

星宮叱雲作龍語，白綃墜空結冰縷。仙妾佩纓金尾斜，采珠下喚靈田雨。洞庭張樂無軒皇，夢騎赤鯉遊沅湘。鵾絃十三盡君曲，曉月墮烟秋點長。蔡鸞揚〔五〕

天與才情助少年，羣花都遜筆花妍。醉中手把瓊簫坐，畫出秦樓跨鳳仙。

聽說連宵譜豔詞，有人親爲界烏絲。尋常不肯嫣然笑，等取周郎顧曲時。

牽雲曳雪太匆匆，門外班騅立曉風。曲自團圓人小別，分明老眼燭花中。

征帆小駐聽離歌，主客平分別緒多（時味莊兵備入覲）。知己恩深兒女怨，百端交集奈君何？錢塘

何琪春渚〔六〕

兩折仙緣譜洞庭，陸郎才筆妙通靈。倘教把向湘舟讀，定有魚龍月下聽。合肥黃承曾〔七〕

珠宮貝闕通呼吸，金甲神人奮波立。手劃洪流萬丈開，失路書生平步入。因緣荒幻世所疑，赤繩繫足如此奇。精魂淪入三生石，星娥神女皆相思。洞庭由來張樂地，瀟湘帝子此游戲。夜彈寶瑟無人知，黛眉愁對君山翠。君不聞雨工戴角成毛羣，仙顔欲化涇陵塵。馬上郎君抱明義，夫壻那知行路人？騷人心探龍宮籙，寫作人間斷腸曲。鍊成媧石補情天，淚滿九疑峯下竹。風鬟霧鬢何娉婷，洛妃遙妒波臣驚。長生亦是等閒事，羨爾顔色能傾城。夭桃豔發五花樹，幅巾顧拜哀牢主。昔日錢塘破陣聲，翻出《霓裳羽衣》譜。子春凡骨情亦頑，求取明珠身便還。何年借得仙人笛，吹入風濤澒洞間？臨川樂鈞蓮裳〔八〕

網得珊瑚費轉輪，風前一字一躊躕。量來合浦珠千斛，誰識鮫人兩眼枯。

翰墨因緣不倩媒，置身無地卽蓬萊。臨淵莫羨風鬟賦，除卻塵寰總愛才。

豔福由來未可期，清才端不負瓊思。書生得失渾閒事，難得神仙重報施。

新聲疊疊起湘雲，寶瑟玲瓏風外停。二十五絃翻不斷，隔江遙送一峯青。程開泰韻篁〔九〕

君山一點青千古，水國何年置城府？然犀照水吁可驚，貝闕珠宮森棟宇。湖君出游羽衛集，亂捲長風飛急雨。客舟半覆浪如雷，水面神靈自歌舞。袖攜玉尺帕題詩，爭乞神憐怕神怒。耳邊廣樂疑未歇，馬上明姿快先覩。人天同是小游仙，牽得紅絲各一縷。仙姬縱愛夫壻好，命奪刀砧亦良苦。君不見清宵燕寢奏新聲，疑有烟雲起窗戶。酒闌笑指蜃樓生，雲夢胷中尚堪吐。上海褚華

文洲〔一〇〕

夜吟不覺月痕偏，製就新詞付玳筵。取決樽前歌一曲，匆匆如唱《渭城》篇。

過眼奇文未易忘，高歌不減舊時狂。傾城獨唱『黃河』句，此曲原無愧盛唐。

由來情種是情癡，篋衍間繙舊著詞。根觸相思無限意，忽拈紅豆立移時。

水晶簾下解珠璫，遮莫題詩一味狂。回首湖壖船泊處，水光雲影任蒼茫。

正駭焚輪撼水聲，忽傳鸞鳳許隨行。昨宵風雨今宵月，驚定相看倍有情。

仙山歲月豈匆匆，珠樹偏宜薄霧籠。堪笑長安游冶客，看花終日馬蹄中。

人間無地可消愁，擬趁烟波汗漫遊。一樣鮫宮新樂府，絕勝湖上蜃中樓。

錦囊攜去趁歸潮，妄誕寧同黃竹謠。聞説風流姜白石，要聽低唱自吹簫。陽湖程榮誥仲榆〔一一〕

碧雲無際海天長，幕府孤鐙思渺茫。爲唱《洞庭》新樂府，遠山一角夢瀟湘。

貝闕珠宮曉氣橫，繡巾一幅締芳盟。多情憑仗才人筆，此是吾鄉陸士衡。陽湖屠印曾省堂〔一二〕

畏暑眞無避暑方，新詞忽地展清商。魚龍曼衍渾閒事，木葉微波勁晚涼。

寶笈雲籤次第抽，長生有訣亦能求。但愁劉徹無仙骨，渺渺西風鄂渚舟。

人間無地著清狂，難得龍君玉尺量。簫鼓揚靈今在否？要將杯酒酹瀟湘。

一撮刀圭易種恩，題巾詩好不須論。鮫宮坦腹人多少，閒煞三閭屈相魂。

枇杷花下譜新修，脱稿爭傳菊部頭。製曲士龍年最少，愛才人感李滄州。

紅藕香中燭兩行，如花龍女夜登場。座中遍賞塡詞好，不看雲郎看陸郎。

江南渭北各栽花（謂萬廉山、莊伯鴻兩大令），悵望詞人天一涯。（萬有《護花旛》，莊有《秣陵秋》新製。）老我春蠶絲欲盡，不堪重省舊箏琶。（余舊譜《皖江雲》一種，亦製《護花旛》，未竟三折，屬祈生續之〔一三〕。）

海舶新將院本尋，雞林早晚購千金。憑君更撰荒唐事，絕勝寒郊瘦島吟。　陽湖吴堦次升〔一四〕

下第才人暗自傷，忽驚奇福出尋常。龍堂入夜波如海，別展鮫宫作壻鄉。

玉茗花殘閣亦傾，是誰拈筆與爭名？到頭一樣神仙夢，樂府新傳兩柳生。　陽湖洪亮吉雅存

湘絃調冰切龍語，天外風吹洞庭雨。湖中風雨日日顛，妾身植柳姓在天。朝霞東升撇波戲，騎魚歸來得魚婢。隔窗冰人影如織，鮫綃上機不成匹。雌聲夜咽吟寒簧，龍宫新迎白石郎。盤中淚圓玉壺小，抱珠一雙眠不曉。空簾低挂蟾蜍鉤，蝦鬚卷天海倒流。龍涎滿堂照龍燭，長蛾出門掃烟綠。年年龍王嫁女哭，四月十九終君曲。　陽湖劉嗣綰芙初

續夢尋花，待潮流信，海上南園重到。月墮窗虚，樹搖池動，游魚向人夭矯。有浩淼江湖意，徐翻短長調。　洞庭好，問龍宫、幾番今古。因甚事、長見柳郎年少？我欲唤留仙，訴前緣、也應愁了。酒綠鐙紅，看登場、若箇歡笑。料平原季子，未遣一襟幽抱。（右調【獻仙音】）　倪稻孫米樓〔一五〕

流盡年光，何時眞翦，寒碧千頃。水佩風裳，抵銷庸福，不是無人省。靈旗卷雨，輕綃護玉，還訪橘根仙井。算人間、花驕柳寵，再來須問波影。　蓬萊路遠，憑仙風吹去，空笑浮萍斷梗。徐市新來，不堪重記，燒劫秦灰冷。巴陵山色，爲誰窅窕？只合同浮魚艇。休横笛、眠珠正好，莫將唤醒。（右調【永遇樂】）　周濟保緒〔一六〕

（以上均《傅惜華藏古典戲曲珍本叢刊》第八〇冊影印清光緒六年刻本《洞庭緣傳奇》卷首）

【箋】

〔一〕以下組詩八首，未題撰者，當爲陸繼輅撰。味莊先生：即李廷敬（？—一八〇六），字敬止，一字景叔，號寧圃，一號味莊，或誤作昧莊，室名平遠山房，滄州（今屬河北）人。乾隆三十八年癸巳（一七七三），應天津召試，欽賜舉人。四十年乙未（一七七五）進士，選庶吉士，散館改戶部主事。出知常州，任江蘇、江寧、蘇州知府，擢蘇松太兵備道、江蘇按察使。工詩文，能書畫。所填南北曲，輒付小伶歌之。輯《二十二史紀傳節要》、《三通節要》、《唐詩百家選》、《列朝詞選》、《平遠堂帖》等。著有《平遠山房詩話》、《平遠山房詩鈔》等。傳見吴錫麒《有正味齋駢文續集》卷八《誄》、《海上墨林》、《大清畿輔先哲傳》卷二五、《皇清書史》卷二三、同治《畿輔通志》、同治《上海縣志》卷一四、光緒《重修天津府志》卷四四等。

〔二〕廉山：即萬承紀（一七六六—一八二六），字廉山，一作廉三，一字噞五，别署百漢碑研齋主人，南昌（今屬江西）人。乾隆五十七年壬子（一七九二）副貢。嘉慶初，佐湖南巡撫姜晟幕，以軍功議敘州同，授例加捐知縣。四年，揀發江蘇，歷任江浦、丹徒、寶應、元和知縣。官至江南河務海防同知。因故落職，僑寓吴門，善顧曲。曾主持修纂《丹徒縣志》。工詩文畫，博綜羣籍，書畫金石，悉能鑒别。著有《雪夢庵詩集》。傳見《續碑傳集》卷四〇、《清畫家詩史》戊下、《國朝書人輯略》卷七、《皇清書史》卷二八、《昭代名人尺牘續集小傳》、《墨林今話》卷一〇、光緒《南昌縣志》卷三五、光緒《丹徒縣志》卷二一等。撰《護花鈴》傳奇，一名《護花幡》，《古典戲曲存目彙考》著録，已佚。陸繼輅《崇百藥齋集》有《題萬十一護花幡樂府詩》。

〔三〕穀人祭酒：即吴錫麒（一七四六—一八一八），字穀人，曾任國子祭酒，生平詳見本卷《漁家傲》條解題。

穆堂侍御：即許寶善（一七三一—一八〇四），字穆堂，官至監察御史。生平詳見本書卷七《（鸚鵡媒）題詞》條箋證。戲曲《海上謠》，未見著録，已佚。

〔四〕《秣陵秋傳奇》：陸繼輅與莊逵吉（一七六〇—一八一三）合作，已佚。參見本卷《秣陵秋》條解題。

〔五〕蔡鸞揚：桐鄉（今屬浙江）人。嘉慶三年戊午（一七九八）舉人，四年己未（一七九九）進士，官延平知府。

〔六〕何琪（約一七二九—？）：字東甫，號春渚，别署小山居士、二介居士、南灣漁叟、枯樹灣人、湘硯生、湘硯主人，錢塘（今浙江杭州）人。布衣，阮元欲舉孝廉方正，不應辟。年七十餘卒。工詩，善書法。編《唐棲志略》。著有《小山居稿》。傳見《皇清書史》卷一三、《國朝書人輯略》卷六、《武林人物新志》卷三、光緒《唐棲志》卷一四等。

〔七〕黄承曾：合肥（今屬安徽）人。輯《廣虞初新志》（現存嘉慶八年癸亥刻本）。

〔八〕樂鈞（一七六六—一八一四）：原名宫譜，字效堂，一字元淑，號蓮裳，别署夢花樓主，臨川高坪村（今屬江西金溪）人。弱冠補博士弟子。清乾隆五十四年（一七八九），由學使翁方綱（一七三三—一八一八）拔貢，薦入北京國子監，怡親王延爲西席。嘉慶六年辛酉（一八〇一）舉人，後屢試不第。九年，曾燠（一七五九—一八三一）聘主揚州梅花書院講席，遂家焉，執騷壇牛耳者幾十年。著有《樂蓮裳詩冊》、《夢花樓詩草》、《青芝山館詩集》、《青芝山館駢體文集》、《斷水詞》、筆記小説《耳食録》等。傳見夏寶晉《冬生草堂文録》卷四《權厝志》、《清史稿》卷四八五、《清史列傳》卷七二、《國朝先正事略》卷四二、《國朝詩人徵略初編》卷五五、《國朝詩人徵略二編》卷五三、《湖海詩人小傳》卷四一、《皇清書史》卷三〇、同治《臨川縣志》卷四三等。參見《清人詩集敍録》卷五一、鄒自振《樂鈞評傳》（《湯顯祖與明清文學探賾》，百花洲文藝出版社，二〇一五）。

〔九〕程開泰： 號韻篁，杭州（今屬浙江）人。貢生，嘉慶十二年（一八〇七），任江西分宜知縣。二十年，署藍田知縣。著有《吳門畫舫續録》，宋翔鳳《憶山堂文録》中有《續吳門畫舫録序》，《憶山堂詩録》中有《題吳門畫舫録卽贈程韻篁大令開泰二首》詩。傳見郭麐《靈芬館詩話》卷四。

〔一〇〕褚華（一七五八—一八〇四）： 字秋萼，一作秋鶴，號文洲，松江（今上海）人。廩生，負異才，以詩名於世。編纂《滬城備考》等。著有《寶書堂詩鈔》。傳見孫原湘《天眞閣文集》卷四九《小傳》、姜兆翀《寶書堂詩鈔序》（見鄧長風《明清戲曲家考略三編・二十九位清代戲曲家生平材料・姜兆翀》）、嘉慶《松江府志》卷六〇、同治《上海縣志》卷二一等。

〔一一〕程榮誥： 號仲榆，陽湖（今江蘇常州）人。生平未詳。

〔一二〕屠印曾： 號省堂，陽湖（今江蘇常州）人。生平未詳。

〔一三〕《皖江雲》、《護花旛》： 吳堦（一七五七—一八二二）撰，《古典戲曲存目彙考》著録，均佚。

〔一四〕吳堦（一七五七—一八二二）： 字次升，一作此升，號古茨，晚號禮石，武進（今江蘇常州）人。清諸生，走京師，入王昶、朱筠、陸燿幕。乾隆四十九年甲辰（一七八四），迎駕蘇州，獻賦召試，列二等。屢試不第，以監生捐貲，加知縣，分發山東。嘉慶十年（一八〇五）起，累署聊城、郯城、泰安。十八年，署金鄉縣。因功擢桃源同知，旋授山東曹州知府，卒於任。工詩詞。著有《禮石山房詩鈔》、《金鄉紀事》、《資治新書》等。少時通曉音律，撰傳奇《人天誥》，《今樂考證》著録；《皖江雲》、《護花幡》，《古典戲曲存目彙考》著録，均佚。傳見陸繼輅《山東曹州知府吳堦墓志銘》（《碑傳集》卷一一〇）、宗稷辰《躬恥齋文鈔》卷九《家傳》、黃金臺《木雞書屋文四集》卷五《傳》、陳文述《頤道堂文鈔》卷一三《書事》、《國朝耆獻類徵初編》卷二四七、《清代毗陵名人小傳稿》卷五、道光《武進陽湖合志》卷二四、光緒《武進陽湖合志》卷二四、宣統《山東通志》卷七六等。

〔一五〕倪稻孫（一七七四—一八一八）：本姓淩，字穀民，號米樓，別署夢隱子、鶴林道人、西湖夢隱，仁和（今浙江杭州）人。倪一擎孫，倪印元子。貢生，奔走南北，卒不遇，入西山金鼓洞爲黄冠。工隸篆，善畫，尤擅倚聲。著有《雲林堂詞集》、《夢隱庵詩詞鈔》、《海漚日記》。傳見《清畫家詩史》戊下、《國朝書人輯略》、《歷代兩浙詞人小傳》卷九、《墨林今話》、《清代畫史補録》卷一、《杭州府志》等。

〔一六〕周濟（一七八一—一八三九）：字保緒，一字介存，號未齋，別署止安、止庵、石民、春水翁、白門逋客，荊溪（今江蘇宜興）人。嘉慶九年甲子（一八〇四）舉人，十年乙丑（一八一〇）進士，例銓知縣，改就淮安府學教授。歲餘，移病去官。以經世學見長，兼習兵家言，以豪俠名。工詩詞，善書畫。選輯《宋四家詞選》。著有《說文字系》、《韻原》、《晉略》、《史義》、《折肱録》、《介存齋詩集》、《介存齋文稿》、《周止安遺稿文》、《味雋齋詞》、《介存齋論詞雜著》、《詞辨》等。傳見丁晏《頤志齋文鈔·家傳》、《清史稿》卷四九一、《清史列傳》卷七二、《續碑傳集》卷七七、《清儒學案小傳》卷一四、《清代樸學大師列傳》卷一四、《清代疇人傳三編》卷二、《墨林今話》卷一一、《清代畫家詩史》己下、《清代畫史增編》卷二三、《清代畫史補録》卷三、《皇清書史》卷二一、《國朝書人輯略》卷八等。參見陸謙祉《周止安年譜》（排印本《七家詞選》）。

蕩婦愁思（孔昭虔）

孔昭虔（一七七五—一八三四或一八三五），字元敬，號荃溪，別署鏡虹吟室主人，曲阜（今屬山東）人。孔廣森（一七五二—一七八六）子。嘉慶六年辛酉（一八〇一）進士，選庶吉士，散館授編修。仕至貴州布政使。道光十二年（一八三二），因疾告歸。著有《鏡虹吟室詩集》、《鏡虹吟室詞集》、《鏡虹吟室經進稿》等。撰雜劇《蕩婦秋思》、《葬花》二種，合稱《孔荃溪二種曲》，現存清嘉慶間鈔本（《傅惜華藏古典戲曲珍本叢刊》第七五册據之影印）、舊鈔本（《綏中吴氏藏鈔本稿本戲曲叢刊》第二册據之影印）。傳見民國《續修曲阜縣志》卷五。參見鄧長風《十三位清代戲曲家的生平材料·孔昭虔》（《明清戲曲家考略三編》）。

《蕩婦秋思》，《清代雜劇全目》著錄，現存嘉慶間鈔本，署題『乾隆甲寅（五十九年，一七九四）四月荃溪孔昭虔填詞』。

蕩婦秋思自題[一]

孔昭虔

臨別殷勤醉玉甌，一行烟柳織離愁。倩將清淚添潮水，直送郎船過隴頭。

白草黄沙玉帳秋，朔霜滿積月如鈎。縱教血戰終何益？只有將軍解拜侯。

秋高風急鴈來賓，燈下裁衣寄遠人。記取一行離別淚，是從妾眼滴君身。

人去秋來可奈何？夜窗風雨別情多。三更少婦香閨夢，譜就伊州一曲歌。荃溪自題

【箋】

［一］底本無題名。

片雲悟道人題詞

片雲悟道人〔一〕

結褵無奈遠從戎，雲雨巫山似夢中。事有生離同死別，人能兒女定英雄。也知投筆心原壯，只覺牽衣語未終。此去天涯須努力，玉門關外老西風。

西來霜雪滿弓刀，贕有擒王意氣豪。大將屍猶拚馬革，三軍命敢惜鴻毛？旌旗影瘦秋風急，刁斗聲長夜月高。待看封侯錦旋日，泥他纖手解征袍。

新詞讀罷可憐生，贏得秋思兩字名。僕本恨人羞作賦，君今文士喜談兵。歌成《白雪》應無價，拍按紅牙更有情。欲奏臨歧腸斷句，當場㑳語向卿卿。

繪就窮荒八月秋，仙鄉早自分明柔。牙從天上來長吉，色向湖邊住莫愁。欲借梨園翻舊案，難憑彩筆奏新謳。轉疑薄倖①情先盡，假淚空拋蕩婦樓。

【校】

①倖，底本作『倖』，據文義改。

【箋】

〔一〕片雲悟道人：姓名、籍里、生平均未詳。

蕩婦秋思題詞〔一〕

孔昭薰〔二〕

朔風吹隴水，箭落鴈行稀。且盡今宵酒，秦兵半不歸。

玉帳三更月，氣比淩雲壯。月似舊時圓，不堪回首望。

塵生馬影滅，春暮歸來否？猶自寄征衣，惱殺長亭柳。

有個人兒瘦，金閨百尺樓。爲傳閨内信，萬里玉關頭。

兩情一樣添幽怨，夢裏歡娱訴與聽。門外驪駒聲早驟，心隨秋雁過長汀。

行到關山第幾程？連天鼓角一聲聲。洗兵魚海雲迎陣，直守長城千里城。

也應淚脱珍珠綫，及早行人赴朔邊。一葉梧桐和恨剪，肖稍兩朵惹春烟。

落木西風吹滿院，奩前明鏡不須明。今宵酒醒燈殘後，好夢長時閏幾更。道光甲申二月，琴南孔昭薰集本詞句。

（以上均《綏中吴氏藏鈔本稿本戲曲叢刊》第二册影印舊鈔本《蕩婦秋思》卷首）

【箋】

〔一〕底本無題名。

〔二〕孔昭薰：字惠如，號琴南，一號貯雲，曲阜（今屬山東）人。孔子第七十一代孫，衍聖公孔廣棨（一七一三—一七四三)次子。嘉慶十八年癸酉(一八一三)舉人,授山東臨邑縣訓導。道光三年(一八二三)臨雍,署翰林院五經博士。喜鑒別金石,編《至聖林廟碑目》六卷。工詩詞,刻《闕里孔氏詞鈔》。著有《丙申北遊詩詞小草》、《柳村詩》、《貯雲詞》。傳見民國《續修曲阜縣志》卷五。

葬花(孔昭虔)

《葬花》雜劇,《清代雜劇全目》著錄。現存清嘉慶間鈔本,署題『嘉慶丙辰荃溪塡詞』,丙辰爲嘉慶元年(一七九六)。

葬花題識〔一〕

孔昭薰

此鏡虹吟室主人舊著,擬易作《秋塞夢》,爲傳奇名。然此本未曾奏之氍毹,他日必有與扇底桃花共傳者。琴南記。

(《綏中吴氏藏鈔本稿本戲曲叢刊》第二册影印舊鈔本《葬花》卷首)

【箋】

〔一〕底本無題名。